# Eu não existo sem você

# Eu não existo sem você

*A odisséia de uma mulher para salvar milhões de crianças africanas órfãs da aids*

MELISSA FAY GREENE

Tradução
ENEIDA VIEIRA SANTOS

Revisão da tradução
FERNANDO SANTOS

Edição de texto
RENATO DA ROCHA CARLOS

Martins Fontes
*São Paulo 2008*

*Esta obra foi publicada originalmente em inglês com o título*
*THERE IS NO ME WITHOUT YOU*
*por Bloomsbury, EUA.*


**1ª edição** *2008*

**Tradução**
*ENEIDA VIEIRA SANTOS*

**Revisão da tradução**
*Fernando Santos*
**Edição de texto**
*Renato da Rocha Carlos*
**Acompanhamento editorial**
*Luzia Aparecida dos Santos*
**Revisões gráficas**
*Maria Regina Ribeiro Machado*
*Helena Guimarães Bittencourt*
**Produção gráfica**
*Geraldo Alves*
**Paginação/Fotolitos**
*Studio 3 Desenvolvimento Editorial*

**Dados Internacionais de Catalogação na Publicação (CIP)**
**(Câmara Brasileira do Livro, SP, Brasil)**

Greene, Melissa Fay
Eu não existo sem você : a odisséia de uma mulher para salvar milhões de crianças africanas órfãs da aids / Melissa Fay Greene ; tradução Eneida Vieira Santos ; revisão da tradução Fernando Santos ; edição de texto Renato da Rocha Carlos. – São Paulo : Martins Fontes, 2008.

Título original: There is no me without you
ISBN 978-85-336-2441-2

1. AIDS (Doença) em crianças – Adis-Abeba – Etiópia – Condições sociais 2. Assistência a menores – Adis-Abeba – Etiópia 3. Orfãos – Adis-Abeba – Etiópia – Condições sociais 4. Serviços para crianças com AIDS – Adis-Abeba – Etiópia 5. Teferra, Haregewoin I. Carlos, Renato da Rocha. II. Título.

08-04969 CDD-362.732

**Índices para catálogo sistemático:**
1. Etiópia : Crianças com AIDS : Acolhimento e cuidados : Bem-estar social 362.732


***Livraria Martins Fontes Editora Ltda.***
*Rua Conselheiro Ramalho, 330 01325-000 São Paulo SP Brasil*
*Tel. (11) 3241.3677 Fax (11) 3105.6993*
*e-mail: info@martinsfonteseditora.com.br http://www.martinsfonteseditora.com.br*

# ÍNDICE

Primeira parte ........ 1
Segunda parte ........ 129
Terceira parte ........ 313
Quarta parte ........ 371

Notas ........ 439
Bibliografia selecionada ........ 457
Fontes selecionadas para engajar-se e defender sua causa ........ 461
Agradecimentos ........ 465

*Índice remissivo* ........ 467
*Entrevista com Melissa Fay Greene* ........ 479

A Donny e nossos filhos

# PRIMEIRA PARTE

# 1

## AGOSTO DE 2004

NUMA TARDE cinzenta e chuvosa, eu estava em uma sala superlotada em Adis-Abeba, na Etiópia. O ruído da chuva nos telhados de zinco da região da encosta era ensurdecedor, como se os vizinhos tivessem subido aos telhados com panelas e cabos de vassoura para desferir golpes no zinco. Pela porta aberta, eu observava os convidados recém-chegados saltarem sobre o caminho de pedras enlameadas e escorregadias. À entrada da casa de tijolos de dois cômodos de Haregewoin Teferra – uma moradia bem mais simples que a casa moderna de dois andares, de estuque, em que ela havia morado –, os homens tiravam os chapéus e os sacudiam enquanto as mulheres torciam os xales. Embora Haregewoin se afastasse cada dia mais da posição que ocupara na classe média, uma dúzia de velhos amigos optou por enfrentar até o fim o aguaceiro a seu lado – alguns por lealdade, outros provavelmente para bisbilhotar. Apesar da apreensão sobre quem poderiam encontrar entre os convidados, todos entraram radiantes, deixando um rastro de pingos pelo chão de cimento. Cumprimentaram-se com apertos de mão ou erguendo sobrancelha e se acotovelaram para se juntar ao grupo.

Vibrante e roliça, de baixa estatura, a anfitriã circulava pelo ambiente batendo as sandálias de borracha no chão molhado. Haregewoin Teferra (Ra-re-ge-*oin* Te-*fer*-ra) era uma etíope bilíngüe e culta, de cerca de sessenta anos. O cabelo grosso, enrolado sob um lenço triangular, exibia um ou outro fio cinza. A pele escura brilhava no calor. Vestia o que sempre vestira: uma saia longa de algodão com estampa de leopardo e cós de elástico e uma camiseta vermelha de manga curta. Assim que terminava de acomodar um dos recém-chegados, Haregewoin corria de volta para sua cadeira e inclinava o corpo para a frente com vivacidade para ouvir as notícias. Sempre que ria, ela apertava as mãos contra o peito e curvava-se para trás; os olhos fechavam-se em rugas, e os ombros sacudiam.

Não se tratava de uma ocasião especial ou de feriado. Alguns velhos amigos de Haregewoin haviam se aposentado do comércio ou deixado de exercer suas profissões; outros eram subempregados, simplesmente incapazes – na economia estagnada da Etiópia – de preencher os dias com uma atividade lucrativa. E havia os que misteriosamente podiam fazer visita em plena tarde de um dia de semana.

Zewedu Getachew (Zoe-du Ge-tá-tchu) praticamente desafiava os recém-chegados a sentar-se ao lado dele. Tinha sido um homem elegante e abastado. Ocupara o cargo de diretor de construção de uma empresa francesa e ensinara engenharia na Universidade de Adis-Abeba. Agora, tudo levava a crer que não era a chuva a principal responsável pelos ombros amarrotados do seu sobretudo cáqui, e sim a peça que a vida lhe pregara, a mudança na condição de saúde, que lhe custara o emprego e a reputação.

Em todo o continente, era como se as pessoas tivessem se enfileirado de um lado ou de outro de um novo sistema binário, sendo informadas de que eram "positivas" ou "negativas". De repente, todos tinham se transformado em prótons e elétrons e falavam de física subatômica, e não de quem viveria e de quem iria ser afastado, suportar sofrimentos terríveis e morrer.

Apenas Haregewoin, entre os muitos amigos que já haviam hospedado Zewedu, ainda o acolhia. Ele se reclinara em uma cadeira de cozinha de pernas de metal. Com os braços cruzados sobre o peito, não parecia esperar que lhe estendessem a mão para um cumprimento. Tampouco tomava a iniciativa de cumprimentar quem quer que fosse. Costeletas não aparadas escureciam-lhe a face.

Uma jovem bonita e humilde, trajando uma saia longa, sentou-se em um banquinho para torrar grãos frescos de café em uma frigideira, que ela agitava sobre a chama de um fogão portátil. Sara fora expulsa da faculdade durante o segundo ano e abandonada pelos pais quando uma tosse persistente revelou que era portadora não apenas de tuberculose (nesse ponto os pais se apressaram em agasalhá-la e levá-la aos melhores médicos), mas também de algo indizível (ao saber disso, eles a expulsaram de casa). As lições de submissão que a maioria das garotas etíopes recebia não as preparavam para sobreviver sozinhas na cidade. Sara estava encolhida na soleira de uma casa próxima quando Haregewoin a encontrou. Haregewoin sabia – mesmo que Sara não soubesse – que as opções da universitária logo poderiam ser a mendicância ou a prostituição.

Assim, nesse dia de semana comum na África Oriental, testemunhava-se uma cena rara: uma casa com homens e mulheres de classe média, não atingidos pela epidemia, sentados lado a lado com homens e mulheres que haviam cruzado o grande divisor de águas.

O temporal castigava o telhado, revolvia o quintal e levava muitas crianças a entrar esbaforidas pela porta aberta de Haregewoin.

A contragosto, eu dividia um sofá de dois lugares com uma senhora idosa de olhar feroz, metida em uma veste de algodão cru. A pele negra e frouxa e os olhos caídos estavam puxados para cima e para trás por um turbante que lhe conferia uma expressão de reprovação assustada. Na verdade eu não sabia se isso era devido à pele esticada à força ou se aquela proximidade forçada a incomodava. Durante horas intermináveis, suportamos uma intimidade relutante, como estranhos viajando juntos de ônibus a noite inteira. Secretamente, trocávamos empurrões, disputando milímetros de território, mas mantínhamos o olhar voltado para a frente com educação.

O vento soprava borrifos de chuva através da porta aberta. O aposento de tijolos caiados parecia afundar e balançar como se estivéssemos em um barco açoitado por ondas escuras. A senhora mumificada ao meu lado aos poucos ganhou terreno, à medida que seus longos xales de algodão começaram a se desenrolar.

Nas longas tardes, enquanto a chuva desaba em Adis-Abeba, a vida animal da cidade – cabras, carneiros, cães de rua, pica-paus, tordos, andorinhas – adormece de pé, em fendas e caramanchões. Nesses momentos desejo ardentemente subir as escadas para meu quarto bem-arrumado no Yilma Hotel, tirar os sapatos e meias enlameados, beber um litro de água, cair na cama com o livro *A história da Etiópia moderna*, de Bahru Zewde, e dormir, enquanto as cortinas transparentes voam para dentro do quarto, impregnadas do cheiro e do peso da chuva.

Mas em vez disso disputava espaço em um sofá de dois lugares na sala de Haregewoin, e não havia escapatória. A inércia do grupo era demais para mim. – *Agora*? Você quer sair *agora*, com *este* tempo? – todos se agitaram e perguntaram, espantados. Tenho certeza de que alguns pensavam: "A *ferange* [a branca] tem que ir a algum lugar *agora*?" Meu amigo e motorista, Selamneh Techane (Se-*lam*-ne Te-*tchen*-ei), que estava com o corpo curvado e a cabeça descansando nas mãos, endireitou-se e dirigiu a mim um olhar confuso. Toda vez que eu tentava me levantar, a matriarca ao meu lado deixava cair outra camada de xales.

Melhor apenas deixar-se afundar, todos insinuaram; vamos passar por isto juntos. Então, juntos afundamos no som suave, contínuo e monótono das chuvas vespertinas. O café, ingerido em xícaras pequenas e com tanto açúcar que um sedimento marrom depositava-se no fundo, de alguma forma lançara as pessoas com mais rapidez ainda em um estado de sonolência. Após devolvermos as xícaras vazias para uma bandeja de madeira com quatro pés, depositada no chão, a conversa diminuiu drasticamente. Quando a lâmpada fraca tremeluziu e apagou, ninguém lhe deu uma pancada para fazê-la funcionar de novo. Ninguém ligou a televisão empoeirada, enfeitada com um vaso de flores de plástico sobre um paninho amarelado. (Não havia nada para assistir na TV: quase o dia inteiro, todos os dias, o canal de TV controlado pelo governo transmitia programas que mostravam dançarinos típicos pulando e se requebrando sob as luzes ofuscantes do estúdio.) Minha companheira de sofá roncava.

O celular de Haregewoin tocou e ela atendeu com um incisivo "Alô? *Abet*?" (Sim?). A mesinha de café estava coberta de papéis, e havia um telefone fixo que tocava com freqüência também. Haregewoin Teferra não era pessoa de se deixar dominar pelo vento, pela chuva ou pela sonolência. Algo estava acontecendo na cidade, mesmo com aquela chuva torrencial, e ela estava mergulhada em negociações. Ou talvez a mensagem que queria transmitir aos velhos amigos era: "Viram? Ainda estou viva."

Abaixou o telefone por um momento e ficou calculando, pensativa.

– O que é? – alguém perguntou, como ela sabia que aconteceria.

– É o *kebele* [o conselho local, algo como uma comissão de município]. Estão perguntando se tenho lugar para mais uma criança.

Vários dos visitantes disfarçaram o riso. Uma atmosfera de velada incredulidade havia se instalado. Os etíopes – em especial, os montanheses, os Amharas e os Tigrays – têm fama de ser sarcásticos. Portanto, houve provavelmente alguns comentários maliciosos que, mesmo traduzidos, escaparam à minha compreensão por causa do grau de sutileza e das palavras empregadas. Séculos de tirania deram aos etíopes o dom do duplo sentido. Esse discurso oculto tem um nome: *säm enna wärq* [cera e ouro]: *säm* é o significado superficial, *wärq* é o sentido profundo ou oculto. Os praticantes hábeis desse tipo de discurso dominam a arte da palavra.

De qualquer forma, é evidente que Haregewoin não tinha lugar para abrigar outra criança. Havia apenas dois aposentos na casa de tijolos. Do lado de fora, mais dois cômodos pequenos e o vagão de trem de carga, cujo tom vivo de azul não disfarçava a ferrugem. Em sua lateral fora improvisada uma abertura para funcionar como porta. Mas era pouco para tantas crianças e adolescentes de todas as idades e tamanhos que ali estavam. Havia, também, alguns agregados adultos de aparência tristonha.

A anfitriã permaneceu sentada por um momento, segurando o telefone contra o peito. Os dedos de uma das mãos curvados ao redor dos lábios moviam-se num gesto de contagem. Ninguém esboçou um gesto ou se ofereceu para abrigar a criança no lugar de Haregewoin. Quem poderia saber quais eram suas condições de saúde? Provavelmente estava doente, talvez fosse portadora de alguma enfermidade contagiosa; estava com certeza faminta, imunda e descalça; não tinha instrução e na certa estava muito aflita. Não, obrigada. Apreciava-se que a unidade administrativa local, o *kebele*, se interessasse pelo caso, mas nem o *kebele* nem o governo federal se ofereciam para arcar com as despesas de manutenção da criança.

Haregewoin levantou-se. – Já vou – disse.

Achando que havia captado o ritmo de brincadeira daquela tarde, protestei: – Agora? Você vai sair *agora*? – olhei para os outros, contando com sua aprovação.

Mas não se faz uma pergunta assim a alguém que tem trabalho a fazer de verdade, pois trabalho de verdade é difícil de encontrar e sempre respeitado. Algumas daquelas pessoas devem ter pensado: "Agora a *ferange* não *quer* ir?"

– Posso ir também? – perguntei, com mais humildade.

– Sim. *Ishi* [OK]. Venha, por favor.

Selamneh Techane, o motorista de táxi que estava na sala conosco, repentinamente em estado de alerta, levantou-se com as chaves na mão. Haregewoin não tinha carro – quando era casada, possuía dois. Ela pegou a *shamma* (uma echarpe de lã grossa, feita à mão) e a bolsa preta e atravessou o quintal animada, chapinhando na lama.

– Aonde estamos indo? – perguntei, enquanto chapinhava atrás dela.

– Pegar a criança – retrucou por sobre o ombro, já se acomodando no banco da frente do táxi azul de Selamneh. Sentei no banco de trás e partimos, ao som das explosões do cano de descarga.

No cruzamento da alameda da montanha com uma estrada asfaltada, paramos para pegar uma mulher de calças cáqui e agasalho de moletom, que nos aguardava em frente ao prédio de apartamentos onde morava. Sentou-se no banco de trás comigo e se apresentou, apertando as mãos de todos. Chamava-se Guerrida; era uma dona de casa casada com um policial. Ela é que havia acabado de telefonar representando o *kebele*.

– O garotinho chama-se Mintesinot [Min-*tês*-si-note]. Tem cerca de dois anos e meio – disse Guerrida. O menino vivia na rua, em uma calçada perto de uma esquina movimentada na cidade. Dois meses antes, sua mãe, Emebate [E-me-*bo*-te], havia morrido de pneumonia (uma infecção oportunista causada pela aids). Agora o pai estava muito doente, tossindo a noite inteira, provavelmente vítima da tuberculose (a tuberculose era outra das infecções oportunistas típicas da aids [IOA] que invadia sistemas imunológicos enfraquecidos pelo HIV). Era evidente para todos na vizinhança que o jovem pai logo morreria.

Guerrida dera esmolas à pequena família durante anos, e muitas outras pessoas do bairro também haviam tentado ajudá-los. Entretanto, com a morte da mãe de Mintesinot, chegara a hora: o menino precisava de cuidados melhores que os proporcionados pelo pai, sem-teto e doente terminal, ao lado da sarjeta de uma rua movimentada, onde pai e filho poderiam ser pisoteados por rebanhos urbanos de cabras e burros.

– A criança é toda sorrisos – Guerrida assegurou. Dirigia-se a mim no meu idioma. – É maravilhosa.

Perguntei-me, por alguns segundos, por que Guerrida não se responsabilizava pelo garotinho. Porém, se o menino era realmente órfão da doença inominável, a mulher não poderia acolhê-lo. O estigma da enfermidade se alastrava pelos órfãos, viúvos e viúvas, como se também eles estivessem infestados de micróbios.

Nós ziguezagueamos por entre os carros e atravessamos encruzilhadas sem semáforo em velocidade, enquanto caminhonetes superlotadas, ônibus e táxis aceleravam, davam solavancos, morriam, freavam ruidosamente e eram empurrados para fora do caminho por multidões que esperavam ganhar uma gorjeta. Uma fila de burros carregados de galhos frondosos movia-se, ligeira, pelo tráfego; no canteiro central, uma vaca zebu solitária pastava com tranqüilidade, como se estivesse no campo, com grama à altura dos joelhos, e não tivesse mais nada com que se preocupar a não ser as nuvens.

Quando visitou Adis-Abeba pela primeira vez, minha filha de vinte e quatro anos, Molly Samuel, disse que se visse tanta gente nas ruas de uma cidade americana acharia que fugiam de algum desastre. A chuva havia parado, e o sol, filtrado pelas nuvens, iluminava o ar fresco. Um homem corria pela calçada carregando um bode pelas pernas traseiras, e o animal pedalava freneticamente usando as magras pernas dianteiras, com as ancas voltadas para cima, produzindo um efeito semelhante ao de um carrinho de mão. Velhinhas mirradas, com lenços amarrados na cabeça e curvadas à altura da cintura moviam-se com grande esforço pelo acostamento, carregando fardos de lenha incrivelmente altos. Mulheres vestindo *hijabs* (echarpe usada na cabeça pelas muçulmanas) deslizavam pelas calçadas apinhadas, enquanto outras mulheres circulavam em torno delas, usando saltos altos e terninhos elegantes. Homens de todas as idades caminhavam de mãos dadas, em uma demonstração de amizade heterossexual; policiais, com rifles pendurados nas costas, permaneciam em seus postos também de mãos dadas. Jovens jogadores de futebol usando uniformes brilhantes gritavam uns para os outros na multidão; então, um homem de túnica e barba branca abriu caminho com uma bengala de madeira nodosa, parecendo ter acabado de sair do deserto bíblico.

Mulheres etíopes ortodoxas mais velhas, trajando longas túnicas e xales brancos, desfilavam sob sombrinhas confeccionadas de tecidos lustrosos, acolchoados, nas cores vermelho, verde e roxo, entremeados de fios metálicos dourados e salpicados de minúsculos enfeites também dourados. Eram adornadas com franjas vermelhas ou douradas que balançavam a cada movimento. As mulheres religiosas costumam erguer suas sombrinhas para expressar gratidão a Deus por preces atendidas. As barracas dos mercados expunham guarda-chuvas brilhantes que faiscavam ao sol.

– Por que todos esses guarda-chuvas? – perguntei a Selamneh na minha primeira viagem à Etiópia em 2001.

– São... – começou o motorista. – Não são os guarda-chuvas da Bíblia?

– Os *guarda-chuvas*? Da *Bíblia*?

– Sim.

– *Que* guarda-chuvas da Bíblia?

– Não sei.

Naquela noite fui a um *cyber café* e passei um *e-mail* para minha família nos Estados Unidos perguntando se havia *guarda-chuvas* na Bíblia.

No dia seguinte, meu filho de dezessete anos, Seth Samuel, respondeu dizendo: – Mãe, não *choveu* durante quarenta dias e quarenta noites?

Mas alguns dias depois Selamneh lembrou: – Quando o rei Salomão levou o Tabernáculo Sagrado para Jerusalém, as pessoas o protegeram com guarda-chuvas.

– Ah! – exclamei. E por que mulheres de meia-idade em longas túnicas brancas – pisando com cuidado no acostamento lamacento das estradas apinhadas de veículos, gado e gente – erguem e giram no ar sombrinhas, que tremulam ao vento como pipas, por outro motivo que não seja a ostentação? No feriado ortodoxo do Timket, a festa da Epifania, por que o clero ergue sombrinhas no ar, enquanto uma réplica do Tabernáculo Sagrado, chamada de Tabot – que em amárico significa "réplica das Tábuas da Lei" –, é exposta com reverência? Porque a Etiópia é a Abissínia bíblica, o reino da rainha de Sabá, que viajou para Jerusalém (segundo a Sagrada Escritura e as lendas) quando o Tabernáculo estava recém-construído.

Erguendo-se como uma fortaleza na montanha, acima do Chifre da África e perto da confluência do mar Vermelho, do mar Arábico e do oceano Índico, a Etiópia antiga desafiou os conquistadores estrangeiros durante milênios, mantendo comércio de escravos, ouro, marfim, especiarias, pedras preciosas, produtos têxteis e animais com o Egito Antigo, a Pérsia, a Arábia, o Império Romano e a Índia. Hieróglifos egípcios datados de cinco mil anos atrás fazem menção à preferência dos faraós pela mirra proveniente da Etiópia. Durante séculos, Axum, o reino etíope da montanha do povo Amhara, foi o poder dominante do mar Vermelho, construindo castelos e enormes monumentos e cunhando moedas de ouro, prata e cobre. Escritos persas do século III d.C. fazem referência aos quatro reinos mais poderosos do mundo: Roma, China, Pérsia e Axum.

A literatura sagrada, tanto em Israel quanto na Etiópia, descreve a visita da rainha Makeda ao rei de Israel. "A rainha de Sabá ouviu falar da fama de Salomão [...] e veio testá-lo com perguntas difíceis", conforme está escrito em 1 Reis, capítulo 10, na Bíblia hebraica. "Ela chegou a Jerusalém com extensa comitiva, com camelos carregados de especiarias, uma grande quantidade de ouro e pedras preciosas."

"Essa rainha do Sul possuía um rosto muito belo e porte soberbo", diz o antigo texto sagrado etíope *Kebra Nagast* [A glória dos reis]. "O entendimento e a inteligência que Deus lhe concedeu eram tão elevados que ela foi a Jerusalém para assimilar a sabedoria de Salomão." Makeda, conhecida no mundo exterior como a rainha de Sabá, casou com Salomão, e o casal teve um filho: Menelik, fundador da monarquia da Etiópia (assim, até o século XX, os reis da Etiópia afirmavam ser descendentes do rei Davi).

Girando como caleidoscópios acima das ruas superlotadas e poeirentas, as sombrinhas cintilam com segredos antigos.

O tradicional e o moderno podem ser vistos entrelaçados por toda parte. Um pastor conduz um pequeno rebanho de carneiros de aparência malcuidada pela beirada do gramado inclinado e perfeito do imponente Sheraton Addis Hotel. Um cartaz, escrito à mão, anuncia em uma loja: ALUGAMOS MOTOS E CAMELOS. Na estrada para Zoia, uma carreata de caminhões é interrompida por uma procissão orgulhosa e arisca de camelos e nômades de Afar: os homens, com longos cabelos cacheados amarrados sob lenços de cores vivas, caminham ao lado dos animais, brandindo bastões e gritando, alheios aos caminhões em ponto morto na estrada diante deles. Em uma planície estorricada, 100 milhas ao sul da eletricidade, um jovem pastor de cabras está de pé em um campo, segurando um cajado e usando uma camiseta com o logotipo do time de beisebol *Red Socks*, de Boston. E um dia vi de relance um pastor e seu carneiro pegando carona para sair de Adis-Abeba em cima de um caminhão-tanque. Ambos estavam montados no tanque prateado, ao qual se agarravam com toda a força para não cair, o cabelo do homem e a lã do animal esvoaçando ao vento.

Ao volante, Selamneh dirigia a esmo no tráfego caótico, jogando-nos de um lado para o outro no banco de trás. Crianças perambulavam pelas ruas, batendo de leve nas janelas do carro para oferecer lenços de papel, ovos ou galinhas vivas de cabeça para baixo. Quase dois terços das crianças em idade escolar não freqüentam a escola na Etiópia – um dos piores índices do mundo –, e apenas quarenta e um por cento dos adultos sabem ler. Meninos e meninas trajando o suéter escolar, com decote em V e nas cores marrom e azul-celeste (não importa se estiver em frangalhos), causam inveja nas crianças mais empoeiradas e sem escola. As de uniforme balançam os cadernos e desfilam pelas calçadas em grupos. São tagarelas e risonhas. Esbanjam otimismo e expectativa, confiantes de que o uniforme e os cadernos vão servir para alguma coisa.

– Aquelas crianças vão se sentir felizes de seis meses a um ano depois da formatura no ensino médio – Selamneh avaliou. – Depois vão começar a perceber que algo está errado.

A taxa de desemprego aqui é também uma das piores do mundo. Rapazes apáticos encostados em edifícios e muros compartilham cigarros enquanto observam brincadeiras tolas de alunos do ensino médio, que são apenas alguns anos mais jovens que eles. Vivem uma espera sem fim e se tornam cada vez mais andrajosos. Eles concluíram os estudos e depois mergulharam em uma ociosidade sem escapatória.

Mendigos adultos de diversos tipos batiam de leve nas janelas dos carros. Mães amamentando faziam o mesmo, mostrando os bebês enrolados nos xales empoeirados; um homem com seis dedos em cada mão exibia as mãos para os motoristas, com os carros parados em ponto morto, até que eles jogassem moedas para fazê-lo ir embora. Um portador de hanseníase exibia um dos braços, que terminava em um toco da cor do carvão. Um homem mostrava o rosto deformado por queimaduras. Outro, deitado na calçada, exibia uma perna gangrenada, incrivelmente inchada, da qual o pé havia sido amputado. A perna estava enorme, parecia um tronco de árvore caído, vermelho e descascado. Junto à janela do carro havia uma mulher com o rosto tomado por um tumor ocular, e um menino conduzia o avô cego de um carro a outro. Era um espetáculo à parte, um testemunho vivo das estatísticas: oitenta e um por cento das pessoas na Etiópia vivem com menos de dois dólares por dia, e vinte e seis por cento vivem com menos de um dólar por dia, que é o indicador mundial de pobreza absoluta.

A Etiópia é um país sem acesso ao mar (desde 1993, quando, por meio de um plebiscito, a Eritréia tornou-se o qüinquagésimo terceiro Estado soberano da África e a Etiópia tornou-se o décimo quinto Estado da África sem acesso ao mar). A enorme população do país, os períodos de seca e fome, os meios de produção não industriais, as amortizações de uma dívida externa gigantesca, os gastos maciços na área militar, as disputas contínuas nas fronteiras com a Eritréia e a propriedade estatal de terras são fatores que frustram e confundem os peritos em desenvolvimento e mantêm a população no campo, desempregada e miserável.

A população etíope tem tentado repetidas vezes instalar líderes democráticos que possam promover a industrialização, a educação e a igualdade civil; mas os cidadãos têm sido constantemente enganados.

Em 1995, as primeiras eleições multipartidárias do país elegeram Meles Zenawi primeiro-ministro e asseguraram a maioria legislativa ao seu partido: a Frente Democrática Revolucionária do Povo Etíope (FDRPE). Porém, o governo – o primeiro na Etiópia com pretensões democráticas – foi incapaz de criar um caminho para a industrialização, o crescimento econômico e o respeito aos direitos humanos. Ciclos repetidos de seca, escassez de alimentos e fome levam os críticos do governo a pedir, em vão, a reforma agrária e a modernização agrícola, considerando-as pontos de partida para o desenvolvimento.

– Em um país sem governabilidade, onde o governo é proprietário de negócios e terras e o povo é inquilino, é difícil imaginar que o setor privado possa prosperar – disse, no ano passado, Lidetu Ayalew, secretário-geral do Partido Democrático Etíope (PDE), de oposição.

– Após cerca de catorze anos de liderança da FDRPE, até vinte por cento da população do país, composta por sessenta e cinco milhões de pessoas, não consegue comer nem uma vez por dia – afirmou Berhane Mewa, presidente da Câmara de Comércio da Etiópia e de Adis-Abeba.

Em vez de promover o desenvolvimento, a administração voltou-se para se engajar na política étnica (beneficiando o povo Tigray – grupo étnico do primeiro-ministro –, como se os outros fossem rivais). Resolveu fazer demonstrações de força contra a Eritréia e silenciar as vozes da oposição e dos jornalistas. – As terras continuarão pertencendo ao Estado enquanto a FDRPE estiver liderando este país – disse o primeiro-ministro Meles. As disputas na fronteira com a Eritréia acarretam gastos vultosos na área militar: a guerra de 1998 custou ao governo dois milhões de dólares por dia; em 2000, o orçamento da defesa ultrapassou oitocentos milhões de dólares.

O orçamento para a saúde e a educação diminui cada vez que há necessidade de aumentar os gastos militares. As verbas para os setores da previdência social e da saúde vêm se expandindo desde 2000, mas ainda permanecem bem abaixo do que o povo precisa desesperadamente. Mesmo na África subsaariana, os gastos com a saúde atingem cerca de dez dólares por pessoa por ano, enquanto na Etiópia o gasto governamental com a saúde, em 2002, foi de dois dólares por pessoa por ano.

Dessa forma, as vítimas de poliomielite, malária, HIV/aids e câncer, os cegos e portadores de hanseníase, os doentes mentais e os malnutridos, os órfãos e os moribundos perambulam pelas ruas da capital ou deitam-se nas calçadas, derrotados.

Em duas ocasiões no século XX, a Etiópia derrubou líderes autoritários: o imperador Hailé Selassié foi destituído do poder por um golpe comunista liderado pelo coronel Mengistu Haile Mariam em 1974; Mengistu, por sua vez, foi derrubado por Meles Zenawi e a FDRPE em 1991. Ambas as revoluções foram acompanhadas de terríveis derramamentos de sangue.

Testemunhar o governo de Meles tornando-se ditatorial e belicoso causa uma decepção e um descontentamento extremos.

Descobrimos que nem a criança nem o pai estavam em casa. Também descobrimos que “casa” era uma pilha de trapos sujos e sacos plásticos na calçada, a poucos metros do ponto de ônibus. Pedaços de folha de zinco ondulada e de madeira haviam sido amarrados para fazer uma cerca baixa ao redor de uma cama improvisada e imunda. – O menino nasceu ali. A mãe deu à luz *bem ali* – disse Guerrida.

Guerrida falou com alguns transeuntes, então vários rapazes de aparência agradável e voz macia, vestindo *jeans* e camiseta, afastaram-se, rápidos, para depois voltar, dobrando a esquina com Mintesinot e o pai.

Como o pai parecia jovem e desnorteado! Magro, com uma barba rala, usava uma camisa abotoada na frente, bege, grande demais para ele, calça marrom e um colar feito de barbante, de onde pendia um crucifixo. Tinha vinte e oito anos. Se fosse *ele* a pessoa necessitada de ajuda, não me surpreenderia. Guerrida contou-nos que o jovem, Eskender (Es-*ken*-der), havia aprendido o ofício de metalúrgico ao lado do pai, mas tanto o pai quanto a mãe haviam morrido fazia muitos anos. Quando se tornou óbvio que estava desenvolvendo os sintomas da aids, perdera o emprego e a casa. Ele e a jovem esposa, Emebate, também órfã, haviam se estabelecido ali, em um canto da calçada. Quando chovia, deitavam-se e puxavam um pedaço de plástico para cobri-los e ao bebê.

Eskender segurava a mão de um garotinho atarracado, de andar confiante: seu filho, o reizinho da vizinhança. O rosto de Mintesinot era quadrado, brilhante e escuro, e ele tinha cabelos encaracolados compridos e encantadoras orelhas de abano. Caminhava saltitando, como se fosse o dono do mundo. Era realmente o dono do seu pedaço de calçada, onde todos o conheciam. O nome Mintesinot significa "o que ele *não* poderia fazer?". Quando Minty precisava tirar uma soneca, pulava a barricada humilde que protegia os cobertores – era como um forte de brincadeira armado por crianças –, e os transeuntes tentavam não fazer barulho, lembrando uns aos outros que "o bebê está dormindo". Quando Haregewoin aproximou-se, Mintesinot fitou-a com desconfiança e aninhou-se junto a Eskender.

Preocupava-me que nossa missão seria tirar a criança do pai à força. Senti-me apreensiva pelo rapaz.

Guerrida desdobrou um maço de documentos oficiais que estava em sua bolsa e o entregou a Eskender. O jovem pai leu as ordens e deu um sorriso triste. Então estendeu a mão do filho para Haregewoin.

– *Na* [venha], Mintesinot – a mulher pediu, com suavidade. Mas o menino retraiu-se como um pônei puxado por uma corda. Haregewoin curvou-se para conversar com ele, mas o menino desapareceu atrás do pai.

Selamneh decidiu tentar. Agachou-se e disse: – Mintesinot, gostaria de dar uma volta no meu táxi?

Um par de olhos negros, brilhantes, reapareceu por detrás da camisa imunda do pai.

– Vai me deixar dirigir? – perguntou o menino, com uma voz clara e alta.

Selamneh caiu para trás de tanto rir. Sentando nos calcanhares outra vez, o homem disse: – Bem, não na primeira vez. Venha, eu levo você. Vamos ver se você gosta.

– *Abate yimetal?* – Meu pai também vai?

– Vamos ao mercado comprar um pacote de biscoitos para seu pai, um presente para ele! – Selamneh inventou, na hora. Ao ouvir isso, Mintesinot saiu de trás do pai e deu a mão a Selamneh, permitindo que o levasse ao táxi e o ajudasse a sentar no banco de trás. Da posição elevada no táxi, acenou para alguns admiradores na calçada.

Voltei meu olhar para a multidão para tentar avistar o pai. – Ele sabe aonde vamos? Sabe aonde vamos levar Mintesinot? – Minhas mãos tremiam, pois parecia que tudo havia se precipitado: o táxi esquentava o motor para partir, os carros bloqueados buzinavam, as pessoas corriam. Angustiada, remexi o conteúdo da minha mochila freneticamente até achar uma caneta e um pedaço de papel e joguei-os no ar, desajeitadamente. Um dos rapazes simpáticos na multidão pegou o papel e o lápis e escreveu para Eskender o endereço e o telefone de Haregewoin. O pai nos agradeceu com um sorriso tristíssimo e enfiou o papel no bolso da camisa.

Era evidente que aquela criança era toda a sua vida; havia criado um garoto encantador e confiante do nada, de trapos, lixo e doações. Mas sabia que seu dia estava chegando. Entendia que pessoas saudáveis haviam chegado para levar-lhe o filho. Exausto, abaixou-se e deitou-se nos cobertores desarrumados e solitários. A vizinhança inteira parecia mais pobre quando partimos com Mintesinot; o pai havia perdido o único tesouro, aceitando, como um recibo, o novo endereço do filho.

O sorriso de Mintesinot desapareceu no momento em que as portas do carro bateram. Soltou um grito estridente – *Abi!* – quando o táxi partiu, aos solavancos. – Pai! – E atirou-se à janela. A curiosidade pelos biscoitos desapareceu, cedendo lugar ao pânico de deixar o pai.

– Vamos procurar biscoitos para seu pai! – Selamneh repetiu, mas o menino girou o corpo, ajoelhou e encostou o rosto preocupado no vidro traseiro. Tentava memorizar o caminho de volta para casa.

– Minty, Minty – cantarolou Haregewoin, virando-se e batendo palmas. Quando ele a ignorou, a mulher suspirou e voltou a olhar pela janela. O *kebele* havia dado poderes a ela para esse tipo de ajuda e nada mais. Podia resgatar a criança; não conseguia salvar o pai.

Quando se viu entre as paredes de folha de zinco ondulada da residência de Haregewoin, Mintesinot choramingou: – Aqui *não* é o mercado! – Lembrei que, em algum lugar na minha mochila, havia meio pacote de biscoitos italianos que tinha sobrado de uma espera de seis horas no aeroporto de Roma, Itália, uma semana antes. Dei o pacote dobrado de biscoitos de qualidade a Mintesinot, sem querer entrando na história inventada por Selamneh. – *Biskut!* – berrou triunfante. – Biscoitos para meu pai!

– Vamos nos limpar, homenzinho – disse Haregewoin, entregando-o a Sara. Cinco minutos mais tarde, ouvimos gritos de protesto e pavor. Será que a criança nunca havia tomado banho? Meia hora mais tarde, lá veio o príncipe Mintesinot, com os cachos negros brilhando, enfiado em uma camiseta limpa e *jeans* escuros, com a bainha virada, usando com orgulho um par de tênis Power Rangers usados, com fechos de velcro.

Quando Mintesinot viu Selamneh, correu até ele e atirou-se nos braços do motorista. – Vamos ver meu pai agora! – falou, com alegria.

Selamneh balançou-o sobre o joelho. – Queria poder adotar este rapaz – disse. Selamneh, de trinta e sete anos, era um homem bondoso, com um rosto quadrado e bigode ralo, de grande inteligência e intuição. Parecia-se o suficiente com o menino para ser seu pai. Em outro contexto econômico, Selamneh, que gostava de usar calça cáqui, camisa quadriculada abotoada e sapatos marrons de cadarço, poderia ter sido professor de história, psicólogo ou jornalista. Mas morava com a mãe, era solteiro e estava subempregado. Não havia política de empréstimo ou de posse de terras no país. Não era possível fazer um empréstimo para pagar a faculdade, comprar um carro ou uma casa, o que motivaria uma pessoa ambiciosa a subir na vida. No que dizia respeito a relacionamento amoroso (por exemplo, com uma recém-formada da Universidade de Adis-Abeba), Selamneh me contou: – Pais ambiciosos não querem que as filhas casem com motoristas.

Com ar triste, deixou Mintesinot escorregar por sua perna.

Toda essa atividade despertou meus cansados companheiros de visita, que elogiaram, com entusiasmo, a beleza de Mintesinot. Enquanto isso, Haregewoin sentou-se e atendeu ao telefone de novo.

De repente, levantou-se e exclamou: – Outra criança. Inacreditável. Vou lá.

Selamneh saiu, balançando as chaves do carro. Mintesinot começou a pular ao seu lado, puxando-lhe a perna da calça, cantando algo sobre biscoitos e papai. Obedecendo a um sinal de Haregewoin, Sara correu para separar Mintesinot do motorista de táxi. Agora havia pavor verdadeiro, chutes e berros de quem se sente traído. – *Abi! Biskut!* – sacudiu os biscoitos italianos, que agarrava com força.

Selamneh desceu a janela do carro. – Mais tarde, Minty, vamos mais tarde.

– Mas você *vai* levá-lo para casa mais tarde? – perguntei, incapaz de disfarçar a dor na minha própria voz, sentindo como se eu tivesse ido junto com Mintesinot puxar a calça de Selamneh.

– Não.

– Mas ele vai ver o pai outra vez?

– Sim, vai.

Voltei para meu sofá no aposento úmido, triste demais para sair em outra missão de resgate de criança. Descobri que minha companheira de sofá, a matriarca, havia levantado acampamento.

– Quem *era* aquela, afinal? – perguntei, de mau humor.

Soube que a mulher com ar digno era uma estimada dignitária da Igreja Ortodoxa etíope e parente do falecido marido de Haregewoin. Ela honrava a casa – não, o bairro – com sua visita.

Devia ter-lhe dado mais espaço no sofá, é claro.

Sara levou Mintesinot de volta para dentro de casa. Soluçando, o menino enfiou os biscoitos dentro da camisa, para protegê-los até poder dá-los ao pai.

# 2

QUANDO DESPERTEI na manhã seguinte em meu quarto de hotel, o ar da montanha agitava-se na escuridão. A melodia em tom menor das preces começava na Grande Mesquita – *Alá, Alá* – e era logo acompanhada pelas vozes vindas de Medhane Alem, a catedral ortodoxa etíope – *Ale-, Ale-, Aleluia!* Os cânticos quase monótonos eram transmitidos por alto-falantes cheios de estática. Logo outros sons se juntaram aos cânticos: o relinchar de burros trotando em caminhos de terra, a batida rítmica no asfalto dos sapatos de solitários corredores de longa distância e a fanfarra dos galos anunciando o despertar da cidade.

No meio da tarde, Adis-Abeba engasgava-se com uma nuvem de poeira produzida por milhares de animais de casco, pela fumaça de fogareiros usados para cozinhar ao ar livre, pelo pó das fábricas de cimento e tijolos e pela poluição dos escapamentos dos carros. Tanto as preces quanto os palavrões eram engolidos pela cacofonia da vida nas ruas: o balido de animais, as buzinas de táxi, os gritos dos vendedores no mercado e a agitação de centenas de milhares de pedestres. Mas de manhã cedo a capital africana localizada em maior altitude era limpa e brilhante, e as preces matutinas flutuavam longe no ar fresco.

Demorei-me alguns instantes na pequena sacada de cimento do hotel, com vista para o sítio em miniatura do vizinho, com cabras e galinhas. Sentia-me estupefata com o que havia testemunhado na casa da Sra. Haregewoin na tarde anterior: a chamada telefônica, a missão de resgate da criança, o abandono do pai doente e a volta para casa a tempo de encontrar o café ainda quente nas xícaras.

Entendi que era uma espécie de triagem. Haregewoin não podia salvar todos – um milhão de pessoas haviam morrido de aids nas primeiras duas décadas da doença na Etiópia, e os mais atingidos eram homens e mulheres (em especial, as mulheres) entre quinze e quarenta e nove anos de idade: uma geração e meia de *pais*. Haregewoin Teferra tentava abrigar alguns dos órfãos deixados para trás.

Embora não conhecesse a história pessoal de Haregewoin, eu tinha uma idéia geral do número de órfãos. Eu havia ido à Etiópia pela primeira vez em 2001 (e conhecido Haregewoin em 2003), em parte para tentar entender as estatísticas.

A primeira vez que os dados chamaram minha atenção, de forma intensa, foi num domingo de manhã em Atlanta, no verão de 2000.

Eu relaxava ao lado de uma janela ensolarada, acabando meu café e atarraxando um brinco preguiçosamente, quando o *New York Times* de domingo espalhou as notícias sinistras sobre a mesa da cozinha. Pela primeira vez li a descrição, feita pela ONU, da África como "um continente de órfãos". O vírus da imunodeficiência humana (HIV) e a síndrome da imunodeficiência adquirida (aids) haviam matado mais de vinte e um milhões de pessoas, inclusive quatro milhões de crianças.

Mais de treze milhões de crianças estavam órfãs. Desse total, doze milhões habitavam a África subsaariana. Vinte por cento desse número vivia em dois países: a Nigéria e a Etiópia. Na Etiópia, onze por cento de todas as crianças eram órfãs.

E havia mais.

O Unaids (programa conjunto da ONU sobre HIV/aids) calculava que, entre 2000 e 2020, *mais* sessenta e oito milhões de pessoas morreriam de aids (uma doença que matou poucas pessoas no Ocidente desde a criação das terapias com drogas anti-retrovirais [ARV] no final da década de 90 do século XX).

Até 2010, entre vinte e cinco e cinqüenta milhões de crianças africanas, desde recém-nascidos até a idade de quinze anos, ficariam órfãs.

Em uma dúzia de países, até um quarto de suas crianças ficaria órfão.

As estatísticas eram ridículas.

Doze milhões, catorze milhões, dezoito milhões – números tão altos só poderiam responder a perguntas como: "Quantas estrelas há no universo?" ou "A quantos anos-luz está o Superaglomerado de Virgem da Via-Láctea?"

No verão de 2000, meu marido, Don Samuel, advogado de defesa, e eu completamos vinte e um anos de casamento. Tínhamos duas filhas e três filhos, os quatro primeiros biológicos e o caçula por adoção: Molly nasceu em 1981; Seth, em 1984; Lee, em 1988; Lily, em 1992; e Jesse, em 1995. Ambos quarentões, levávamos uma vida louca, mas alegre. Vagávamos em meio a uma enxurrada de complicações típicas da classe média: bilhetes de autorização, travas de chuteira, livros de biblioteca, instrumentos musicais, horas marcadas com o dentista, projetos da feira de ciências e formulários de admissão na faculdade. À noite, achava em meus bolsos coisas como chiclete usado, um brinquinho na forma de golfinho ou um boneco do Homem-Aranha com um braço só (e em outra noite o braço que faltava no Homem-Aranha). Uma vez, pediram que eu esvaziasse minha bolsa no serviço de segurança do aeroporto e havia uma banana de plástico, de tamanho natural, no fundo dela. Na realidade, eu sabia o que a banana estava fazendo ali, mas – como não era uma ameaça imediata – deixaram que eu passasse sem ter de explicar. Nosso quintal da frente parecia um depósito de bicicletas. Havia pontos sem grama por causa dos jogos de peteca.

Naquela manhã de verão, as crianças e os amigos que haviam sido convidados para passar a noite lá em casa gritavam de um quarto para o outro e arrastavam sacos de dormir e toalhas de praia pela casa inteira. Procuravam moedas para comprar picolés na lanchonete da piscina. Alguém entrou no carro e começou a buzinar para avisar aos pais para andarem depressa, apesar das explicações repetidas de que o passeio até a piscina aconteceria dali a pouco. Foi o verão em que Jesse, de cinco anos, adotado no outono anterior de um orfanato búlgaro, aprendeu a nadar em apenas uma tarde. Quando perguntamos como tinha aprendido a nadar tão depressa, ele respondeu: – O tubarão que mora na parte funda da piscina me ensinou.

De repente, havia esse mundo além da nossa casa: doze milhões de órfãos hoje. Vinte e cinco milhões de órfãos amanhã. E essas eram apenas as estatísticas dos órfãos da aids; se contássemos os órfãos da malária e da tuberculose, teríamos trinta e sete milhões de órfãos na África subsaariana, e esses números não incluíam as crianças privadas dos adultos pela guerra e pela fome.

Os seres humanos não são equipados para absorver doze milhões ou dezoito milhões ou vinte e cinco milhões de informações; nossos ancestrais proto-humanos jamais tiveram de lidar com mais de dez ou vinte espécimes de qualquer coisa. Para uma pessoa que não é matemático, epidemiologista, demógrafo, geógrafo, cientista social, antropólogo, médico ou economista – para uma pessoa, digamos, que *não conhece* quase ninguém com essas profissões (morando a três quilômetros dos Centros de Controle de Doenças em Atlanta, às vezes gosto de fazer rodízio de carro com um epidemiologista para levar as crianças ao treino de futebol), números com tantos zeros são difíceis de decifrar. Presume-se que se possa fazer uma série de contas e cálculos com números como onze milhões e vinte e cinco milhões, mas palmas para quem pode imaginar seu real *significado*!

Quem iria criar doze milhões de crianças? Era o que eu, de repente, queria saber. Havia dias que Donny e eu achávamos que ficaríamos malucos com cinco filhos.

Quem ensinava doze milhões de crianças a nadar? Quem assinava doze milhões de bilhetes de autorização para excursões em grupo organizadas pela escola? Quem preparava doze milhões de almoços para levar para a escola? Quem torcia em doze milhões de jogos de futebol? (Isso soava como *nossos* fins de semana.) Quem iria comprar doze milhões de pares de tênis que se acendem quando a criança pula? Mochilas? Escovas de dentes? Doze milhões de pares de meias? Quem contará doze milhões de histórias na hora de dormir? Quem estudará com doze milhões de crianças na noite da quinta-feira para prepará-las para o teste de ortografia da sexta de manhã? Doze milhões de idas ao dentista? Doze milhões de festas de aniversário?

Quem acordará no meio da noite para acalmar dezoito milhões de crianças com pesadelos?

Quem oferecerá tratamento psicológico a doze, quinze, trinta e seis milhões de crianças para ajudá-las a superar a morte dos pais? Quem as ajudará a escapar de uma vida de servidão ou prostituição? Quem passará para elas as tradições de cultura e religião, de história e governo, do ofício e da profissão? Quem as ajudará a crescer, escolher a pessoa certa para casar, arranjar emprego e aprender a cuidar dos próprios filhos?

Bem, ao que parece, ninguém. Ou muito poucas pessoas. Não há adultos em número suficiente para preencher a lacuna. Embora nos países industrializados ocidentais o HIV/aids tenha se tornado uma condição crônica em vez de uma pena de morte, na África uma geração formada de pais, professores, diretores de escola, médicos, enfermeiras, professores universitários, líderes espirituais, músicos, poetas, burocratas, treinadores, fazendeiros, banqueiros e homens de negócios está sendo extinta.

Os números ridículos são avassaladores para a maioria de nós. Será possível que isso esteja acontecendo no *nosso* tempo? Nós, que lemos as histórias do genocídio armênio, do Holocausto e do Gulag de Stálin, que vivemos na época das matanças no Camboja, na Bósnia e em Ruanda, sentimo-nos, mais uma vez, seguros e abrigados. A miséria humana no outro lado do trópico de Câncer pode até despertar em nós um sentimento vago e triste de solidariedade, mas estamos muito distanciados dela, no espaço e no tempo. Esse distanciamento se aplica também aos locais mais duramente atingidos, porque, mesmo nos países da Ásia e da África em pior situação, há cidadãos que vivem com conforto – inclusive líderes eleitos – e se mantêm a salvo da enchente que avança.

O Muro de Berlim e a Cortina de Ferro caíram, mas é como se um muro vibrante de luzes estroboscópicas, celebridades televisionadas e música amplificada tivesse sido construído no meio do oceano Atlântico ou no meio do mar Mediterrâneo. É difícil ignorar os *docudramas* simulados, as "resenhas de notícias" na televisão e as biografias recriadas, planejados para nos distrair de milhares de maneiras enquanto pensamos estar envolvidos em histórias verdadeiras. Os Estados Unidos lutam contra o surto de obesidade a tal ponto que os americanos esquecem que há problemas mais sérios que esse na Terra.

Alguns ocidentais quebraram essa barreira. O enviado especial da ONU Stephen Lewis pertence a tal grupo; Jonathan Mann, o médico *globe-trotter* e carismático, sempre de gravata-borboleta, que morreu em um acidente aéreo perto de Halifax, foi outro. Bill e Melinda Gates e os ex-presidentes Jimmy Carter e Bill Clinton também se encaixam nessa categoria.

Como nós – cidadãos normais, dirigindo em ruas asfaltadas entre a casa e a escola, o trabalho e o *playground*, o *shopping* e a casa de ferragens, segurando a porta com o pé para podermos entrar em casa carregados com a correspondência, as sacolas de compras, a bolsa, o livro, as mochilas das crianças –, como nós podemos atravessar a barreira também?

Naquela manhã de domingo, enquanto crianças de maiô buzinavam na entrada da garagem pedindo que eu me apressasse, uma pergunta me veio subitamente à cabeça: "Será que se pode adotar um órfão da aids africano?" A idéia da adoção me deu um foco, um modo de examinar o que estava por trás daqueles números grandes cheios de zeros. Antes de ir à Etiópia como jornalista, fui como uma mãe adotiva; a Etiópia era um dos poucos países na África que permitia a adoção por pais estrangeiros.

Ir à Etiópia como mãe adotiva acabou sendo a melhor forma de me apresentar a Haregewoin Teferra. As mães estavam em perigo na pátria de Haregewoin. Portanto, uma mãe disposta a tomar conta de crianças que não eram seus filhos biológicos era de grande valor.

Acabei por não adotar uma criança do abrigo administrado por Haregewoin, mas cheguei até ela pela corrente de homens e mulheres – etíopes e americanos – que levavam órfãos, um a um, para fora do país e os entregavam a famílias adotivas no Ocidente.

A adoção *não* é a resposta para o problema HIV/aids na Etiópia. Ela salva poucos. Mas inspira pelo exemplo: aquelas poucas crianças, que foram amadas um dia e perderam os pais por causa de doenças evitáveis, obtiveram uma segunda chance de ter uma família em países estrangeiros; como pequenos embaixadores, elas nos educam. A partir delas, podemos ter uma idéia da aparência das crianças etíopes na mesma faixa etária – os vivos e os milhões de moribundos –, sem pais, em cidades e aldeias da África. Para cada órfão que aparece em uma casa no hemisfério norte – e vence uma competição de ortografia, ganha uma corrida *cross-country*, se torna escoteiro, aprende a andar de patins e toca corneta ou violino –, dez mil crianças ficam para trás, sozinhas.

– A adoção é o último recurso – disse-me, em novembro de 2005, Haddush Halefom, presidente da Comissão da Infância, subordinada ao Ministério do Trabalho, que decide sobre as adoções de crianças etíopes por residentes em outros países. – Historicamente, havia poucos órfãos em nosso país porque, em virtude dos laços familiares estreitos, as crianças órfãs eram criadas pelo círculo familiar mais amplo. Mas a pandemia HIV/aids destruiu tantas famílias que se tornou impossível absorver todos os órfãos etíopes.

– Tenho profundo respeito pelas famílias que cuidam das nossas crianças – Halefom afirmou. – Mas estou muito interessado em qualquer auxílio para manter os pais biológicos vivos. A adoção é uma coisa boa, mas é natural que as crianças prefiram não ver os pais morrerem.

Muito pouco dos recursos médicos que vêm do Ocidente alcançam a África. Hoje, em 2006, 4.700.000 pessoas na África têm necessidade de tratamento imediato com drogas contra aids, mas somente 500.000 têm acesso aos medicamentos que salvariam suas vidas. Seis mil e seiscentos africanos morrem diariamente de aids. O relatório mais recente do Unicef diz que, no Zimbábue, uma criança morre de aids ou fica órfã a cada vinte minutos.

Há vitórias. Os medicamentos antiaids são tão poderosos, que pacientes terminais recuperam a saúde e retornam ao trabalho menos de dois meses depois do começo do tratamento. As pesquisas demonstram que os africanos tratados com drogas antiaids seguem o rigoroso regime medicamentoso muito melhor que os pacientes americanos ou europeus; o índice de sucesso é de cerca de noventa por cento. Em países como Uganda e Senegal, campanhas educativas públicas, integração com a comunidade e tratamento medicamentoso estão derrotando as epidemias que os atingem.

No entanto, a África não dispõe dos recursos de que precisa para vencer a guerra contra a aids. O Unaids chegou à estimativa de que é necessário investir cerca de vinte bilhões de dólares por ano até 2007 para controlar a pandemia. Mas os países mais ricos do mundo contribuíram com menos de cinco bilhões de dólares para combater a aids, em nível global, em 2003.

Medidas mais amplas – como relações de comércio justas, o perdão de dívidas injustas, o compartilhamento de descobertas médicas e o apoio do Fundo Global de Combate à Aids, à Tuberculose e à Malária (o Fundo Global) – são passos indispensáveis para reduzir o número de órfãos; mas até agora o mundo rico ainda não tomou as iniciativas necessárias.

Apesar de não a conhecer bem, compreendi por que Haregewoin existia. A doença alastrava-se pelo país, destruindo famílias. Era um *tsu-*

*nami* em câmara lenta, com moribundos estendendo os braços e pedindo socorro antes de sucumbir e crianças arrancadas dos braços dos pais. Haregewoin era uma cidadã comum, uma mulher de meia-idade de classe média, que deparou com a pior epidemia da história, a única doença a ser considerada uma ameaça à segurança mundial pelo Conselho de Segurança da ONU, a primeira doença a ser tema de uma reunião da Assembléia Geral da ONU, a única enfermidade a ganhar um embaixador americano em nível de ministério, uma pandemia que derrubava governos e alterava as relações entre as nações.

Eu sabia que pessoas como Haregewoin Teferra despertavam interesse nos epidemiologistas, economistas e sociólogos engajados na luta contra a pandemia HIV/aids. Em mesas-redondas e conferências realizadas em Washington, Paris e Genebra, os especialistas globais tentavam imaginar, traduzir em gráficos e mapas como era a vida em um país com órfãos por toda a parte. O reverendo Dr. Gary Gunderson, diretor da Escola Rollins de Saúde Pública da Universidade de Emory, em Atlanta, disse-me: – Embora os governos possam e estejam fornecendo bilhões de dólares, a única esperança para a maioria dos vinte e cinco milhões de órfãos são centenas de pessoas como Haregewoin Teferra. É crucial entender o milagre da vida dessa mulher para que possamos saber como nos aproximar dela e ajudá-la com nossa força. Uma dúzia de conferências globais não produz a metade do resultado conseguido por Haregewoin.

Mas por que Haregewoin interferia na epidemia? Por que refugiados se amontoavam no abrigo modesto administrado por ela, em vez de se dirigir ao abrigo mais confortável situado mais adiante na mesma rua? Por que escolher a casa de tijolos com dois quartos em vez de uma casa de três andares no outro lado do vale?

Nas ruas, o boato era que *Waizero* [a Sra.] Haregewoin era soropositiva para o HIV. Diziam que Haregewoin acolhia e ajudava pessoas com HIV/aids porque ela mesma teria contraído a doença. Haregewoin não xingava, não atirava pedras, não espalhava cinzas nas pegadas nem brandia uma vassoura contra as vítimas soropositivas, tampouco lhes batia com a porta na cara, apenas por uma razão: compartilhava o mesmo destino. Tal explicação isentava os amigos e conhecidos soronegativos de se envolver. *Já que não fomos atingidos pela pandemia, podemos continuar a fingir que não está acontecendo.*

– Bem, não é verdade – era a resposta de *Ato* [o Sr.] Zewedu, um velho amigo de Haregewoin, aos fofoqueiros. (Engenheiro e professor universitário, ele havia se envolvido com o drama dos pacientes de aids somente depois que um exame de sangue confirmou que ele se juntara às fileiras de doentes.) – Mas, claro, vocês não vão acreditar em *mim.*

Zewedu, porém, estava certo: Haregewoin era soronegativa para HIV. A presença do vírus letal no sangue não era o único ingrediente que inspirava uma pessoa a se juntar à linha de frente de combate. (Ainda está para ser inventado um exame de sangue que possa medir tal qualidade.)

Então, por que algumas pessoas – enquanto a maioria tenta, por instinto, salvar a si própria e a família da catástrofe – param, olham para trás e auxiliam estranhos? Em vez de fugir na direção oposta, alguns se aventuram nas águas que se avolumam para tentar arrancar os afogados da morte iminente e levá-los para terras mais altas.

Nos meses e anos seguintes, eu ficaria sabendo que, assim como não há um exame de sangue para identificar quem vai se comprometer com uma causa, também não há trajetórias biográficas simples. Nenhum currículo pode prever por que uma determinada pessoa, a uma distância segura de uma crise, repentinamente anuncia: – Esta luta é *minha.*

No *Pirkei Avoth* [Ética dos pais], tratado de ética judaica datado do século III, está escrito: "Em um lugar sem pessoas, tente ser gente" (2,6).

E Haregewoin tentou.

A coisa mais difícil que aprendi à medida que me inteirava mais dessa história foi que Haregewoin não era nenhuma Madre Teresa de Calcutá.

No princípio, fiquei arrasada com a notícia. Havia pensado em escrever uma hagiografia, um capítulo para *As vidas dos santos.*

Chamar uma pessoa boa de santo é apenas outra forma de tentar explicar um comportamento extraordinário, como ao dizer: "Ela deve estar doente! Ela deve ser íntegra! Seja *o que for*, ela está em outro plano da existência, diferente do nosso." E isso significa que podemos nos omitir.

Já que a maioria de nós espectadores não é santo, ninguém vai cobrar nossa participação.

Observava a reputação de Haregewoin subir e descer como o alvorecer e o pôr-do-sol. À medida que misturou a própria vida com as vidas das pessoas arruinadas pela pandemia, ela se tornou um joão-ninguém, como os doentes. Então, começou a ser vista como uma santa. Mas alguns protestavam: "Ei! Ela não é santa, não!", e a acusavam de corrupção. Ou talvez ela tenha começado como santa, se tornado uma tirana e, depois, uma santa outra vez. Ou era o oposto? A história mudava. Mas não havia meio-termo: ou Haregewoin era toda boa, ou toda má. Ela era julgada por aqueles que a observavam.

Zewedu, um velho amigo, a via como ela era na realidade: uma pessoa comum, debatendo-se em tempos difíceis, com um pouco mais de bondade que a maioria para oferecer às pessoas que sofriam ao seu redor e com algum instinto de preservação. Mas a maioria dos observadores não era capaz de alcançar esse ponto de vista prático, e Zewedu provavelmente não teria muito tempo de vida.

Mas ouvi dizer, para minha alegria, que até mesmo Madre Teresa não era nenhuma Madre Teresa.

# 3

NA MANHÃ SEGUINTE à tarde chuvosa em que Mintesinot foi resgatado das ruas, Selamneh me pegou em frente ao hotelzinho. O táxi azul subiu com dificuldade uma ladeira de terra batida. Depois, estacionamos e fomos a pé. Passamos por incontáveis muros e cercas de dois metros de altura. A vida familiar em Adis-Abeba transcorre dentro de conjuntos de edificações escondidos da rua por muros construídos com folhas de zinco ondulado, pedras empilhadas, blocos de cimento ou varas de madeira ou de bambu. Nunca se sabe o que há do outro lado do muro. Pode ser uma choupana de pau-a-pique, uma casa de tijolos como a de Haregewoin ou uma mansão elegante em estilo mediterrâneo com água encanada, TV por satélite, máquina de lavar, acesso à internet e – das sacadas superiores – uma ampla vista das agradáveis montanhas Entoto.

Um grande número de crianças corria na alameda de terra batida ao lado da casa de Haregewoin. Algumas empurravam aros de madeira com varetas para tentar mantê-los em pé, uma brincadeira que desapareceu dos Estados Unidos desde o período colonial. Outras carregavam crianças menores nas costas. As roupas não combinavam, estavam mal ajustadas e cobertas de poeira. Mesmo em dias quentes, muitas crianças usavam casacos do tamanho errado, para o sexo errado, com capuzes felpudos e luvas presas às mangas. Era evidente que alguns norte-americanos e europeus bondosos haviam doado roupas usadas para os órfãos da aids e uma caixa de parcas e calças de esqui tinha ido parar nesse bairro quente e seco da África oriental.

Os países ricos, as organizações globais e os laboratórios multinacionais têm relutado em compartilhar as drogas anti-retrovirais, isto é, os medicamentos antiaids. A Organização Mundial do Comércio, com o apoio dos Estados Unidos, colocou o direito de propriedade intelectual (como a composição molecular da medicação contra a aids) acima do direito humano à assistência médica. Assim, os medicamentos de marca ficam fora do alcance da maioria das pessoas, que morrem por não poder adquiri-los.

Mas as remessas de roupas usadas chegam sem falta, a despeito das epidemias de fome e da guerra. As populações do Primeiro Mundo se sentem obrigadas a encaixotar roupas usadas e despachá-las para a África.

Como a maioria das casas, a de Haregewoin era protegida da cidade fervilhante por uma cerca feita de placas de zinco ondulado, encaixadas e amarradas, de dois metros de altura. A mulher destrancou a porta pesada, escorada por duas colunas de concreto, abriu-a para dentro e cumprimentou Selamneh com um beijo em cada face. Puxou-me para junto de si com um aperto de mãos caloroso, segurando minhas mãos com ambas as mãos e beijando minhas faces duas vezes. Com 1,73 metro de altura, eu parecia enorme perto dela. Sempre me senti "a branquela desajeitada" perto de Haregewoin. Sua postura era ereta, os ombros retos, e a cabeça pendia um pouco para trás, em uma atitude um pouco desafiadora. Ou talvez a mulher estivesse apenas sempre preparada para conversar com pessoas muito mais altas. Haregewoin dava a impressão de que tudo que acontecia na sua altura era normal, enquanto na minha altura os acontecimentos eram um tanto bizarros.

Virou-se e nos fez entrar, atrás dela, na casa de tijolos. Selamneh e eu sentamos lado a lado no sofá baixo e de fundo solto da sala.

Haregewoin chamou Sara, a ex-estudante universitária deserdada pelos pais, e pediu que preparasse, em minha honra, a tradicional "cerimônia do café", um ritual de hospitalidade e prazer de tomar *buna* (café).

Sara entrou trajando um vestido branco tecido à mão, enfeitado com bordados coloridos. Carregava um maço longo de capim recém-cortado, que ela colocou no chão de cimento. Então saiu da sala e voltou com um pequeno fogão a carvão, que foi colocado no tapete de capim, e sentou-se diante do fogão em um banquinho baixo de três pernas. Começou a torrar grãos frescos de café em uma frigideira, sacudindo-a para fazer a casca despregar dos grãos. Quando a panela fumegava com o óleo expelido pelos grãos de café, Sara a trouxe até nós, segurando-a pelo cabo. Selamneh e Haregewoin abanaram a fumaça na direção do rosto, saboreando o aroma, e eu os imitei. De volta ao banquinho, a jovem moeu os grãos de café com um pilão e preparou o café em um bule preto artesanal muito bem-feito. Depois despejou o café de consistência forte em pequenas xícaras de porcelana cheias de açúcar. Era costume os convidados beliscarem pipoca ou a cevada torrada conhecida como *kolo*.

De supetão, fazendo algazarra, Mintesinot voou pela porta da frente e se jogou nos braços de Selamneh.

– Vamos ver meu pai hoje? – o menino perguntou.

– Hum, hoje não, mas logo. Você ainda tem os biscoitos?

– Tenho! – gritou e tirou do bolso o pacote achatado, com algumas migalhas sobreviventes.

– Minty, *na* [venha] – disse Sara. – Vamos ver de que as outras crianças estão brincando. – O menino pegou a mão da jovem, mas ao sair olhou por sobre o ombro para Selamneh.

Após um gole, Haregewoin colocou a xícara na mesa e virou-se para ficar de frente para mim. Estendeu as mãos com as palmas para cima e me deu um sorriso enrugado. Estava me convidando a fazer perguntas. Porém, não estava satisfeita. Suas pupilas estavam negras como carvão. Os vincos tristes entre as sobrancelhas faziam um convite diferente, davam uma espécie de aviso.

Haregewoin não tinha uma história de vida bonita. Por isso, aceitava de bom grado cada interrupção externa e afastava-se de mim sorrindo, ansiosa por interromper a narrativa. O celular ou o telefone fixo tocavam, ou um funcionário do escritório pedia que ela assinasse alguns papéis, ou um visitante pedia para falar com ela. Mostrava às pessoas que a procuravam (mas não para mim) um rosto bondoso, alegre e sorridente. Quando olhava de novo para mim, ela encolhia os ombros com um sorriso impotente, como se dissesse: "Viu? Não tenho tempo para contar esta história inútil, que de qualquer forma é muito velha e não interessa a ninguém."

Quando Haregewoin deixou-se arrastar por uma conversa interminável em amárico, falando rápido, recostando-se na cadeira e batendo de leve no peito várias vezes, com gargalhadas entremeadas por tosse, coloquei minha xícara na mesa e saí. O ar radiante da manhã cintilava com a claridade da altitude elevada. Crianças matavam o tempo no quintal sujo. Uma menininha feliz chamou minha atenção: ela pulava de cá para lá, descalça, vestindo uma calça de moletom cinza sob um vestido rosa bufante cheio de babados e, por cima do vestido, um casaco de inverno, de menino, pequeno demais para ela. Fiquei observando a menina, que se sentou sobre uma pedra chata com as vestes de rainha arrumadas em volta do corpo. Demonstrava grande orgulho por possuir tais roupas, tentando, mesmo com os movimentos limitados pela parca, ajeitar o tule espesso do vestido. Vi quando olhou em volta com discrição para ver se alguém havia notado como ela estava bonita.

Eu notei. Cheguei perto e acariciei a cabecinha cálida, as trancinhas duras e secas, e sussurrei um elogio incompreensível em inglês. Ela levou um susto, mas depois compreendeu: os lábios se curvaram em um sorriso satisfeito e desconcertado.

Não sabia quem tomava conta da garotinha de rosa – talvez uma avó, talvez uma irmã ou irmão não muito mais velhos que ela –, mas vi que ela lembrava o que significava ter mãe. Uma órfã de longa data não esperaria que alguém elogiasse seu vestido bonito.

Haregewoin veio me buscar, dizendo: – Vamos conversar.

Duas mulheres idosas haviam chegado da rua e entrado na sala. Quando entrei, fizeram uma reverência com a cabeça, mantendo-se sentadas. Haregewoin não contaria sua história pesada diante delas. Começaríamos com assuntos mais leves.

Haregewoin Teferra era a primogênita (nascera por volta de 1946) de um juiz distrital rural, Teferra Woldmariam, da aldeia de Yirgealem. (Os etíopes recebem o primeiro nome do pai como sobrenome. As mulheres não mudam de nome quando casam.)

O juiz e a primeira mulher tiveram duas filhas. Após o divórcio, o juiz casou novamente, e a segunda mulher deu à luz dezoito filhos. Haregewoin morava com o pai e a madrasta. – Todo ano, um filho. Às vezes, gêmeos – disse, rindo. Haregewoin era de baixa estatura, mas mandona. Usava duas tranças compridas e ficava de pé, com as mãos nos quadris, com uma inclinação cética da cabeça enquanto ouvia – e desconsiderava – qualquer tipo de acusação, súplica, choramingo ou álibi apresentado pelo enxame de irmãos mais jovens. No único prédio de blocos de concreto da cidade, o juiz Teferra presidia casos civis e criminais com o mesmo tipo de desconcertante amabilidade.

– Eu ria o tempo todo – Haregewoin me contou. – Era a garota mais feliz do mundo. Meu pai era um grande incentivador da educação das meninas; queria que eu fosse capaz de me sustentar. Insistia que eu sentasse e estudasse, mas eu era inquieta; gostava de ficar pulando.

Na adolescência, Haregewoin foi mandada para a capital para freqüentar uma boa escola secundária; foi morar com um tio e uma tia. Em 1965, aos dezenove anos, foi a um casamento e encontrou um homem que costumava lecionar na escola primária que ela havia freqüentado. Era o irmão do noivo, Worku Kebede.

– Ele não tinha sido meu professor, mas me lembrava dele. Agora usava bigode e fumava cigarro. – Alto, calado e sério, Worku, de vinte e nove anos, era professor secundário de biologia, formado pela Universidade de Alemaye, em Harare, Etiópia. Haregewoin era alegre e estouvada. O ar sombrio de Worku transformou-se em alegre surpresa quando a moça se aproximou e o acusou, de dedo em riste, de não se lembrar dela.

– Eu era tão inocente! Ele riu de mim – recordou-se.

Worku fez mais do que rir. – Mandou dizer a meu pai que queria casar-se comigo. Mas meu pai não concordou. Disse aos amigos: "Ele é professor. Não posso lhe dar a mão de minha filha." Para mim ele disse: "Um professor jamais será um marido. Um professor sempre será como um pai, até mais que eu."

– Depois, um amigo do pai de Worku visitou meu pai, representando a família. Levou dois meses para meu pai concordar, mas finalmente ele aprovou a união. – Em 1966, com vinte e trinta anos, respectivamente, Haregewoin e Worku se casaram. – Nosso casamento foi muito bonito, em uma igreja; usei um vestido branco no estilo ocidental. Ele vestiu um terno preto e gravata branca. Houve música e dança à noite.

O casal alugou uma casa de cimento de dois andares em Adis-Abeba, em um bairro movimentado, com lojas de roupas, padarias e barbeiros. No primeiro ano do casamento, em 1967, Haregewoin deu à luz uma filha, Atetegeb (A-*tê*-te-gueb). Dois anos mais tarde, nasceu Suzanna. Quando as meninas foram para a escola, Haregewoin conseguiu um emprego como secretária no Departamento de Estradas Federais. Mais tarde, obteve um cargo melhor no escritório de contabilidade da Universidade de Adis-Abeba e depois foi para a Burroughs, uma empresa americana de computadores. Worku foi promovido e tornou-se diretor da escola secundária. – Éramos muito felizes juntos – disse Haregewoin. – Ambos adorávamos ler. Eu gostava dos romances de Danielle Steel. Ele preferia biologia e história. Sempre nos sentíamos muito felizes de estar juntos.

Worku adorava livros e era muito cuidadoso com os volumes que tinha a sorte de possuir, manuseando-os com as mãos limpas e virando as páginas com as pontas dos dedos compridos. Atetegeb tornou-se uma amante da leitura também; desde muito pequena, gostava de se aconchegar em uma cadeira perto da escrivaninha de Worku e ler à luz do abajur do pai. Worku trazia livros da escola para a menina, que ficava sentada, com ar solene, alisando as ilustrações de dinossauros, planetas ou baleias.

Suzie herdou a exuberância da mãe, o riso fácil e o andar apressado. Correndo para a porta para se juntar aos amigos, ela gritava para Atetegeb ir também, mas a menina mais velha – do rosto oval bem-feito, cabelos ondulados à altura dos ombros e olhos naturalmente delineados de preto – recusava o convite sem tirar os olhos do livro. Quando as garotas entraram na adolescência, Haregewoin inquietou-se com isso. – Você é uma menina bonita! – assegurou a Atetegeb. Mas Worku interveio, dizendo, em amárico: – *Teyat* [Deixe a criança em paz.]

# 4

NAS FÉRIAS ESCOLARES, Worku abasteceu o Opel da família, fabricado na Alemanha, com gasolina; Haregewoin encheu uma cesta com frutas, ensopado de lentilhas, ensopado de milho, *injera* (um pão de massa azeda típico da Etiópia) e garrafas de água, e os quatro partiram para o interior do país. Eles deixaram Adis em direção à cidade de Debra Zeyit, descendo para o Vale do Rift, junto à cadeia de lagos. Às margens dos lagos azul-platina que ocupam crateras de vulcões, havia cucos e corrupiões, abelheiros e andorinhas. Mais de oitocentas espécies de pássaros foram identificadas na Etiópia, incluindo catorze espécies endêmicas.

A família atravessou a pastagem ensolarada da savana. Ao lado de plantações de *teff*, cereal nativo do país, eles viam de relance famílias vivendo em *tukuls*, cabanas redondas de palha, à maneira antiga característica do interior. Uma criança pequena levava alguns patos ou gansos da família para um poço e os trazia de volta com um chicote feito de ervas flexíveis. Laranjas duras e pequenas cresciam em pomares antigos. No meio de uma planície ressequida, uma acácia, árvore espinhosa, oferecia um fiapo de sombra a um nômade de passagem.

Antílopes, zebras, gazelas e babuínos podiam ser vistos nos lugares selvagens. No lago Ziway, hipopótamos, meio submersos, se deslocavam preguiçosamente nas águas verdes entre os juncos, emitindo sons graves, semelhantes a gargarejos. De vez em quando, um deles se levantava, a água caindo como uma cascata ao longo da cabeça enorme, semelhante a uma cabaça preta de borracha com olhos arregalados – e, abrindo a boca enorme, bocejava para os outros, em seguida afundava, se virava e ia embora. Uma nuvem rosa-claro de flamingos cruzava a água brilhante.

Quarenta e cinco grupos tribais diferentes ocupavam as terras ao sul de Adis-Abeba, inclusive os famosos Mursi, que enfiavam placas nos lábios, e os Karo, de corpos pintados. Alguns povos do sul compreenderam que tinham sido colonizados pelos habitantes das regiões montanhosas e tinham começado a participar nos processos irregulares de construção da nação; outros nunca tinham ouvido falar de Etiópia ou de Menelik II, rei entre o final do século XIX e princípio do século XX, que os tinha conquistado e reivindicado suas terras.

A rocha sobre a qual a Etiópia repousa é Gondwana, o primeiro continente da Terra, surgido há seiscentos milhões de anos. Mares em tempos remotos a lavaram, seguidos por um longo período de ar seco; durante eras o sedimento se depositou e endureceu sobre o antigo continente sólido; depois, milênios de ventos e chuva espalharam esse sedimento. Atualmente, escrevem os historiadores Graham Hancock e Richard Pankhurst, "Gondwana está mais uma vez exposta, brilhando com o fogo indescritível de antigos minerais como ouro e platina".

Escondidos nas fendas das montanhas ressecadas, arqueólogos emergem de seus campos de anos em anos para anunciar a descoberta de ossos de uma antiguidade impressionante. A humanidade evoluiu nessa paisagem. O Museu Nacional da Etiópia conserva os ossos do hominídeo Dinkenesh, ou Lucy – de três milhões de anos –, descoberta pelo antropólogo americano Donald C. Johanson em 1974 e, segundo a lenda, a mãe da humanidade.

A resposta a um dos mistérios mais intrigantes da história natural – "Onde estão localizadas as cabeceiras do rio Nilo?" – pode ser parcialmente encontrada nas terras altas do norte da Etiópia: o lago Tana é a origem do Nilo Azul, que se junta ao Nilo Branco, proveniente do lago Vitória, na fronteira de Uganda, Tanzânia e Quênia, fluindo em direção ao norte através do Sudão e chegando ao Egito. As cataratas do Nilo Azul são conhecidas em amárico, a língua mais comumente falada na Etiópia, como Tisissat, "Águas que lançam fumaça". O lago Tana é dotado de ilhas ocupadas por mosteiros do século XV. Em seu interior, monges estudam manuscritos religiosos medievais, escritos no idioma eclesiástico antigo de ge'ez em pergaminhos feitos de pele de cabra e de cavalo. Eles se debruçam, em meditações, sobre o épico do século XIV, escrito em ge'ez, *Kebra Nagast*, "A glória dos reis", que descreve a jornada da rainha Makeda de Axum a Jerusalém.

Outro grande mistério da história é "Onde está a Arca da Aliança?". Acredita-se que a Arca – ou Tabernáculo – contenha o primeiro conjunto de tábuas destruídas dos Dez Mandamentos, ou o segundo conjunto intacto, dados por Moisés ao povo de Israel no monte Sinai; ou ambos. As tábuas foram transportadas pelos antigos hebreus através do deserto de Sinai e, ao conquistar Canaã, o rei Davi as levou para Jerusalém. No século X a.C., o rei Salomão supervisionou a construção do Templo, que seria o lugar definitivo em que a Arca ficaria.

Em 586 a.C., o Templo de Salomão foi destruído pelos babilônios, sob o comando de Nabucodonosor. O destino posterior da Arca é desconhecido, e durante mil e quinhentos anos tem sido motivo de indagações. Talvez tenha sido saqueada pelos babilônios, mas os conquistadores faziam listas criteriosas do que saqueavam, e o Tabernáculo não está incluído nesse prêmio. O rei Joás talvez a tenha enterrado no monte do Templo (atualmente, enterrado sob o Domo da Rocha, área vedada ao trabalho de arqueólogos). Ou, ainda, o rei Salomão pode ter escondido a Arca em uma caverna próxima ao mar Morto para que não fosse encontrada caso ocorresse um desastre.

Os etíopes, contudo, acreditam saber o local em que se encontra o *Tabot* (Tabernáculo em amárico): seria na antiga capital de Axum, e ele estaria lá desde que o rei Menelik o trouxe durante a época de Salomão e o guardou em uma pequena construção de granito, no terreno onde está localizada a igreja de Santa Maria de Sião, sob os olhos atentos de um monge conhecido como o Guardião da Arca.

Qualquer etíope pode lhe contar isso. Poucas pessoas lhes perguntam sobre o assunto.

A modernização do país e a expansão de sua região administrativa através das terras vizinhas tiveram início no final do século XIX. Durante a década de 1880, após a Itália ter estabelecido sua presença na costa do mar Vermelho, o rei Menelik II, com ambições territoriais próprias, se aliou ao poder europeu e assinou o Tratado de Uccialli. Ele aceitou o direito da Itália sobre a Eritréia e as terras ao norte, em torno das cidades de Keren, Massawa e Asmara (na região que viria a ser a Eritréia), em troca de dinheiro e armas, incluindo trinta mil mosquetes e vinte e oito canhões.

Havia, porém, duas versões para o Tratado de Uccialli. A versão italiana conferia um papel mais subserviente à Etiópia do que a versão apresentada pelo povo amárico. A Itália declarou ao mundo que a Etiópia havia se tornado protetorado italiano, embora a Etiópia não entendesse assim.

Em 1890, Menelik II denunciou a pretensão da Itália e, em 1893, rejeitou o tratado por inteiro.

A Itália resolveu responder militarmente. O comandante italiano na colônia eritréia recebeu a ordem de conquistar uma vitória decisiva sobre o exército da Etiópia; ele prometeu retornar vitorioso, levando o governante etíope preso em uma jaula.

No final de fevereiro de 1896, o rei etíope deixou Adis-Abeba acompanhado de uma tropa com cem mil soldados e de sua esposa, a imperatriz Taytu. "Seu exército era impressionante, não só pelo tamanho, mas também por demonstrar de maneira eloqüente a unidade nacional", escreve o historiador Bahru Zewde, professor de história na Universidade de Adis-Abeba. "Não havia praticamente nenhuma região na Etiópia que não houvesse enviado um contingente."

Os italianos ocuparam uma região elevada em Amba Alage, uma fortaleza natural; a vanguarda do exército etíope lançou uma ofensiva, lutando contra tropas entrincheiradas e mais bem armadas para conseguir subir a montanha. Os italianos foram despachados, e seu comandante estava entre as baixas.

Na segunda fase da campanha foi efetuado um cerco contra o forte italiano de Maquale, localizado quarenta e cinco milhas ao norte, durante o qual as tropas italianas ficaram sem suprimentos e água, acabando por se render.

Na noite de 29 de fevereiro de 1896, o general italiano Oreste Baratieri, prevendo uma vitória fácil, lançou um ataque surpresa com três colunas. "Notícias de sua marcha o antecederam", escreve Zewde, "e foram recebidas com grande alívio pelos etíopes, que esperavam ansiosamente por um enfrentamento decisivo."

Os exércitos se encontraram em Adowa, no dia 1º de março de 1896. O professor Zewde escreve: "A origem do desastre italiano reside na falta de coordenação das investidas das três colunas. À falta de mapas precisos, a brigada de Albertone [general Matteo] ficou isolada, sendo o alvo que concentrou a fúria das tropas etíopes. Tentando resgatar Albertone, Dabormida [general Vitório] fez uma manobra fatal, indo para a esquerda em vez de seguir para a direita. A batalha resultou no desbaratamento dos italianos, embora as perdas etíopes tivessem sido pesadas. Ao meio-dia de 1º de março, a Batalha de Adowa estava praticamente acabada. A ambição colonial italiana estava morta. A Etiópia independente sobreviveu."

Quando as notícias chegaram à Itália, houve tumultos nas ruas, e a derrota levou à queda do primeiro-ministro. O novo governo italiano reconheceu a independência da Etiópia.

"A batalha em Adowa foi, na época, a maior derrota infligida a um exército europeu por um exército africano, desde os tempos de Aníbal", escreve Greg Blake em seu livro *Military History*, "e suas conseqüências foram sentidas até o século XX. Como exemplo de guerra colonial em escala épica, ela não pode ser superada. Como exemplo duplo de arrogância e subestimação do inimigo, nunca deve ser esquecida."

A escrita e o alfabeto etíopes, a igreja etíope, o calendário etíope, a escrita em ge'ez (a primeira língua escrita na África) e a literatura etíope, as Bíblias ilustradas em ge'ez, o tempo etíope, os feriados etíopes e os estilos nativos de arquitetura, pintura, poesia oral, dança e tapeçaria sobrevivem sem concessões ou misturas, de uma maneira única no planeta.

E os etíopes, povo lindo, esbelto e orgulhoso, têm conhecimento disso, também.

Que qualidade têm todas essas coisas, essas extraordinárias coisas etíopes? Talvez se possa avaliá-la levando em conta que foi a Etiópia que apresentou o café ao mundo. Os *bag'as* silvestres foram colhidos pela primeira vez nas florestas de Kaffa.

Durante quantos milênios os abissínios sentaram-se em seu platô rochoso, discutindo literatura em cafeterias, enquanto na Europa bárbara os *Homo sapiens*, menos desenvolvidos, lutavam entre si com pedras, montavam cavalos de guerras e arremessavam lanças entre si? Durante quantos milhares de anos os misteriosos etíopes conheceram a origem do Nilo e o local de descanso do Tabernáculo Sagrado, e sabiam falar e escrever sobre esses assuntos em linguagens floreadas que nenhum estrangeiro conseguia ler ou entender?

Quando se aproximavam de cidades pequenas e vilas, Worku diminuía a velocidade do carro. Mesas de pingue-pongue estavam dispostas ao longo das laterais sujas da estrada. Os homens jogavam, e as crianças observavam. Meninos chutavam bolas de futebol feitas de sacos plásticos e barbante. Comerciantes ao lado da estrada ofereciam grãos de café frescos, mangas, abóboras e ovos, dispostos em lençóis de algodão espalhados em cima da sujeira. Criadores de abelhas vendiam mel recém-colhido em jarros desbotados de plástico, pendurados em estacas. Todo esse cenário era ultrapassado rapidamente pela família à medida que prosseguiam aos solavancos no vento quente com as janelas arriadas e os assentos de plástico fervendo, Haregewoin e Suzie cochilando e Atetegeb no banco de trás com um livro.

Nas cidades pequenas, crianças sem sapatos corriam até eles, vendendo sandálias de dedo, barras de sabão, ninhos de ovos, galhos de árvores carregados de nozes ou cestas coloridas. Quem não tinha nada para vender perguntava se podia limpar os insetos presos no pára-brisa. Cobertas de pó, as meninas da região usavam o cabelo amarrado para cima com pedaços de tecidos: e por ficarem expostas ao sol forte tinham os rostos queimados, quase pretos. Hotéis coloridos de madeira e lojas de folhas de zinco espalhavam-se pelas cidades da região, fervilhando com o aroma de café fresco do local e de ensopados de carne. A família da cidade parou em uma lanchonete com um pátio de tijolos à sombra de uma árvore para tomar Coca-Cola e lavar os rostos no banheiro ladrilhado. Sentaram-se sob um guarda-sol e ficaram olhando os meninos da região dirigirem, com grande algazarra, carroças de burro na rua principal. Meninos de oito ou dez anos, de pé na carroça, controlavam as rédeas, gritando e competindo entre si. Outros dirigiam através da poeira, sem arreios, espantando as cabras, as galinhas e os pedestres. Atetegeb e Suzie riram ao ver a parada confusa de meninos, carroças e bichos; elas sentiam um pouco de inveja da infância endiabrada da região, tão parecida com a de seus pais, tão diferente da delas.

Uma vez, Haregewoin ficou preocupada por ela e Worku terem somente dois filhos. Ela achava que teriam uma família grande, com dez ou quinze filhos. Acreditava que isso era o que as pessoas *realmente* faziam. Mas Worku apreciava uma casa tranqüila; achava que a balbúrdia provocada por duas meninas era o bastante. Então ela se irritou: dois filhos seriam suficientes para ampará-los mais tarde? Mas a infância das meninas não tinha sido fácil – Suzie foi um bebê doente –, então Haregewoin acabou concordando: "Duas é o suficiente." Ela se lembrava da experiência rural de elevada mortalidade de bebês e crianças. Criar duas crianças modernas, bem educadas e da cidade era demonstração de bom senso: havia as aulas de música, férias e festas de aniversário. A solução encontrada pela classe média urbana prometia saúde e estabilidade. Certamente, a felicidade de sua pequena família duraria para sempre.

# 5

WORKU E HAREGEWOIN sabiam que havia verdades mais sombrias escondidas por trás dos cenários rurais ensolarados. Em meados da década de 70, a Etiópia se encontrava sob o jugo de um grupo palaciano golpista que estava se tornando corrupto e assassino. A população estava intimidada; o país vivia diariamente com a faca no pescoço.

O imperador Hailé Selassié, "o Leão de Judá", tinha reinado sobre a Etiópia durante toda a vida de ambos e as vidas de seus pais. Mesmo quando envelheceu e se tornou desorientado, o Rei dos Reis não fez nenhum plano para a futura liderança do país a não ser sua própria longevidade. A aura divina que atraiu sobre sua pessoa parecia sugerir a imortalidade.

Nascido com o nome de Tafari Makonnen em 1892, ele conseguiu, por meio de amizades, do casamento e da política, ser nomeado *ras* (duque) de Harare em 1913. Em 1930, foi coroado o 111º imperador na dinastia que remontava ao rei Salomão e assumiu o nome real de Hailé Selassié I (Poder da Trindade). Selassié autorizou imediatamente que fosse feita a primeira Constituição da Etiópia, que estabelecia a divindade de sua pessoa e seu direito de primogenitura ao trono legendário de Menelik I, o filho quase mítico da rainha de Sabá e do rei Salomão de Israel. Selassié era um homem pequeno, de voz suave, com olhos melancólicos e uma barba pontiaguda; lendas urbanas falam de um "ministro da almofada", encarregado de colocar uma almofada de cetim debaixo dos pés do imperador sempre que ele se sentava, para que suas pernas curtas não ficassem balançando como as de uma criança. No entanto, ele se agigantava no cenário mundial como o visionário ilustre e o mais antigo estadista africano. Apesar das fanfarronadas em que se envolvia acompanhado do séquito de nobres nas capitais européias, foi considerado um herói em toda parte da diáspora africana. Logo após sua coroação, uma seita de jamaicanos começou a venerá-lo como se fosse o divino; o nome do movimento, conhecido como rastafarianismo, tem origem em seu título anterior, *Ras* Tafari.

Hailé Selassié representava a Etiópia com distinção e eloqüência. Em casa, ele assumia a figura de um pai amoroso para todos os seus súditos. Era o único rei africano negro e livre do mundo.

Como nos tempos antigos, o promontório da Etiópia sobre o mar Vermelho fez dela patrimônio valioso, especialmente após a abertura do canal de Suez, em 1869. Nos tempos modernos, o império enfrentava as intenções territoriais de uma Europa industrializada. Selassié e seu antecessor, o rei Menelik II, viram-se encurralados pelas colônias, pelas influências e pelos propósitos expansionistas da Grã-Bretanha, da França e da Itália.

Em 1896, na Batalha de Adowa, o rei Menelik II submeteu os italianos a uma derrota fragorosa, a primeira derrota militar de um exército europeu por um africano, desde os tempos de Aníbal. No século seguinte, a Itália retornaria. Em 3 de outubro de 1935, com Selassié no trono, a Itália fascista invadiu a Etiópia sem declarar guerra. Os italianos não pretendiam ser humilhados novamente; dizimando os etíopes com armas superiores e guerra química, após sete meses eles chegaram a Adis-Abeba.

O imperador viajou para Genebra e discursou perante a Liga das Nações, exigindo justiça da comunidade mundial. Nenhum monarca africano jamais defendera seu país dentro da espécie de câmara dourada do poder de onde haviam sido lançadas aventuras coloniais durante a "Corrida pela África". Ele protestou contra "a luta desigual entre um governo que comandava mais de quarenta e dois milhões de habitantes e que tinha a seu dispor recursos financeiros, industriais e técnicos que lhe permitiam produzir quantidades ilimitadas de armas mortais e, do outro lado, um povo com apenas doze milhões de habitantes, sem armas, sem recursos, tendo ao seu lado somente a legitimidade de sua causa e a promessa da Liga das Nações".

Selassié discursou em defesa "de todos os povos que, possuindo uma população pouco numerosa, são ameaçados de agressão". Cidadãos de todas as partes do mundo se emocionaram com suas palavras, e os americanos o chamaram de herói. Contudo, nenhuma nação interveio para libertar a Etiópia.

Selassié permaneceu na Grã-Bretanha durante os anos de guerra, enquanto a resistência ao ataque violento prosseguia em seu país.

Após a Segunda Guerra Mundial, foi reconduzido ao trono pelos britânicos e tornou-se cada vez mais autocrático. Ele era um potentado, um faraó. Pessoas que o procuravam para fazer pedidos ajoelhavam-se ou deitavam-se de bruços diante dele. Sua palavra era absoluta. Homens eram promovidos e recompensados, enforcados ou executados, a uma simples palavra de acusação do Rei dos Reis. Ele trouxe modernização à Etiópia, mas sem alterar a cadeia de comando: ele mesmo no topo, um círculo de proprietários habilitados que ele mesmo criou e a vasta comunidade do país, composta de agricultores que praticavam uma cultura de subsistência. Nenhuma rua era pavimentada, nem se construíam escolas, hospitais ou fábricas senão por iniciativa sua, e todos os edifícios recebiam seu nome. Todas as notas e moedas do país exibiam seu rosto. Ele decretou que a Etiópia teria desenvolvimento industrial; portanto, havia desenvolvimento industrial – mas não havia nenhuma reforma política ou econômica. Ele criou um jornal, mas não permitiu que a imprensa fosse livre. Supervisionou a criação de uma força aérea e de uma companhia de aviação; foi um dos fundadores da Organização da Unidade Africana (OUA) e fez com que sua sede fosse em Adis-Abeba; mas a energia positiva despendida em contatos externos e na diplomacia não se igualava à atenção que dava à base da vida doméstica. Fundou a Universidade Hailé Selassié I (atualmente Universidade de Adis-Abeba) e patrocinou o estudo no exterior dos melhores estudantes, ressentindo-se, porém, quando eles retornavam e criticavam o sistema arcaico de ocupação das terras, os meios primitivos de produção e a falta de democracia.

A agricultura, base da economia, era praticada da mesma forma que nos primeiros séculos: manualmente e por meio de animais, esgotando o solo, com taxas e dízimos sendo cobrados dos agricultores pelos proprietários das terras em que eles trabalhavam. As desigualdades sociais quase medievais permitiram que o imperador vivesse num reino dourado composto de jóias e vestuários dos mais requintados, salões de festas e banquetes e de uma frota de Rolls-Royce; ele gostava de levar uma vida de opulência e de viagens e de passear em seu zoológico particular nas terras do palácio. Alimentava seus leões com carne de primeira e dava cereais aos faisões. Quando o imperador e a guarda do palácio passavam em limusines, multidões se alinhavam nas ruas suplicando um aceno ou um gesto seu, sentindo-se abençoadas se o olhar real caísse sobre elas. Mas milhões de pessoas estavam sofrendo.

O monarca não protegeu as florestas do país, que foram consumidas durante a corrida por materiais de construção de casas e por combustível; as terras se ressecaram; terras que já eram submetidas a estiagens periódicas ficaram ainda mais secas; o solo arável se desfez, sofreu erosão e afetou os riachos outrora transparentes. Em 1972, quando a estação das chuvas chegou e elas deixaram de cair nas montanhas, antes cobertas de florestas, das províncias de Wello e Tigray, a fome nessas regiões aumentou.

A fome poderia ter sido evitada: outras províncias tiveram colheitas normais naquele ano, e o governo recebeu ajuda americana suficiente para adquirir um excedente de cereais para os necessitados. Mas o reconhecimento, por parte do imperador, de que a fome estava grassando nas províncias do norte seria como admitir ter fracassado, o que poderia abalar a opinião favorável que o mundo tinha da Etiópia; e as pessoas que viviam nas regiões em que não havia fome poderiam perder a fé na imagem que Selassié mantinha, de um pai onipotente e cuidadoso.

Assim, o fracasso da colheita e a fome foram escondidos pelo palácio. Centenas de milhares de seres esqueléticos começaram a descer das cidades localizadas nas montanhas, deixando para trás, nas casas e nas estradas, os mortos e os esqueletos moribundos de seus pais e filhos, seus maridos e mulheres. Ryszard Kapuscinski, correspondente polonês na África, topou com uma viela cheia de pessoas morrendo, na pequena cidade de Debre Sina:

"Pessoas macilentas jaziam no chão, na sujeira e na poeira. A estiagem as privara de água, e o sol ressecara suas plantações. Elas tinham vindo aqui, à cidade, na esperança última de receber um gole de água e de encontrar algo para comer. Fracas e não conseguindo mais esboçar nenhum movimento, elas estavam morrendo de fome, que é a maneira mais quieta e dócil de morrer. Seus olhos estavam semicerrados, sem vida, sem expressão. Eu não seria capaz de dizer se viam algo, se estavam olhando para algo em particular [...]. O governo poderia, evidentemente, ter interferido ou permitido que o resto do mundo o fizesse", escreveu Kapuscinski, "mas, por motivos de prestígio, o regime não estava disposto a admitir que havia fome no país".

Professores da Universidade Hailé Selassié I divulgaram a história e visitaram as províncias, retornando com fotografias de milhares de pessoas esfomeadas. Estudantes da Universidade fizeram manifestações, exigindo ajuda do governo aos famintos e recolhendo suprimentos entre eles. Soldados foram então enviados para atirar nas manifestações estudantis, matando alguns, e os professores foram demitidos. Um jornalista britânico, Jonathan Dimbleby, conseguiu filmes que mostravam o que ocorria no país; quando o material foi exibido na televisão britânica, sob a forma de um documentário intitulado *The Unknown Famine* [A fome desconhecida], o mundo ficou estarrecido e começou a enviar ajuda.

A revelação pública da fome foi o início do fim do imperador. Em resposta às dificuldades econômicas crescentes criadas pelo governo, os motoristas de táxi pararam em protesto contra os impostos sobre a gasolina, sendo seguidos por professores que entraram em greve contra os baixos salários, e depois – em quartéis por todo o país – soldados se rebelaram contra os baixos soldos, a comida repugnante e a água contaminada que recebiam e as péssimas condições de vida. Era evidente para todos que a monarquia estava por um fio.

Em 1974, um comitê composto de cento e vinte oficiais mais jovens interveio e começou a assumir o governo. Eles transmitiram, na televisão etíope, o filme de Jonathan Dimbleby sobre a fome, intercalado com cenas de uma festa no palácio. Esvaziaram o palácio dos criados, do ouro e dos burocratas; quando finalmente chegaram ao imperador de oitenta e dois anos de idade, ele partiu sem quase protestar. Foi colocado no banco de trás de um Volkswagen e deixou o palácio para sempre.

O Comitê de Coordenação das Forças Armadas, Polícia e Exército Territorial no comando, o Dergue, assumiu com firmeza as rédeas do poder. Um de seus líderes, o coronel Mengistu Haile Mariam, chegou ao topo do Dergue por meio de conspirações e assassinatos que eliminaram todos os seus companheiros. Oitenta dos cento e vinte comandantes militares originais da revolta foram executados sob as ordens de seus antigos camaradas. Mengistu ordenou a execução de sessenta oficiais de alta patente de Selassié, do patriarca da Igreja Ortodoxa Etíope e, finalmente, do próprio imperador idoso. A agitação inicial gerada pela criação de vários partidos foi suprimida, e a breve "primavera" de esperança que se seguiu à deposição do Estado feudal foi esmagada pela brutalidade do novo ditador.

O grande desafio enfrentado pelo coronel Mengistu veio de uma organização marxista rival, o Partido Revolucionário do Povo Etíope (PRPE), que defendia a democracia e a autodeterminação para as minorias étnicas. Eles argumentavam que os oficiais militares do Dergue, após terem cumprido sua missão histórica, deviam dar lugar a líderes civis eleitos.

Em resposta, Mengistu instaurou o que denominou, em honra ao precedente soviético, o Terror Vermelho. Exigiu que os cidadãos relatassem todas as atividades suspeitas às unidades do governo local, denominadas *kebeles*. Armou autoridades subalternas leais ao Dergue e encarregou-as de executar os traidores. Foram executadas centenas de milhares de pessoas, tanto opositores como supostos opositores de Mengistu (principalmente intelectuais, estudantes e professores), alguns deles acusados pelos próprios vizinhos.

A Etiópia tornou-se outro campo de batalha da Guerra Fria.

Os Estados Unidos e seus aliados sustentaram regimes racistas e repressores em Angola, Moçambique e Rodésia (atualmente a região sul da Rodésia é o Zimbábue e a norte, a Zâmbia) e apoiaram ditadores gananciosos como Joseph Mobutu, no Zaire (República Democrática do Congo), em nome da resistência à infiltração comunista na África.

Em oposição, armas soviéticas inundaram o continente. Quando a União Soviética apoiou a Somália contra a Etiópia, os Estados Unidos armaram a Etiópia; em 1977, quando teve início a guerra por causa da região de Ogaden, a União Soviética armou a Etiópia e os Estados Unidos fortaleceram a Somália.

Dez bilhões de dólares em armas e ajuda financeira fluíram da União Soviética para a Etiópia, até que o próprio Mikhail Gorbachev se sentiu repugnado pelos atos de Mengistu e interrompeu a ajuda. Nos últimos anos do regime militar, o orçamento da defesa chegava a quase um bilhão de dólares por ano, ou catorze por cento do PIB. A Etiópia tinha um número mais do que suficiente de tanques, armas, artilharia, canhões, foguetes, granadas e mísseis para armar todos os homens, mulheres, crianças e vacas, embora milhões não conseguissem encontrar nada para comer em dia nenhum.

E havia ainda uma realidade mais profunda e igualmente cruel que mataria mais gente do que Mengistu matou e que sobreviveria a ele.

Worku e Haregewoin não podiam perceber que ela se aproximava. Ela ainda não tinha nome na Etiópia.

Entre a metade da década de 70 e a de 80 – não ainda na Etiópia, mas em Uganda, Ruanda e Congo, ao longo do lago Vitória e ao lado das margens do rio Congo – estava começando a se espalhar uma doença altamente contagiosa, debilitante e fatal. Era um vírus (o que significa que deixava o organismo incapaz de se reproduzir independentemente – ele invadia uma célula humana e transformava o mecanismo celular para que este reproduzisse o vírus). Era um retrovírus (seu genoma compreendia duas moléculas de RNA – em vez de DNA; dentro de cada célula hospedeira, uma enzima – transcriptase reversa – reescrevia o genoma do vírus, como DNA, para se infiltrar no genoma do hospedeiro). E era um lentivírus, uma espécie que provoca infecções de evolução lenta; levava muito tempo para produzir efeitos adversos no corpo.

O diâmetro de cada partícula viral tem um décimo de milésimo de milímetro. Sob o microscópio, cada uma é semelhante a uma bola de plástico de criança, revestida por ventosas de aderência, do tipo que gruda ao ser jogada contra a janela. Como uma bola cheia de água, cada uma dessas bolas adesivas é cheia de líquido. Existem enzimas nesse líquido viscoso e também um grande objeto suspenso nele: uma fatia triangular amolecida (semelhante a uma fatia de pizza encharcada). Dois filamentos de material genético flutuam dentro da fatia translúcida. Assim: os filamentos de RNA estão dentro dessa fatia, que está dentro da bola adesiva. Um aglomerado de partículas de HIV parece um depósito de ovos de rã.

Uma partícula de HIV penetra numa célula branca maior do sangue humano (a célula CD4 ou T auxiliar) e funde suas membranas com as da célula humana. O material genético do vírus invade o núcleo da célula branca do sangue humano e força-o a produzir partículas do HIV em grande quantidade. Mesmo em diagramas, esse processo parece assustador: a inocente célula T auxiliar desfigurada pelo parasita; a marcha das pequenas partículas de HIV – cada uma contendo uma estrutura parecida com uma fatia de pizza – rompendo membranas celulares e entrando no sistema sanguíneo.

Cerca da metade das pessoas infectadas com HIV apresenta sintomas semelhantes a uma gripe – febre, fadiga, erupções da pele, dores articulares, dores de cabeça e gânglios linfáticos inchados – nas primeiras duas a quatro semanas da infecção, em seguida a doença estaciona, às vezes por muitos anos.

"Doença do emagrecimento": foi como inicialmente os ugandenses denominaram a infecção que destruiu os portadores por meio de violentas diarréias.

No final da década de 70, quando a família de Haregewoin se iniciava, a maioria do mundo ainda não se dava conta da movimentação desse monstro. Mas ele começou a se mostrar – uma nadadeira aqui, o brilho de um canino ali.

Suas primeiras manifestações foram: doença do emagrecimento em Kinshasa, Zaire (final da década de 70); doença do emagrecimento em Uganda e na Tanzânia (início da década de 80); candidíase esofagiana em Ruanda (a partir de 1983); Sarcoma de Kaposi devastador em Kinshasa, Zaire (início da década de 80); Sarcoma de Kaposi devastador em Zâmbia e Uganda (a partir de 1982 e 1983); meningite criptocócica em Kinshasa, Zaire (final da década de 70 ao início da década de 80).

"A característica dominante desse período foi o silêncio", escreveu o falecido Dr. Jonathan Mann, um dos grandes pesquisadores iniciais da aids e defensor dos doentes. "O vírus da imunodeficiência humana era desconhecido e a transmissão não era acompanhada por sinais ou sintomas suficientemente evidentes para serem percebidos [...]. Durante esse período de silêncio, a disseminação não foi investigada com atenção ou acompanhada de medidas preventivas, o que fez com que aproximadamente cem mil a trezentas mil pessoas possam ter sido infectadas."

Em 1990, na Etiópia, sessenta e uma mil crianças tinham ficado órfãs em decorrência da aids, o terceiro maior contingente desse grupo de crianças no mundo, depois de Uganda e da República Democrática do Congo.

# 6

NUMA MANHÃ DE 1990, Haregewoin atendeu ao telefone e mal conseguiu entender que alguma coisa havia acontecido com Worku.

Uma mulher gritava ao telefone que ele havia acabado de desmaiar em uma reunião local do *kebele* (pós-Mengistu, uma unidade administrativa saudável). Depois de ter apresentado uma questão que envolvia a escola, ele se sentou e em seguida caiu para a frente. Todos correram em seu auxílio. Haregewoin tinha de correr! – *correr* – para encontrá-los no hospital. A mulher soluçou e desligou o telefone.

Haregewoin pôs o fone no gancho. Confusa, sentiu o sangue gelar nas veias. Em seguida, levantou o fone novamente para fazer uma ligação. Mas para quem estava telefonando? Oh! Worku, ela estava prestes a telefonar para Worku, para o telefone que havia em sua sala da escola secundária, para falar-lhe algo. Normalmente, ela não gostava de incomodá-lo em seu trabalho, mas em uma emergência... Espere... Não. Começando a tremer violentamente, ela se forçou a apanhar as chaves do carro, sair de casa, trancar a porta, ligar o carro, dar uma ré e ziguezaguear no tráfego; estava cega, não conseguia respirar nem pensar; simplesmente dirigia o carro. Um grupo de pessoas que estavam próximas a uma maca foi ao encontro de Haregewoin no estacionamento do hospital. Ela chegou atrasada, eles disseram. Worku já havia partido, tinha acabado de morrer. O grupo se afastou da maca, indicando que embaixo do lençol estava o corpo.

– Eu vim imediatamente! – protestou, atravessando o piso de cimento. – Mas ele não estava doente! Ele nunca ficava doente.

Então ficou parada ao lado do corpo coberto, que talvez não fosse o de Worku. Quem sabe, nessa mesma noite, eles ainda iriam rir desse terrível engano, sobre o grande susto que ele lhe pregara. Alguém levantou o lençol.

– Ele teve um ataque cardíaco – alguém disse.

– Ele nunca se queixou de nada, nem de dores de cabeça – redargüiu Haregewoin.

– Será que foi por causa do cigarro? – Alguém perguntou.

– Ele só tinha cinqüenta e quatro anos... – replicou Haregewoin, pronta a questionar qualquer pessoa que insistisse em lhe dizer que seu marido estava morto.

Haregewoin tinha crescido no interior; lá ninguém desconhecia a morte. A morte era uma antiga moradora da aldeia. Mas aqui? Na cidade? Em pleno dia de aula? Ele era o diretor da escola secundária! Eles ainda tinham duas filhas jovens em casa. A morte era uma assassina. Ela teve de permitir que outras pessoas a levassem para casa. Não conseguia se lembrar do caminho.

– Ele era meu irmão, meu marido, meu amigo; era tudo para mim – disse a todos.

A necessidade de telefonar para ele com as notícias de que algo importante tinha acontecido não diminuiu por muitas semanas. O impulso de falar à noite, com a cabeça no travesseiro, sentindo que ele também estava acordado, pensando, não diminuiu. As questões referentes ao funeral, aos convidados e outras providências ocuparam a maior parte das horas em que estava acordada. Se ela se dirigia ao seu quarto para um instante de privacidade, várias parentas corriam antes dela – entravam na frente para refrescar e revirar o colchão, ofereciam-lhe um copo d'água e ofereciam-se para fazer o chá. Seu pai estava muito velho para viajar, mas quando ela lhe telefonou ele chorou. Não parecia ter passado tanto tempo desde o dia em que Worku pedira ao juiz Teferra a mão de sua filha em casamento. Agora, o juiz tinha sobrevivido a ele.

– Eu não queria ter visto você se tornar viúva – disse ele.

Subitamente, parecendo sentir que já haviam cumprido a etiqueta fúnebre e que os pêsames haviam sido dados, todos retornaram às suas casas e aldeias.

Haregewoin não tinha certeza do que deveria fazer consigo mesma agora. Somente a obrigação de dormir, tomar banho, se vestir e, algumas vezes, falar era o que realmente movia seu corpo e os de Suzie e Atetegeb, arrastando-se pela casa. As três agiam como pessoas idosas. Os sons dentro da casa eram abafados, enquanto os sons que vinham de fora pareciam espalhafatosos e estridentes.

Atetegeb, vinte e três anos, trabalhava para o Programa Mundial de Alimentação, a agência mundial contra a fome da ONU, sendo a encarregada de despachar caminhões para as áreas de escassez de alimentos. Ela era religiosa e tentava aceitar a morte do pai conforme os ensinamentos que recebera. "Deus o chamou para sua morada", conformava-se. Suzie era estudante universitária. Após algumas semanas, a moça voltou a sair com amigos, mas agora, quando saía, fechava a porta silenciosamente em vez de deixar que ela batesse atrás de si e de sua risada espalhafatosa. À noite, Atetegeb lia em seu quarto. Contudo, Haregewoin sentia que dentro de Atetegeb alguma resistência começava a surgir; parecia que ela tinha sido dócil somente para o pai; com a mãe, começou a mostrar obstinação e desacordo em relação às menores questões; bastava Haregewoin preparar esse prato em vez de outro para que ela dissesse que teria preferido o outro ou que ele não estava bem temperado. Academicamente, obteve progressos, pensava Haregewoin, mas socialmente tardara a desabrochar. Ela começou a sair à noite, mas, dada a falta de experiência, parecia haver algo dissimulado nessa atitude. Não estando acostumada a percorrer as calçadas com um círculo de amigas como Suzie, cercada por rapazes solícitos, faltava a ela a naturalidade de uma pessoa extrovertida. Fazia tudo intensamente. Não sabia fletar ou namorar. Embora conhecesse todas as amigas de Suzie, Haregewoin não conhecia as de Atetegeb. Não conhecia, inclusive, o homem misterioso que, conforme estava se tornando cada vez mais evidente, era o namorado de Atetegeb. Será que Worku teria dito "*Teyat*", deixe a criança em paz?

Suzie os encontrou por acaso na rua, conhecendo dessa forma o homem que chamaremos de Ashiber (*Axi*-ber).

– Não gosto dele – disse.

– Como ele é? – perguntou Haregewoin.

– Velho. Muito alto, muito grande, pele clara. É cheio de si.

– Talvez ela rompa o namoro com ele.

– Aposto que não – previu Suzie.

*Para Suzie, se um homem não é bom, ela despacha e parte para outro,* pensou Haregewoin. *Atetegeb é diferente. Mas eu sempre digo às meninas:*

*"Não vou escolher marido para vocês. Vocês têm de escolher sozinhas. Encontrem alguém que seja bom para vocês."*

Ela esperava que o coração bondoso de Atetegeb a guiasse. Desde a infância, ela tinha se comportado com uma generosidade sem limites. "Ela costumava procurar no bolso uma nota de *birr* para dar a um mendigo", contou-me Haregewoin, "e, se por engano ela retirasse uma nota de cem *birr*, ela dava essa nota. 'Por que você deu a ele tanto dinheiro assim?', eu perguntava, e ela respondia: 'Quem disse que o pobre não deve ter uma nota de cem *birr*?'. Ela voltava para casa com a metade ou um quarto do seu salário; o resto, distribuía."

As três ainda eram muito unidas, mas já não viajavam nos fins de semana. Tinham um pequeno aparelho de televisão que, muitas vezes, deixavam ligado enquanto jantavam. No escritório, Haregewoin tagarelava e sorria durante seu horário de trabalho, mas ela agia mecanicamente; os olhos não pareciam ter vida e a voz não mudava de intensidade. Em casa, à noite, quando Suzie estava fora, Atetegeb se retirava para o quarto para ler. Contudo, mais tarde, saía escondida sozinha. Haregewoin estava absorvida pela dor. À noite, ia se deitar e ficava sentada olhando fixamente a parede.

*Se alguém tivesse executado Worku a tiros,* pensava, *faria mais sentido do que isso.*

# 7

— Mãe, arranjei um namorado – Atetegeb finalmente contou para Haregewoin, embora a mãe já soubesse. Sabia, inclusive, a idade do namorado da filha: ele já entrara, fazia alguns anos, na casa dos trinta. Atetegeb tinha vinte e quatro.

– Estou feliz por você, querida. Quando posso conhecê-lo?

O sofá gasto e prestes a ceder pareceu suspirar, na noite em que Ashiber se atirou pesadamente sobre ele e esticou as pernas na sala, ficando completamente à vontade. Do alto das bochechas bem fornidas, os olhos esquadrinharam a sala em busca de algo que o desagradasse. Ele trazia uma arma em um coldre, e os músculos dos ombros largos e dos braços fortes comprimiam-se contra o fino tecido preto do uniforme. Era difícil para a mãe ver mais do que a aparência externa de um homem durão. A arma sugeria que uma única molécula perdida de poder tinha passado perto daquele sujeito e que ele a havia agarrado. Será que ele estava pretendendo impressionar Haregewoin indo armado a sua casa? Se fosse esse o caso, na certa estava cometendo um erro grave; quanto à doce Atetegeb, ele já a havia conquistado.

Durante o jantar, agigantando-se sobre a pequena mesa da casa e sobre a toalha bordada e ocupando a cadeira que havia sido de Worku, Ashiber apreciou cada garfada. Ele ria alto dos próprios comentários. A conversa das mulheres, no entanto, parecia aborrecê-lo. Mas não era um homem tão importante, Haregewoin observou: trabalhava como segurança para uma companhia privada.

Mas o que poderia uma mãe dizer para a filha adorada que acreditava estar apaixonada e, ainda por cima, pela primeira vez? Especialmente uma menina estudiosa e cheia de esperanças, sem nenhuma experiência de vida? Talvez, aos olhos de Atetegeb, Ashiber parecesse um personagem romântico saído de seus romances de meninice. Ela provavelmente acreditou ter visto algo de amável e bom por trás da cara presunçosa, dos bíceps artificialmente poderosos, do cabelo tão oleoso e ondulado que, debaixo da luz do sol, parecia metálico.

O pai de Atetegeb tinha sido um homem meigo; é claro que ela não detectara um traço autoritário no namorado. Atetegeb mal sabia que esses traços existiam fora dos livros.

Suzie sabia. Enquanto a empregada tirava a mesa, o olhar de Haregewoin encontrou o de Suzie.

– Ele... ele não é feio – comentou Haregewoin mais tarde com Suzie, tentando manter uma ponta de otimismo. – Até que é um homem bonito.

– Ela fica quieta demais quando ele está por perto – observou Suzie.

De noite, Haregewoin acordou se retorcendo, com uma pontada na parte lateral do corpo que avaliara, erradamente, ser decorrente de tristeza. A fisgada a tinha incomodado durante meses. Ela supôs que fosse estresse e medo do futuro e que desapareceria com o tempo. Em vez disso, no decorrer do dia, cãibras violentas fizeram-na contorcer-se diversas vezes. No trabalho, precisou se apoiar na mesa, segurando o peso do corpo nos braços para agüentar a dor. Mexeu na papelada com uma das mãos, tentando esconder dos colegas de escritório.

Enquanto estava deitada, sem sono, soluçando silenciosamente, uma luz tênue atravessou as persianas de madeira, desenhando faixas em seu lençol. Pensamentos mórbidos martelavam-lhe a cabeça, desde que perdera Worku. Haregewoin concluiu que devia estar com câncer e que estava morrendo. *Chegou minha vez*, pensou. Depois da morte inesperada de Worku, muitas pessoas disseram para Haregewoin, na tentativa de pôr fim a seu olhar de confusão e desespero profundos: "Foi a vontade de Deus." Haregewoin chorava e cobria o rosto com o xale, sem conseguir entender o sentido daquela frase. A injustiça e o *desperdício* de sua morte súbita a tinham chocado.

Acordada de noite, apertando a parte dolorida do corpo, considerou as opções. Os serviços de saúde disponíveis para os etíopes estavam entre os piores do mundo. Nem Hailé Selassié nem Mengistu tinham feito investimentos em saúde pública. Não existiam instalações sanitárias decentes para noventa por cento dos etíopes. Setenta e cinco por cento não tinham acesso a água potável. Noventa por cento das mães em trabalho de parto davam à luz sem nenhuma assistência médica (comparado a sessenta e seis por cento no resto da África ao sul do Saara). Menos da metade da população vivia em um raio de até dez quilômetros de um serviço de saúde, e esses centros de saúde eram decrépitos, sem equipamentos adequados e sem medicamentos essenciais.

Em 1991, Haregewoin decidiu retirar dinheiro da conta bancária, comprar uma passagem de avião para o Cairo, Egito, e internar-se em um hospital da cidade.

Com pesar, demitiu-se do emprego na Burroughs Computer e – desejando estar em casa na cama – agradeceu a todos calorosamente a pequena reunião de despedida. Os colegas ficaram realmente tristes em vê-la partir. O fato de ter crescido como a primogênita de vinte filhos levou Haregewoin a conservar a tolerância diante de confusões e a demonstrar uma propensão a bater palmas para impor ordem no meio da anarquia. Embora os colegas de escritório estivessem numa posição superior à dela, gostavam de que ela os tratasse como irmãos e irmãs mais jovens e irritantes, rachando com eles enquanto ria. Iriam sentir sua falta.

As filhas a levaram de carro até o aeroporto: três mulheres baixas, gorduchas e bonitas unidas num abraço demorado no estacionamento, as cabeças inclinadas juntas, os cabelos jogados para a frente e os braços entrelaçados. Decidiram que Suzie ficaria para terminar a faculdade, que Atetegeb permaneceria em seu emprego no Programa Mundial de Alimentação e que Haregewoin iria sozinha para o Egito. As meninas prometeram que a visitariam assim que tivessem férias. As três mulheres choraram, abraçando-se. E se essa fosse a última vez? As jovens agarravam-se sem jeito por um momento, como crianças pequenas, no xale de algodão da mãe, enquanto ela tentava se desvencilhar, encolhendo-se de dor.

Uma questão não foi abordada: Ashiber. À medida que Haregewoin se recompunha, subia as escadas de concreto do aeroporto de Adis-Abeba e voltava-se para ver o pequeno carro azul retornar depressa para a estrada, não pôde deixar de imaginar se Atetegeb não estava pensando: *Livre!*

Finalmente, uma notícia boa: os médicos egípcios descobriram somente um cisto uterino benigno. A fim de recuperar a saúde, Haregewoin deixou-se ficar na cidade enlameada, que o sol escaldante tornava inerte. Decidiu então permanecer no Cairo. Ela viveria feliz nessa cidade por sete anos. Uma grande comunidade etíope expatriada de classe média havia se formado no Egito fugindo da opressão comunista. Haregewoin encontrou um emprego na Igreja Ortodoxa Etíope como fornecedora de bufê e organizadora de eventos. Inicialmente, morou em um quarto alugado próximo à igreja. Depois mudou para seu próprio apartamento pequeno. Atetegeb e Suzie foram visitá-la, e Haregewoin tentou quanto pôde convencê-las a ficar. Suzie concordou e se mudou para lá em caráter definitivo. Mas Atetegeb explicou que adorava o trabalho junto ao Programa Mundial de Alimentação em Adis e que desejava voltar para ele.

Haregewoin não se deu ao trabalho de tentar provar que o Cairo também era uma base excelente para programas de combate à fome.

O coronel Mengistu Haile Mariam foi deposto em 1991. Nessa época, Haregewoin ainda vivia no Cairo.

As políticas forçadas de reassentamento rural que ele adotou haviam gerado fome e, exatamente como o último imperador, Mengistu tentara encobrir esse fato. O reaparecimento de esqueletos ambulantes refutou suas negativas.

"Um milhão de pessoas morreram na Etiópia durante esse período, um fato escondido inicialmente pelo imperador Hailé Selassié e, depois, por aquele que lhe tomou o trono e pôs fim à sua vida", escreve Kapuscinski. "Eles estavam separados na luta pelo poder, mas unidos na mentira."

Amartya Sen, vencedor do prêmio Nobel de economia, observou que nunca houve fome em um país no qual a imprensa fosse livre.

Um eleitorado livre e informado não mantém no poder um presidente ou um primeiro-ministro que permite que centenas de milhares de pessoas morram de fome durante seu mandato.

Os mortos-vivos não ficaram calados. Deixaram como legado uma poesia oral amarga que circulou durante anos entre seus povos, embora só recentemente tenha chegado aos ouvidos dos estrangeiros.

Oh, que dia cruel, que me usou tão cruelmente
Que me reduziu a um vaqueiro,
Que deu aos abutres a minha irmã. [Verso 18]

Eu discuti com Deus
Por causa apenas
De um simples pedaço de Pão,
– Por que Você se recusa a me dar?
Você não pode comê-lo,
Você não tem estômago. [Verso 56]

O professor Fekade Azeze, da Universidade de Adis-Abeba, reuniu as palavras dos "poetas anônimos" que criaram e transmitiram versos falando de sua fome. As palavras terríveis não deixam de ter um humor e um *insight* esquisitos:

As nuvens desapareceram lentamente do céu,
E a chuva sumiu da terra,
Como se estivessem com raiva dos comitês barulhentos. [Verso 3]

Eu queria que Deus descesse até a terra,
E que eu contasse a Ele tudo sobre os Seus feitos.
Pois Ele pensa que sou feliz porque O exalto. [Verso 55]

Mesmo marido e mulher
Não alimentam mais um ao outro pela mão,
Porque ambos estão dizendo,
– Salve-me, Senhor! Ó Senhor! [Verso 12]

Nesse ínterim, com a desintegração da União Soviética, Mengistu perdeu os seguidores, a conta bancária e o fornecimento de armas. A Frente Democrática Revolucionária do Povo Etíope (FDRPE) e a Frente de Libertação do Povo de Tigray (FLPT) invadiram Adis e depuseram o Dergue. Com alívio, sentindo-se eles mesmos libertados, os soldados de Mengistu, descalços e famintos, retornaram às suas casas em todo o país. Mengistu fugiu para o Zimbábue.

O líder dos rebeldes, Meles Zenawi, foi nomeado primeiro-ministro, e a FDRPE passou a controlar o governo.

Meio milhão de inocentes pereceu durante a experiência soviética. E o número de órfãos da aids chegou a duzentas e noventa e quatro mil crianças, o quarto lugar no mundo, após Uganda, República Democrática do Congo e Zimbábue.

A deposição de Mengistu deu origem a uma esperança tremenda. Por duas vezes em dezessete anos, os etíopes se livraram do jugo de um déspota.

Por toda parte, os africanos estavam rechaçando seus colonizadores e opressores: os governos estrangeiros haviam roubado deles petróleo, cobre, ouro, urânio, diamantes, café, cromo, força de trabalho e igualdade entre seres humanos. Angola, Moçambique, Namíbia, Zimbábue e África do Sul promoveram guerras de libertação; o resto (excluindo a Libéria e a Etiópia – nunca colonizadas) se envolveu em batalhas políticas.

Da Líbia, em 1951, à África do Sul, em 1994, o poder colonial ruiu. Com o desaparecimento da União Soviética, os investimentos militares da Guerra Fria nas frentes de batalha africanas diminuíram. Esse era o momento para que a Etiópia se juntasse às nações africanas pós-coloniais na aventura da paz e da democracia, da educação, dos direitos da mulher, da saúde e do desenvolvimento econômico.

Em vez disso – por causa do inimigo oculto, aquele sem identidade tribal ou política, e por causa das políticas comerciais e financeiras que o Primeiro Mundo impôs aos novos governos –, o relógio do "desenvolvimento" começou a andar para trás.

"A expressão 'países em desenvolvimento' [dá] a impressão de que o mundo todo está se movendo na mesma direção, embora em ritmos diferentes", escreve Mark Heywood, do Projeto de Lei da Aids da Universidade de Witwatersrand, em Joanesburgo. "O mundo todo não está se movendo na mesma direção. Muitos dos assim chamados 'países em desenvolvimento' são mais bem definidos como países subdesenvolvidos. Eles estão retrocedendo. Em todo um conjunto de indicadores essenciais, o desenvolvimento está atualmente sendo anulado. Em 1992, na África do Sul, duas décadas de avanço na redução da mortalidade infantil receberam um impulso contrário. A mortalidade infantil está subindo de novo. A expectativa de vida está caindo. A pobreza está aumentando."

Todos esses indicadores valem também para a Etiópia. Os mecanismos de colapso social incluíram não só a pandemia de HIV/aids, mas também as políticas de ajuste estrutural impostas pelo Banco Mundial e pelo Fundo Monetário Internacional. No início de 1980, os empréstimos a países em desenvolvimento eram concedidos sob a condição de que os devedores se transformassem, instantaneamente, em economias de livre mercado. O chamado ajuste estrutural (também conhecido como terapia de choque) exigiu que fossem efetuados cortes em setores públicos como os de saúde e educação. Foram estabelecidas mensalidades escolares em toda a África a fim de retirar dos governos o papel de mantenedores das escolas; foram impostas taxas em clínicas e hospitais para reduzir os custos do governo. As novas políticas escorraçaram o pobre, afastando-o do direito a saúde e educação.

As economias de livre mercado evoluíram nos países ricos ao longo de séculos de tentativas e erros, mas a história não conseguiu desviar os especialistas estrangeiros de sua missão utópica, que desde então tem-se mostrado desastrosa.

Quando, em 2005, a ONU avaliou a saúde, a longevidade, a educação e o padrão de vida das pessoas em 177 nações de acordo com seu Índice de Desenvolvimento Humano, a Etiópia se classificou no 170º lugar. O Índice de Desenvolvimento Relacionado a Gênero da ONU, que capta desigualdades de realização entre homens e mulheres, colocou a Etiópia na 134ª posição entre 140 nações. O Índice de Pobreza Humana da ONU avaliou 103 nações e classificou a Etiópia no 99º lugar.

A felicidade humana e a saúde estavam em queda livre.

# 8

CASAR COM ALGUÉM só para conseguir o *green card* (documento que permite que a pessoa more e trabalhe legalmente nos Estados Unidos) é uma transação freqüente em muitos países; enquanto estava no Cairo, Haregewoin ficou sabendo de um jovem etíope-americano de Maryland que estava disposto a negociar. Em troca de dinheiro, ele concordava em voar para Adis-Abeba, casar com Atetegeb e despachá-la para os Estados Unidos. Em um interurbano da Etiópia, Atetegeb disse que ia pensar no assunto. Alguns dias depois, ela ligou de volta dizendo que corcordava. Haregewoin não se iludiu: tinha certeza de que Atetegeb planejava, assim que pisasse nos Estados Unidos, divorciar-se do marido de conveniência, casar com Ashiber e trazê-lo para junto de si. O que ela *esperava* era que, uma vez que a filha estivesse estabelecida nos Estados Unidos, livre dos vínculos com Ashiber, o guarda de segurança fosse esquecido.

No entanto, Ashiber interveio antes que a cerimônia do casamento de fachada pudesse ocorrer. Atetegeb ligou de novo, desta vez para anunciar que havia se comprometido com Ashiber: o casamento teria lugar dentro de poucas semanas! *Mérito de Ashiber, que foi precavido*, pensou Haregewoin. É claro que ele vislumbrara o mesmo resultado que ela própria havia imaginado: como mulher americana moderna, Atetegeb romperia o relacionamento com o namorado da cidade natal.

A ligação telefônica cheia de ruídos – cruzando transversalmente a porção oriental do Sudão, paralelamente ao mar Vermelho – alterou o uivo de dor e o lamento queixoso da mãe, e o que chegou até a moça foi um grito de surpresa e felicitação. Aí a ligação caiu. O gemido de tristeza da mãe ficou pelo meio do caminho, vazou do cabo gasto e evaporou-se imediatamente, como se fosse uma gota de orvalho na fornalha ocre do deserto da Núbia.

Haregewoin recusou-se a ir ao casamento. Alegou trabalho, o custo da viagem e um resfriado forte. Como ela disse a Suzie, a verdade era que não queria vê-lo de novo. Não queria vê-lo ao lado dela. Ashiber e Atetegeb casaram-se discretamente, numa cerimônia realizada por um padre ortodoxo. Esperançosa, Haregewoin pensou que talvez o casamento desse certo.

Então as atenciosas cartas da filha ficaram mais curtas e esparsas. Embora não fosse fácil telefonar, Haregewoin telefonou.

– Conte – ela disse.

– Nada, mãe. Tudo bem.

– Conte, querida.

– Só estou cansada. Tenho me sentido muito, muito cansada.

– Ele trata bem você? Ele é bom para você? – perguntou a mãe.

– Sim, mãe! Ele é legal. É amável. Não é isso. Agora preciso desligar. Te amo.

Haregewoin e Suzie escreviam toda semana para Atetegeb: "Venha para cá! Só para fazer uma visita."

"Meu marido não gostaria que eu me ausentasse", foi a resposta meio formal.

As cartas de Atetegeb deixavam ver, aqui e ali, sinais de doença: cansaço, depressão, uma tosse persistente e, em certas manhãs, uma fraqueza tão grande que ela mal conseguia levantar.

"Por favor, vá ao médico", escreveu Haregewoin, mandando junto o dinheiro da consulta.

"Por favor, não se preocupem tanto comigo", respondeu Atetegeb. "Amo muito vocês duas."

Certa noite, ao ler a correspondência após o trabalho, Suzie deu um grito.

– Meu Deus, o que é isso? – falou brava Haregewoin.

Suzie mostrou a carta.

– Ela está grávida.

Responderam correndo, mandando inúmeras cartas durante vários dias. "Mas você está em condições de enfrentar isso? Será que por isso você estava tão cansada? A gravidez está no começo?"

– Deve ter sido o primeiro trimestre da gravidez que a deixou tão cansada! – comemorou Haregewoin na hora do jantar. Suzie contou silenciosamente os meses no dedo e duvidou.

Haregewoin tomou um avião e foi visitá-la em seu país. Pálida, com os olhos encovados, Atetegeb correu para os seus braços.

– Querida! – exclamou Haregewoin, envolvendo-a.

Ashiber estava eufórico: casado, um filho a caminho, senhor da própria casa. Haregewoin esforçou-se para gostar dele; quando sua risada trovejou sobre a mesa de jantar, ela riu preocupada. Ela compreendeu que ele queria impressioná-la; não conseguindo, ele desviou o olhar, desculpou-se rudemente e saiu da mesa.

Haregewoin encheu os armários de Atetegeb de gêneros alimentícios e de vitaminas. Quando encontrou numa farmácia um xampu americano que prometia "brilho" para os cabelos, ela o comprou. Depois de duas semanas, ela chamou um táxi para levá-la de volta ao aeroporto. Despediu-se da filha com um abraço e sussurrou:

– Venha ficar perto da gente. Temos lugar para você. O bebê nasce no Cairo e depois você volta para casa.

– E abandonar meu marido? – exclamou Atetegeb, surpresa.

– Não, você não vai abandonar seu marido; deixe-nos apenas ajudá-la com o bebê. Você fica conosco até se sentir forte de novo – disse Haregewoin, acariciando a cabeça da filha.

– Dentro do táxi, sem saber o que dizer, ela abaixou o vidro da janela e gritou:

– Te amo muito!

Depois de apertarem as mãos rapidamente, ela abriu a carteira e entregou um maço de notas, o dinheiro da viagem, para a filha.

– É só para você. Gaste com você.

Seis meses depois, nasceu um menino cheio de saúde. Um breve telefonema fez chegar até Haregewoin a felicidade aliviada da voz de Atetegeb. Até Ashiber veio ao telefone, gritando:

– *Selam, Ayateh*! – Olá, vovó!

Haregewoin saiu pelo Cairo comprando presentes de bebê para mandar para casa, imensamente agradecida e aliviada por ter escapado de uma catástrofe que ela desconhecia.

Porém, assim que os presentes foram enviados e que o silêncio voltou a instalar-se entre elas, Haregewoin sentiu novamente a ferroada do medo. Acordou à noite suando, cheia de pressentimentos, como nos meses em que achava que estava com câncer. Inspecionou seu corpo, enrolando silenciosamente na cama para detectar a origem da preocupação – seria o prenúncio de uma nova dor, de uma nova doença? Não, não havia motivo para isso. Era Atetegeb.

"Quer que eu vá até aí para ajudar com o bebê?", ela escreveu.

"Sim, mas não agora. Mais tarde você poderá vir", respondeu Atetegeb.

– Você acha que eu devo ir? – perguntou a Suzie.

– Não sei, mãe. Quer que eu vá?

– Bem, sua irmã adora ter dinheiro. É melhor continuarmos trabalhando e ajudando-a de longe. Não sei quanto ele dá para ela. Além do mais, se eu voltasse para Adis, onde iria morar? Com *eles*?

– Com Ashiber?!

Vários dias depois, porém, como se ainda não tivesse encerrado a questão, ela perguntou de novo a Suzie:

– Acha que eu devo ir?

Ela telefonou para Adis-Abeba. Ashiber atendeu, rude:

– Ela está dormindo – disse, e desligou.

Passados alguns dias, ela deu outro telefonema; mais uma vez, foi ele quem atendeu. Ela jogou a voz uma oitava acima, tentando parecer apenas uma avó despreocupada.

– Como vai o bebê? Como vai minha filha?

Dessa vez ele disse:

– Ela não está.

Então ela passou a sentir, de meia em meia hora, um aperto no estômago que lhe dizia: *Tem alguma coisa errada*. Talvez fosse com o bebê. Estava decidido: ela precisava ir. Voou para seu país, não avisou ninguém que estava chegando e pegou um táxi para a casa da filha.

# 9

COM UMA MALA cheia de presentes, ela aguardou no portão, do lado de fora da residência. Uma mulher desconhecida, que presumiu ser uma empregada, abriu a porta. Era de meia-idade e trazia o bebê de dois meses apoiado no ombro.

Haregewoin cruzou o caminho de cimento e estendeu os braços para segurar o menininho.

– Sou a avó – informou.

Ela apertou o rosto contra o dele, sentindo o cheiro agridoce de sua presença. Em fração de segundos, o bebê tornou-se a quarta razão de sua existência, junto com Worku, Atetegeb e Suzie. Um menino lindo, de pele imaculada e macia como uma pétala, de olhos redondos e arregalados e lábios escuros e carnudos; era uma criança forte e simpática. Mechas encaracoladas esvoaçavam de sua cabeça; as sobrancelhas pareciam plumas e conferiam-lhe uma expressão de curiosidade.

– Onde está minha filha? – perguntou, com a mesma velocidade que havia feito a missão investigativa desviar-se para a alegria. Enquanto aguardava, diante da porta fechada do quarto da filha, que a empregada a anunciasse, sentiu como se estivesse segurando um jovem imperador e aguardasse ser anunciada, para finalmente adentrar a sala do trono da rainha-mãe.

– Olá, querida! É a mamãe! – Haregewoin chamou através da porta fechada. A luminosidade de marfim do rosto do neto a aquecia. As pálpebras do bebê piscaram, um ruído abafado saiu do seu narizinho, ele tremeu um pouco, suspirou e adormeceu. À medida que sentia aquela mãozinha cálida soltar-se do seu dedo, Haregewoin desistia da vida que tinha construído no Cairo. Será que conseguiria deixar o bebê e pegar um avião de volta para embalar suas coisas? Não, Suzie poderia enviá-las. Certamente, acharia uma casa para alugar na vizinhança. Ela estava se sentindo nas nuvens, cheia de felicidade.

A empregada abriu a porta.

– Entre, senhora.

Venezianas altas escureciam o quarto. O ar estava impregnado com o cheiro de remédios; frascos de xaropes e de comprimidos se amontoavam em cima da penteadeira. Perdida em uma confusão de lençóis, uma mulher muito magra e abatida, com poucos cabelos e lábios ressequidos. Uma das faces tinha uma verruga enorme. As pernas magras e despidas, em um movimento contínuo, empurravam os lençóis. As pálpebras somente se entreabriram.

– ... Atetegeb? – murmurou Haregewoin, olhando aturdida para a empregada. Onde está...?

– Atetegeb? – ela chamou de novo, aproximando-se lentamente.

Ela entregou o bebê para a empregada, sentindo-se subitamente tonta e temendo deixá-lo cair. Pontos de luz turvaram-lhe a visão, e a boca ficou seca; ela cambaleou e segurou uma cadeira.

– Meu amor? Atetegeb? É a mamãe.

O rosto da filha permaneceu inexpressivo, mas os dedos da mão que estava mais perto de Haregewoin se abriram e se contraíram. Haregewoin tomou a mão da filha entre as suas e aproximou a cadeira da cama para sentar-se ao seu lado. Ela podia sentir o calor da febre através das cobertas da cama.

– Querida! Ó meu Deus, o que aconteceu com você?

– Mãe. Estou doente.

– Mas doente como? Doente de quê? – e mais uma vez se virou para a empregada.

A empregada – um tipo calado, que aparentava uns quarenta anos – sorriu com tristeza e se retirou com o bebê, fechando silenciosamente a porta atrás de si.

– Por que você não me falou? – perguntou Haregewoin, em prantos.

Após um longo silêncio, a jovem disse:

– Eu não queria que você sofresse.

A resposta provocou um espasmo de tosse débil. Atetegeb tentou fechar os olhos, mas seus olhos saltados impediam que o frágil tecido das pálpebras se fechasse. Os dedos se moveram de novo. Na mesa-de-cabeceira, havia uma tolha seca dobrada no formato de sua testa.

– Você quer que eu o molhe? – murmurou Haregewoin, e Atetegeb assentiu com a cabeça.

Com uma ternura infinita, Haregewoin passou suavemente o pano molhado sobre o rosto de sua filha. Os dedos descarnados relaxaram; ela pareceu dormir, embora os olhos secos ainda dessem a impressão de estar olhando fixamente para a frente, embaixo das pálpebras semicerradas.

Haregewoin saiu do quarto como um furacão e telefonou para o Black Lion Hospital, o principal hospital universitário capacitado para oferecer tratamento altamente especializado na Etiópia, afiliado à escola de medicina da Universidade de Adis-Abeba. Em seguida chamou um táxi (serviços de ambulância eram praticamente inexistentes). A empregada parecia intimidada. Não sabia de nada. Nem sequer desconfiava que no Egito, durante todo esse tempo, havia uma mãe interessada.

– Por que eu não fui informada? – gritou Haregewoin. – Onde está esse diabo de marido? Onde está Ashiber?

A empregada olhou na direção de uma porta fechada e, em seguida, esclareceu:

– Ele está no trabalho.

Haregewoin abriu com força a porta fechada e viu um quarto bem-arrumado. Ela entendeu – ele dormia em um quarto separado de sua mulher.

– Onde o bebê dorme?

– Comigo, disse a empregada, indicando um colchão no chão da cozinha.

Atetegeb arfou um único "não" débil, quando o motorista de táxi, que recebeu um pagamento extra de Haregewoin, a levantou da cama. Haregewoin ficou chocada com a magreza esquelética da filha e correu para jogar um lençol sobre ela. A luz forte feriu os olhos da moça. Ela estava encolhida e pálida como uma criatura que vivesse no subterrâneo e subitamente tivesse sido retirada de lá. No hospital, foi colocada em uma cama no canto de uma enfermaria grande e velha com teto alto, onde recebeu uma transfusão de sangue e alimentação intravenosa.

– Doutor, por favor! O que ela tem? – perguntou aos gritos Haregewoin no corredor.

– Pode ser leucemia – arriscou um médico. – Ela está em um estado de grande debilidade.

– Certamente é uma pneumonia – opinou uma enfermeira.

– Ela está com tuberculose – anunciou um atendente.

– Ela tem câncer de pele – concluiu um técnico.

Haregewoin sentou-se em uma cadeira ao lado da cama de Atetegeb, torcendo as mãos e balançando o tronco para a frente e para trás.

Um tratamento com Bactrim debelou a tuberculose, permitindo que Atetegeb respirasse com um pouco mais de facilidade. Mas, assim que uma ameaça era controlada, outra surgia. Durante várias semanas, Haregewoin passou a noite na cadeira ao lado da cama. A cada poucos dias ela voltava à casa de Atetegeb, por algumas horas, para tomar banho, descansar um pouco e cozinhar. Ela levou cestas de comida para o hospital, quebrando e enrolando pequenos pedaços de *injera* que passava sobre os lábios da filha. Contudo, Atetegeb não queria comer e chorava, protestando.

– Pelo amor de Deus! – indignou-se Haregewoin, ao abordar Ashiber uma noite. – O que passou na sua cabeça?

– Fomos ver um médico – ele se justificou. – Eu comprei os remédios. O que você queria que eu fizesse? Contratei uma empregada em tempo integral para ajudá-la. Você queria que eu ficasse em casa? Se eu parar de trabalhar, terminaremos na rua.

– Por que você não me contou?

– A minha mulher lhe escrevia toda semana. Seus telefonemas pareciam não ter fim. Como é possível que você não soubesse que ela estava doente?

– Ela não me disse – desabafou Haregewoin, arrasada.

– Bem, então...

Com quatro meses, o bebê era um garotinho sorridente, bastante afeiçoado à empregada.

– Ele é forte e muito inteligente – Haregewoin falou uma noite para Ashiber, elogiando o bebê.

Ashiber se iluminou e concordou:

– É mesmo! Eu sei! Eu sei! Um garotão!

E baixando a voz perguntou:

– Como está Atetegeb?

– Você devia ir visitá-la, você sabe.

– Alguém nessa família tem que trabalhar de verdade e tomar conta do nosso filho – ele retrucou asperamente, lembrando a Haregewoin que ele também estava bastante pressionado.

Pressentindo que sua estada em Adis-Abeba seria por tempo indeterminado, Haregewoin alugou uma casa de tijolos com dois quartos, uma cozinha interna, um banheiro externo de tijolos e uma torneira externa que servia de chuveiro. O pátio da frente era coberto de terra e cercado por paredes finas, mas nele poderiam ser plantadas flores, ela pensava, para alegrar Atetegeb na primavera. Ela comprou algumas peças para mobiliar a casa – poltronas e um sofá – vendidas em um quiosque e pagou um motorista de táxi para entregá-las. De certo modo, sentia-se feliz; estava ansiosa para preparar um quarto que agradasse a Atetegeb.

A saúde da paciente se estabilizou. Ela era um depositário infinito de doenças e produtos hospitalares, mas o médico informou que ela estava suficientemente estável para voltar para casa.

– Vou levar você para minha casa – disse à filha.

– Pergunte a Ashiber – respondeu Atetegeb.

Haregewoin telefonou para o genro:

– Vou levá-la para minha casa.

– Você devia trazê-la para cá – ele contestou.

– Não. Você é o marido, mas eu sou a mãe. Você pode se casar de novo algum dia. Se eu perdê-la, nunca a encontrarei de novo.

Ela transferiu Atetegeb para os lençóis novos e para o quarto limpo do bangalô localizado na encosta da montanha. Figos verdes cresciam na figueira-brava do lado de fora da janela, e pombos verdes batiam asas entre as folhas.

Certa manhã, Haregewoin saiu cedo de táxi e retornou com o bebê.

– Olha quem está aqui para ver sua *amaye* – cantarolou, acordando a filha no meio da manhã. O menino tinha agora sete meses, era roliço e quente como um pão fresco. O cabelo castanho claro parecia uma penugem de dente-de-leão. Como Atetegeb estava muito fraca para segurá-lo, Haregewoin correu para trás dela, na cama, apoiando para levantá-la, ao mesmo tempo que segurava o bebê na sua frente, abraçando ao mesmo tempo mãe e filho. Ele arregalou os olhos e sorriu. Os dois dentes do bebê brilharam na gengiva inferior. Ambas as mulheres riram.

– Ele se lembra de mim! – gritou Atetegeb.

– Claro que lembra, minha querida – concordou Haregewoin.

Quando Atetegeb se cansou de ficar sentada e de sorrir para todos, Haregewoin levou o menino para casa. Ashiber estava no caminho com os braços cruzados. A babá da criança, em pânico, havia telefonado para o patrão no trabalho.

– Nunca, nunca, nunca – ele avisou Haregewoin –, nunca mais você tire o meu filho desta casa. O meu filho fica aqui.

– Ela é a *mãe* dele.

– Ele fica.

– Ela é a mãe dele, Ashiber – insistiu Haregewoin, deprimida.

Ela devolveu o menino sorridente e com os fundilhos molhados, entrou na casa com passadas largas, apanhou algumas poucas coisas de Atetegeb e voltou para o táxi que a aguardava.

– Você está me ouvindo, *Waizero* Haregewoin?

– Ela é a mãe dele.

Ela se permitiu olhar mais uma vez para a criança no colo do pai. Em seguida, bateu a porta do carro, com força, e foi embora.

Agora, era Suzie que escrevia do Cairo: "Mãe, devo voltar?"

"Não, minha querida, de nós três, você é a única que está trabalhando. Eu não espero ajuda de Ashiber. Só Deus sabe se você conseguiria achar trabalho aqui."

Haregewoin gastou, sem dó, a herança que recebeu de Worku, além de sua poupança; ela estava adquirindo tempo para sua filha, estava comprando esperança. Ao ouvir o mais tênue comentário sobre um novo medicamento, comprava uma caixa dele; telefonava para assistentes de serviços de saúde e fazia ligações internacionais. Cinco vezes em dez meses, Haregewoin contratou um táxi para apanhar sua filha, tentando um hospital ou clínica diferente a cada vez.

Ashiber visitou-as em casa uma única vez. O ar fresco o envolvia como uma capa; sua figura masculina grande e exalando saúde, usando sapatos polidos, com voz grave e cheiro de loção pós-barba era algo estranho naquela casa de mulheres e de doença.

– Por favor, Ashiber, me deixe ver nosso filho – pedia com voz lúgubre Atetegeb, o rosto emaciado e amarelado deitado no travesseiro.

– Eu o trarei amanhã – ele prometeu, surpreendentemente conciliador.

Mas quebrou a promessa. Não levou o menino no dia seguinte, nem no outro, nem no outro. Haregewoin telefonou para ele:

– Amanhã de manhã, irei até sua casa para apanhar o bebê; faremos uma visita agradável e eu o levarei para casa na hora do almoço.

Contudo, no dia seguinte, ela encontrou a casa às escuras e trancada.

– Ele tem medo de que raptemos o bebê – explicou Atetegeb. – O bebê é a única pessoa no mundo que ele ama.

Entretanto, Haregewoin pensou, *ele teme que o bebê pegue a doença da mãe.*

A diarréia de Atetegeb não cedia e ela tinha escaras; sua força diminuta se esvaía. Somente Haregewoin a virava na cama, a lavava, trocava suas roupas, mudava os lençóis e os lavava, à mão, em uma tina de metal no pátio. Ela descobriu que sentia um pouco de alegria ao se lembrar de como um dia lavara fraldas dessa mesma maneira, quando suas meninas eram bebês. Atetegeb estava perdida nas lembranças do filho. No sono infeliz e intranqüilo durante o dia, ela às vezes aninhava um travesseiro ao seu lado como se estivesse ninando um bebê.

Ashiber não apareceu mais.

Ensopados leves, sopas e pães nutritivos, pedaços de manga, de melancia – todos os regalos, parecidos com alimentos preparados para bebês, inventados por Haregewoin na pequena cozinha e oferecidos ternamente para a filha, colher por colher – eram recusados.

– Não adianta comer, mãe – Atetegeb constatava tristemente, virando o rosto. A comida me destrói. Ela me arrasa e eu acabo lhe dando trabalho, e isso eu não quero. Estou cansada.

Na cozinha, limpando os pratos, Haregewoin chorou alto. Ela só conseguia fazer com que uma colher de chá contendo chá açucarado passasse pelos lábios de sua filha.

– Minha querida, me desculpe – disse à filha, chorando, ao mesmo tempo que abria a porta mais uma vez para um motorista de táxi e levava Atetegeb, em agonia por estar sendo perturbada, de volta para o hospital.

Desta vez ela ficou somente uma semana. Os médicos a examinaram, tomaram notas, conversaram no corredor do lado de fora da porta que dava na enfermaria. Ninguém tinha mais nenhuma esperança de salvar a paciente, exceto Haregewoin. Ela não tinha como evitar: cada vez que um médico, enfermeiro, servente, zelador se aproximava da cama de Atetegeb, Haregewoin, de sua cadeira, olhava para cima com os olhos lacrimejantes cheios de esperança.

Atetegeb dormia o tempo todo. Haregewoin ficava sentada, com a cabeça abaixada, algumas vezes observando a pulsação débil do coração da filha no seu pulso. Às vezes, um pouco de calor irradiava do rosto de Atetegeb, e esse momento era precioso para Haregewoin, mesmo sabendo que a febre é que o provocara.

– Mãe – chamou claramente Atetegeb uma noite, surpreendendo Haregewoin, acordada em sua cadeira. Está na hora de eu voltar para casa. Você pode me levar para casa?

Uma mistura de esperança e ilusão fez com que o rosto de Haregewoin franzisse novamente. Será que a febre passou?

Atetegeb sorriu e levantou um pouco os braços, indicando os fios enrolados dos tubos de plástico.

– Chega – disse ela. – Já basta. Está na hora.

# 10

QUAL É A ORIGEM DO HIV/AIDS? O lentivírus pode ser encontrado em gatos, carneiros, cavalos e bois, mas em macacos e chimpanzés ele assume uma forma mais semelhante à do vírus da imunodeficiência humana (HIV); os pesquisadores o denominam vírus da imunodeficiência símia (SIV).

Um macaco do Velho Mundo encontrado na África Ocidental, nas florestas de Guiné-Bissau, do Gabão, da República dos Camarões, de Serra Leoa e de Gana foi o macaco mangabei (*Cercocebus atys*): dentes compridos, rabos compridos, dedos compridos; esguio, com pálpebras claras em um rosto escuro. Os macacos mangabei são os transmissores do SIV do macaco mangabei (SIVsm), que, conforme se descobriu, seria o precursor genético do menos freqüente dos dois HIV epidêmicos: o HIV-2, raramente encontrado em seres humanos fora da África Ocidental.

Nas florestas tropicais e nas florestas das montanhas da África Central, existem três subespécies de chimpanzés comuns. Os pantrogloditas vivem dispersos entre o rio Níger e o rio Congo. Alguns carregam o SIV do chimpanzé (SIVcpz), que, em 1999, descobriu-se ser o ancestral genético do HIV-1, o vírus humano virulento que é a origem da pandemia mundial.

Mas por que e como um vírus da imunodeficiência do macaco e um vírus da imunodeficiência do chimpanzé fazem surgir, ao mesmo tempo, dois vírus de imunodeficiência humana em duas regiões diferentes e distantes da África?

Por que o vírus benigno dos símios, que somente em torno de um por cento dos casos provoca a morte de seu hospedeiro, se modificou e se tornou um vírus humano devastador, freqüentemente mutante, provocando a morte de seu hospedeiro em noventa e nove por cento dos casos?

Inúmeras hipóteses foram propostas; nenhuma ainda foi comprovada.

A primeira delas poderia ser chamada de teoria do *genocídio*.

Os africanos têm uma experiência infeliz com a medicina ocidental, especialmente com a indústria farmacêutica: seus países foram transformados em lixeiras nas quais medicamentos inseguros e vencidos são despejados, e o acesso a tratamento somente se dá quando se aceita participação em testes de novos produtos, algumas vezes prejudiciais à saúde. Dessa forma, nas aldeias onde inicialmente foi testemunhada a dizimação provocada pela aids, começaram a se espalhar boatos de que os africanos haviam sido deliberadamente infectados com a doença pelas potências ocidentais.

Mais uma vez, uma África isolada de sentimentos humanitários e habitada somente por povos sofredores enfraquecidos seria o alvo de saques a suas riquezas naturais efetuados por potências estrangeiras.

Na privacidade, Zewedu, um velho amigo de Haregewoin e antigo engenheiro e professor universitário, deu à teoria do genocídio uma grande importância. Como um homem educado, ele estava mais ciente que a maioria de que as nações industrializadas haviam inventado um tratamento para a doença que o estava matando. Mesmo que não tivesse deliberadamente infectado a África, o Ocidente agora assistia à morte de milhões de africanos.

Uma teoria não-conspiratória da origem do HIV sugere que o HIV é uma doença zoonótica, ou *zoonose*: uma doença humana que se origina nos animais e rompe a barreira das espécies. Embora algumas doenças infecciosas sejam específicas de uma espécie, outras, provocadas por bactérias, vírus ou por outros organismos, são compartilhadas entre espécies animais. "Em alguns casos, as zoonoses são transmitidas pelo contato direto com animais infectados, assim como a proximidade a uma pessoa infectada pode provocar a disseminação de uma doença infecciosa. Outras doenças são transmitidas ao se beber água contendo ovos de parasitas. Os ovos entram no abastecimento de água, provenientes de fezes de animais infectados. Outras ainda são transmitidas ao se comer carne de animais infectados. A solitária (tênia) é transmitida dessa forma. Outros vetores de transmissão de doenças são os insetos..."

A teoria do *caçador* sugere que uma zoonose, HIV, cruzou a barreira das espécies e infectou caçadores humanos e consumidores de carne de macaco e de chimpanzé. Um caçador ou açougueiro africano, com uma ferida aberta na mão, ao lidar com um macaco recém-morto, possibilitou a entrada do vírus presente no sangue em seu próprio sistema. O mesmo pode ocorrer quando uma criança brinca com seu filhote de macaco de estimação.

Em 1987, um virologista da Universidade da Califórnia, Preston Marx, observou que macacos mangabei vivos e mortos podiam ser encontrados, simultaneamente, em aldeias na Libéria e em Serra Leoa: a carne de animais mortos era vendida em mercados, e filhotes eram mantidos como animais de estimação. Ele coletou amostras de sangue dos filhotes domesticados e, em seguida, dos habitantes das aldeias. O exame para SIVsm do sangue dos macacos foi positivo, e o exame de sangue das pessoas foi ocasionalmente positivo tanto para o SIVsm como para o HIV.

Os resultados foram importantes, mas não explicaram toda a questão. Durante milênios, os homens dessa região caçaram, capturaram, domesticaram e abateram macacos. O DNA do SIV tem milhares de anos. Os habitantes da aldeia, cujo exame de sangue foi positivo tanto para SIVsm como para HIV, mostraram poucos sinais da doença e não transmitiram o vírus por contato sexual. "Todos os primatas que abrigam estes SIVs têm estado em contato próximo com os homens por milhares de anos, sem que tenha surgido uma epidemia de HIV", escreveria Marx, em parceria com os pesquisadores Philip G. Alcabes e Ernest Drucker.

"Tenta-se explicar por que diversas cepas diferentes do vírus da imunodeficiência humana, causador da aids, surgiram praticamente ao mesmo tempo na África, na metade do século", disse à rádio ABC o Dr. Ernest Drucker, professor de epidemiologia e medicina social da Faculdade de Medicina Albert Einstein. "Os símios – os macacos, os chimpanzés e outros que abrigam o progenitor deste vírus – existem há centenas de milhares de anos, vivendo *junto das pessoas* há centenas de milhares de anos, e elas foram expostas a esses vírus. Então, por que, de repente, na metade do século XX, estamos encontrando diversas cepas diferentes do HIV que derivam de diversas cepas diferentes de vírus da imunodeficiência símia?"

A teoria da *convulsão social* tem como base o conceito do HIV como uma zoonose: ela explica que a explosão da doença a partir do centro da África na metade do século XX foi resultante do movimento de populações durante as lutas pela independência ocorridas nas décadas de cinqüenta e sessenta. "De acordo com essa hipótese", relata o editor do jornal *San Francisco Chronicle*, William Carlsen, "a epidemia emergiu quando as estradas começaram a recortar as florestas tropicais e as restrições rigorosas às viagens, existentes durante a época colonial, foram retiradas. Isso permitiu que hospedeiros do HIV, que tinham sido infectados por macacos e viviam antes em comunidades rurais isoladas, se amontoassem nas cidades, onde espalharam o vírus por meio de práticas sexuais menos restritas."

Ainda assim, a teoria da convulsão social não responde à pergunta: Mas por que agora? Entre 1450 e 1850, no mínimo doze milhões de africanos – e possivelmente o dobro desse número – foram capturados e levados como escravos para as colônias da América do Norte, da América do Sul e do Caribe. As pessoas eram arrancadas de regiões do centro-oeste africano, nas quais macacos e chimpanzés viviam soltos e onde atualmente a epidemia avança. Por que a epidemia de aids não emergiu entre os séculos XV e XVII, espalhada pelos escravos africanos?

A teoria da convulsão social rende-se ao argumento de que algo *novo* deve ter acontecido há cinqüenta ou sessenta anos, modificando o equilíbrio existente entre os vírus benignos dos símios, seus hospedeiros animais e seus hospedeiros humanos ocasionais.

Teorias de origem *iatrogênica* questionam se a aids teria sido deflagrada inadvertidamente por meio de tratamento ou experiências médicas.

"Senhoras e senhores, cidadãos. Gostaria de fazer um anúncio. A aids é uma doença criada pelo homem", assim começava um artigo escrito pelo antigo repórter da rádio BBC, Edward Hooper. Com o título "A história de uma doença criada pelo homem", ele apareceu na *London Review of Books* em 2003. "Agora é quase certo que foram as mãos humanas (e, principalmente, as de médicos e cientistas) que iniciaram a pandemia da aids, que representa atualmente a pior manifestação de doença infecciosa jamais vista no mundo."

Em seu livro *The River: A Journey to the Source of HIV and Aids* [O rio: uma jornada à origem do HIV e da aids], publicado quatro anos antes, Hooper expôs seu argumento de que o HIV poderia ter-se originado a partir do desenvolvimento e testes de uma vacina oral contra poliomielite fornecida a centenas de milhares de pessoas no Congo Belga, no final da década de 50.

O cientista polonês Hilary Koprowsky, do Wistar Institute na Filadélfia, em competição com Jonas Salk e Albert Sabin, tentou aperfeiçoar uma vacina contra a poliomielite. O Wistar Institute cultivou a vacina em células de rins coletadas de macacos e chimpanzés africanos e asiáticos. As aldeias da região central da África, nas quais a vacina do Wistar foi testada entre 1957 e 1960, produziram mais tarde as primeiras manifestações terríveis do HIV/aids.

Teriam as células renais de macacos ou chimpanzés, nas quais foi cultivada a vacina do Wistar, vindo de animais portadores do SIV?

Teria a campanha de vacinação contra a poliomielite infectado ao mesmo tempo milhares de pessoas com o HIV?

Especialistas recrutados pelo Wistar Institute contestaram a teoria, afirmando ser improvável que partículas do SIV tivessem sobrevivido ao processo de cultura de tecidos da vacina; de qualquer maneira, as concentrações mínimas de SIV que tivessem sobrevivido seriam muito baixas para transmitir a doença. Ademais, a transmissão da doença seria ainda mais improvável com a administração oral de partículas do SIV do que com a introdução das partículas diretamente na corrente sanguínea. Como se não bastasse, frascos que sobraram da vacina não apresentaram traços do SIV. Finalmente, argüiu o Instituto, a mesma vacina testada no Congo foi administrada na Polônia e nos Estados Unidos sem ter gerado uma irrupção da aids.

E havia o fato inquestionável de que duas epidemias distintas da aids – HIV-1 e HIV-2 – surgiram a 1.600 quilômetros de distância uma da outra, a primeira relacionada a um vírus de chimpanzé e a segunda a um vírus do macaco mangabei. A vacina do Wistar não poderia ser responsável pelas duas.

A teoria conspiratória de Hooper de uma vacina oral contra poliomielite contaminada não abrange todos os aspectos principais e permanece sem comprovação.

Contudo, na década de 50, nas regiões centrais da África consideradas atualmente o marco zero do HIV/aids, aconteceram outras campanhas médicas além dos testes de vacina contra poliomielite. Outra teoria *iatrogênica* bem convincente analisa as cruzadas de imunização em massa que varreram o continente sem que tivesse sido dada a devida consideração ao uso de equipamento esterilizado.

No pós-guerra, "um período em que o otimismo na medicina era alardeado", observa Carlsen, a Organização Mundial da Saúde (OMS), as Nações Unidas e outras agências beneficentes lançaram programas ambiciosos e sem precedentes de vacinação e tratamento contra sífilis congênita, tuberculose e bouba (uma doença tropical da pele, ossos e articulações, disseminada por mosquitos que têm como alvo as crianças). "As campanhas de intervenção médica foram conduzidas em uma escala nunca vista antes no continente africano", relata Carlsen, "mas o nobre objetivo de erradicação de doenças foi comprometido por não ter conseguido garantir, indiscriminadamente, o uso de injeções esterilizadas, e as conseqüências dessa falha podem ser terríveis."

As seringas hipodérmicas foram inventadas em 1848: manufaturadas individualmente a partir de vidro e metal, eram custosas e altamente apreciadas na clínica médica. Podiam ser esterilizadas. Em 1920, somente cem mil seringas foram fabricadas em todo o mundo. Após a Primeira Guerra Mundial, à medida que novos usos eram descobertos (como injetar insulina), as seringas começaram a ser produzidas em massa. Em 1930, eram fabricados dois milhões de unidades por ano e, em 1952, setenta e cinco milhões. O preço caiu regularmente. Com a entrada em cena da penicilina, sua importância tornou-se ainda maior.

Descoberta em 1929, a penicilina foi um medicamento maravilhoso; mas em 1941 ela somente tinha sido produzida em quantidade suficiente para o tratamento de duzentas pessoas. Durante a Segunda Guerra Mundial, foram concebidas técnicas para produção em massa (levando a dois Prêmios Nobel para o cientista que descobriu a penicilina e para os dois primeiros cientistas que a produziram em escala industrial). Entre 1949 e 1964, a produção norte-americana de antibióticos aumentou de 34.500 quilos para 77.100 milhões de quilos, e o preço diminuiu de dois mil e trezentos dólares para cem dólares por quilo. O tratamento com penicilina era sinônimo de injeção, uma vez que antibióticos orais ainda não haviam sido aperfeiçoados.

A fabricação de antibióticos injetáveis e a fabricação do equipamento para a injeção cresceram simultaneamente. Entre 1950 e 1960, as seringas de vidro e metal foram substituídas, em grande parte, por seringas de plástico descartáveis. A produção aumentou cem vezes mais, chegando a uma produção de um bilhão de unidades por ano em 1960.

A produção em massa da penicilina aliou-se à produção em massa de seringas e, juntas, partiram para a África para realizar um trabalho valioso.

O Unicef descreve o histórico "entusiasmo para lidar com doenças por meio de intervenções técnicas":

> À medida que a década de 40 deu lugar à de 50, o motivo predominante das campanhas internacionais de saúde pública era a luta pelo controle ou erradicação de doenças epidêmicas. Essas campanhas estão entre as primeiras, e certamente as mais espetaculares, ampliações de assistência internacional não relacionada à guerra... Novos medicamentos e vacinas estavam se tornando cada vez menos custosos e, pela primeira vez na história, ofereciam uma perspectiva autêntica de que flagelos antigos poderiam ser banidos sem que fosse preciso aguardar a ampliação do número de médicos, hospitais e centros de saúde. Usadas em escala maciça, e seguindo um planejamento e um cronograma geográfico sistemático, as novas técnicas poderiam – em tese – forçar uma doença específica a abandonar seu domínio sobre toda uma população.
>
> A doença que sucumbiu primeiro, e mais dramaticamente, à campanha em massa foi a bouba. Transmitida por um microorganismo, essa enfermidade dolorosa podia levar à invalidez completa. Ela era encontrada em áreas rurais tropicais pobres e remotas e era contraída através de feridas abertas na pele. No início dos anos 50, acreditava-se que havia aproximadamente vinte milhões de casos em todo o mundo... A invenção da penicilina alterou as perspectivas de cura. A aplicação de uma injeção fazia sumir as lesões feias de cor rosa e mais algumas faziam com que a doença sumisse do corpo.

As injeções foram rapidamente aceitas em todo o continente como condição *sine qua non* do tratamento médico. Médicos que não prescrevessem injeções contra uma infecção, uma febre, fadiga ou o resfriado comum eram vistos como se estivessem sendo desonestos com os pacientes. Curandeiros tradicionais e praticantes indígenas adaptaram rapidamente a nova tecnologia ao seu repertório. Estudos efetuados na década de 60 revelaram que, em vinte e cinco a cinqüenta por cento das casas da região subsaariana, havia alguém que tinha recebido uma injeção nas duas semanas anteriores. Nos anos 90, injeções eram administradas em sessenta a noventa por cento das consultas efetuadas em ambulatórios.

Na década de 50, a sífilis congênita era comum na África e a penicilina injetável era o medicamento utilizado para combatê-la. Nessa mesma época, a cloroquinina estava sendo injetada para combater a malária. O Fundo das Nações Unidas para a Infância (Unicef) administrou mais de doze milhões de injeções de penicilina entre 1952 e 1957 e trinta e cinco milhões em 1963.

Em Londres, em setembro de 2000, em uma conferência realizada na organização científica britânica *Royal Society* sobre "Origens da Aids e a Epidemia da Aids", os doutores Preston Marx e Ernest Drucker apresentaram seu trabalho "O Século da Injeção: Conseqüências da aplicação em massa de injeções não-esterilizadas para o aparecimento de agentes patogênicos humanos", expondo a teoria das agulhas não-esterilizadas como precursoras da aids. Segundo Marx e Drucker, existe a possibilidade de que a reutilização de seringas não-esterilizadas tenha não somente *disseminado* mas originado o HIV/aids, em um processo semelhante ao utilizado por pesquisadores de laboratório conhecido como *passagem seriada.*

Desenvolvida como técnica laboratorial por Louis Pasteur durante a década de 1880, a passagem seriada viabiliza a mutação acelerada de um vírus ao injetá-lo em um hospedeiro A, aguardar sua incubação, injetar o vírus do hospedeiro A no hospedeiro B, o vírus do B no hospedeiro C, e assim por diante, até o fim das placas de Petri. O vírus se adapta ao sistema imunológico de cada hospedeiro, e as mudanças ocorridas na presença do vírus são extraídas e inseridas no hospedeiro seguinte. Carlson escreve: "O processo já foi testemunhado em experiências com macacos, informou Marx aos seus colegas. Vírus de símios se tornam mil vezes mais patogênicos à medida que são submetidos a 'passagens seriadas' em no mínimo três macacos."

A teoria da *passagem seriada* diz que o SIV do macaco ou chimpanzé relativamente inofensivo, descoberto no sangue de uns poucos caçadores ou consumidores de carne de macaco, poderia ter se transformado – através de dezenas de milhões de injeções não-esterilizadas que se iniciaram na década de 50 – na pandemia monstruosa.

"Se tomarmos um vírus de baixa patogenicidade, o vírus do macaco", disse Drucker, "e infectarmos o homem com ele, esse vírus poderá sobreviver por alguns dias ou até mesmo algumas semanas enquanto tenta se adaptar. E ele começa a se adaptar ao hospedeiro humano, mas o hospedeiro humano o rechaça.

"Porém, se, durante o período em que ele está tentando se adaptar, o sangue dessa pessoa é misturado ao de outra (que é exatamente o que uma agulha infectada faz), são *passados* alguns dos vírus parcialmente modificados para essa segunda pessoa. E nessa segunda pessoa o processo continua a partir de onde foi inicialmente interrompido. O vírus está nesse momento parcialmente adaptado aos homens e pode viver por um período um pouco mais longo. Assim, essa segunda pessoa o aproxima um pouco mais da forma do HIV. E, em seguida, esse processo é feito outra vez, outra vez... e cada vez que o vírus é passado ele se torna mais e mais patogênico, ele se adapta ao novo hospedeiro. E após quatro, cinco ou seis passagens chega-se a um vírus que está efetivamente adaptado ao hospedeiro humano; ele começa a se duplicar e a expelir partículas virais, [tornando-se] infeccioso para outro ser humano."

Dr. Preston Marx, Dr. Ernest Drucker e Dr. Christian Apetrei, do Departamento de Medicina Tropical da Universidade de Tulane, questionaram até mesmo a identificação inicial da aids como uma zoonose. "Com base nas descobertas que revelam a linhagem símia do HIV, a aids tem sido apresentada como uma zoonose", eles escreveram em 2004 para a revista especializada em medicina de primatas, *Journal of Medical Primatology*.

Contudo, essa teoria nunca foi provada e deve ser seriamente questionada. Diversos argumentos mostram que o HIV/aids não é uma zoonose. (i) Se a aids fosse uma zoonose, deveria haver evidências de que a aids é adquirida diretamente de uma espécie animal, como ocorre com a raiva, uma doença diretamente adquirida de animais. (ii) Apesar da exposição antiga e freqüente dos homens a macacos infectados pelo SIV na África, somente onze casos de transmissão cruzada entre espécies são conhecidos, e somente quatro destes resultaram em uma transmissão de homem para homem expressiva... Se a aids fosse uma zoonose capaz de se espalhar de maneira significativa de homem para homem, haveria um excesso de grupos e subgrupos iniciais. (iii) A exposição humana ao SIV existe há milhares de anos, mas a aids surgiu somente no século XX. Se a aids fosse uma zoonose que se disseminasse na população humana, ela teria se disseminado no Ocidente durante o comércio de escravos. (iv) A transmissão experimental do SIV para espécies diferentes de macacos é, freqüentemente, bem controlada pelo novo hospedeiro, mostrando que o vírus, e não a doença, é transmitido. Por conseguinte, concluímos que a transmissão cruzada entre espécies não constitui, em si mesma, a base para uma zoonose.

"Todos os HIV realmente derivam de espécies símias", os autores explicaram, "mas não se pode classificar a aids como zoonose, e essa explicação não pode ser responsável em si mesma pela origem da epidemia de aids."

Os vírus de símios, os SIVs, forneceram as fundações do vírus humano, mas o processo de conversão é um mistério. Para esses cientistas, a passagem seriada inadvertida de sangue contaminado pelo inofensivo SIV, de pessoa para pessoa para pessoa para pessoa, de caçador para fazendeiro para comerciante para criança para costureira para parteira para professor, pela reutilização infinita de agulhas não-esterilizadas, criou uma nova entidade, uma doença mortal, uma pandemia.

"Chama a atenção que os primeiros casos de aids conhecidos tenham vindo da África Central – Zaire, o Congo Belga – naquela época", disse Drucker em 2000. "Sabemos da existência do vírus no Congo desde aproximadamente 1959. E lá foi a área de algumas das primeiras... campanhas em massa de penicilina, a erradicação da bouba... Nos anos 60, a penicilina e outros tipos de campanha de injeções ocorreram através da África, através de todo o mundo em desenvolvimento, incluindo a Índia."

"As pessoas não querem ver isso por diversos motivos diferentes. A OMS, que estava distribuindo centenas de milhões de doses de vacina, muitas vezes distribuía um número muito, muito inferior de agulhas junto com elas, recomendando que as agulhas fossem esterilizadas e fornecendo alguns equipamentos de esterilização para isso. Mas qualquer pessoa que atuasse na África nas décadas de 50, 60 e 70 sabia perfeitamente bem que, na maioria das vezes, não havia esterilização. Na verdade, as seringas plásticas descartáveis não podem ser efetivamente esterilizadas."

"Admitimos a hipótese", escreveram os doutores Drucker e Marx, "de que o aumento maciço da aplicação de injeções não-esterilizadas na África, associado à introdução de antibióticos na década de 50, tenha sido o 'evento' moderno que permitiu que diversos vírus de símios de baixas patogenicidades, nativos há muito tempo na região subsaariana da África, aumentassem a patogenicidade e concluíssem sua adaptação genética a hospedeiros humanos, emergindo como a primeira cepa epidêmica de HIV em 1959." Os doutores acreditam que as hepatites B e C tenham sido geradas dessa maneira.

"A norma", disse Drucker, "era simplesmente aplicar essas injeções, esterilizar apressadamente as agulhas; houve um caso em que um médico atendeu quinhentas pessoas em duas horas, utilizando seis agulhas, e [as seringas] eram apenas jogadas dentro de um recipiente com álcool. Porque, para ser inteiramente justo, a penicilina e os outros medicamentos que estavam sendo utilizados eram vistos como muito importantes e capazes de salvar vidas; e, por outro lado, os tipos de contaminação que poderiam ocorrer, [como] hepatite, não eram vistos como particularmente letais, porque não conhecíamos, naquela época, a hepatite C. Assim, ocorreu um grande número de procedimentos muito, muito descuidados, mesmo na prática médica. E, em seguida, *fora* da prática médica – em locais chamados de 'clínicas rurais' e 'medicina de campo' –, as agulhas estavam por toda parte, a penicilina estava por toda parte, havia outros injetáveis no local e um número enorme, enorme de injeções... Entre 1950 e 1960, a produção de agulhas aumentou de dez milhões para um bilhão de unidades. E atualmente são produzidos no mundo quarenta bilhões de agulhas por ano; muitas delas permanecem em circulação.

"A aids não é a única doença nova, certo?", perguntou Drucker. "Podemos constatar o aparecimento de outras doenças o tempo todo –

como a doença da vaca louca –, resultantes de tecnologias cujas implicações efetivamente não entendíamos. As vacas não foram criadas para comer proteínas animais; elas não possuem mecanismos para se proteger. Não se pretendia que existisse um aparelho que transferisse sangue de uma pessoa para outra quando [o sangue] pudesse transmitir uma infecção animal. Todas as nossas doenças virais são cruzamentos de espécies animais, e o que fizemos com as campanhas em que foram aplicadas injeções não-esterilizadas, e o uso maciço de injeções não-esterilizadas no mundo [...] [foi] fornecer um mecanismo pelo qual se ajudam vírus animais levemente patogênicos a se transformar em vírus humanos patogênicos que permanecerão conosco. E acredito que estamos no início desta história, não no fim."

A história está apenas começando, Drucker acredita, porque a OMS estima uma taxa global existente de trinta bilhões a cinqüenta bilhões de injeções não-esterilizadas por ano. Em 2000, quarenta por cento das injeções administradas foram aplicadas com agulhas reutilizadas. Em alguns países, talvez três de cada quatro injeções sejam inseguras. A OMS estima que injeções inseguras resultem em oitenta mil a cento e sessenta mil novos casos de infecções por HIV-1 a cada ano, oito milhões a dezesseis milhões de infecções de hepatite B e vinte e três milhões a quarenta e sete milhões de infecções de hepatite C em todo o mundo (esses números não incluem transfusões).

Mesmo sob os auspícios de programas de imunização regional da OMS, que compreendem dez por cento de todas as campanhas de vacinação em massa, cerca de trinta por cento das injeções são efetuadas com seringas sujas e reutilizadas. Ainda em 1998, a OMS *recomendou* que as seringas fossem reutilizadas até duzentas vezes em programas de vacinação, confiando em rotinas de esterilização que os próprios estudos da OMS mostraram não ser habitualmente seguidas.

A escassez de seringas e agulhas é a principal causa. O equipamento é freqüentemente reutilizado, vendido ou reciclado por causa de seu valor comercial.

A tecnologia existe para impedir essa reutilização perigosa de agulhas: seringas descartáveis de uso isolado com desativação automática ("autodestrutíveis") foram inventadas; após uma injeção, a agulha se retrai de volta para o cilindro. Os fabricantes de seringas estão preparados para iniciar a produção em massa dessas seringas, mas elas são caras. Especialistas mundiais em saúde concordam que agulhas mais seguras são uma etapa fundamental para a erradicação de doenças com disseminação iatrogênica; mas de onde surgirão os recursos? O orçamento da OMS não é suficiente, e os grandes doadores não estão se apresentando.

Joel Schoenfeld, presidente do fabricante de seringas autodestrutíveis Univec de Farmingdale, Nova York, chama a atenção para a teoria de passagem seriada apresentada pelos doutores Drucker e Marx. "Esses especialistas conceituados confirmam nosso apelo para o uso exclusivo de seringas autodestrutíveis em programas de imunização em massa e para uso clínico... Por que a comunidade médica mundial continua a ignorar [isso]? O que ela deveria fazer era interromper a prática de permitir o uso múltiplo de seringas em todo programa do mundo de imunização e clínico. Somente quando adotarmos uma norma para o uso de seringa autodestrutível, obrigatória em todos os programas de vacinação em massa, contribuiremos significativamente para derrotar as doenças em todo o mundo."

Epidemiologistas que estudam a pandemia do HIV/aids a partir de um ângulo diferente – por exemplo, o mapeamento de "redes sexuais" (Quem está dormindo com quem? Qual é o lapso de tempo existente após a infecção [período de maior contágio] e um novo contato sexual?) – têm sido desencorajados pelas cifras enormes. Injeções inseguras abrem uma teoria intrigante de corolário de transmissão.

"Desde o final da década de 80, a hipótese dominante tem sido a de que o HIV, na África, é transmitido principalmente pelo contato vaginal-peniano", afirma o Dr. Richard Rothenberg, editor da revista *Annals of Epidemiology* e professor de doenças infecciosas da Faculdade de Medicina da Universidade de Emory. "Contudo, os dados disponíveis de pesquisa não apóiam essa hipótese. Talvez existam elementos importantes que não estão sendo considerados e que poderiam auxiliar a descobrir os elementos responsáveis pela trajetória."

Por exemplo, existem regiões na África em que campanhas de saúde pública aumentaram significativamente a segurança das práticas sexuais e o uso de preservativos, e houve queda das taxas de outras doenças sexualmente transmissíveis. Mas a infecção por HIV está aumentando. Foram relatados casos de crianças cujo teste para HIV deu positivo embora seus pais não fossem portadores da doença; de mulheres com testes soropositivos cujos maridos não têm o HIV, e vice-versa, em situações em que a confirmação da fidelidade parece confiável. As acusações e a violência que se seguem a esses resultados dificilmente podem ser imaginadas. Mas as crianças, as esposas e os maridos podem ter sido infectados por injeções não-esterilizadas.

O paradigma, na cultura popular, de que a promiscuidade em excesso e a exacerbação da sexualidade deflagraram e continuam a alimentar a epidemia africana da aids pode ser um exemplo extraordinariamente cruel de "acusação da vítima".

A hipótese de passagem seriada – de que a aids não é uma zoonose que pulou a barreira entre espécies, mas, sim, um vírus novo criado pela tecnologia da agulha hipodérmica e pelas campanhas de vacinação em massa da metade do século XX – não foi firmemente demonstrada, mas as pesquisas continuam.

"Conhecemos a origem", diz o Dr. Marx, "mas não a fagulha que deflagrou a epidemia."

# 11

MÃE E FILHA DEIXARAM O HOSPITAL. Haregewoin aninhou Ategeb no banco de trás de um táxi. Ao chegarem em casa, pediu ao motorista que a ajudasse a carregar a paciente para o quarto. Ele levantou as sobrancelhas, em dúvida. O temor a doenças contagiosas é comum em países tropicais e subtropicais. Habitantes de zonas temperadas não conseguem dar o devido valor ao fato de suas civilizações de aço e vidro serem edificadas sobre os alicerces de invernos anuais, enquanto os que vivem em zonas tropicais são atormentados por parasitas contagiosos, vírus, insetos e bactérias que nunca são combatidos pelo gelo ou pelo frio. Será que a mulher estava morrendo de tuberculose, malária, sarampo, poliomielite, hepatite, doença do sono ou cegueira do rio (oncocercose ocular), ou da nova doença horrível e devastadora que as pessoas chamavam de *aminmina* (caquexia)?

– Câncer – informou Haregewoin.

Aquela noite ela telefonou para Ashiber.

– Ela está indo embora. É o fim.

Talvez temendo pela própria saúde, ele ficou longe.

– Eu amo tanto você – disse Haregewoin a Atetegeb. Acabara de cobri-la, mantendo-a quente e confortável. Ao mesmo tempo, observou que o peitoril da janela estava vazio; planejou enfeitá-lo no dia seguinte com vasos de flores.

– Você é tão importante para mim!

– Amo você também – disse Atetegeb com a voz trêmula.

De noite, a respiração ofegante em busca de ar da jovem emaciada manteve Haregewoin desperta na cama ao seu lado. *Worku teve sorte*, pensou. Para Haregewoin, apesar da perda quase completa dos cabelos, do rosto marcado com pústulas, dos lábios rachados e dos olhos sem expressão, Atetegeb ainda era bonita.

– Coitada da minha filhinha – falava suavemente enquanto abraçava Atetegeb, que já não sentia nada.

A vida da filha era agora tão curta e frágil quanto a de um bebê prematuro. O sentimento experimentado por Haregewoin assim que Atetegeb nasceu misturou-se ao que sentia agora durante as últimas horas de vida de Atetegeb; a desorientação da sonolência, a felicidade da intimidade, de se aproximar da cama, de noite, e descobrir o corpinho quente esperando por ela.

– Viva – sussurrava a mãe ao seu ouvido enquanto Atetegeb passava rapidamente da consciência para a inconsciência.

Haregewoin abraçou a filha, sentindo as pontas e caroços espalhados pelo corpo flácido, aconchegou o lençol em torno dela e, embalando-a gentilmente, cantou entre soluços uma cantiga de ninar. Era como se estivesse tentando manter a brasa acesa no alto de uma montanha contra todas as forças da natureza.

– Atetegeb – murmurou.

Mas as articulações cederam, os feixes de músculos se afrouxaram e a centelha diminuta de vida se extinguiu.

Era o mês de abril de 1998.

Ashiber apareceu.

– Vou providenciar o enterro da minha mulher – anunciou.

– Pode levá-la – disse em prantos Haregewoin.

Comparada com essa, a dor sentida pela perda de Worku foi uma emoção normal.

Haregewoin vagava pelos quartos da pequena casa com os olhos esbugalhados, despenteada, desabotoada e com uma expressão terrível no rosto. Durante o enterro, ela gritou e arranhou a face. Suzie, que deixara o Cairo às pressas, levou-a para a pequena casa e tentou colocá-la na cama, mas ela ficou fora de si por muitos dias. As lágrimas da mãe secaram e seu olhar ficou vítreo; olhava fixamente para quem se dirigia a ela, sem entender uma palavra. Era como se estivesse por trás de um vidro grosso.

Suzie também ficou aturdida pela dor.

– Ela era minha irmã, minha amiga mais chegada – Suzie dizia a quem as visitava, curvando e sacudindo a cabeça, para que o cabelo caísse para a frente, cobrindo-lhe o rosto; era só o que tinha a dizer para todos, exceto para sua mãe.

Haregewoin sentou, olhando fixamente para fora da janela em direção ao mato. Um corvo, ou uma borboleta, até mesmo um grilo possuía a receita secreta de vida que ela não conseguira preparar para a filha. Agora, ela mal conseguia esmagar uma formiga, sabendo que seu diminuto mecanismo era algo que os mais brilhantes cientistas não conseguiriam construir, nem mesmo os mais reputados doutores poderiam restaurar. Ela estava exausta pelas tentativas feitas para preservar na filha aquilo para o que até mesmo um verme não dava o devido valor: a dádiva de seguir em frente, de estar vivo.

O que doía mais do que tudo era ver como todas as outras mães eram abençoadas. Elas mantinham suas filhas vivas, enquanto ela, para sua eterna vergonha, tinha falhado com a sua, na única coisa que importava.

Velhos amigos, companheiros de escritório, vizinhos e famílias dos alunos de Worku não paravam de chegar, trazendo ensopados fumegantes que cheiravam a pimenta e cebola.

– Haregewoin – gritavam, beijando-a no rosto, querendo que ela os encarasse, que comesse suas comidas, que revelasse seus planos.

– Mas minha filha... – ela choramingava, envergonhada demais para olhar os amigos diretamente nos olhos.

# 12

O INVERNO DE SUA VIDA começara. Seu sorriso característico sumiu e não podia mais ser encontrado. Seus olhos se turvaram com lágrimas, e os ombros empertigados se curvaram. Os terninhos pareciam grandes demais para o corpo encolhido. Isso não tinha mais importância, agora ela só usava roupas pretas, uma saia de algodão longa que quase cobria as pernas, com cós de elástico, e uma túnica fechada feita de malha, marcando a cintura descuidada.

Suas economias estavam praticamente esgotadas – elas tinham sido lançadas na fogueira da doença de Atetegeb. Ela precisava achar um emprego, mas ainda não conseguia pensar nisso. Nesse ínterim, Ashiber proibiu que ela moldasse sua vida em torno do neto. Atetegeb era um "capítulo" de sua vida que ele decidira "deixar para trás". Ele rompeu o vínculo com a família de Atetegeb Worku e voltou-se para a irmã, que vivia na Alemanha, em busca de ajuda. Visitou-a muitas vezes. Depois de um tempo, ela retornou a Adis-Abeba para ajudá-lo a criar seu filho. A criança cresceu acreditando que a tia era sua mãe.

Haregewoin incentivou Suzie a retomar sua vida no Cairo, onde tinha amigos e interesses que a distraíam; contudo, Haregewoin não se sentia capaz de fazer o mesmo. Suzie tornou-se então o maior arrimo da mãe – emocional e financeiro.

Haregewoin recolheu o que restou no quarto ocupado pela doente e guardou em caixas de papelão para ser jogado fora. Embalou a camisola e lençóis de Atetegeb. Abriu as janelas para que a luminosidade vinda das montanhas, característica da estação, entrasse no quarto, aquecendo a cama e o colchão de solteiro e a mesa-de-cabeceira de madeira, como os galhos da figueira que balançavam no pátio, faltando apenas os estorninhos e os pombos verdes.

O vazio e a limpeza da pequena casa a sufocavam. Ela não conseguia comer nessa solidão. Só conseguia mastigar, mas não engolir. Carregando o prato até o pátio, puxou a porta de metal, abrindo-a com um estalido. Comeu de pé, enquanto olhava a rua. O ar cheirava a fumaça de madeira queimada e a fumaça de escapamento dos caminhões; no final da rua, alguém fritava carne e cebolas.

Ela ia para a cama quando o sol se punha e ficava deitada sem dormir. Uma noite, pensou: *O que será que aconteceu com todos os livros infantis de Atetegeb?* Sentou-se na cama e, em seguida, voltou a se deitar, pensando: *Não, eu não quero ler!* Os romances são cheios de emoções, lembrou, e ela já tinha emoções demais na vida. Queria não sentir nada, queria que não houvesse sentimentos. Ao amanhecer, levantou-se. Desistira de esperar pelo sono; tomou um banho atrás de uma divisória de bambu, sentindo a água fria que saía de um cano vindo do lado de fora. Envolveu-se em preto, colocou as meias e as sandálias, evitando olhar-se no espelho, e dirigiu-se ao cemitério. Passou o dia inteiro sentada em uma bancada de granito próxima ao túmulo de Atetegeb.

– Mamãe está aqui, querida – disse para o monte de terra.

Ao se inclinar e chorar, o que a movia era a pena que sentia de Atetegeb, separada de seu bebê, da mãe e da irmã. Quando conversava consigo mesma, era também como se conversasse um pouco com Atetegeb: quando deixava a casa sem a bolsa, voltava depressa, estalando a língua em sinal de repreensão: "Se ao menos conseguisse se organizar, mamãe estaria no caminho certo!"

Provavelmente, durante as tardes longas no cemitério ela dormitava, deixando a cabeça cair para a frente. Os grandes galhos da buganvília também se inclinavam. Somente a algazarra das cigarras e dos grilos nunca diminuía.

Quando acordou, sobressaltada, viu que a luz dourada na silhueta da montanha tinha se transformado em linhas prateadas finas nos galhos e folhas. Ao escurecer, levantou-se, entre suspiros e estalidos dos joelhos, e voltou para o carro arrastando os pés. Dirigiu lentamente, pois na casa fria não havia ninguém esperando por ela.

Muitas vezes, ao voltar para casa, parava em uma igreja para rezar. Havia muitas igrejas e mesquitas em Adis-Abeba, até mesmo um lugar de oração para os judeus; embora fosse cristã ortodoxa, não se importava mais com que igreja cristã freqüentava (a Etiópia está incluída entre os mais antigos países cristãos, tendo se convertido ao cristianismo no século IV. Um pouco menos da metade da população é cristã, a maioria pertencente à Igreja Ortodoxa da Etiópia; o restante é muçulmano. O Islã chegou à Etiópia enquanto Maomé ainda era vivo. Alguns de seus discípulos encontraram refúgio em Axum; o Profeta, mais tarde, ordenou a seus seguidores: "Deixem os abissínios em paz." Os praticantes de religiões nativas vivem nas regiões sul e oriental; ao norte, nas montanhas, os seguidores de uma antiga e singular vertente do judaísmo vivem, em bandos, em torno do Gondar).

*Todas as igrejas levam a Deus*, pensou Haregewoin. Sem se dar conta, ela começou a impressionar outros freqüentadores habituais e o pároco da igreja como uma mulher devota.

Quando estranhos lhe perguntavam, ela respondia: "Minha filha morreu ao nascer."

Dessa maneira, um ano se passou.

Todos os dias ela percorria o mesmo círculo: do colchão para a bancada de pedra, da bancada de pedra para o banco da igreja, do banco da igreja para a cadeira na cozinha e da cadeira na cozinha para o colchão. Mesmo essa movimentação mínima a cansava. Começou a dormir de roupa para poupar a energia que gastava para retirá-la de noite e colocá-la novamente de manhã. Para ela, a comida tinha tão pouco interesse, que simplesmente a amassava e forçava sua descida pela garganta, sem sentir-lhe o gosto.

Os dias piores eram aqueles em que a razão parecia lhe dizer – desde que abria os olhos pela manhã – que Atetegeb não existia mais em nenhum plano divino e que nada do que fizesse a traria para mais perto de sua filha. Em um desses dias, deixou o carro em casa e tentou desaparecer na cidade cheia de pessoas. Puxou o xale preto, cobrindo metade do rosto, abaixou a cabeça e se juntou à multidão, caminhando pesadamente junto aos acostamentos sujos das ruas da cidade. Era conduzida pelas hordas de pessoas, a cabeça tão baixa que, algumas vezes, quase passava da saída íngreme que levava ao cemitério. Mulheres idosas vestidas de preto subiam e desciam essa estrada curta quase vertical: viúvas idosas usando crucifixos, semelhantes às encontradas na Grécia, Itália, Irlanda e Ucrânia. Agora, ela era uma delas. As costas se curvariam como as delas; os dentes se amarelariam e escureceriam como os delas; encantamentos estranhos fariam parte de sua fala. Essa era a carreira que se abria para ela agora.

De vez em quando encontrava um velho amigo na rua. Virava o rosto, numa tentativa de evitar a aproximação:

– Minha querida – uma mulher com lábios pintados e de terninho começava a conversa.

Mas Haregewoin levantava a mão.

– Venha pelo menos tomar um café conosco. Por favor!

– Desculpe, não, não posso.

Ela não queria o conforto e as distrações que os velhos amigos lhe ofereciam, porque a dor era o último elo entre ela e Atetegeb.

Se as pessoas insistiam com perguntas, ela lhes respondia, humildemente:

– Eu era muito apegada à minha filha. Eu gostava muito dela.

# 13

O CEMITÉRIO, coberto por uma vegetação áspera na encosta da montanha, era pontilhado de barracos redondos, semelhantes a igrejas pequenas, com uma cruz de madeira presa no alto do teto feito de capim. Em seu interior moravam invasores, que viviam à margem da sociedade. A Igreja Etíope permitia que pedintes e mendigos habitassem o cemitério para levarem uma vida de reclusão parecida com a de monges. Alguns eram homens santos com um aspecto selvagem, barbas crescidas, cabelos sem brilho e compridos e pés descalços que pareciam feitos de couro. Talvez fossem videntes, talvez apenas lunáticos. Outros eram homens e mulheres solitários, que pareciam imersos em uma dor profunda ou tomados por um terrível arrependimento. Eles rezavam, se balançavam, ajoelhavam, choravam e, em seguida, dormiam no chão frio enlameado. Não comiam carne; alguns sobreviviam à custa de água e dos figos que colhiam das árvores no pátio da igreja. Outros aceitavam donativos dos voluntários da igreja. Uma vez por dia, um padre descia para aspergi-los com água benta.

Haregewoin sabia que o lugar ao qual verdadeiramente pertencia era ali, entre os enlutados, os penitentes e os mortos. Estávamos em outubro de 1999, dezoito meses depois da morte de Atetegeb, e ela ainda se sentia incapaz de articular as palavras e os gestos normais de convivência entre as pessoas.

*Tudo a minha volta desmoronou*, pensava. *Eu sou mena* (inútil, sem valor).

Ela se preparou para ir à presença do padre da Igreja Ortodoxa e pedir que fosse aceita para viver em reclusão. Ia pedir para viver em um barraco próximo à Atetegeb. Guardaria ou daria o que lhe tinha restado; abriria mão de sua casa.

*Devo informar a algumas pessoas que estou abandonando o mundo,* pensou.

Pretendia aguardar até o último minuto para escrever a Suzie, quando não houvesse mais possibilidade de discutir o assunto. Não havia vizinhos a informar, nem algum velho amigo que pudesse encarar. Não tinha energias para lutar contra seus protestos ou propostas de ajuda. Entretanto, faria a ronda das igrejas pela última vez para contar seus planos ao pároco e aos leigos que a haviam tratado com bondade.

Ela encontrou um obstáculo em sua igreja católica preferida. O diretor da MMM, a instituição de caridade da igreja católica conhecida como Congregação das Irmãs Missionárias Médicas de Maria, não queria deixá-la ir.

– Oh, *Waizero* [Sra.] Haregewoin, fico muito triste em saber disso.

– Não, é o melhor a fazer – disse ela, surpresa com a reação.

– Mas sabia que hoje mesmo, de manhã, estávamos conversando a seu respeito?

– Sobre mim? O que eu fiz?

– Bem, o padre sugeriu que talvez a senhora pudesse nos fazer um favor.

– Sim, *eu* poderia... Mas, como o senhor sabe, eu não sou católica.

O homem de rosto redondo e liso deu um risinho:

– Esse assunto não nos diz respeito!

– O que eu poderia fazer para o padre?

– A senhora sabia que nossa organização, a MMM, ajuda as famílias pobres do bairro?

– É mesmo?

– *Waizero* Haregewoin, estamos simplesmente assoberbados com crianças, com órfãos.

Era verdade, Haregewoin pensou; havia crianças em toda parte, sujas e descalças, que pediam esmolas timidamente e que se dispersavam com a aproximação da polícia. Corriam, feito flechas, entre os veículos nas ruas movimentadas, quase sendo atingidas pelas vans e táxis. Crianças em idade escolar carregavam nos braços ou amarradas às costas outras que mal sabiam andar, e estas, por sua vez, arrastavam bebês de um ano de idade. Algumas vezes, ela abria a porta do conjunto de casas pela manhã e surpreendia bandos de crianças dormindo, aninhadas no mato.

– Por que o senhor está me dizendo isso?

– *Waizero* Haregewoin, temos um caso urgente. O padre pensou que talvez a senhora pudesse nos ajudar. Ele sabe que a senhora é uma pessoa devota.

– Qual é o caso?

– O nome da menina é Genet [*Gue-net*]. Ela tem quinze anos. Os pais morreram e ela está vivendo nas ruas, dorme na soleira das portas das casas. Ninguém a deixa entrar porque ela se tornou um pouco violenta.

– Ela foi trazida para cá, pela primeira vez – ele contou a Haregewoin, abaixando a voz –, após ter sido estuprada. Estamos lhe dando comida, mas ela não tem onde dormir. *Waizero* Haregewoin, seria possível que a senhora acolhesse essa menina em sua casa?

*Agora meus amigos vão realmente achar que eu estou doida*, pensou Haregewoin. *Deixe-me pensar o que devo fazer.*

*Eu poderia ir para o cemitério para viver em reclusão; lá eu sentarei e rezarei. Talvez seja melhor não viver em reclusão, mas ajudar alguém. Atetegeb sempre dizia: "Mãe, você gosta tanto de crianças!" "Mãe, se você não tivesse tido filhos, você ficaria maluca." Uma vez, ela disse: "Mãe, você deveria tomar conta de um jardim-de-infância!" É verdade, eu gosto muito de crianças. Se isso é o que Deus deseja para mim, eu o farei.*

Ela abaixou a cabeça.

O homem interpretou errado seu silêncio:

– *Waizero* Haregewoin, antes que diga "não", talvez a senhora possa se encontrar com essa menina. Vou trazê-la aqui. Então a senhora poderá decidir se seria possível ajudá-la.

– Claro, talvez a senhora queira que ela faça um exame – apressou-se em acrescentar. – Não sabemos se ela é positiva ou negativa. A senhora sabe, ela vivia na rua e tinha que se sustentar...

– Sim.

– Sim, a senhora se encontrará com ela?

– Sim, eu me encontrarei com ela. E a ajudarei. E sei o que tudo isso significa – "positiva" e "negativa".

– Amanhã eu volto para encontrá-la e, se ela quiser, poderá ir comigo para casa.

O homem pegou as duas mãos de Haregewoin entre as suas e, abaixando-se, quase tocou com a testa o local onde suas mãos se cruzavam.

# 14

EM CASA, ela abriu a porta que levava ao quarto de Atetegeb. A janela aberta permitira que gravetos e folhas secas das árvores e arbustos do pátio invadissem o cômodo e se depositassem no peitoril da janela e no chão. Haregewoin varreu e tirou o pó do quarto e, em seguida, arrumou a cama. Naquela noite, pela primeira vez desde a morte de Atetegeb, ela telefonou para algumas velhas amigas. Elas se emocionaram ao ouvir sua voz. A enxurrada de convites se estendia até o momento em que ela revelava seu novo plano: acolheria, em casa, aquela menina que vivia nas ruas.

– *O quê?* Haregewoin, você perdeu a cabeça? Achei que você queria voltar a trabalhar – disse uma delas.

– Pensei que você ia viajar um pouco... Seria tão bom para você! – aconselhou outra.

– Você não vai voltar para o Cairo? – perguntou uma terceira.

– Haregewoin, você não precisa fazer isso – disse uma quarta, retorquindo enfaticamente.

Esse discurso fazia parte da ainda segura classe média, de mulheres que se esforçavam para se manter acima do nível de água do desastre que tomava conta do país.

– Essa menina não é boa coisa – argumentavam todas elas.

– Bem, eu vou ver – ela lhes respondeu. – Se não der certo, não ficarei com ela.

Genet era baixa e atarracada, um pouco mais alta que Haregewoin. A pele jovem e o nariz largo eram claros e cobertos de sardas; tinha uma testa alta e larga e sobrancelhas quase invisíveis. Riscas cinzas podiam ser vistas em seus olhos castanho-claros; a cor incomum irradiava apreensão. O rosto e os modos deixavam transparecer abatimento e consternação. Ela estava vestida com uma camiseta masculina grande e amarela, calças grandes cáqui, sandálias de dedo de borracha e, apertada nos ombros fortes, uma jaqueta de criança de *jeans* com um laço de fita que parecia não combinar com o resto das roupas.

O cabelo castanho era encrespado e puxado, sem cuidado, para trás. Quando foi apresentada, jogou-se aos pés de Haregewoin e beijou-lhe os sapatos.

Na condição de órfã etíope de quinze anos, Genet enfrentava o risco de ser infectada pelo HIV em todas as frentes. As meninas etíopes recebiam menos educação e tinham menos perspectivas de se empregar do que os meninos e não podiam possuir ou herdar bens. Uma menina órfã perdia a proteção do pai, e se, ainda por cima, seus pais tivessem morrido de aids, ela poderia até ser mandada embora de casa, da escola e mesmo da aldeia. "Meninas órfãs estão na mais absoluta marginalidade", disse um porta-voz do Unicef. "Elas estão no fundo do poço. Têm uma probabilidade muito maior de se envolver em comportamentos de risco apenas para sobreviver." A profunda desigualdade sexual em toda a África e Ásia dá aos homens o poder de exigir, enganar, pagar por sexo, cometer estupros, casar com jovens – e com muitas delas ao mesmo tempo – e enganar jovens e mulheres. Uma pesquisa realizada por epidemiologistas franceses entre mulheres jovens em cidades do Quênia e da Zâmbia mostrou que seis por cento das mulheres com quinze anos estavam infectadas pelo HIV, treze por cento com dezesseis anos, vinte por cento com dezessete, vinte e quatro por cento com dezoito, trinta por cento com dezenove e quarenta por cento com vinte anos.

Haregewoin ajudou-a a se levantar:

– Está tudo bem, tudo bem – ela murmurou. – Você gostaria de ficar comigo por um certo tempo?

– Sim, por favor, *waizero* – respondeu a menina, cabisbaixa.

– Você está tendo uma oportunidade maravilhosa, Genet – disse o homem da instituição de caridade católica. – Você deve ser uma boa menina. Deve respeitar a *Waizero* Haregewoin e ajudá-la.

O olhar da menina cruzou o rosto de Haregewoin apenas uma vez, mostrando um ceticismo cansado.

Genet era uma mistura de paixão e apatia. Uma hora pulava como um cachorrinho, em seguida ficava silenciosa e amedrontada. Quando a observou mais cuidadosamente, Haregewoin reparou que seu rosto não tinha somente sardas, mas também pequenas cicatrizes finas e claras; as mãos grossas e os braços fortes também eram pontilhados com cicatrizes pálidas – causadas talvez por uma queimadura ao cozinhar? Muitas crianças do interior se queimavam quando, ainda sem saber andar direito, se aproximavam do fogo. Ela parou, hesitante, na soleira da casa de Haregewoin, incapaz de entrar. Notando que a menina estava com medo, Haregewoin remexeu o conteúdo de sua bolsa, equilibrou a sacola da mercearia e passou as compras para Genet, fazendo ruídos apressados e inofensivos:

– Me ajude, querida, disse ela – fingindo que não conseguia segurar a bolsa e abrir a porta ao mesmo tempo.

– Quem mais vive aqui?

– Eu vivo sozinha aqui.

– Você tem essa casa toda?

– Eu tenho duas filhas, mas elas... elas não moram mais aqui. Venha, você pode ficar com esse quarto.

Genet entrou no quarto de Atetegeb lentamente, deslizando o pé para a frente. A menina tinha medo até de tocar na cama, com medo de parecer atrevida.

– Você vai dormir lá – anunciou Haregewoin, animadamente.

Genet não tinha nenhum pertence.

Haregewoin encontrou um vestido fechado de algodão que ia até o chão. Tinha pertencido a uma de suas filhas. Ela empurrou Genet em direção ao chuveiro do lado de fora da casa e, vendo a surpresa em seu rosto, colocou uma barra de sabão na mão da menina e indicou o vidro de xampu no chão de cimento. Em seguida, abriu ela mesma a torneira. Mais tarde, Haregewoin se sentou em uma cadeira da cozinha com a menina, limpa e cheirosa, sentada de pernas cruzadas e descalça no chão à sua frente. Ela dividiu o cabelo com uma escova. Aplicou condicionador nele e, pouco a pouco, como se estivesse cardando lã, separou-o em tufos, que enrolava entre os dedos e trançava como fileiras apertadas de grãos de milho. Quando terminou, Genet se afastou com um pulo, mas olhou de relance, por cima do ombro, para Haregewoin.

– Só mais uma coisa – disse Haregewoin, puxando-a de volta e deixando cair uma gota de hidratante na palma da mão de Genet.

Uma menina sardenta de rosto limpo sentou-se humildemente na frente do prato de comida. Haregewoin lembrou-lhe que devia aguardar a prece; em seguida, anuindo com a cabeça, disse que podiam começar a comer. Genet se debruçou sobre o prato e começou a comer com tanta sofreguidão, barulho e rapidez que Haregewoin levantou os olhos em choque. Genet devorou tudo à vista; ela engoliu o *injera*, o *dinich wat* (batata ensopada), o *doro wat* (ensopado apimentado de galinha) e um ovo alaranjado cozido no ensopado, mais outro ovo e, depois, a maior parte de uma manga fatiada. Então se afastou da mesa, deu arrotos, riu, se levantou em um pulo, retirou os pratos, lavou a pouca louça existente e correu para seu quarto.

Haregewoin lentamente se deu conta do que havia feito: ela havia forçado a jovem a ir à mercearia, a se instalar no quarto, a tomar banho, a ter o cabelo penteado e, até mesmo, a curvar a cabeça e rezar – e durante esse tempo todo Genet estava faminta.

Ela nunca mais repetiria esse erro. Caso alguma vez mais abrigasse uma pessoa como ela no futuro, ela saberia: na dúvida, em primeiro lugar a comida.

Naquelas primeiras semanas, Genet aproveitava cada chance de deixar a casa com Haregewoin e exultava quando ficava solta em um mercado, farmácia ou padaria, movendo-se de modo desajeitado pelos corredores, cheia de entusiasmo. Não pedia nada, mas apertava os olhos claros ao ver algum artigo – uma escova de plástico, um tênis de algodão, um relógio – e, algumas vezes, algo mágico, como uma câmera ou um par de binóculos, ficando parada, como se estivesse hipnotizada, a boca aberta, os pés afastados, dramatizando seu desejo de forma que Haregewoin percebesse e comprasse para ela o presente. Haregewoin achou esse comportamento irritante.

Quando Haregewoin viu a mão de Genet, furtivamente, surrupiar um batom, ela agarrou a menina pelo ombro e a empurrou porta afora. Genet ficou mal-humorada durante todo o caminho até o carro, pisando forte no chão, com a testa franzida. Quando ela irrompeu pela casa e bateu a porta do quarto de Atetegeb com força atrás de si, Haregewoin fez um bule de chá e sentou-se à mesa da cozinha, dando um risinho por cima da xícara fumegante. Ela não estava assustada com o temperamento demonstrado por Genet. *Já tive* duas *filhas adolescentes*, pensou.

Aos domingos, Haregewoin mandava a menina se levantar, se vestir e ir à igreja. Nas primeiras duas semanas, enquanto a jovem ainda estava tentando cativá-la, ela ia sem reclamar. De repente, começou a torcer o nariz diante das ordens, recusava-se a conversar no carro e ficava quieta, enfurecida, no banco de madeira da catedral católica. (Como Genet fora salva pela instituição de caridade MMM, Haregewoin achava adequado que elas rezassem juntas ali.) Genet levantava a cabeça, desafiadoramente, quando as outras pessoas abaixavam a cabeça para orar. Haregewoin revirava os olhos. Talvez, com o tempo, a afeição crescesse entre elas.

Então, um domingo de manhã, Genet pulou da cama e se vestiu com disposição. Alisou o cabelo para trás e colocou um pouco de maquiagem no rosto e nos lábios (onde Genet tinha arranjado maquiagem?). Ela realmente parecia estar rezando durante o serviço religioso, apertando as mãos grossas e sardentas em oração. Quando pediu a Haregewoin, desculpando-se, para aguardá-la no pátio da igreja, pareceu inocente, mas tinha seus motivos.

A MMM ajudava famílias pobres em todo o distrito; assim, mendigos e órfãos tendiam a se reunir no pátio da igreja, esperando receber um pouco de comida ou um *birr* de um paroquiano. Uma semana antes, Genet havia visto nos degraus da igreja antigas companheiras, garotas órfãs tão desesperadas quanto ela estava dois meses atrás. Elas estavam no último degrau do comércio sexual: sem permissão dos donos de cervejarias ou de lojas de vinho para atender clientes, eram simplesmente "meninas de rua". Agora, quando Genet desceu saltitante as escadas da igreja, suas amigas, gritando, correram ao seu encontro. Ela pairou como uma celebridade acima delas; até mesmo o brilho nos lábios fez um grande sucesso entre elas; o fato de estar usando calçados, em vez de sandálias de dedo, transformou-a em uma rainha da moda. Quando correu agitada, chamada por Haregewoin, e se sentou no banco de passageiros do carro, acenou para elas como qualquer adolescente no mundo se despedindo de suas amigas no *shopping*, voltando para casa com a mãe.

– Volte para junto de nós – as meninas insistiram no domingo seguinte. – Ou você gosta de morar com *ela*?

– É bom – disse Genet, distribuindo pãezinhos que havia levado consigo para elas.

– Bem, então venha apenas nos visitar.

– Eu realmente não posso. Ela não me deixa sair à noite.

– Você quer dizer que é *prisioneira* dela? – disseram com voz entrecortada.

Elas fizeram ruídos com a língua, parecidos com cacarejos, demonstrando pena. De repente, a inveja e a admiração que sentiam viraram superioridade. Era tão injusto! Ela não podia agüentar isso. Genet, tão abatida, humilde e derrotada seis meses atrás, agora só parecia se lembrar da liberdade perdida. Esquecera os maus-tratos ocasionais, esquecera o ataque do bandido que causara sua ida para a MMM pela primeira vez, ignorara que arriscava a vida todas as vezes em que se envolvia em sexo sem proteção. Passara agora a devanear sobre como era a sensação de ter dinheiro. Por que ela não poderia ter o melhor dos dois mundos: o teto de Haregewoin, comida e cama *e* os cinqüenta centavos por semana que uns poucos encontros poderiam render? Ela sairia furtivamente à noite e retornaria antes do amanhecer, e a velha senhora não iria nem desconfiar. Então as meninas não a chamariam de "prisioneira".

O primeiro problema foi que a astuta Haregewoin trancava a porta da residência de noite e dormia com a chave. Genet fez umas duas tentativas de escalar a parede de zinco ondulado, mas arranhou os joelhos quando a hera que ela agarrou soltou-se. Também não conseguiu subir nos troncos mais baixos do eucalipto, para pular por cima do muro, como conseguiria fazer quando era uma criança; arranhou as coxas na tentativa. Assim, ofereceu-se para fazer pequenas incumbências de noite, esperando conseguir atravessar os muros.

– A senhora quer que eu vá comprar chá para amanhã de manhã? – perguntou como uma boa filha.

– Não, querida, eu tenho chá.

– Eu adoraria um copo de leite! Nós temos leite? Eu acho que não.

– Nós temos leite. Vá dormir, Genet.

– Está faltando arroz!

– Vá dormir, Genet.

– Estou morrendo de vontade de fumar um cigarro – ela deixou escapar uma noite. Mas isso talvez tenha sido um erro, porque provocou um olhar longo por cima dos óculos de leitura de Haregewoin, que traduzia um misto de avaliação e apreensão.

# 15

Seis semanas após a chegada de Genet, o diretor da organização beneficente católica telefonou novamente para Haregewoin.

– Existe uma outra criança – anunciou.

Haregewoin não entendeu:

– ... Outra criança?

– Você pode acolher um menino?

– Oh!

– Ele também é órfão. Tem aproximadamente a mesma idade de Genet.

– Bem...

– Não tem família... Tem dormido nas calçadas.

Ela precisava refletir um instante. Ela dormia em um quarto. Genet no outro – aquele que tinha sido o quarto da doente. Do lado de fora da casa tinha um quarto com chão de cimento e sem móveis; o melhor seria transferir Genet para seu quarto e colocar o menino no quarto de Atetegeb. Genet não ia gostar de dividir a cama com Haregewoin, mas essa mudança podia ser feita.

– Pode trazê-lo para cá.

Abel era um menino alto com ossos estreitos e ombros encurvados e caídos. Logo acima do lábio superior, despontava uma penugem prenunciando um bigode. Ele era do interior, de Harare. *Não parece ter quinze anos*, pensou Haregewoin. *Deve ter dezessete ou dezoito*. A camisa era muito pequena para o tamanho dos braços, e a calça acabava acima dos tornozelos. O rapaz cumprimentou rispidamente Haregewoin e Genet, e num volume tão baixo que fez as duas rirem; apertou frouxamente a mão delas, recolhendo o lábio superior rapidamente e mostrando a ponta da arcada superior dos dentes salientes – talvez isso fosse um sorriso. Em seguida, com um andar desajeitado, entrou no quarto de Atetegeb, desabou de bruços na cama, os pés compridos balançando para fora, e dormiu durante dois dias. Certa manhã, Haregewoin sentiu cheiro de cigarro vindo por debaixo da porta. Ela a abriu com força e deparou com Abel, finalmente acordado, reclinado em seu travesseiro, um braço atrás da cabeça, apreciando seu cigarro e jogando as cinzas no chão.

– *Não, não, não,* você *não* vai poder fazer isso – ela gritou, atravessando correndo o quarto. Sacudindo Abel, os lençóis, o cigarro, as cinzas, tirou todos da cama ao mesmo tempo.

– Apague isso. Limpe-se. Este quarto está *fedendo.*

Abrindo a janela com um puxão, abanou o ar com a mão, da mesma maneira inútil e eterna com que as mães têm irritado seus filhos por gerações. Quase que o arrastando, ela o puxou pelo cinto até o pátio em direção ao compartimento onde estava o chuveiro.

– Limpe-se. Conversamos depois.

Genet levantou os olhos surpresa quando viu Abel cruzar a sala voando.

Haregewoin serviu o café da manhã para Abel. Ele comeu, mas não vorazmente. Seus movimentos eram lentos.

– Você vai à escola?

– Não, já terminei.

– Até que ano você freqüentou?

– Terceiro ano.

– Você trabalha?

Ele encolheu os ombros.

– Quais são seus planos?

Ele encolheu os ombros.

– Bem, você precisa trabalhar.

Haregewoin deu-lhe o endereço de uma fábrica pequena de tijolos próxima dali e preparou um almoço para que ele levasse.

– Peça a eles um emprego. O dono é meu amigo.

Com passadas largas e angulares, como se andasse em pernas de pau, ele deixou a casa. Voltou tarde da noite, desfalecendo e com os olhos vermelhos. Parecia estar sob o efeito de alguma droga.

– Você conseguiu emprego?

Ele meneou com a cabeça.

– Você pediu a eles um emprego?

– A quem? – ele perguntou irritado.

– Na fábrica de tijolos.

– Ah. Não consegui encontrar – e dirigiu-se para o quarto.

– Abel! – ela retrucou com aspereza.

Ele interrompeu seus passos, mas não se voltou.

– O que você andou fumando?

– Nada.

– Eu não sou boba, Abel. Você fumou *tumbaco.* Foi isso que você ficou fazendo o dia todo? Dá para sentir o cheiro em você.

– Não – ele negou. E, entrando no seu quarto, fechou a porta.

*Tumbaco* era uma espécie de haxixe. Era abundante na região nativa de Abel, Harare, e vendida no mercado negro por toda Adis-Abeba.

Na manhã seguinte, já tarde, ela o sacudiu até que acordasse, depois de ele ter dormido por dezesseis horas.

– Você não está com fome?

– Não, *waizero* – ele respondeu, até amavelmente. Em seguida, levantou-se, vestiu-se e dirigiu-se para a porta.

– Coma alguma coisa, Abel – Haregewoin pediu, sentindo remorsos por terem iniciado a relação de forma tão pouco amistosa.

– Estou bem – ele respondeu. – Não estou com fome.

Ela percebeu que a droga fazia com que ele não sentisse fome. Muitas pessoas pobres a fumam por esse motivo; ela é mais barata que a comida.

Ele não voltou naquela noite, nem na seguinte. Quando retornou, dois dias mais tarde, e foi cambaleante para seu quarto, ela soube que não poderia perdê-lo de vista.

– Pare! – ela ordenou no dia seguinte quando ele começou a se esgueirar para fora da porta. Ele estava um varapau. Sua cabeça era ossuda e angular, e os dentes dianteiros bastante projetados para a frente. Ela podia perceber o jovem agradável que ele tinha nascido para ser, mas estava caminhando a passos rápidos para uma morte precoce. Enquanto a impotência tornava as meninas etíopes vulneráveis, a falta de esperança é que fazia isso com os meninos.

– Hoje você não pode sair – disse Haregewoin para Abel.

– O que isso significa?

– Significa que, se você vai viver comigo, você hoje vai ficar em casa.

– E fazer o quê?

– Lavar o carro.

Ela lhe entregou um balde. Ele deu de ombros e caminhou para o pátio. Logo, ela ouviu vozes e risos e concluiu que Genet estava lá fora com ele. Mas o que podia ser tão engraçado? Haregewoin olhou pela janela e viu Genet, parada com os braços cruzados, rindo sem conseguir se conter. E Abel? Ele estava ajoelhado ao lado do carro, apertando o rosto contra ele. Oh, meu Deus, ele estava inalando os vapores que saíam do tanque de gasolina.

– Abel! – ela gritou. Mesmo ajoelhado, ele era alto; tentando se equilibrar, ele virou o rosto para trás com um sorriso estúpido, enquanto Genet ria às gargalhadas, achando delicioso tudo aquilo.

– Abel, o que vou fazer com você? Você é viciado nessa coisa?

Ele deu de ombros, com se estivesse sonhando.

## 16

— Temos mais duas crianças – disse o diretor da organização beneficente católica, seis semanas mais tarde. Ele falou rapidamente ao telefone, como se tivesse receio de que Haregewoin desligaria ao ouvir sua voz.

– Oh, meu Deus, não! Mais adolescentes? Não vou agüentar – implorou Haregewoin. – É melhor o senhor telefonar para outra pessoa.

– *Waizero* Haregewoin! – ele respondeu, em tom de lamúria. – *Não existe* outra pessoa a quem eu possa recorrer.

Ela ficou confusa e não conseguiu pensar numa resposta.

– São duas menininhas. Cada uma tem cerca de seis anos.

– Duas? *Seis anos?* O que aconteceu às suas famílias?

– Após uma pausa, o homem murmurou em voz baixa:

– *Aminmina.*

Logo ela aprenderia a não fazer perguntas.

– Haregewoin, não faça isso – suplicaram os amigos quando ela lhes telefonou para contar que estava recebendo duas menininhas. Uma coisa era ajudar na reabilitação de adolescentes, achavam; era uma boa válvula de escape para ela, uma espécie de continuação do trabalho do finado marido, que tinha sido professor e diretor de uma escola de nível secundário. Mas acolher órfãos da aids era temerário e perigoso. Era outro tipo de risco.

Na Etiópia do ano 2000, isso parecia ser a coisa mais perigosa que uma pessoa podia fazer.

Dezenove anos antes, na primavera de 1981, oito homossexuais da cidade de Nova York tinham ido ao médico apresentando formas estranhamente agressivas do Sarcoma de Kaposi (SK) – um câncer geralmente encontrado, sob a forma benigna, em pessoas idosas. Em 5 de junho de 1981, os Centros de Controle de Doenças norte-americanos (CCD) relataram que cinco jovens do sexo masculino, todos homossexuais ativos, tinham sido tratados de (PCP, em inglês) pneumonia pneumocística de Carini, confirmada por biópsia, em hospitais de Los Angeles; que dois deles haviam morrido; e que todos os cinco tinham infecção provocada por citomegalovírus (CMV) e mucosas infectadas por cândida. O relatório assinalou o início da identificação da aids nos Estados Unidos.

Nesse ínterim, também em Los Angeles, cinco homossexuais apresentaram uma infecção pulmonar rara, pneumonia pneumocística de Carini (PCP).

Em 4 de julho de 1981, o CCD relatou que vinte e seis casos de SK tinham sido diagnosticados nos trinta meses anteriores, todos eles em homossexuais masculinos.

Pesquisadores do Instituto Nacional do Câncer de Maryland, utilizando um aparelho recém-lançado denominado Fluorescent Activated Cell Sorter (FACS – Separador de células ativado por fluorescência), analisaram o sangue de quinze homossexuais aparentemente saudáveis que viviam em Washington. Os resultados mostraram que metade dos homens apresentava alterações tão graves em seus sistemas imunológicos que os pesquisadores concluíram que a máquina recém-lançada não estava funcionando corretamente.

Os primeiros casos de aids no Haiti foram identificados em 1978 e 1979, coincidindo com os primeiros casos nos Estados Unidos.

Pesquisadores suecos revelariam que o HIV foi introduzido na população homossexual masculina de Estocolmo entre 1979 e 1980.

Surgiram então, nos meios médicos e na grande mídia, expressões como *câncer gay*, *praga gay* e *deficiência imunológica relacionada com homossexuais* (GRID – *gay-related immune deficiency*).

Os que ficavam doentes eram vítimas não só de um ataque violento de sintomas estranhos e dolorosos – que se tornariam conhecidos como infecções oportunistas da aids (IOA) –, mas também de julgamento moral oportunista. Um vírus transmitido de pessoa para pessoa pelo contato mais íntimo – uma doença sexualmente transmissível fatal – parecia, para alguns, carregar o peso de um significado obscuro e de um castigo.

"A aids é um castigo de Deus", pregava o reverendo Jerry Falwell. "Colhemos na própria carne quando violamos as leis de Deus."

"Coitados dos homossexuais" – disse Patrick Buchanan, auxiliar do presidente Ronald Reagan. – Declararam guerra à natureza, e agora a Natureza está impondo uma vingança terrível.

Ronald Goodwin, diretor do poderoso movimento americano Maioria Moral, foi mais longe:

– O que observo é que os dólares de nossos impostos estão sendo comprometidos no pagamento de pesquisas para que esses homossexuais doentes possam retornar às suas práticas pervertidas sem que existam normas para prestação de contas.

Os homossexuais masculinos eram caçados em lojas e restaurantes, na Califórnia, por pessoas que os xingavam de leprosos.

Mas então alguns hemofílicos apresentaram PCP e SK, em seguida alguns viciados em drogas e depois alguns haitianos.

Assim, um novo nome foi cunhado: *síndrome de imunodeficiência adquirida* – porque era adquirida em vez de herdada; porque destruía o sistema imunológico e porque era uma síndrome, apresentando um quadro diversificado de manifestações, em vez de uma doença com um único tipo de manifestação.

Em 1982, o CCD associou a doença ao sangue. Os fatores de risco anunciados foram homossexualidade masculina, uso abusivo de drogas injetáveis, origem haitiana e hemofilia.

Como a epidemia envolvia parcelas marginais da população, o governo republicano dos Estados Unidos manteve-se reticente. De junho de 1981 a maio de 1982, menos de um milhão de dólares foi direcionado à investigação dos primeiros dois mil casos de aids, que incluíram cerca de mil óbitos. No mesmo ano, nove milhões foram gastos na doença dos Legionários, um tipo de pneumonia que atingira uma convenção da Legião Americana na Filadélfia em 1976. Ela provocara cinqüenta mortes.

Então, em dezembro de 1982, nos Estados Unidos, uma criança de vinte meses de idade que recebera várias transfusões de sangue morreu de infecções relacionadas à aids. O Dr. Harold Jaffe, do CCD, considera a morte dessa criança um marco. "Até então, a doença era tratada como uma epidemia exclusiva de homossexuais, e era fácil para as pessoas comuns dizerem: 'E daí?'"

Em janeiro de 1983, surgiram relatos de mulheres com aids que não eram haitianas, não usavam drogas e não tinham feito transfusões de sangue. Será que as mulheres poderiam se infectar por meio de sexo heterossexual?

Duas epidemias com tipos diferentes de HIV pareciam surgir na Europa. Na França e na Bélgica, ocorriam infecções entre imigrantes da África Central. Na Inglaterra, Alemanha Ocidental e Dinamarca, homossexuais masculinos apresentaram sintomas, especialmente os que relatavam ter tido contato sexual com americanos.

Os primeiros pacientes sul-africanos foram diagnosticados em 1982, e a epidemia veio à tona em Uganda, ao longo das margens do lago Vitória. Médicos e pesquisadores de saúde pública da Zâmbia e do Zaire observaram o surgimento de uma nova forma agressiva do Sarcoma de Kaposi em pacientes que não tinham história de transfusão de sangue, homossexualidade ou uso abusivo de drogas injetáveis, sugerindo "forte indício de transmissão heterossexual". Um estudo então concluiu: "Pacientes africanos com SK (Sarcoma de Kaposi) parecem ter um perfil imunológico e virológico semelhante ao observado em pacientes americanos com aids."

Não obstante, a atenção mundial mantinha-se presa à idéia de que a aids era uma doença de homossexuais brancos. A hipótese predominante era que a doença tinha se originado na América.

Em novembro de 1983, a Organização Mundial da Saúde confirmou a presença da aids nos Estados Unidos e no Canadá, na Austrália, em quinze países europeus, sete países da América Latina, no Haiti e no Zaire e de dois casos suspeitos no Japão.

O medo da aids e das pessoas que possuíam a doença cresceu de maneira desenfreada. Hemofílicos eram retratados pela imprensa como "vítimas inocentes", enquanto homossexuais e usuários de drogas injetáveis eram considerados os responsáveis pela introdução da doença na sociedade. Passageiros em férias no *Queen Elizabeth* abandonaram o navio ao saber que um passageiro HIV positivo estava a bordo. Freqüentadores de igrejas receavam molhar a hóstia, durante a comunhão, em um cálice comum a todos os fiéis.

Em 23 de abril de 1984, a secretária do Departamento de Saúde e Serviços Humanos dos Estados Unidos, Margaret Heckler, anunciou em entrevista para a imprensa que um cientista americano, Dr. Robert Gallo, do Instituto Nacional do Câncer, tinha descoberto a causa da aids: um retrovírus que denominou HTLV-III (vírus linfotrófico de células T humanas, tipo 3). O mesmo vírus que havia sido isolado, no ano anterior, por Luc Montagnier, do Instituto Pasteur de Paris, que o denominara LAV (vírus associado a linfoadenopatia). Jay Levy, na Universidade da Califórnia, em São Francisco, e um grupo de pesquisadores do CCD estavam concentrando sua atenção no mesmo vírus.

Em março de 1985, constatou-se que o LAV e o HTLV-III eram o mesmo vírus. Os doutores Gallo e Montaigner disputaram acirradamente o suposto título de único descobridor do vírus, com direitos de patentes e de denominação exclusivos, até que seus governos fizeram uma mediação e deram crédito igual aos dois. O Comitê Internacional de Taxonomia de Vírus (CITV) determinou que o vírus seria conhecido como vírus da imunodeficiência humana (HIV – *human immunodeficiency virus*). Em dezembro de 1985, o Instituto Pasteur deu entrada em um processo judicial contra o Instituto Nacional do Câncer, reivindicando uma parcela dos *royalties* obtidos com o teste de aids patenteado pelo Instituto.

Em 1985, nos Estados Unidos, Ryan White, hemofílica, "vítima inocente" de treze anos, foi impedida de freqüentar a escola após ter apresentado um teste positivo para o vírus. Nesse ano, surgiu o primeiro relato de um caso de transmissão de mãe para filho, através do leite materno. O primeiro caso de aids na China foi confirmado, significando que a epidemia já tinha atingido todas as regiões do mundo. O ídolo americano do cinema, Rock Hudson, revelou que durante toda a sua vida havia sido homossexual não-assumido e que tinha aids. Ele morreu em 2 de outubro.

No final daquele ano, haviam sido relatados vinte mil casos em todo o mundo, dos quais aproximadamente dezesseis mil eram nos Estados Unidos.

O CCD retirou, sem alarde, os haitianos da lista de grupos de risco da aids.

Embora a aids tenha aparecido na literatura médica e nos meios populares de comunicação em 1981, o presidente Ronald Reagan não tratou oficialmente da questão até 1987, época em que nos Estados Unidos já tinham sido relatados 59.572 casos de aids e 27.909 mortes.

Pelo menos em uma ocasião, o presidente divertiu-se com uma piada sobre a aids. Em 1986, no porto de Nova York, durante a cerimônia de comemoração do centenário da Estátua da Liberdade, uma platéia famosa incluía os Reagan e o presidente francês, François Mitterrand, e sua esposa. Bob Hope estava no palco. "Eu acabei de saber que a Estátua da Liberdade tem aids", disse Hope, "mas ela não sabe se pegou a doença da boca do Hudson ou da barca de Staten Island." As imagens na televisão mostram que, enquanto os Mitterrand pareciam chocados, os Reagan riam.

Paul Monette, escritor de literatura de não-ficção e detentor de um National Book Award, um dos mais importantes prêmios para autores de língua inglesa, escreveu: "Muitas vezes comentava-se acidamente na região oeste de Hollywood que, se a aids tivesse se abatido inicialmente em escoteiros, em vez de em homossexuais masculinos – ou em St. Louis em vez de em Kinshasa –, ela receberia uma cobertura semelhante à de uma guerra nuclear."

À medida que cientistas ocidentais de saúde pública estudavam mais atentamente a "síndrome caquética", relatada em Uganda desde 1982, as semelhanças com a aids pareciam mais acentuadas que as diferenças. Os pesquisadores relataram: "[Evidências] sugerem que a síndrome caquética não pode ser diferençada da aids e do ARC [complexo relacionado à aids] em decorrência da perda extrema de peso e diarréia. Assim, a síndrome caquética talvez não seja uma nova síndrome, mas simplesmente a mesma da aids, como observada na África."

Poderia a aids ser mais antiga e bem mais disseminada do que se poderia ter suposto? Em vez de uma nova síndrome que surgia entre homossexuais e viciados em drogas do Ocidente, sua origem talvez fosse africana. O Dr. Halfdan Mahler, diretor da Organização Mundial da Saúde, alertou, em 1985, que não era impossível que dez milhões de pessoas já estivessem infectadas.

À medida que o ponto de origem e a localização das vítimas pareciam se deslocar de Nova York e Paris para Uganda e a República Democrática do Congo, a aids perdeu ainda mais o interesse popular. O fato de a *maioria* dos pacientes com aids não ser de homossexuais, mas de *africa-*

*nos*, deixou completamente de comover o público ocidental ou atrair os recursos dos ricos. A doença não passou a ser prioridade na pauta de nenhum governo, incluindo – com algumas exceções – os governos africanos.

(A exceção foi Uganda. Logo depois do golpe de 1986 que o colocou no poder, o antigo líder guerrilheiro Yoweri Museveni enviou para Cuba sessenta de seus oficiais mais graduados para receber treinamento. "Vários meses depois", relata o *New Republic*, "Fidel Castro aproximou-se de Museveni, em uma conferência realizada em Zimbábue, com uma notícia estarrecedora: exames médicos em Cuba tinham revelado que dezoito dos sessenta oficiais eram positivos para o HIV. 'Irmão', Castro comentou com Museveni, de acordo com a versão da história que o líder ugandense dividiu com muitos visitantes, 'você tem um problema'."

A ameaça a seu exército foi um sinal de alerta poderoso para o presidente Museveni. Ele empreendeu pessoalmente a mobilização do país contra a aids por meio de um programa apelidado de ABC – do inglês *Abstain, Be Faithful or Wear a Condom*, "Abstenha-se, Seja Fiel ou Use um Preservativo" –, porém mais famoso por seu *slogan* de fidelidade conjugal, espalhado em cartazes por todo o país: *Zero Grazing* – Galinhagem Zero.)

O HIV/aids cruzou a África com violência, mais pela atividade heterossexual (pênis-vagina) do que homossexual, pela transmissão de mãe para filho e por procedimentos médicos sem esterilização – vacinas, exames de sangue, trabalho de parto, parto e transfusões.

Contudo, o consenso popular permaneceu o mesmo do existente inicialmente na América: a aids, com certeza, era uma doença de pecadores (visão religiosa) ou de práticas sexuais em excesso (visão secular), ou ainda de pecadores promíscuos (uma combinação das duas).

Em 1999, o Unaids, programa das Nações Unidas, calculou que havia trinta e três milhões de pessoas no mundo vivendo com HIV/aids e que 16,3 milhões, em todo o mundo, tinham morrido da doença. O jornal *Independent* (de Londres) noticiou: "Prevê-se que no mínimo trinta milhões de africanos morrerão de aids nos próximos vinte anos."

"Ela explodiu no final da década de 90", me informou Stephen Lewis, o enviado especial da secretaria-geral da ONU para HIV/aids na África.

Antes desse cargo, ele tinha servido como embaixador canadense na ONU e atuado como diretor-executivo adjunto do Unicef. Lewis é irascível, investigativo e impaciente. As lentes bifocais presas a uma armação de chifre parecem escorregar do nariz. Os cabelos grisalhos e fartos esvoaçam como se estivesse em um lugar com muito vento ou ele tivesse levado um susto. Ele mora numa casa sombreada e confortável, repleta de livros enfileirados, no bairro de Forest Hill, em Toronto, ao lado da mulher, a pensadora feminista e colunista Michele Landsberg, mas raramente passa por lá. O pai, o falecido David Lewis, foi líder do Novo Partido Democrático canadense; o cunhado é o arquiteto Daniel Liebskind; as filhas, Ilana e Jeny, e o filho, Avi, são, todos eles, politicamente engajados, com tendências esquerdistas; bem-sucedidos, trabalham em fundações, fazem documentários e atuam na televisão; a nora, Naomi Klein, é a autora de *Sem logo – A tirania das marcas em um planeta vendido*, uma das bíblias do movimento antiglobalização. Dois netos completam a família de Stephen Lewis. Em resumo, existem muitos motivos para alguém como ele permanecer em casa, onde seria fácil enfurnar-se para sempre, afundar-se nas poltronas macias, retirar suavemente belos tomos em inglês, francês, suaíli ou iídiche das estantes de madeira, tomar chá e percorrer, ruidosamente, as folhas dos jornais. As pessoas que tiram as galochas congeladas no capacho e deslizam de meias nos pisos escuros de madeira-de-lei são, inevitavelmente, as melhores pessoas, as mais importantes e as mais interessantes, aquelas que se importam com a humanidade e com a atuação dos governos; elas discutem guerra e petróleo no jantar e dirigem-se para os quartos de hóspedes, de noite, levando consigo textos enigmáticos sobre comércio e perdão da dívida. A arte africana está presente nas paredes, a escultura africana, nas estantes.

Ainda que Lewis nunca saísse de casa, um certo brilho constante de luz se irradiaria desse endereço, uma inteligência, uma pureza moral. Artigos de jornais muito bem escritos teriam origem ali; a voz rascante – zangada com o mundo, embora não escondesse, com modéstia, a autocensura – seria transmitida pelas emissoras públicas de rádio.

No entanto, ele não fica em casa, nunca ficou em casa. Lewis realiza demoradas expedições pela África desde que tinha vinte e dois anos.

"Imediatamente antes e depois da independência", ele me contou, "que ambiente magicamente generoso e humano havia ali! Gana, Nigéria, Guiné-Bissau e Quênia... Mundos tão alegres e musicais, um tempo de tanta esperança... Como as pessoas eram decentes e generosas! Tudo isso ainda é verdade, mas agora esses mundos são com freqüência prejudicados pela fome, pobreza, doença e desespero."

O enviado especial da ONU, Stephen Lewis, está em turnê mundial ininterrupta. Com o nó da gravata solto, as mangas da camisa enroladas e a calça cáqui amassada, ele aperta os olhos sob o sol implacável das planícies desprovidas de árvores, espirra nos vendavais das temporadas de chuvas, curva o tronco para entrar em aviões bimotores que fazem vôos rasantes por entre as montanhas Matobo do Zimbábue e se apresenta em casas lotadas na África do Sul e Suazilândia, em Botsuana e Angola, em Serra Leoa e Ruanda. Mas as paradas programadas na turnê mundial de Lewis são os corredores da morte, os hospícios, os orfanatos e os cemitérios. As multidões que ele saúda são constituídas de moribundos, dois ou três por leito. As crianças, que se perfilam em pátios sujos e cantam para ele, por vezes deixam escapar soluços entrecortados. (Para elas, ele chegou muito tarde; seus pais já morreram). O enviado especial da ONU está perdendo seus eleitores, mais rápido do que qualquer outro funcionário público do mundo.

"Todos estavam vagamente cientes de que este seria um problema que teria de ser encarado", ele disse, "mas *ninguém* entendeu a extensão, *ninguém* avaliou a carnificina que estava se aproximando, pelo fato de o período de incubação ser tão longo. Em 1999, quando deixei o Unicef, comecei a entender que essa coisa chamada aids estava solapando, cada vez mais, tudo que pretendíamos fazer na África – todos os elementos da administração do Unicef estavam sendo corroídos por esse vírus. Eu deveria ter sido mais sensível. Acho que, de certa maneira, eu refleti a negligência da maior parte do mundo ocidental. Estávamos envolvidos com a sobrevivência infantil, com soldados infantis, trabalho infantil; estávamos lidando com minas terrestres, com exploração sexual infantil. Eu estava preocupado com o arsênio nos poços em Bangladesh e com a mortalidade materna na Índia, com a educação das meninas no Vietnã e guerrilhas de adolescentes em Bogotá, mas a aids estava... Bem, a aids estava incubada e silenciosa durante esse tempo todo."

"Com toda sinceridade, com exceção de Uganda – onde Museveni entendeu que, se perdesse seu exército para a aids, perderia a fonte de seu poder –, ninguém fez quase nada até, aproximadamente, o ano de 2000. Eu gostaria de ter sido mais previdente e de ter agido com mais agressividade."

Pacientes etíopes foram diagnosticados com HIV pela primeira vez em 1984; o primeiro caso de *full-blown aids* foi relatado em 1986 (*full-blown aids* significa o último estágio de avanço da doença, no qual, além do teste positivo para HIV, o paciente apresenta uma queda da contagem de suas células CD4 [células T] da faixa normal, para adultos, de quinhentas a mil e quinhentas células por milímetro cúbico de sangue para menos de duzentas, ou quando ele é acometido por uma ou mais de uma das cerca de duas dúzias de "infecções oportunistas da aids", que variam por região [PPC, SK, CMV, toxoplasmose cerebral, tuberculose pulmonar etc.]).

"Eu vi pela primeira vez todo o horror da doença nas enfermarias de adultos nos hospitais da Etiópia, em 1999 e 2000", disse Lewis, "e fiquei cada vez mais furioso com o que estava acontecendo e com o que *não* estava acontecendo. As enfermarias dos hospitais estavam inteiramente tomadas pelo cheiro repugnante de fezes, urina, comida estragada e morte. Havia pessoas deitadas nos pisos de concreto, em cima das camas, debaixo das camas, todas elas morrendo. Visitei uma classe do quinto ano em Harare, Zimbábue, e oito entre dez crianças estavam escrevendo redações para a escola sobre a morte de seus pais. Entendi, subitamente, que suas vidas eram consumidas por funerais, que todos à sua volta estavam morrendo."

Em uma palestra feita no Dia Mundial de Luta contra a Aids, em 2005, Lewis disse: "Tenho a profunda impressão de que somente se conseguirmos galvanizar o mundo seremos capazes de dominar essa pandemia. Precisamos de um esforço sobre-humano, vindo de todos os cantos da comunidade internacional. Não estamos conseguindo isso. Na taxa atual, chegaremos a um total acumulado de cem milhões de mortes e infecções até o ano 2012. [E] nos consideramos uma civilização avançada."

As notícias sobre a transmissão do vírus demoravam a chegar para a maior parte dos etíopes (a maioria – analfabeta e sem eletricidade – não podia ser informada pela televisão, rádio, cartazes ou folhetos). Muito poucos sabiam que o HIV/aids somente era transmitido de cinco maneiras: contato sexual sem proteção com uma pessoa infectada; compartilhamento de agulhas ou de equipamento utilizado para fazer *piercings* no corpo com pessoas infectadas; penetração de fluidos infectados no corpo através de corte ou ferida; transfusão de sangue infectado; ou, por fim, nascer ou ser amamentado por uma mãe infectada. E as pessoas tendiam a não contar para ninguém que eram soropositivas para o HIV até que estivessem quase no estágio final da doença e a morte pela aids parecesse iminente: o tempo entre o anúncio e a morte era curto. Como a aids tinha se espalhado de maneira imperceptível por muitos anos, quando finalmente veio à tona, ela surgiu em todos os lugares de uma única vez, parecendo que era transmitida facilmente por acessos de tosse, beijos, espirros, lenços de papéis usados, pratos de comida compartilhados, assentos sanitários, piscinas, rios, vento e mosquitos.

Na ausência de informações verdadeiras, as lendas urbanas floresceram. As pessoas diziam que, se um homem HIV-positivo jogasse um preservativo usado no chão e o mato crescesse onde ele tinha caído, e uma vaca comesse esse mato, o leite dessa vaca poderia provocar a morte. Diziam que, se fosse comprada carne de um açougueiro HIV-positivo, o vírus poderia atingir a cozinha, dentro da carne crua. Clientes evitavam lojistas, barbeiros e costureiras que supostamente teriam o HIV. A crença mais disseminada de todas era que a aids era um castigo de Deus aos pecadores e que o HIV/aids em crianças era resultante dos pecados dos pais. Alguns clérigos pregavam que somente com jejum e água benta a sentença maligna poderia ser revogada.

As viúvas, viúvos e órfãos da aids eram rejeitados pelas suas famílias e comunidades por temor de que espalhassem o contágio e o fantasma do castigo divino. Nas associações etíopes que tradicionalmente se dedicam a sustentar as viúvas e a proteger os órfãos, a recusa e a paralisia em torno dos que sobreviviam à aids eram estranhas e terríveis.

Em todo o mundo aconteciam agressões relacionadas à aids e "assassinatos degradantes". Em 1987, incendiários destruíram a casa de uma família na Flórida onde havia três filhos hemofílicos, todos eles infectados pelo HIV em transfusões de sangue. Em 1998, no Dia Mundial de Luta contra a Aids na África do Sul, uma ativista de trinta e seis anos de idade, Gugu Diamini, mãe de um filho, apareceu na rádio e na televisão e revelou sua condição de HIV-positiva. Ela incentivou as pessoas infectadas a assumir publicamente sua condição e exortou os cidadãos a parar de perseguir os doentes. Naquela noite, uma turba composta pelos vizinhos a espancou até a morte.

A vergonha e o estigma eram imensos; as pessoas falavam em voz baixa e se referiam à doença de maneira indireta, chamando-a de *gizeyaw zamamu beshita* (a doença da época), *kesafi beshita* (a doença que mata) ou simplesmente de *aminmina* (caquexia). A causa da morte das pessoas era escondida. "Ele morreu de doença pulmonar", as pessoas enlutadas diziam; "ela morreu de um resfriado". Falavam de tuberculose, diarréia ou de problema neurológico. No Ocidente, eram notórios os obituários: "Ele morreu após uma longa doença."

As siglas HIV/aids quase nunca eram pronunciadas, exceto por aqueles que eram HIV-positivos. Uma mentalidade supersticiosa impedia os não-infectados – ou aqueles que esperavam não estar infectados – de dizer essas siglas em voz alta, como se até mesmo as sílabas pudessem contaminar a língua e os lábios. Somente uma pessoa como Zewedu, para quem a superstição já estava superada, se sentia inteiramente livre para chamar a doença pelo nome que quisesse.

Em 2000, ele era um entre dois milhões de conterrâneos. A Etiópia tinha a terceira maior população de infectados pelo HIV/aids do mundo, atrás somente da Índia e da África do Sul.

De cada onze pessoas no mundo que vivia com o HIV/aids, uma era etíope.

No ano 2000, na Etiópia, a decisão tomada por uma viúva saudável e segura da classe média de abrigar em sua casa crianças que se tornaram órfãos da aids parecia – para as amigas mais íntimas e para os antigos colegas da viúva – perigosa e estúpida.

– Haregewoin, não consigo entender por que você resolveu se rebaixar dessa maneira – censurou uma velha amiga. – Eu tento entender, mas não consigo.

– Receio que você acabe completamente isolada – disse um velho amigo de Worku. – As pessoas podem evitar ter contato com você. Tenha cuidado, por favor. Essa questão não pode ser tratada levianamente.

– Já está decidido – disse Haregewoin.

– Você pode ser despejada. Pode perder a casa – lamentou Suzie num telefonema, do Cairo. – Estou preocupada com você.

– Como uma criança pode viver sem mãe?

– Receio que as pessoas pensem que *você* é positiva – murmurou a filha.

– E o que me importa isso? – exclamou Haregewoin. – Deixe que pensem o que quiserem.

– Mãe! O que suas amigas dizem?

– Elas dizem... – Haregewoin teve de pensar um pouco antes de responder. – Elas dizem que perdi a cabeça.

"Certamente teria sido mais sensato" – comentavam as amigas entre si – "se Haregewoin tivesse ido viver em reclusão."

As crianças reunidas no quarto para as preces noturnas FOTO DA AUTORA

Depois, beijos de boa-noite FOTO DA AUTORA

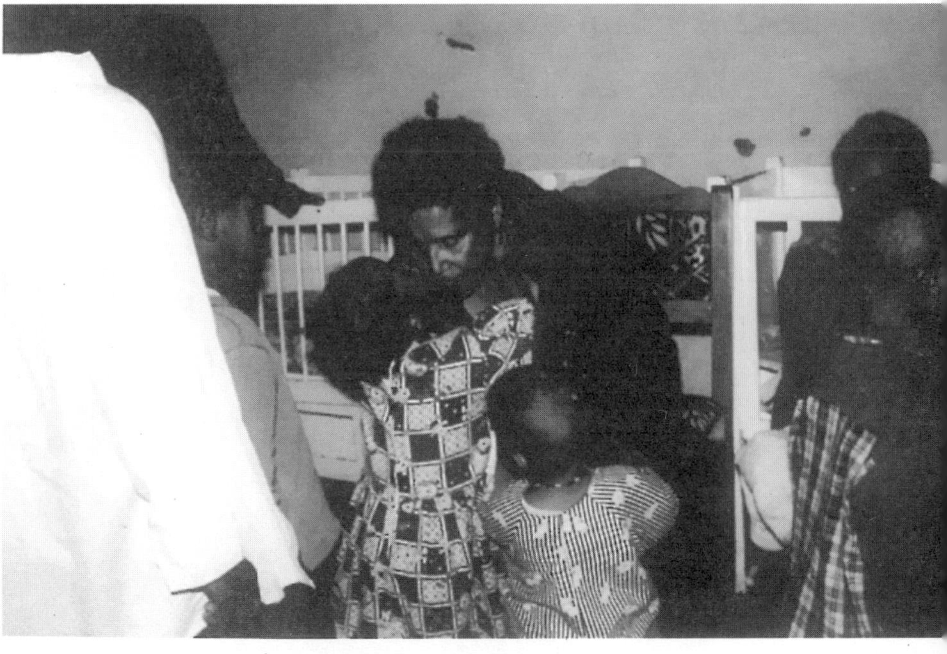

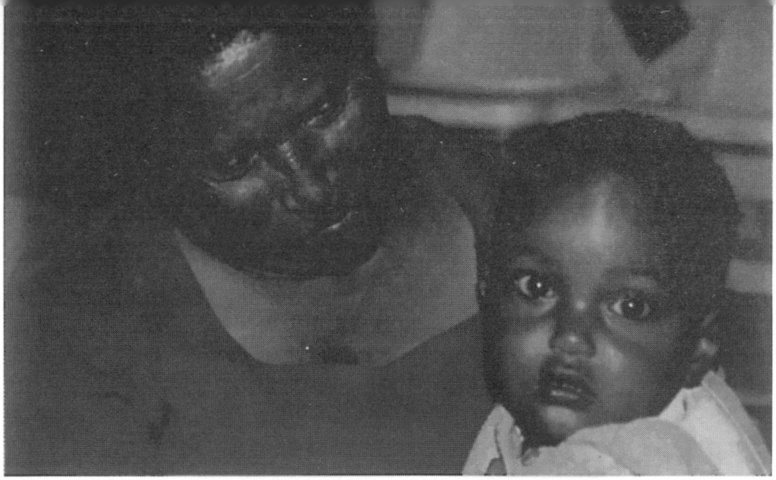

Haregewoin com Nardos AARON ROSENBLUM

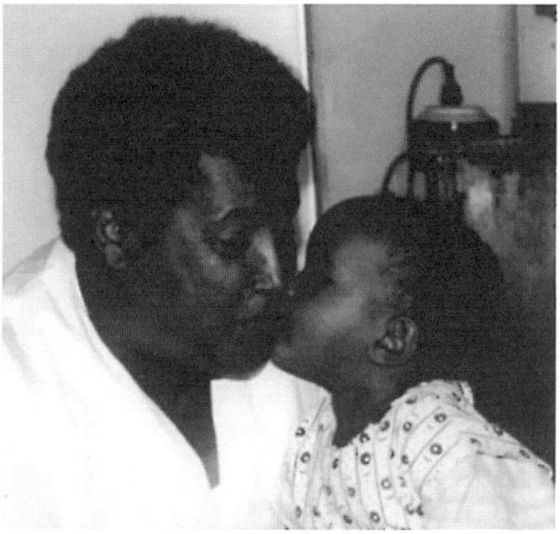

Haregewoin com Nardos FOTO DA AUTORA

Haregewoin Teferra AARON ROSENBLUM

Equipes de meninos e meninas de Haregewoin reunidas, com seus uniformes desenhados à mão, antes do primeiro jogo na liga de orfanatos para a WWO, primavera de 2006 LEE SAMUEL

Crianças no portão da frente do abrigo de Haregewoin FOTO DA AUTORA

Em uniformes escolares, novembro de 2005 FOTO DA AUTORA

Henok (direita), sempre de olho em uma nova mãe, com um amigo
FOTO DA AUTORA

Dr. Rick Hodes e a família em roupa de festa CORTESIA DE RICK HODES

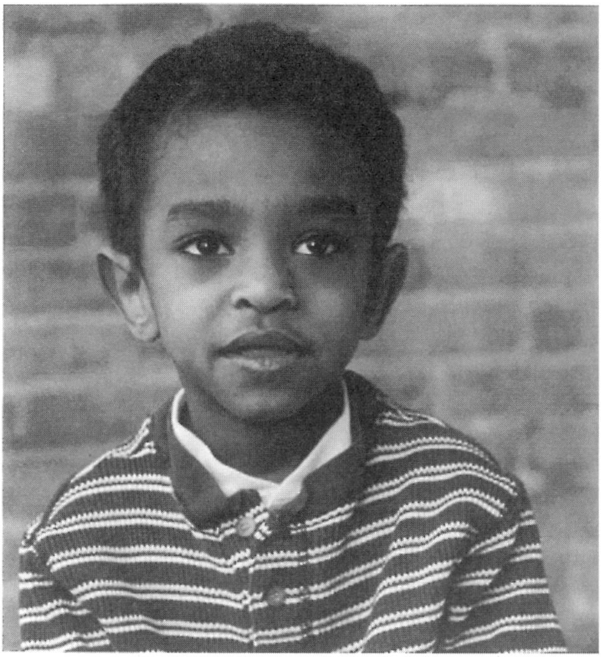

Ababu, filho de David Armistead e Susan Bennett-Armistead, em Williamstown, Michigan, em 2006 CORTESIA DA FAMÍLIA BENNETT-ARMISTEAD

Amelezud, a menina que adorava livros de história, morreu na AHOPE de complicação do vírus HIV. Ela segura uma foto em que aparece com o irmão mais novo, Tilahun PER-ANDERS PETTERSSON/GETTY IMAGES

William Mintesinot Eskender Cheney de Phoenix, Arizona
CORTESIA CHENEY FAMILY

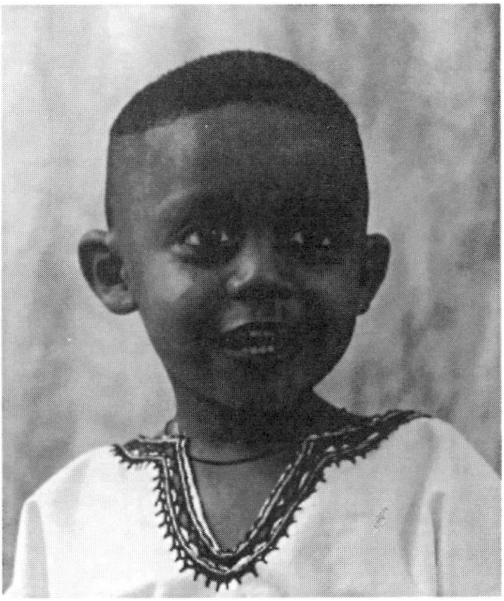

Meskerem com seus novos pais, Rob Cohen e Claudia Cooper de Middlebury, Vermont, no abrigo de Haregewoin antes de viajar para os Estados Unidos em agosto de 2004
FOTO DA AUTORA

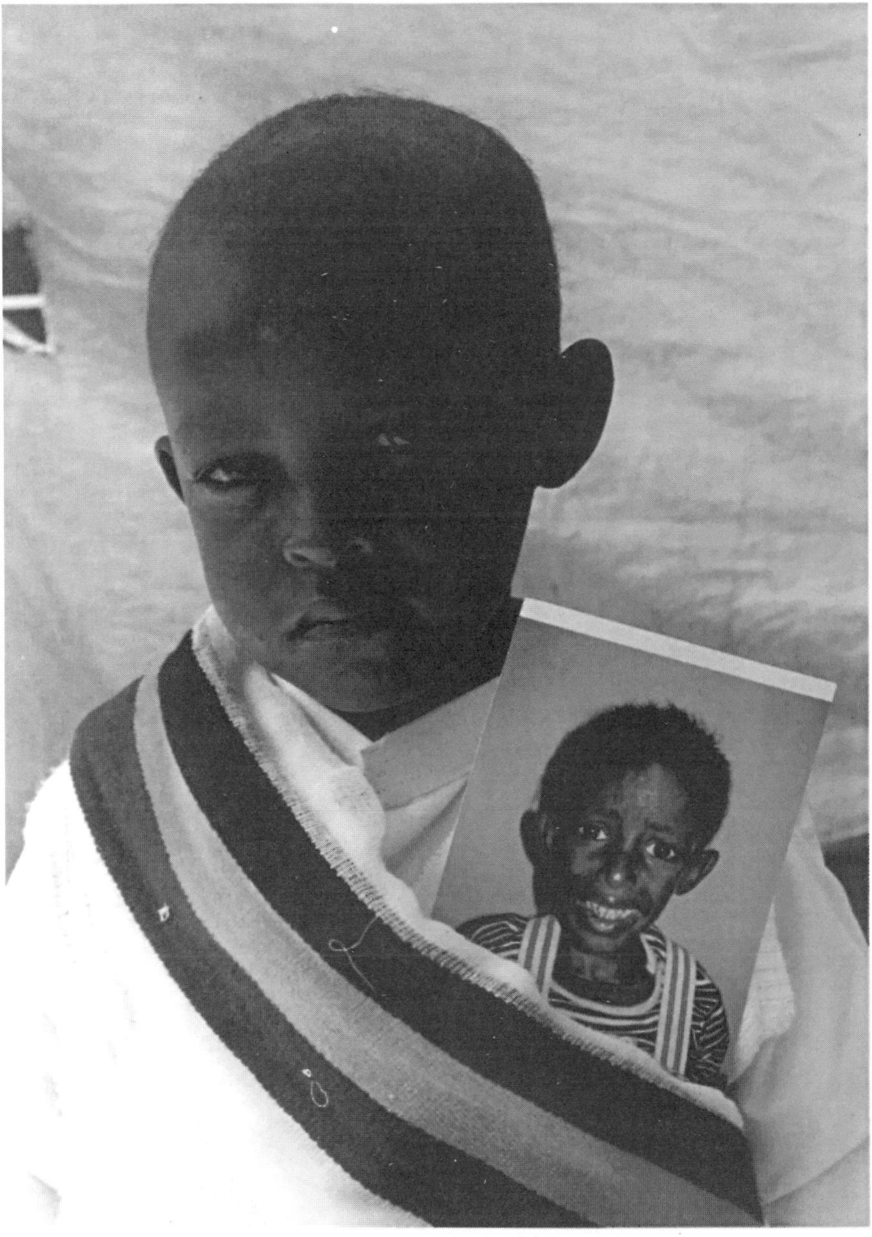

Yohannes estava prestes a morrer no outono de 2005; ele segura uma foto de si mesmo de setembro daquele ano. Aqui, Yohannes celebra o Ano Novo Etíope em janeiro de 2006. Graças à Clínica Barlow da WWO, Yohannes é uma mostra das poucas crianças africanas HIV-positivas a viver o "efeito Lárazo" das drogas contra a aids DR. RICK HODES

Mikki e Ryan Hollinger encontra Mekdes e a avó de Yabsira e tia Fasika CORTESIA DE RYAN HOLLIGER

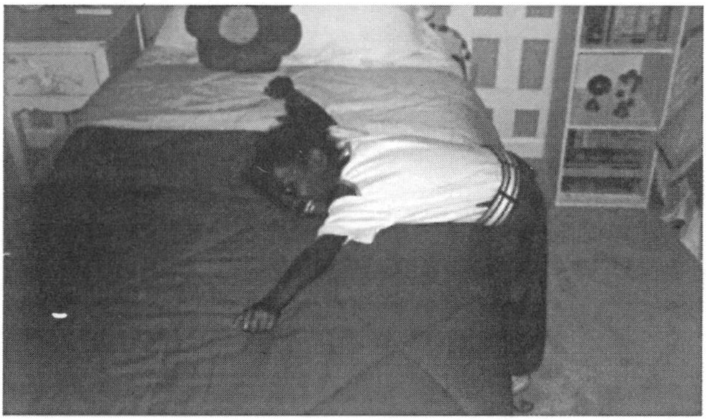

Mekdes descobre seu novo quarto nos Estados Unidos RYAN HOLLIGER

A família Hollinger, Snelville, Geórgia. © ERIKA LARSEN/REDUX

A família de Haregewoin, novembro 2003 AARON ROSENBLUM

Haregewoin se aproxima de Eskender e seu filho, Mintesinot, agosto 2004 FOTO DA AUTORA

Uma criança HIV-positiva chega a Haregewoin vindo de sua casa em Adis-Abeba FOTO DA AUTORA

Balões! AARON ROSENBLUM

Duas dúzias de crianças tinham aulas e três refeições diárias dentro de um contêiner
AARON ROSENBLUM

Uma manhã típica no abrigo de Haregewoin AARON ROSENBLUM

Uma criança recém-chegada ao abrigo de Haregewoin, novembro de 2005 FOTO DA AUTORA

Uma criança órfã mostra-se tímida ao chegar ao abrigo; logo ela estará correndo e gritando com as outras AARON ROSENBLUM

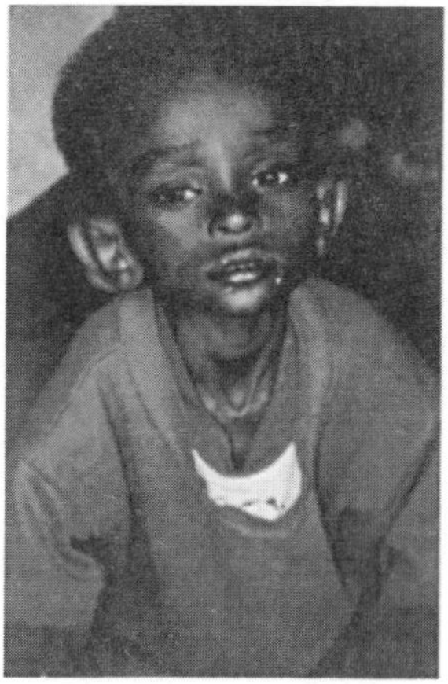

Ababu em 2003. Os amigos de Haregewoin aconselharam-na a não levar esta criança; ela parecia doente demais para sobreviver AARON ROSENBLUM

Bebezinho cuja mãe morreu depois de entregá-lo a Haregewoin AARON ROSENBLUM

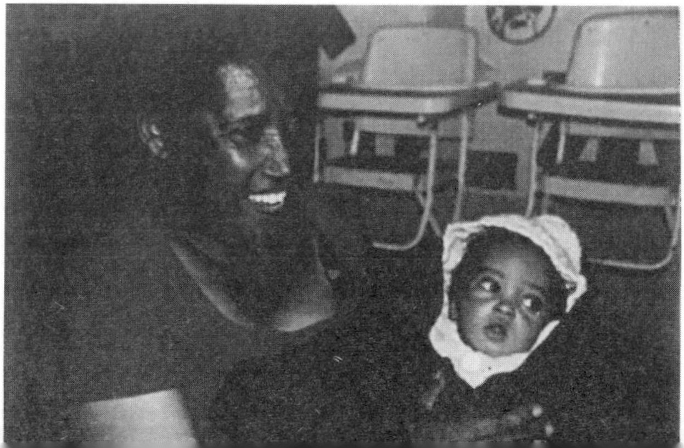

Cantando debaixo da cobertura AARON ROSENBLUM

Recitando o alfabeto amárico dentro do contêiner AARON ROSENBLUM

Haj Mohammed Jemal Abdulsebur (no fundo, à esquerda) ao lado de Zewdenesh Azeze e Fasika Addis, trazendo Mekdes (na frente, à esquerda) e Yabsira (ao lado dela) para viver no abrigo de Haregewoin AARON ROSENBLUM

Mekdes, órfã por causa da aids, mostra-se aflita ao ser deixada por membros sobreviventes de sua família, pobres demais para criá-la AARON ROSENBLUM

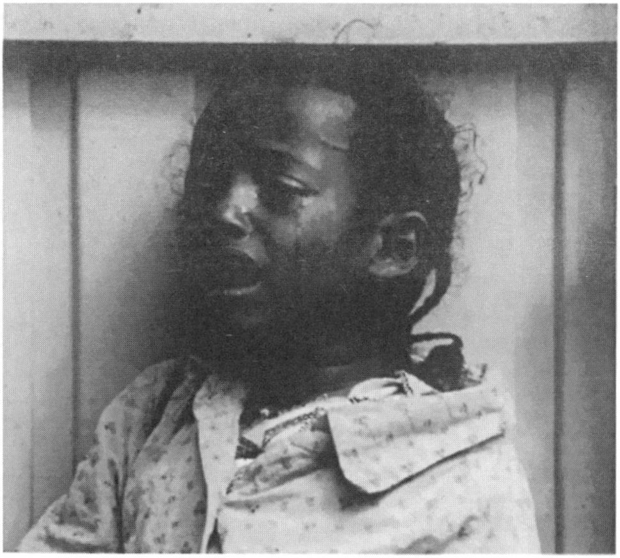

Mekdes AARON ROSENBLUM

Mekdes sendo confortada por Selamneh AARON ROSENBLUM

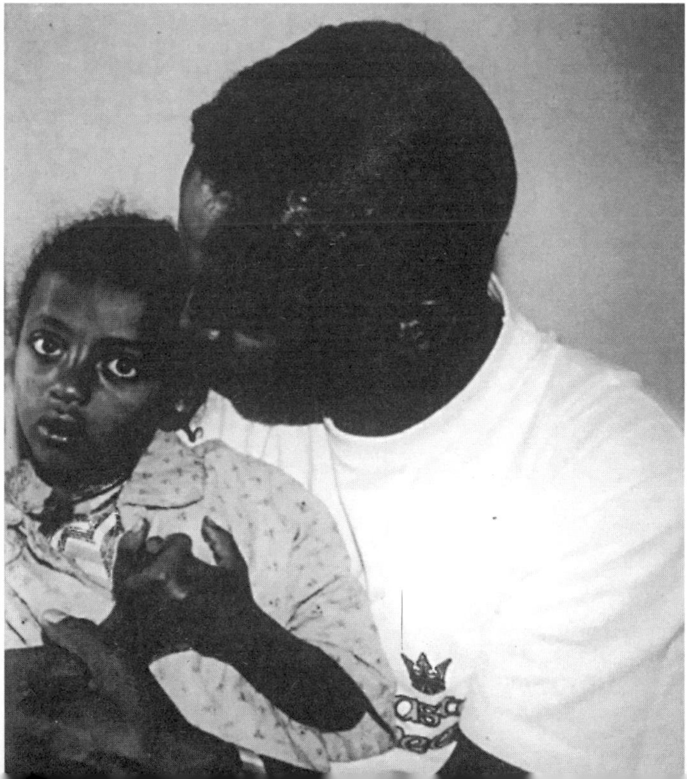

Meskerem crescendo no abrigo Haregewoin
CORTESIA DE HAREGEWOIN TEFERRA

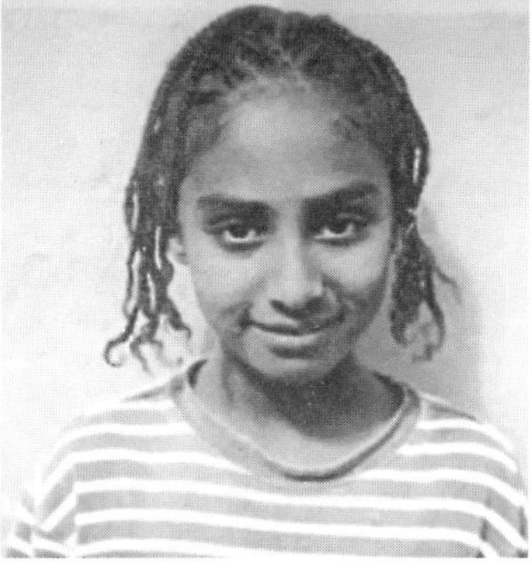

Uma cuidadora da casa de Haregewoin com uma criança órfã recém-chegada
AARON ROSENBLUM

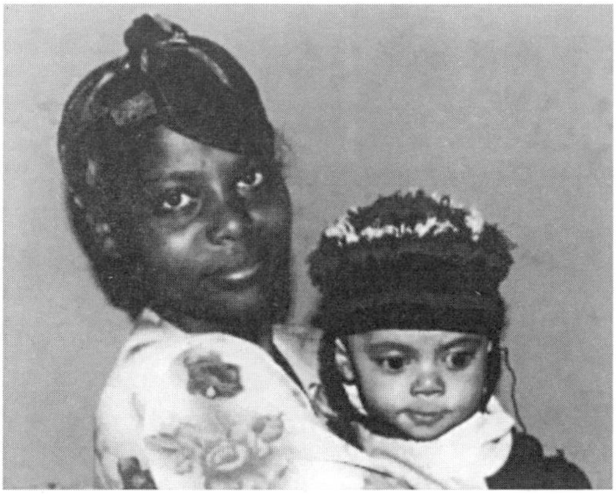

Almoço e trabalho escolar no contêiner AARON ROSENBLUM

# 17

ASSIM, DE UM LADO, contágio, deformidades, horror, segredo, estigma, vergonha, mortes e pânico. Uma nova elite na classificação mundial de especialistas de doenças. Uma nova subclasse mundial de intocáveis. Outro motivo para a África entrar em colapso. Um desmoronamento da humanidade.

E, do outro, duas menininhas.

Em um intervalo de poucos dias, Selamawit e Meskerem foram deixadas na casa de Haregewoin. Selamawit, a primeira a chegar, era uma menina de rosto redondo e ossos largos. Durante o primeiro ano que passou com Haregewoin, suas principais preocupações eram se estava chegando a hora de comer e qual seria o menu. A barriga cheia fazia dela uma menina alegre, destemida e sincera, sociável e tola. Haregewoin ficou encantada, era uma outra Suzie!

Durante muito tempo, Selamawit tinha sido jogada de um lugar para o outro, mas guardara na memória lembranças de sua mãe.

– Era muito bom ficar com ela, principalmente nas férias – contou a Haregewoin. – A gente se divertia, dançava e comia pipoca. Eu tomei conta da minha mãe quando ela ficou doente, dava comida e fazia café para ela. Os vizinhos e os parentes não chegavam perto dela.

Com suas perspectivas frustradas na infância pela morte da mãe, Selamawit tinha aceitado bravamente qualquer tipo de bondade que aparecesse pela frente. Das migalhas de atenção passageira que recebia, ela juntara as peças do que achava que seria uma vida suportável. Se alguém trançava todo o seu cabelo com elásticos, ela deixava; caso contrário, penteava o cabelo grosso para trás com uma escova. Ela se interessava de corpo e alma por outras pessoas, partia do princípio de que os outros sentiam o mesmo por ela e tomava iniciativa em relação a eles. De noite, nos sonhos, sua falecida mãe a visitava e a tranqüilizava, dizendo-lhe que não sofria mais.

Mais tarde, na mesma semana, Haregewoin viu pela primeira vez Meskerem, a outra menina de seis anos, sozinha e desamparada no banco de couro rasgado da perua da organização beneficente católica. Sobrancelhas escuras e espessas pareciam ter sido pintadas a carvão no rosto oval típico dos etíopes; olhos imensos e redondos no meio do rosto irradiavam inteligência e melancolia. A menina estava envolta em roupas sujas semelhantes a um saco, que ela segurava com dedos longos e elegantes.

– Venha cá – disse Haregewoin, abrindo os braços, e Meskerem, inclinando-se, saiu da van e aceitou o abraço. Tão magra! Por cima das costas de Meskerem, Haregewoin levantou os olhos, como se estivesse fazendo uma pergunta.

– Meskerem estava vivendo sozinha com a mãe quando ela morreu – esclareceu a funcionária da MMM. – Ela mudou para a casa do pai, mas estava muito infeliz. O meio-irmão mais velho a trouxe para nós.

Caía a noite. Esguia e insegura como uma corça, Meskerem entrou na casa na ponta dos pés e deu uma olhada ao seu redor. Mas então a tristeza venceu a curiosidade; os lábios marrons tremeram e se curvaram para baixo; cobrindo o rosto com os braços, ela começou a chorar. Genet, que estava folheando uma revista velha na sala da frente, aborreceu-se com a cena, como se não estivesse *acreditando* que teria de passar a noite ouvindo aquilo.

O primeiro impulso de Selamawit foi segurar Meskerem e dar-lhe um grande abraço de boas-vindas; mas a menina mais magra, abatida pela dor e com a mesma idade da sua, não queria saber disso e lutou para se libertar. Meskerem era uma órfã recente e estava se agarrando a uma pequena esperança de que sua mãe, Yeshi, se recuperaria e iria ao seu encontro. Todos e tudo no mundo – Haregewoin, Selamawit, Genet, a casa, o carro, a residência – gritavam para ela que elas não eram Yeshi e que nunca tinham pertencido a Yeshi. Nada disso existia para ela.

Haregewoin conduziu Meskerem para o seu próprio quarto, vestiu a menina com uma camisola de flanela, agasalhou-a em sua cama e levou-lhe uma xícara de chá quente. Genet suspirava alto e impaciente todas as vezes que Haregewoin passava correndo para reconfortar Meskerem.

Selamawit pulava para dentro e para fora do quarto, excitada por ter ganhado uma nova amiga.

– O que aconteceu com a mãe dela? – perguntou Selamawit em voz alta.

– O que aconteceu com o pai dela?

– Por que ninguém mais podia tomar conta dela?

– Ela vai ficar aqui para sempre?

– Qual é o problema dela?

– Genet! – chamou Haregewoin em desespero, e a garota mais velha, mal-humorada, retirou Selamawit do quarto.

Finalmente Abel retornou para casa, e os dois adolescentes prepararam alguma coisa para eles na cozinha, em meio a risos e fumaça de cigarros. Agora era a *eles* que Selamawit incomodava:

– Vocês são namorados? Vocês vão se casar? Quem é mais velho, ele ou você?

De noite, Meskerem acordou sentindo falta da mãe. Começou a chorar antes mesmo de acordar, fazendo um ruído alto com o nariz parecido com uma sirene a distância. Sua angústia acordou Haregewoin e fez com que a velha senhora chorasse também. No escuro, achou a cabeça da menina e a acariciou. Os cabelos de Meskerem, acetinados e emaranhados, pareciam algas marinhas. Haregewoin sentou-se contra a parede e tomou a magra Meskerem em seus braços; embalou-a, cantando para ela músicas suaves. Ela podia sentir no hálito da criança o cheiro das uvas doces que tinha comido no jantar e do açúcar que tinha despejado no chá. Quando Meskerem relaxou e voltou a dormir, Haregewoin recolocou-a no travesseiro, mas deixou-a meio acordada. Cuidadosamente, para não acordar Meskerem e Selamawit e para não perturbar Genet, que dormia em um colchonete no chão, ela deslizou para fora da cama.

Pegando o xale de algodão de uma cadeira e envolvendo-o ao redor do tronco, ela saiu pela porta da frente. Respirou o ar da montanha e fechou os olhos.

– Obrigada – ela disse para o universo.

Não teria sido Deus ou, quem sabe, Atetegeb que tinha enviado essas crianças para ela? Outra Suzie, outra Atetegeb? Uma réplica da filha que teve, uma réplica da filha que tinha perdido?

Meskerem penetrara diretamente no fundo de seu coração. Para ela, era igualzinha a Atetegeb.

De repente, havia várias tarefas a serem cumpridas, lápis e cadernos a serem comprados para a escola, meias, além de tênis e escovas de dente. Meskerem e Selamawit saíram de carro com ela.

– Me chamem de *Amaye* – insistiu Haregewoin para as duas menininhas.

Selamawit atendeu imediatamente, com um sorriso enorme.

Mas o pedido fez com que os olhos de Meskerem se enchessem de lágrimas. A palavra *amaye* pertencia somente a Yeshi; ela nunca mais a falaria de novo, a não ser para sua própria e infeliz mãe.

*Sinto de novo o ar entrando em meus pulmões*, Haregewoin pensou. Ela voltou a engordar. Pintou o cabelo para que readquirisse a cor escura brilhante, apropriada para uma mãe de crianças pequenas. Visitou a escola da vizinhança, apresentou-se às professoras e conversou com as outras mães na alameda. Comprou bugigangas, panos de mesa e bonecas para tornar a casa mais alegre. Começou de novo.

Como qualquer mãe nova orgulhosa, convidou as amigas:

– Venham ver minhas crianças!

Nervosas, temendo pegar aids, temendo encontrar Haregewoin em um estado muito deprimente, as antigas amigas e colegas se acercaram, com receio, da porta da residência e espreitaram o interior. O cenário desolador que porventura imaginaram – talvez uma mulher vestida de preto chorando ao lado de crianças esquálidas abandonadas – não foi o que viram. Elas encontraram Haregewoin revigorada, cultivando canteiro de legumes, enquanto Meskerem e Selamawit pulavam corda na entrada da garagem.

– Estão vendo? – disse Haregewoin, rindo.

Como crianças bem-educadas, Meskerem e Selamawit estenderam polidamente as mãos para cumprimentar as amigas de Haregewoin. A maioria das mulheres riu nervosamente, descobrindo maneiras para evitar o contato com a pele. Uma delas bateu palmas, fazendo comentários entusiasmados sobre o jardim e se virou; uma outra, em resposta à mãozinha estendida, ofereceu uma manga de presente. Nenhuma delas, na primeira visita, aceitaria comer qualquer coisa naquela casa.

– *Elas* estão doentes? – alguém perguntou de chofre.

Haregewoin sabia que a empertigada inquiridora queria dizer: "Você não tem medo de ser *infectada* por elas?"

A pergunta irritou Haregewoin terrivelmente. Não porque temesse por si própria! Ela temia pelas *crianças*. Tentou não ouvir a pergunta, esquecer que a tinha ouvido, mas não conseguia. Elas não *pareciam* doentes.

Era isso que volta e meia ela pensava: como elas pareciam ser saudáveis. Pulavam da cama de manhã; enchiam-na de perguntas animadas – sobre pessoas, sobre pássaros, sobre cachorros (será que podiam ter um cachorrinho?); estavam ansiosas para receber os uniformes e começar as aulas.

Ela supunha que suas mães tivessem morrido de aids; mas isso era algo de que não se podia ter certeza. Será que o vírus poderia estar circulando sorrateiramente em suas veias, bem naquele momento, enquanto estavam sentadas ao sol brincando de três-marias com pedrinhas e rindo?

E se *estivessem* infectadas... Oh, meu Deus, isso significava que tinha abandonado o bom senso para amá-las; que tinha ido rápido demais e se arriscado. Ela devia ter dado ouvidos às amigas, não pelos motivos que tinham (elas achavam que os órfãos da aids representavam um perigo para a saúde), mas porque, se Meskerem e Selamawit estivessem doentes... bem, ela achava que não seria capaz de superar tudo de novo.

Ela tinha se deixado envolver alegremente pelas menininhas; será que elas iriam agora arrastá-la, sua nova mãe voluntariamente cativa, para lugares que ela nunca mais queria ver de novo?

Em 2000, não havia medicamentos contra a aids na Etiópia, a não ser no mercado negro.

No ano 2000, na Etiópia, se Meskerem e Selamawit estivessem infectadas pelo HIV, iriam morrer de aids.

## 18

A CLÍNICA DO HOSPITAL telefonou para Haregewoin para que fosse até lá apanhar os resultados dos exames de sangue das crianças. Já tinham transcorrido três meses desde que tinham chegado a sua casa. Encaminhando-se para o fim de uma fila lenta em uma sala de espera apinhada, que transbordava para o pátio externo, ela se juntou aos verdadeiros miseráveis da terra.

Aguardar em uma clínica o resultado de um exame de sangue para HIV ou do exame de sangue de uma criança é a experiência arquetípica dos africanos de hoje.

O paciente que aguarda os resultados talvez imagine que o mundo exterior – as democracias industrializadas do Ocidente –, uma vez alertado para a terrível situação local, correrá em seu socorro. Como as pessoas poderiam *saber* e não ajudar?

Uns poucos talvez desconfiem que o mundo exterior *tenha* sido plenamente informado, visto não haver falta de especialistas. De fato, uma documentação extensa foi coletada e confrontada, analisada por gráficos e difundida.

Stephen Lewis denomina os encontros verborrágicos de especialistas, nos quais são discutidos assuntos de saúde mundial e orfandade, de "falações"; eles "dão crédito", escreve ele, "à proposta de que se algo for discutido por tempo suficiente criar-se-á a ilusão de que se está avançando... E eu suponho que tem havido algum progresso no mundo de relatórios, análises, números, tabelas, diagramas e, no mínimo, mil apresentações em PowerPoint, sem esquecer a palpitante reflexão intelectual; mas muito pouco progresso perceptível localmente nas vidas das crianças órfãs e vulneráveis".

O paciente africano que aguarda o resultado dos exames descobre que o mundo exterior, embora não seja completamente indiferente, não intervirá a tempo de salvar sua vida ou a de seu filho.

No mundo todo, alguns programas de televisão extremamente populares me parecem versões grotescamente divertidas de cenas contemporâneas mais lúgubres.

No programa *American Idol* e em muitas de suas cópias, os cantores concorrentes aguardam o veredicto proferido por juízes sentados. "Sim, você vai para a próxima rodada", eles podem ouvir; "Vejo você amanhã" ou "Não, você está fora da competição", "Os Estados Unidos votaram", "É o fim da linha para você". Os telespectadores telefonam votando em seus favoritos. Em outros programas, pessoas lutam pela sobrevivência em expedições realizadas em ilhas até que são excluídas, pelo voto dos antigos parceiros, do programa e da ilha. O último homem ou mulher que resta é aclamado como "o sobrevivente".

Trata-se de *reality shows*.

Na África, às centenas, milhares e milhões, mas uma a uma, a pessoa se senta em uma sala de espera de uma clínica, nervosa ou paralisada, sentindo-se bem ou com enjôo, tossindo ou não tossindo. Ou se agacha do lado de fora no pátio imundo, segurando a cabeça com a mão, olhando para cima de vez em quando e pedindo aos filhos que não se distanciem muito. Cada uma aguarda seu nome ser chamado. Dentro da sala de exames, um médico ou enfermeira ou ajudante de enfermeira examina um pedaço de papel e levanta a cabeça. Os olhos falam primeiro.

Negativo: Você avança para a próxima rodada. Vejo você amanhã.

Positivo: Os Estados Unidos votaram. É o fim da linha para você.

Não existem câmeras de televisão. Nenhum telespectador está sorrindo ou chorando em casa. Nenhum telespectador telefonou para dar seu voto. A maioria nunca soube que havia algo em jogo.

– Ouvi dizer que existem tratamentos – uma mulher murmurará.

– Não em nosso país – o médico responderá com um sorriso triste.

– Isso significa que morrerei em breve? – perguntará um homem.

– Sim, receio que sim.

– Eu pensei que talvez estivesse apenas com uma gripe.

– Não, receio que não.

– Ouvi dizer... Bem, eu não sou uma pessoa crente, mas eu ouvi... que existe uma água benta que é eficaz...

– Não. Isso é lenda.

– Como eu supunha. Obrigado, doutor.

Dirigindo para o hospital, Haregewoin agora não conseguia pensar. "Por que me arrisquei desse modo de novo?" e "Será que minha casa vai se tornar de novo uma enfermaria de hospital?" Ela estava entorpecida. Arrastou-se vagarosamente na fila longa, até chegar sua vez.

A enfermeira abriu a ficha, leu os resultados, releu e levantou a vista de sua mesa.

– Selamawit é negativa – ela anunciou.

Fechou a ficha cuidadosamente e metodicamente apanhou e abriu a seguinte.

– Meskerem é negativa – completou.

Cuidadosa, Haregewoin continuou a estruturar as vidas de Genet e Abel por meio de uma educação bondosa. Mas sua segunda experiência como mãe teve início com Selamawit e Meskerem.

Ela era mais uma vez, milagrosamente, uma mulher de classe média com filhos.

# SEGUNDA PARTE

# 19

O DIRETOR DA MMM não perdeu o número de telefone de Haregewoin. Ele telefonou de novo algumas semanas após ter colocado Selamawit e Meskerem na casa de Haregewoin no início de 2000.

– *Waizero* Haregewoin! – ele entusiasmou-se ao ouvir sua voz.

– Não! – ela riu. – O que será que o senhor poderia querer de mim?

– Senhora Haregewoin, existem mais crianças aqui e...

– Não! – ela gritou, rindo novamente. – O que o senhor está pensando? Eu tenho quatro crianças aqui, estou bem agora, realmente, estou bem. Talvez eu tenha me esquecido de lhe agradecer? Sinto-me bem recuperada. Meskerem e Selamawit são meninas maravilhosas. Elas são, de fato, dádivas divinas. O senhor estava certo, absolutamente certo sobre tudo. Foi uma estupidez minha pensar em me retirar do mundo quando existem crianças que precisam de mim... – e continuou a falar alegremente.

– Não, Senhora Haregewoin! – Ele se apressou em responder. – Somos nós que temos de lhe agradecer.

– Sim, bem, muito obrigada por ter me telefonado.

– Não, espere...

Esse foi o início do fim do egocentrismo de Haregewoin. Ela acreditava que Abel, Genet, Selamawit e Meskerem tinham sido oferecidos para ela como uma bênção. Ao estender a mão para outras pessoas que estavam sofrendo, sua própria dor diminuíra. O padre, em sua sabedoria, não havia permitido que ela se retirasse para uma vida de oração e luto, mas fizera o convite para que ajudasse um casal de crianças sem rumo. Ela havia aceitado o convite. Uma parábola de cura. Era um procedimento tão velho quanto a humanidade e, ainda assim, parecia que cada alma agonizante tinha de encontrar novamente o caminho até isso. Haregewoin tinha sido despedaçada e agora usaria de forma útil o que aprendera, para recuperar outras pessoas, para trazer Selamawit e Meskerem de volta à vida.

– Senhora Haregewoin – disse o diretor –, estamos agora com o irmão de Meskerem. Meio-irmão, eu diria. Ele é o filho de sua mãe e de seu primeiro marido.

– *O quê?*

– Ele tem sete anos, talvez oito.

– Oh, meu Deus!

– E...

– Sim?

– Duas gêmeas com cerca de quatro anos. Helen e Rahel. A mãe delas acabou de morrer. Ela era muito, muito pobre.

Ela ficou confusa.

– E... A senhora ainda está na linha, Senhora Haregewoin?

– Sim, estou.

– E também uma menina de cinco anos chamada Bethlehem. Sua mãe também morreu.

Haregewoin apoiou-se no batente da porta, olhando fixamente o pátio onde Meskerem e Selamawit brincavam de casinha à sombra do eucalipto. Elas tinham retirado tampas de garrafas da terra e, depois de lavá-las, estavam arrumando para brincar de servir café.

– E o senhor quer que eu *escolha?* – sussurrou Haregewoin, já sabendo que acolheria uma, e já rearranjando as camas na cabeça. – Como posso escolher entre órfãos? Talvez deva ficar com o irmão?

– Não, *Waizero* Haregewoin! – ele riu com vontade. – Gostaríamos que ficasse com *todas* as crianças.

– Não entendo o que está acontecendo.

– A situação lá fora está muito complicada atualmente, Senhora Haregewoin. Por favor, podemos levar as crianças?

– Sim. Claro.

Dois dias depois, a perua da MMM entrou no pátio, e quatro crianças desamparadas, assustadas e fungando olharam tristemente pelas janelas. O irmão de Meskerem, Yonas, com olhos vermelhos entristecidos no rosto triangular, parecia quase um armênio; ele se mostraria um menino meigo e inteligente. As duas gêmeas não se pareciam nada uma com a outra, mas mantinham o tempo todo os dedos agarrados às roupas uma da outra. Bethlehem, sem ter onde se esconder, simplesmente cobriu o rosto com as mãos.

Meskerem cumprimentou Yonas, apertando-lhe a mão e beijando educadamente seu rosto. Mas os dois haviam sido criados separados – ela tinha vivido com sua mãe, e ele com o pai.

– Venham, crianças – chamou Haregewoin. Ela conduziu as crianças silenciosas atrás de si para dentro da cozinha e rapidamente colocou comida na frente delas.

Então sentou-se entre as gêmeas e alimentou primeiro uma e depois a outra. Ela riu muito, cantou trechos de músicas infantis, olhando profundamente dentro dos olhos de cada criança, desejando que elas não tivessem medo e que se aproximassem dela.

Haregewoin ouviu Genet bater a porta ao entrar na sala principal.

– Genet, venha ver! – ela chamou, alegre, mas Genet não compartilhou dessa alegria.

– Onde eles vão dormir?

– Eu vou colocar aquele ali no chão do quarto de Abel – ela disse, acenando com a cabeça na direção de Yonas.

Genet contraiu os lábios e cruzou os braços, esperando para ouvir o resto.

– Estas gêmeas e aquela menina na minha cama com Selamawit e Meskerem; você e eu vamos dormir no chão em cima de um cobertor.

– Não, obrigada – disse Genet.

– Genet, minha querida, o que eu posso fazer?

Genet deu de ombros e se virou. – Não vou mesmo ficar mais muito tempo por aqui – murmurou ela.

De fato, seu mau comportamento estava se tornando cada vez mais ostensivo. Voltava da escola cheirando a cigarro, isso se tivesse ido à escola. Às vezes aparecia à tarde com uma blusa diferente da que estava usando de manhã. Então começou a chegar tarde em casa, depois de escurecer. Ela estava voltando para as ruas.

Abel também conseguiu estragar a boa acolhida que tivera. Ele entrava e saía embriagado a qualquer hora. Uma hora, ele tratava as crianças com indiferença – o que elas em princípio consideraram erradamente como gentileza; depois, saindo de uma "viagem", batia ou dava pontapés nelas.

– Tenha cuidado – Haregewoin o advertiu mais de uma vez. – Você tem de se comportar quando estiver perto das crianças.

Ela provavelmente foi a que ficou mais decepcionada, na noite em que encontraram Abel, na entrada da garagem, retirando cuidadosamente a gasolina do seu carro e inalando-a de um balde, enquanto Yonas e diversas menininhas observavam atentamente a situação de perto. Yonas fez perguntas como se estivesse observando um projeto de ciências.

– Como o carro vai andar sem gasolina? – ouviu-se a voz alta do menino.

Haregewoin foi obrigada a telefonar para seus amigos na MMM na manhã seguinte.

– Vocês têm de vir apanhar Abel. Eu não posso fazer nada por ele.

– Sim, *Waizero* Haregewoin, compreendo – disse o diretor. – Na verdade, eu ia telefonar-lhe hoje de qualquer maneira.

A perua que chegou naquela tarde para apanhar Abel deixou uma menininha chamada Rahel Jidda, órfã fazia tão pouco tempo que ainda levantava imediatamente os olhos, cheios de esperança, sempre que alguém entrava na sala, esperando que fosse sua mãe.

Abel saiu lentamente pela porta da frente, sem se voltar para trás e sem carregar nada.

– *Tchau*, Abel! – gritou Genet quando o rapaz se curvou para entrar na van. – Vejo você em breve! – acrescentou, para irritar Haregewoin.

Depois disso, ficou mal-humorada o resto da tarde e da noite.

– Bruxa velha – murmurou.

Agarrando seu travesseiro e lençol do chão do quarto de Haregewoin e levando-os de volta para o segundo quarto, ela reivindicou o que acreditava lhe pertencer por direito.

Haregewoin correu atrás da perua quando ela começou a dar marcha à ré, abriu a porta e inclinou-se para se despedir de Abel com um beijo em cada face. Apesar de ter ficado desapontada com o jovem e com seu fracasso em ajudá-lo, estava arrasada com sua partida.

Então, foi a vez de Genet. Depois que Abel partiu, Haregewoin tentou ser menos rigorosa com Genet e não falhar com ela também. Contudo, receava que a adolescente estivesse atormentando os pequenos. Ela ouviu Genet repreendê-los e ficou pensando se as repreensões não seriam acompanhadas de murros e beliscões escondidos. Tendo aceitado sua condição de nulidade na terra, as crianças recebiam os castigos em silêncio, como se merecessem. Elas abaixavam a cabeça, e as lágrimas escorriam silenciosamente. Quando Genet chegava em casa de tarde, paravam imediatamente o que estavam fazendo em volta da casa e corriam para perto de Haregewoin.

– Não! – berrou Haregewoin, a primeira vez que viu Genet beliscando o braço de Rahel Jidda, a mais nova das meninas. – Genet, isso tem de parar. Esse comportamento é absolutamente inadmissível.

– Então, diga para ela ficar longe das minhas coisas.

Uma enfermeira americana, em missão prolongada da igreja na Etiópia, foi apresentada a Haregewoin pela MMM e passou a visitá-la uma vez por semana. Ela era branca, tinha cerca de quarenta anos, a pele queimada de sol e um jeito prático agradável. Achava que Haregewoin era muito rigorosa com Genet.

– Será que você não espera demais dela? – sugeriu certo dia, enquanto conversavam no salão comunitário. – Ela não passa de uma criança.

Haregewoin soprou o chá.

– Eu gosto muito dela – confidenciou a enfermeira.

Haregewoin arqueou uma sobrancelha em sua direção, na expectativa.

– Vivo sozinha, em um apartamento com dois quartos. Nunca tive filho.

– Haregewoin – disse ela subitamente, virando-se na cadeira para encarar de frente a etíope. – O que você diria se eu levasse Genet? E se eu me tornasse sua madrasta? Você acha que a MMM deixaria? Você se importaria muito em deixá-la ir?

Para Haregewoin, foi uma prova de que algumas vezes Deus atende às orações.

– Ela dá muito trabalho – disse Haregewoin, rindo. – Você acredita que poderá dar conta dela?

– Eu já fui adolescente! Podemos contar a Genet?

– Claro – respondeu Haregewoin.

Genet embalou os pertences e, com arrogância, se mudou no final da semana. Foi como se já soubesse havia muito tempo que estaria destinada a se mudar; como se estivesse apenas dando um tempo até que sua grande oportunidade chegasse. Haregewoin segurou suas mãos por um longo tempo, olhando duro em seus olhos, mas Genet, em meio a um riso contido, tirou displicentemente uma mecha de cabelo da testa e desviou o olhar, batendo com o pé no chão.

– Seja uma boa menina – pediu Haregewoin, dando-se conta de que estava falando exatamente como o diretor da MMM que lhe mandara Genet.

Depois que a enfermeira foi embora, com Genet sentada no banco da frente do carro, todos os pequenos, aos pulos, gritaram de alegria por se verem livres da opressora.

Haregewoin tinha uma foto colorida de Atetegeb segurando seu bebê. Ela então a ampliou até que todas as linhas ficassem com um tom pastel e suave; depois a emoldurou e colocou no centro da parede, em cima do sofá. Emoldurou também uma foto em preto-e-branco de Atetegeb e Suzie adolescentes, rindo uma para a outra. Sob o vidro, colocou um pedaço de papel com as palavras de uma canção popular: "Eu não existo sem vocês."

O filho não pode viver sem a mãe ou o pai. A mãe ou o pai não podem viver sem o filho.

Pelo menos uma vez ao dia, Haregewoin retinha a respiração em um soluço rápido de saudade da filha morta. Mas estava satisfeita em seu reservatório de crianças. Os quatro mais velhos saíam pela porta da casa, todos os dias, usando o casaco vermelho do uniforme e se dirigiam a pé para a escola. Os três menores ficavam brincando em casa. Ela lia histórias para eles, ensinava músicas, fazia com que tirassem os sapatos e as meias e lavassem com ela, batendo ruidosamente as roupas ensaboadas no tanque de metal. Com as crianças, até mesmo lavar roupa era divertido.

Ao chegar, todos eles tinham exibido o mesmo olhar: aturdido, vazio, sem expressão. Um ou outro ia às vezes para o pátio congelado, onde ficava assustado e cauteloso, como uma criança em um corredor escuro incapaz de achar o caminho de volta para a cama. Mas agora Haregewoin estava presente em toda a parte, abaixando-se até o nível de seus olhos, incentivando cada tentativa que faziam de sorrir – ou de, ao menos, não chorar – com sorrisos imensos cheios de promessas. À noite, quando ficavam aflitos e amedrontados, eles gritavam angustiados "*Amaye!*", e ela corria aos tropeções para acudi-los, mesmo sabendo que ela não era a *Amaye* que eles haviam chamado. Pródiga nos abraços e cócegas que distribuía entre eles, aconchegava-os para que voltassem a dormir. Lavava e trançava seus cabelos e ensinava-os a ler. Ela agora ria freqüentemente, saboreando a vida. Um ou dois meses depois, muitas vezes era a Haregewoin que chamavam; à noite pelo menos, parecia que, quando uma criança assustada olhava diretamente o rosto de Haregewoin surgindo na escuridão, ela não se sobressaltava nem começava a chorar, mas relaxava, sonolenta, aliviada e grata.

Suzie enviava dinheiro todos os meses para casa. Os amigos de Haregewoin também a ajudavam.

Ela aceitou trabalhos de contabilidade que poderia fazer de noite ou de manhã cedo na mesa da cozinha com a luz acesa e uma xícara de chá, enquanto as sete crianças dormiam.

Contudo, a permissão para que voltasse a sentir os prazeres comuns de criar filhos não seria concedida a Haregewoin. A mais terrível epidemia da história da humanidade estava batendo na porta de metal arranhada de sua residência, educadamente em princípio, mas com persistência, e em seguida com murros violentos.

# 20

ELA ESTAVA SENDO vigiada.

Os rumores partiram da casa de Haregewoin e atravessaram toda a vizinhança. Logo se espalhou que a mulher estava acolhendo órfãos, vítimas da aids. Em 2001, havia 989 mil órfãos da aids na Etiópia, a segunda posição no mundo, depois da Nigéria.

Uma manhã, no meio do alvoroço de crianças se preparando para ir à escola, Haregewoin ouviu alguém bater no portão externo da casa. De chinelos, roupas de usar em casa e cabelos despenteados, ela gritou através da porta:

– *Abet?* Quem é?

– A polícia – respondeu um homem, e Haregewoin escancarou o portão pesado.

Dois oficiais uniformizados estavam parados diante dela. Nas mãos do homem mais baixo, algo dentro de uma trouxa de pano se agitava. Ele estendeu a trouxa para Haregewoin, que se abaixou para ver o que era. Ao puxar o pano, viu um bebê, irritado e revoltado pela indignidade de terem coberto seu rosto com um pano.

– Que bebê é *esse*? – exclamou Haregewoin.

– Nós a encontramos, disse o oficial mais alto. – Foi abandonada na estrada, debaixo de um arbusto.

Haregewoin cobriu a boca com a mão.

– A senhora fica com ela? – perguntou o policial baixo, agindo como se tivesse dificuldade de segurar a trouxa e querendo que Haregewoin a pegasse.

– Eu? Por que a trouxeram para mim? Coitadinha! Vocês devem levá-la para o *kebele*!

– Nós a levamos para o *kebele*, e lá nos disseram para trazê-la para a senhora – disse o policial, segurando a criança ainda mais longe de seu corpo.

– Mas por que não no Madre Teresa? – rebateu Haregewoin. – Eles têm um orfanato.

– Lá está com a lotação completa, não podem mais aceitar ninguém.

Ela achava que o local tinha espaço para centenas de crianças; mais tarde tentaria decifrar o que isso significava, a lotação completa do orfanato de Madre Teresa.

– Se a senhora pudesse tomar conta dela por alguns dias, provavelmente eles resolveriam o que fazer com ela – explicou o oficial mais baixo, em mais uma tentativa de mostrar a ela a dificuldade em manter o lençol enrolado, do qual começou a se ouvir um resmungo.

– Ninguém me pediu nada, ninguém me telefonou – argumentou vagamente Haregewoin, com o pensamento em disparada. – Não estou preparada para receber um bebê aqui.

– A senhora não é a mulher que acolhe órfãos vítimas da aids? – perguntou o mais alto. Tirando um pedaço de papel do bolso da camisa, completou:

– Me desculpe, a senhora é a *Waizero* Haregewoin Teferra?

– Sou – respondeu ela. – Está bem, se o *kebele* quer que eu o aceite, me dê o bebê. Mas alguém deveria ter me telefonado. Eu não tenho aqui nem mesmo uma mamadeira.

Os oficiais acenaram, agradecendo; o mais baixo despejou a trouxa que se desfazia nas mãos de Haregewoin. Eles viraram as costas e se encaminharam para o carro enquanto o bebê lutava para se desvencilhar do lençol.

– Esperem! Qual o nome dela? – perguntou Haregewoin.

Os policiais se entreolharam e, em seguida, o mais alto gritou:

– A senhora dá um nome para ela!

Ela fechou o portão.

– Crianças, venham ver! – ela chamou. – Vocês ganharam uma irmãzinha!

A menininha ficou satisfeita de ver a luz do dia de novo; parou de se debater, e o tom arroxeado do rosto zangado se transformou em café-com-leite quando ela se acalmou. Quando as crianças começaram a pular em volta dela, mostrou a ponta da língua, dando risadas.

Haregewoin deu o nome de Menah para o bebê abandonado, tirado da palavra *mena*: sem uso, não desejada, uma pessoa sem valor. Era o termo que teria aplicado a si mesma alguns meses atrás, quando, se arrastando, ia e voltava do cemitério.

Ninguém telefonou, no dia seguinte e no próximo, para falar para Haregewoin o que fazer com Menah, nem no mês seguinte ou no outro. Ninguém nunca perguntou nada sobre o bebê.

*Agora*, pensou Haregewoin, *estou realmente realizada. A vida é boa.* Ela inclinou-se sobre a cintura, equilibrou a menininha no alto das costas e jogou um xale em volta das duas. Quando se levantou, Menah, com os olhos brilhantes, olhou por cima de seus ombros para as crianças e deu uma risada sem sentido, típica de bebês.

Apesar do nome, ela já não era uma pessoa sem valor!

Nem Haregewoin.

# 21

TRÊS ANOS APÓS a morte de Atetegeb (estávamos agora na primavera de 2001), Haregewoin ainda se vestia de preto.

Certa tarde, um funcionário do *kebele* bateu no portão para fazer uma visita. Queria ver seu pequeno empreendimento. Percorreu a casa, franzindo as sobrancelhas. Com os braços cruzados atrás das costas, bisbilhotou aqui e ali e, num gesto formal, apertou as mãos de algumas das oito crianças, o que provocou nelas ataques de risos. Finalmente, sorriu e, endireitando o paletó, declarou-se satisfeito.

– A senhora é uma pessoa muito boa, *Waizero* Haregewoin – elogiou ele. – Está na hora de parar de usar roupas pretas. Para essas crianças, a senhora é como uma mãe, e elas vão preferir que se vista diferente e não com roupas de luto.

Ela seguiu o conselho.

Dois dias mais tarde, ele mandou mais quatro crianças.

Uma noite, Haregewoin foi acordada por batidas insistentes no portão de aço da casa. De roupa de dormir e descalça, ela se arrastou até a porta externa de aço. O som da noite africana estava animado com cachorros de rua e cabras, babuínos nas encostas das montanhas distantes e hienas e chacais nas planícies mais além. O ar metálico de montanha da capital era frio, o que fazia com que o cimento áspero do pátio parecesse morno sob seus pés. Viu então um homem cambaleante. Era alto e magro. Os olhos estavam injetados de sangue, e o bigode, descuidado. Vestia um paletó esporte de lã e gravata. Ela achou que ele tivesse quarenta e cinco anos e estivesse bêbado; depois, saberia que ele tinha vinte e nove e era abstêmio. Carregava nos braços uma menina pequena adormecida.

– Minha esposa morreu. Meu nome é Theodros. Esta é a Betti.

Haregewoin movimentou a língua diversas vezes, comprimindo-a contra o céu da boca e desprendendo-a, emitindo assim um som típico do idioma etíope que expressava empatia.

Betti tinha quatro anos, disse ele.

Haregewoin apertou o robe de flanela contra o corpo e ficou na ponta dos pés para poder ver melhor.

– Tão pequena? – perguntou.

– Veja – acrescentou ele com um súbito entusiasmo –, aqui dá para ver como ela era antes.

O homem fez uma manobra com a mão que segurava o pacote envolto em um lençol e vasculhou o bolso, de onde retirou diversos retratos de Betti em tamanho 5 x 7. As fotos de um ano atrás tinham sido feitas em um estúdio de fotografia e mostravam uma criança com olhos brilhantes e rabo de cavalo, vestindo uma malha de cetim amarelo e uma roupa de bailarina. Com a barriga redonda e saliente e os braços acima da cabeça, ela fazia uma pose de balé. Haregewoin examinou cada uma das quatro diferentes poses. O papel das fotos estava amolecido e gasto, como um baralho de cartas velho.

– Sou construtor – ele recomeçou, devolvendo as fotografias para a carteira vazia. – Tenho um diploma de faculdade e fiz um mestrado na Universidade de Adis-Abeba. Mas, desde que minha esposa faleceu e minha filha ficou doente, ninguém me dá emprego. Não consigo alimentá-la. Não consigo comprar os remédios.

– Eu sei projetar e supervisionar construções. – Será que não teria alguma obra pequena que a senhora estivesse planejando fazer?

– Você me acordou a esta hora da noite para me pedir trabalho? – perguntou Haregewoin.

– As pessoas nem me estendem a mão. Só de olhar a criança, elas já sabem. Ela é positiva.

Ela percebeu que ele não disse nada sobre sua própria condição de saúde. Mas era óbvio que era igual à da filha.

– Quando eu a levo ao hospital, as pessoas ficam bem longe de nós e não me ajudam. Uma vez, quando ela estava brincando na rua, uma ferida em sua mão começou a sangrar e os vizinhos correram para pegar os filhos: "Betti está aqui, depressa, venham para dentro de casa!" Agora, ela nem tenta brincar com as outras crianças.

– Por favor, senhora, ouvi dizer que a senhora está ajudando as crianças.

– É só por pouco tempo, então.

Até aquele momento, Haregewoin tinha achado que o homem magro estivesse pedindo um auxílio, em forma de comida ou dinheiro ou um trabalho. E ela teria saído correndo para lhe dar algo, ao menos um saco de *teff* (um cereal africano) da despensa. Agora ela percebia que ele precisava que ela acolhesse sua filha.

Ela aceitou a criança adormecida das mãos do pai. Inclinando-se profundamente para Haregewoin, ele ficou curvado com as mãos juntas. Enquanto ela fechava a porta com os pés, o pai gritou:

– Venho fazer uma visita no domingo! – E, uma vez mais, através da porta fechada: – É só por uma temporada!

Haregewoin carregou Betti de volta para sua cama, mas as quatro menininhas que já dormiam nela haviam se ajeitado e tomado seu espaço morno na cama. Empurrando as crianças com o joelho e o quadril, ela conseguiu um lugar apertado para ela e Betti, ainda adormecida, na beira do colchão. Meio inclinada, caiu no sono com a nova menina em seus braços.

Mais tarde, naquela manhã, ao sentar-se na cama de Haregewoin e descobrir-se no meio de uma confusão de meninas em vez de estar em casa, no seu berço, com o pai deitado do lado no chão, Betti fez um bico. As outras crianças falaram suavemente com ela, ansiosas para tomá-la nos braços como um bebê. Sem reclamar, Betti foi levada para o pátio lotado.

Como de hábito, o pátio estava agitado. Os gritos agudos de tristeza eram abafados pelo barulho surdo produzido pelas crianças: jogo de amarelinha, de batidas de mãos, o *uff* de uma bola de futebol vazia chutada para cima, roupas molhadas sendo lavadas na lavanderia, conchas de plástico de sopas batendo em tigelas de plástico e o barulho da corda de pular resvalando e batendo no chão. Um eucalipto balançava no vento quente ao lado da cerca, suas folhas pequenas e densas fazendo um ruído de farfalhar estridente.

Na tarde do domingo seguinte, Theodros bateu no portão de aço para fazer a visita. Betti correu e se pendurou com as mãos em suas calças. Theodros fez um gesto para que ela corresse e brincasse com os novos amigos, mas ela se recusou: tinha medo de se virar e descobrir que ele tinha partido. Assim, ele foi privado mais uma vez do prazer que um pai sente ao ver a filha brincando com outras crianças. Ela ficou agarrada à sua perna enquanto ele acariciava suavemente sua cabeça e, juntos, sorrindo de maneira meio confusa, observaram as crianças saudáveis, tombando e correndo por todo o pátio, num jogo caótico de futebol que acabava em empurra-empurra e discussões.

Theodros voltou todos os domingos. À noite, ia embora. Betti não chorava ao vê-lo cruzar a porta, mas chupava com força o dedo até que toda a visão de seu rosto – que se delineava por cima do ombro da criança que a estava carregando para jantar – se resumisse à mão que, enfiada na boca, cobria-lhe as feições, deixando livres apenas os olhos enormes, cheios de preocupação.

Um domingo, Theodros não apareceu. Enviou uma mensagem informando Haregewoin que estava no hospital.

Um mês depois, apareceu de novo. Movia-se lentamente. Com as pernas encurvadas, andava com cuidado de um jeito parecido com o de um gafanhoto; vestia o mesmo casaco esportivo de lã, mas sem a gravata. Ao entrar, sorriu para todos, como se os movimentos lentos fossem uma forma de gentileza.

Desta vez, Betti, que também estava ficando cada dia mais doente, não correu rápido em sua direção. Empurrou um pé para a frente e depois o outro, deslizando sobre o chão áspero até que alcançasse os braços paternos.

Para surpresa de Haregewoin, Theodros levou Betti embora com ele, e ambos duraram muitos meses. Mais tarde soube que ele tinha colocado Betti no orfanato Madre Teresa durante parte desse período. Mais tarde ainda, soube que ele esperava que o Madre Teresa tivesse medicamentos contra aids para as crianças, mas eles não tinham nenhum. Na Etiópia, não haveria medicamentos contra a aids para crianças até o ano de 2005.

Contudo, Theodros não tinha como saber desse fato. Recusava-se a ver o fim claro à sua frente; continuou acreditando que a sorte deles estava para mudar, se ele ao menos conseguisse vislumbrar alguma saída por um novo ângulo, uma nova estratégia.

Em uma das visitas que Theodros havia feito num domingo à tarde, sua pele estava esticada sobre os ossos do rosto; balançou a cabeça como para mostrar que seus sorrisos eram amigáveis e não caretas resultantes de um esforço imenso. Andando desengonçado, ele se dirigiu para uma saliência de concreto e se sentou; e Betti deixou que uma amiga a levasse até lá e se apoiou na perna do pai.

Ambos se voltaram, como de hábito, para observar as crianças saudáveis brincando no pátio. Theodros acariciou o cabelo de Betti. E ela, que tinha parado de crescer e mal tinha forças para levantar os braços na quinta posição de balé de muito tempo atrás – se ainda conseguisse se lembrar dela –, estava satisfeita em se recostar nele, os dois parados e em paz na companhia um do outro à luz do crepúsculo.

## 22

ERA TALVEZ o próprio luto crônico que levava Haregewoin a hesitar e depois manter a porta aberta, sempre que estranhos se materializavam na alameda de entrada e pediam sua ajuda. Ela reconhecia instantaneamente a dor de parceiros de luto e não costumava maltratá-los.

Algumas vezes, parecia que ela também estava à espera de alguém.

A pequena brecha na paisagem impenetrável – uma fileira de portas fechadas para os aflitos, o clero pregando contra eles, o repúdio de suas próprias famílias – foi descoberta. De algum modo, os intocáveis tinham conseguido encontrar essa mulher que não os xingava, não atirava pedras nem agitava uma vassoura contra eles antes de bater-lhes a porta na cara. Agora, eles se dirigiam à casa de tijolos de Haregewoin, numa encosta periclitante de um bairro de Adis-Abeba, de ônibus ou no lombo de um burro.

Na estrada coberta de pedras, adultos paravam diante do portão de Haregewoin, batiam educadamente e aguardavam debaixo da sombra irregular de um jenipapeiro, segurando as mãos de crianças assustadas.

– Por favor, estou doente. Não consigo alimentá-lo.

– Por favor, fique com elas, não vamos viver por muito mais tempo.

– Eu não consigo criá-lo, não tenho dinheiro, e o pai morreu.

– Eu os encontrei no quintal. Nem sei quem são.

Algumas crianças maltrapilhas eram empurradas bruscamente na direção de Haregewoin pelo vizinho ou parente distante, que queria se ver livre delas depressa; outras eram acariciadas por avós em prantos, muito pobres e frágeis para mantê-las.

– Por favor – alguns diziam.

– Fique com ela, eu não a quero! – diziam outros.

Haregewoin via seus pequenos rostos marcados, as cabeças tão inclinadas sobre o peito que pareciam quase se desprender do pescoço. Como sacos de cereais, as crianças eram transferidas para o novo dono. Elas arrastavam os pés sem levantar a cabeça, envergonhadas.

Um dia, um motorista de uma aldeia a oitenta quilômetros dali buzinou do lado de fora do portão de Haregewoin. Ela abriu o portão, e a perua com a lataria toda amassada passou com estrondo sobre as pedras do pátio. O homem desceu e apertou a mão de Haregewoin, abriu a porta lateral e, com um gesto, mandou as crianças pularem para fora, como se fosse uma excursão escolar ao museu de ciências. As crianças saltaram, sujas e com o nariz escorrendo, coçando as cabeças e com nódulos semelhantes a cogumelos brotando em torno dos lábios e dos olhos. Havia crianças pequenas demais para saírem sozinhas da perua.

– Espere, quem é você? – perguntou o motorista para um menino pequeno.

O menino ficou paralisado. Então respondeu, surpreso:

– Sou Natnael!

Ele era a única criança ali que sabia qual era o seu nome.

Às vezes uma criança recém-chegada deixava escapar um som triste de abandono, rouca de tanto gritar o nome da mãe, começando a suspeitar com terror que mamãe não iria chegar, mas incapaz de parar de chamá-la: "*Amaye. Amaye.*" Haregewoin se abaixava ao lado da criança e murmurava: "*Ishi, ishi, ishi ishi ishi*", "Tudo bem, tudo bem, shh, shh, shh, eu sei, eu sei, tudo bem."

Às vezes, quando abria a porta de casa, Haregewoin constatava que o adulto que havia batido já tinha fugido, deixando para trás uma criança pequena, cercada de moscas e agachada no chão, com as fraldas sujas.

As antigas amigas de Haregewoin continuavam a se mostrar escandalizadas. Ela estava escolhendo *cuidar de crianças carentes* em vez de trabalhar em um escritório ou ter uma semi-aposentadoria distinta?

Mas àquela altura dos acontecimentos a epidemia já se alastrara. O número de órfãos na cidade era tão grande quanto o de pombos. Órfãos pegavam carona para a capital, vindos de todas as direções. Novas levas eram produzidas, brotavam, desamparadas, a cada sirene de ambulância, a cada grito de uma mulher que morria de parto, a cada marcha de família recém-enlutada para o cemitério. Os poucos orfanatos da cidade estavam superlotados, da mesma forma que os hospitais e escolas. Órfãos entupiam as enfermarias para doentes mentais, hospitais de indigentes, cemitérios e depósitos de lixo. Alguns deles deixavam-se ficar do lado de fora de escolas que já não podiam freqüentar; antigamente eles passavam voando pela porta após as aulas e corriam para casa; agora, não tinham mais casa e – sem ninguém para pagar as mensalidades e comprar os uniformes – não freqüentavam mais a escola. Uma menina de quatro anos de idade perambulava sozinha em uma alameda, do lado de fora da cozinha do hotel em que sua falecida mãe tinha trabalhado. Os funcionários do hotel deixavam comida para ela ao lado das latas de lixo.

– Eu acolho as crianças pequenas abandonadas nas ruas – contou Haregewoin às amigas.

Ela não tinha idéia se os epidemiologistas estavam reunindo estatísticas; não sabia se havia alguém consciente da crise, além do diretor da MMM e de um número pequeno de outras almas caridosas. Ela mal sabia que o que estava vendo *era*, em termos técnicos, uma "crise".

– Elas são encontradas perto de igrejas e de delegacias de polícia – explicou às amigas. – Eu não posso dizer "não".

*Como uma criança vive sem mãe?*

*Eu não existo sem você.*

– Elas são *saudáveis*, não é? – algumas amigas continuavam a perguntar.

– São, são, elas são saudáveis! – gritou Haregewoin, cansada da pergunta. – Vocês não pegariam a doença delas mesmo se elas estivessem doentes!

De posse *desse* discernimento, ela estava anos à frente do conhecimento geral. Melhor acenar com as mãos para o bando de crianças no pátio e garantir às amigas "Saudável, saudável, saudável!" do que discutir as questões mais delicadas de transmissão de HIV/aids com senhoras respeitáveis de meia-idade da classe média.

Assim, as amigas retomaram as visitas: sentavam-se na sala de estar nas tardes chuvosas; bebiam café e deixavam pequenos presentes em dinheiro. Velhos amigos de Worku também apareciam. Casais com os quais ela e Worku jogavam cartas antigamente recomeçaram a freqüentar sua casa. Todas essas pessoas já haviam atingido agora a meia-idade; tinham conseguido ajudar a maioria (não todos) dos membros de suas famílias a sobreviver aos golpes da guerra e da fome e tinham-nos mantido seguros durante a ascensão e a queda de imperadores e ditadores;

mereciam agora um descanso, uma vida tranqüila. Tinham o direito de se iludir acreditando que o primeiro-ministro Meles se revelaria um líder iluminado, que a Etiópia se posicionaria, uma vez mais, na vanguarda das nações. A notícia de que uma doença inominável ameaçava detonar a saúde e a produtividade da Etiópia era devastadora. Queriam, portanto, desfrutar por um pouco mais de tempo uma situação que negava a realidade. Durante as visitas, mostravam que aceitavam, com relutância, o projeto de Haregewoin, embora alguns preferissem fingir que ela era uma excêntrica. E não queriam cair na armadilha de ter de *tocar*, de fato, uma das crianças.

Certa tarde, ouviu-se um arranhado débil na porta de metal da casa.

– Acho que tem alguém aqui, *Emama* [vovó] – falou uma criança para Haregewoin.

Haregewoin cumprimentou uma jovem esquálida, vestida com uma saia empoeirada. Com o rosto exaurido e os olhos dilatados, ela parecia desorientada. Num movimento brusco, apresentou um menino bonito de cabelos encaracolados, aninhado no xale sujo.

– Por favor, fique com o meu bebê, estou morrendo e ele tem vinte dias – falou, arfando.

Haregewoin aceitou o bebê e se preparou para convidar a moça – que não devia ter mais de dezenove ou vinte anos – para entrar e tomar uma xícara de chá. Talvez pudesse ajudá-la a tomar conta de seu filho; com uma pequena ajuda, algumas moedas, um pouco de comida, ela poderia se estabelecer na vizinhança. Entretanto, a jovem virou-se subitamente e caiu. Estarrecida, Haregewoin viu que o peito da moça se rompera violentamente. Ela caiu de lado na estrada de pedras. Haregewoin gritou, pedindo socorro. Os dois meninos mais velhos correram para levantá-la (ela não pesava nada!) e a levaram para dentro da casa. Estava morta.

Depois de ter acertado com o *kebele* a retirada do corpo, Haregewoin se sentou, naquela noite, com o bebê no colo. Ele tinha olhos brilhantes, cabelos cacheados lustrosos, lábios da cor de cereja escura, mas não tinha nome. A mãe agonizante tinha dado tudo de si para o bebê, mas estava fraca demais para falar seu nome.

O horror estava se tornando algo familiar, tão comum que somente o verdadeiramente grotesco provocava um comentário.

– Você está vendo aquela menina? – murmurou Haregewoin para Zewedu um dia, indicando uma menininha com cabelos emaranhados de cerca de seis anos que estava sentada na mesa esperando o almoço. Seu nome era Nurit. Estava cabisbaixa, esperando que alguém dissesse uma oração de ação de graças.

– Ela era filha única. Dormia na mesma cama dos pais. Uma manhã ela acordou e descobriu que o pai e a mãe tinham morrido durante a noite.

– Não parece que existe uma guerra fria contra nós? – perguntou Zewedu para Haregewoin.

Todos os dias e todas as noites, o número de mortes aumentava e mais crianças deixavam, trôpegas, suas casas e aldeias, sentindo medo, fome e tristeza. Escondida atrás dessa devastação horripilante – de famílias, de aldeias e de comunidades de fazendeiros, provocada pela aids –, a ceifeira implacável e conhecida da *fome* espreitava. A fome ficou ainda mais perigosa e poderosa porque as comunidades se enfraqueceram tanto por causa da doença que não se prepararam para sobreviver da forma como faziam antigamente.

Em uma manhã bem cedo, Haregewoin estava na soleira externa tomando uma xícara de café e observando a paisagem agradável da encosta verde e prateada da montanha. Parecia uma colcha de retalhos composta de telhados de lata e cabanas de sapê, milharais e paredes de bambu, bandos de canários amarelos e o vaivém de manadas de cabras com sinos pendurados. As choupanas de pau-a-pique não tinham nada da arquitetura e dos materiais modernos, exceto pelos pedaços de metal ou coberturas de plástico reunidos no conjunto malfeito. Os fios da rede elétrica e de telefones curvados preguiçosamente ao acaso refletiam o fornecimento deficiente de serviços públicos que o país oferecia a seus cidadãos. Um pássaro de peito branco e rabo vermelho estava pousado no alto de um poste telefônico, pronto para alçar vôo.

Então, Haregewoin olhou para baixo e descobriu um recém-nascido adormecido embrulhado em um pano ao lado do muro de sua casa.

Ela ficou estupefata.

– Oh, meu Deus, oh, meu Deus! – ela gritou, pegando a criança.

– Obrigada, Senhor, obrigada – disse ela, ao perceber que a criança ainda estava respirando.

Nos meses e nos anos seguintes, recém-nascidos seriam abandonados um depois do outro na porta de sua casa.

# 23

ATÉ ENTÃO, NENHUMA das crianças entregues a Haregewoin parecia estar próxima de morrer. Mas uma muito doente estava prestes a cruzar seu caminho.

Em um dos bairros mais pobres de Adis-Abeba vivia uma moça carente com um bebê pequenino. A menina se cobria com um xale que envolvia também o bebê franzino, e os dois dormiam em qualquer chão de terra que lhes era oferecido por piedade. Às vezes ganhavam um pedaço de plástico para cobrir o chão, servindo de lençol. Num barraco em que conseguiu ficar, a chuva atravessava as frestas entre a parede de barro e o teto de latão. Durante o dia a menina pedia esmolas nas ruas, mas gastava imediatamente cada *birr* que ganhava, tentando se alimentar. Quando os donos do barraco perceberam que ela não contribuiria com nada para a casa, pediram que se mudasse.

A magreza excessiva e a desnutrição impediam-na de produzir leite suficiente para nutrir o bebê, que parecia estar sempre insatisfeito e zangado. Quando ele afastava a cabeça do seu peito e gritava frustrado, seu rosto escurecia e ficava da cor de beterraba escura, os olhos saltavam e ele batia os punhos com raiva. Mesmo quando conseguia sugar um filete de leite, não se satisfazia. Ela lhe oferecia, então, um pedaço de cana para mastigar, que o menino tentava abocanhar com a gengiva e sugar; como não obtinha nada, franzia as sobrancelhas e, em seguida, caía no choro, desanimado. O sono intermitente do bebê parecia o sono de um velho; ele resmungava de maneira pungente contra ela em seus sonhos. Raramente urinava, como se não confiasse que ela o manteria limpo, ou como se recusasse a dar a ela uma chance para provar que estava fazendo algo correto. A moça achava que o bebê não gostava dela. Em sua aldeia, sempre fora querida por todos; era uma menina de rosto largo, sorridente, cheia de amigos, cheia de alegria de viver. Nunca tinha feito ninguém tão infeliz quanto esse bebê. Inclinando a cabeça sobre ele, ela chorava forte. A morte prematura do pai interrompera o curso normal da vida. Agora, ela sentia vergonha de ter trocado sua casa pela cidade, de ter dormido com um homem que a enganara dizendo que se casaria com ela, mortalmente envergonhada de ter tido um bebê e não ter marido, e envergonhada por não saber como fazer o bebê se sentir bem. Tinha a impressão de que o bebê enfurecido, cujo nome era Ababu, pensava: *Tenho mesmo muito azar, ter esta menina incapaz como mãe, em vez de uma mulher simpática, roliça e casada da aldeia.*

Sentindo vergonha e fome, ela foi ao barraco da avó, uma velha mal-humorada, tão seca quanto os gravetos com que ganhava a vida. A moça colocou Ababu no colchão de palha do barraco, menor que uma parada de ônibus, e depois se ajoelhou e pediu permissão a ela para dar uma escapulida por uma hora para ir ao rio lavar as roupas e se limpar. Ela abaixou a cabeça, sabendo que a velha gritaria com ela "*Por que* você nos faz aturar este bebê que ninguém queria? *Por que* você não ficou na aldeia? O que passou pela sua cabeça quando pensou que teria uma vida melhor na cidade? Você está vendo? Você está vendo?". Aniquilada, a moça ajoelhou, na expectativa dos golpes fracos que viriam dos punhos nodosos e lhe cairiam sobre os ombros e a cabeça, o que de fato aconteceu. Ela interpretou aquilo como uma permissão. Deu um beijo no topo da cabeça de Ababu e fugiu. Em vez de ir para o rio e depois voltar para o barraco da avó, subiu descalça as montanhas.

Quando chegou a madrugada, a velha senhora compreendeu que o bisneto magricela tinha sido abandonado aos seus cuidados. Compreendeu também que isso significaria a ruína de sua frágil subsistência. Doze horas por dia, todos os dias, ela subia as montanhas íngremes que rodeavam a cidade em busca de lenha e, em seguida, descia praticamente se arrastando com uma pilha de gravetos, três vezes o seu próprio peso, empilhados nas costas encurvadas. Era um burro de carga. Ela e outros na mesma situação tinham desmatado a cidade; o governo desaprovava esse desmatamento, mas era o único trabalho que conhecia. Na verdade, o que ocorria era que os milhões de habitantes de favelas não tinham *opção*, só lhes restava cozinhar e se aquecer com fogo à lenha; os modernos fogões e fornos elétricos ou a gás estavam fora de cogitação. Enquanto isso, o desaparecimento das grandes florestas afastava a chuva e empobrecia mais ainda o solo já descaracterizado.

As calorias que a velha senhora gastava para ganhar os cinco *birr* diários mal davam para um prato de feijões cozidos para encher a barriga vazia à noite. Sua margem de vida era tão estreita, que poucas calorias a separavam de ficar em casa e morrer de fome. Não tinha forças para carregar Ababu nas costas durante a procura desesperada por lenha, nem podia levá-lo nos braços quando descia, trôpega, para a cidade ao anoitecer, carregada de lenha. Assim, ocupou o lugar da jovem nas ruas, como mendiga, carregando o macilento Ababu em um xale nas costas. Ela não tinha o rosto liso e bonito de uma jovem mãe para atrair esmolas (ou contatos mais íntimos) de turistas e homens de negócios. Era uma velha esgotada. Não tinha pedido nada do mundo, somente um pouco para comer na hora de dormir; agora tinha esse fardo para atormentá-la.

Ababu, talvez com dezoito meses agora, já não reclamava ou choramingava; não esperava nada. Observava por cima das costas da bisavó, olhos enormes e preocupados em uma cabeça encolhida. Não pesava nada, não falava nada. Quando chegava a comida, era uma grande surpresa. O alimento saía direto da boca da velha senhora para sua boca: ela mastigava grãos de feijão-mulatinho duas vezes por dia e os transferia para a boca de Ababu. Era sua comida de bebê. Era a única comida que os dois tinham. Ele ficava imóvel no seu colo e abria a boca. Seus olhos inertes não olhavam para lugar nenhum. Ela se inclinava sobre ele, alimentando-o e emitindo sons como se fosse uma mamãe passarinha. Gostava bastante dele. Mas duvidava que ele fosse viver.

Um dia, quando estava remexendo aqui e ali, vasculhando as laterais da estrada suja à procura de algo para comer ou vender por uma nota de *birr*, passou diante da porta aberta de Haregewoin e olhou de relance as crianças no pátio.

– Isso aqui é uma escola? – perguntou a outro transeunte.

– É a casa de uma senhora que acolhe crianças órfãs – foi informada.

A velha ficou do lado de fora, observando. Viu Haregewoin, pequena e roliça, assoviando para abrir caminho entre as crianças, como uma fazendeira fazendo barulho para abrir passagem em um galinheiro.

Deslocou-se furtivamente para o fim da rua e ficou piando para chamar a atenção de Haregewoin. Tirou Ababu das costas, deu uns passos corajosamente na entrada da casa e gritou:

– Este é Ababu! Ele está ali! Fique com ele! – então colocou-o no chão e fugiu desajeitada pela estrada.

– Espere! Diga-me seu nome! – gritou Haregewoin.

– Adeus! Adeus! – berrou a velha sem olhar para trás.

– Vocês a conhecem? – Haregewoin perguntou às pessoas na ruela.

– Sim. Ela mora em Ketchene. *Enchut teshukemah* [carregadora de lenha].

Haregewoin olhou para baixo para ver a criança, que tinha caído de lado na estrada sem deixar escapar um choro. Ela quase jogou Ababu no ar quando o levantou, de tão leve que era o menino. A cabeça grande balançou para a frente e para trás nos ombros ossudos.

– A velha mendiga não o beijou – Haregewoin contou às amigas. – Ela não se despediu dele. Está farta do menino. Colocou-o no chão assim, BUM, e gritou: "Este é Ababu! Ele está ali!" e fugiu.

– Ele não chorou. Não fez nada nem disse nada. Não disse nem mesmo "mamãe" ou "papai". Não conseguia dizer nada. Quando você dá comida para ele, percebe que ele estava passando fome fazia muito tempo. Uma criança assim treme de ansiedade quando vê comida à sua frente.

Haregewoin sabia a receita especial para uma criança faminta. Amassou feijões e sementes no leite e alimentou Ababu com essa comida com intervalos de algumas horas, seguida por uma mamadeira de leite de vaca. Durante a noite, ele gemia de um jeito que dava pena. Ela ouvia, levantava, amassava a comida, fazia a mamadeira e o alimentava duas vezes durante a noite.

*Ele está com diarréia*, percebeu. *Acho que ainda tem fome.*

– Ah, todo mundo protestou quando acolhi Ababu – ela me contou. – Todos gritavam para mim: "O menino está morrendo! Por que você está acolhendo o menino? Entregue-o para o *kebele.*" Eu respondia: "Deus tem um motivo para trazê-lo para cá. Vou ficar com ele."

Houve uma época em que ela acreditava que não poderia fazer isso de novo – assistir a uma de suas crianças moribundas no leito de morte; agora que a tarefa lhe era imposta, ela percebia que era capaz de realizá-la. Porque deixar Ababu em um dos hospitais superlotados da cidade sem recursos, funcionários e equipamentos suficientes significaria que o menino morreria de qualquer jeito, mas sozinho e sem amor.

Toda a enorme movimentação da casa – as dezenas de crianças saudáveis correndo para dentro e para fora, a brincadeira no quintal, o barulho das saias das jovens ajudantes circulando – passavam sobre Ababu como tempestades de vento. Ele não conseguia participar da vida que as outras crianças desfrutavam, apenas ser varrido por ela. Mas tinha um pequeno fiapo de vida que era só seu. Quando Haregewoin lhe estendia um biscoito, ele o mordia e roía sem parar. Quando ela o levantava e lhe dava banho com carinho, ronronava de prazer.

Ababu sentou encurvado no chão sobre um pequeno feixe de luz do sol até que o simples esforço de manter-se sentado o deixou exausto. Haregewoin carregou-o de volta para o berço; ele foi carregado nos braços tão inerte quanto um animal empalhado, com os olhos vidrados. Quando ela se abaixou para depositá-lo, esticou para a frente o pescoço magro no último momento, esperando, e recebendo, seu beijo.

# 24

— Seu programa tem um nome? – perguntou um funcionário do *kebele*.

– Meu programa? – ela respondeu vagamente, sem ter certeza do que ele queria dizer.

– Bem, a senhora tem agora um lar de adoção. Seria bom que a senhora desse um nome a ele.

Assim, ela deu o nome de *Atetegeb Worku Metasebia Welage Aleba Histanet Merj Mahber*. Associação de Apoio aos Órfãos em Memória de Atetegeb Worku.

Haregewoin convidou um conhecido da vizinhança, idoso, desajeitado e desdentado, para servir de *zabania* (segurança) da casa, em troca de refeições e um abrigo com teto de latão no qual podia guardar os xales, apoiar o cajado e dormir à noite.

No início de 2002, utilizando a experiência administrativa adquirida no escritório, Haregewoin abriu uma pasta a cada chegada, na qual incluía todos os detalhes que conseguia sobre a nova criança. Ela arrumou as pastas em um arquivo de metal por ordem cronológica de chegada:

*Bebê do sexo masculino, três meses, encontrado na Churchill Road, trazido pela polícia. Recebeu o nome de Yonas.*

*Recém-nascida encontrada na rua, trazida pela polícia. Recebeu o nome de Yemisrach.*

*Masresha Mesfin, nove anos, trazido pela avó após a morte da mãe; pai já falecido.*

*Esublew Abayneh, oito anos, irmão de Betelhem, três anos, entregues por um administrador do* kebele *após ter sido descoberto que viviam sozinhos.*

*Mihret Tadesse, dez anos, trazido pela mãe, que era muito pobre e estava muito doente com aids.*

Sete crianças moravam com Haregewoin. Logo esse número pulou para doze, em seguida para quinze, depois dezoito. Agora, já havia quatro quartos; dois na casa principal e dois em um anexo maior, no quintal. Ela amarrou um vagão de trem de carga enferrujado à casa. Aberta uma porta lateral, ele servia de sala de jantar e sala de aula para as crianças menores. Haregewoin dormia no quarto dos bebês e das meninas pequenas, muitas delas na sua cama e outras se juntando a elas durante a noite.

O lugar mais próximo a ela era reservado a Menah, o bebê que a polícia lhe tinha entregado. Sorridente, ela gostava de se aninhar e brincar antes de dormir. Às vezes, na penumbra, rodeadas pelas crianças adormecidas e aconchegadas, amontoadas em torno delas, os olhos de Menah e de Haregewoin se encontravam e as duas se encaravam; fingindo dormir, Haregewoin então fechava os olhos e, de repente, os abria, arregalados. Menah soltava uma gargalhada alta de bebê. Haregewoin tinha de fazê-la ficar quieta para não acordar todo mundo, então a abraçava apertado, rindo também.

Em 2003, a Etiópia contava com mais de um milhão de órfãos da aids. Na casa de Haregewoin viviam vinte e quatro deles, e mais crianças eram encaminhadas para lá.

Mekdes Asnake (*Mec*-dis Assi-*ná*-qui) tinha cinco anos de idade e vivia com o avô, Addisu, a jovem tia Fasika e o irmãozinho Yabsira (*Iab*-sira) em uma cabana que integrava um conjunto habitacional sujo da periferia. As paredes da casa eram feitas de uma mistura dura de lama e palha. As janelas eram buracos abertos nas paredes. Às vezes, a família tinha lenha; quando não tinha, o círculo de cinzas ficava escuro e a cabana, fria. Eles subsistiam, o ano todo, de ovos.

O pai das crianças, já falecido, Asnake, trabalhava como diarista em uma fábrica de processamento de café. Um dia, quando tinha três ou quatro anos e aguardava impaciente que o pai voltasse para casa e brincasse com ela, Mekdes viu uma coisa estranha: ao se aproximar, ele subitamente se ajoelhou e deitou estirado no pátio sujo por um certo tempo, antes de se levantar e entrar em casa.

Mais tarde, quando o pai ficou doente, Mekdes achou que ele devia ter pegado uma doença ruim naquele dia, provocada pela sujeira. Nos meses seguintes ele emagreceu e ficou cada vez mais magro. Um ar de surpresa estampara-se em seus olhos castanhos. Depois, bolhas pretas e espessas eclodiram pelo corpo, e ele gritava de dor durante o dia e gemia a noite inteira. Mekdes achava que ele iria melhorar. Ficou muito abalada quando foi acordada uma noite pelos gritos assustadores da mãe, Mulu, que chorava debruçada sobre o corpo devastado de Asnake.

Mekdes não tinha se recuperado do horror da morte de Asnake, quando o olhar materno começou a se tornar igualmente desanimado e surpreso. De noite, sob os lençóis, Mekdes e Yabsira se aconchegavam perto da mãe. De dia, Mekdes, então com quatro anos, tagarelava animadamente com a mãe para que ela voltasse a ser feliz. Discorria sobre as galinhas no pátio ou sobre as crianças na viela. Essas histórias antigamente faziam a mãe rir. Mas agora Mulu ficava cada vez mais quieta; bolhas também tomaram conta de seu corpo; os olhos ficaram salientes e não piscavam muito; a voz se tornou rouca. Embora estivesse pele e ossos, ela rejeitava a comida.

Mekdes ajudava a mãe servindo de mensageira para os vizinhos e tomando conta de Yabsira, vinte meses mais novo. Embora ele pesasse mais da metade do que ela pesava, ela o carregava preso ao quadril como a mãe costumava fazer antes. Quando alimentava Yabsira, ela colocava também comida ao lado da mãe e retirava o prato mais tarde, intocado. Na hora de dormir, Mulu mal correspondia aos abraços e beijos ardorosos de Mekdes; os olhos estavam abertos, mas ela não apresentava reação. Então, uma noite, Mulu não se mexeu mais, e Mekdes compreendeu que sua mãe tinha morrido.

Yabsira continuou sendo o menino engraçado de sempre. Quando fugiu da cabana sem roupas, Mekdes e Addisu correram atrás dele, e os três se abraçaram e riram juntos. Yabsira já tinha quase esquecido o pai e só conseguia se lembrar da mãe presa a uma cama. Mekdes, contudo, não se esquecera de nada.

Numa manhã de novembro de 2003, Mekdes encontrou o avô com ar sombrio. Tia Fasika, irmã de seu falecido pai, estava estranhamente quieta, também. Quando sua outra tia, irmã mais jovem de sua falecida mãe, Zewdenesh, entrou de repente na cabana, as crianças se animaram, mas ela também estava acabrunhada.

O cabelo de Mekdes tinha sido dividido e trançado, alguns dias antes, por Fasika; o avô acariciou com a mão a cabeça de Mekdes. Ele era um homem rijo, com uma barba rala; usava um chapéu mole de pesca, calças desbotadas e um poncho cinza de lã. Mekdes vestia as roupas com as quais dormia – uma camiseta listrada e calças listradas de malha. Eram as únicas que tinha, além de uma blusa azul de algodão. O avô fez um gesto a Mekdes para que pusesse a blusa azul porque o ar estava frio e ela ia sair. Então afagou cada uma das crianças, tentou endireitar-lhes as roupas; inclinou-se e beijou, com força, as bochechas de Mekdes; depois curvou-se e tentou fazer o mesmo com Yabsira, que estava com o nariz escorrendo. Cada uma das tias pegou a mão de uma criança, e a família saiu para o pátio de terra.

Um líder religioso, Haj Mohammed Jemal Abdulsebur, os aguardava. Era um homem idoso. Usava camisa e calças cáqui passadas a ferro e um gorro mulçumano creme e redondo de crochê. Os dois velhos – o sacerdote e o avô – trocaram um aperto de mão, seguindo o estilo respeitoso de segurar com a mão esquerda o antebraço direito do interlocutor, para atribuir um peso ainda maior à honra do cumprimento. Haj conduziu as duas moças e as duas crianças pelo caminho enlameado. Mekdes não disse adeus ao avô. Ela não sabia que o estava deixando. O grupo desceu a montanha, em direção a uma rua pavimentada com uma parada de ônibus.

Eu estava no pátio de Haregewoin naquela tarde, cercada por crianças aos gritos porque levara para elas uma surpresa dos Estados Unidos: balões infláveis! Os balões lembravam dirigíveis. Eram compridos, ondulados e não explodiam com facilidade; quando soltos, passavam zunindo por cima da cabeça, fazendo um barulho parecido com soluços entrecortados. Um deles podia, de repente, pousar com estardalhaço nos galhos altos de uma árvore ou cair no telhado, ou então bater com força nas costas de alguém. Não importando onde caísse, as crianças riam às gargalhadas. Às vezes, um deles assobiava no chão depois de zunir entre os pés das crianças. Gritando de alegria, elas corriam freneticamente por toda a casa atrás de cada balão, fingindo estar com medo quando um balão se enfiava entre seus calcanhares. Quando um balão explodia, as crianças corriam para catar os pedaços. Possuir até mesmo um pedaço de borracha de balão era o mais próximo que a maioria delas estaria de ter um brinquedo.

Nesse momento de histeria geral, um pequeno grupo de pessoas com rostos abatidos entrou no pátio e permaneceu com uma postura cerimoniosa próximo às tinas e à lavanderia. Haj Mohammed e duas moças bonitas, usando lenços e saias longas simples, aguardavam com duas crianças. A reserva e a formalidade do grupo me revelaram que algo solene estava acontecendo: desconfiei que as crianças estavam para ser deixadas aqui.

Haregewoin atravessou depressa o pátio para saudá-los, limpando as mãos no avental enquanto corria.

Mekdes estava assombrada pela multidão de crianças, correndo e brincando em todo o pátio de cimento. Ali era uma escola? Ela queria ir para a escola. Mas as crianças não estavam de uniforme. Assustada, abaixou-se e tentou se esconder atrás da cabeça redonda do irmão.

Depois da troca geral de apertos de mãos, beijos e palavras de solidariedade entre os adultos, Haj e as jovens começaram a ir embora. Mekdes sentiu o vazio às suas costas e, subitamente, descobriu que as tias já não estavam atrás dela – estavam se dirigindo para a saída! Mekdes soltou um grito e correu em sua direção. Como ia achar o caminho de volta para a casa do avô? Tia Fasika e tia Zewdenesh se voltaram; fizeram carinhos no seu rosto, beijaram-na diversas vezes e se despediram.

Haregewoin aproximou-se e pegou no braço de Mekdes, segurando-a enquanto as tias cruzavam a porta de metal, que se fechou atrás delas.

Mekdes se desesperou, cheia de tristeza e terror. Ela entendeu: estava sendo abandonada! Arqueou as costas em protesto e escapuliu das mãos de Haregewoin, caindo de costas no chão, contorcendo-se e começando a gritar.

A seguir, levantou-se e correu atrás dos adultos que partiam. Correu direto na direção do portão de metal da casa, sem diminuir a velocidade, e bateu nele com força; caiu de costas no chão, levantou-se em um instante e correu mais uma vez direto para o portão. *Bang*. Furiosa, ela gritava e corria em círculos. Girava e gritava aos berros *ai, ai, ai*. Conseguindo se esquivar do velho segurança da casa, bateu em cheio no portão de novo, decidida a botá-lo abaixo e correr todo o caminho de volta para casa. *Bang*. E caiu de novo. No chão, prostrada, era a imagem da tristeza; ajoelhou-se encarando o portão, abaixou a cabeça até que tocasse o chão e jogou punhados de terra sobre sua cabeça e pescoço, enquanto balançava a cabeça. Ela se lamentava, balançava e levantava as mãos, suplicantes, em direção ao portão.

Cruzei a porta para ver o que tinha acontecido com os adultos que haviam deixado o irmão e a irmã. Pensei que os veria no alto do morro de terra, dirigindo-se para casa, mas eles estavam ali mesmo, bem do lado de fora do portão da casa, e também abatidos pela tristeza. Duas jovens bonitas com cerca de vinte anos tinham coberto o rosto com o xale e estavam balançando o tronco e se lamentando; "*ai, ai, ai*", elas choravam. Uma virou as palmas das mãos para cima como se estivesse pedindo a Deus que lhe respondesse. Os olhos do velho Haj Mohammed estavam vermelhos e aflitos. As pessoas da rua abriam espaço para eles. Então, mais uma vez, todos ouvimos o *bang*, sinal de que Mekdes tinha se jogado de novo contra o portão; depois, outro *bang*. Comecei a soluçar também. Remexi minha mochila:

– Tenho duzentos dólares – disse para meu motorista e amigo Selamneh. – Se eu der para elas, será que poderiam levar as crianças de volta para casa?

– Não – ele respondeu. – Deixe estar. Eles são pobres demais para criar as crianças.

Os adultos me olhavam com os olhos vermelhos, e eu devolvia o mesmo olhar. *Bang!* fez o portão. Não havia nada a dizer. Com a cabeça baixa, voltei para dentro.

O velho guarda tinha levantado Mekdes do chão e a carregava para casa. Ela amoleceu e deixou-se cair em seus braços, como se tivesse desmaiado. Então recomeçou a debater-se e a gritar, sem que a emoção e o terror tivessem diminuído. Haregewoin se aproximou e abraçou a criança agitada. Mekdes se contorceu, lutou e gritou, e Haregewoin, fechando os olhos, virou o rosto e, com os braços fortes, absorveu os golpes.

Haregewoin estava acostumada com aquilo.

Quando deixei a casa de Haregewoin aquele dia, Mekdes estava perto dela. Parecia aturdida. Estava coberta de terra e mantinha os olhos semicerrados. Eu havia viajado para a Etiópia com malas de lona cheias de brinquedos e material escolar para vários orfanatos, mas tinha dado o último deles, naquela manhã, para as crianças no pátio de Haregewoin.

Queria desesperadamente dar um presente. Vasculhei freneticamente o táxi de Selamneh, mas parecia que todos os brinquedos tinham se acabado. Por fim, na mala do carro, encontrei um brinquedo perdido: uma boneca de plástico; era uma boneca Madame Alexander, de menos de dez centímetros de altura, vestida de dama de honra; um brinde aos clientes do McDonald's. Mortificada por não ser algo melhor, estendi a boneca para Mekdes. Ela a agarrou com a rapidez de um raio. Quando as outras crianças tentaram ver a boneca, Mekdes empurrou-as com os ombros igual a um jogador de defesa de um time de futebol americano. Enquanto me preparava para deixar a casa, Mekdes, desolada, ficou me olhando, sem expressão. Sua família tinha acabado, mas ela segurava na mão um brinquedo de plástico do Lanche Feliz do McDonald's.

Eu diria que foi o presente mais inadequado que já dei para alguém, se não tivesse dado um outro, pior ainda, um pouco antes.

Enquanto as crianças gritavam e corriam com estardalhaço atrás dos balões, Haj Mohammed Jemal Abdulsebur observava, um pouco afastado, com um sorriso melancólico. Ele havia retornado depois de Fasika e Zewdenesh tomarem o caminho para casa. Subitamente, bateu no meu ombro, estendeu dois dedos e com gestos desenhou no ar o contorno de duas cabeças pequenas ao seu lado. Entendi que queria ganhar balões para as duas crianças que tinha em casa, seus netos talvez. Contudo, senti ciúmes pelas crianças de Haregewoin, que não tinham avôs bondosos nem lares. Assim, fisguei somente um balão para ele, acreditando que suas crianças poderiam dividi-lo. Ele me agradeceu, segurando ambas as mãos num gesto de prece enquanto se inclinava diante de mim.

Mais tarde, no mesmo dia, soube que, em sua aldeia natal, Haj tomava conta de um orfanato improvisado igual ao de Haregewoin. Ele era um avô adotivo para cerca de oitenta meninos mais velhos.

Dei um balão àquele homem bondoso.

# 25

No dia seguinte após a chegada tumultuada de Mekdes Asnake, viajei de novo até a casa de Haregewoin com Selamneh, para rever a menininha triste. Zewedu estava presente.

– Eles não têm educação, eles não têm nada – lamentou Zewedu com amargura, referindo-se aos órfãos no pátio. – Claro que os pais morreram por falta de remédios. A maioria deles não tinha nem mesmo o suficiente para *comer*.

Para Zewedu, sua ruína e a da Etiópia estavam entrelaçadas.

– A Frente Democrática Revolucionária do Povo Etíope (FDRPE) está no poder desde 1995, e ainda temos doze milhões de pessoas no país que não sabem se poderão comer uma vez por dia – disse ele. – Elas têm de escolher: tomamos café da manhã hoje ou esperamos até o jantar? O governo e um pequeno grupo da elite são os donos das terras, e o povo, o arrendatário. Somos camponeses. Sessenta por cento da população é analfabeta. Não pode haver desenvolvimento num cenário como esse.

Zewedu fundou uma organização, Alvorada da Esperança, para pessoas soropositivas como ele, para que os portadores que ainda tivessem energia pudessem cuidar dos fracos e dos moribundos. Desde a fundação, porém, a organização foi prejudicada pelo alto índice de mortalidade entre seus associados. As pessoas se juntavam ao grupo de Zewedu somente quando a aids já tinha se tornado óbvia demais para ser escondida. A expectativa de vida de novos membros era medida em meses e semanas.

Zewedu tinha esperança de poder lançar uma campanha como a da África do Sul, Campanha de Ação e Tratamento (TAC, na sigla em inglês), um movimento popular de pessoas soropositivas que conseguiu influenciar fortemente o governo, exigindo acesso a tratamento e a medicamentos, repelindo os tabus e a histeria manifestados pelo público mal informado. Zewedu tinha lido reportagens de jornal sobre passeatas na África do Sul, nas quais centenas de pessoas vestiam camisetas da TAC com as palavras HIV-POSITIVO impressas. Até mesmo Nelson Mandela vestiu uma, em solidariedade.

Mas isso não aconteceria na Etiópia. As pessoas que se juntavam ao seu grupo – homens na maioria, reduzidos a pele e osso e a agonia – tinham sido humilhadas pela resposta que suas famílias e o governo deram à sua infecção.

Zewedu sentou-se com as sobrancelhas arqueadas e olhar fixo no dia radiante.

Haregewoin levou a relutante Mekdes para a sala. A menininha parecia quase ter medo de pôr um pé diante do outro. Tinha a expressão vazia como se não estivesse inteiramente acordada. Vestia as mesmas roupas empoeiradas e conservava as mesmas tranças do dia anterior, mas o rosto tinha sido lavado. Com enorme ternura, Selamneh levantou a criança franzina até o colo. Mekdes era tão tímida que mal conseguia falar. Ela queria enterrar o rosto no peito dele, mas não o conhecia suficientemente para agir assim. Desse modo, permaneceu imóvel, completamente exposta.

Yabsira, de três anos, irrompeu pela sala procurando por Mekdes e a viu. Então deixou Haregewoin abraçá-lo e beijá-lo e, em seguida, voltou-se para os brinquedos espalhados no chão e começou a fazer barulho. Contanto que a irmã estivesse por perto, ele se sentia feliz; cabia a Mekdes, de cinco anos, navegar pelos dois no vazio do novo mundo.

– Ela se lembra do pai? – perguntei.

– Você se lembra do seu pai? – perguntou Selamneh gentilmente em amárico.

Os lábios de Mekdes se moveram no rosto inexpressivo e sem emoção, mas não se ouviu som algum. Num gesto instintivo, todos os adultos inclinaram o tronco, aproximando-se para conseguir ouvir fiapos de um murmúrio tão inaudível que parecia feito quase só de ar.

– O nome de meu pai era Asnake Addisu – disse a menina, igual a uma estátua.

– Meu pai morreu de herpes-zóster. Eu estava lá. Durante a noite.

– O que ela se lembra do pai? – perguntei, e Selamneh traduziu.

– Eu nunca vou me esquecer de meu pai – Mekdes falou baixinho.

Embora os olhos estivessem vazios, ela ficou no colo de Selamneh, retorcendo as mãos sem parar. Coçava a palma de uma das mãos com as unhas da outra.

– Você se lembra de sua mãe?

– O nome da minha mãe era Mulu Azeze – respondeu a voz quase inaudível. O rosto não mostrava emoção, os olhos castanhos não tinham vida, e ela, ainda assim, torcia as mãos. – Depois que meu pai morreu, minha mãe ficou doente e sofreu. E depois ela morreu.

– Você se lembra de sua mãe antes de ela ficar doente?

Num fio de voz que mal podia ser chamado de sussurro, ela respondeu.

– Eu me lembro da minha mãe quando chamo o nome dela.

– Quando você chama o nome de sua mãe? – Selamneh sussurrou de volta.

Depois de um silêncio, a fenda dos lábios se moveu de novo no rosto parado:

– Quando alguém me bate, eu chamo o nome da minha mãe.

– Mekdes, as pessoas aqui não são boas para você? – perguntou Selamneh.

Depois de uma longa pausa, Mekdes murmurou:

– São, mas aqui tem uma regra que eu não gosto.

– Qual é ela?

Todos se inclinaram para a frente para ouvir.

– Eu nunca tinha visto televisão na minha vida – murmurou. – Ontem, à noite, eu estava gostando de ver, mas tem uma regra aqui. – Ela deu um pequeno soluço antes de continuar. – Tem de desligar a televisão e ir para a cama antes das oito horas. E eu ainda queria assistir mais.

Quando todos os adultos na sala caíram na gargalhada, Mekdes deu um pulo. Todos nos tranqüilizamos porque, apesar de todas as coisas terríveis pelas quais Mekdes havia passado, ela era ainda uma garota normal que preferia ver televisão a ir para a cama.

Mesmo Zewedu levantou os olhos bruscamente, animado, e em seguida soltou uma gargalhada.

## 26

NA ETIÓPIA, com a segunda maior concentração de órfãos da aids no mundo, crianças sem mãe estavam saindo aos trancos de apartamentos e casebres nas cidades, e de moradias tradicionais circulares (*tukuls*) no interior; cruzavam os grandes vales dourados descalças ou de chinelos; corriam atrás de carros e ônibus, nas cidades e vilas, batendo nos vidros com as mãos estendidas. Maltrapilhas, trabalhavam ou mendigavam para ganhar o que comer; eram extremamente vulneráveis a se tornar profissionais do sexo ou empregadas domésticas ou trabalhadoras no campo, exploradas física ou sexualmente. Crianças em idade escolar viam-se subitamente na condição de chefes de família, responsáveis por irmãos e irmãs mais jovens, inclusive bebês. Quando os bebês morriam de aids ou desnutrição, as crianças mais velhas ficavam arrasadas pela culpa. Em chãos sujos, barracos e cabanas por toda a bela Etiópia, crianças se sentavam juntas de pernas cruzadas, passando fome em silêncio.

Especialistas cunharam um nome para elas: "famílias chefiadas por crianças".

O Unicef observou que a "estratégia de sobrevivência" dessas famílias era "comer menos".

Uma tarde, um casal de irmãos invadiu o quarto de Haregewoin acusando-se furiosamente e chorando muito. Ambos tinham olhos escuros cintilantes, pele e cabelos encaracolados negros brilhantes e pernas musculosas de corredores. O menino, com cerca de nove anos, acusou a irmã de lhe dar um tapa. Haregewoin a fez sentar na cama e ficou ouvindo.

– Ele está me dando ordens! – gritou a irmã de onze anos. – Eu sou a mais velha! Ele não vai mandar em mim!

– Ela é uma *menina* – disse o garoto. – Menino é o homem da família. Agora, eu sou o homem da família. O homem é quem manda.

– Você não é o homem da família. Você não passa de um garotinho bobo – desafiou a menina.

– Você tem que fazer o que eu mandar! – gritou o menino.

– Não faço! – interrompeu a menina, chorando de irritação. – Eu sou a mais velha, eu sou a irmã mais velha. Ele não pode me dar ordens.

Estavam muito zangados para se olharem. Pararam de gritar e encararam Haregewoin.

– Vocês dois são os únicos que sobraram de toda a família? – ela perguntou.

Eles acenaram com a cabeça, confirmando.

Ela tirou os óculos, segurou o arco do nariz por um momento e, em seguida, levantou os olhos e disse:

– Vocês devem tratar um ao outro com respeito e ternura. Devem conservar e dar valor à estima entre vocês. Sim, você é o menino, o que é importante, mas ela é a mais velha. Ela agora é sua mãe. Você deve fazer o que ela diz. Quando você crescer, será forte e a ajudará. Ela é sua irmã *e* sua mãe.

As crianças olharam fixamente, espantadas, para Haregewoin. Eram argumentos tão surpreendentes que os impediram de falar. O que eles na verdade tinham previsto era que um ou outro receberia uma advertência ou um tapa. Os dois se entreolharam chocados, em silêncio. Os momentos se escoavam, sem que o impasse tivesse uma solução. De repente, o menino caiu aos pés da irmã, retirou-lhe as sandálias e os beijou, pedindo perdão.

– Agora podem ir – disse Haregewoin. Eles se viraram e saíram correndo, de volta às brincadeiras.

A rivalidade, não resolvida, entre irmãos não era o pior risco para crianças abandonadas e sozinhas.

Em outra tarde monótona e chuvosa na estação das chuvas, uma menina chamada Kedamawit (Que-*dã*-a-uit) recebeu um telefonema. Os convidados de Haregewoin, naquele dia, eram duas senhoras idosas. Usavam vestidos e xales brancos tradicionais. Uma usava óculos para leitura, presos a uma corrente de contas. Ambas tomavam café na penumbra confortável. Quando o telefone da casa tocou, Sara, a ex-universitária soropositiva que estava sendo acolhida por Haregewoin, atendeu e, em seguida, foi até a porta, gritando o nome de Kedamawit. Se Haregewoin tivesse atendido à ligação, talvez ela própria tivesse resolvido a questão.

Uma garota franzina e despenteada, de camiseta rasgada e calças *jeans* muito pequenas para seu tamanho, irrompeu sala adentro, seguida pela irmãzinha assustada, Meseret (Mes-*er*-etti). Mal pegou o telefone, Kedamawit começou a se debater. Sem conter os gritos e o choro, a menina de oito anos passou a estapear-se violentamente no rosto com a mão que estava livre, provocando uma cascata de lágrimas. Estava apavorada e angustiada; da boca grande e oval saía um enorme lamento. O cabelo seco e áspero arrepiara; a pele tinha manchas brancas que pareciam brilhar enquanto berrava. Ela jogou o fone na mesa para abraçar o próprio corpo e balançar-se. Meseret, a irmãzinha, contraiu o rosto com medo, a boca ovalou-se e ela começou a se lamentar também, embora não ficasse claro se tinha entendido o significado do telefonema ou se estava apenas fazendo coro à aflição da irmã mais velha. Haregewoin irrompeu na sala, pegou o aparelho e gritou com a pessoa do outro lado da linha. Quando desligou, tomou as duas menininhas entre os braços e as acariciou. Kedamawit soltou um grito agudo e puxou com violência o cabelo; assustada e confusa, Meseret apalpava e arranhava as duas, indiscriminadamente.

As senhoras idosas se entreolharam, sentindo pena: será que as crianças tinham acabado de saber da morte da mãe?

Haregewoin balançou rapidamente a cabeça para as amigas. Então murmurou algo para as crianças e, em seguida, mandou que fossem para o quarto ao lado, onde montes de roupas usadas que tinham sido doadas se empilhavam contra a parede.

– Vão ver se acham alguma roupa nova para vestir – disse para as duas, e elas correram de maneira desajeitada, com os pés virados para dentro e chorando novamente, e bateram a porta. Sara entrou atrás delas para ajudar.

Não era a mãe que tinha acabado de morrer. Ela havia morrido seis meses atrás. Era quase pior que isso.

Aos sete e cinco anos, Kedamawit e Meseret viviam sozinhas em uma casa de um cômodo de tijolos vazados alugada pelos pais. A casa ficava de frente para um pátio de terra batida, onde havia outras casas semelhantes. Uma fogueira comum no meio do pátio era usada para fazer a comida. Os moradores dividiam também uma latrina com paredes de latão e teto de galhos de árvore. Velhas com saias longas tomavam conta da fogueira no pátio, modelando tigelas com argila molhada para vender no mercado.

Quando o pai das crianças morreu de aids, e depois a mãe, seus corpos foram recolhidos por pessoas estranhas do *kebele*. Houve visitas apressadas de condolências de vizinhos e parentes distantes; pratos de comida foram deixados na mesa de madeira; alguém doou um lençol; então, todos foram embora de novo. Como ninguém disse para Kedamawit e Meseret o que fazer ou para onde ir, elas ficaram em casa sozinhas. A vizinha do lado levava comida uma vez por dia, a única refeição delas. Uma senhora idosa no pátio sempre as cumprimentava alegremente, exibindo-lhes um sorriso de dentes escuros ou inexistentes, e às vezes lhes dava chá em xícaras lascadas. Como a escola que freqüentavam não as expulsou, as irmãs se davam as mãos todas as manhãs e caminhavam até a escola.

Depois das aulas, voltavam para a casa vazia, comiam a comida fria deixada pela vizinha, dobravam as saias e os casacos do uniforme sobre as duas cadeiras de madeira da casa, vestiam camisetas grandes como camisolas e iam dormir. Elas amorteciam os ruídos agudos e assustadores da noite na montanha abraçando-se uma à outra. Choravam pelos pais, mas deixar as lágrimas bater no rosto uma da outra enquanto choramingavam "*Amaye! Abaye!*" as fazia sentir-se pior. Assim, Kedamawit tentou agir mais como uma mãe para Meseret; cantava trechos de cantigas que se lembrava de ouvir cantarem e acariciava a cabeça de Meseret como a mãe fazia. Isso fazia com que se sentissem um pouco melhor. Quando o medo as invadia – medo de intrusos, hienas e cachorros selvagens –, Kedamawit se levantava, encostava uma cadeira contra a porta e corria depressa de volta para a cama. Elas tentavam dormir na mesma hora para que nenhuma delas se sentisse sozinha.

Havia um tio.

O *kebele* disse ao tio para tomar conta das crianças.

– Você vai levá-las para sua casa? – perguntaram.

– Não, senhores, sinceramente, eu não posso – respondeu ele. – Tenho mulher e filhos.

*Aids*, era o que ele queria dizer.

– Então você tem de tomar conta delas e dar-lhes dinheiro.

Uma noite, o tio bateu na porta da casa de seu falecido meio-irmão e entrou, com passos rápidos e furtivos.

– Está tudo bem, tudo bem – disse ele com uma voz alegre.

Quando abriu os braços, as menininhas pularam da cama e correram para abraçá-lo. Ele se sentou e as balançou no colo, fazendo-lhes cócegas debaixo dos braços e esfregando o rosto áspero contra seus rostos. Elas ficaram desconfiadas – não o conheciam bem –, mas deram risadinhas e tentaram parecer alegres.

– Vocês me conhecem? – perguntou ele.

– Tio – elas responderam.

– Isso mesmo! Vocês precisam de alguma coisa?

Elas deram de ombros. Examinaram-lhe o rosto, à procura de traços de *Abaye*. Em seguida se entreolharam e sorriram, excitadas.

– Tudo bem, tudo bem – repetiu ele, após alguns minutos.

O homem se levantou, afastando-as do colo, e as acompanhou com os olhos enquanto voltavam para a cama. Em seguida, retirou algumas notas de *birr* do bolso e colocou na mesa de madeira. No dia seguinte, Kedamawit correu para a vizinha e lhe deu o dinheiro. A mulher o colocou no bolso do avental. Naquela tarde, ao lado do prato de comida habitual, coberto por um pano, havia duas maçãs brilhantes na mesa de madeira. As maçãs, redondas e vermelhas, iluminaram a sala, brilhantes como luz elétrica. Parecia um feriado. As crianças nunca tinham comido maçãs frescas antes. Decidiram comer uma e guardar a outra. Revezaram-se, dando pequenas mordidas na casca. Os dentes avançaram pela fruta até atingirem a parte mais doce. Comeram tudo, deixando apenas a haste. Então, combinaram comer a outra.

Na tarde seguinte, encontraram duas bananas.

E na seguinte, em um prato de zinco, um cacho grande de uvas vermelhas.

O tio voltou.

Quando chegou, já passava de meia-noite. Todos os moradores estavam dormindo. Ele não bateu na porta. Ao lado da cama das sobrinhas, sacudiu Kedamawit pelos ombros.

– Levante-se – ordenou. Sonolenta, ela saiu da cama. Ele sentou na cadeira e a puxou para perto dele pela cintura.

– Tire a roupa.

– Tirar a roupa? Pra quê?

– Você me ouviu. Eu disse para você tirar a roupa. Venha cá, deixe que eu ajude, tire sua blusa.

Com sono, a menina pensou que ele tinha levado de presente roupas novas. Ele parecia ansioso que ela experimentasse algo. Levantando os braços, deixou que ele retirasse a camiseta grande por cima da cabeça. Ficou espantada quando o tio abaixou-lhe a calcinha.

De manhã, ela viu que ele havia deixado dinheiro na mesa, novamente.

Duas noites mais tarde, ele voltou. Teve de fazer muita força para derrubar a cadeira inclinada contra a porta. Passou algum tempo lutando para abri-la e estava zangado quando entrou. Dessa vez, encontrou Kedamawit acordada, já tremendo. Ele puxou a cadeira para o seu lado da cama.

– Levante-se – ordenou.

Ela gemeu e não obedeceu.

– Eu disse para você se levantar ou eu vou acordar *ela*. É isso que você quer? Não faz diferença para mim.

Ela se levantou.

Mais tarde, quando partiu, jogando somente um *birr* (nove centavos) na mesa, ameaçou:

– Eu não quero mais encontrar aquela cadeira no caminho na próxima vez. Deixe-a no seu lugar: *aqui* – e empurrou a cadeira com força para debaixo da mesa, quase a quebrando. – Esse lugar está um chiqueiro – reclamou, enquanto saía da casa. – Limpe-o.

Ele retornou uma a duas vezes por semana durante muitos meses. Um dia, fez uma visita em uma manhã de domingo, acompanhado dos filhos, os primos das meninas. Fez um estardalhaço, cumprimentando todos os vizinhos, apertando mãos, aceitando condolências. Levava um prato coberto, era uma comida preparada pela mulher e que ele deixou bem à vista para que todos pudessem perceber como ele era generoso.

– Por que o tio só nos visita tão tarde? – Meseret perguntou a Kedamawit.

Pelo modo como Meseret fez a pergunta, Kedamawit sabia que ela tinha acordado de noite e visto.

– Conte para *ela* – aconselhou Meseret, apontando para a vizinha. E foi uma boa idéia.

Kedamawit puxou a saia da mulher que estava pendurando a roupa no varal.

– Meu tio tira minha calcinha – disse ela.

– *O quê?!*

– O que você disse para ela? – quis saber Meseret quando Kedamawit voltou correndo para casa.

– Ela chamou a polícia e eles disseram o que devemos fazer – respondeu Kedamawit. Hoje de noite, vou vestir todas as nossas roupas para dormir. E, se o tio aparecer, devo gritar para nossa vizinha, que virá e trará todos os seus amigos.

A idéia era que as camadas extras de roupas atrasassem o tio quando tirasse a roupa da menina, dando tempo para que ela chamasse os vizinhos.

Ela pôs o uniforme escolar de Meseret embaixo do seu, com o longo vestido marrom da mãe e o xale de algodão em cima dele. Ambas riram quando a gorda Kedamawit andou gingando pela sala. Na cama, Meseret a abraçou com os olhos fechados, sentindo o cheiro da mãe no vestido e se lembrando.

O tio não apareceu naquela noite nem nas várias noites seguintes. A vizinha dava uma espiada todas as noites e as tranqüilizava:

– Se precisarem, basta chamar, certo? Todos estão prontos.

Kedamawit começou a imaginar que o pesadelo tinha passado, que de algum modo as roupas tinham mantido seu tio longe. Então ele apareceu. Ela estava dormindo profundamente e despertou, com um susto violento, quando ele tocou seu ombro.

– Levante-se – ele ordenou. – Ei, que tanto de roupa é esse?

– Estava com frio – respondeu ela.

– Tire a roupa.

Por algum motivo, sua garganta se fechou e ela ficou assustada demais para gritar.

– Depressa – disse ele.

– Ela tentou cutucar Meseret enquanto saía da cama, tentando acordar a irmã, para que *ela* gritasse, mas Meseret não acordou.

As mãos de Kedamawit tremeram, atrapalhando-se com os botões e sentindo os olhos zangados do tio sobre ela. Ele a empurrou para o chão de terra e começou ele mesmo a puxar com força as roupas para abri-las. Quando estava caindo, ela puxou o ar, desesperada, fechou os olhos e deu um grito. Foi um grito tremendo, do fundo da garganta, que ela não sabia que tinha guardado dentro de si. Meseret sentou na cama na mesma hora e gritou, também.

As mulheres da vizinhança acorreram descalças pelo pátio, irromperam pela porta, levantaram as lanternas e encontraram o homem feito debruçado sobre a criança no chão.

– *O que você está fazendo?* – urraram elas.

– Isso é a pior coisa que alguém pode fazer nesta vida! – berrou uma.

– O que você devia é estar pensando: "E se minha mãe me visse agora?" – gritou uma outra.

– Eu só estava verificando se as meninas estavam dormindo bem – gaguejou o tio, protegendo a cabeça dos golpes de seus punhos.

Ele correu para fora, tentando subir as calças, enquanto as mulheres disparavam seus celulares, chamando a polícia. Meseret começou a chorar. Kedamawit não chorou, ficou observando, espantada.

Naquela noite, a vizinha da porta do lado levou as meninas para sua própria casa e, na manhã seguinte, dirigiu-se até a delegacia de polícia. O policial telefonou para Haregewoin.

– Por favor, pode receber estas crianças?

E ela o fez.

O tio fugiu para o interior, onde ficou um longo período escondido. Ele soube que as meninas tinham herdado terras na aldeia de seus pais. Queria as terras para si, mas precisava da assinatura das meninas.

– Ele voltou para Adis, louco para ter controle sobre as meninas novamente – contou Haregewoin às amigas. – Ele precisa de suas assinaturas para poder vender a terra. Na semana passada, ele veio *aqui*.

– A primeira vez que ele apareceu, não o conhecíamos, mas, quando nos viramos, as meninas tinham corrido para se esconder. Foi assim que soubemos que ele era o tio.

Na visita seguinte, Haregewoin se recusou a deixá-lo entrar.

– O que você veio fazer aqui? – gritou ela através do portão.

– Vim ver as crianças.

– Não foi você quem trouxe as meninas, foi a polícia.

– Elas são minhas. O *kebele* me disse para levá-las para minha casa.

– A polícia está procurando você. Eu vou chamá-la agora.

O homem fugiu e se escondeu no interior de novo.

O telefonema que aterrorizara as meninas naquela tarde tinha sido dado pela antiga vizinha.

A vizinha viu o tio espionando em torno da casa e telefonou para Kedamawit. Queria avisá-la para tomar cuidado porque o tio estava de volta à cidade.

As crianças saíram do quarto de Haregewoin. Vestiam roupas limpas e exibiam rostos sem lágrimas. Soluços intermitentes ainda cortavam-lhes a respiração, mas, de mãos dadas, Kedamawit e Meseret voltaram a brincar lá fora.

– O que você vai fazer? – perguntaram as senhoras com um tom grave na voz.

– Ah, eu já fiz – revelou Haregewoin. – Informei à polícia onde ele se encontra. É melhor que eles o agarrem. O tio é um homem muito ruim. Nunca mais deixarei que chegue perto dessas meninas. Encontrarei um novo lar para elas, e ele nunca mais vai pôr os olhos nelas. Encontrarei novos pais, elas que garantam que as meninas receberão seu dinheiro. O tio não me assusta.

Comecei a imaginar o que aconteceria no meu país se os responsáveis e os protetores das crianças começassem a desaparecer de nossos bairros bonitos.

Se uma epidemia começasse a eliminar mães, pais, diretores de escolas e guardas de trânsito, pediatras, técnicos, professores e padres, diretores de banda e presidentes de Associações de Pais, será que as crianças da América do Norte, Europa e Oceania estariam mais seguras do que suas vulneráveis contemporâneas da África e Ásia? Será que nossas crianças ainda fariam seus deveres de casa e teriam sonos tranqüilos, praticariam esporte na escola e tocariam instrumentos musicais, observariam os feriados religiosos, dirigiriam com segurança, se formariam com honra, concorreriam a vagas em faculdades e universidades, desenvolveriam carreiras, escolheriam os cônjuges certos e seriam capazes de criar seus próprios filhos se tivessem de fazer tudo isso sozinhas?

Certa vez, alguém me falou de um anúncio institucional sobre aids que passou numa TV pública da África. Embora nunca tenha visto o comercial, comecei a imaginá-lo detalhadamente: um garoto americano branco, de cabelos muito louros, calças *jeans*, camiseta e tênis, está andando de bicicleta na calçada. Ele faz a curva e vira para a entrada de sua casa; joga a bicicleta na grama e sobe, pulando, os degraus da porta da frente. A casa é limpa e confortável. Tem quadros nas paredes, almofadas alegres nos sofás, guarda-chuvas em um porta-chapéus de metal dourado – mas está silenciosa.

– Mãe? – ele chama. – Mãe, a senhora está em casa? Pai? Ei, tem alguém em casa?

Ele percorre todos os cômodos da casa; as bancadas da cozinha estão brilhando, a mesa da sala de jantar tem um jarro de flores, partituras de música estão abertas sobre o piano. Mas não tem ninguém em casa. O comercial vai se apagando, à medida que o menino sobe as escadas, ainda chamando:

– Estou em casa! Ei, onde está todo mundo?

E uma voz grave, ao fundo, fala:

– Foi isso que aconteceu com doze milhões de crianças africanas. O que você faria se fosse no seu próprio bairro?

Mas não sei se *houve* realmente uma campanha de conscientização como esta ou se foi só minha imaginação.

# 27

HAREGEWOIN ACREDITAVA que seria capaz de proteger as irmãs do tio explorador.

Confiava que seria capaz de proteger e alimentar todas elas, todas as crianças que tinham sido levadas a sua casa de carroça, de táxi ou de qualquer outra forma; ou, pelo menos, até que o número de crianças – mais de trinta em 2003 – começasse a restringir sua capacidade de servir de mãe para elas.

(Uma estratégia para a crise de órfãos da aids em Harar, antiga cidade fortificada do século XVI, era um assistente social reunir um grupo de crianças, conseguir um meio de transporte, viajar o dia inteiro até Adis-Abeba e despejar as crianças na casa de Haregewoin. Às vezes, ela só era avisada com algumas horas de antecedência de que elas estavam a caminho.)

Haregewoin era uma voluntária sem treinamento. Não recebia nenhuma assistência do governo para a manutenção dos órfãos – nem em nível local, nem em nível federal.

Não sabia nada sobre as conseqüências do abuso sexual na vida de uma criança. Ela ofereceu a Kedamawit a oportunidade de pegar uma peça bonita de uma montanha de roupas usadas e lhe prometeu manter o tio longe. Fim da estratégia de intervenção.

Nenhum assistente social, enfermeiro ou psicólogo foi designado para sua casa, nem nunca lhe foi fornecido um curso relativo a princípios básicos de atendimento e aconselhamento a crianças adotadas, desenvolvimento infantil ou cuidados de saúde. Conhecia tudo sobre a tristeza – tinha experiência em lidar com ela –, mas ninguém se ofereceu para lhe ensinar princípios modernos de como dar apoio a crianças desorientadas pela morte de seus pais e irmãos. Não sabia nada sobre trauma na infância.

Não lhe ofereceram treinamento em administração. Ninguém mediu a área de sua casa e das acomodações do quintal, nem indicou crianças de acordo com sua capacidade, número de camas e orçamento.

Não lhe deram supervisor, administrador ou mentor.

O único tipo de punição que conhecia em seu país era bater com a mão ou com uma vara arrancada de uma árvore.

Não recebeu conselhos sobre planejamento de refeições. Alguém lhe disse que crianças soropositivas precisavam comer verduras. Decidiu então fazer um estoque de ervilhas enlatadas, que jogava sobre o arroz das crianças de aspecto mais doentio.

Ninguém a orientou sobre como selecionar funcionários. Não recolhia impressões digitais nem verificava antecedentes criminais de candidatos a posições, que ganhavam centavos por dia. Nunca lhe passou pela cabeça que as crianças que chegavam à segurança de sua casa ainda pudessem ser vulneráveis.

O governo só concedeu uma coisa a Haregewoin Teferra: um alvará para abrigos de crianças abandonadas. Isso lhe foi dado de graça.

Em termos profissionais, Haregewoin Teferra continuou como tinha começado: era uma simpática senhora do bairro.

Inspirada pelo rumo que sua vida estava tomando, com um propósito cada vez maior, ela pediu ao segurança idoso que escrevesse o nome *Atetegeb Work Metasebia Welage Aleba Histanet Merj Mahber* com tinta branca em um pedaço de zinco. Como ele era analfabeto, um dos meninos maiores da casa encarregou-se da tarefa. Haregewoin, em seguida, pediu ao guarda que prendesse a placa com um fio do lado de fora da parede de zinco da casa.

Ele a avisou:

– Essa placa vai atrair mais gente.

– Se as crianças não forem deixadas comigo – ela rebateu –, aonde, em nome de Deus, elas irão parar?

*Bamlak, menino, quatro anos de idade, pai falecido, mãe falecida. Veio de Harar.*
*Miret, menina, vinte meses. Pai falecido, mãe doente. Veio de Harar.*
*Edlawit, três anos, menina. Pai falecido, mãe falecida. Harar.*
*Roto, um ano, mãe falecida, ninguém o acolherá. Harar.*

Mas alguns observadores começaram a pensar como o guarda, preocupados que a velha amiga estivesse dando um passo maior que as pernas.

Haregewoin começou a rezar à noite para que Deus lhe mandasse comida.

Algumas vezes suas preces eram atendidas. Um fazendeiro saía do caminho para a cidade com seu caminhão velho e despejava um saco de batatas, cereais ou ovos. No mercado, um vendedor conhecido lhe oferecia frutas amassadas ou legumes e verduras ainda não completamente estragados a um preço bastante reduzido. Uma cantora popular local enviou uma mensagem para Haregewoin, avisando que pagaria salários (dezoito dólares por mês) a diversas moças na vizinhança para trabalharem como ajudantes. Suzie dividia religiosamente seu salário com a mãe, e as antigas amigas de Haregewoin deixavam furtivamente notas dobradas, retiradas de suas mesadas para manutenção de casa. A cada presente, Haregewoin fechava os olhos, estendia as mãos voltadas para cima e agradecia:

– Obrigado, Senhor.

Ela vendeu tudo que não tinha utilidade, inclusive a maior parte de suas roupas. Toda tralha, todos os livros, braceletes, discos, tudo foi vendido. Com as moedas, comprava grãos. Não sabia se ria ou chorava quando se lembrava – enquanto, com os tornozelos mergulhados em um tanque metálico no pátio, separava camisetas, roupas de baixo e meias – que ela e Worku tinham tido um dia uma máquina de lavar.

Haregewoin sobrevivia, junto com as crianças, de folhas de couve, lentilhas e chá fraco. À noite, quando as crianças se queixavam de dor no estômago, ela as mandava para a cama, às vezes em um tom duro ou com uma palavra zangada, de que mais tarde se arrependia.

À noite, franzia o cenho e retorcia os punhos, jurando para si mesma: *Nem uma criança a mais.* E batia nas próprias pernas. *Você não pode receber mais ninguém. Vamos passar fome, se você continuar a abrir o portão.* Queria muito que as crianças fossem enviadas, abrigadas em qualquer outro lugar. Mas então acabava chegando à mesma conclusão do diretor da MMM, que argumentara algum tempo atrás:

– *Waizero* Haregewoin, *não* existe outro lugar.

Bem, havia uns poucos, mas, como o dela, todos os abrigos estavam superlotados.

Haregewoin e Worku chegaram a ter, um dia, dois carros, uma casa confortável com banheiro interno, fogão a gás, telefone e televisão. Agora, ela estava começando a temer que tivesse ido fundo demais e rápido demais, que se tivesse metido em problemas, se tornado responsável por um número excessivo de crianças. As pessoas a elogiavam:

– Oh, a senhora é muito boa, uma mulher tão cristã...

Mas ela temia que estivessem mentindo, que de fato pensassem: "Mas é uma mulher muito tola. Terminará por fazer mais mal do que bem."

Havia um número excessivo de crianças em todas as camas e em todos os cômodos.

Todos os dias, novas crianças aguardavam, cheias de esperança, do lado de fora do portão. Vindas do interior, pessoas idosas com crianças que haviam partido em carros de boi ou a pé dirigiam-se ao local na capital em que os órfãos da aids não eram rechaçados. Todos os dias ela recebia de braços abertos os recém-chegados – cada criança era levada a sentir-se desejada, como se sua presença fosse exatamente o elemento que faltava para a felicidade da casa. Ela se inclinava e tentava ganhar um sorriso da criança ou, pelo menos, que parasse de chorar. Todas as noites ficava deitada, desperta e atordoada, no emaranhado de pernas e braços infantis em sua cama.

*Tem alguém interessado?*

*Alguém sabe o que está ocorrendo em nosso país?*

Uma noite bem tarde, ouviu uma batida insistente no portão da casa, diferente do som hesitante de um adulto cheio de tristeza por estar prestes a entregar uma criança.

– Sim? – respondeu Haregewoin com a voz rouca, em pé, de camisola, dentro da casa.

– Eu sou Ahmed. Minha filha está com você! – gritou um homem.

– Quem é sua filha?

– Meskerem Ahmed.

– Por que veio tão tarde?

– Ela tem que ir para minha casa.

– Não foi você que a trouxe para cá, foi a MMM que a entregou para mim. Consiga uma carta da MMM.

Ela aguardou, mas não houve resposta. Ele tinha ido embora.

Voltou na tarde seguinte, acenando a carta.

– Pelo menos, desta vez você veio de dia – alfinetou, ao abrir o portão para ele.

– Meskerem! – chamou. – Visita pra você!

Contudo, Meskerem – a menina de rosto soturno, uma das primeiras crianças que a MMM lhe havia enviado – não atravessou correndo o pátio para beijar o pai. Ela ficou para trás, observando da soleira da casa.

– Venha, Meskerem – ordenou ele. – Está na hora de voltar para casa.

– Não vou! – gritou a menina graciosa, surpreendendo a todos. Nunca haviam ouvido Meskerem levantar a voz antes. Ela era gentil, uma excelente aluna. Agarrou a mão de sua melhor amiga, Selamawit, buscando proteção.

– Venha, Meskerem – repetiu ele. – Seja uma boa menina.

– Não quero! – berrou de novo. – Por que está me procurando agora? Por que não veio visitar minha mãe antes de ela morrer? Como você acha que vivi durante esse tempo todo?

Haregewoin ouvia estupefata. Meskerem tinha agora oito anos. Quem acreditaria que ela fosse capaz de ter tanta raiva?

– Sua mulher está esperando bebê? – perguntou, com escárnio, da entrada da casa. – Você precisa de ajuda em casa? Você precisa que eu carregue água? Por que não me procurou antes?

"Ele não esperava isso", pensou Haregewoin. "Nem eu."

– Eu vou levar ela à força – disse Ahmed para Haregewoin.

– Não, você não a levará à força – retrucou Haregewoin. – Ela só vai se quiser ir.

– Meskerem! – chamou ele novamente.

– Eu acho que é melhor você ir embora, Ahmed – aconselhou Haregewoin.

– Eu vou à polícia – disse ele.

– Pode ir.

Um oficial de polícia telefonou no dia seguinte, pedindo a Haregewoin que levasse Meskerem à delegacia para se encontrar com o pai. Elas foram de braços dados, bem unidas.

– Quem é essa mulher? – perguntou a Meskerem o oficial, a quem Ahmed havia apresentado a petição para sua custódia.

Agarrando a mão de Haregewoin, Meskerem respondeu:

– Ela é minha mãe.

O oficial examinou seus papéis:

– Aqui diz que sua mãe morreu.

– É, ela morreu, mas eu ganhei uma nova mãe. Para ela, sou como se fosse sua própria filha. Prefiro morrer a ficar longe dela.

– A MMM a colocou comigo – informou Haregewoin. – Era o desejo do filho mais velho de sua mãe, o meio-irmão de Meskerem.

– O que você tem a dizer? – perguntou o oficial a Ahmed.

– Ela me pertence – ele respondeu.

– Se a criança não deseja viver em sua companhia, você não deve forçá-la – argumentou o oficial. – Se ela desejar morar na sua casa, ela poderá ir. De outra forma, ficará no local em que o filho de sua mãe a colocou. Você tem alguma queixa contra a mãe adotiva? Não? Então, você não deve assediar sua filha.

Ele obrigou Ahmed a assinar um papel transferindo a custódia para Haregewoin.

No dia do aniversário de Meskerem, a jovem mulher de Ahmed apareceu na casa de Haregewoin levando um pão recém-assado de presente para Meskerem.

– Por que você está fazendo isso? – rebateu Meskerem. – Você não está vendo a festa que minha mãe fez para mim?

"Eu não esperava que ela falasse desse jeito!", pensou Haregewoin, novamente.

Quando a madrasta apresentou o pão, todos puderam ver que estava grávida.

– Aha! – gritou Meskerem, apontando. – Por isso é que vocês me queriam.

Assim, Meskerem não foi embora, apesar da ansiedade e do temor de ser arrancada da casa de Haregewoin. E Haregewoin estava preocupada com ela de uma maneira diferente. Meskerem era uma menina inteligente e maravilhosa. Que futuro teria aqui? Meninas e mulheres levavam uma vida atrasada nesse país como em nenhum outro lugar da terra. A mutilação genital feminina era praticada por muitas famílias; as meninas não tinham acesso à educação e eram dadas em casamento ainda crianças. O nível de analfabetismo, a pobreza, a gravidez não-assistida e as mortes prematuras traziam-lhes grande sofrimento. Haregewoin sentia pena da jovem mulher de Ahmed, que agora realmente não teria ajuda, que era, ela mesma, um pouco mais do que uma menina, que teria de criar sozinha a criança que esperava e cuidar da casa e usar a maior parte do salário para a manutenção da casa, sem contar com os braços pequenos de uma menina de oito anos para ajudá-la.

E Haregewoin se censurou por não ter feito mais por Meskerem, a criança que se sentia como se fosse sua terceira filha. "Se eu tivesse parado nela, se tivesse aceitado somente Meskerem e Selamawit, poderia têlas criado como Suzie e Atetegeb", ela pensava. "Em vez disso, veja o que fiz a elas." Embora felizes, as meninas estavam maltrapilhas e não iam à escola.

"Eu as salvei das ruas para quê?", pensava Haregewoin, com indignação. "Chega, chega, chega, chega. *Nem uma criança a mais.*"

– Por favor, não, *por favor* – gemeu Haregewoin, tentando seguir suas próprias decisões noturnas e fechando a porta na cara do casal de velhos do interior, parados na estrada suja com uma menina pequena. – Não posso receber mais ninguém. Honestamente, não posso – suplicou Haregewoin, tentando evitar olhar para a criança.

– Ela não é nossa – disseram eles com sotaque do interior.

– Quem é ela?

– Sua família vivia em um *kojo* (cabana de sapé) na nossa fazenda – respondeu a mulher. – O pai morreu ano passado, eu acho, não sei realmente, e a mãe morreu na semana passada. Nós a estamos alimentando, mas ela não pode ficar sozinha e não temos espaço para ela. Nossas próprias filhas morreram disso e temos nossos próprios netos para criar. Mas ela – argumentou a velha, apontando para a menina – está sempre aparecendo na nossa porta. Nem bem acabamos de a deixar em sua casa, ela já está de volta.

Ouvindo, mas resistente, Haregewoin distraidamente vasculhou o bolso do avental e tirou um bolo. Ofereceu o alimento à menininha empoeirada, que o agarrou, se agachou imediatamente na estrada e começou a mordiscar. Ela tinha cerca de quatro anos. Achavam que se chamava Ruhima.

– Ela não tem avós?

– Pode ser, mas não sabemos quem são.

– Você tem avó, Ruhima? – perguntou Haregewoin.

– *Ow*, tenho – respondeu ela com a boca cheia.

– Qual é o nome dela?

A menina levantou os olhos por um momento, pensando. Em seguida, falou:

– *Ayatie* [Vovó].

Os adultos se entreolharam com sorrisos involuntários.

– Escutem – disse Haregewoin. – Eu realmente não tenho espaço para ela. Não tenho lugar para ela dormir.

O casal ficou cabisbaixo, muito envergonhado agora para encará-la. O marido estava mastigando a parte de dentro da bochecha. Eles eram magros e usavam roupas rasgadas.

– Vocês tentaram encontrar os avós? – perguntou Haregewoin.

– Perguntamos por toda parte – respondeu a mulher. – Ninguém conhece a criança.

*Não, a verdade é que ninguém está disposto a reclamar a criança porque sabem como seus pais morreram,* pensou Haregewoin.

– Bem, então nós a levaremos para o *kebele*, concluiu o homem. – Eles farão mais do que nós.

– Oh, pelo amor de Deus – retrucou Haregewoin. – O *kebele* vai enviar ela para cá.

– Pois é... – respondeu o homem. – Foi o que pensamos.

Haregewoin ficou com Ruhima.

– Podemos morar com você? – entoou em uníssono um coro de vozes jovens do lado de fora da casa, quando Haregewoin abriu o portão. Ela não o escancarou mais porque poderia ser derrubada por um bando de crianças da vizinhança. Abriu uma fresta e manteve a mão segurando-o. Com certeza, nem *todas* tinham esse propósito – algumas deveriam ter pais vivos –, mas algumas eram sinceras em seu apelo.

– Não, não tem mais lugar. Sinto muito.

– Por favor, *waizero*, por favor! Por favor!

– Por favor, me dê algo para comer! – uma dizia, e então era seguida por todas. – Dona, nós estamos com fome!

Se gritasse: “Vão para a casa de seus pais pedir comida!”, se arrependeria, pois receberia em coro a resposta: “Eles estão mortos, *waizero*! Senhora, meu pai e minha mãe morreram!”

Todas as manhãs, Haregewoin mandava dezenas de crianças sob seus cuidados para a escola pública. Suzie e suas antigas amigas cobriam as despesas com uniformes e taxas. Na volta da escola, intrusos se misturavam às crianças e se espremiam pelo portão, tentando entrar em sua casa. Ela montava guarda na entrada e bloqueava a passagem das crianças da vizinhança, enquanto mandava suas próprias crianças entrar às pressas.

Às vezes, a padaria lhe dava sacos de pães amanhecidos. Então ela saía pela vizinhança, distribuindo o alimento entre as crianças. O gesto costumava deixá-la feliz, a não ser que resultasse em um tropel. Um dia, enquanto se despedia e tentava encerrar a visita, ela quase escorregou e caiu.

– Mãe, por favor, mãe! Mãe! – gritava, em prantos, a multidão, segurando em todas as partes de seu corpo e roupas, beijando-lhe as mãos, acariciando-lhe os braços, caindo ao chão para beijar-lhe os sapatos.

– Eu sou um menino muito bom, mãe! – falou um menino grande. Ao voltar-se, ela viu um menino pequeno, no caminho, fechar os olhos e levantar os braços, acreditando que ela fosse pegá-lo no colo.

– Não posso, não posso – dizia ela, enquanto se afastava. Haregewoin secava as lágrimas de indignação na manga do casaco, ao mesmo tempo que tentava se livrar do bando de suplicantes.

– Senhora! – choramingou uma menina pequena. Era a menininha metida em um vestido de domingo, rosa e cheio de babados, que eu encontrara um dia; o vestido bonito estava agora enlameado e rasgado; a criança já não estava orgulhosa do traje. Ela disparou na direção de Haregewoin, querendo se despedir com um beijo. Haregewoin hesitou, então se abaixou para receber o beijo. A criança afundou bastante o rosto na bochecha de Haregewoin e ficou ali bastante tempo, com os olhos fechados, inspirando. Depois, insistiu em fazer o mesmo do outro lado. Mais uma vez beijou com sofreguidão o rosto cansado e ficou ali bastante tempo. Ela não estava pedindo para ir para a casa – parecia que entendia que não poderia ter Haregewoin como mãe –, estava somente pedindo que lhe dessem a chance de beijar a mãe.

# 28

HAVIA UM PROBLEMA com Mintesinot, o pequeno príncipe de cabelos encaracolados das ruas. Ele estava armazenando, escondido, sua comida. Os companheiros de cama reclamaram que algo cheirava mal, que o colchão estava cheio de saliências e que estava havendo uma invasão de formigas. Haregewoin o observou durante o jantar: de fato, ele comia um pouco, o resto ia para o colo. Mais tarde, reparou que ele levava a comida sorrateiramente para o anexo apinhado de camas de metal. Quando inspecionou sua cama, encontrou pedaços esfarelados e mofados de *injera*, duros feito papelão, alguns nacos ressequidos do ensopado de carne do mês anterior, uma coxa de galinha antiga, diversas tampas de garrafas e um emaranhado pegajoso de espaguete, tudo misturado, aninhado em um círculo de mofo que se espalhava pelo lençol.

– Mintesinot! *Na!* [Venha aqui.]

– *Abet?* [O quê?]. – Ele entrou, correndo.

– Minty, não – ela o repreendeu, indicando o monte de comida misturada.

– É para o meu pai! – gritou ele.

– Mas está sujo, não podemos deixar essa comida aí; seu pai não vai querer isso.

Ela começou a desprender os lençóis da cama.

– Vai sim, ele vai querer sim! – respondeu, aos gritos, prendendo de volta os lençóis, tentando conservar o monte de comida estragada e os objetos encontrados.

– Minty, por favor.

– É para o meu pai, para o meu pai, *para o meu pai*! – berrou, jogando-se no chão, o rosto vermelho de desespero, os olhos fechados e os braços agitados em sua direção.

Com esforço, Haregewoin desviou-se dele e prosseguiu na tarefa de limpar a sujeira – o colchão estava manchado; ela levou os lençóis sujos para fora. Na volta, encontrou o menino deitado de costas no chão, virando a cabeça para os lados, batendo os pés e gritando:

– *Abi!* [Papai!]

– Mintesinot! Mintesinot. Escute – pediu ela, sentando no colchão. – Mintesinot, você quer visitar seu pai?

– Quero! – respondeu ele, fungando. – Quero! Quero! Hoje!

– Eu vou telefonar para aquela senhora que o conhece. Só me deixe descobrir quando podemos ir.

Ele se levantou e, aproximando-se, colocou as mãos nos joelhos dela.

– Hoje!

– Hoje já está muito tarde. Está na hora de dormir.

– Amanhã?

– Pode ser.

– Selamneh me leva?

– Eu vou pedir a Selamneh. *Ishi?* [Está bem?]

– *Ishi.*

No dia seguinte, Haregewoin telefonou para Gerrida, a mulher que morava no bairro de Eskender.

– Eu ia telefonar para você, Haregewoin – disse Gerrida. – Eskender morreu na semana passada.

Em 2004, quando a mãe de Mintesinot, Emebate, morreu e seu pai, Eskender, ficou doente, eles eram dois dos vinte e seis milhões de homens, mulheres e crianças da África subsaariana que viviam com o HIV/aids. Talvez quatro por cento dentre eles tivessem acesso à terapia anti-retroviral (ARV), que salvava vidas, transformava o HIV/aids de doença terminal em doença crônica e diminuía a possibilidade de contágio por parte das pessoas infectadas.

Em 2004, duzentos e cinqüenta mil etíopes soropositivos atingiram o estágio crítico da doença que exigia tratamento com ARV, para impedir uma rápida deterioração e a morte. Somente quatro por cento – dez mil pessoas – tinham acesso ao medicamento, que salvou as vidas dos pacientes nos países ricos.

Onde estavam as drogas?

O primeiro medicamento ARV foi aprovado nos Estados Unidos em 1987. Era a zidovudina, comumente conhecida como AZT.

A molécula de AZT tinha sido sintetizada – como um possível medicamento contra o câncer – em 1964 por Jerome P. Horwitz, professor de química na Universidade de Wayne, em Detroit, juntamente com a Fundação de Câncer de Michigan. Contudo, mostrara-se ineficaz para combater o câncer. Na década de 80, pesquisadores da Universidade de Duke descobriram o potencial do AZT para retardar o HIV, em testes *in vitro* e em testes clínicos iniciais.

O laboratório farmacêutico Burroughs Wellcome (mais tarde, Glaxo Wellcome) adquiriu os direitos dessa intrigante molécula antes de seu efeito sobre o HIV ter sido confirmado. (Existem dois tipos de empresas farmacêuticas: as "inovadoras", que se baseiam em pesquisas, conduzem pesquisa original, são pioneiras e patenteiam novos medicamentos, e as empresas genéricas, que produzem e vendem versões das drogas existentes.) A empresa privada Burroughs Wellcome buscara a proteção da patente como a única inventora do AZT, tendo sido licenciada como tal pelo Departamento de Patentes dos Estados Unidos. Quando o AZT mostrou-se eficaz para retardar o avanço do HIV, ela tirou a sorte grande.

Com os direitos exclusivos de mercado do primeiro e único ARV (num ano em que mais de quatro mil americanos morreriam de aids), a Burroughs Wellcome introduziu o AZT no mercado com o nome patenteado (ou marca) de Retrovir, estabelecendo o custo paciente/ano em dez mil dólares.

Quando os protestos do público contra o preço abusivo do AZT (dezesseis mil dólares por ano em 2005) não sensibilizaram a Burroughs Wellcome, grupos de consumidores e produtores de medicamentos genéricos entraram com uma ação, em 1991, para obrigar a empresa farmacêutica privada a abrir mão da patente. Se ela perdesse o monopólio, cópias genéricas poderiam ser produzidas e distribuídas por um preço muito inferior. O AZT genérico foi vendido no Canadá e em um número reduzido de países nos quais a patente da Burroughs Wellcome não tinha cobertura. (Alguns governos não acreditavam em patentear medicamentos fundamentais.) Contudo, nas décadas iniciais da pandemia da aids, durante os mandatos dos presidentes Reagan, Bush e Clinton, o governo norte-americano apoiou as empresas farmacêuticas.

Os autores da ação alegaram que a Burroughs Wellcome não era a única inventora do AZT: cientistas do Instituto Nacional do Câncer (NCI, em inglês), sob a égide do Institutos Nacionais de Saúde (NIH, em inglês), tinham desenvolvido as técnicas subjacentes para testes de medicamentos contra o HIV, tinham fornecido o único laboratório na época que estava disposto e era capaz de selecionar agentes anti-HIV e tinham documentado a eficácia do AZT. De fato, um pesquisador renomado do NCI, Robert Gallo, foi um dos primeiros descobridores do HIV.

O NIH corroborou o argumento dos autores de que o AZT tinha sido desenvolvido com base em pesquisas patrocinadas com recursos públicos; porém, o Departamento de Justiça norte-americano arquivou os pareceres e apoiou a Glaxo Wellcome. Os tribunais federais mantiveram a patente exclusiva dessa empresa. A ação percorreu o sistema judiciário federal durante cinco anos. Uma apelação interposta na Suprema Corte norte-americana foi negada em 1996; a propriedade exclusiva da Glaxo foi garantida até 2005, e a etiqueta que caracterizava o AZT como produto de luxo foi preservada.

"A maior parte das pesquisas que demonstraram a eficiência [do AZT] como anti-retroviral foi conduzida pelo NIH", relatou a publicação médica britânica *Lancet*, em 2000. "Não obstante, a Glaxo Wellcome [...] introduziu o medicamento no mercado em 1987 como um dos mais caros jamais vendidos. Treze anos depois, o acesso ao medicamento continua impossível para a maioria das pessoas com aids. Elas terão de esperar cinco anos até que a patente expire."

Em 1991, um segundo medicamento contra o HIV foi aprovado nos Estados Unidos: a didanosina [ddI], introduzida no mercado pelo laboratório Bristol-Myers Squibb, sob o nome comercial de Videx.

Em 1992, a zalcitabina (ddC) foi aprovada pelo Food and Drug Administration (FDA) e comercializada pela Roche, sob o nome comercial de Hivid.

Em 1994, o d4T foi aprovado e vendido pelo Bristol-Myers Squibb como Zerit.

A Roxane Laboratories introduziu a nevirapina, que recebeu o nome comercial de Viramune; a Abbott Laboratories apresentou o ritanovir, cujo nome comercial é Norvir; a Roche introduziu o saquinavir, com a marca Invirase; a Merck comercializou o indinavir, que denominou Crixivan. A Glaxo Wellcome introduziu o 3TC, com a marca registrada de Epivir.

Era um rol de excelência, brilhantismo e inovação. As diferentes classes de medicamentos (havia inibidores da protease e inibidores da transcriptase reversa de não-nucleosídeos) interrompiam a reprodução do vírus em diferentes estágios, quando ele assumia o mecanismo das células hospedeiras e começava a se reproduzir. Não tinha sido ainda descoberta a cura para o HIV/aids, porém esses medicamentos extraordinários coibiam o progresso do HIV, dando vazão a um enorme otimismo no mundo de que vidas poderiam ser preservadas enquanto a busca pela cura continuava.

Em 1995, novos medicamentos (inibidores da protease) foram aprovados pelo FDA. A combinação de um inibidor da protease com dois inibidores da transcripase reversa provou ser ainda mais eficiente no bloqueio do HIV. Introduzida na décima primeira Conferência Internacional sobre a Aids, em Vancouver, em 1996, a terapia combinada – conhecida como terapia anti-retroviral altamente ativa (Haart, em inglês) ou coquetel triplo ou terapia tripla – revolucionou o tratamento de pacientes com aids. As três drogas associadas (pertencentes a três laboratórios diferentes) reduziam a carga viral de pacientes a níveis abaixo de detectáveis. De uma doença quase sempre fatal, a aids passou a ser uma doença crônica, porém controlável.

Dois anos após a introdução do tratamento com as três drogas, o índice americano de mortalidade pela aids caiu em quarenta e sete por cento. Em 1998, dezesseis mil americanos que provavelmente estariam mortos no ano anterior sem os tratamentos com as novas drogas ainda estavam vivos. Em 2000, a mortalidade relacionada à aids caiu mais de setenta por cento na Europa e nos Estados Unidos.

"Muitos dos que estavam debilitados e morrendo retornaram a uma vida relativamente saudável e produtiva", declarou o coordenador do HIV/aids do FDA, Richard Klein, no verão de 1999.

Com a Haart, a recuperação de pacientes terminais de aids da iminência da morte à vida ativa foi tão rápida e impressionante, que se começou a falar de "efeito Lázaro", nome inspirado no personagem do Novo Testamento que ressuscitou dos mortos.

Mas a história dos preços do AZT se repetiu com quase todos os ARVs, relatou a *Lancet*: "freqüentemente descobertos por laboratórios públicos, desenvolvidos em curto espaço de tempo em testes clínicos patrocinados por recursos públicos e, em seguida, vendidos a um preço alto. Institutos públicos de pesquisa têm investido grandes somas no desenvolvimento de anti-retrovirais – entre eles a didanosina, o abacavir, a estavudina, a zalcitabina e o conceito de inibidores de protease [...]. Contudo, os direitos de comercialização têm sido concedidos com exclusividade a empresas privadas.

Dessa forma, a explicação habitual dada pela indústria para justificar seus preços altos – de que pesquisa e desenvolvimento são processos longos e dispendiosos –, nesse caso, é extremamente fraca. Não há explicação para os laboratórios cobrarem preços tão altos, exceto o fato de [os medicamentos] terem sido inicialmente introduzidos nos Estados Unidos, um país rico sem controle de preços. Infelizmente, para a maioria dos trinta e quatro milhões de pessoas em todo o mundo infectados pelo HIV [em 2000], os laboratórios farmacêuticos usam os Estados Unidos como parâmetro para impor seus preços no resto do mundo".

Tudo isso é verdade, não só para medicamentos contra a aids. Os cinco medicamentos mais vendidos em 1995 (Zantac, Zovirax, Capoten, Vasotec e Prozac) resultaram de dezessete artigos científicos, e o NIH relatou que dezesseis desses dezessete artigos não tiveram origem na indústria farmacêutica. O *Boston Globe* noticiou que, dos cinqüenta medicamentos mais vendidos aprovados de 1992 a 1997, quarenta e cinco tinham recebido recursos do governo. Em 1998, a revista especializada *Health Affairs* noticiou que somente quinze por cento dos artigos científicos que sustentaram pedidos de patente de medicamentos clínicos tiveram origem em pesquisas da indústria farmacêutica, enquanto cinqüenta e quatro por cento vieram de universidades, treze por cento de laboratórios de governo e o resto de outras instituições públicas e sem fins lucrativos. Em 2000, a revista *Forbes* calculou que, após reinvestirem vinte e um bilhões de dólares em P&D, as dez maiores empresas farmacêuticas ganharam cem bilhões em vendas a mais do que os custos de fabricação. "Não há dúvidas", escreveu a Dra. Marcia Angell, antiga editora-chefe da revista *New England Journal of Medicine*, "de que a pesquisa médica patrocinada por recursos públicos – não da própria indústria – é, de longe, a principal fonte de medicamentos inovadores. Isso é particularmente verdadeiro em relação a drogas para câncer e HIV/aids."

A indústria insiste em argumentar que preços altos de medicamentos são necessários para amortizar investimentos anteriores em pesquisa e para financiar futuras inovações, embora os críticos objetem que se gasta menos com pesquisa do que com publicidade e promoção. "Em 2001, as empresas farmacêuticas deram aos médicos aproximadamente onze bilhões de dólares em amostras grátis", escreve Angell. "[...] Os medicamentos, é claro, não eram realmente grátis. Os custos eram simplesmente acrescidos aos preços dos medicamentos (essas empresas não são beneficentes). No mesmo ano, as empresas farmacêuticas enviaram perto de oitenta e oito mil representantes de vendas aos consultórios médicos, oferecendo amostras grátis, além de inúmeros presentes pessoais." Em 2001, o laboratório Pharmacia gastou quarenta e quatro por cento de sua receita em marketing, publicidade e administração, contra dezesseis por cento em pesquisa e desenvolvimento. Orçamentos de laboratórios estão longe de ser transparentes; portanto, os analistas do setor só podem adivinhar para onde os recursos estão sendo dirigidos. "A GlaxoSmithKline e sua parceira de mercado, a Bayer, fizeram um acordo com a Liga Nacional de Futebol Americano para promover o Levitra, medicamento que ambas fabricavam, visando competir com o Viagra pelo imenso 'mercado de disfunção erétil'", escreve Angell. "Segundo consta, a negociação custou às empresas vinte milhões de dólares. Além do patrocínio exclusivo da liga, elas fizeram negociações em separado com alguns times [...]. A AstaZeneca gastou quinhentos milhões de dólares em 2001 para convencer os consumidores a trocar o Prilosec pelo Nexium [...]. Estes são [...] exemplos do marketing farmacêutico que permeiam nossa existência. Ninguém conhece exatamente seu volume, porque as empresas farmacêuticas guardam um sigilo ainda maior sobre os gastos de marketing do que sobre os custos de pesquisa e desenvolvimento. E elas fazem bem em agir dessa forma. Esses gastos são tão imensos que são simplesmente indefensáveis."

As denominações genéricas e comerciais dos medicamentos contra HIV/aids – Norvir, Saquinavir, Invirase, Crixivan, Epivir – são palavras compostas estranhas que descrevem compostos estranhos. Elas são mais utilitárias que poéticas; soam como palavras do idioma internacional construído, o Esperanto. Contudo, tornaram-se nomes familiares nos Estados Unidos e no mundo. Mais que uma fonte da juventude, eles eram uma fonte de vida. A nomenclatura farmacêutica misteriosa refere-se a um mundo microscópico; e a indústria erguida sobre essas moléculas milagrosas tornou-se uma das mais rentáveis do mundo, superando em alguns anos até mesmo a indústria do petróleo.

"Salários e pacotes de remuneração de executivos adquirem proporções formidáveis dentro da indústria farmacêutica", relatam Alexander Irwin, Joyce Millen e Dorothy Fallows, no livro *Global Aids: Myths and Facts* [Aids mundial: mitos e fatos]. "O Instituto Panos informa que, somente em 2001, os cinco executivos mais bem pagos de laboratórios farmacêuticos receberam acima de 183 milhões de dólares em remuneração, não incluindo opções de compra de ações não exercidas, um valor consideravelmente maior do que todo o orçamento de saúde de muitos países pobres."

De acordo com o levantamento anual da central sindical norte-americana AFL-CIO referente a salários e remunerações de executivos, vinte diretores executivos de empresas farmacêuticas receberam, no ano passado, remunerações acima de um milhão de dólares. O principal executivo da Bristol-Myers Squibb recebeu mais de oito milhões, os chefes da Eli Lilly and Company e dos Abbott Laboratories receberam, cada, mais de onze milhões, e o presidente da Pfizer, 16.419.270,00 de dólares, em 2005.

A Haart, o coquetel triplo, não curou a aids; sua administração era complexa, e as instruções tinham de ser rigorosamente seguidas; os medicamentos podiam provocar efeitos colaterais desagradáveis; podiam interagir de maneira adversa com outras medicações; mas evitavam a sentença de morte. Eles traziam a promessa de um número desconhecido de anos de vida ativa. Ajudavam mães soropositivas a dar à luz crianças soronegativas e crianças soropositivas a se desenvolver como outras crianças. Para os sortudos – quase todos de países ocidentais – que tiveram acesso aos comprimidos, o fôlego, as carnes, a musculatura e a esperança retornaram.

Assim, o número de mortes por aids caiu rapidamente nos Estados Unidos e na Europa ocidental, enquanto explodia na África.

Com o declínio da mortalidade no hemisfério norte, o envolvimento do público com o HIV/aids diminuiu.

Um levantamento de 2004 referente à cobertura da mídia norte-americana da epidemia de aids mostra que notícias relacionadas à aids tiveram um pico em 1987 e passaram a declinar no início da década de 90 – a não ser pela história de 1991 sobre a condição de soropositivo do astro de basquete Magic Johnson. A introdução do tratamento com o coquetel triplo despertou também algum interesse em 1996 e 1997; contudo, de maneira geral, as histórias resvalaram para as últimas páginas dos jornais, as dos comunicados de óbito.

Em 6 de janeiro de 1993, Rudolf Nureyev morreu. Seu médico informou que o grande bailarino russo "morreu de uma complicação cardíaca que se seguiu a uma doença cruel". Em fevereiro, o campeão de tênis Arthur Ashe morreu, menos de um ano após ter anunciado que tinha se infectado com o vírus. Em março de 1994, o ator Tom Hanks ganhou o Oscar por sua atuação como um homossexual que sofria de aids no filme *Filadélfia*; ele morre no final do filme. Em 1995, o escritor Paul Monette morreu; ele tinha recebido um prêmio literário, o *National Book Award*, pelo livro de não-ficção *Becoming a Man* [Tornando-se um homem]; seu livro de 1988, *Borrowed Time: An Aids Memoir* [Tempo emprestado: um diário da aids], discorria sobre a perda do parceiro, Roger Horwitz. No livro, ele descreve os primeiros anos da aids nos Estados Unidos, quando o diagnóstico significava uma sentença de morte:

"Agora, no sétimo ano da calamidade, meus amigos em L.A. mal conseguem se lembrar como era viver antes da doença. No entanto, todos nós assistimos ao aumento do número de mortos em Nova York, depois em São Francisco, durante anos, antes de nos atingir aqui. Ela veio lentamente como um alvorecer de horror. No início, você se equipa com centenas de amuletos diferentes para mantê-la distante. Então, alguém que você conhece é hospitalizado e, de repente, você se encontra, de noite, no meio de um campo de batalha. Só que esqueceram de lhe dizer que não receberá nenhum tipo de arma. Assim, você se arranja com o que encontra pela frente, como um prisioneiro que transforma o cabo de uma colher em estilete. Você luta bravamente, joga sujo, mas não consegue jogar mais sujo do que ela."

Suas palavras, que já não retratam os Estados Unidos, descrevem a África de hoje, não porque o medicamento não foi inventado, mas, em grande parte, porque inventaram uma extraordinária proteção para a patente.

Com a criação de drogas milagrosas, e com a retirada das populações de risco dos Estados Unidos e da Europa da beira do abismo, a história da aids saiu das páginas de obituários e deixou de ser o centro de atenção da população. As nações ricas perderam o interesse, relatou Barton Gellman para o jornal *Washington Post*, "quando entenderam que tinham escapado do pior".

Onde está escrito que empresas privadas e pessoas físicas devem lucrar com a revenda de produtos – desenvolvidos à custa de recursos públicos – ao público contribuinte?

Nos Estados Unidos, estava escrito na gestão do presidente Ronald Reagan.

Até 1980, as descobertas financiadas pelo governo pertenciam ao domínio público, disponíveis para qualquer empresa privada que desejasse utilizá-las.

"No início de 1980", escreve a Dra. Marcia Angell em seu *best-seller The Truth About the Drug Companies* [A verdade sobre as empresas farmacêuticas], "o Congresso promulgou uma série de leis destinadas a acelerar a transformação de pesquisa básica financiada por impostos em novos produtos úteis – um processo algumas vezes denominado 'transferência de tecnologia'."

O objetivo era estimular o crescimento do volume americano de negócios de alta tecnologia nos mercados interno e externo.

A Lei Bayh-Dole (assim chamada em homenagem aos seus principais patrocinadores, o senador Birch Bayh [do Partido Democrata de Indiana] e o senador Robert Dole [do Partido Republicano do Kansas]) permitiu que universidades e laboratórios financiados por recursos públicos transferissem suas patentes para empresas farmacêuticas e que os lucros obtidos fossem divididos entre eles. A transferência das descobertas do NIH para as empresas privadas de fato estimulou o crescimento do segmento privado, como previsto pela lei.

"O significado dessas leis é que as empresas farmacêuticas já não precisam depender de suas próprias pesquisas para descobrir novos medicamentos, e poucas das grandes o fazem", escreve Angell. "Cada vez mais elas se baseiam nos meios acadêmicos, em pequenas empresas de matérias-primas biotecnológicas e no NIH para essa finalidade [...]. A lei Bayh-Dole representou, evidentemente, uma bonança para as grandes indústrias farmacêuticas."

Outras leis promulgadas posteriormente garantiram direitos de monopólio para as empresas farmacêuticas privadas e estenderam o prazo das patentes.

"A exclusividade é a espinha dorsal da indústria", escreve Angell, "porque significa que nenhuma outra empresa poderá vender a mesma droga por um dado período. Após o vencimento dos direitos exclusivos de comercialização, versões (denominadas drogas genéricas) entram no mercado e o preço geralmente cai para até vinte por cento do preço anterior."

Porém, escreve Angell, "advogados do ramo manipularam algumas das disposições para prorrogar as patentes por mais tempo do que os criadores da lei pretendiam [...]. As empresas farmacêuticas empregam agora pequenos exércitos de advogados para se beneficiarem ao máximo destas leis – e não são poucos os benefícios. O resultado é que o prazo efetivo da patente dos medicamentos de marca aumentou de aproximadamente oito anos, em 1980, para catorze anos em 2000. Para um medicamento de sucesso – geralmente definido como um medicamento cujas vendas ultrapassam um bilhão de dólares por ano (como Lipitor ou Celebrex ou Zoloft) –, esses seis anos adicionais de exclusividade são um eldorado. As vendas podem aumentar em bilhões de dólares".

"Os efeitos das patentes sobre os preços podem ser observados na mudança de preço de um medicamento quando expira a proteção de sua patente e versões genéricas do medicamento entram no mercado", escrevem Irwin, Millen e Fallows. "Compare o preço da versão genérica do ibufreno CVS ou RiteAid ao do medicamento de marca, Advil. Nos Estados Unidos, a versão genérica custa, em média, quarenta e oito por cento menos do que a mesma versão do medicamento protegido por patente."

As populações dizimadas pelo HIV/aids vivem em países pobres demais para adquirir e distribuir medicamentos de marca da Haart. Mas as batalhas que visavam à prorrogação de patentes para os medicamentos de sucesso contra a aids não só acrescentaram anos a suas patentes como também espalharam a sombra dos monopólios sobre nações e continentes.

O foco dos grandes fabricantes de medicamentos não era manter fora do alcance dos pobres esses medicamentos que salvaram vidas; os milhões de pessoas que estavam morrendo de aids (6,4 milhões de pessoas haviam morrido até 1997, e 22 milhões foram infectados pelo HIV) não despertavam um interesse específico. O que as empresas farmacêuticas queriam *evitar* era ver um medicamento genérico – idêntico ao medicamento custoso de marca – ser vendido por preços mínimos. Esse fato acarretava dois grandes problemas. O primeiro era que a comparação poderia ser constrangedora; se uma pessoa no Brasil ou na Índia pudesse comprar uma versão exata de AZT por mil dólares ao ano, talvez um consumidor na Suécia, França ou nos Estados Unidos questionasse o motivo de precisar pagar dez mil ou quinze mil dólares pela versão com marca.

O segundo problema era que, se empresas fabricantes de medicamentos genéricos começassem a produzir em grande quantidade versões não-autorizadas, as versões baratas dos medicamentos certamente tomariam conta dos mercados ricos do hemisfério norte.

Assim, a proteção *mundial* de patentes era a nova fronteira.

A maioria dos países pobres não tinha indústrias farmacêuticas ou, se tinha, eram no máximo fábricas rudimentares, incapazes de produzir versões genéricas de compostos tão complexos quanto os ARVs. A importação de medicamentos essenciais era a única saída para sua existência.

"*Grosso modo*", disse a diretora da Organização Mundial da Saúde, Gro Harlem Brundtland, "os medicamentos estão no Norte e a doença no Sul."

Os fabricantes de medicamentos que se baseavam em pesquisas (representados por associações comerciais poderosas como a Pharmaceutical Research and Manufacturers of America [Associação Americana de Fabricação e Pesquisa Farmacêutica] e a International Federation of Pharmaceutical Manufacturers Association [Federação Internacional das Associações da Indústria Farmacêutica], com sede em Genebra) fizeram um *lobby* intenso e eficiente nos centros de poder do mundo para assegurar que governos estrangeiros – mesmo os da Ásia, América do Sul e África, devastados pela epidemia da aids – respeitassem suas patentes.

Essa campanha teve como resultado a adoção, em 1995, de leis rigorosas de direitos de propriedade intelectual pela Organização Mundial do Comércio (OMC). A lei de propriedade intelectual protege os interesses econômicos de inventores e proprietários do produto original. O conjunto de leis da OMC é conhecido como TRIPS (Acordo sobre Aspectos dos Direitos de Propriedade Intelectual Relacionados ao Comércio), nome retirado das iniciais em inglês (*Trade-Related Aspects of Intellectual Property Rights*). O TRIPS exige que os países respeitem as patentes farmacêuticas por no mínimo vinte anos.

Todos os 147 membros da OMC tiveram de assinar o TRIPS (embora o prazo final para sua implantação variasse – foi concedido às nações mais pobres um período de carência), ou enfrentariam graves conseqüências econômicas.

"Países ocidentais, liderados pelos Estados Unidos, [...] lutaram exaustivamente na frente internacional para proteger aquelas patentes", escreve Daryl Lindsey em *Salon*; "conferem de fato um valor maior à propriedade intelectual, em nome do estímulo à inovação e à salvação de mais vidas no futuro, em vez de salvar vidas atualmente em risco."

Embora a proteção de patentes, com os preços altos que a acompanham, seja sempre citada como pré-requisito para inovações futuras de drogas, os pacientes dos países pobres foram submetidos, no curto prazo, a duas mudanças. "Mesmo tendo as patentes, não é lucrativo para as empresas produzir medicamentos para doenças que atingem em primeiro lugar os pobres", escreve Amy Kapczynski no *YaleGlobal*. "Somente treze dos 1.393 novos medicamentos aprovados entre 1975 e 1999 destinavam-se a doenças tropicais [...], doenças que afetam principalmente as regiões mais pobres do mundo. Esse fato sugere que o sistema de patentes é injusto para com os países em desenvolvimento, porque lhes aplica preços de monopólio, sem lhes dar a inovação."

O custo da luta contra a pandemia da aids, na década de 90, com medicamentos de marca foi estimado em três bilhões de dólares ao ano. O governo dos Estados Unidos subsidiou o custo para alguns americanos; os governos africanos eram pobres demais, e suas populações acometidas pela aids numerosas demais para que pretendessem fazer o mesmo. Os *medicamentos* não eram caros; as *patentes*, sim. Os medicamentos patenteados custavam, anualmente, quinze mil dólares por paciente, embora os custos de produção talvez estivessem próximo de duzentos dólares. Esse fato chocou os governos no mundo: o tratamento universal não estaria ao alcance dos africanos.

A impossibilidade de fornecimento de medicamentos essenciais para a África, em virtude de sua indisponibilidade econômica, levou a um grande debate sobre o planejamento mundial de saúde: entre prevenção e tratamento, muitos especialistas e acadêmicos ficaram a favor da prevenção, por ter um custo-benefício melhor. Vidas futuras poderiam ser salvas; para tanto, devia-se investir na divulgação de mensagens de saúde pública sobre sexo seguro e uso de preservativos; nada poderia ser feito por aqueles já infectados.

Foi desenvolvida uma estratégia mundial de saúde, com duas frentes: uma abordagem para pacientes soropositivos de países ricos (e pacientes ricos de países pobres) e uma abordagem diferente para a maioria dos doentes de países pobres. "Com defensores poderosos no meio acadêmico, especialistas em saúde pública e líderes de algumas das mais influentes e desenvolvidas organizações internacionais de saúde", escrevem os autores do livro *Global Aids: Myths and Facts*, "em virtude da má distribuição de recursos mundiais para a aids [...], pessoas que vivem em áreas de alta renda (juntamente com as elites de países em desenvolvimento) podem usufruir do acesso a tratamento eficiente com anti-retrovirais, enquanto as autoridades de saúde pública de países de baixa renda são aconselhadas a se concentrar exclusivamente na prevenção e evitar desafios técnicos e despesas de programas de tratamento."

No final do século XX, havia uma sensação desalentadora de que era muito tarde para os trinta e quatro milhões de pessoas que viviam com o HIV/aids: menos de dois por cento tinham acesso aos ARVs ou até mesmo ao tratamento básico de doenças secundárias. "Apesar de ter sido comprovado, durante anos, que o número de mortes pela aids equivalia a um genocídio em países pobres, ninguém fez com que esses medicamentos chegassem ao alcance dos africanos comuns", relatou a revista *Time*. "De fato, aqueles que fabricam os medicamentos – empresas farmacêuticas multinacionais que pertencem a americanos e europeus – e os governos em que eles estão sediados, principalmente Washington, trabalharam bastante para manter preços altos, limitando a exportação para países do Terceiro Mundo e fazendo valer, vigorosamente, os direitos de patentes. Eles argumentam que as empresas de medicamentos precisam legitimamente dos lucros para financiar pesquisas de novos medicamentos miraculosos. Contudo, em que ponto o benefício humano, para países desesperados e carentes, supera a adesão rigorosa a patentes e lucros?"

"Uma estratégia que enfatiza a prevenção e exclui o tratamento não oferece esperanças a [...] dezenas de milhões de seres humanos", escreveram os autores de *Global Aids: Myths and Fact*. "Na verdade, ela assina uma sentença de morte para essas pessoas. Um funcionário de uma organização internacional, em entrevista anônima ao *Washington Post*, declarou com franqueza: 'Talvez o que nos resta seja assistir, inertes, à morte desses milhões de pessoas.' Esse ponto de vista pode ser encarado como uma posição realista da saúde pública. No entanto, esse tipo de realismo contradiz os princípios básicos de igualdade e direitos humanos e aceita o que tem sido chamado de '*apartheid* médico global'."

O *Washington Post* reproduziu as palavras de um funcionário público americano do setor de saúde, que teria dito: "Eles já estão mortos. Só que ainda continuam circulando."

As empresas farmacêuticas alegaram que os altos preços de seus medicamentos de marca e patenteados não eram, de todo modo, os verdadeiros obstáculos à luta contra o HIV/aids na África. Os motivos reais da situação catastrófica da saúde na África, argumentou o setor, eram governos corruptos, deficiência de infra-estrutura médica (um número pequeno demais de profissionais de saúde, laboratórios, clínicas e hospitais), analfabetismo das populações-alvo (ou seja, os pacientes não conseguiriam interpretar as instruções dos médicos) e falta de tecnologias de apoio como estradas, eletricidade e refrigeração.

Em 2001, o principal funcionário responsável pela ajuda externa da administração Bush, o diretor da Agência Norte-americana para o Desenvolvimento Internacional (Usaid) Andrew Natsios, discorreu publicamente sobre a tese de que as populações pobres não tinham a sofisticação necessária para controlar medicações complexas. Esse tipo de raciocínio dava a entender que as populações ricas seriam colocadas em risco pelo surgimento de cepas do vírus resistentes às drogas como resultado da adesão deficiente a regimes de medicamentos pelos analfabetos. O

*Boston Globe* publicou: "Natsios, que durante uma década trabalhou na África em programas de ajuda, disse que muitos africanos 'não sabem o significado ocidental de tempo'. Segundo palavras textuais do diretor da Usaid ao *Boston Globe*, 'é preciso tomar os medicamentos [para aids] em um horário determinado, todos os dias, ou eles não funcionam. Muitos africanos nunca viram na vida um relógio nem um relógio de pulso. E, se você disser 'uma hora da tarde', eles não sabem do que você está falando. Eles conhecem manhã, tarde, anoitecer e a escuridão noturna."

A corrupção no governo era freqüentemente citada como um empecilho importante ao fornecimento de tratamento de saúde. Mas os altos custos dos medicamentos condenam à morte os pacientes soropositivos, mesmo nas democracias africanas bem organizadas e comprometidas, que fazem da saúde pública uma prioridade. Quarenta por cento dos países africanos são democracias que elegem os governantes pelo voto. Portanto, a falta de tratamento médico que atinge seus cidadãos não pode ser inteiramente atribuída a uma liderança precária, exercida por autocratas indiferentes. E as nações africanas estão longe de ser as únicas que padecem do espetáculo público de corrupção, suborno e desvio de fundos nos altos escalões. O argumento de que o recebimento de suborno por políticos seria punido pela retirada de tratamento de saúde de seus cidadãos seria utilizado em qualquer outra região do mundo? Nesse ínterim, organizações como o Fundo Mundial lançaram normas rigorosas de prestação de contas e de monitoramento para que a assistência pudesse ser oferecida com confiança e sem medo de que ocorresse corrupção. "Evidências obtidas da Tailândia, de Uganda e do Brasil mostram que os países não precisam esperar que a corrupção sistêmica seja eliminada, para o sucesso da implantação de programas em larga escala contra o HIV/aids", escrevem Irwin, Millen e Fallows. "A corrupção e a aids podem ser combatidas simultaneamente."

Infra-estrutura de saúde deficiente – um número pequeno demais de profissionais, um número pequeno demais de hospitais e clínicas e os existentes, inadequados. Esta é outra explicação freqüente para o fato de a Haart não chegar a países pobres. É claro que essas questões representam obstáculos imensos e atuais, mas a descrição da dificuldade não é justificativa suficiente para negar tratamento de saúde a milhões de pessoas. Além disso, esse tipo de generalização não leva em consideração centenas de exceções e pequenas vitórias. Por exemplo, nas catorze nações da África subsaariana mais duramente atingidas pelo HIV/aids, setenta e dois por cento das crianças foram vacinadas contra o sarampo. Programas piloto em países pobres – como o da Partners in Health [Parceiros na Saúde] (PIH), uma ONG fundada pelo Dr. Paul Farmer no Haiti, e o de outra ONG, Zamni Lasante (ZL) – utilizaram técnicas pioneiras para o fornecimento de tratamentos complexos de saúde em cenários com escassez de recursos. Quando os *medicamentos* estão disponíveis, os recursos podem ser reunidos; paraprofissionais podem ser treinados na ausência de médicos e enfermeiros formados; comitês podem se aglutinar em torno de projetos com o potencial para salvar vidas. Em 2001, a organização Médicos Sem Fronteiras (MSF) lançou programas para o tratamento da aids no Camboja, Camarões, Guatemala, Honduras, Quênia, Malawi, África do Sul, Tailândia, Uganda e Ucrânia. Essas organizações fornecem, em termos práticos, tratamentos sofisticados de saúde em locais nos quais os céticos afirmaram que nada pode ser feito. Elas descobriram que as pessoas comparecem para testes voluntários e aconselhamento em um número muito maior quando o tratamento está disponível; constataram que outras doenças mortais e incapacitantes podem ser tratadas em regiões em que o fornecimento de ARV prepara o terreno, e também que o estigma e o segredo diminuem quando a doença deixa de ser diagnosticada como doença terminal e passa a ser diagnosticada como crônica. A resistência de algumas cepas aos medicamentos continua sendo uma calamidade dessa pandemia rapidamente mutante, mas os pobres não podem ser os únicos responsabilizados por esse fato. Os programas de saúde de ponta demonstraram que os pobres dos países pobres seguem os regimes de tratamento com mais seriedade do que muitas populações educadas dos países do Primeiro Mundo.

Costuma-se sugerir, com bom humor, que, se a Coca-Cola tivesse sido encarregada de fazer chegar ARV às aldeias mais remotas e às regiões isoladas da Terra – mesmo naquelas com altos índices de analfabetismo e refrigeração não-confiável –, seu desempenho seria brilhante. A campanha seria acompanhada de cartazes e quadros luminosos, e a publicidade atingiria todo o país. Todos na província saberiam o nome do produto, que benefícios traria para cada um e em que fila entrar para consegui-lo.

Em meados da década de 90, ficou evidente que a África do Sul era o país mais atingido pela pandemia do HIV/aids: 4,3 milhões de sul-africanos estavam infectados pelo HIV; duzentos e cinqüenta mil sul-africanos morreriam da doença em 2000; e calculou-se que, em 2010, a expectativa de vida na África do Sul teria caído em mais de vinte anos.

Em 1997, beneficiando-se de uma exceção legal no TRIPS, o governo sul-africano aprovou a Emenda da Lei de Controle de Medicamentos e Substâncias Afins. Teoricamente, segundo o TRIPS, em uma situação de emergência de saúde pública permitia-se que um governo *suspendesse* a proteção de patentes sobre um medicamento de marca dentro do país (tal expediente era denominado "licenciamento compulsório") e, em vez de comprar diretamente de seus fabricantes, *buscasse comprar* as versões mais baratas disponíveis de medicamentos de marca ("importação paralela"). Menos de três meses depois de o presidente Nelson Mandela ter posto em vigor a "Lei de Medicamentos", a Associação Sul-Africana da Indústria Farmacêutica, representando trinta e nove empresas farmacêuticas, entrou com uma ação no Tribunal Constitucional da África do Sul para impedir que a emenda entrasse em vigor. Os autores incluíam, entre outros, a Alcon, a Bayer, a Bristol-Myers Squibb, a Boehringer-Ingelheim, a Eli Lilly, a GlaxoSmithKline, a Merck e a SmithKline Beecham.

"A indústria farmacêutica e o governo Clinton consideram que licenciamentos compulsórios e [importação paralela] representam uma ameaça a todo o sistema de proteção da propriedade intelectual", informou o *San Francisco Chronicle*. "O acesso a drogas contra aids, dizem eles, pode ser resolvido sem que o sistema de patentes seja destruído."

"As patentes são a espinha dorsal da nossa indústria", declarou David Warr, diretor associado da política de impostos e comércio da Bristol-Myers Squibb. "O licenciamento compulsório e a importação paralela expropriam nossos direitos de patentes."

O *San Francisco Chronicle* continuou: "A única beneficiária da corrosão dos direitos de patentes, declarou Warr, é a indústria de medicamentos genéricos, que não subsidia por meio das vendas o dispendioso processo de pesquisa – pesquisa que disponibiliza novas terapias de primeira linha. 'É preciso que não se combatam os bombeiros', declarou ele. Os fabricantes de medicamentos enfatizam que, mesmo que a medicação contra a aids se tornasse mais barata, por mágica, para o mercado africano, a falta de uma infra-estrutura para distribuir os medicamentos e para monitorar os pacientes significaria que poucos se beneficiariam."

Chocados, os defensores dos consumidores e da saúde pública de todo o mundo lançaram um grito de protesto contra as grandes empresas farmacêuticas. Organizações como a Médicos Sem Fronteiras, a Aids Coalition to Unleash Power (ou simplesmente ACT UP, organização internacional voltada para os direitos dos soropositivos), a Oxfam (organização de ajuda humanitária britânica), a Health GAP Coalition [Coalizão pelo Acesso Global à Saúde] e o Consumer Project on Technology (Projeto dos Consumidores sobre Tecnologia), sediado em Washington, aliaram-se à TAC (Campanha de Ação e Tratamento), que teve origem na África do Sul e pressionara bastante em defesa da Lei dos Medicamentos. Na África do Sul, o juiz da Suprema Corte, Edwin Cameron, um branco que estivera à frente do movimento contra o *apartheid* como advogado de direitos humanos, revelou que era soropositivo e comparou a batalha para obter acesso a medicamentos essenciais à batalha contra o *apartheid*. Em entrevista à rádio BBC, descreveu a reviravolta de seu próprio tratamento que lhe salvou a vida:

"Foi extremamente dramático. No final de outubro de 1997, adoeci, subitamente, com uma infecção pulmonar [...]. Tinha perdido muitos quilos, meu sistema imunológico tinha parado de funcionar, e o vírus estava devastando meu corpo. Sabia que tinha de pensar se iniciava esse tratamento [...] que era extraordinariamente caro [...], fora do alcance da maioria dos africanos com aids ou HIV.

Dez dias após o início da medicação anti-retroviral, constatei que um milagre fisiológico estava ocorrendo dentro de mim. Sabia que a atuação do vírus havia sido interrompida. Senti que minha saúde, minha energia, meu apetite e minha alegria de viver estavam de volta."

As escolhas morais da década de 80, que galvanizaram as pessoas conscientes a se opor ao governo do *apartheid* da África do Sul, estão "se reproduzindo de forma diferente na década de 2000", declarou o juiz Cameron, "na batalha pela igualdade de acesso ao tratamento contra a aids". Ativistas fizeram eco a seu pensamento com lemas como "Direitos de pacientes acima de direitos de patentes" e "Pelo fim do *apartheid* médico".

"O que incomoda as empresas farmacêuticas", declarou James Love, diretor-executivo do Consumer Project on Technology, em seu depoimento perante a Subcomissão sobre Justiça Penal, Recursos Humanos e Política de Medicamentos, da Comissão sobre a Reforma do Governo do Congresso norte-americano, "é o constrangimento de ver um medicamento como o fluconazol ser vendido por US$ 23,50 na Itália e por apenas 95 centavos na Índia. Nesse contexto, é uma questão de relações públicas. Mas quantos milhões devem morrer por causa desse constrangimento?"

Contudo, o governo norte-americano, no mandato do presidente Bill Clinton e do vice-presidente Al Gore, pressionou a África do Sul para rejeitar a Lei de Medicamentos. O Congresso interrompeu temporariamente a ajuda externa à África do Sul no início de outubro de 1998; a representante do comércio dos Estados Unidos, Charlene Barshefsky, negou certas isenções tarifárias à África do Sul, colocando o país em uma "lista de observação"; e o governo Clinton tentou derrubar uma resolução da OMS que pressionava os Estados-membros a "assegurar que interesses de saúde pública sejam soberanos nas políticas farmacêuticas e de saúde" e "considerar, sempre que necessário, adaptar a legislação nacional para utilizar ao máximo as flexibilidades contidas no TRIPS".

Em 5 de fevereiro de 1999, o gabinete do representante do comércio dos Estados Unidos relatou ao Congresso: "Todas as agências relevantes do governo norte-americano se envolveram em uma campanha diligente e orquestrada" para fazer com que a África do Sul capitule e abandone a Lei de Medicamentos.

Em 16 de junho de 1999, Al Gore anunciou sua candidatura à presidência dos Estados Unidos, e o desgosto da população com as grandes empresas farmacêuticas se tornou, subitamente, pessoal. Em Carthage, Tennessee, exatamente no momento em que, em seu discurso, o vice-presidente anunciava que iria disputar a presidência, surgiram protestos contra a atitude de intimidação adotada por ele em relação aos países africanos que tentavam produzir medicamentos essenciais. Nas paradas durante a campanha em todo o país, Gore era importunado e questionado com cartazes em que se podia ler: MEDICAMENTOS CONTRA AIDS PARA A ÁFRICA e A GANÂNCIA DE GORE MATA.

Reportagens sobre o papel que ele exercera para impedir o acesso dos sul-africanos às drogas que salvaram vidas começaram a aparecer nos principais meios de comunicação.

No artigo *American Prospect* (1/7/99), John Judis descreveu os laços importantes que existiam entre Gore e a indústria farmacêutica, salientando que a PhRMA tinha contribuído maciçamente para sua campanha e que entre seus consultores próximos estavam antigos lobistas da indústria farmacêutica. Enquanto isso, a CNN mostrou o vice-presidente manobrando seus detratores com frases como "Eu acredito na Primeira Emenda, vamos dar uma salva de palmas a ela!", até que os aplausos do público superassem o barulho feito por aqueles que protestavam e eles fossem retirados do local.

Em 25 de junho de 1999, em tom moderado, Gore escreveu uma carta ao deputado James Clyburn, presidente do Bloco de Parlamentares Negros, na qual dizia: "Para início de conversa, quero que você saiba que apóio os esforços da África do Sul para melhorar o atendimento à saúde de seu povo, entre eles os esforços para conseguir o licenciamento compulsório e a importação paralela de produtos farmacêuticos – desde que feitos de forma compatível com os acordos internacionais."

"Aparentemente, a declaração [do vice-presidente] era ótima", declarou James Love no Congresso. "O problema era a prática de longa data adotada por funcionários de comércio do governo dos Estados Unidos; eles insistiam em elaborar teorias forçadas e inconsistentes para explicar por que a lei da África do Sul poderia violar o TRIPS."

Em 9 de setembro de 1999, os líderes da indústria farmacêutica anunciaram que tinham suspendido a ação contra a África do Sul. A representante do comércio dos Estados Unidos, Charlene Barshefsky, anunciou que agora tudo estava bem entre os Estados Unidos e a África do Sul. O presidente Clinton, com a atenção desviada por essas manifestações e, especialmente, pelas vinte e cinco mil pessoas que protestavam contra a Conferência Ministerial da Organização Mundial do Comércio, ocorrida em Seattle em novembro de 1999, deu meia-volta e parou de atrapalhar os esforços empreendidos pelos governos africanos para adquirir medicamentos essenciais. A representante do comércio de seu governo, Barshefsky, confirmou que "foram as atividades da ACT UP e de ativistas da aids que despertaram nossa atenção para a crise total que estava ocorrendo". Superando uma forte resistência do Congresso republicano, Clinton lançou um decreto no qual prometia que os Estados Unidos não contestariam mais os governos africanos que desejassem distribuir medicamentos mais baratos contra a aids para seus cidadãos.

As grandes empresas farmacêuticas levaram uma surra da imprensa por causa da ação contra a África do Sul, um dos piores equívocos de relações públicas de todos os tempos. Dois anos mais tarde, ainda encabulados por seu julgamento equivocado, um representante da indústria fez uma palestra em uma conferência de saúde e de direitos humanos. Ele abriu os trabalhos com uma piada: "As pessoas me perguntam como pudemos ser tão estúpidos a ponto de iniciar uma ação contra Nelson Mandela. Eu digo a elas que não tínhamos saída. Madre Teresa já tinha morrido."

Em 2000, um fabricante indiano de medicamentos mudou todas as regras do jogo.

Confiante de que o preço alto de medicamentos *era* o principal obstáculo para o tratamento universal e que a educação, o aconselhamento, a prevenção, a retirada de estigma e o desenvolvimento de infra-estruturas médicas se expandiriam quando fundamentadas sobre o acesso universal, Yusuf K. Hamied, presidente da Cipla (fundada em 1935 por seu pai), anunciou que a empresa farmacêutica indiana estava preparada para vender medicamentos contra a aids por uma fração do preço corrente. No TRIPS, havia uma cláusula que permitia sua implementação posterior em países pobres, e a Índia aproveitou essa janela de oportunidade para ignorar, legitimamente, as patentes médicas. Os medicamentos de marca custavam à época doze mil dólares por paciente ao ano; em uma reunião da Comissão Européia, ocorrida em Bruxelas, Hamied anunciou que a Cipla produziria os medicamentos da Haart pelo custo anual de oitocentos dólares por paciente.

No ano seguinte, ele fez novamente um corte e reduziu o preço a trezentos dólares por paciente ao ano.

"Somos uma empresa comercial", disse Hamied. "Porém comercializamos quatrocentos produtos na Índia. Se não tivermos lucro em meia dúzia deles, não tem problema. Não lucraremos com os medicamentos contra o câncer que vendemos ou com os medicamentos para talassemia, um distúrbio do sangue comum na Índia. Vendemos esses medicamentos virtualmente a preço de custo porque não desejamos obter lucros à custa de doenças que destroem completamente o tecido social."

Algumas pessoas acreditaram estar ouvindo um eco das palavras do Dr. Jonas Salk, o inventor da vacina contra a poliomielite. Ele nunca patenteou a vacina e nunca se tornou bilionário. Quando perguntado sobre o motivo, respondia: "Não existe patente. Você poderia patentear o Sol?"

Dr. Mark Rosenberg, da Task Force for Child Survival [Força-Tarefa para a Sobrevivência Infantil], sediada em Atlanta, disse: "Agora está inquestionavelmente ao alcance das nações ricas fornecerem a longo prazo um suprimento de medicamentos, de baixo custo e de alta qualidade, não só para manter vivos os órfãos etíopes, mas também para manter vivos seus pais. E isso seria fácil alcançar. Agir assim com relação ao resto da África representaria um pequeno esforço e, com relação à Índia e à China, um esforço um pouco maior. Esforço, sim. Impossível? Nem um pouco."

"Meus colegas comparam a aids na África ao Holocausto", disse ele. "Eles imaginam que as futuras gerações perguntarão: 'O que vocês fizeram para ajudar?'"

O Brasil também aproveitou a brecha da implementação posterior do TRIPS para incrementar uma indústria de medicamentos genéricos criada no país. O governo brasileiro prometeu ARVs genéricos gratuitos a todos os habitantes que precisassem deles, refutando desde então o argumento de que os países pobres não podem oferecer acesso a medicações complexas para a aids sem uma infra-estrutura de saúde desenvolvida.

De fato, a versão genérica da combinação tripla era mais simples: somente as empresas de medicamentos genéricos eram capazes de oferecer a versão de "dose fixa" do coquetel triplo. Como cada um dos três componentes da terapia combinada era patenteado e distribuído por uma empresa privada diferente, a pílula de dose fixa não existia no mundo das marcas registradas.

Tanto as empresas genéricas brasileiras como as indianas anunciaram que estariam dispostas a exportar versões genéricas de baixo custo dos medicamentos para os países pobres.

A perspectiva de penetração de medicamentos genéricos no mercado significou para as multinacionais farmacêuticas o pior dos pesadelos. Em resposta, elas baixaram os preços (com grande publicidade), fizeram doações de drogas específicas para governos específicos por períodos específicos de tempo (acompanhadas por *press releases*), deixaram que versões genéricas de alguns medicamentos de marca fossem produzidas em locais específicos (mais *press releases*) e doaram clínicas e prédios bonitos, com seus nomes neles, para alguns países pobres africanos.

Em maio de 2000, cinco dos grandes fabricantes de medicamentos lançaram o programa Iniciativa de Acesso Acelerado (AAI, em inglês), prometendo oferecer reduções drásticas nos preços dos medicamentos de marca para os países pobres. Do ponto de vista das relações públicas, eles colheram vantagens ao propagandear sua generosidade.

Mas "é difícil aferir o impacto real dessas iniciativas, na África", informou o *Time* no ano seguinte. "Cada país deve negociar o preço de cada componente do coquetel contra a aids com cada empresa, e a árdua negociação mal começou. Embora o Senegal, por exemplo, possa tentar obter um abatimento de setenta e cinco ou oitenta por cento, a terapia ainda é muito dispendiosa, custa mil e duzentos dólares ao ano, para pessoas cuja renda anual é de quinhentos e dez dólares, que é a renda *per capita* do Senegal."

Os descontos filantrópicos oferecidos pelas empresas farmacêuticas "vêm acompanhados de restrições", informou em 2002 a ACT UP, permitindo que as empresas controlem o abastecimento de ARVs e, ao mesmo tempo, se previnam contra a concorrência dos fabricantes de genéricos.

"De acordo com as estimativas mais otimistas", relatou a filial de Paris da ACT UP, "depois de dois anos, o Acesso Acelerado somente conseguiu fazer com que mais 0,1 por cento das pessoas com aids iniciasse o tratamento [...]. Além do mais, muitos desses tratamentos são, na realidade, perigosos regimes de medicação – como a terapia com um único medicamento, que foi banida da prática médica no hemisfério norte nos últimos dez anos."

A filial de Paris da ACT UP escreveu também: "Bem diferente das reduções de preço comerciais comuns, os descontos do Acesso Acelerado são ações filantrópicas que se limitam à assinatura de um acordo entre cada empresa e o ministério da saúde para estabelecer condições intrincadas mediante as quais os descontos são efetivamente acessíveis. As empresas costumam exigir que os governos mantenham esses acordos em sigilo total a ponto de deixar toda a comunicação de mídia a cargo da empresa."

"Ademais, o AAI não conseguiu criar descontos de preço expressivos para os medicamentos que ainda não têm um concorrente genérico. Por exemplo, pelo Acesso Acelerado, a gigante farmacêutica suíça Roche continua a vender seu principal inibidor de protease, o Viracept, pelo preço exorbitante de 3.139,00 dólares ao ano."

Pessoas que sofrem de aids foram salvas, se tanto, por organizações não-governamentais (ONGs) como a Médicos Sem Fronteiras – empenhadas em importar medicamentos genéricos –, enquanto os próprios governos a que pertencem os pacientes estavam de mãos amarradas pela Iniciativa de Acesso Acelerado.

A história provavelmente não será generosa com as grandes empresas farmacêuticas e com os políticos e líderes de organizações mundiais que as apoiaram. Alguns ativistas anseiam por ver os executivos das empresas farmacêuticas – e os líderes políticos e chefes de agências cúmplices deles – julgados por crimes contra a humanidade.

Em 2003, a TAC instaurou um processo contra o Ministro da Saúde e o Ministro da Indústria e Comércio da África do Sul, acusando-os de genocídio. Eles foram considerados responsáveis pela morte de seiscentas pessoas por dia. Essas vidas teriam sido poupadas por meio da Haart.

No final do século XX, os principais fabricantes de medicamentos tiveram uma oportunidade histórica. A crise os alertou para a necessidade de uma reformulação da indústria dentro dos parâmetros da ética e, ao mesmo tempo, da lucratividade; acenou-lhes que estava na hora de trazer seus medicamentos para as linhas de combate da mais grave emergência de saúde da humanidade.

Em vez disso, eles acionaram a África do Sul.

Nos cálculos e planilhas daqueles que têm o poder de mudar o destino de Eskender, pai de Mintesinot – os especialistas que argumentavam que era mais eficiente, em termos de custo, buscar a prevenção em vez do tratamento; as empresas farmacêuticas privadas e os funcionários da OMC que engessaram os ARVs em patentes com prazo de vinte anos; os chefes de Estado dos países ricos, que apoiaram as empresas farmacêuticas; os chefes de Estado dos países pobres, que investiram em armamento ou iates em detrimento da saúde pública –, Eskender era descartável. Para Mintesinot, ele não era descartável.

# 29

SEIS MESES APÓS sua chegada, Ababu – talvez com três anos de idade agora – era ainda muito pequeno, ainda mudo, porém ainda estava vivo. Os olhos eram imensos e tristes no rosto mirrado. As pernas pareciam gravetos arqueados. Ele não falava. Choramingava de dor quando Haregewoin o erguia do berço e o colocava em cima de uma toalha no chão para que ficasse próximo de pessoas. Fraco demais para manter as costas eretas, o menino deixava a cabeça pender sobre o colo, e os olhos imensos enchiam-se lentamente de lágrimas.

Haregewoin ajoelhava-se perto dele e com palavras suaves abria os braços. Animado por seu incentivo, ele tentava se erguer, apoiando-se nos braços finos, iguais às pernas de aranha, e rastejava até ela. Um dia, ele se levantou sobre as pernas bambas e deu um passo em sua direção, antes de cair como uma marionete cujas cordas tivessem sido cortadas.

E Ababu já não era a única criança sob sua proteção que estava desesperadamente doente.

Uma garotinha de tórax estreito era sacudida por acessos de tosse tão violentos que mal conseguia concentrar-se em algo ao seu redor; ela esperava, a cada minuto, ser jogada para a frente e para trás, chocalhando como uma cabaça seca. Além da tosse, não havia nada e ninguém em seu mundo agora.

Havia um garoto febril, de lábios rachados e olhar esgazeado.

Havia um garoto cuja pele do rosto tinha ficado tão grossa pelo ataque do molusco contagioso, provocado por seu sistema imunológico comprometido, que sorria constrangido para os recém-chegados, como se os estivesse desculpando antecipadamente pelo choque que levariam ao vê-lo.

Uma garota esquelética de quatro anos vivia agarrada com força ao irmão mais velho, um garoto saudável de nove anos. Ele a carregava para todos os lugares em seus braços ou apoiada em seu quadril ou nas suas costas. Sempre que ela tinha um ataque de diarréia, ele se desculpava com as demais crianças no pátio e corria para a latrina com ela. – Nosso pai morreu. Nossa mãe também morreu – ele explicava. – Yerusalem sempre foi doente, desde que nasceu. Mas ela é uma garota muito legal, quando não está doente.

No tempo em que ainda não moravam na casa de Haregewoin, o banho da irmã era por sua conta. Ele a levava até o rio, tirava-lhe as roupas sujas e as batia nas pedras como vira as mulheres fazer. Próxima dele, Yerus, quase nua, ficava de cócoras.

"É demais, é demais", pensava, agitada, Haregewoin. Mas não havia ninguém para quem ela pudesse falar "É demais", porque todos já haviam concordado com ela; insistiam que retirasse de sua casa pelo menos as crianças doentes. As amigas antigas e as visitas indignavam-se, desde o princípio, quando ela aceitava crianças que eram possivelmente HIV-positivas e as que sofriam com os sintomas manifestos de aids.

Mas que escolha ela teve? Se ela agora se lamentasse com as amigas, todas responderiam aos gritos: "Não avisamos?" (Zewedu era o único que não a recriminava.). Então ela se queixava somente com aqueles que eram jovens demais para entender o que dizia. "Eu não agüento vocês, vocês são demais para mim", ela dizia em tom suave para os bebês enquanto lhes trocava as fraldas. Em resposta, eles se contorciam e batiam as pernas com força, amigavelmente.

Haregewoin foi tomada pelo pressentimento de que iria perder uma criança. Havia umas poucas – a bebê febril que não focalizava o olhar, a menininha que tossia sem parar, a irmãzinha que se chamava Yerusalem – por quem ela se sentia extremamente apreensiva. Até que, certa manhã, a bebê pareceu imóvel demais. As pernas estavam turvas e geladas, como fossem de argila; o rosto, encovado. Cautelosamente, ela pressionou com os dedos o braço da bebê; formou-se no local uma depressão no formato dos dedos, como um entalhe. Haregewoin deixou escapar um grito e pensou que fosse desmaiar. Dobrou o tronco para a frente, colocou as mãos sobre os joelhos, quase vomitando. Será que poderia chamar alguém – qualquer pessoa – para recolher o corpo? Talvez o velho guarda? Ou quem sabe arriscaria chamar Sara, a ex-universitária?

Gentilmente, recolheu as bordas do lençol da bebê morta e a envolveu. O pijama de tecido felpudo estava um pouco molhado pela fralda... Seria melhor trocá-la? Ou não? Ela achou que a menina estava mais pesada do que quando estava viva. Envolveu-a com o lençol, escondendo-lhe o rosto; atravessou correndo o pátio, carregando a bebê como se a protegesse das forças da natureza, do vento ou da chuva, embora o dia estivesse claro. Com os olhos vermelhos, abriu caminho por entre a confusão de crianças. Com o corpo encharcado em seu colo, ela telefonou para o *kebele*. De lá, informaram-lhe qual repartição municipal ela deveria notificar e disseram que alguém iria mais tarde pegar o corpo, ou talvez (se estivessem muito ocupados) no dia seguinte. Tremendo, sentindo outra onda de náuseas, suspeitou que o corpo da bebê fosse ser jogado em uma vala comum. E o que achavam que deveria fazer o resto do dia com o corpo da menininha?

– Tenho que ir à igreja – informou ao guarda. Ela não havia sequer trocado de roupa, pois não sabia onde colocar a bebê morta enquanto se trocava, incapaz de deitá-la em algum lugar. Limitou-se a jogar um xale sobre a cabeça e, deixando que caísse sobre seus braços e cobrisse a bebê, pegou um táxi e foi para a igreja. Dirigiu-se para o cemitério bem conhecido – e quase amado – e providenciou um enterro ortodoxo para a bebê.

Não conseguia se lembrar da última vez que tinha brincado com a menininha ou a acalentado; não conseguia se lembrar da última vez que a bebê em fase terminal, com as pernas encolhidas e o rosto encovado, tinha sorrido.

– Não, por favor, é impossível, por favor – redargüiu desanimada quando, ao abrir a porta de aço, deparou com uma mulher jovem que lhe oferecia um menino enfraquecido e descalço, com o rosto coberto de feridas e de idade indeterminada. Devastado pela aids, talvez tivesse quatro anos, ou (agora entendia) talvez fosse uma criança raquítica de sete anos.

– Por favor, eu não posso. Você tem que levá-lo para outro lugar. Aqui não tem remédio!

A jovem soltou a mão do menino e se jogou violentamente ao chão, tentando beijar os pés de Haregewoin. Ela gemia alto, como se estivesse rezando, com o rosto enterrado no chão e as palmas das mãos para cima.

– Por favor, meu Deus, por favor, meu Deus! – gritou alto Haregewoin, juntando-se aos gritos da mulher. – Diga-me! O que devo fazer?

O velho guarda com o rosto afogueado correu para o lado de Haregewoin, preparado para enxotar a visitante.

– Suma! – ordenou. – Siga o seu caminho. Vocês estão matando a *Waizero* Haregewoin!

Haregewoin se voltou, afastando-se da estrada, e cobriu o rosto com o xale.

– Pegue-o.

– O quê? – gritou o guarda, voltando-se.

– Pegue a criança – respondeu ela, dirigindo-se para casa.

– E onde vou colocá-lo? – berrou o homem, às costas de Haregewoin, pois até mesmo ele tinha se tornado crítico.

– Deixe que durma com você! – gritou ela, irritada.

Imediatamente ele se comoveu.

– Venha comigo, rapazinho – disse, alcançando a mão do menino assustado. – E como é mesmo o seu nome?

## 30

HAREGEWOIN COMEÇOU A PROCURAR uma organização especializada em abrigar crianças HIV-positivas.

Se tivesse remédios, seria outra história! Com alegria, manteria todas elas, todas as suas crianças doentes, e tentaria curá-las e criá-las. Mas sem remédios para as crianças a festa transformava-se em velório.

Todas as amigas, que fingiam julgá-la tão extraordinária, ignoravam seus sentimentos. Não sabiam do medo e da náusea de descobrir que um bebê tinha morrido sozinho durante a noite, ser mãe adotiva de crianças em fase terminal.

No final de 2000, segundo o programa Unaids, 4,3 milhões de crianças tinham morrido de aids desde o início da epidemia e 1,4 milhão estava vivendo com a aids, quase todas na África.

Haregewoin descobriu que havia somente dois orfanatos para crianças HIV-positivas em toda a Etiópia, ambos em Adis-Abeba. O maior deles, o Madre Teresa, estava superlotado; havia um outro, pequeno, não muito distante de sua casa, dirigido por um casal. Ela pegou um táxi para se encontrar com eles e ver como as crianças eram tratadas, planejando secretamente perguntar se poderia transferir para eles suas crianças doentes.

No Enat (Mother's) House para crianças HIV-positivas (cujo nome foi mudado depois para AHOPE for Children), havia gritos de alegria e jogo de amarelinha e, de vez em quando, o som de uma bola quicando e cabelos sendo trançados em um pátio sujo, ao ar livre, protegido pela sombra de eucaliptos. Um cheiro agridoce de *injera* feita em casa vinha de uma cozinha externa de tijolos. Entretanto, algumas crianças já tinham começado a perder cabelo, outras eram assustadoramente magras, outras tinham feridas nos rostos. Elas eram as menores vítimas da colisão que ocorrera entre o continente e o HIV/aids: tinham perdido seus pais, mães, irmãos e irmãs, e agora elas mesmas estavam doentes; e, com exceção das mais jovens, todas sabiam o que isso significava.

Visitei pela primeira vez o Enat House em 2001. Uma jovem auxiliar, vestida de enfermeira e com um lenço de algodão na cabeça, chamou as crianças para se juntarem a ela no refeitório. As crianças – a mais velha talvez com sete ou oito anos – correram e se sentaram à mesa na sala ensolarada e recém-limpa. Um vaso de vidro com flores recortadas brilhava sobre a toalha da mesa. As crianças, vindas do interior, nunca tinham visto tesouras antes, e suas mãos se agitaram com ansiedade quando a professora começou a entregar as tesouras de plástico colorido brilhante. Sim, havia o suficiente, a Igreja Luterana Cristã de Forest Hills, Pensilvânia, havia enviado um número suficiente, em suas caixas de donativos. Seguindo as instruções, as crianças produziram uma nuvem de pedaços de papel ao se aventurarem pela primeira vez a fazer flocos de neve (elas também nunca tinham visto flocos de neve antes).

Ester era atarracada. Parecia uma Ethel Merman ou uma Ella Fitzgerald em miniatura. A gargalhada era rouca e a voz, estrondosa. Colocava a língua no canto da boca enquanto recortava, no estilo característico do jardim-de-infância. As crianças mostravam umas para as outras os recortes que faziam, soltando gritos de surpresa. A professora elogiava seus trabalhos e colava os flocos de neve nos blocos cinzentos da parede, possivelmente a única paisagem de neve que a cidade desfrutaria.

Mais tarde visitei a aula de música, que consistia em muitas mãos nas cadeiras girando e pulando no pátio de terra, sob a orientação de um jovem ao violão. Ester dava a cadência gritando as letras das músicas ao mesmo tempo que sacudia as cadeiras de carnes fartas. Eyob era um rapaz bonito. As sobrancelhas levantadas lhe conferiam uma expressão de esperança. Usava calças marrons largas, presas por um cinto na altura da cintura. A camisa pólo estava enfiada nas calças. Ao dançar, ele inclinava o tronco para a frente e balançava os braços. Parecia ter a confiança descontraída de um sapateador afro-americano de antigamente. Ele levava jeito para a dança, de alguma forma quase conseguia que as mãos e os pés batessem juntos até o último momento de cada batida; parecia estar inventando um ritmo só seu.

Mas Eyob e Ester não podiam freqüentar a escola. Nenhuma das crianças HIV-positivas podia ir para a escola por causa de sua condição de saúde. Por isso, a equipe desse orfanato pequeno e despretensioso – Gizaw e sua mulher Tsedie e seus auxiliares – ensinava as crianças dentro de casa.

Tsedie, uma mulher de aspecto nobre, traços marcados e um sorriso amargo, disse:

– Queremos que as crianças apreciem a vida, que vejam algo da vida.

– Como temos aids, não podemos ir para a escola – disseram as crianças, muito jovens para entender o que isso significava.

Era difícil encontrar funcionários para trabalhar no orfanato, disseram os diretores a Haregewoin durante a visita. As crianças eram duplamente estigmatizadas: seus pais tinham morrido de HIV/aids e elas mesmas estavam infectadas.

– As pessoas me evitam. Também evitam minha mulher e nossa equipe – desabafou Gizaw, um homem cansado e bastante educado de cerca de cinqüenta anos. – Dizem que somos soropositivos só porque trabalhamos com estas crianças. Estive recentemente em uma repartição do governo, e as pessoas ficaram me apontando. Dois anos atrás, tive um problema de vesícula e perdi muito peso. As pessoas disseram: "Ah, estão vendo? Olhem para ele agora."

*Depois de me formar, quero ser professora de matemática*, escreveu, em inglês, sua aluna mais brilhante e mais velha, uma menina chamada Amelezud, de dez anos. O rosto comprido e inteligente iluminava-se com um sorriso irônico, que deixava à mostra os longos dentes incisivos. Morava ali com dois irmãos mais novos e tinha um outro que não vivia no abrigo.

*No nosso país não existem muitas mulheres que pilotam aviões, então talvez eu queira ser piloto*, escreveu ela. *Quero aprender depressa e quero crescer. No futuro, quero morar na casa da minha família. Quero construir uma casa para meu irmão mais velho e plantar flores no portão para que fique bonita. Quero ajudar crianças sem família como eu. Vou dizer que sou como elas e que vou ajudá-las da mesma forma que* Mami *e* Babi [Tsedie e Gizaw] *me ajudam. Mais do que qualquer outra coisa, gosto de ler livros de história. Isso me faz feliz.*

Contudo, o cabelo de Eyob estava caindo aos tufos. Da mesma forma que o de Ester. E não havia crianças mais velhas na casa: não havia crianças em idade de cursar a escola secundária, nem havia adolescentes. Não, informaram a Haregewoin, eles não estavam participando de uma excursão; não, não tinham ido morar em outra casa. Sua ausência tornava o silêncio assustador por trás da brincadeira ruidosa dos mais novos que ainda viviam. A morte das crianças mais velhas era como uma frente fria vinda do Ártico, afastando o ar quente de um dia de final do outono.

Noventa por cento das crianças infectadas pelo HIV adquiriram o vírus de suas mães, antes ou durante o nascimento ou pela amamentação. Um número desconhecido foi infectado por agulhas contaminadas e transfusões de sangue não controladas, e um pequeno percentual foi infectado em decorrência de abuso sexual cometido por adultos soropositivos.

Praticamente um quarto das crianças nascidas de mães infectadas tornou-se soropositivo.

Na América do Norte e na Europa, foi descoberto que terapias que combinavam doses triplas e começavam na vigésima oitava semana da gestação poderiam reduzir a transmissão do HIV para o bebê em noventa e oito por cento, além de salvar a mãe. Nos Estados Unidos, campanhas de saúde pública, aconselhamento, atendimento pré-natal e terapia com ARV para grávidas infectadas pelo HIV reduziram infecções em crianças para menos de dois por cento dos nascimentos. Em 2002, houve noventa e dois novos casos de aids pediátrica.

E em 2003, cinqüenta e nove.

Contudo, menos de dez por cento das grávidas soropositivas da África tinham acesso a essas drogas.

Assim, houve cerca de sessenta mil novos casos pediátricos em 2003 na Etiópia.

E as poucas grávidas soropositivas da África que *receberam* os medicamentos para evitar a transmissão de mãe para filho (PMTCT, na sigla em inglês) não continuaram a ser tratadas depois de terem dado à luz. As mães inscritas em programas de PMTCT *tinham* mais probabilidade de dar à luz bebês não-infectados, mas tinham também mais probabilidade de ficar doentes e morrer depois do parto, quando as terapias com os medicamentos que faziam eram interrompidas.

O HIV/aids em crianças geralmente segue um de dois caminhos. Oitenta por cento das crianças infectadas na infância morrem antes de atingir a idade de dois anos. Essas crianças talvez nunca engatinhem, andem ou falem.

Das restantes, algumas podem chegar ao oitavo aniversário, e uma minoria ínfima consegue comemorar o décimo primeiro aniversário antes de morrer.

Gizaw estava a par desses números. Ele também sabia que a bonita Amelezud – que o chamava de *Babi* (vovô) e achava que poderia ser feliz na vida desde que tivesse livros de histórias para ler – já tinha dez anos.

A fadiga injetara os olhos de Gizaw, denunciando que ficara acordado durante a noite toda; ele já tinha lutado contra a aids pelas dezenas de pequenas vidas, e cada uma das crianças tinha sido arrancada de seus braços.

– Outro belo pequeno príncipe de nosso país acabou de nos deixar – disse a Haregewoin sobre um garoto de oito anos que havia morrido duas noites antes.

O primeiro sinal de deterioração da saúde de uma criança era a súbita recusa em participar dos jogos e exercícios que antes apreciava. Uma criança sentada desatenta no meio-fio, de repente desinteressada em trançar o cabelo ou em jogar bola, evitando o professor de música, era um terrível presságio. A maioria das crianças tinha visto um ou ambos os pais morrerem, e muitas tinham perdido também irmãos. Quando começavam a descobrir sintomas surgindo em si mesmas – inflamação na boca e garganta, erupções de molusco contagioso em volta dos olhos e lábios e/ou diarréia –, mesmo as que tinham cinco anos de idade desconfiavam do que viria a seguir. Significava que seriam encaminhadas para o quarto dos fundos com a porta fechada. Então, todos os outros que as visitavam, com a exceção de Gizaw – que ainda as abraçaria e beijaria, segurando-lhe as mãos e cantando para elas –, usariam máscaras cirúrgicas e luvas de borracha.

– A criança começa a perder peso – disse Gizaw, cuja experiência anterior tinha sido em negócios e administração pública, não em medicina, mas que tinha sido escolhido para criar esse abrigo por ter trabalhado com as primeiras ONGs.

– A criança desenvolve infecções na boca e garganta – que dificultam a deglutição. Ela pára de comer, tem diarréia, dores nas articulações, dor de ouvido. Esses sintomas podem aparecer em cinco meses, três meses, dois meses. A criança pega pneumonia, começa a ter convulsões. Ela não fala na doença, mas fica um pouco deprimida. Até que, um belo dia, deixa de brincar no pátio, só quer ficar sentada e ser carregada.

A associação de feridas no rosto e na boca, herpes-zóster, erupções no corpo e glândulas inchadas desfiguram e fazem sofrer a criança, à medida que sua vida se aproxima do fim.

– Não temos anti-retrovirais. Sabemos que, no Ocidente, as crianças recebem tratamento. Nosso governo não possui divisas suficientes para gastar com anti-retrovirais. Podemos lutar contra a pneumonia e as infecções secundárias que atacam as crianças, mas isso é tudo. Nosso projeto parece o de um albergue.

Ele ficou quieto e fixou o olhar no vazio à sua frente.

– É duro ver as crianças morrendo.

Órfãos soropositivos e sofrendo de aids se perfilaram, cortesmente, para saudar Haregewoin. A marca de seus pais tinha sobrevivido nos nomes bonitos e elaborados das crianças. À medida que cada uma delas balbuciava o próprio nome, Haregewoin logo visualizava a mãe e o pai, mesmo os mais pobres entre os pobres, com as cabeças reclinadas sobre um recém-nascido, conspirando juntos para dar um nome extravagante e auspicioso para o bebê. Grande parte dos nomes etíopes que não tinham origem na Bíblia significava algo; contudo, os nomes daqueles órfãos soropositivos pareciam excepcionalmente tocantes.

Ela conheceu *Tidenek* [Você é Impressionante] e *Bizunesh* [Você se Tornará Grande], e *Asegdom* [Aquele Que Faz os Outros se Ajoelharem na sua Presença].

Apertou as mãos de *Mekonnen* [Dignitário] e *Zerabruk* [Descendente dos Deuses]. *Makeda* [A Bela] fora o nome da rainha de Sabá, e logo adiante havia um pequeno *Salomão*, também.

*Tadelech* significava "Ela é Sortuda", e *Zenash* era "Famoso". *Messaye* queria dizer "Você se Parece Comigo" – era impossível não perceber a felicidade de uma mãe ou pai com aquela criança. O nome charmoso *Etagegnebu*, "Eu Tenho uma Irmã!", preservou um momento da felicidade familiar, a alegria de uma irmã mais velha do bebê.

O nome muito comum de *Metekie*, por outro lado, assinalava o alto índice de mortalidade infantil e de bebês, porque seu significado agridoce era "Criança Substituta".

*Tenagne* era "Minha Saúde", escolha que denunciava uma esperança comovente, levando-se em consideração os últimos acontecimentos (Tenagne era agora um órfão soropositivo).

O nome *Allefnew* era quase tão ruim: "Conseguimos Nestes Tempos Difíceis."

Um menininho briguento foi considerado pelos pais um futuro comerciante ambulante: seu nome era *Million* [Milhão].

Na era da pandemia, seu nome tomou um significado inteiramente diferente.

Haregewoin perguntou a Gizaw se ela poderia transferir suas crianças soropositivas para o Enat.

– Sinto muito, *Waizero* Haregewoin, mas não temos lugar para mais crianças, como você pode ver – esquivou-se Gizaw, num tom educado.

Para cada criança que vivia na casa, outras sessenta viviam e morriam nas ruas vizinhas. Uma ou duas vezes por semana, Gizaw atravessava os portões do pequeno orfanato com outra criança nos braços.

Ao receber permissão para brincarem no pátio, duas menininhas correram ao encontro de Gizaw para mostrar a ele a nova seqüência de saltos que tinham aprendido para pular corda. Dois meninos o rodearam. Com a bola de futebol que dividiam (sacos de plásticos enrolados como uma bola, presos por um barbante), chamavam-no para brincar com eles. Ele fez algumas fintas com a bola, provocando risos nos garotos.

Quando Gizaw balançou as chaves da caminhonete e disse que precisava de dois ajudantes para acompanhá-lo à cidade e auxiliá-lo com algumas providências, as crianças levantaram as mãos e pularam e gritaram alto, mostrando que queriam ser escolhidas. Os rostos semi-escondidos pelas tranças balouçantes das menininhas e pelos bonés dos meninos pequenos revelavam alegria e esperança.

# 31

HAREGEWOIN TINHA CONSIGO TRINTA E DUAS crianças, depois trinta e oito, depois quarenta e duas, e depois perdeu a conta de quantas crianças tinha.

Com essa quantidade de crianças, era necessário criá-las como ela e seus irmãos tinham sido criados, da mesma maneira que eram criadas as crianças do interior, habitantes dos platôs ressecados: com trabalho duro, palavras bruscas ou palmadas ocasionais e mingaus sem gosto mexidos em panelas fundas e retirados com colher, em grandes quantidades. As crianças mais velhas eram obrigadas a ajudar a criar as menores, assim como ela mesma havia feito com seus dezenove irmãos mais novos.

– Assim vou acabar me atrasando pra escola! – protestou Tamrat, dez anos de idade, de ar tranqüilo e porte atlético. – Estou cansado de tomar conta desses garotos. Eles não conseguem nem comer sozinhos. *Todo dia* eu chego atrasado na escola.

– Eu durmo na aula – disse Meskerem, agora mais velha, com nove anos. – Os bebês não me deixam dormir de noite. Ela me encarregou de três bebês, e todas as noites eles acordam chorando.

– Ela me manda sair à noite para ir à loja se alguma coisa acaba – murmurou Tamrat para os outros. – Eu sou muito novo para fazer isso. Eu preciso dormir.

Eles levaram suas queixas para Haregewoin, que os ignorou, seguindo em frente com um bebê agarrado ao ombro esquerdo e com uma criancinha sem calças segurando-lhe frouxamente a mão direita. Logo em seguida, correu no sentido contrário brandindo um graveto em perseguição a um menino que tinha encontrado defecando atrás de um berço no quarto dos bebês.

Yonas, o irmão de onze anos de Meskerem, tinha se tornado seu braço direito na casa; ele era simpático e não reclamava. Mas as crianças em postos inferiores não escondiam a insatisfação, que aumentava a cada dia. Crianças mais velhas batiam os pés no chão em sinal de impaciência, ficavam na soleira da porta de Haregewoin à espera de um convite para entrar na sala de estar, onde teriam a chance de se queixar. Estavam ansiosas para apresentar seus casos e negociar uma troca de tarefas.

Entretanto, Haregewoin vivia assoberbada, envolvida em estratégias complicadas e em reuniões desesperadas de levantamento de fundos, com Zewedu e sua cunhada idosa Negede Tehaye Alemayhu. Não podia dar atenção a crianças descontentes. Ela as dispensava com uma palavra brusca e voltava para participar da discussão ao redor da mesa, onde os três tratavam sem cessar de assuntos em que não tinham nenhuma experiência:

– É melhor colocar as crianças soropositivas na mesma cama, ou podemos misturá-las com crianças saudáveis?

– As crianças soropositivas são perigosas para as que não são soropositivas ou vice-versa?

– A criança que está com tuberculose ativa e a que está com hepatite B devem dormir juntas ou com crianças saudáveis?

– As crianças soropositivas farão com que as crianças saudáveis fiquem doentes se comerem do mesmo prato, mesmo se lavarmos os pratos com sabão e água quente? As crianças saudáveis ficarão doentes se usarem a privada depois das crianças soropositivas?

Na falta de informações médicas, eles tentavam aplicar o senso comum a situações que escapavam ao senso comum. Na verdade, as crianças saudáveis representavam um risco para as crianças soropositivas *muito maior* do que estas representavam para as saudáveis. Mas isso parecia contrário à intuição.

A casa tinha água às vezes, mas nem sempre. Tinha eletricidade e telefone a maior parte do tempo, mas nem sempre. Havia alimentação básica suficiente – como arroz branco – para todas as crianças a maior parte do tempo, mas nem sempre. As crianças disputavam um espaço exíguo, viviam juntas, as saudáveis com as doentes, com tosse e nariz escorrendo, algumas vezes com fome, algumas vezes gritando de medo de pesadelos, algumas vezes sujando os lençóis com vômitos e diarréia. Seriam necessários gênios em matemática e medicina, trabalhando com computadores e plantas e planilhas, para arrumar espaço suficiente para viverem e dormirem de forma que minimizassem – mais do que facilitassem – a transmissão de infecção entre as crianças.

Seria preciso outra classe de especialistas para minimizar o contágio de infelicidade e trauma.

Enquanto isso, crianças em idade escolar que traziam para casa as boas notas recebidas na escola esperavam timidamente a oportunidade de mostrar seus trabalhos para Haregewoin. Ela corria em todas as direções no pátio, gritando e batendo palmas; ela as conduzia em uma direção para jantar, em outra direção para rezar.

– Guardem isso! Vai ficar sujo! – berrava referindo-se às tarefas escolares, e elas obedeciam.

*Tariku, menino, dois anos. Mãe trabalhava como empregada doméstica. Abandonou a criança na casa e fugiu.*

*Miret, menina, oito anos. Adis-Abeba. Mãe portadora de aids e tuberculose, pai falecido.*

*Birakadu, dez anos, menino, 5.ª série, mãe e pai mortos.*

*Yimen, menina, um ano, caiu em uma fogueira, levada ao hospital da cidade, deixada no hospital.*

Todas as noites, Haregewoin reunia as crianças para rezar antes de dormir. Elas sentavam no chão em fileiras, com as pernas cruzadas, de frente, dentro de um círculo formado por catres e berços. Haregewoin sentava-se numa cadeira de criança diante delas. Escolhia algumas como voluntárias para se levantar e liderar as preces e os hinos que quisessem; alguns da igreja ortodoxa, outros da protestante.

– *Abbatachin-hoy* – elas começavam, clamando por Deus. Suas vozes eram agudas e altas. Ela percebia que muitas tinham sido bem-criadas; tinham sido criadas freqüentando a igreja.

Antigamente ela se balançava, sorria, batia palmas e também cantava, apreciando o fato de rezar com elas no momento mais feliz do dia.

Ultimamente, ficava sentada, fria e vazia, com o olhar apagado. Estava faminta e exausta. Quando os pequeninos se empurravam e se acercavam dela para o beijo de boa-noite, ficava sentada olhando para baixo; eles ainda assim a beijavam antes de disparar para a cama. Ela permanecia sentada, na escuridão e no frio, mesmo depois de as crianças todas terem ido se deitar; sentada estava, sentada ficava, pensando em nada, com o estômago vazio.

## 32

HAREGEWOIN DESCONHECIA COMPLETAMENTE a epidemiologia do HIV/aids na Etiópia. Não fazia idéia de que a doença tinha sido trazida para casa pelos soldados que retornavam das batalhas travadas contra a Eritréia. Não sabia que os especialistas em saúde pública conseguiam mapear a extenuante jornada dos soldados e de seus adeptos através do continente pela incidência do HIV/aids. Desconhecia completamente as tendências identificadas pelos especialistas.

Os autores do livro *Global Aids: Myths and Facts*, publicado em 2003, resumiram os riscos da propagação de doenças infecciosas em tempos de guerra: "O conflito armado geralmente provoca deslocamentos em grande escala das populações, incluindo a movimentação de refugiados como de soldados. Esses deslocamentos mostraram ser um fator favorável à disseminação de doenças infecciosas, inclusive da aids. Durante a guerra, a associação entre contingentes de militares – muitas vezes itinerantes e distantes da família e dos entes queridos – e um nível elevado de pobreza entre as mulheres cria um ambiente propício à prostituição e ao aumento do risco de transmissão do HIV. Os índices de infecção pelo HIV entre as forças armadas africanas estão entre os mais altos no mundo, superando em alguns casos os cinqüenta por cento."

Haregewoin, porém, não leu os livros. Ela só conhecia uns pobres coitados da vizinhança.

Um homem de aspecto humilde e mãos nervosas chamado Getachew (Gue-*tá*-chu) Yohaleshet começou a zanzar do lado de fora do portão de Haregewoin. Tinha cinqüenta e poucos anos, um filho pequeno e a esperança de que Haregewoin o alimentasse. Resignada, ela os deixou entrar um dia para escapar da chuva forte que caía; o menino, Asresahegne (Ars-re-se-*reine*), correu para se juntar às outras crianças, ao mesmo tempo que levantava as calças de adulto encardidas com o zíper quebrado que usava todos os dias.

Getachew entrou humildemente na sala de estar. Torcendo o boné de lã com ambas as mãos e tentando agradar, inclinou-se bastante para as poucas pessoas presentes. Um esgar que pretendeu ser um sorriso revelou-lhe os dentes amarelos. O homem sentou-se em seguida na beira de uma cadeira, pronto para deixar o local caso alguém esboçasse qualquer gesto de reprovação. Se Haregewoin tivesse lhe dirigido qualquer palavra mais dura, Getachew teria saído depressa para o pátio enlameado, arrastando os cadarços desamarrados dos sapatos, e teria ficado debaixo da chuva forte, olhando em direção à casa com um sorriso triste de aceitação.

– Conte-me sua história, Getachew – disse Zewedu, que estava do outro lado da sala úmida e escura, dando início à conversa.

Eu e Selamneh também tínhamos entrado para tomar um café. Todos nos viramos em direção à figura de Getachew, com um misto de respeito humano e gentileza que havia muitos anos ele não sentia. O gesto o transtornou de tal forma, que ele não conseguiu segurar a xícara, fazendo com que o café caísse nas calças encardidas.

Ele limpou a garganta, olhou tristemente a grande mancha de café na calça e, relutante, começou a falar, indeciso, a todo momento, se devia continuar. Getachew era tecelão – tinha aprendido com o pai e o avô a fazer xales de lã para o trabalho pesado, lenços de pescoço delicados e transparentes, cortinas grossas com adereços e colchas e toalhas de mesa de cor creme. Acostumara-se a passar dez ou doze horas por dia sentado diante do tear de madeira feito à mão. Seu trabalho era vendido no mercado. A família vivia em uma casa de pedra erguida sobre um outeiro e cercada por barracos de madeira quase caindo. Depois da morte do pai, a mãe de Getachew, a irmã e o irmão mais velho e os respectivos cônjuges passaram a viver juntos na casa da família. Getachew, sua amada esposa Shibarie e seus três filhos viviam lá também.

– Eu e a Shibarie crescemos juntos – contou ele. – Ela era uma ótima aluna, só tirava A. Eu abandonei os estudos, mas era tecelão, conhecia bem o ofício. Então ela concordou em se casar comigo. A vida com minha mulher era muito boa. Ela era uma esposa que me tratava com doçura e uma ótima mãe para os nossos filhos.

Getachew foi convocado pelo exército, sob as ordens de Mengistu, para a interminável e devastadora guerra de fronteira entre a Etiópia e a Eritréia. A Etiópia tinha anexado a Eritréia à força na década de 60, deflagrando a guerra de trinta anos da Eritréia pela independência. Apesar de a Eritréia ter vencido, ainda havia pontos a serem negociados pelos dois governos. Tais negociações – nada pacíficas – consumiam os parcos recursos dos dois países e provocavam um desperdício terrível de vidas.

– Lutei na Eritréia por treze anos – prosseguiu Getachew. – Depois de treze anos, fui capturado. Fiquei prisioneiro por três anos, trabalhando como tecelão na prisão. Não nos forneciam alimentos ou roupas suficientes. Estavam nos matando de fome.

– Fomos libertados quando o Muro de Berlim caiu. Éramos dez mil e tivemos que voltar para casa a pé. Andamos por três meses e duas semanas até chegarmos ao rio Mereb, na fronteira com a Etiópia. Quando cheguei ao meu país, estava em condições lastimáveis. Retornei para a casa de minha mãe e soube que Shibarie havia morrido, deixando nossos três filhos. O exército havia lhe informado que eu tinha morrido. Ela recebia pensão de viúva na época em que morreu. Sofri por um longo tempo. Ela não era apenas minha esposa, era uma mãe e uma irmã para mim. Foi um tempo muito difícil. Não sabia o que fazer da vida sem Shibarie.

Com a mão trêmula, ele recolocou a xícara na bandeja, curvando a cabeça em agradecimento a Sara pelo café. Com medo de cruzar com os olhos de alguém, ele olhava para o meio do chão enquanto falava.

– Depois de alguns anos, me casei com uma mulher muito gentil chamada Ayanechew; ela me ajudou a criar meus filhos; e também tivemos este menininho.

Ele queria parar por aí. Depois de um momento, levantou os olhos e viu que Haregewoin, Selamneh, Zewedu e eu continuávamos olhando para ele. Será que esperavam que confessasse algo? Será que ele tinha de fazê-lo?

Sorrindo ansioso, ele disse:

– Após cinco anos de serviço militar na Eritréia, o exército permitia que saíssemos para nos divertir. Acho que foi quando aconteceu.

Ele esperou, cabisbaixo, que alguém gritasse ou pegasse uma vara para bater nele. Como ninguém o fizesse, continuou:

– Foi muito bom estar casado com minha segunda mulher, mas eu estava fraco, me sentia doente. Fui ao *kebele* e pedi uma carta e cinqüenta *birr* para que pudesse ir a uma clínica fazer o teste do HIV. No momento em que recebi a notícia da minha condição, fiquei tão chocado que mal pude permanecer de pé. Quando voltei para casa, falei com minha mulher para fazer o teste – ela também estava se sentindo doente. Quando o teste dela deu positivo, minha família a perseguiu e a expulsou de casa. Ela foi viver com a família dela. Reuni-me à minha mulher e fiquei com ela até sua morte, quatro anos depois. Quando voltei com meu filho para a casa da minha família, eles não quiseram me aceitar. Me enxotaram. Minha mãe acredita que, se tiver contato comigo, ficará doente. Finge que não me conhece e que não conhece meu filho. Fui ao *kebele* e contei o que tinha acontecido, e eles proibiram minha mãe de me expulsar. Então ela mandou um empregado construir um barraco de sapé atrás da casa da família, e é lá que vivo hoje com meu filho mais novo. Sou como um pária no terreno de minha própria família. Por eles, eu já teria desaparecido. Sentem vergonha de mim. Não tenho nada. Minha mãe não sente nada por mim. "Você já está morto", ela me falou. "Não precisamos de você." Quando nos cruzamos na estrada, algumas vezes ela me cumprimenta, mas não como uma mãe. Minha irmã e meu irmão não falam comigo. Eles não convidam meu filho para ir à casa deles. Não o tratam como uma pessoa bem-vinda. Os filhos do meu irmão e da minha irmã ridicularizam meu filho, que é primo deles. Quando uso a latrina da família, minha irmã manda o empregado da casa ir jogar cinzas nela.

Todos sorveram o café em silêncio durante um certo tempo. Percebendo que era o centro das atenções, Getachew animou-se subitamente e disparou:

– Eu me encontrei com o imperador Hailé Selassié.

Todos nós levantamos os olhos surpresos.

– Eu e Shibarie tivemos um grande casamento, maravilhoso mesmo. Eu estava tão feliz! Vesti um terno novo, e ela usou um vestido de noiva branco. Foi uma grande cerimônia na igreja ortodoxa, cheia de amigos e parentes. Quando estávamos descendo os degraus da igreja, o imperador estava passando na rua em seu carro enorme, seguido por uma fila de carros. Ele adorava casamentos. Mandou o carro parar, saiu e fez um gesto para nós. Minha mulher e eu atravessamos a rua correndo e nos inclinamos a seus pés. Ele estava usando as roupas especiais de rei.

Getachew falava agora com exaltação, lembrando-se do veludo e do couro de pele de bezerro, das dragonas douradas e das medalhas de prata, dos anéis e fivelas parecendo jóias que o rei usava. A lembrança de Sua Majestade iluminava o rosto cansado de Getachew, irradiando-se para a sala.

Os guardas do imperador mantiveram a multidão afastada, deixando somente que os noivos se aproximassem do rei. Até mesmo a guarda palaciana, que pulou dos carros com as armas polidas em punho, acenou para Getachew com benevolência.

– Ele colocou as mãos sobre nossas cabeças e nos abençoou, fazendo votos de uma vida feliz.

A narrativa de Getachew terminou ali. Ele não quis contar mais nada. A luz brilhante que irradiava custou a desaparecer de seu rosto. Queria deixar os lábios saborearem o gosto das palavras *Hailé Selassié* e *o imperador* e *Shibarie* um pouco mais antes de retornar à terrível realidade.

Logo voltaria para casa com o filho, para seu barraco sem combustível ou eletricidade, com jornais velhos pregados nas paredes para proteger do frio; iriam deitar sobre uma cama esculpida em um monte de lama coberto com jornais. Porém, possuía um tesouro, essa lembrança que reluzia com rubis e esmeraldas e sedas e o longo esplendor da limusine preta na luz do sol de muito tempo atrás: ele tinha estado diante da Presença Divina; o imperador tinha lhe estendido a mão, o imperador o tinha abençoado.

– Seu filho é positivo? – perguntou Zewedu.

Getachew meneou a cabeça, negando.

Esgotada, tudo que Haregewoin conseguia pensar era: *Vou acabar ficando com o filho de Getachew.*

## 33

Henok, de seis anos de idade, estava de olho em uma nova mãe. Da mesma maneira que tinha sido acolhido por Haregewoin, ele planejava ser acolhido de novo por alguém diferente. Tinha visto mulheres que não carregavam ninguém (mulheres sem bebês presos às costas) visitarem Haregewoin; por que uma delas não poderia se tornar *sua*, uma nova mãe só sua, meiga e que se dedicasse exclusivamente a ele? Algumas das mulheres visitantes eram um pouco velhas (a cunhada idosa de Haregewoin, Negede Tehaye Alemayhu); outras eram um pouco jovens (Sara, a ex-universitária); Henok estava de olho em alguém que fosse *certinha* para ele.

Ele ficava perto da porta de entrada de Haregewoin sempre que se esperavam convidados. Metido em uma capa impermeável de menina rosa e turquesa, que tinham lhe entregado aleatoriamente de uma pilha de roupas limpas, ainda assim exibia um ar de dignidade no rosto sério e liso, de olhos redondos e lábios carnudos. Pacientemente, enrolava as mangas compridas da jaqueta para deixar as mãos livres.

Quando estive pela primeira vez na residência de Haregewoin, Henok piscou rapidamente os olhos na minha direção, olhando-me intensamente com curiosidade e simpatia. Por algum motivo, seu interesse desapareceu rapidamente. Não sei se foi a cor da minha pele, minha idade ou o fato de ter um garoto comigo no táxi, a verdade é que eu não era a mulher que ele queria. Era um rapaz criterioso.

Apesar de ter me descartado, Henok cumprimentava-me todos os dias com educação. Eu sempre parava e procurava sua mão entre as dobras do náilon/poliéster rosa e turquesa para apertá-la. Às vezes conseguia ganhar um ligeiro sorriso frio, mas ele logo olhava sobre meu ombro para a porta de metal, retomando sua vigília. Eu saía da frente. Uma mãe com mais chances poderia entrar a qualquer minuto, e seria indelicado bloquear a visão de Henok.

Em torno dele, em uma manhã morna de um dia de semana, crianças pequenas disputavam a vez, brincando de faz-de-conta. Alguém havia doado um assento de criança para carro, e ele tinha sido colocado na calçada da frente da casa, uma área que servia de palco para brincadeiras. As crianças se revezavam como se ele fosse um trono, entulhando-o de bonecos de cabeça para baixo e seixos lisos (usados no jogo de pedrinhas da Etiópia, no qual a bola não tem de pular), no fundo de suas dobras. Crianças pequenas, de mãos dadas, andavam com o passo incerto para a frente e para trás sem um objetivo definido.

Sempre que um carro buzinava do lado de fora do portão para entrar, as crianças fugiam desordenadas, interrompendo a brincadeira e o que faziam. Se uma mulher estranha entrasse de carro, a agitação das crianças aumentava. Uma visitante sozinha sugeria – de maneira insuportável – que havia mães não-reclamadas perambulando nos arredores.

Mesmo as crianças que não se lembravam de suas mães sentiam subitamente um vazio no peito ou no estômago. Erguiam os braços, em sinal de respeito ou desorientação, quando vislumbravam mulheres que chegavam para fazer uma visita. Os garotinhos, que até então puxavam alegremente tratores de brinquedo para a frente e para trás no chão, em vez de brincar começavam a disputar o brinquedo; e garotinhas se apressavam para em seguida cair, esfolando os joelhos ou as palmas das mãos no concreto quebrado, e começar a chorar. Quase que se podia calcular há quanto tempo uma criança estava órfã pelo volume do choro: uma menina pequena que já vive há muito tempo – mesmo com dois anos – sem receber atenção exclusiva choraminga silenciosamente, com a boca aberta, as lágrimas caindo, mas sem emitir uma palavra. Aprendera que chorar em grande estilo – do tipo que somente uma mãe pode reconfortar – a fará percorrer um longo caminho e a deixará lá, no final, sem fôlego; terá de percorrer sozinha o caminho de volta, a blusa limpa estará molhada e o brinquedo estará nas mãos de outra pessoa.

As meninas no início da adolescência circulavam pela residência com os braços cheios de pratos, roupa limpa ou mamadeiras, ansiosas para demonstrar seu valor. Do lado de fora da parede de latão, as opções para pré-adolescentes e adolescentes que vivem em orfanatos são terríveis.

Quando os estranhos chegavam, as adolescentes pegavam carga extra – um bebê *mais* um balde de água; lençóis *e* fraldas. Como elas são úteis! Como ajudam em tudo! Com o olhar tímido, caprichosas, tentam desesperadamente agradar, para que alguém as leve. Baixam a cabeça com vergonha, quase evitando encarar. Com a morte dos pais, o futuro que as aguardava ficou vazio. A vida de estudante que levavam acabou. As melhores amigas, as confidentes na aula de inglês, nos treinos de vôlei e no coro já devem tê-las esquecido. No meio do ano letivo, após os exames, elas saíram da escola e desapareceram. Senhorios ou parentes distantes do sexo masculino já tomaram posse de suas casas. As amigas e os professores (os que ainda não tinham morrido) não pensariam em procurá-las ali, entre as paredes daquele abrigo, ao lado de crianças de fraldas. Mas não eram ingratas! Elas se ajoelhavam no chão da sala da frente de Haregewoin quando ela recebia seus convidados; serviam cubos de melancia, tigelas de uvas; serviam o chá. Ao lado da porta da frente, apesar do tumulto feito por visitantes, Henok continuava parado, tomado por sua estratégia secreta. Ele já tinha visto tudo isso antes: os rostos voltados para o alto e molhados de lágrimas, os braços roliços erguidos; as meninas mais velhas, agarradas a vassouras, varrendo com estardalhaço. No máximo, o esforço lhes valia um momento de atenção de uma estranha que descia de um utilitário reluzente ou de um táxi caindo aos pedaços, uma palavra simpática de uma senhora se ajoelhando; alguns talvez conseguissem até mesmo ser levantados do chão e abraçados, envolvidos numa onda de perfume. Mas Henok também sabia: as crianças não iam embora com aquelas mulheres.

Antigamente, o amor de Haregewoin era suficiente para todos. Os bebês que eram passados para o colo dos visitantes protestavam e estendiam os braços para voltar para ela. Antigamente, ela repartia seu amor generosamente da mesma maneira que servia o pão ou o arroz, retirado das travessas no jantar. A dedicação e o riso pareciam vir de uma reserva inesgotável. Eram seus o colo no qual se consolavam e os braços enérgicos que erguiam os desvalidos.

Mas isso era antes de o número de crianças ter aumentado tanto. Agora, o grupo já não parecia tanto uma família. Henok não tinha certeza se Haregewoin ainda sabia o nome de todos. Em vez de usá-los, ela chamava as crianças por diminutivos: *Mamoosh* para um menino pequeno, *Mimi* para uma menina.

No princípio, Henok sofria cada vez que chegava alguém novo. Sofria mais ainda ao ver como Haregewoin era bondosa com cada um deles. Ela dava banho em qualquer garoto franzino, anônimo e de olhar patético com os mesmos agrados e sussurros que dedicara outrora a Henok, quando ele era novato e recém-chegado de seu próprio barraco no fim da rua. Ela colocava bebês doentes que choramingavam em sua própria cama, enrolados no seu xale, junto com ela.

Henok classificava tal atitude como típica do comportamento estranho das mães.

Contudo, justamente quando pensou que não suportaria mais compartilhar o amor de Haregewoin com outro ser humano, ela deu para trás. Algo nela havia mudado; ela continuava lá, no meio de todos eles, sempre ocupada, dando ordens, suspendendo garotos pelos braços de um lugar e os largando em outro; mas o temperamento amistoso de avó, que os olhos enrugados pareciam acentuar, já não parecia tão amistoso quanto antes.

Foi quando Henok começou a procurar uma nova mãe. Assim, ele suspirava e esperava, e a testa lisa franzia um pouco. Era agora uma pequena sentinela com uma missão da maior gravidade.

E então, um dia, ela chegou.

Ela mesma dirigia o carro. Manobrou o veículo com vigor pelo caminho até a garagem e o estacionou. Não um táxi, mas o próprio carro. O vestido tricotado combinava com a jaqueta curta tecida com fibras azuis e pretas, naturais e brilhantes. Tinha quase cinqüenta anos, um rosto grande, franco e amistoso, medidas avantajadas e cabelos castanhos puxados para trás, displicentemente, em um coque. Ao cumprimentar Haregewoin, deixou escapar uma risada alta e iniciou a conversa, aos gritos, antes de ter saído completamente do carro. Ela falava de um jeito diferente de todas as mulheres cuja voz Henok já ouvira; falava mais alto, com mais vida; ele não conseguia entender nenhuma palavra que ela dizia. Não importa – ele a reconheceu instantaneamente.

Como um porteiro no mais luxuoso dos hotéis, aproximou-se dela polidamente e ofereceu-lhe a mão.

– Olha só que bonitinho! – gritou a mulher grande.

Ela tomou o menino pela mão num piscar de olhos. Ele se apressou, pulando um pouco, para não deixar a mão escapar. Quando ela jogou uma bolsa grande e preta sobre o ombro, ele se abaixou para evitar que a bolsa batesse nele. Ela era seu passaporte para entrar na sala da frente de Haregewoin – geralmente Haregewoin levantava as sobrancelhas para as crianças, ou o dedo indicador, para dizer não, caso entrassem na sala quando havia visitas. Ele acelerou o passo, ao lado de sua nova mãe, em direção ao sofá baixo. Antes de sentar-se, ela soltou a mão do menino por um segundo, enquanto ajeitava a saia para evitar prováveis amassadelas. Ele, no entanto, tratou de se sentar ao seu lado, com as pernas bem junto às dela. Ato contínuo, enfiou a mão de volta na dela.

Suas palavras não pareciam ter sentido, mas uma delas ele ouviu claramente: "Etiópia." Era o seu nome, ele pensou, se apaixonando.

Tratava-se de uma negra do Sul dos Estados Unidos que vivia em Adis-Abeba e fazia parte da missão de uma igreja. O marido era pastor. O casal de meia-idade, impressionado com as centenas de crianças desabrigadas vivendo nas ruas, queria ajudar de alguma maneira, talvez através de adoção.

– Este menino é uma graça! Quem é ele? – perguntou a certa altura e acomodou Henok no colo, como se ele fosse muito pequeno.

– Este é o Henok – respondeu Haregewoin, rindo com Henok por sua boa sorte e balançando a cabeça com sua artimanha. Ele manteve a postura digna, mesmo quando estava sendo aninhado.

– Bem, conte-me tudo sobre Henok! – pediu a nova amiga.

Ele teria ido embora com ela naquele instante.

Quando, após o café, a conversa animada e o riso barulhento, a mulher, cujo nome não era realmente Etiópia, se levantou, ele se levantou também. Havia uma coisinha que gostaria de correr para pegar – um pião de madeira enrolado no barbante, guardado sob o travesseiro de uma das camas de solteiro que dividia com outros três meninos –, mas reconsiderou. O melhor era permanecer ao lado de Etiópia, para que não houvesse o risco de ela ir embora sem ele.

Caminhou depressa ao seu lado, ficou atento enquanto ela abria a porta do carro. Estudou seu rosto, buscando uma pista.

Ela jogou a bolsa no assento da frente, entrou, fechou a porta e abaixou o vidro da janela para alguns comentários finais. Henok olhou desesperado para Haregewoin.

– O que você acha do meu amigo Henok? – perguntou Haregewoin.

– Ele é uma gracinha! – respondeu a mulher. – Vou com certeza conversar com meu marido sobre ele. Está bem, rapazinho? – inquiriu ela, e de repente tomou o rosto de Henok entre as mãos. Sem nada entender, ele assentiu com a cabeça.

– Então está certo! – gritou ela.

Ele se afastou em direção a Haregewoin, enquanto a mulher dirigia o carro para fora.

Haregewoin passou o braço sobre seu ombro e disse, exultante:

– Ela vai perguntar ao marido sobre você.

E ele se sentiu muito feliz.

Henok pensou que tinha vencido todos os outros concorrentes, mas não tinha. Uma das meninas mais velhas, uma órfã de quinze anos, tinha servido o café, se comportado bem, agindo com cortesia, e oferecido fatias de laranja. Quando Haregewoin pediu que pegasse uma pasta do arquivo, a garota a entregou com um sorriso e algumas palavras em inglês.

– Ela fala inglês! – exclamou a americana, surpresa.

– Fala sim, é uma excelente aluna – explicou Haregewoin. – Terminou a oitava série.

Henok concentrava-se em manter sua mão dentro da mão da nova mãe.

A americana telefonou para Haregewoin alguns dias depois para falar sobre a adolescente. Foram feitos arranjos para que a garota se mudasse para o apartamento do pastor americano e de sua mulher; caso ela se sentisse feliz e o acerto fosse conveniente para todos, iriam dar entrada em um pedido de adoção no tribunal etíope e solicitar à embaixada americana um visto para o eventual retorno deles aos Estados Unidos.

Quando a mulher que ele julgava chamar-se Etiópia voltou na semana seguinte, Henok estava tão excitado que não conseguia pensar para onde correria em primeiro lugar; decidiu, então, correr para pegar seu pião e colocá-lo no bolso. Sentou-se ao lado da americana, balançando o tronco de tanta felicidade. De vez em quando, levantava os olhos de esguelha para ela, acariciando sua mão e estudando-a. Ele sorriu para Haregewoin, que meneou ligeiramente a cabeça em sua direção, mas ele ignorou seu aviso.

Na hora da partida, ele estava pronto! Ficou ao lado da porta traseira do motorista com a mão um pouco acima da maçaneta, esperando um sinal. Do outro lado do carro, muitos abraços e votos de boa sorte estavam sendo dados, após o que a adolescente se sentou no banco da frente. Etiópia foi para o lado do motorista, abriu a porta com ímpeto, se jogou para dentro e girou a chave.

– Mamãe? – tentou Henok.

– Adeus a todos vocês! Desejem-nos sorte! – gritou a americana, e o carro deu marcha à ré.

– Ela se esqueceu de mim outra vez! – berrou Henok, correndo para sua cama, onde se deitou de bruços.

– Ela gosta de você – consolou Haregewoin, sentando-se ao seu lado e acariciando suas costas enquanto ele soluçava. – Mas eles adotaram a menina; acho que o marido não quer outra criança.

# 34

ABABU ESTAVA PIORANDO.

Com três anos, a criança abandonada pela bisavó, a catadora de lenha, era menor que os bebês com os quais dividia o berço. Pela manhã, Haregewoin o encontrava encolhido no canto do leito, encharcado, olhando o ambiente com olhos enormes e tristes enquanto agarrava as barras da grade com dedos ossudos. O peso do sorriso, ao avistar Haregewoin que vinha apanhá-lo, fazia com que sua cabeça careca e desproporcional pendesse para a frente.

– Você é meu anjinho, não é? – perguntava ela, estendendo um braço em sua direção, que ele escalava usando as unhas compridas, se aninhando em seu peito. Ele inclinava a cabeça, descansando em seu ombro.

Ultimamente, não conseguia subir em seu braço. Mal levantava a cabeça.

*Não!* Ela pensou. *Este também não. Por favor, meu Deus, não leve ainda Ababu.*

Ela queria que um médico o examinasse, mas não conhecia nenhum.

Era difícil conhecer um médico. Em 1999, o índice de médico por paciente, na Etiópia, era de um para quarenta e oito mil, o pior no mundo. Em 2003, o índice de um médico para trinta e quatro mil pessoas era cinco vezes pior do que a média na região subsaariana da África (o índice de médico por paciente, nos Estados Unidos, é de aproximadamente um para 142).

Mas Haregewoin queria que um médico examinasse Ababu.

O médico que ela encontrou viria a ser uma das pessoas mais notáveis que encontraria na vida.

Ela descobriu uma pessoa que havia desprezado todas as oportunidades de construir uma vida próspera, distante de um mundo de sofrimento e morte. Saudável, sem ser seduzido por interesses pessoais financeiros ou de carreira, ele se embrenhava nas regiões do mundo onde imperava o desastre (Ruanda, Somália, Albânia, Sudão, Zaire, Tanzânia, Lesoto e Etiópia), sentindo de algum modo que "Esta é a minha luta".

Era um médico branco americano. Bastante conhecido, podia ser localizado com facilidade. Dizia-se que ele trataria qualquer pessoa que o procurasse, independentemente da condição financeira, independentemente da hora do dia ou da noite.

Chamava-se Rick Hodes. Nascera em 1953 em Long Island, Nova York. Até onde sabia, era o único judeu praticante, que não era etíope, entre Jerusalém e Nairóbi. Exercia o cargo de diretor médico do American Jewish Joint Distribution Committee (JDC) – Comitê Judaico-Americano de Distribuição Conjunta, que atendia a judeus etíopes, o Beta Israel [Casa de Israel]. Ele também tratava gratuitamente centenas de pacientes nos hospitais de indigentes e nas favelas em toda Adis-Abeba. Morava na Etiópia fazia quase vinte anos e falava amárico fluentemente.

Não era alto, tinha a pele clara e o corpo esbelto de um nadador. Era sócio de uma academia no Sheraton Addis, construído no topo de uma colina no estilo de um palácio italiano. Seu telhado vermelho se destacava no horizonte da cidade. Todos os dias, Hodes subia até lá, vindo das favelas, tirava a camisa social, a calça esporte e os óculos com armação de aço inoxidável, mergulhava na piscina externa aquecida, onde se podia ouvir música debaixo d'água, e nadava 1.600 metros. Uma réplica de cabana etíope de sapé funcionava como bar e churrasqueira externos, enquanto em uma cabana menor eram distribuídas toalhas brancas sofisticadas. Nesse ambiente opulento, as duas cabanas pareciam mais com as dos Mares do Sul do que com as etíopes. Guarda-sóis com listras brancas e azuis refletiam a movimentação da água, e garçons uniformizados serviam drinques gelados para hóspedes embrulhados nas toalhas grossas.

Deixando um rastro de cloro, sauna e loção após-barba, Rick Hodes parecia sempre recém-saído do banho e cheio de energia. Os alfinetes e o papel de seda de sua camisa branca de trabalho tinham acabado de ser retirados, depois da lavagem a seco; suas calças cáqui tinham o vinco bem marcado. Ele dava a impressão de que raramente dormia. Os amigos nos Estados Unidos recebiam *e-mails* de Hodes às duas, quatro e seis horas da manhã, no horário de Adis-Abeba, e imaginavam que estaria reclinado na cama, com as pernas dobradas, no meio de um quarto sem luxos, entulhado de revistas médicas e artigos inacabados, debruçado sobre seu *laptop*.

Tinha uma voz metálica de tenor. No olhar amistoso – protegido pela armação de metal dos óculos –, também havia algo parecido com aço. Os braços magros e brancos eram rijos. O cabelo castanho e fino, que as entradas profundas afastavam para o alto da cabeça, se despenteava quando o médico dava puxões em seu estetoscópio. Os olhos se abriam durante as conversas, como os de um garoto circunspecto presenteado com um laboratório químico de brinquedo.

Hodes vivia com a família – cinco filhos etíopes adotados e meia dúzia ou mais de outros abrigados informalmente – em uma casa de tijolos no estilo de uma de fazenda, atrás de muros altos de pedra, em uma rua residencial asfaltada de Adis-Abeba. Sobre as poltronas e mesas laterais da década de 60 havia pilhas altas de livros e papéis, e nos pisos revestidos de madeira, tênis, bolas de futebol, patinetes e muletas espalhados em desordem. Os meninos andavam mancando pela casa em diferentes estágios de recuperação das intervenções médicas. Alguns eram vítimas de câncer, muitos de tuberculose da coluna vertebral. A tuberculose da coluna vertebral, se não for tratada, é uma doença devastadora: a coluna deteriora, aleijando a criança, e ela termina presa permanentemente ao leito, sofrendo de dor crônica. Rick esbarrou com essas crianças nas ruas, encurvadas e à espera da morte; encontrou o filho Mesfin na enfermaria de adultos de um hospital de indigentes – um menino de olhos brilhantes que se destacava entre os leitos superlotados. Ele não tinha ninguém. Um número entre quarenta e cinqüenta crianças e adultos etíopes tinha sido enviado por Hodes para os Estados Unidos ou Israel, em busca de tratamento médico, indisponível na Etiópia. Não havia uma senhora Rodes, apesar da pressão ocasional dos jovens da família. Eles sabiam que Hodes tinha encontros em Israel. Ele explicava repetidamente para eles seu fracasso em trazer uma esposa para casa:

– Eu tenho sempre que explicar às namoradas: "Você não vai ganhar só um simpático Dr. Hodes. Você vai ganhar o simpático Dr. Hodes e uma casa cheia de meninos africanos."

Em outra ocasião, ele disse:

– Em primeiro lugar, é preciso que a mulher tenha vários encontros com todos vocês. Se tudo correr bem, *então* eu saio com ela.

Um dos garotos adotados informalmente, Temesgen, quatorze anos, vindo de uma aldeia distante, era o único filho sobrevivente de sua mãe; ela havia enterrado oito filhos. Hodes encontrou o menino, que pertencia à igreja cristã ortodoxa, em um hospital de indigentes e diagnosticou seu tumor no joelho como osteossarcoma (câncer ósseo). Ele conseguiu que Temesgen fosse examinado por um cirurgião no Alert Hospital; a extremidade direita da perna do menino foi amputada; depois disso, Hodes o levou para casa para administrar seis sessões de quimioterapia.

No mesmo dia, no mesmo hospital, Hodes encontrou Mohammed, um menino muçulmano de onze anos de Bale. Ele tinha um tumor idêntico, mas no joelho esquerdo. Hodes providenciou para que a mesma amputação fosse realizada, levou Mohammed para casa e lhe administrou também as mesmas seis sessões de quimioterapia. Os adolescentes passaram semanas na varanda, se sentindo mal e precisando de cuidados por causa da terapia, esgotando Hodes. Depois, os meninos ficaram na casa de Hodes como filhos adotados. Ambos começaram a freqüentar a escola; Mohammed, pela primeira vez.

– O que vocês falam para os colegas, quando perguntam sobre as suas pernas? – quis saber Hodes uma noite, na hora do jantar.

– Eu respondo que tive câncer, mas que agora estou bem – disse Mohammed.

– Eu não! – disse Temesgen, natural de uma aldeia tão pequena que o meio de transporte mais rápido que os habitantes conheciam era a carroça puxada por burro. – Eu digo que sofri um desastre de avião.

Os dois meninos calçavam o mesmo número de sapato. Um dia, Hodes levou os dois juntos a uma sapataria. Temesgen e Mohammed escolheram o par de tênis mais reluzente que encontraram. Então dividiram o par.

Quando Haregewoin conseguiu falar no celular com Hodes, ele estava examinando uma paciente e pediu que ela ligasse mais tarde.

Ele estava atendendo a um apelo recebido alguns dias antes, quando um jovem lhe telefonou e explicou, em inglês:

– Doutor, minha irmã está doente. Ela não consegue se levantar.

Hodes encontrou Kiber (*Qui*-berr), que tinha talvez dezenove anos, em uma encruzilhada na região nordeste da cidade. Kiber o saudou como *Abi*, uma forma amigável de "Pai", com a qual um homem mais jovem pode homenagear um mais velho. Kiber apertou a mão de Hodes com firmeza e depois começou a correr, descendo uma estrada de pedregulhos, olhando de vez em quando para trás para ver se o doutor o estava acompanhando. Em seguida, virou à direita e pulou uma cerca de arame baixa, entrando em uma área cheia de mato. Uma casa verde de cimento se erguia afastada da estrada. A tinta das paredes estava descascada; um caminho cruzava o mato alto, levando até a porta. Hodes tomou fôlego, colocou o cabelo para trás e seguiu o jovem, entrando no único cômodo pouco iluminado.

Como Haregewoin, ele via diariamente os dados da epidemia personificados. Os mapas em Genebra, Washington e Paris mostravam a prevalência do HIV em soldados, bebês e prostitutas. Haregewoin Teferra e Rick Hodes conheciam os soldados, os bebês e as prostitutas. Eles não se pareciam em nada com os gráficos de barras, gráficos em forma de *pizza* e gráficos lineares, exibidos nos cavaletes das salas de conferência do hemisfério norte.

A tinta verde desprendia-se também das paredes internas de cimento, e o piso de linóleo soltava lascas, mas alguém tinha tentado decorar o cômodo. Cartazes de viagem da Etiópia tinham sido colados nas paredes. Um balcão de madeira onde havia garrafas de uísque e vinho local dominava o ambiente. O local era um bar onde se servia *tej* (vinho) e provavelmente algo mais. Hodes não precisou examinar o fundo do cômodo para saber que tinha uma cama ali.

Duas mulheres surgiram do fundo e caminharam apressadas em direção ao retângulo de luz que vinha da porta da frente. Vestiam minissaias e batas. Os cabelos eram muito longos e alisados. Ambas beijaram o rosto do irmão da paciente nos dois lados e apertaram a mão de Hodes calorosamente. Eram jovens, tinham pernas compridas e magras e andavam vacilantes sobre saltos altos; o perfume e a maquiagem não disfarçavam os olhos grandes e assustados com que orientaram Hodes em direção à paciente.

A paciente estava esticada em um sofá surrado, coberta por uma manta da Ethiopian Airlines.

A Ethiopian Airlines, empresa aérea de categoria mundial, foi criada em 1946, na época de Hailé Selassié, juntamente com a TWA, e geralmente tinha a bordo passageiros de primeira. Algumas dessas pessoas aceitavam de bom grado a manta de bordo com listras azul e turquesa, dada de presente. Recebiam o pacote da aeromoça com as duas mãos e uma inclinação do tronco. Alguns viajantes desembarcavam então no Cairo, em Paris, Estocolmo, Newark ou Washington usando as mantas da Ethiopian Air. Os homens a colocavam, seguindo o estilo tribal e com elegância, enroladas na cintura e jogadas sobre o ombro. Uma mulher poderia enrolar a sua em volta da cabeça e dos ombros como um xale tradicional; uma vez vi um homem que tinha tirado no banheiro do avião as roupas que estava usando e vestido nada mais do que a manta da Ethiopian Airlines, pendurada agora como uma túnica de pastor até o joelho, presa por um cinto. Outros prendiam o tecido felpudo sob o queixo e deixavam os aeroportos estrangeiros com as mantas esvoaçantes às costas como se fossem capas. O povo etíope sentia um orgulho justificável de sua linha aérea; em zonas pobres e rurais, era um sinal de grande *status* ter feito uma viagem de avião; a manta listrada era um suvenir muito apreciado. Mostrava que a família conhecia alguém que conhecia alguém que tinha *voado* uma vez.

A paciente era tão magra e fina que parecia quase invisível. Hodes puxou uma cadeira para o lado do sofá e afastou gentilmente a manta. A doente vestia um roupão de algodão. Ela recendia a urina e a corpo mal lavado. Tinha trinta anos. A diferença de idade entre ela e as moças no quarto era de mais de dez anos.

Hodes entendeu de imediato a situação. *É uma prostituta com aids. Sem ARVs, posso fazer muito pouco por ela. Talvez consiga encontrar uma causa diferente, uma condição que possa ser tratada, mas duvido.*

Mesmo assim, ele não lamentava o tempo gasto ali.

*Na tradição judaica,* pensava, *diz-se que cada visitante livra o doente de um sexagésimo da doença que o faz sofrer.*

Hodes encontrou sua mão e a apertou, dizendo-lhe:

– *Tena yesteling* [Que Deus lhe conceda saúde].

Murmurando, mas sem sorrir, ela respondeu:

– *Tena yesteling.*

– Ela estava bem até alguns meses atrás – explicou uma das adolescentes. – Mas foi ficando cada vez mais fraca, até não poder mais se levantar da cama. Nós a trouxemos para cá para que não ficasse sozinha. Ela não consegue reter a urina e cheira mal.

A doente, Gelila, estava depauperada demais para se sentir envergonhada. Ela fixou o olhar no rosto de Hodes, sem piscar. Esperava que ele fizesse algo.

– Conseguimos remédios para ela – informou a moça, que correu para pegar um frasco velho de Bactrim para mostrar ao médico. – O remédio ajudou um pouco, mas então ela ficou fraca de novo e agora não consegue andar.

Para Hodes, foi doloroso imaginar o sentimento de esperança de que na certa as três foram tomadas no dia que voltaram para casa com o remédio para Gelila. Ele concluiu que elas tinham sido levadas para a prostituição pela perda dos pais, pela pobreza e pela fome; tinham encontrado aqui um carinho inesperado. Essa jovem tinha se tornado uma mãe para elas.

– Onde vocês conseguiram o remédio?

– No mercado (o imenso mercado a céu aberto). Está bom?

Não fora guardado sob refrigeração e estava vencido.

– Sim, tudo bem.

As moças se entreolharam com satisfação.

– Você sente um lado de seu corpo mais fraco do que o outro? – perguntou Hodes para a paciente, inicialmente em inglês e, em seguida, em amárico.

– O senhor é inteligente, doutor! – replicou a mais tagarela das duas adolescentes. – É verdade, não é, Gelila?

Gelila concordou e indicou com gestos que seu lado esquerdo estava mais fraco.

– Isso aconteceu gradualmente ou de repente?

– Foi de repente – informou a adolescente –, e agora está um pouco melhor.

*Talvez pudesse ser uma massa cerebral ou infecção,* ele conjeturou; *não é progressivo, o que é um bom sinal. Mas ela tem um aspecto horrível. Ela não vai melhorar.*

*Não há nada que eu possa fazer em termos médicos, mas eu a examinarei, ao menos para invocar a magia da "imposição das mãos". Não a privarei da esperança que um exame pode trazer.*

Ele perguntou sobre febre, tosse, mudanças da condição mental.

– Vocês podem ajudá-la a se despir? – perguntou às garotas. Kiber, o irmão mais jovem, saiu para o pátio. Hodes observou enquanto a mulher lutava, penosamente, para se ver livre do roupão.

Gelila estava macilenta, cansada e debilitada. Um ou dois anos atrás, devia ter sido bonita; mas agora os grandes olhos castanhos saltavam à medida que o rosto emagrecia, ressecava e encolhia; mesmo a linha do cabelo estava encolhendo. Hodes a ajudou a se sentar; testou seus reflexos, examinou seu abdômen, testou os nervos faciais e, em seguida, a ajudou a se reclinar de novo.

*O Talmude ensina: "O aspecto essencial do dever religioso de visitar os doentes é prestar atenção às necessidades do inválido, ver o que é necessário ser feito em seu benefício, lhe oferecer o prazer de uma companhia e rezar por misericórdia em seu nome."*

– Obrigado – agradeceu ele, polidamente. – Agora, eu vou embora e conversarei com seu irmão.

As jovens amigas de Gelila a ajudaram a vestir novamente o roupão.

No pátio, Kiber se levantou de um salto e apertou mais uma vez a mão de Hodes calorosamente, sem parar de sorrir.

– Sim, doutor? – perguntou ele, pleno de expectativas. Ele tinha atraído um médico de verdade para ver sua irmã! Agora sua sorte iria melhorar.

– Kiber, eu não posso dizer qual é o problema sem os exames complementares. Mas ela não parece bem. Vamos considerar o problema: está com incontinência, fraca e tem um problema no lado esquerdo. Algumas vezes, uma doença no fígado pode se apresentar dessa forma. Ela pode estar com uma infecção urinária. Gostaria de saber se ela está anêmica e como está o seu hemograma. Gostaria de fazer alguns exames de fígado, rins e sangue. Um raio X de tórax também seria útil.

Kiber concordava com a cabeça e sorria.

*Aqui na Etiópia muitas coisas não são ditas*, Hodes sabia.

– Evidentemente, existe uma outra possibilidade – continuou Hodes –, que é a aids. Se você quiser uma confirmação, quando estiver fazendo os outros exames de sangue, peça também um teste para a aids. Você tem alguma dúvida?

O sorriso de Kiber congelou quando a palavra aids foi mencionada, contudo refez o sorriso e respondeu:

– Não, doutor, obrigado.

Hodes escreveu o pedido para os exames.

– Arranjarei o dinheiro para os exames, doutor – prometeu Kiber. – Temos um primo nos Estados Unidos.

– Traga-me os resultados assim que os receber.

Hodes voltou a entrar na casa para se despedir de Gelila.

*Estou impotente neste caso*, pensou ele. *Gostaria muito de fazer algo grandioso. Gostaria de salvar sua vida. Nos Estados Unidos, poderíamos conversar sobre opções de tratamento. Aqui não existem "opções de tratamento". Em três ou quatro meses, ela estará morta.*

– Seu irmão sabe o que fazer – disse ele a Gelila, apertando-lhe a mão flácida, em despedida.

*O Talmude ensina: "Aqueles que visitam os doentes devem falar de modo que não os encorajem com falsas esperanças nem os deprimam com palavras de desespero."*

– Foi um prazer conhecê-la. Eu vou providenciar para que faça alguns exames médicos. Então, poderemos conversar novamente. Espero que fique bem.

Em seguida, Hodes retornou a ligação de Haregewoin e prometeu ir assim que possível para examinar o menininho chamado Ababu.

Uma semana mais tarde, Kiber bateu na porta do consultório de Hodes. Tinha levado o resultado dos exames. Rodes ficou impressionado pelo fato de os três jovens terem seguido suas instruções cuidadosamente e levado Gelila imediatamente para o hospital. Ele esperou que os exames revelassem uma causa local tratável para o seu declínio, mas sabia que isso era improvável. Dirigiu-se para o lado de fora, segurando o raio X de Gelila contra a luz do sol. Estava limpo. A urina mostrou sinais de infecção, o sangue mostrou somente uma anemia discreta, os rins e o fígado estavam bem.

– E quanto ao teste de aids, você fez? – perguntou ele, casualmente.

– Não.

– Está bem – respondeu Hodes –, siga *esta* receita. Jogue fora o frasco antigo e observe como ela evolui.

*É somente um tratamento paliativo*, pensou ele.

– Kiber – chamou o jovem que estava indo embora. – Seria muito bom ter um teste de aids, só como precaução. Se der negativo, poderemos investigar com mais profundidade uma condição tratável. Se der positivo... – ele não terminou a frase.

– Tentarei convencê-la, doutor.

– Se o resultado for negativo, chame-me imediatamente.

– Obrigado, *Abi*. – Kiber juntou as mãos, inclinou-se rapidamente e foi embora.

Hodes nunca mais ouviu falar de Kiber.

*O resultado deve ter sido positivo*, pensou ele.

*Provavelmente Kiber não informou o resultado nem mesmo a sua irmã, desejando poupá-la da tristeza de saber que morreria em breve.*

*É também possível que ela soubesse da verdade o tempo todo e estivesse tentando poupar Kiber. Talvez tenha sido esse o motivo pelo qual relutou em fazer o teste – não porque seria uma notícia ruim para ela, mas porque revelaria a verdade para Kiber e para as garotas e arruinaria as últimas semanas que passariam juntos.*

No dia em que Rick Hodes entrou com sua caminhonete na residência de Haregewoin, estava acompanhado do Dr. Julio Guerra, um pediatra de Nova Jersey em visita à Etiópia.

– Oh, não – lamentaram os médicos. Ambos haviam ajoelhado para examinar Ababu no piso de cimento da sala de estar de Haregewoin. Rick se levantou, pegou seu livro de anotações de bolso e lançou suas primeiras impressões: "macilento raquítico e desidratado, o aspecto é realmente terrível".

Júlio, de pé, escreveu em seu livro de anotações: "Sinais evidentes de perda muscular no tórax e pernas, decorrente de má absorção crônica."

*Provavelmente um bebê com aids*, pensou Hodes. *Mas no caso de bebês nunca se tem certeza sem um teste de aids.*

Guerra pensou: *Parece mal, mas outras condições, como diarréia crônica e infecção parasitária crônica, acompanhadas de alimentação deficiente podem apresentar um quadro semelhante.*

– Ele já fez o teste de HIV? – perguntaram os médicos.

Nunca tinha feito.

Ababu foi sempre alimentado com leite de vaca.

– Ele pode ter alergia a leite de vaca – considerou Guerra. – Pode precisar de uma alimentação à base de soja. Existe leite de soja na Etiópia? – perguntou a Haregewoin.

Ela nunca tinha ouvido falar em leite de soja e não sabia dizer.

– Existe – respondeu Hodes.

– Parece que ele está morrendo de fome – os dois médicos concordaram.

– Sim, também acho! – exclamou Haregewoin. – A cabeça grande não parece ser por causa da aids. Ele veio para cá assim. Eu me levanto com ele diversas vezes, todas as noites, e ele sempre teve esse aspecto.

As crianças se juntaram em torno dos adultos e de Ababu, ansiosas por dividir a atenção. Hodes se voltou para elas e, com doçura, agachou-se, pegou o estetoscópio e começou a auscultar todas as crianças. Com grande seriedade, perguntou a um menininho em amárico:

– Quantos umbigos você tem?

– Quantos? – perguntou o menino. – Tenho um.

– Oh, certo, certo, etíopes só têm um – respondeu tristemente Hodes.

– *Ferenge sa?* [E os brancos?] – quis saber o menino, com suspeita.

– Nós temos um número diferente todos os dias – retrucou Hodes. – Vamos ver...

Olhou dentro da camisa.

– Oh! Hoje, eu tenho três e meio.

As crianças começaram a rir, e outras se amontoaram para ver.

– Quantos *mamilos* você tem? – perguntou Hodes a um outro menino.

– Dois – respondeu o menino. – *Ferenge sa*?

– Nós temos oito – respondeu Hodes. – Igual aos cachorros!

As crianças gritaram, deliciadas.

Antes de deixar a residência de Haregewoin naquele dia, o Dr. Guerra puxou uma nota de cem dólares da carteira e deu o dinheiro a ela para o leite de soja. Rick Hodes a instruiu:

– Providencie o exame.

Ele voltou no dia seguinte e deu a Ababu uma dose alta de um "coquetel de vitaminas" e um remédio contra vermes.

– Se for HIV, ele vai morrer em breve – disse à Haregewoin –, e eu não estou particularmente interessado em lhe fornecer uma semana a mais de uma vida horrível. Contudo, se estiver simplesmente em más condições e não estiver com o HIV, então esta combinação poderá ser muito útil. Vamos mantê-lo vivo o tempo suficiente para descobrir o que está acontecendo com ele.

# 35

HAREGEWOIN CHAMOU um táxi. Com Ababu nos braços, embarcou no veículo, convidando para viajar a seu lado uma menina de seis anos chamada Kidist, cuja mãe havia morrido de aids. Embora na opinião de Haregewoin Kidist parecesse bem, os dois médicos visitantes tinham sugerido que ela levasse a menina para fazer o teste também.

Kidist estava animada por ter sido escolhida para dar uma volta. Durante toda a manhã, tinha tomado muito cuidado com sua roupa e convencido alguém – evidentemente da sua própria idade – a penteá-la: quinze tranças, bem esticadas e distribuídas, despontavam por toda a cabeça. Ficou parecida com o desenho de um sol feito por uma criança.

Kidist se ajoelhou no assento para poder olhar pela janela traseira do táxi. Não parava de fazer perguntas e observações. Para onde ia aquele ônibus? Quem dirige os ônibus? Olha só aquelas cabras!

Contudo, as crianças muito doentes não sentem prazer numa excursão educativa: Ababu não olhava pelas janelas, não apontava os edifícios altos nem se perguntava em voz alta se ganharia sorvete durante o passeio, como a animada Kidist. Estava sofrendo e esperava sofrer ainda mais; a picada da agulha na clínica simplesmente confirmou que a vida era uma série de experiências dolorosas – ele abria a boca, mas não saía som algum; não podia gastar energia chorando. No último segundo, porém, mostrou ter alguma reação, contorcendo o braço para fugir da agulha; a enfermeira perdeu sua veia e gotas do sangue de Ababu caíram-lhe no punho. Ela correu à procura de um desinfetante para espalhar sobre a pele.

Kidist choramingou, sentindo-se desapontada, quando a agulha foi inserida. Então era para *isso* que ela tinha encomendado um novo penteado? No táxi, ao voltar para casa, Haregewoin fez outro caminho para comprar um sorvete, como prêmio de consolação, para Kidist.

Mais tarde, naquela semana, Haregewoin entrou na fila, diante da janela da clínica, para receber os resultados do exame de sangue das crianças.

Para sua grande surpresa, soube que Ababu era soronegativo.

Haregewoin telefonou para o Dr. Rick Hodes para informá-lo sobre o resultado do exame de Ababu.

– Ótimo, talvez seja simplesmente uma alergia ao leite! – exultou Hodes, grato pelas boas notícias. – Prossiga com o leite de soja.

O médico recebera esse telefonema quando se encontrava no complexo das Missionárias do Lar de Caridade para Indigentes Enfermos e Moribundos, onde homens macilentos e com barba por fazer estavam espalhados no pátio e nos bancos de cimento.

Enquanto falava ao telefone com Haregewoin, homens de aspecto decrépito e andar vacilante se encaminhavam em sua direção, vindos de todos os cantos.

Exibiam rostos ressequidos e murchos. Pareciam ter encolhido dentro das roupas agora excessivamente folgadas; barbantes amarrados em torno da cintura seguravam as calças. Os pés saíam dos sapatos. Ao se aproximarem do médico, esticavam o pescoço em direção ao rosto dele, ao mesmo tempo que repuxavam para baixo a pele das bochechas ou esticavam as pálpebras para cima.

*A última vez que estive aqui, tinha acabado de receber um lote de colírio dos Estados Unidos*, recordou-se Hodes. *Eles pensam que estou interessado em olhos e, por isso, subitamente, todos estão com problema nos olhos.*

Foram, no passado, homens vistosos, alguns até bonitos. Jogavam futebol, sabiam fazer dribles especiais; tiveram namoradas bonitas; gostavam de cinema e de música e de jogos da Copa do Mundo; alguns tinham nas paredes de suas casas pôsteres sobre o tema; outros possuíam fitas cassetes de seus cantores favoritos. Do lado de fora dos muros, tinham mães e pais, avós e irmãos, mulheres e filhos. Então, a aids começou a desmantelar tudo.

Muitos souberam à época que tinham infectado também suas mulheres ou namoradas. Outros souberam que seus filhos haviam nascido infectados. Outros, ainda, haviam assistido à morte dos filhos pequenos. Havia também aqueles que perceberam ter sido os responsáveis por ter levado a doença para dentro de casa, após relações sexuais ocorridas antes ou depois do casamento.

A maioria ainda exibia um olhar aturdido com o que lhe acontecera. Hodes podia tratar algumas das infecções oportunistas da aids, mas sem os ARVs era incapaz de salvar uma única vida. A maior parte deles sabia disso, e aqueles que entendiam o perdoavam.

Hodes atravessou a porta que se abria para uma enfermaria do tamanho de um salão de festas, lotada de homens macilentos, amarelados e com o rosto encovado. Nesse local ficavam os pacientes que haviam atingido um estágio mais avançado de deterioração do que os do lado de fora. Estavam deitados juntos, dois ou três em cada cama; outros jaziam sobre o piso de cimento. Muitos pareciam estar em coma ou já terem morrido, mas se recompunham quando o médico os abordava num tom alegre. Esqueletos vivos se levantavam, erguendo as mãos espalmadas para tocar-lhe a palma da mão, num gesto de saudação, ou para oferecer um aperto de mão. Os rostos magros se alargavam em sorrisos largos desdentados. Ele conhecia vários pelo nome. Percorreu com esforço seu caminho, aperto de mão após aperto de mão, entre as camas. Durante o percurso, trazia os bolsos cheios de remédios para tratamento de sintomas secundários – um creme labial, um relaxante muscular, um xarope contra tosse. Quando solicitado, inclinava-se sobre um homem e o auscultava.

– Hodes – um deles confidenciou com voz rouca em amárico imperfeito. – Minha mulher doente.

Hodes sabia que ele falava oromo, o dialeto de trinta milhões de pessoas pertencentes ao povo Oromo, o maior grupo étnico da Etiópia.

– Ela pode me telefonar, Bekila – respondeu Hodes. – Você tem meu número?

– Não.

– Aqui – disse Hodes, escrevendo o número em uma página de seu livro de anotações de bolso, que rasgou e estendeu para o paciente.

– *Gelaytoe-minh* [Obrigado] – agradeceu o homem em oromo. – *Negatie* [Até logo].

– *Ree-behn-senh-nn-fakoni* – respondeu Hodes, usando a despedida respeitosa em oromo, algumas das poucas palavras em oromo que conhecia.

Bekila voltou a deitar, satisfeito. Havia feito algo hoje, uma coisa boa. Tinha encontrado ajuda para a mulher moribunda.

Quando estava atravessando a porta, no final da enfermaria, gritou algo em amárico que foi recebido por vaias e gargalhadas vindas de uma extremidade a outra do cômodo comprido.

– Uma novidade agradável no almoço de hoje! – gritou ele. – Soube que estão servindo um *assama* e um *jib* deliciosos – carne de porco e de hiena.

Ambos alimentos proibidos para muçulmanos e cristãos etíopes.

Os doentes continuaram rindo por um longo tempo.

Em um mundo em que as mãos do médico estavam atadas pela falta de remédios, as boas-novas sobre Ababu eram realmente muito bem-vindas.

Na casa de Haregewoin, sentado em seu colo, Ababu agarrou a mamadeira com leite de soja e mamou com sofreguidão. Quando a noite caiu, o rosto do menino lhe pareceu um pouco mais redondo, os olhos menos fundos. Certa manhã, alguns dias depois, Haregewoin o encontrou sentado no berço esperando por ela. No dia seguinte, ele a recebeu com um sorriso enorme e pulou em seus braços. No final da semana, estava andando; no final da segunda semana, estava correndo. No meio da terceira semana, corria e ria alto ao mesmo tempo, esquecido de sua vida anterior de inválido.

Nem todas as crianças doentes na Etiópia estavam morrendo de aids. Com tão poucas clínicas, médicos e enfermeiras, as crianças morriam todos os dias de causas comuns como diarréia e desidratação. Ababu quase morreu de fome por causa de uma alergia ao leite. O diagnóstico teria sido o mesmo se tivesse morrido de aids: a extrema pobreza da família, a pobreza do país, os recursos mal distribuídos do governo, os recursos mal distribuídos do mundo.

Em agradecimento, Haregewoin enfiou uma fotografia em um envelope e o enviou para Hodes. Na foto, Ababu aparecia de pijamas de pezinho, com os braços cheios de brinquedos. A foto estava tremida porque o menininho corria rápido demais para ser pego pela câmara.

Contudo, nem todas as notícias da clínica naquele dia tinham sido boas. Kidist, a menina alegre, testou positivo para o HIV/aids.

O Orfanato para Bebês e Crianças das Missionárias da Caridade de Madre Teresa tinha aberto novas dependências para crianças com HIV/aids. Haregewoin fez *lobby*, deu telefonemas, suplicou e conseguiu que Kidist fosse admitida. Se alguém no país conseguisse medicação contra aids para crianças, pensou ela, seriam as irmãs do Madre Teresa.

Com prédios baixos de arenito dispostos sobre um gramado verde, o novo orfanato parecia uma escola particular exclusiva. Do lado de fora, havia gangorras de metal brilhante e uma mesa de pingue-pongue. Porém, da mesma maneira que o Enat e Haregewoin, a organização não tinha remédios contra a aids e nenhuma perspectiva de vir a tê-los. Ninguém na Etiópia tinha acesso a terapias infantis com drogas contra a aids. Assim, restava fazer com que as mortes das crianças se dessem da forma mais suave possível.

Kidist inflou as bochechas com surpresa ao saber que estava se mudando. Então aceitou o fato como mais uma aventura. No dia em que o táxi chegou para buscá-la, levou consigo um dente que tinha perdido, dentro de um porta-moedas de plástico pendurado no ombro por uma alça comprida. Balançava os pés, sentada no banco traseiro ao lado de Haregewoin, animada e esperançosa. Antigamente tinha sido a filha querida de seus pais. Previa, cheia de expectativas, que um pouco de amor (e talvez sorvete) a aguardava.

## 36

*Chaltu, menina, oito anos, órfã, 1.ª série.*
*Biniam, dois anos, menino, mãe e pai mortos, enviado pelo* kebele.
*Hana, menina, oito anos, 1.ª série.*
*Tariqua, menina, dez anos, trazida pelo* kebele.
*Hailegabriel, catorze anos, 9.ª série, mãe e pai mortos.*

Um menino de treze anos, magro, de ossos salientes e pele cor de ébano apareceu na casa. A cabeça pequena e raspada e os ombros estreitos eram sustentados por um tronco esguio e pernas longas. Desembarcara de uma carroça puxada por burro, depois de viajar por muitos e muitos dias. Saudou educadamente a todos com palavras que ninguém entendeu. Acreditando que fosse dormir no chão, ficou espantado quando lhe foi oferecida a possibilidade de dividir uma cama com outros três meninos. Era rápido e forte: sabia entalhar e dar nós que não se desfaziam. Durante seus afazeres, cantava a meia-voz, murmurando um solilóquio que parecia não ter fim. De noite, recitava algo para si mesmo até dormir, e de manhã seus lábios pareciam já se mover nessa mesma recitação, antes mesmo de estar inteiramente acordado. Quem sabe não era do povo Nuer, que vivia próximo da fronteira com o Sudão? Não sabia falar amárico, língua do povo amhara e idioma oficial da Etiópia; contudo, na Etiópia havia oitenta e quatro línguas vivas e quatro mortas, incluindo os dialetos religiosos antigos. O menino não respondia aos visitantes que lhe faziam perguntas em oromo, guragi, somali, tigrinia, harari ou árabe, a não ser com a cabeça, exibindo um sorriso educado.

Haregewoin o levou ao mercado e o colocou no meio da massa de vendedores e comerciantes, fazendo um gesto para que falasse alto. Um transeunte percebeu a essência ou o ritmo de sua recitação, concluindo em seguida que a criança estava cantando a história oral das gerações de seus ancestrais.

Sem dúvida tinha sido ensinado a repetir os mitos, lendas e genealogias, incessantemente, para gravá-las na memória até que ele mesmo os pudesse transmitir para a geração seguinte.

Mas agora o menino tinha sido afastado de seus pais, ancestrais, tutores e homens santos; afastado de seu povo. Para quem passaria as tradições orais? Esse tipo de perda não era medida por nenhuma estatística.

O menino ficou muito contente de receber um suéter marrom surrado e passar a freqüentar a escola com as outras crianças. Uma noite, Haregewoin reconheceu a cantilena que repetia para si mesmo na cama; era o *fidele*, o alfabeto amárico. A história e as lendas sagradas de seu povo, tão cuidadosamente armazenadas na memória de um menino inteligente, tinham desaparecido.

Dentro das quatro paredes de latão do complexo de Haregewoin, o tumulto, a confusão e o descontentamento aumentavam cada vez mais. A cada hora do dia e da noite, alguém chorava.

Aos poucos, os adultos da casa deixavam de prestar atenção a esse lamento.

Um dia, ouviu-se um grito longo e magoado de uma menina de um ano de idade. O som vinha do quarto dos bebês; ela havia sido colocada em um carrinho de bebê equipado com um guarda-chuva. Estava vestida e pronta para passear, mas fora esquecida.

Em outra ocasião, gritos agudos saíam da boca de uma garotinha sentada no urinol de plástico, do lado de fora. Um cachorro vira-lata, adotado pelas crianças, tentava fazê-la brincar com ele; o vira-lata pulava em cima da menina, arranhando-lhe as pernas desnudas. Ela berrava, apavorada, presa no urinol, frente a frente com o cachorro insistente, mas ninguém correu em seu socorro.

*Befekadu, oito anos, trazido por um vizinho.*

*Dawit, dez anos, trazido pela mãe, soropositiva e doente.*

*Dagmawit, quatro anos, trazida pelo representante do* kebele, *achada em sua rua.*

*Os irmãos Daniel, dez anos, e Yosef, sete, trazidos pelo tio depois que ambos os pais morreram. Tio muito pobre para mantê-los, uma vez que já toma conta de outros sobrinhos e sobrinhas órfãos.*

Esqueça os planos de reverenciar a memória de Atetegeb batizando o lar de adoção com seu nome. Quem conseguia prestar homenagens? Quem conseguia pensar em alguma coisa ou sentir alguma coisa?

Haregewoin não tinha um segundo para si própria; as crianças estavam em todos os lugares, em todos os cantos. Tão apinhado de pessoas como as ruas de Adis-Abeba, dia e noite – era assim que seu pátio parecia ser e era. A toda hora, no mínimo três ou quatro crianças se agachavam na latrina escura e horrorosa; sua cama estava lotada de crianças; havia garotos sentados, dois em cada cadeira, na hora das refeições, dividindo pratos e copos; ela odiava imaginar quantas crianças diziam ser donas de uma única escova de dente; e as roupas eram divididas por todos, não havia mais distinção entre roupas de meninos e de meninas, todas ficando acinzentadas pelo uso constante e pela poeira. Ela já não sabia o nome e a idade de todos, nem quando tinham chegado, ou de onde tinham vindo.

Se havia alguém a quem sempre procurava em meio a tanta gente – como uma pessoa que vasculha uma gaveta no escuro, procurando por algo –, esse alguém era Menah, o primeiro bebê abandonado levado até sua casa pela polícia. Era como se ela fosse sua. A menina engordava e ficava mais feliz a cada dia que passava; quando ria, os dentinhos brilhavam; um cacho brotava do alto da cabeça. Ela chamava Haregewoin de *Maye* (mai-ei), mamãe, e parecia satisfeita da vida.

Algumas vezes, à noite, se Menah adormecesse em um berço lotado de bebês e crianças pequenas, Haregewoin ia, na ponta dos pés, em seu encalço.

Seria natural pensar que ela de vez em quando desejasse um pouco de solidão em sua cama, um raro momento de paz e silêncio, se as crianças, só para variar, dormissem em outro lugar.

Mas era a solidão que ela ainda tentava manter afastada de si, a escuridão existencial e permanente da morte de Worku e de Atetegeb e, por fim, de sua própria morte.

Assim, ela abraçava o corpinho pesado, morno e gracioso do bebê junto ao seu e o embalava enquanto se dirigia ao leito.

As crianças na rua ainda reclamavam querendo entrar. Maltrapilhas, irrequietas, batiam no portão de metal de sua residência dia e noite, com um sorriso refletido nos olhos pretos, implorando para serem incluídas.

– Vão embora! Xô! – gritava Haregewoin, franzindo o cenho e batendo palmas. Elas fugiam, envoltas em uma nuvem de pó, e ficavam paradas em cima de um monte próximo feito de pedras e vegetação silvestre. Mal ela entrava de volta em casa, todas se precipitavam novamente, batendo no portão. Quando entravam carros na residência, as crianças se abaixavam e tentavam entrar sorrateiramente ao lado dos veículos, para não serem descobertas.

Ela achava que era esperta e não caía nos truques das crianças, mas depois soube que uma a tinha passado para trás.

Um dia, uma mulher pequena e asseada fez uma visita a Haregewoin. Falando alto e rápido, ela se ofereceu:

– *Waizero*, estava pensando se a senhora não precisa de ajuda aqui na casa. Eu sei cozinhar, lavar, limpar e tomar conta de crianças.

Ela parecia um pardal, saltitando na rua sobre pés pequenos. Tinha um rosto brilhante, pontudo e pequeno. Falava tão rápido que demorou um pouco para Haregewoin compreender o que ela estava dizendo.

– Eu sempre preciso de ajuda – suspirou ela –, mas não posso pagar nada.

– Eu venho para ajudar em troca de comida. Pouca, só o necessário para me alimentar – Tigist disparou. – A senhora já alimenta meu filho e sou tão grata por isso!

– Quem é seu filho? – perguntou surpresa Haregewoin.

– Henok!

– Ah, é? Entre, entre.

– Henok, você nunca me contou – Haregewoin repreendeu-o, enquanto convidava Tigist para se sentar na sala. – Por que você está procurando uma nova mãe, se já tem uma tão boa?

– Porque vou ajudar minha mãe! – respondeu o menino. – Se eu for adotado por uma família, vou ser rico. Então, vou ter dinheiro para dar comida para minha mãe. E também vou comprar uma casa para ela!

A mãe de Henok assentiu com a cabeça, cheia de esperanças.

– Não tenho nada para dar a ele – disse ela.

– Você está doente? – Haregewoin inquiriu baixinho.

– Não! – respondeu a mulher, em um tom enfático. – Sou divorciada, tenho saúde.

Henok, o menininho de rosto liso e olhos inteligentes, em busca de uma nova mãe: que negociante! Entre os moleques da vizinhança, somente ele tinha convencido Haregewoin de que necessitava de abrigo imediatamente, e ela o aceitara.

– Henok – Haregewoin repetiu impressionada –, o que você estava pensando?

O menino continuou a se defender. Ele tinha visto o que acontecia com as mães. Tinha comprovado os fatos a sua volta. Tudo, em princípio, levava a crer que sua mãe estaria a salvo: as mães, sem exceção, sempre diziam:

– Estou bem. Só me sinto um pouco cansada.

Então elas morriam. Antes que acontecesse com ele, o melhor seria se juntar a uma nova mãe forte, do país ou estrangeira, que lhe permitisse sustentar sua mãe atual. Ele manteve a posição. Não se desculpou. Era um plano excelente. Ele era o homem da família.

Haregewoin estava estupefata demais para continuar a refutá-lo.

– Bem – disse ela, sorrindo levemente para Tigist –, você gostaria de ficar? Acho que poderia me ajudar no berçário.

Assim, Tigist se mudou para lá, encarregando-se de tomar conta dos bebês mais doentes. Meia dúzia de bebês – abaixo do peso ao nascer, malnutridos, possivelmente HIV-positivos – volta e meia eram internados. Haregewoin costumava pernoitar com eles no hospital, uma vez que era perigoso deixar qualquer membro da família sozinho em um hospital etíope. Agora, Tigist podia assumir essa tarefa. Quando uma criança era internada, Tigist passava a noite em um tapete que estendia no chão ao lado do berço do hospital.

E Henok voltou a ficar à espreita de uma nova mãe, uma mãe de reserva, de preferência sem limite de garantia.

# 37

De repente, em uma manhã como as outras, a ajuda chegou. Uma mulher da ilha de Malta telefonou para Haregewoin e, apresentando-se em inglês, pediu permissão para fazer uma visita.

– Certamente, você será muito bem-vinda – respondeu Haregewoin em um tom amável. Foi assim que apareceu por lá uma mulher lépida e de pele azeitonada. Usava uma saia longa e botas de caminhar. O cabelo era grisalho e cortado igual ao de um garoto. Ela se sentou e tomou café. Ato contínuo, estampou no rosto enrugado sorrisos dirigidos a todas as crianças a sua volta e conversou suavemente em um idioma estranho. As unhas das mãos eram recurvas e sem cor. Ela retirou alguns doces duros do bolso da saia e os enfiou nas mãos das crianças. Depois, enquanto abria a pasta, explicou o motivo de sua visita. Ela dirigia uma agência de adoção em Malta, disse, e havia alguns casais interessados em bebês da Etiópia. Haregewoin tinha bebês órfãos ali? Será que gostaria de enviá-los para o estrangeiro?

– Evidentemente, seria preciso que fizessem o teste de HIV – ponderou a mulher. – Somente podemos aceitar bebês soronegativos.

– Como faríamos isso? – perguntou Haregewoin. – Não dá para simplesmente sair daqui com um bebê...?

– Eu trabalho junto a um orfanato dirigido por uma ordem franciscana de Malta – explicou a mulher. – As irmãs têm permissão de seu governo para indicar bebês para adoção entre países. Se você quiser me entregar um de seus bebês, nós poderíamos levá-lo até as irmãs. É preciso confirmar se o bebê é de fato órfão.

As duas senhoras caminharam até o quarto de Haregewoin e avistaram os bebês descontraídos, tirando o cochilo do meio da manhã na cama de Haregewoin, que estava iluminada, em círculos, pela luz do sol.

Os bebês se agitaram enquanto dormiam, jogando o peso das fraldas molhadas de um lado para o outro.

– Que gracinha! – murmurou a mulher, tirando da pasta uma cópia da licença do governo etíope e um pequeno álbum de fotografias de famílias adotivas felizes.

*Esta notícia é de fato surpreendente*, pensou Haregewoin. Perguntou:

– As famílias os tratam como um membro da família?

– Ora, claro que sim, minha querida! Tratam sim, como se fossem seus próprios filhos.

– Eles não os fazem de empregados?

– Madame Haregewoin, eles dão às crianças seu sobrenome. Eles as adotam oficialmente. Elas são seus filhos. Existem casais que não conseguem ter filhos, sabe? Eles são "inférteis".

– Sim, eu sei. Também existem casais assim aqui. Mas por que não adotam crianças de seu próprio país?

– Temos tão poucas crianças! Não me pergunte o motivo. As mulheres demoram mais tempo para casar, têm suas próprias carreiras, esperam até terem trinta e cinco ou quarenta anos para formar uma família, o que para algumas é muito tarde.

– Aqui, aos quarenta anos já se é avó – disse Haregewoin.

– Nós temos, de certa forma, uma falta de crianças. As taxas de natalidade estão caindo em toda a Europa. As escolas estão fechando. Com o controle da natalidade e os abortos, já não nascem tantos bebês fora do casamento. E além disso as jovens ficam com seus bebês ilegítimos. Eram esses bebês que eu antigamente encaminhava para adoção, mas o estigma hoje em dia diminuiu muito.

Enquanto habitante do lado oriental de um continente que fervilha de crianças, a imagem de uma terra cheia de adultos pareceu estranha e gelada a Haregewoin. Ela visualizou ruas imponentes, lojas antigas, cercas vivas bem aparadas e pedestres comportados de sobretudo e chapéu. E pátios de escolas e parques vazios. Por que mulheres que viviam em um país estéril e ansiavam por ter filhos não poderiam estender os braços em direção a um continente ensolarado e lotado de bebês?

Por outro lado, em uma Etiópia acossada pela pobreza, estiagem, fome, tuberculose, malária, HIV/aids, autocracia, conflitos e guerra, faltavam adultos.

Ambos os lados da equação lhe pareceram comoventes: um casal europeu sem filhos, ansiando por qualquer bebê, mesmo um bebê etíope; e um bebê etíope levantando docilmente os braços em direção aos adultos, mesmo brancos, e pensando *Amaye? Abaye?*, ansioso para começar a considerar essas pessoas como pais, como um patinho que segue o primeiro objeto que se mexe.

– Sim, por favor, seria uma honra. Por favor – Haregewoin fez um gesto na direção dos bebês.

Era como escolher uma flor de um canteiro perfumado de begônias, gardênias, delfínios e lilases. A mulherzinha de Malta inclinou o tronco ágil para a frente, aquecida pela luz do sol que iluminava as cabeças de cabelos crespos, e se aproximou, murmurando baixinho, como uma abelha. Foi um momento encantado, parecido com um conto de fadas: o acaso e a sorte prestes a cair sobre um daqueles órfãos infelizes. A mulher tentou alcançar uma menina de quinze meses de idade, cujo rosto brilhava no sono. Era Menah. Haregewoin se abaixou, suspendeu Menah e, com ela apoiada no ombro, fez um gesto para a mulher levar em conta as outras. *Foi por pouco!* pensou ela, sentindo o coração bater mais forte, assustado, mesmo depois de ter segurado a menina.

– Quem é este ursinho? – perguntou a mulher em voz baixa, virando carinhosamente um menininho adormecido.

– O nome dele é Abel.

– Que idade tem?

– Cinco ou seis meses. Vou apanhar a ficha dele.

A mulher levantou o bebê, acariciou-lhe os dedos delicados e virou-o para pousá-lo na palma da mão, sentindo que tinha um peso adequado. Ele acordou, piscando os olhos, e começou a contorcer-se para se ver livre. A fralda molhada deixou uma marca em sua blusa.

– Posso levá-lo?

– Você tem que achar uma boa família para ele, ele é um menino muito bom.

– A melhor, eu lhe prometo – assegurou a mulherzinha, recolocando o menino de costas na cama e se inclinando para beijá-lo na testa. Os pés rechonchudos de pele aveludada flutuaram no ar acima da barriga. A mulher estendeu a mão procurando a de Haregewoin, que apertou com firmeza, num gesto promissor. Abel levantou-se de um pulo e começou sua escapada, passando por cima dos companheiros de cama. A cena provocou risos nas duas senhoras.

O enredo complicado e incriminatório da riqueza do hemisfério norte e do desespero do hemisfério sul estava resumido ali: uma manhã ensolarada no Chifre da África, um quarto quente e desarrumado e duas viúvas miúdas e grisalhas (com alguns achaques, um pouco velhas demais, um pouco desconcertadas pela situação) responsáveis por uma colcha lotada de bebês sem mãe.

A maltense de cabelo grisalho com corte de menino arrumou Abel em um ninho de cobertores no banco traseiro do carro. Ela telefonou à noite para informar que o bebê tinha sido enviado às Irmãs Franciscanas do Coração de Jesus; elas tomariam conta dele e iniciariam o processo legal de adoção. Não tardaria a viajar de volta a Malta e esperava trazer notícias de uma família para Abel quando retornasse em dois meses.

Haregewoin soube depois que agências de adoção de mais de uma dúzia de países tinham aberto escritórios em Adis-Abeba. Algumas tinham aberto também orfanatos e abrigos. Elas contratavam gente do local para serem as mães e os advogados dessas instituições. À medida que seus funcionários ficaram sabendo que Haregewoin abrigava crianças pequenas saudáveis e abandonadas, passaram a visitá-la em número cada vez maior. Buscavam crianças pequenas para casais da Espanha, Canadá, Itália, Holanda, Suécia, Noruega, Nova Zelândia, Austrália, Alemanha e Estados Unidos.

A primeira solução encontrada pelos envolvidos eticamente com a adoção entre países é encaminhar órfãos para parentes, amigos ou famílias em seus próprios países; ninguém imagina ou finge que a adoção seja uma solução para uma geração de crianças que ficaram órfãs por causa de doença. Trata-se de uma opção limitada e modesta: são famílias em nações industrializadas dispostas a oferecer oportunidades de vida a determinadas crianças, mesmo quando seus governos deixam de destinar recursos suficientes ou liberar medicamentos para reverter a epidemia.

Bebês saudáveis – especialmente meninas! Todos queriam meninas – começaram a chegar e a partir da casa de Haregewoin rápido demais para que as crianças mais velhas pudessem se apegar a elas. Bebês de cabelo crespo, enrolados em cueiros, de banho tomado e adormecidos passavam das mãos de Haregewoin para as mãos dos funcionários das agências de adoção; os bebês partiam cercados por muitos cumprimentos, beijos e gritos afetuosos. Bebês mais velhos e crianças pequenas às vezes davam pontapés e gritavam, buscando em pânico o colo de Haregewoin; porém, ela os consolava com risadas alegres, sabendo que estava fazendo o melhor por eles.

As crianças mais velhas descobriram que algo maravilhoso aguardava os bebês lá fora, além das paredes de latão. Ir embora a pé? Não. Elas sabiam que não era uma boa idéia. Porque, se alguma criança mais velha fosse embora a pé, poderia terminar sem casa, passando fome ou vendendo seu corpo para comer. Mas ser levada embora pelo portão em grande estilo, em um táxi ou em um carro, na companhia de uma funcionária etíope ou estrangeira, isso sim! Todas as crianças desejavam a honra de tal despedida triunfal e importante.

As crianças mais velhas ficavam observando de longe. Embora nenhuma conseguisse entender os aspectos legais ou burocráticos da adoção internacional, todas tinham adivinhado a verdade fundamental: *havia* mães fora dali, até mesmo pais. Henok estava certo em vigiar e esperar por uma.

Enquanto os táxis ou caminhonetes buzinavam com alegria e os motoristas se despediam felizes, acenando, Haregewoin ficava de lado entre as crianças mais velhas que tinham sido deixadas para trás. Passava os braços sobre seus ombros; tentava convencê-las de que as amava e que *ela* era a mãe delas. Mas não era: havia um número excessivo de crianças agora. Algumas, cabisbaixas, se desvencilhavam de seu abraço, desapareciam em um piscar de olhos, arrastando-se de volta para o quarto. Sempre que um bebê felizardo partia, tinha-se a sensação de que a casa ficara vazia e a atmosfera, pesada, pelo resto do dia.

Mas o bebê Hewan se tornaria Eve; e Hirute, Ruth; e Yoel, Joel; e Mickias, Mickey.

E Bekele poderia se tornar Joshua; e Dinkenesh, Emily; e Zelalem, Paul; e Temesgen, Alexander.

Aconchegando-se a Menah à noite, beijando-lhe as bochechas lisas e as pálpebras fechadas, um misto de medo e de sensação de despedida fazia o coração de Haregewoin disparar. Mas ela tentava raciocinar com frieza. *Você é uma velha,* dizia a si mesma, embora não se sentisse assim. *Você não viverá o suficiente para criá-la. Na verdade, ela nunca foi sua. Ela só foi sua por um momento.*

Ela tinha consciência do tipo de sentimento que a levava a se agarrar a Menah; não eram seus instintos mais nobres que a motivavam. Era uma fome profunda. Quando todas as amigas lhe elogiavam o desprendimento, a generosidade em abrigar todas aquelas crianças perdidas, para ela, tal missão nunca lhe pareceu ser desprendida ou generosa. Era como se as preces que não soubera fazer tivessem sido atendidas. Perdera a filha. E Deus lhe enviara aquelas crianças preciosas.

Mas ela observava atenta as fotos que recebia dos representantes das agências. Nelas, bebês etíopes acomodados em carrinhos sofisticados, empurrados por mães e pais norte-americanos e europeus, acenavam alegres. Bebês em assentos de carro, bebês em cadeirinhas, bebês caminhando em piscinas, bebês com bonecas, bebês com um ar de vaidade e satisfação.

*Vamos ver agora seu desprendimento,* repreendeu-se. *Vamos, seja generosa. Em um lugar onde não há pessoas, seja uma pessoa.*

Uma funcionária de uma agência italiana telefonou certo dia, perguntando sobre bebês do sexo feminino.

Assim como a maltesa, a italiana ficou parada olhando a cama de casal onde os bebês rosados dormitavam ao sol, com dedos molhados entrando e saindo da boca. Quando a mulher estendeu as mãos na direção de Menah, Haregewoin não procurou impedi-la.

– Menah? Esse nome eu não conheço. O que significa?

– É... um nome tirado da Bíblia.

– Posso levá-la?

– Deixe-me trocar sua roupa. E vou lhe dar seus papéis. – Estendendo a ficha de Menah para a italiana, disse:

– Apenas nos dê um momento para nos despedirmos.

– Crianças! – gritou ela com a voz embargada. – Venham se despedir de sua irmãzinha.

Menah acordou esfuziante como sempre, as perninhas gordinhas batendo de alegria, os olhos pretos dançando.

No banco traseiro do carro da mulher havia uma cadeirinha onde a menina foi colocada, já choramingando por ter sido retirada dos braços de Haregewoin. Esta se agarrou à parede da casa enquanto o carro ia embora, retornando em seguida, apressada, para o quarto com um pano de cozinha sobre o rosto. No quarto, sentou-se na beira da cama, contraiu os lábios e balançou o tronco para a frente e para trás, tomada por uma tristeza silenciosa. Como os bebês se debatiam à sua volta, pegou um, depois outro e, abraçada a eles, os embalou, sentindo-se como se estivesse de luto.

*Nunca mais!* pensou com raiva. *Não se apegue dessa forma de novo. É demais para qualquer um.*

# 38

BERÇO algum permanecia vazio por mais de quinze dias na casa de Haregewoin. O *kebele* encaminhava bebês e crianças pequenas abandonados em número sempre crescente. Os policiais os traziam. Pais doentes e avós desvalidos batiam no portão a qualquer hora e em seguida se afastavam, trôpegos e em prantos, sem suas crianças. Um hospital telefonou para Haregewoin pedindo-lhe que fosse buscar um recém-nascido cuja mãe tinha acabado de morrer de parto. Para completar, a chegada incessante de crianças maiores obrigava-a a permitir que os mais velhos se alimentassem, se lavassem, se vestissem, se despissem e dormissem junto dos mais novos.

Se o nariz de um garoto começasse a escorrer, no dia seguinte havia doze narizes escorrendo e no próximo, vinte e dois. Se alguém tossia, então, em poucos dias, quinze outros não conseguiriam dormir, tossindo a noite toda. A febre pulava de um para outro, com a mesma rapidez que os piolhos pulavam de cabeça em cabeça. E, se uma menina pequena começava a chorar durante a noite (com saudade da mãe), a solidão se espalhava como uma praga, como uma *pandemia*, até fazer brotar das camas e berços um gemido de tristeza que percorria toda a casa. Haregewoin, então, ia, aos tropeços, de uma criança a outra, distribuindo carinhos e palavras reconfortantes. Era tanto o sono, que às vezes dormia sentada; e em outras tantas começava a sonhar assim que fechava os olhos por mais de um segundo.

E ainda assim era possível – mesmo que parecesse ridículo em vista da quantidade de pessoas que viviam apinhadas dentro daquelas paredes de latão – que de noite se sentisse sozinha, com um grito triste e profundo preso dentro do peito, igual ao de um órfão.

Atetegeb!

Worku!

Menah, meu bebê!

Ela compreendia aquele choro infantil tão eivado de mágoa porque se sentia da mesma forma: a solidão de todos os anos que ainda se tem de viver sem as pessoas de que se precisa para viver.

Entendia muito bem quando uma menina de cerca de três anos, Sara, que ficara órfã recentemente, a puxava muitas vezes por dia para contar um segredo importante. Haregewoin se inclinava, e Sara ficava nas pontas dos pés e murmurava alto em seu ouvido:

– Estou pronta para voltar para casa.

– Será que ninguém nunca vai querer adotar uma criança mais velha? – perguntou ela um dia, quando um representante de uma agência espanhola colocou dois bebês gêmeos no banco traseiro.

Isso porque aquelas cenas estavam ficando insuportáveis; cada vez que um bebê ia embora cheio de pompa, as crianças mais velhas se sentiam mais indesejadas.

No início, elas corriam para pentear os cabelos e mudar a blusa quando os visitantes chegavam, na expectativa de que uma ótima impressão de última hora faria diferença.

– Não – respondeu o representante da agência. – As pessoas querem bebês. Às vezes, crianças menores, mas a preferência recai sobre bebês, e principalmente do sexo feminino.

Haregewoin descobrira que, no mundo da adoção, mesmo uma criança de três anos era considerada "mais velha", sendo recusada pela maioria dos possíveis pais, pois talvez já tivesse sofrido muito ou estivesse traumatizada por experiências anteriores.

– Mas ninguém adota as crianças mais velhas? – insistiu Haregewoin em meio a um suspiro, quando uma pessoa de uma agência canadense se preparava para partir com um bebê.

– Tente os americanos.

– O quê? De verdade?

– Os americanos adotam qualquer um.

– Como assim, qualquer um?

– Tinha um menino no Abrigo da Madre Teresa que perdera ambas as pernas...

– O quê?

– Eu acho que ele estava conduzindo suas cabras nos trilhos da via férrea. Veio um trem e pegou o menino. Mas os americanos o estão adotando. Eles adotam crianças em idade escolar. Adotam crianças com paralisia cerebral. Eles as chamam de crianças com "necessidades especiais". Eles adotam...

– Meninos?

– Sim, meninos! Adotam meninos, adotam irmãos.

– Mas meninos grandes? Meninos em idade escolar?

– Sim, é o que eu estou dizendo!

Haregewoin saiu em disparada. Correu a toda para casa. Queria começar a telefonar e tentar encontrar os americanos.

Foi assim que conheceu Merrily Ripley, diretora (junto com o marido, Ted) da Adoption Advocates International (AAI), uma agência de adoção de Port Angeles, Washington.

A AAI dirigia dois orfanatos em Adis-Abeba: o Abrigo Layla, para crianças em idade escolar, e o Abrigo WanHa, para bebês e crianças menores. Sob a supervisão do Ministério do Trabalho e da Previdência Social (Molsa, em inglês) a AAI encaminhara as primeiras seis crianças para adoção nos Estados Unidos em 1998, 25 crianças em 1999, 40 em 2000, 154 em 2004 e encaminharia 174 em 2005.

Haregewoin conseguiu falar com Merrily pelo telefone em uma de suas visitas freqüentes à Etiópia, e ela convidou Haregewoin para visitar sua organização.

Haregewoin alugou uma caminhonete, fiscalizou o banho e a aplicação de xampu em vinte das crianças mais velhas no pátio, orientou-as para que escolhessem roupas limpas recém-chegadas da lavanderia e das caixas de papelão empilhadas no seu quarto e, depois, fez com que entrassem na caminhonete.

– Comportem-se! – advertiu, acomodada no assento dianteiro, enquanto eles se ajeitavam, formando pares. Os mais entrosados tentavam sentar juntos. Num relance, viu Henok mergulhar atrás de um banco.

– Você aí! Para fora! Vá para perto de sua mãe! – ordenou-lhe em voz alta. O menino saiu do veículo devagarzinho, olhando para ela com reprovação.

– Sejam espertos! – lembrou aos outros enquanto iam embora. – Comportem-se! Falem em inglês!

As crianças se entreolharam e sorriram pesarosamente. Não faziam idéia para onde estavam indo. Ela se debruçou, apoiando-se no assento da frente, umedeceu de saliva o dedo indicador e tirou uma mancha do rosto de uma criança. Pegou a bolsa e retirou prendedores de cabelo de plástico colorido e os distribuiu. Um dos meninos prendeu um em seu cabelo, e as meninas soltaram risinhos. Haregewoin franziu o cenho. Ato contínuo, endireitou o corpo no assento do carro.

O orfanato americano ficava em um bairro plano e seco, de ruas sujas e lotes vazios, repleto de quiosques de latão e madeira compensada. Eles expunham bolas de futebol, bijuteria de madeira, pacotes com roupas de criança feitas na China, CDs de marca ou piratas e chapéus tipo rastafári feitos à mão. Dos alto-falantes de vendedores de discos concorrentes ecoava música etíope e *hip-hop* americano.

Uma mulher branca de faces rosadas na casa dos sessenta, com meias grossas e sandálias confortáveis, Merrily Ripley esperava encontrar uma mãe adotiva local, não vinte crianças adotadas pela mãe adotiva local. Porém, à medida que as crianças brotavam da caminhonete, ela recebia todas com uma risada de soprano. Dúzias de tranças longas, fininhas e entremeadas de contas brancas batiam-lhe contra os ombros. Merrily e o marido, Ted, tinham vinte e um filhos; três por nascimento e dezoito por adoção, nascidos nos Estados Unidos, Coréia, Costa Rica e Índia. Merrily Ripley era do tipo que não se deixava perturbar.

Cercadas pelos muros altos de pedra do Abrigo Layla, dezenas de crianças corriam pelo pátio durante o recreio matinal. Algumas meninas jogavam pedrinhas no chão e erguiam no ar uma das pernas, balançando-a por trás do tronco esguio: estavam jogando *mancha* (amarelinha etíope); outras ficavam paradas, enquanto batiam palmas e entoavam uma canção monótona fora de ritmo. Havia as que preferiam recostar-se na parede fria de pedra da casa, à sombra dos pés de jasmim, trançando e destrançando o cabelo uma da outra, entremeando nos fios contas coloridas com dedos ligeiros. Os meninos corriam, em passadas largas, em todas as direções, atrás de uma bola de futebol murcha. As adolescentes voltavam ao dormitório, jogando-se nas camas de solteiro e nos beliches como se estivessem na hora de descanso em um acampamento de verão. Munidas de papéis de carta e canetas, escreviam para amigas já adotadas, nos Estados Unidos, ou desfaziam redes complicadas de barbante, brincando de cama-de-gato, ou ainda retiravam baralhos da estante e sentavam no chão de cimento para jogar. Alguns meninos mais velhos – encalorados demais para continuar correndo atrás da bola e sem a variedade de opções que as meninas tinham para se distrair – se debruçavam na janela aberta para mexer com os outros.

Haregewoin sentiu de imediato que as crianças que moravam naquele lugar tinham se ajustado ao ambiente. De alguma forma, ela pensou, já agiam como americanos.

Eram muito barulhentos.

Meninos e meninas que haviam vivido na rua, sobreviventes da miséria urbana ou vindos de províncias mergulhadas na penúria, crianças que tinham tentado – com ou sem sucesso – manter vivos os irmãos mais jovens acotovelavam-se debaixo de uma cesta de basquete com o professor de educação física. Ele havia lhes dado apelidos americanos, como Michael Jordan e Shaq. Aquela dezena de meninos e meninas – entre os milhões iguais a eles em toda a África – estava sendo preparada para entrar na terra prometida.

– Todo mundo é rico nos Estados Unidos! – comentavam entre si. E alguns diziam: – Quando você vai para os Estados Unidos, você fica branco.

– Quando isso acontece? – Haregewoin perguntou a uma menininha.

E a criança respondeu confiante:

– Assim que você sai do avião.

Merrily Ripley entrevistou cada criança separadamente ou junto com os irmãos e gravou as respostas com a câmara de vídeo. Possíveis pais que tinham pedido bebês seriam atendidos pela AAI e receberiam um bebê. Porém, às famílias dispostas a considerar a adoção de uma criança em lista de espera, era oferecida a oportunidade de ver as crianças mais velhas em uma fita de vídeo.

Vimos pela primeira vez nossa futura filha, Helen, em julho de 2001, no boletim mensal da AAI. Ela estava em uma foto em preto-e-branco, entre as "crianças em lista de espera". Em seguida, nós a vimos em um vídeo da AAI, em que ela aparecia cantando em um grupo de crianças, pulando agitada. Tanto na fotografia como no vídeo, ela levava o dedo indicador direito ao dente direito da frente, um gesto de timidez.

Eu visitei o Abrigo Layla anos antes de Haregewoin.

Em novembro de 2001, dentro do táxi de Selamneh, esperei do lado de fora do portão de aço. Ele havia buzinado pedindo para entrar. Enquanto aguardava que abrissem o portão, me preparei para encontrar Helen, de cinco anos de idade. Poucas coisas no mundo são tão aterradoras quanto ser apresentada a uma criança que acabou de ser ensinada a nos chamar de mamãe. Mal o táxi entrou no pátio de cimento, as crianças fugiram em todas as direções gritando o nome de Helen. Alguns garotos maiores a encontraram e a puxaram em minha direção; ela estava com medo de me encarar. Parou na minha frente e olhou para baixo. Era pequena. Seu penteado era feito de fileiras de trancinhas cheias de contas. Ela tocou o dente da frente com o dedo. Eu me ajoelhei e a abracei. Ela tremia. Eu também. Tiramos fotos de nosso primeiro encontro, e eu me esforcei para não chorar; provavelmente o mesmo ocorria com a criança. Às vezes, quando se diz às crianças dos orfanatos, em qualquer lugar do mundo, em amárico, romeno, russo, espanhol ou chinês: "Sua mãe está chegando", as crianças pensam que é a mãe de verdade que está voltando para buscá-las. Helen amou e foi amada pela mãe, Bogalech, com grande ternura. Agora as pessoas lhe diziam: "Sua mãe está aqui." Naquela manhã, quando a soltei dos meus braços, ela escapuliu e atravessou correndo o pátio, me olhando a distância.

Eu tinha levado todos os tipos de brinquedos na minha mochila: o jogo de *Twister*, dardos magnéticos, *frisbees*, almofadas de brinquedo que fazem barulho quando se senta nelas.

– Veja bem, não leve essas almofadas – as pessoas me avisaram. – Os etíopes são muito educados; não vão gostar delas.

*Nunca vi crianças assim tão educadas*, pensei comigo mesma, e embalei meia dúzia de almofadas vermelhas de borracha, tamanho grande.

Naquele dia quente e ensolarado de novembro de 2001, quando entreguei os brinquedos de borracha para as crianças, elas os seguraram frouxamente e me olharam sem entender nada. Animada, joguei um no chão e o pisei. Ele fez um barulho enorme. Levantei o olhar na expectativa, mas as crianças estavam franzindo o cenho. *Para fazer esse barulho, os americanos precisam comprar isso?*, algumas na certa pensaram. E outras pareciam dizer algo como *A nova mãe de Helen é maluca.*

Um longo momento de infelicidade tomou conta de todos. As crianças não gostaram dos presentes. Elas pareciam preocupadas. Selamneh, que eu acabara de encontrar pela primeira vez, talvez quisesse vir em meu socorro, mas não conseguia entender o que eu pretendia. *Vou ser um fracasso na Etiópia*, pensei, sentindo-me deprimida. Odiei desapontar a menininha empoeirada que, não por sua culpa, estava publicamente ligada a mim.

Mortificada, encurralada e humilhada, joguei a almofada sobre uma cadeira de cozinha que estava na entrada para automóveis e me sentei nela. Ela fez um barulho tremendo, parecido com uma explosão de fogos de artifício. Então me levantei de um salto, como se tivesse levado um susto, como se estivesse envergonhada, e um menininho explodiu em uma gargalhada. Ele também queria experimentar, e experimentou provocando gargalhadas em outras duas crianças. De repente, elas compreenderam – o brinquedo era engraçado, despretensioso – e ficaram fora de controle, sentando nas almofadas, espalhadas pelo chão, cada uma tentando conseguir um barulho mais estranho que a outra. Agora foi a vez de as atendentes me olharem com tristeza. Do outro lado da residência, a tímida Helen me olhava, e, quando nossos olhos se encontraram, ela abriu um sorriso por trás do dente e do dedo.

Quando Merrily perguntou, para ser gravado nas fitas de vídeo: "O que você quer ser quando crescer?" (a pergunta era traduzida por uma professora, se necessário), nenhuma das crianças de Haregewoin respondeu: "Eu não achei que *ia* crescer", embora muitas devam ter pensado isso.

As crianças que viviam havia meses no Abrigo Layla tinham aprendido a dar respostas rápidas e seguras, em inglês, àquela pergunta: queriam ser médicos, professores, policiais, arquitetos ou chefes de cozinha.

– Quero dirigir um carro – declarou uma menina de seis anos de idade, chamada Bethlehem, para a câmara (se profissionalmente ou por prazer, ela não especificou).

– Quero ser ator! – gritou um menino chamado Dagmawi. – Igual ao Jackie Chan.

– Quero dirigir motocicletas! – berrou outro menino.

– Quando eu crescer, quero ajudar as pessoas idosas – respondeu Mekdes Zawuda, alegre e sardenta. Como muitas adolescentes, ela estava plenamente ciente de sua posição no final da fila como alvo da caridade e estava ansiosa para ajudar os outros no futuro.

– Quero abrir um orfanato – anunciou Yemisrach, de quinze anos de idade.

– Nos Estados Unidos, quero aprender a pregar a palavra de Deus – foi a resposta de Robel.

Nos Estados Unidos, Robel se tornaria um garotinho briguento que adoraria PlayStation, Homem Aranha e beisebol; na Etiópia ele ainda era chefe de família, pai postiço da irmã de quatro anos.

– Quero tentar ensinar a Bíblia para os povos que não a conhecem.

Uma menina de nove anos chamada Frehiwot, de sobrancelhas espessas e tranças grossas na altura do ombro, confessou, surpreendentemente:

– Quero ser piloto.

– Eu acho que os Estados Unidos estão com tudo – disse o bonito Dagmawi para mim e para Haregewoin. – Todos estão esperando ser escolhidos por pais americanos. Quando as crianças sabem que têm pais, elas contam para todo mundo os nomes e as cidades dos pais.

Dessa forma, Haregewoin entendeu que adoção era algo assim: na época da pandemia do HIV/aids, algumas famílias de países estrangeiros estavam oferecendo oportunidades de vida para determinadas crianças. A oportunidade de mudar de vida não era de graça, o preço era cuidadosamente ponderado pelo governo etíope: as crianças adotadas perderiam seu país, povo, fé, idioma, cultura e história. Uma criança podia acabar sendo o único etíope em um raio de centenas de quilômetros; outra, a única negra em sua escola. Mas a criança adotada ganharia a única coisa na face da Terra que se poderia afirmar ser mais valiosa que uma terra natal: uma família. Embora a maioria das nações africanas não se voltasse para a adoção entre países como uma opção para crianças órfãs, os funcionários do governo etíope decidiram que, para uma minoria ínfima de órfãos africanos que poderia ser criada por pais estrangeiros, a troca valia a pena e eles não iriam impedi-la.

Em 2005, a Etiópia tinha 1.563.000 de órfãos da aids, a segunda maior concentração dessas crianças no mundo; e 4.414.000 órfãos resultantes de todas as causas, o segundo número mais alto na África. Naquele ano, de todas essas crianças, 1.400 foram viver com suas novas famílias no exterior.

A princípio duvidando de que famílias norte-americanas e européias pudessem criar crianças etíopes, Haddush Halefom, sociólogo de formação e chefe da Comissão da Infância, percorreu vários países em visita a lares adotivos. "Estive na França e na Holanda em 2004", me informou, "e também nos Estados Unidos, em Vermont e Rhode Island. Vi como tratam as crianças, como dão amor a elas e como as crianças devolvem esse amor para os pais. Agora estou até interessado na possibilidade de que famílias adotem crianças soropositivas, caso seus governos estejam dispostos; gostaria de fazer disso uma prioridade, pois o fato de transferir essas crianças para países em que existe medicação adequada significa devolver-lhes a vida."

Merrily Ripley acabou conseguindo encontrar lares para dezessete das vinte crianças de Haregewoin que ela conheceu naquele dia, com exceção de um menino que aparentava dezesseis ou dezessete anos, velho demais para ser adotado, e duas menininhas, soropositivas, inaceitáveis na ocasião para a embaixada americana.

Naquele dia, todos voltaram para casa com Haregewoin. Porém todos tinham sido filmados por Merrily Ripley, que começou a fazer circular seus rostos e informações básicas a seu respeito para as famílias na lista de espera nos Estados Unidos. Quando abrissem vagas no Abrigo Layla, como resultado da partida de órfãos para os Estados Unidos, as crianças de Haregewoin se mudariam para lá, um pouco de cada vez.

Quando o recreio acabou, no dia quente de novembro das almofadas barulhentas, os alunos se dirigiram para suas classes: o orfanato tinha uma escola com duas classes, uma para estudantes avançados e uma para iniciantes, independentemente da idade. A maioria das crianças estava na faixa etária da escola fundamental, embora alguns adolescentes suarentos, mais altos que o restante da turma, estivessem misturados aos iniciantes e estampassem no rosto a mesma expressão concentrada e preocupada. Havia crianças com cinco anos de idade que, ao chegarem, já sabiam ler e escrever, graças a pais com boa escolaridade, que as haviam feito iniciar os estudos cedo (Helen era uma dessas); mas havia as que chegavam já com nove, dez ou onze anos e eram analfabetas, por terem vivido sempre nas planícies empoeiradas do interior, tomando conta de cabras (nosso futuro filho Fisseha era uma delas). No sistema etíope, a criança começa na primeira série, independentemente da idade.

Naquele dia quente e empoeirado, foi um alívio entrar na sala de aula fresca, de paredes caiadas. As crianças se sentaram em bancos de madeira e recitaram as lições em voz alta. Debaixo de tranças saltitantes e cheias de contas e de camadas de poeira e suor, rostos atentos e determinados. Raios de sol e grãos de poeira flutuavam sobre o chão de cimento, vindos das janelas quadradas abertas. Na parede cinza, havia um mapa dos Estados Unidos, com dezenas de alfinetes que indicavam as cidades americanas para as quais crianças do orfanato haviam sido enviadas.

O professor, um jovem que nunca estivera nos Estados Unidos, embora esse fosse seu maior desejo, escreveu saudações em inglês no quadro-negro.

– How are you? – indicou no quadro-negro, enquanto pronunciava as palavras.

– How are you? – repetiram as crianças.

– I am fine – ensinou, batendo no quadro com o giz.

– I am fine – responderam-lhe em voz alta.

– I am very well – escreveu ele.

– I am very well – entoaram elas, realçando o *r* e conferindo ao *very* uma entonação mais aguda.

– I am doing very nicely.

– I am doing very nicely.

Elas não eram preparadas para dizer coisas ruins ou comuns em suas futuras conversas nos Estados Unidos. A escola partia da premissa de que as crianças seriam adotadas por famílias americanas, que pagariam as passagens aéreas de Adis-Abeba para os Estados Unidos. Uma vez concluída toda a burocracia exigida por ambos os governos, americanos brancos ou negros apareceriam no portão, cumprimentariam a todos com apertos de mãos e abraços, tirariam centenas de fotos e desapareceriam, levando seus novos filhos para um hotel ou apartamento por alguns dias antes de viajarem para os Estados Unidos. Do ponto de vista dos que eram deixados para trás, como o professor, o presente extraordinário que um futuro nos Estados Unidos representava não deixava espaço para queixas. Assim, não era necessário ensiná-las a se lamentar.

– How are you this evening? – ensinou ele.

– How are you this evening? – elas repetiram.

– I am quite well, thank you.

– I am quite well, thank you.

– Excellent, and yourself?

– Excellent, and yourself?

Na lição seguinte, o professor ensinou maneiras para expressar "Eu não sei": "I have no *i*-dea", o jovem falou sobre os ombros, apontando as palavras escritas em giz na lousa.

– I have no *i*-dea – repetiram, cantando, as vozes em tom ascendente.

– I shouldn't *think* so.

– I shouldn't *think* so.

– I don't *expect* so.

– I don't *expect* so.

– Search me.

– Search me.

– I haven't a *clue*.

– I haven't a *clue*.

Todas as crianças do Abrigo Layla tinham perdido um ou ambos os pais; se um dos pais ainda estivesse vivo, estaria desesperadamente doente. Mas aqueles meninos e meninas não se sentiam isolados e discriminados, nem eram vistos como aberração por causa da tragédia, como talvez se sentisse uma rara criança órfã no Ocidente. Para eles, perder um ou ambos os pais era o padrão geral de sua geração.

Quando foram dispensadas para o almoço, as crianças agradeceram polidamente o professor em inglês, saíram da sala em fila única e, em seguida, correram em desordem para o refeitório, buscando garantir lugares próximos a seus amigos. Em mesas de madeiras compridas, sobre um chão coberto por linóleo varrido, travessas de fatias de laranja e pedaços de pão as aguardavam. Embora preferissem ter, em todas as refeições, pratos com *injera* e *wat* (um ensopado de verduras e legumes ou carne), elas estavam aprendendo a usar talheres americanos e a conseguir comer pratos como espaguete e almôndegas.

– Please to pass the water – retumbou a voz de um menino resoluto. – Thank you very much.

– Excellent, and yourself? – respondeu o amigo que passou o jarro. – How are you this evening?

– Search me! – gritou o menino gorducho. – How are you this evening?

– I have no *i*-dea. Please, how is your sister?

– I have no *i*-dea. Please to pass the meatball.

– Thank you very much.

– Thank you very much.

# 39

SE HAREGEWOIN pudesse ter ficado depois do entardecer em vez de ter corrido para casa, para a companhia das suas três dúzias de crianças que precisavam dela para as preces e os beijos de boa-noite, ela teria visto e ouvido as travessuras no Abrigo Layla diminuírem até acabarem. Depois de trocarem de roupa e se lavarem para dormir, as crianças se reuniam em uma sala comum para rezar – exatamente como na casa de Haregewoin –, e o tom das vozes ficava cada vez mais abafado, até mesmo pesaroso. Vistas em grupo, contagiavam o ambiente com um ar despreocupado de bagunça e brincadeira, mostravam-se interessadas em jogos de bola e futebol, mas a tristeza secreta que sentiam coexistia com a bravura brincalhona que exibiam. A hora de dormir era a pior, quando a balbúrdia do pátio e do refeitório acabava. De noite, fantasmas e visões, além de pesadelos, visitavam as crianças. Através das janelas abertas, as atendentes as ouviam chorar em seus travesseiros.

– Nasci na província de Shashemene – me contou Zerabruk, de doze anos, em 2001. Ele tinha sido um primogênito idolatrado.

– Meu pai era engenheiro e minha mãe, dona-de-casa. Morávamos em uma casa bonita. Eu tenho duas irmãs menores. Eu freqüentava a escola e era muito bom em inglês, matemática e música. Quando estava na segunda série, meu pai teve uma dor de barriga. Ele morreu por causa disso. Ficou doente por muito tempo e morreu em casa. Eu tinha oito anos, Mekdes tinha três e Samrawit, dois. Depois que meu pai morreu, nós nos mudamos para uma casa muito pequena, perto da rodoviária. Depois que ele morreu, não tínhamos dinheiro. Aí, mamãe ficou doente. Ela teve um problema no rim. Não tínhamos nada para comer. Vi meninos da minha idade vendendo cana-de-açúcar na rua e pensei: "Eu posso fazer isso." Perguntei a eles como fazer, e eles me ensinaram. Uma cana custa um *birr* (nove centavos americanos), comprada de um fazendeiro. Você a corta com uma faca e vende os pedaços, e dessa maneira você pode ganhar um *birr* e oitenta centavos. Tinha nove anos quando comecei a vender cana. Eu juntava as moedas e dava para minha mãe, que as usava para comprar comida... Então, ela ficou doente demais para sair de casa; aí eu passei a comprar e preparar a comida para minhas irmãs. Meu pai me ensinou a cozinhar. Sei fazer ensopado. Compro *injera* na rua. Minha mãe ficou doente por cinco meses e depois morreu em casa. Quando ela morreu, eu não estava lá! Minhas irmãs mais novas estavam gritando, e os vizinhos correram para ver o que estava acontecendo. Então eles fecharam a casa e prepararam minha mãe para o funeral. Depois do funeral, voltei para casa. Não encontrei mais minha mãe, somente minhas irmãs. Fiquei muito triste. Os vizinhos estão tomando conta das minhas irmãs.

Ele enxugou as lágrimas, decepcionado.

– Quando cheguei ao orfanato, chorava e me sentia triste, mas as outras crianças me animaram e ficaram minhas amigas. A cada dia eu me sinto um pouco mais feliz e tento pensar em coisas alegres. Meu melhor amigo é Behailu. De noite, fico triste quando me lembro de meus pais. Sinto muito mesmo por não ter estado ao lado da minha mãe pela última vez. Acho que ela ficou decepcionada comigo por causa disso.

Na AAI, Zerabruk, filho de um engenheiro, pediu espaço para trabalhar. Deram-lhe uma sala usada como depósito. No cômodo de concreto sem janelas, ele empurrou a pilha de roupas usadas para um canto e liberou um espaço para trabalhar. Usando clipes de papel, elásticos e folhas de um caderno, fez um elevador do tamanho de uma caixa de sapatos. Puxou um fio da tomada da parede. Quando apertou o interruptor, o elevador de papel subiu, raspando de leve na parede. Seu mais novo projeto era uma catapulta medieval, com um braço comprido que lançava um projétil quando liberado. Quando colocou um objeto pequeno na máquina e liberou o braço, o mecanismo deu um salto para a frente, acertando o objeto dentro da lata de lixo.

– Eu me lembro um pouco de meu pai – contou-me Mekdes Zawuda, uma menina de rosto redondo e alegre com doze anos de idade. –

Me lembro dele muito doente. As pessoas vinham e se sentavam ao seu lado. Antes de ficar doente, minha mãe fiava, preparava e vendia algodão. E com o que ganhava ela conseguia comida para a família. Quando ficou gravemente enferma, minha irmã trabalhava como ajudante, e vivíamos do dinheiro que ela ganhava. Algumas pessoas sabiam que minha mãe estava doente e nos traziam comida. Minha mãe morreu de tuberculose. Depois que ela morreu, não pudemos mais morar na nossa casa. Como minha irmã não consegue me criar, eu vim para cá.

– Vivi com meus pais até os nove anos – disse Yemisrach, uma menina de ossos largos e rosto inocente de quinze anos, esboçando um leve sorriso ao se lembrar. – Nós somos duas meninas e dois meninos. Sou a mais velha. Primeiro, minha mãe morreu, depois meu pai morreu de malária. Com nove anos, eu me tornei uma espécie de mãe dos outros.

– Minha irmã mais nova, Gelila, tem quatro anos – disse Robel, de nove anos, o garoto impetuoso do tipo que não faz a tarefa direito. – Quando Gelila vê algo em minha mão, ela chora, então eu dou para ela. Ela não se lembra de nossos pais.

– Eu freqüentei a escola da primeira à sexta série – contou Dagmawi, um menino magro de doze anos com o rosto triangular clássico dos etíopes: testa larga e alta, olhos grandes, ossos da face afilados e queixo estreito. – Meu pai era guarda de segurança das Nações Unidas. Ele ganhava um bom salário. Minha mãe trabalhava em uma clínica. Perdi os dois por doença. Não sei como minha mãe morreu. Quando meu pai adoeceu, ele sempre me pedia: "Traga-me água!" Eu o ajudei. Se ele queria alguma coisa da loja eu comprava. Em 2001 ele teve um problema no fígado e foi para o hospital. Depois de dois meses ele faleceu. Minha irmã, Kalkidan, tem dez anos. Estamos juntos aqui.

Embora tentassem, com dificuldade, se ater às suas lembranças, as crianças algumas vezes confundiam os fatos. Como era tabu mencionar a palavra *aids*, a maioria delas não tinha sido informada como seus pais tinham morrido.

– Um dia, meu pai bebeu tanto que caiu no portão e bateu com a cabeça em uma pedra. Ele foi levado para o hospital e morreu. Depois, foi enterrado – falou com ar preocupado Yirgalum, de oito anos. – Minha mãe e eu ficamos muito doentes nessa época, e ela nos levou ao hospital, onde nos internamos; eu estava brincando com os funcionários do hospital quando ela morreu. Meu irmão mais novo morreu antes da minha mãe.

Robel, de nove anos, achava que o hospital tinha matado sua mãe:

– Nasci em Tigray – disse ele. – Depois, fui com meus pais para o Sudão como refugiados. Meu pai conseguia comida no campo de refugiados e trazia para casa. Minha mãe morreu assim no Sudão: ela foi ao hospital tomar injeções. Primeira injeção: sem problemas; segunda injeção: ela ficou cansada; terceira injeção; ela morreu. Aí, eu ouvi as pessoas chorando por causa de meu pai. Elas disseram: "O seu pai morreu."

– Meu pai morreu quando eu tinha quatro ou cinco anos – contou Fisseha, de dez anos. – Então, minha mãe ficou muito pobre para me manter. Havia um homem rico na nossa aldeia que tinha cabras e vacas. Minha mãe me deu para ele, para eu trabalhar. Eu tomava conta de suas cabras; de noite, ele me dava uma espiga de milho para comer e um lugar para dormir. Durante o dia, os meninos grandes das montanhas me ensinavam a colher alimentos, como frutas silvestres, e a pescar um peixe. Não existe a menor chance de ir para a escola.

Mekdelawit, de oito anos, de Dire Dawa, lembrou os dias em que seus pais morreram:

– Minha irmã, Abeltayit, é uma bebê que fica deitada no chão com as pernas para o ar, assim. Nossa irmã mais velha se jogou na frente de um carro, chorando e gritando que queria morrer se nosso pai estivesse morto. Então, nossa mãe ficou tão doente que não consegue sair da cama. Ela não consegue comer e tem feridas espalhadas por todo o corpo, e ela pede para a gente coçar de leve sua pele.

Mekdelawit e Abeltayit tinham oito irmãos mais velhos que tentaram criá-las, mas os irmãos e irmãs maiores tinham de sair de casa todos os dias para ir à escola ou trabalhar. Os mais velhos avisavam às irmãs mais novas que não saíssem de casa durante o dia. Com receio de que as meninas fossem passear e se perdessem no mato, eles contavam a elas que havia monstros escondidos que comiam menininhas. Finalmente, temendo pelas irmãs mais jovens, os oito irmãos mais velhos conversaram entre si e decidiram entregá-las para o orfanato.

Havia uma semelhança terrível entre as histórias. Todas trilhavam o mesmo caminho e levavam ao mesmo final: a morte da mãe, depois a do pai; ou *Abaye* morria e, depois, *Amaye* e, em seguida, a irmãzinha e depois o bebê. Algumas diziam: "Eu *acho* que meu irmão menor ainda está vivo. Acho que ele ainda está no hospital. Tenho certeza." Eu sempre acabava sabendo depois que o irmãozinho ou irmãzinha tinha morrido também.

Sozinha, ao contar a extinção da família, os olhos da criança ficavam injetados de sangue, o peito se enchia de soluços. Não importa que seja *a* experiência comum de sua geração perder a mãe, o pai, ou ambos; cada criança tinha sofrido de uma maneira única.

– Eu morava em uma casa muito pequena com a minha mãe – a minha filha Helen me contou. – Minha mãe era muito bonita. Ela tinha cabelos brilhantes, muito, muito, muito compridos, que iam até a cintura. Na nossa casa tinha dois móveis: uma estante e um berço. O berço era muito pequeno para minha mãe, ela tinha que dormir encolhendo as pernas. Eu não me lembro quando minha mãe não estava doente. Eu, na verdade, não me lembro de meu pai; às vezes, acho que me lembro dele lendo jornal. Minha mãe me ensinou a ler quando eu tinha quatro anos. Amárico quando tinha quatro e inglês quando tinha cinco. Quando eu tinha cinco anos, era a encarregada de tomar conta da minha mãe. Se ela precisava de algo da loja, eu ia para ela. Se ela precisava de suco, ela me dava uma moeda e eu ia comprar suco para ela. Um dia, vi na loja prendedores pequenos e brilhantes de cabelo com o formato de borboletas. Eu queria muito os prendedores, mas em vez deles comprei o suco para minha mãe. Em casa, contei a minha mãe sobre os prendedores e ela disse sim! Minha mãe *sempre* dizia sim. Voltei correndo e comprei os prendedores de borboleta! Mas um dia veio um táxi, e eu acho que minha mãe morreu no táxi. As pessoas me levaram embora e não me deixaram entrar na casa para apanhar os prendedores de borboleta, e eu nunca mais vi minha casa de novo. Por que a minha mãe tinha que morrer?

Um dia, cerca de quatro meses depois de ter chegado a Atlanta, Helen caiu em meus braços, de repente, tomada pelas lembranças de sua falecida mãe. Eu a mantive abraçada, enquanto ela se contorcia, soluçando:

– Por que ela tinha que morrer?

Alguns minutos depois, ela falou entre soluços:

– Sei por que ela morreu. Ela estava muito doente e não tínhamos remédios.

– Eu sei – respondi. – É verdade. Sinto muito.

Àquela altura eu já estava bem versada nas crises dos órfãos da aids, porém fiquei pasma de ver como ela a havia captado com tanta precisão, concisão e tristeza, com muito mais força do que qualquer das mil páginas que eu havia lido sobre o assunto.

– Gostaria de tê-la conhecido então – disse à criança em meus braços. – Gostaria de ter podido enviar os remédios para ela.

– Mas não tínhamos telefone – ela choramingou –, e eu não pude chamar você.

# 40

HAREGEWOIN ESTAVA FELIZ por aquelas crianças mais velhas terem sido escolhidas para os Estados Unidos.

Quando ela visitava o Abrigo Layla, as crianças recém-encaixadas nas novas famílias corriam para buscar os álbuns de fotos que tinham recebido dos Estados Unidos. Os álbuns pequenos e grossos, repletos de fotos até a última página, exibiam imagens realmente inacreditáveis: adultos sorridentes (americanos brancos ou, em cerca de vinte por cento, afro-americanos) em gramados na frente da casa ou ao lado de veículos enormes; crianças rindo, sentadas em escorregadores e gangorras; crianças com óculos de mergulho pulando na piscina; crianças metidas em uniformes lustrosos fazendo poses com seus times em gramados verdejantes; crianças apertando a mão de um Mickey Mouse bem grande, abraçadas a cachorros diante de uma lareira ou brincando em uma montanha nevada.

Os órfãos viravam as páginas de plástico lentamente, tentando entender cada imagem. Só podia ser um conto de fadas! Contudo, o dono de cada álbum fora informado de que fazia parte agora de seu destino pular para dentro daquelas cenas.

Por falta de provas em contrário, as crianças do orfanato decidiam acreditar em tudo aquilo, embora nenhum dos velhos amigos ou companheiros de quarto tivesse jamais voltado dos Estados Unidos para confirmar que era verdade.

Haregewoin estava feliz por elas; mas sentia-se solitária.

Tudo era para as crianças, tudo que fazia, todos os apertos para conseguir dinheiro, camisetas, calças, sandálias de dedo, comida, comida, comida. Seus braços e pernas se moviam incessantemente, da madrugada ao anoitecer, como se estivesse tentando sair de areia movediça; era tudo por elas.

Antigamente, parecia que também fazia algo por si própria; antigamente abria a porta cheia de expectativas diante do desconhecido.

Agora, bastava cair na cama à noite para apagar e começar a roncar. O amor já não era uma possibilidade. Não se consegue amar quarenta e cinco crianças; só é possível tomar conta delas de um jeito maternal. As mãos podem fazer carícias, os lábios, sorrir e beijar, a voz, acalmar; mas a mente desvia-se para longe.

Tantas crianças, tão numerosas quanto as estrelas no céu; mesmo assim, nenhuma delas se tornara sua.

Ela percebeu que sua casa tinha se tornado um ponto de parada para as crianças, um alívio para o sofrimento e um passo em direção a uma vida fantástica em países distantes. Ela apenas as alimentava temporariamente, era um marco na estrada. Menah, a nenenzinha, morava agora na Itália; Meskerem e Selamawit aguardavam no Abrigo Layla que se escolhessem famílias para eles, da mesma forma que as gêmeas Rahel e Helen; e Ababu tinha acabado de ser apresentado a Cheryl Carter-Schotts, de Indianápolis, diretora de uma segunda agência americana de adoção, Americans for African Adoptions (AFAA – Americanos em prol de Adoções Africanas).

Crianças adoráveis, crianças com dentes quebrados, irmãos e irmãs, gêmeos, grupos de três irmãos povoavam a residência suja de Haregewoin, fazendo travessuras ou brigando, dando abraços ou empurrando, chorando e gritando. Meia dúzia dos pequenos ainda se empilhava em torno dela na hora de dormir, se acotovelando, ansiosos, para ficar perto de Haregewoin. E qualquer um, de qualquer idade, acometido por um pesadelo durante a noite, se materializava ao lado de sua cama nas horas mais escuras da madrugada, e ela de algum modo abria um espaço para o menino ou menina grande. Durante a noite, porém, embora os aquecesse e acariciasse, embora prometesse mantê-los a salvo das hienas, ela não sabia seus nomes.

De qualquer forma, agora que tinham ouvido falar em adoção, ansiavam por mães *de verdade*, mães que fossem *deles*. Não queriam uma mãe coletiva, uma mãe velha, esgotada e coletiva, como ela. Todos agiam agora como Henok, à espreita da melhor oportunidade, uma oportunidade externa.

E Haregewoin tinha a sensação de que a expectativa de alguns ultrapassava um mero anseio de serem amados de novo; tinham desejos específicos: esperavam conseguir uma mãe *atraente*; queriam um pai *rico*; sonhavam com uma casa *grande*; queriam uma família com dois irmãos mais velhos, um carro esporte e um pônei.

(Nossa filhinha Helen, que chegou com cinco anos e sem ter nada de seu além das roupas de viagem que mandamos para ela, ficou chocada ao perceber que deveria dividir um quarto com um irmão de seis anos. Ficou ainda mais chocada quando esse irmão deixava bonecos, piratas de plástico e roupa suja espalhados no chão. Um dia, cansada do irmão incorrigível, ela bateu o pezinho e, em inglês, exigiu uma explicação: "Se *não era* para ter meu próprio quarto, *por que* você me adotou?!" Hoje em dia, Helen tem seu próprio quarto.)

Quando Haregewoin olhava a sua volta – a casa malcuidada, cheia de adultos cujas doenças terminais os deixavam lentos, e lotada de crianças desprovidas de tudo e vestidas com roupas sujas –, ela sabia que as crianças tinham o direito de fantasiar que algo maior as aguardava. Além daquelas paredes de lata deveriam existir mães mais atraentes, casas mais bonitas, cachorros de estimação mais obedientes.

Ela tinha um bom temperamento. Resignou-se a essa nova fase em sua vida, a esse papel secundário de ama-seca de crianças a caminho de um futuro maior e melhor.

Um dia apareceram dois irmãozinhos. Uma mulher que se identificou como tia trazia-os pela mão.

– A senhora poderia ficar com eles, *waizero*? Minha irmã morreu.

– Você não pode tomar conta deles? Olhe ao seu redor, estamos superlotados.

– Não, senhora – respondeu a mulher, cabisbaixa.

Os meninos levantaram os olhos para a tia, espantados.

– Você pode dar algo para me ajudar a criá-los? – ela foi direta com a mulher.

– Não, *waizero* – disse a mulher novamente, evitando seu olhar.

O menor dos dois irmãos, Teshome (Te-*cho*-me), começou a chorar.

– Eles estão com fome – murmurou a mulher.

– Ah, pelo amor de Deus – disse Haregewoin. – Vão – dirigindo-se aos meninos. – As crianças estão almoçando agora.

Cabisbaixos, os meninos se afastaram penosamente da tia, arrastando os pés no chão.

– Vocês não querem se despedir dela? – perguntou Haregewoin.

– Não! – berrou o mais velho, Tesfaye (Tes-*fi*-ai), com a voz embargada. Ele não se voltou.

– Sim! – respondeu o menor, Teshome, voltando correndo e enfiando o rosto na saia da tia. Ele começou a gemer alto.

– Você vai ver a titia de novo – apressou-se a dizer carinhosamente Haregewoin, esperando influenciar a tia para que prometesse esse consolo. Porém, embora sua cabeça estivesse inclinada, ela fazia força para soltar as mãos do menino da sua saia.

Haregewoin segurou-o. Ele continuou a berrar, enquanto a tia se dirigia para o portão, sem levantar a cabeça uma única vez.

Os meninos ficaram inconsoláveis por um longo período.

Teshome ficou ao lado do portão durante várias semanas, esperando que a tia retornasse. Todas as vezes que alguém batia no portão da casa, um meio sorriso trêmulo surgia em seu rosto e logo se desfazia. Tesfaye tinha o olhar revoltado e carrancudo; não fazia amizades, nem agradecia a nenhuma gentileza. E não queria que tirassem sua fotografia. Rejeitava também os gestos maternais de Haregewoin. Só se importava com Teshome e em proteger Teshome. Não ligava para bens pessoais, exceto os brinquedos toscos que Teshome fazia, e que Tesfaye vigiava para que nenhuma outra criança os estragasse. Porém, não dava motivo de queixas às atendentes; não se comportava mal. Parecia tão distante como se tivesse desaparecido dentro de si mesmo. Depois de ter-se adaptado à nova casa, Teshome passou a fazer amizades com facilidade; já o irmão mais velho permaneceu na posição defensiva, sempre arredio. Não brincava. Ficava a distância, com cara de bravo, para que ninguém erguesse a mão contra Teshome.

Haregewoin não tinha mais tempo para esse tipo de atitude. Se Tesfaye tivesse sido sua primeira criança, ela teria sentado com ele e lhe segurado as mãos, obrigando-o a olhá-la nos olhos e a conversar com ela. Se ele fosse uma entre dez crianças, ela ainda encontraria tempo para torná-lo seu amigo. Durante um lanche especial com uvas ou laranja, ela o teria incentivado, enquanto saboreavam os alimentos, a revelar seus tristes segredos. Contudo, havia quarenta ou cinqüenta crianças, e ela não tinha tempo para essas tentativas. Não havia nada a fazer a não ser encarar como um caso difícil e confiá-lo à AAI ou à AFAA, caso estivessem dispostas a correr o risco com os irmãos.

A AAI se dispôs e encontrou uma família para eles.

Foram necessários dezoito meses para que o revoltado Tesfaye abrisse o jogo e contasse a verdade para a mãe adotiva em Oregon, revelasse o segredo que o tinham proibido de revelar: a mulher que havia deixado os meninos com Haregewoin não era a tia. Ela era a mãe dos meninos.

Certo dia, sentado no banco de trás da caminhonete da família, ele contou à nova mãe que o pai havia morrido. *Amaye* tinha casado de novo; porém, o homem que, antes do casamento, fingira gostar de Tesfaye e Teshome não era nem um pouco bondoso. Ele não ligava para os meninos. Começou a bater neles e a não querer dividir a comida; vivia zangado com os dois; assim, sua mulher desistiu deles. *Ela escolheu o novo marido em vez de mim e de Teshome. Eu nunca vou perdoá-la.*

O menino chorou convulsivamente ao contar essa história para sua mãe adotiva. Temia que a revelação a fizesse abandoná-los também.

Ela garantiu a Tesfaye que ele agiu bem em lhe contar, que nada daquilo tinha sido por sua culpa e que ela nunca iria deixá-lo.

*Talvez*, pensou ela, *daqui a alguns anos, quando entender o que é a privação econômica, a subserviência das mulheres em seu país e o desespero dos muito pobres, ele não seja tão severo com sua primeira mãe.*

*Talvez então ele a procure e a perdoe, se ela ainda estiver viva.*

As meninas amáveis abraçavam Haregewoin com força quando partiam para a AAI ou AFAA, agradeciam a ela entre lágrimas e prometiam que sempre se lembrariam dela e que a ajudariam quando ficassem ricas nos Estados Unidos. E ela devolvia o abraço, surpresa com suas próprias lágrimas, percebendo subitamente, no momento da partida, o tesouro que tivera nas mãos. Selamawit foi embora sentindo um grande pesar, mortificada por deixar Haregewoin para trás:

– Vá, vá, minha querida – disse Haregewoin; Selamawit foi, viajando para o estado de Washington para se reunir à maravilhosa família Murrell, que lhe deu o nome de Carrie.

Outros – especialmente os meninos – davam um abraço apressado e saltavam para dentro da caminhonete da AAI ou da AFAA, prontos para ir embora.

E Haregewoin vivia esgotada, com um esgotamento semelhante à melancolia.

Até que um dia, como se o tivessem arremessado com fúria de alguma galáxia, outro pequeno objeto voou em sua direção.

# 41

De início, ela não identificou a dádiva que ele representava. O policial bateu no portão, em uma manhã ensolarada, com outro bebê abandonado e desconhecido que havia encontrado do lado de fora de um restaurante.

O bebê era uma menina de olhar triste de cerca de dois meses. Tinha um rosto grande, um ar preocupado e uma testa protuberante. Ela se cansara de procurar pela mãe sem sucesso; a confusão e a solidão do abandono tinham se transformado em uma marca endurecida e permanente que exibia na testa.

Haregewoin suspirou, pegou o bebê e assinou os papéis. Ela evitou encarar a criança. A criança agiu da mesma forma.

Haregewoin a levou imediatamente ao ambulatório de um hospital para que fosse testada. Se a menininha fosse soronegativa, poderia encaminhá-la imediatamente para uma agência de adoção. *Um bebê do sexo feminino! Não importa se é pouco atraente e se não é amada. Um bebê do sexo feminino é o que os pais estrangeiros querem!*, pensou.

Haregewoin voltou para casa de táxi com a bebê no colo, enrolada em um cobertor grosso que lhe cobria o rosto. A bebê estava acordada, mas quieta. Haregewoin pensava nas tarefas que a aguardavam em casa. Não sentia ânimo para estudar o rosto da nova menina.

O teste para HIV/aids foi positivo. As agências de adoção não iriam nem se aproximar dela. Mesmo que uma possível mãe adotiva a desejasse, sabendo que com os ARVs pediátricos em seu país rico o bebê poderia crescer e ter uma vida normal, nenhuma embaixada daria visto para uma criança soropositiva. O bebê estava encurralado na África, sem remédios, e Haregewoin, de mãos atadas.

Ela segurou aquele ser humano raquítico do tamanho de seu braço do lado do berço, enquanto pensava em um nome para ela. Nenhum nome lhe ocorria. Estava cansada de nomes. A bebê abaixou o olhar. Estava prostrada, sem nenhuma esperança de ter uma mãe. Haregewoin a chamou de Nardos, um nome ortodoxo relacionado aos óleos sagrados de consagração, e lhe deu um abraço impessoal para marcar o momento. Para sua surpresa, quando foi colocar Nardos no berço, ela se agarrou à sua camiseta com os dedos finos e a segurou por alguns momentos. Quando Haregewoin tentou soltar a camiseta, a bebê imediatamente a largou, olhando de esguelha, como se nada tivesse ocorrido.

Na manhã seguinte, Haregewoin pegou, resolutamente, Nardos do bando de bebês que tomava sol na colcha da cama e, como se fosse uma coisa banal, a amarrou às costas com um xale. O gesto não tinha nenhum significado. Às vezes ela agia assim. Na hora da mamada da manhã, ela se sentou com Nardos e uma mamadeira, embora geralmente as meninas mais velhas e as atendentes jovens da vizinhança fossem encarregadas dessas refeições. Nardos não queria mamar, até que Haregewoin esfregou o bico em suas gengivas e acariciou-lhe as bochechas. Ela mamava desanimada, parando por longos momentos para fitar apática o espaço vazio ao lado da cabeça de Haregewoin.

Pouco a pouco, à medida que sua barriguinha se enchia, à medida que seus dias se tornavam previsíveis, Nardos pareceu sentir que estava sendo cuidada. Sempre que ela chorava, o rosto grande e afetuoso se achegava a ela. Certo dia, quando Haregewoin a levantou depois da sesta, o canto da boca de Nardos ergueu-se um pouco, esboçando um sorriso.

– Isso, Nardos! – gritou Haregewoin. – Você está começando a despertar, não é?

Outro dia, enquanto colocava a mamadeira em sua boca, Haregewoin murmurou para ela:

– Você é muito, muito esperta, não é, Nardos? – Nardos mamou com força, escutando. – Posso ver em seus olhos. Você é como minha filha Atetegeb. Nada lhe escapa.

Ela não estava, conscientemente, procurando se apaixonar de novo; subitamente, porém, como em uma mitose de amor, o coração de Haregewoin se subdividiu e uma nova cavidade chamada *Nardos* passou a bater.

Aos cinco meses, o bebê tinha coxas gordas e covinhas e sobrancelhas encantadoramente arqueadas e espessas. Quando Haregewoin soltou suas fraldas de manhã para serem trocadas, Nardos escancarou um sorriso sem dentes, feliz. A testa protuberante já não parecia uma marca de tristeza; agora se mostrava como um sinal de inteligência.

Haregewoin vestiu Nardos como se fosse uma mulher que acabara de adquirir o *status* de mãe, às voltas com o primeiro filho: ela a enfiou em um vestido rosa de babados e esticou uma fita rosa em torno de sua cabeça careca. Orgulhosa de seu feito e certa do resultado, levou outra vez a menina à clínica de HIV/aids para fazer um novo teste. Sentia-se preparada para não se intimidar e exigir uma nova contagem, se as notícias fossem ruins de novo.

Esperou em uma sala cheia de mães e pais magros, sentados ou em pé, todos tão assustados que mal conseguiam se mover, amparando os filhos desvalidos de olhos enormes que pareciam fantasmas.

Três quartos das crianças nascidas de mães infectadas pelo HIV não possuem o vírus (daí a crise de órfãos); contudo, bebês HIV-negativos muitas vezes apresentam resultados falsos positivos porque possuem anticorpos da mãe circulando no sangue. A mudança no resultado de positivo para negativo (embora a criança estivesse sempre saudável) chama-se soro-reversão.

Deixando a ciência de lado, quando, dessa vez, o teste de HIV/aids de Nardos deu negativo, Haregewoin acreditou que seu amor é que tinha salvado o bebê.

– Conseguimos, Nardos! Que bom, menina! Que bom! – Haregewoin repetia feliz, durante todo o trajeto de volta para casa; e o bebê, entre as almofadas do banco traseiro, ria feliz.

Aos dez meses, Nardos era uma mocinha atarracada, que exibia um sorriso enfeitado por quatro dentes e caminhava de um móvel a outro na sala de Haregewoin, tocando neles com delicadeza. Somente ela, de todas as outras crianças, tinha acesso irrestrito a Haregewoin, a qualquer hora do dia. Haregewoin parava qualquer coisa que estivesse fazendo, interrompia qualquer telefonema ou reunião, sempre que Nardos gritava:

– *Amaye!*

– *Abet?* O quê?

– *Amaye!*

– *Abet?*

Nardos invadia a sala, metendo-se no meio do bando de visitantes, para pular no colo de Haregewoin e apertar seu rosto contra o dela.

Menininhas empoeiradas que observavam a cena da soleira da porta ou através da janela sentiam-se excluídas do súbito amor materno que desabrochava na velha Haregewoin. Ficavam felizes ao ver Haregewoin relaxada e feliz de novo, mas elas próprias não conseguiam ter acesso àquele amor cheio de alegria. Algumas meninas pequenas se aproximavam, timidamente, afagando Nardos, deixando que as pontas dos dedos tocassem de leve o braço ou a manga de Haregewoin ao mesmo tempo; ela, porém – não por falta de bondade, apenas distraída –, as enxotava para fora.

As visitas adultas, na sala de estar, paparicavam Nardos; quem queria causar boa impressão em Haregewoin levava um presentinho para Nardos quando ia fazer visita. De maneira inacreditável para uma criança tão nova, Nardos juntava as mãos e fazia uma reverência rápida e educada, encantando a todos.

*Agora sim!*, pensava Haregewoin com satisfação. *A vida é boa.*

## 42

HAREGEWOIN HAVIA JOGADO FORA a reputação que construíra. Desgostosa com a morte da filha, ela desprezara a antiga vida de mulher de diretor de colégio secundário, de funcionária administrativa, de distribuidora de alimentos em uma igreja do Cairo. Isolara-se e passara a vestir-se apenas de preto. Familiarizara-se com os párias da nação – adultos arruinados pela doença, crianças órfãs – e iniciara uma nova vida humilde entre eles.

Alguns passaram, então, a considerar que ela fora inteligente em sua escolha, até mesmo precavida.

Recuperou a reputação.

Os anos de 2003 e 2004 marcaram uma conscientização crescente a respeito da aids. As pessoas de bom senso perceberam que a África estava sendo devastada pela pandemia. A aids ocupava as primeiras páginas de todos os jornais. As Nações Unidas realizaram uma assembléia extraordinária para discutir a síndrome. Cartazes sobre a aids se erguiam em Adis-Abeba, incentivando a adoção de práticas sexuais seguras, pedindo aos cidadãos que não marginalizassem os doentes. O prefeito de Adis-Abeba discorria sobre o HIV/aids na televisão e explicava como conseguir um exame de sangue. Todos conheciam alguém atingido pela aids. O alcance da doença era evidente demais. Era impossível negá-lo.

Haregewoin fora a primeira de seu círculo a ajudar os órfãos da aids. Subitamente, ela se viu à frente de uma corrente popular. Sua reputação atingiu as camadas mais privilegiadas. Ela se tornou um portal pelo qual as mulheres da classe alta começaram a esboçar gestos humanitários.

Certo dia, em 2004, ela recebeu uma ligação de uma etíope muçulmana. Tratava-se da mulher de um industrial e estava entre as mais ricas do país. O aniversário de sete anos de sua filha estava próximo. A menininha e seus colegas da escola particular estavam acostumados a festas de aniversário com pôneis para passear, banhos de piscina ou partidas de minigolfe. Sua rotina de vida incluía viagens de compras, em aviões particulares, para Dubai ou Paris e temporadas de esqui na Suíça. No ano anterior, a festa de aniversário da menina tinha sido no Sheraton Adis, na parte alta da cidade, no topo de uma longa estrada sinuosa enfeitada com bandeirolas esvoaçantes.

O tema do aniversário desse ano, explicou a mãe para Haregewoin, seriam os órfãos da aids. Estava na hora de a filha começar a aprender a ajudar os menos afortunados. Será que a festa poderia ser na casa de Haregewoin?

A crise de órfãos na Etiópia tinha esgotado as fontes tradicionais de ajuda, representada por laços religiosos, de parentesco ou de vizinhança; a ajuda de filantropos ricos a desconhecidos pobres não era uma prática comum.

A maioria dos cidadãos afluentes da cidade atravessava as ruas empoeiradas e se desvencilhava das multidões de mendigos com os vidros escuros fechados, os aparelhos de música do carro abafando o som dos pedidos vindos das ruas. Nenhuma família etíope jamais adotara uma criança da casa de Haregewoin. Em Adis-Abeba, havia escolas primárias e secundárias particulares tão aristocráticas quanto qualquer outra da América do Norte ou da Europa; havia casas bonitas, sólidas e luxuosas, cheias de obras de arte e de livros, equipadas com sistemas computadorizados e aparelhagem de entretenimento do século XXI; havia mansões com gramados verdes, piscinas, redes de *badminton*, que contavam com uma equipe de jardineiros, cozinheiros e empregados domésticos etíopes. Havia uma classe de funcionários de embaixadas, do governo e de ONGs acostumada a correr o mundo, que se misturava aos etíopes mais ricos.

Assim, o fato de o assunto da festa de aniversário ter sido tratado de uma maneira estranha – e o fato de os órfãos de Haregewoin serem vistos como algo instrutivo para as crianças ricas – devia-se à falta de experiência dos ricos que doavam e dos pobres que recebiam. A mãe pretendia que fosse ensinada a lição à filha e aos seus amigos de que havia pobreza no mundo; quanto aos órfãos de Haregewoin, eles estavam ansiosos para tomar parte da brincadeira.

Às nove horas de uma manhã de sábado, motoristas particulares dirigindo utilitários esportivos luxuosos e de Mercedes começaram a estacionar na rua coberta de cascalhos, do lado de fora do portão. Haregewoin tinha acordado as crianças antes do amanhecer e, desde então, as tinha ensaboado, lavado e penteado freneticamente. Distribuiu roupas novas, todas brancas, adquiridas com dinheiro que lhe tinha sido dado antes pela mãe da aniversariante.

Trinta crianças, ainda molhadas e reluzentes, metidas em calças e camisas brancas abotoadas – o cabelo das meninas recém-repartido e esticado a duras penas em coques apertados – se postaram em duas filas em frente da casa, aguardando para saudar os convidados. Pareciam crianças de um coro austríaco. Famintas e sonolentas, tentavam abandonar a fila, mas Haregewoin as repreendia, zangada, para que retornassem à posição. Ficaram em posição de sentido durante minutos e horas intermináveis. Estampavam nos rostos um misto de impaciência e medo, sem despregar os olhos do portão da casa.

Os colegas de escola da aniversariante incluíam os filhos de diplomatas e adidos estrangeiros e de presidentes de empresas; portanto, a casa de Haregewoin se encheu de mulheres alegres e bem-humoradas da Noruega, França, Grã-Bretanha e Nova Zelândia. De cabelos curtos, calças cáqui, suéteres e tênis brancos, e canecas de café em punho, as mulheres conversavam na entrada dos carros. Pareciam mães em um jogo de futebol numa manhã de sábado qualquer em algum lugar da Europa ou dos Estados Unidos. Os filhos, vestidos com roupas esportivas de marca e ostentando relógios de pulso à prova d'água, permaneciam ao lado de suas mães, no extremo oposto do pátio, distantes dos órfãos rigidamente perfilados.

O portão da casa abriu mais uma vez, e a mãe da aniversariante irrompeu, usando um vestido de seda cor de alfazema e um lenço de cabeça lilás. As crianças de Haregewoin ficaram boquiabertas. Nem Makeda, a rainha de Sabá, teria despertado tanta admiração, caso suas sapatilhas de seda tivessem tocado o solo enlameado daquele quintal. Arrastando a filha, a elegante etíope passou em revista as duas fileiras de órfãos mirrados e assustados. Cumprimentou a todos de maneira bondosa e obrigou a filha a fazer o mesmo.

– *Salaam* – disse a filha, de má vontade. Em seguida, a menina olhou para os amigos atrás de si e revirou os olhos.

Os lábios da exótica senhora tinham um contorno violeta; uma sombra de cor malva realçava-lhe as pálpebras; seu corpo recendia cravo e canela. As crianças de Haregewoin queriam apertar sua mão, mas tinham medo de tomar a iniciativa. A filha pequena se libertou e correu para se juntar aos amigos. A mulher requintada olhou vagamente à sua volta por um momento, meio perdida, até que a babá sueca correu em seu auxílio. A jovem loura passou um fio elétrico através do portão de Haregewoin e ajustou-o a um gravador, que começou a tocar música popular da Etiópia. As crianças de Haregewoin reconheceram na música um sinal para se dispersar.

Uma menina etíope rica correu até a mãe e, sem fôlego, perguntou:

– *Podemos* brincar com elas?

A mãe assentiu com a cabeça.

A babá bateu palmas e agrupou todas as crianças – alunos de escolas particulares e órfãos, européias e etíopes – em uma roda para iniciar as brincadeiras. As crianças dançaram e brincaram com bexigas no quintal enlameado.

Haregewoin tinha supervisionado a preparação de uma espécie de palco ao ar livre. Folhas de capim recém-cortado compridos tinham sido dispostas no chão como um tapete, debaixo de um teto de galhos trançados. Ela tivera o cuidado de cobrir toda a mobília estofada com colchas que imitavam pele de leopardo e, em seguida, ordenara aos meninos mais velhos que a levassem para fora de casa e a colocassem em cima do tapete improvisado. Um trono aguardava a aniversariante. A menina subiu ao palco, atravessando uma torrente de bandeiras de papel e bexigas, e se sentou em cima de uma montanha de almofadas na cadeira do meio.

A mãe tinha convidado uma estação local de TV para cobrir a festa de aniversário, para realçar aquele momento de *noblesse oblige*, esperando que outros seguissem seu exemplo. Quando os focos de luz iluminaram a aniversariante, surgiu diante dela um bolo em camadas. Todos os presentes cantaram o "Parabéns a você" em amárico e, depois (os alunos da escola particular), em francês e inglês. Ela fechou os olhos, fez um desejo e soprou as velas. Todos aplaudiram educadamente; algumas crianças deram vivas. Poucas crianças de Haregewoin sabiam a data de seus aniversários; a maioria conseguia somente adivinhar a idade. De seu ponto de vista, pareceu-lhes que os aniversários – da mesma forma que as mães – pertenciam ao universo das crianças ricas.

O bolo foi servido em pratos de papel. A babá sueca aceitou presentes embrulhados dos alunos da escola particular e os colocou perto da saída, em sacolas grandes de lojas. Uma menina de três anos, chamada Sara, encheu a boca de bolo e saiu em disparada pelo pátio de terra, murmurando em amárico:

– Ó meu Deus, ó meu Deus, ó meu Deus, estou no paraíso, este bolo é a coisa mais deliciosa que já provei.

Durante uma hora barulhenta, assim que o bolo e o glacê entraram em sua corrente sanguínea, as crianças mimadas e as crianças sem nada se misturaram, brincaram de pique e dançaram, correram atrás das bexigas, até que a lama cobrisse todas por igual. Então, de repente, a festa acabou, os utilitários esportivos manobraram do lado de fora, na rua, e a aniversariante e sua mãe distribuíram saquinhos de lembranças para todas as crianças. Embora as crianças de Haregewoin estivessem agora completamente imundas, receberam permissão para apertar a mão da senhora com ares de rainha enquanto expressavam sua gratidão. Sem nenhuma afetação, ela apertou delicadamente as inúmeras mãos ansiosas e até mesmo se abaixou para receber um ou dois beijos imundos no rosto.

O cinegrafista colocou nos ombros o equipamento, as crianças da escola particular confirmaram planos entre si para o resto da tarde e a babá sueca saiu, cambaleando, pelo portão, carregando os presentes embrulhados.

Depois que o comboio do aniversário partiu, as crianças de Haregewoin ficaram quietas. Pedaços de papel e de fitas em cor pastel tinham se misturado com a terra; algumas bexigas murchas pendiam das paredes da casa. Haregewoin puxou uma cadeira da cozinha até a entrada da casa e mandou que as crianças se aproximassem dela, uma a uma, para tirar a roupa branca nova que vestiam. Ela seria lavada e passada e ficaria guardada até a chegada de novas visitas. Os meninos mais velhos foram obrigados a carregar a mobília de volta para dentro de casa.

Como se um relógio de conto de fadas tivesse soado à meia-noite, as crianças voltaram a usar camisetas velhas e calções desbotados. A casa se reduzira novamente a pedaços de cimento quebrado e quadrados de lama.

As crianças se isolaram, uma a uma, para examinar o conteúdo do saco de lembranças. Os artigos baratos – balas duras, chiclete, mentas – foram contados, alinhados, cheirados, examinados e finalmente mordidos com a pontinha do dente da frente. Depois foram de novo embalados, colocados nos sacos e escondidos. Algumas das balas nunca seriam comidas pelas crianças; a alegria de possuir algo superava o êxtase de sentir-lhe o sabor.

Haregewoin ficou um pouco deprimida quando tudo acabou, quando a magia deixou o pátio e ela voltou a ser uma mulher pobre. Na verdade, gostara das câmaras de TV; gostara das esposas dos diplomatas; apreciara a atenção. Sentira-se orgulhosa ao se postar junto às suas crianças, os órfãos, embora também orgulhosa de ser vista como ligeiramente diferente deles. A mulher rica tinha conferido a ela um sentimento de igualdade, como se as *duas* tivessem estendido as mãos para ajudar as crianças a sair da sarjeta.

Se suas crianças se sentiam no direito de sonhar acordadas, com pais ricos e mães elegantes e bicicletas e bolas de basquete nos Estados Unidos, por que ela não poderia imaginar, por um momento, que fazia parte do círculo social da elite de seu país?

# 43

A AIDS ASSUMIU NOVAS DIMENSÕES, despertando o interesse de músicos e artistas de cinema. Era um assunto em alta na pauta da campanha "Acabemos com a pobreza", que exigia justiça para os pobres do mundo. Em julho, a Grã-Bretanha sediou a reunião de cúpula do G8 (Grupo dos Oito), composta por líderes mundiais, em Gleneagles, na Escócia: o primeiro-ministro Tony Blair garantiu que os principais temas da reunião de cúpula seriam a África e a mudança climática. A reunião foi precedida de megaconcertos de música popular, os Live 8, realizados em todo o mundo e comandados pelos astros de *rock* Bono e Sir Bob Geldof. Os palcos foram erguidos no Hyde Park, em Londres; no Palácio de Versalhes, em Paris; no Circus Maximus, em Roma; no Museu de Arte, na Filadélfia; no Siegessäule, em Berlim; no Park Place, em Barrie, Canadá; no Makuhari Messe, em Tóquio; na Praça Vermelha, em Moscou; na Praça Mary Fitzgerald, em Newtown, Johanesburgo; e no Estádio Murrayfield, em Edimburgo. Três bilhões de espectadores (diz-se) se reuniram para assistir a apresentações de astros como U2, Paul McCartney, Stevie Wonder, Kanye West, Madonna e Sting. Telões ao fundo exibiam imagens de africanos pobres.

Os líderes do G8 prometeram duplicar a ajuda para a África até 2010 e cancelar as dívidas de dezoito países pobres, mas houve pouco ou nenhum movimento para a adoção de práticas comerciais mais justas. Os líderes realmente prometeram trabalhar para que o acesso ao tratamento anti-retroviral estivesse disponível até 2010.

Para os que se encontravam mais próximos das linhas de frente, as exibições bombásticas de solidariedade e auto-elogios não surtiram efeito necessariamente. Em 1970, a Assembléia Geral da ONU tinha concordado que os países ricos doariam 0,7 por cento de seus produtos internos brutos (PIB) para apoiar o desenvolvimento de países pobres. O princípio subjacente não era simplesmente a obrigação moral, mas a conscientização de que a riqueza do hemisfério norte e a pobreza do hemisfério sul estavam ligadas; a África, em especial, tinha sido pilhada por centenas de anos pelas elites mundiais, sem que se levasse em consideração o rastro de caos, de tragédia e de fome que deixaram atrás de si. Estabeleceu-se que os meados dos anos 70 seriam o prazo final para que a meta de 0,7 por cento do PIB fosse atingida.

Em 1992, os países ricos voltaram a concordar sobre a meta de 0,7 por cento do PIB direcionado à ajuda internacional. Em 2015 (o ano em que se espera que as atuais Metas de Desenvolvimento do Milênio, estabelecidas pela ONU, tenham sido atingidas), esse alvo terá quarenta e cinco anos de idade.

Muitos norte-americanos supõem que o governo dos Estados Unidos está fazendo tudo que pode para aliviar o sofrimento, a fome e a doença no mundo (e, de fato, muitas pessoas físicas, empresas privadas e ONGs e funcionários da saúde pública norte-americanos *estão* fazendo tudo que podem). Contudo, existe uma percepção distorcida disseminada de que os Estados Unidos, como nação, encabeçam a lista dos maiores doadores do mundo. Pesquisas de opinião nos Estados Unidos revelam sistematicamente que há um apoio mais significativo ao corte do que ao aumento da ajuda estrangeira (trinta e um por cento a dezessete por cento), embora muitos se manifestem a favor da manutenção do orçamento dedicado à ajuda nos níveis atuais.

Em termos absolutos, o valor em dólares que os Estados Unidos destinam à doação *torna-os* os maiores contribuintes em todo o mundo; contudo, se medida em termos de percentual do PIB, a contribuição americana é insignificante.

Além disso, a suposta ajuda muitas vezes beneficia mais a nação doadora do que a recebedora. "O caráter da assistência ao desenvolvimento é freqüentemente duvidoso", afirmou um relatório do Fórum de Política Global em 2005. "Em muitos casos, a ajuda é, em primeiro lugar, concebida para atender aos interesses estratégicos e econômicos dos países doadores... ou para beneficiar grupos poderosos de interesses nacionais. Programas de ajuda que têm como base os interesses de doadores em vez de as necessidades dos recebedores fazem com que a assistência ao desenvolvimento seja ineficiente; pouca ajuda chega aos países que mais desesperadamente necessitam dela, e com bastante freqüência a ajuda é desperdiçada em mercadorias e serviços com preços acima de mercado provenientes dos países doadores... Aumentos recentes [da ajuda externa] não dizem toda a verdade acerca da generosidade dos países ricos, ou de sua ausência."

Independentemente do caráter da ajuda, os principais contribuintes forneceram os seguintes valores em dólar entre 2002 e 2005: Estados Unidos, 75.853.000,00; Japão, 40.138.000,00; França, 31.051.000,00; Reino Unido, 29.552.000,00; Alemanha, 29.502.000,00; Países Baixos, 16.771.000,00; Itália, 12.221.000,00; Canadá, 10.552.000,00; Suécia, 9.856.000,00; Austrália, 5.325.000,00.

Embora os Estados Unidos tenham dado mais em volume de dólares, em termos de percentual do PIB foi o que doou menos: um valor ínfimo de 0,1575 por cento. Também bastante aquém das metas declaradas e das reiteradas promessas estiveram o Japão, com 0,25 por cento do PIB, o Canadá e a Alemanha, com aproximadamente 0,3 por cento, e a Itália e a Austrália, entre 0,2 e 0,25 por cento.

Comparem-se esses números aos números dos que mais contribuíram, em termos de percentual de PIB, durante o mesmo período (2002 a 2005), todos eles 0,8 por cento ou mais: Noruega, 0,91 por cento (0,93% em 2005); Dinamarca, 0,865 por cento (0,81 por cento em 2005); Suécia, 0,785 por cento (0,92 por cento em 2005); Luxemburgo, 0,82 por cento (0,87 por cento em 2005); Países Baixos, 0,795 por cento (0,82 por cento em 2005).

Até 15 de abril de 2006, o governo norte-americano tinha gastado, de acordo com os créditos aprovados pelo Congresso, 275 bilhões de dólares na guerra do Iraque. Segundo o Projeto das Prioridades Nacionais, com esses recursos os programas mundiais da aids poderiam ser inteiramente custeados durante vinte e sete anos.

"Estamos em uma corrida desesperada contra o tempo, e estamos perdendo", disse Stephen Lewis. "É simplesmente impossível reduzir significativamente a pobreza, a fome, a desigualdade entre os sexos, a doença e a morte no ritmo atual, e, com exceção do toque contrastante da retórica hiperativa, a necessária... aceleração não é evidente em lugar algum. E, infelizmente, homens e mulheres não podem viver só de retórica."

Epidemiologistas estrangeiros e voluntários voavam para Adis em número cada vez maior. No Adis-Abeba Hilton e no Sheraton Adis, europeus e norte-americanos conferiam as iguarias no bufê do café-da-manhã: travessas de porcelana exibiam fatias de melancia, bananas nanicas e uvas vermelhas suculentas. Uma cobertura de açúcar revestia as sementes azedas de romãs abertas. Bandejas aquecidas de prata de lei ofereciam ovos mexidos, dispostos sobre coalhadas espessas, batatas e cebolas grelhadas e filés fritos de trutas do lago Vitória. Do lado de fora das janelas de vidro, pombos de pescoço branco e papagaios de peito amarelo saltavam nos galhos de eucalipto que balançavam com o vento.

Nos saguões dos hotéis havia escritórios de linhas aéreas, bancos, centros comerciais, lojas de jóias e de sapatos esportivos. A água das piscinas e das fontes refletia a paisagem verdejante das cercanias. Todo de branco, o jogador profissional de tênis contratado pelo Hilton aguardava os hóspedes enquanto batia sozinho a bola no paredão. Ele trabalhava também como treinador de *squash*. Em um pátio junto à porta do ginásio de paredes envidraçadas, havia duas mesas: uma de pingue-pongue e outra de bilhar.

Depois do café-da-manhã, nas veredas circulares destinadas aos carros e cercadas de canteiros enfeitados de flores cujos caules altos chegavam à cintura dos passantes, cientistas, pesquisadores, representantes de ONGs internacionais, epidemiologistas, economistas e agentes de exportação ajeitavam as mochilas vistosas e saltavam para dentro dos utilitários esportivos luxuosos. Eles partiam para o interior do país, olhando de passagem a paisagem luminosa. Alguns realizaram ali um trabalho de valor e fariam contato com os habitantes locais: funcionários da OMS, do Unaids (Programa das Nações Unidas para o Combate à Aids), do Fundo Mundial e do CCD (Centro de Controle de Doenças), voluntários de ONGs médicas como os Médicos sem Fronteiras, World Wide Orphans [Órfãos do Mundo Inteiro] ou a Fundação William J. Clinton salvariam vidas. Porém, um número alto demais de especialistas recolhia os dados que seriam interpretados por meio de gráficos e mapas: verdadeiras obras-primas de composições coloridas e geométricas. Fariam apresentações em salas de reuniões e salões de festas de hotéis sofisticados da Europa; os assistentes fariam anotações em seus *laptops*; a luz dos lustres seria reduzida para exibições de *slides* e apresentações em PowerPoint.

"Somos imbatíveis quando se trata de estudos e documentação", explicou o enviado especial da ONU, Stephen Lewis. "Relatórios como o Epidemic Update [Atualização sobre a epidemia], feito pelo Unaids..., são modelos de compilação estatística, contendo elementos fascinantes do material recolhido. Contudo, o próprio relatório reconhece que é difícil perceber um verdadeiro avanço contra a pandemia. Precisamos de um esforço sobre-humano que venha de todos os rincões da comunidade internacional. Não estamos conseguindo isso. No ritmo atual, chegaremos a um total acumulado de cem milhões de mortes e infecções até o ano de 2012."

Às vezes, parecia aos especialistas visitantes que o reino orgulhoso e isolado no alto da montanha estava enfeitiçado e que bastaria somente um toque mágico do Ocidente para que despertasse e se tornasse próspero. O desenvolvimento econômico e o progresso político pareciam às vezes iminentes.

Muitos líderes etíopes teriam preferido não se aproximar do Ocidente com a mão sobre o coração, com a mão estendida. A Etiópia fora civilizada e auto-sustentável por mais tempo do que o tempo de vida dos países florescentes no hemisfério norte. O símbolo da Etiópia e símbolo do último imperador era o Leão de Judá. O Leão de Judá não rasteja.

Contudo, a assistência dos países ricos – o perdão das dívidas, o comércio justo e os milagres médicos resultantes da liberação de suas patentes custosas – era indispensável para que a Etiópia conseguisse sair de sua pobreza desesperadora. Assim, o Leão de Judá foi obrigado a abaixar a cabeça.

Os etíopes não tinham certeza do grau de entendimento dos estrangeiros que os visitavam – o mundo externo – acerca dos arranjos do poder local, das políticas de controle de etnias e das disputas de fronteira com a Eritréia.

Depois da deposição da ditadura comunista de Mengistu, em 1991, o novo governo de Meles Zenawi se empenhou em apoiar as liberdades democráticas – entre elas, a liberdade de imprensa e a liberdade de expressão e de reunião – e um sistema político multipartidário.

Nos últimos anos, a estagnação da economia e a crise crescente da aids – somadas às baixas militares regionais, à insegurança alimentar, a condições sanitárias deficientes, à falta de água potável e a outras questões de saúde pública – fortaleceram a decisão popular de destituir o primeiro-ministro (que governou favorecendo seu grupo étnico Tigray) e seu partido no poder, a Frente Democrática Revolucionária do Povo Etíope (FDRPE).

Porém, será que Meles Zenawi realmente deixaria o poder caso não conseguisse se reeleger em 2005? Muitos rezavam e sonhavam que sim. Com suas pretensões democráticas, seu discurso liberal e o modo como bajulava líderes mundiais, especialmente o primeiro-ministro britânico Tony Blair, será que não ficaria envergonhado de se aferrar ao poder desafiando a vontade popular?

Em maio de 2005, a reeleição de Meles Zenawi foi imediatamente questionada como tendo sido fraudada. A recusa de Zenawi em ceder o poder pareceu algo profundamente antidemocrático para a maioria dos etíopes. No final de 2005, o governo foi acusado formalmente de manipular os resultados da eleição, de prender jornalistas e líderes da oposição e de tentar sufocar os protestos com tiros, expulsão de observadores internacionais e prisões em massa.

O partido da Coalizão pela Unidade e Democracia (CUD) convocou a nação para um ato não-violento de desagravo, inclusive uma greve – pedindo que as pessoas permanecessem em casa –, e o boicote às atividades do partido no poder, para protestar contra as supostas manobras eleitorais. Em junho de 2005, e novamente em novembro, pessoas que protestavam contra o governo acorreram às ruas de Adis-Abeba e das cidades menores de Dese, Debre Berhan, Bahir Dar e Awasa. Foram recebidas por forças de segurança armadas que abriram fogo contra elas. Quarenta e seis manifestantes e observadores – homens, mulheres e crianças – foram mortos; duzentas pessoas ficaram feridas, e quatro mil (incluindo muitos estudantes) foram presas, entre elas figuras de destaque como Hailu Shawel, de setenta anos, presidente do partido de oposição (CUD); o professor Mesfin Woldemariam, setenta e cinco anos, ex-presidente do Conselho Etíope de Direitos Humanos (CEDH); o Dr. Yacob Hailemariam, ex-enviado especial da ONU e ex-promotor do Tribunal Criminal Internacional de Ruanda; a Sra. Birtukan Mideksa, vice-presidente do CUD e ex-juíza; e o Dr. Berhanu Nega, prefeito recém-eleito de Adis-Abeba e professor universitário de economia. Duas mil e quinhentas pessoas detidas foram soltas desde então sem uma acusação; não se sabe ao certo quantas ainda estão detidas ou onde se encontram. O primeiro-ministro Meles disse que os detidos provavelmente serão acusados de traição.

O partido da Coalizão pela Unidade e Democracia obteve um terço dos assentos legislativos nas eleições, porém boicotou o novo parlamento como ilegitimamente constituído.

Em novembro de 2005, a Anistia Internacional noticiou: "A Anistia Internacional teme que o direito de fiança possa ser negado aos detidos; teme que eles sejam mantidos na prisão em condições adversas por um tempo prolongado enquanto aguardam a sentença, e que sejam submetidos a julgamentos extensos com muitos adiamentos. Ademais, é possível que não tenham um julgamento justo segundo os padrões internacionais."

Eles estavam certos. Em fevereiro de 2006, oitenta réus na Etiópia, trinta e oito *in absentia*, foram convocados a comparecer perante o Tribunal Federal da Etiópia para serem julgados por acusações que incluíam alta traição, "violações à Constituição", incitamento e organização de levante armado e "genocídio".

Sem esperança de receber um julgamento justo, a maioria se recusou a interpor apelações ou mesmo a se defender. A Anistia Internacional denunciou as acusações e exigiu a libertação imediata e incondicional dos líderes da oposição, dos defensores dos direitos humanos e dos ativistas. "Essas pessoas são prisioneiras de consciência, tendo sido presas unicamente em virtude de suas opiniões e atividades não-violentas", declarou Kolawole Olaniyan, diretor do Programa para a África da Anistia Internacional. "Ademais, os motivos aventados pela promotoria para a acusação de genocídio não se enquadram, nem mesmo remotamente, nas definições internacionalmente reconhecidas de genocídio – ou à definição presente no Código Penal Etíope. Essa acusação absurda deve ser imediatamente retirada."

Eu entrevistei uma jovem tímida de dezesseis anos, "Yeshi". A irmã e o cunhado, com quem morava em Adis-Abeba, tinham perdido contato com ela durante as agitações de novembro.

– Eu joguei uma pedra – ela me contou, aos prantos, em meu quarto de hotel. Estávamos em fevereiro de 2006, três meses após o evento, e no entanto ela parecia ainda estar extremamente abalada pelos acontecimentos. Vestia uma saia xadrez e uma blusa branca de mangas curtas. O cabelo estava impecavelmente trançado.

– Eu estava no pátio da escola e o que fiz foi atirar a pedra por cima do muro. Quando as forças de segurança invadiram a escola, carregando fuzis, os soldados nos fizeram correr para dentro; as pessoas gritavam, choravam e caíam. Os soldados investiam contra elas e batiam nelas. Os estudantes engatinhavam em círculos, sangrando. Dentro da escola, eles identificaram os estudantes de Tigray [do grupo étnico de Meles] e os usaram como informantes contra o resto de nós. Tivemos que ficar de pé, com o rosto voltado para as paredes, próximos às paredes, e os soldados andavam entre nós com seus informantes. Alguém me apontou e disse que eu havia jogado uma pedra, e eles me agarraram. Tivemos que ficar sentados no chão durante horas, aguardando caminhões que viriam nos levar para a prisão. Não podíamos levantar os olhos ou falar; não podíamos usar nossos celulares para telefonar para casa. Eu não conseguia acreditar no que acontecia conosco, comigo. Quando os caminhões chegaram, gritaram conosco para que nos levantássemos e caminharam ao nosso lado, com seus fuzis. Um pouco antes de subir no caminhão, pude levantar os olhos e vi uma amiga observando; ela meio que me acenou para que eu soubesse que tinha me visto. Eu sabia que ela iria contar para minha família... Eles nos colocaram todos juntos em uma cela. Às vezes nos deixavam ir para o lado de fora, e nossas famílias se aproximavam da cerca para nos ver. Minha irmã e meu cunhado vinham me visitar e traziam comida para mim. Eu tocava as mãos de minha irmã através da cerca. Os piores dias eram quando eles não nos deixavam ir para fora para que víssemos nossas famílias.

Ela baixou a cabeça e não conseguia parar de tremer. Tinha sido liberada após umas poucas semanas, mas ficara marcada. Parecia amedrontada. Concordou em falar comigo somente sob condições de grande sigilo e anonimato. Uma aluna do primeiro ano do segundo grau que perdeu o rumo porque, no contagiante entusiasmo pelo excitamento de um protesto político no pátio da escola, tinha jogado uma pedra por cima do muro.

"Se Meles tivesse aceitado a derrota e transferido o poder, como o democrata que pretendia ser, ele teria se tornado muito popular no Ocidente – comentou comigo um homem de negócios etíope, meu amigo. – Teria sido chamado de segundo Mandela. Poderia ter feito uma peregrinação pelas universidades americanas e pelas capitais européias como palestrante e consultor. Não teríamos sentido sua falta, pode acreditar! Sabemos quem Meles é. Porém, ninguém lhe teria negado um certo tipo de santidade democrática no Ocidente, se ele tivesse deixado o poder.

"Em vez disso, as urnas foram jogadas no lixo, e temos em nossas mãos um outro estereótipo africano."

Nesse ínterim, ocidentais vinham e partiam. Amigos etíopes iam até o Aeroporto Internacional Bole para vê-los partir. Os que partiam não tardavam a se ocupar com fones de ouvido, travesseiros ergonômicos de pescoço e filmes americanos durante o vôo. Mal seus aviões desapareciam dos céus da Etiópia, novos jumbos, cheios de especialistas do exterior, aterrissavam.

Haregewoin era cada vez mais vista por pessoas de fora como uma porta de entrada para o novo submundo estranho e triste do HIV/aids na África. Ela conhecia gente que estava realmente morrendo de aids. Estava criando os filhos dessas pessoas.

Alguns visitantes estrangeiros visitavam Haregewoin para lhe perguntar como poderiam ajudar. Sentavam e agradeciam muito o café, a laranja em gomos, a pipoca. Elogiavam o café, as laranjas, a pipoca e a esperteza das crianças no pátio de terra. Abriam computadores portáteis e agendas no colo, digitavam em calculadoras e esperavam fazer um bom trabalho aqui. Vinham da Itália, Suécia e Noruega. Perguntavam se podiam fotografar as crianças para o conselho de suas ONGs quando retornassem para casa e lhe agradeciam permitir que tirassem as fotos.

Um artigo que escrevi sobre Haregewoin para a revista *Good Housekeeping* incentivou milhares de leitores a enviar doações para ela. Muitos incluíam observações, manifestando sua surpresa e pesar ao tomar conhecimento de um número tão grande de mortes e de pessoas morrendo em toda a África. A maioria escrevia: *Nós não sabíamos.*

O dinheiro doado à Associação de Apoio aos Órfãos em Memória de Atetegeb Worku permitiu que Haregewoin tomasse providências sobre uma questão que a preocupava fazia muito tempo. Antes de os remédios contra a aids estarem disponíveis para as crianças etíopes, acreditava-se ser muito perigosa a convivência entre crianças soropositivas e crianças soronegativas. Estas últimas adquiriam, e facilmente se livravam, doenças comuns da infância, como resfriados e catapora, que poderiam ser devastadoras para uma criança com comprometimento imunológico. Acreditava-se que o contrário era também verdadeiro, ou seja, crianças doentes, acometidas por infecções oportunistas, poderiam pôr em risco a saúde de suas companheiras. Quando existem medicamentos disponíveis, a segregação não é necessária.

Com dinheiro no banco, Haregewoin pôde conceber outra vida para as crianças, uma vida melhor do que a vida cada vez mais sofrida que compartilhavam na casa caindo aos pedaços feita de tijolos e com pátio de terra. Ela visitou bairros melhores e decidiu alugar duas casas agradáveis: uma para crianças soronegativas e outra para o número crescente de crianças soropositivas.

De táxi, ela subiu e desceu as colinas de Adis-Abeba e examinou cada canto dos imóveis para aluguel. Abriu torneiras e observou a pressão da água; sentiu odores desagradáveis nos pátios e saiu abanando as mãos na frente do rosto; parou nas ruas pavimentadas e avaliou a distância até escolas e hospitais; e rechaçou as tentativas das proprietárias de inflacionar o valor de seus imóveis.

No passado, fora obrigada a esconder de possíveis locadores sua intenção de encher uma casa alugada com órfãos da aids. Fora obrigada a ocultar a origem das crianças, o que ocorrera com seus pais e a possibilidade de as crianças estarem ou não doentes.

Porém, estava se tornando uma pessoa conhecida, uma celebridade. Recebia visitas de estrangeiros; a mulher mais rica de Adis-Abeba havia lhe pedido que fosse a anfitriã da festa de aniversário da filha. Um jornal local traduziu e reimprimiu a história da *Good Housekeeping* sobre ela. Para o caso de alguém não ter visto o jornal – em inglês ou amárico –, mantinha recortes do artigo na bolsa.

Dessa forma, ela encontrou e alugou duas casas, para substituir aquela com o *trailer* e o pátio de terra.

Um portão de aço trabalhado com apliques de metal se abria para um conjunto maior; os muros que o rodeavam eram de pedra em vez de latão galvanizado. Três casas de tijolos, com varandas de cimento, davam para um pátio inteiramente pavimentado.

No conjunto menor, localizado em uma esquina, de frente para uma avenida suja, uma fileira de árvores fazia com que uma luz fresca e verde se espalhasse no chão de cimento recortado. No local, havia diversas construções antigas de tijolos e uma cozinha externa. As crianças soropositivas foram alojadas ali. Os quartos eram grandes e arejados, com fileiras de beliches.

Foi então que Haregewoin soube que, por causa do artigo na *Good Housekeeping*, tinha sido agraciada com um prêmio nos Estados Unidos: o prêmio de dez mil dólares do Heróis da Saúde, concedido pela General Electric. Os editores da *GH* a convidaram para ir até Nova York receber seu prêmio. Entraram em contato com o embaixador americano na Etiópia e solicitaram que fosse expedido um visto para ela, e assim foi feito.

Haregewoin pegou um táxi até o escritório da Ethiopian Airlines e mostrou aos funcionários os artigos publicados sobre ela. A linha aérea etíope a presenteou com uma passagem de ida e volta para que ela pudesse viajar e receber o prêmio. A mãe de Henok, Tigist, prometeu tomar conta das crianças nas duas casas durante as duas semanas em que estaria ausente.

Em meados de novembro de 2004, numa quinta-feira de manhã, as crianças se perfilaram no pátio da casa maior para se despedir dela. Os meninos mais velhos gritaram e a ovacionaram, apoiando-se no teto do táxi. De alguma forma, Nardos tinha chegado à conclusão de que iria junto; quando a porta do táxi bateu com *Maye* dentro do carro e ela do lado de fora, ela se sentou de um golpe no caminho, fechou os olhos, abriu a boca e chorou alto, desapontada. Haregewoin manteve a cabeça baixa durante todo o trajeto até o aeroporto, sentindo-se arrasada e envergonhada por estar abandonando a todos, mesmo a Nardos, para ir se pavonear entre estranhos. Era *por* eles, evidentemente, repetia para si própria; estava levantando e coletando doações em dinheiro para cuidar melhor deles. Embora tentasse conter a excitação, nunca na vida tinha posto os pés fora da África.

# TERCEIRA PARTE

## 44

HAREGEWOIN TROCOU DE AVIÃO em Frankfurt e desembarcou em Washington, D.C.; com a assistência dos funcionários da Ethiopian Airlines, passou pela Imigração e pela Alfândega e foi colocada em um vôo doméstico para Newark, Nova Jérsei.

Ela aterrissou em Newark em uma noite de novembro de 2004.

Trajando seu vestido branco, indumentária tradicional da Etiópia, envolta na *shamma* (xale), e usando sandálias, foi empurrada junto com a multidão que saía do avião e desceu as escadas rolantes até a área de retirada da bagagem. Ninguém tinha ido recebê-la na chegada do vôo porque Haregewoin, em seu entusiasmo, tinha se esquecido de me informar a data e o aeroporto em que chegaria.

No local da retirada de bagagem, as pessoas se acotovelavam e recolhiam seus pertences, se despediam em voz alta, acenavam e iam embora, puxando as malas atrás de si. Viajando há vinte e seis horas, Haregewoin subitamente não soube o que fazer em seguida. O aeroporto parecia estar se esvaziando; as malas com rodinhas ruidosas ziguezagueavam e deslizavam atrás de seus donos, que iam embora.

Ela arrastou a mala pesada de lona (sem rodas) pelo piso de borracha, parou diante das portas automáticas de saída pelas quais todos passavam e, sentindo de chofre o vento gelado e salgado, começou a chorar.

Era uma figura incomum em uma noite de quinta-feira no aeroporto de Newark: uma etíope pequena e roliça em roupa tradicional e xale, olhando através das portas de vidro na direção do estacionamento escuro, chorando.

Duas etíope-americanas, ao passarem correndo puxando suas malas de rodinhas, retardaram o passo, pararam e olharam para ela. Elas reconheceram as roupas, reconheceram a fisionomia. Em amárico, indagaram:

– *Dehna amshee. Indemin allesh?* (Boa noite. Como está?)

– *Dehna* (Estou bem) – respondeu ela, agradecida.

– Podemos ajudá-la? – perguntaram em inglês. Vestiam *jeans* apertados, saltos altos, brincos grandes e jaquetas cintadas de couro preto. Os cabelos estavam penteados em grossas madeixas.

– *Ow, ow* (sim, sim) – respondeu ela. – Não sei para onde devo ir – disse em inglês.

– Alguém deveria estar à sua espera?

– Deveria – retrucou insegura.

– A senhora quer aguardar?

– Eu acho que ninguém vem me buscar! – lamuriou-se. – Eles se esqueceram de mim! (O fato de ela ter se esquecido de me informar a data e a cidade de sua chegada realmente não pode ser debitado em minha conta.)

– Venha conosco – disseram as mulheres. A maquiagem brilhante e a sombra nos olhos não escondiam os traços etíopes dos rostos. Contudo, em seus semblantes havia um ar de segurança e de atrevimento. Davam passadas largas, e o salto de suas botas batia com confiança no piso de borracha. Na Etiópia, as jovens eram criadas para serem dóceis e humildes, para se ajoelharem, servirem e manterem os olhos baixos. Essas mulheres sacudiam os cachos dos cabelos, falavam alto, riam mostrando os dentes longos e brancos e forçavam a passagem, na frente dos outros, ao saírem do aeroporto.

Haregewoin as seguiu, arrastando a mala atrás de si. Ficou chocada com o ar frio do estacionamento; a força do vento quase arrancou seu agasalho de algodão. O couro gelado e duro que recobria o assento do carro fazia com que tremesse, não conseguindo se controlar.

– Para onde vocês vão me levar? – perguntou, desanimada.

– Que tal um restaurante etíope? A senhora está com fome? – disse uma delas. Sem precisar de motorista de táxi, de marido ou de empregado, ela se sentou ao volante, pegou dinheiro na carteira, pagou o atendente e, acelerando, mergulhou o carro no meio do tráfego. Haregewoin agarrou a maçaneta gelada com as duas mãos.

Parecia estar voando dentro de um foguete em uma galáxia diferente. Ela reconheceu os elementos fundamentais que compunham a paisagem de uma cidade à noite – aqui, uma auto-estrada e uma ponte sobre um rio escuro; adiante, edifícios de apartamentos de três andares de tijolos aparentes e uma fábrica com chaminés; acolá, no rio, barcos e navios. À medida que se aproximavam de Manhattan, viu passar armazéns, bares, bancas de jornal, cestas de frutas. Porém, as dimensões e as proporções de tudo eram bizarras.

– Vocês são etíopes? – perguntou às jovens, insegura, uma vez que elas atravessavam correndo as ruas escuras.

Elas responderam rindo, com o riso fácil dos americanos.

– Isso aqui é Nova York? – insistiu admirada.

A cidade surgiu sob uma abóbada cinza de nuvens ou nevoeiro em movimento. O céu dos Estados Unidos parecia se esconder. Não havia estrelas, apenas um pálio cinza brilhante e agitado. Era como se uma colcha de poeira tivesse sido aberta sobre os arranha-céus.

– Esta é sua primeira viagem a Nova York? – quis saber a jovem, embora a pergunta fosse desnecessária, uma vez que ela continuava agarrando com força a maçaneta da porta, olhando admirada, respirando com a boca aberta, soltando fumaça dentro do carro gelado.

– Sim – respondeu ela.

A luz dos prédios altos vinha de seu interior. Milhares de janelas de vidro brilhavam na atmosfera. Prédios inteiros com janelas brilhantes se erguiam um atrás do outro na linha do horizonte. Cada prédio parecia um farol, irradiando luz, como um incêndio, com fogo saindo de inúmeras aberturas.

Ela entendeu: os Estados Unidos têm eletricidade em abundância. A única coisa que a Etiópia tem em abundância é a sujeira.

A mulher que estava ao volante estacionou o carro, e as três se apressaram pelas ruas geladas. Então as duas mulheres suspenderam a mala de Haregewoin e correram lado a lado, segurando-a entre elas como se fosse um corpo. Desceram escadas de cimento e entraram na sala comprida, quente e barulhenta do restaurante Rainha de Sabá, na 10ª Avenida.

– *Selam, indenim allachihu?* (Olá, como estão?) – saudou a recepcionista. – Jantar para três?

Haregewoin lançou-se sobre as comidas postas diante delas: *injera* e *doro wat* (ensopado de galinha), *tibs* (carne temperada), *iab* (um queijo tipo ricota), *sega wat* (ensopado de carneiro) e *tej* (vinho de mel), e devorou tudo. Parecia comida caseira! Bem, de certa forma, era mais leve... mas basicamente preparada do mesmo jeito que a comida de casa.

– *Waizero* Haregewoin – disse uma das jovens –, temos que ir agora. Trabalhamos amanhã. Onde podemos levá-la? A senhora gostaria de ir para o meu apartamento? Seria muito bem-vinda. E amanhã telefonarei para minha mãe para vir à minha casa e fazer-lhe companhia. Garanto que o amárico dela é melhor que o meu! Ela vive me criticando!

Porém, a essa altura, Haregewoin já estava fazendo amigos por todo o restaurante. As duas jovens tinham explicado que haviam encontrado aquela senhora pequena, vestida à moda tradicional, envolta no xale branco tecido à mão de sua terra natal, chorando no setor de retirada de bagagem de Newark.

Os etíope-americanos, que tinham se reunido após o trabalho para tomar drinques e depois jantar, prestavam atenção e estavam curiosos. Haregewoin, por sua vez, estava ansiosa para compartilhar notícias de sua missão: estava aqui, nos Estados Unidos, para arrecadar fundos para ajudar os órfãos. De todos os lados do restaurante, muitas pessoas bem-vestidas sorriam e lhe acenavam. Animada, puxou sua mala grande de lona azul-marinho até o meio do salão e abriu o zíper. Retirou três álbuns de fotos das crianças em sua casa e as mostrou para os que jantavam nas mesas próximas. Em seguida, desenrolou vinte cachecóis tecidos à mão e uma dúzia de xales pesados típicos, feitos pelas pessoas que sofriam de HIV/aids em seu bairro, inclusive Getachew. Tentou vendê-los aos comensais. Levaria o dinheiro para casa para os artesãos. Um jovem simpático riu e devolveu os lenços.

– Guarde os cachecóis, *Waizero.* Venda-os em outro lugar. Aqui, estamos simplesmente felizes em poder ajudá-la.

Ele esvaziou um cesto de pães e o passou entre as pessoas. Quando retornou às suas mãos, o cesto continha quatrocentos e sessenta dólares destinados às crianças de Haregewoin.

À sua volta, jovens de ambos os sexos, com ar de bem-nascidos, abriam seus celulares, buscando informações para ela. Com sua ajuda, chegaram ao *meu* celular. Muitos deles. Uma dezena deles.

Quando meu vôo, vindo de Atlanta, aterrissou em Newark e liguei o celular, quinze mensagens de voz me aguardavam. Vozes em tom de urgência cada vez maior, algumas em inglês, outras em amárico, avisavam que minha amiga etíope pequena e roliça tinha vagado inteiramente só na cidade de Nova York, arrastando sua mala e usando sandálias na noite extremamente fria. Embora muitas mensagens estivessem em amárico, não tenho certeza, porém acredito – dado o tom de voz usado – ter recebido inúmeras repreensões iradas. Agora era minha vez de ficar no setor de retirada de bagagem, de olhar o estacionamento através das janelas envidraçadas e de ficar parada sentindo um pouco de vontade de chorar. Sentei-me e fiz ali mesmo, a distância, acertos para Haregewoin. Consegui falar com um editor da *Good Housekeeping* em casa, que chamou um serviço de carros. Então, uma limusine estacionou defronte do restaurante Rainha de Sabá, com instruções para levar a Sra. Teferra para o hotel Le Parker Meridien.

Às onze horas daquela noite, Haregewoin saiu do restaurante Rainha de Sabá com a bolsa cheia de cartões e um grande maço de dólares. Diversas pessoas a acompanharam até a calçada e a colocaram dentro da limusine. Beijos nos dois lados do rosto, em um movimento incessante de cabeças que se aproximavam e se afastavam do rosto de Haregewoin; e um motorista de limusine, usando um turbante sique, levantou sua mala pesada sem rodinhas, colocando-a no porta-malas do carro, e partiu para a Rua 75, no centro de Manhattan.

Até hoje, acredito que ela me responsabiliza por tê-la abandonado no aeroporto de Newark.

Tirando isso, ela gostou muito dos Estados Unidos.

Haregewoin Teferra ficou de pé em um tablado, que a deixava acima da platéia reunida para um almoço em um salão de festas do Rockfeller Center. Então, em voz baixa e com medo de levantar os olhos, as pernas tremendo, leu diante do microfone um relato formal em inglês sobre seu trabalho. Saiu do tablado quando as luzes diminuíram. Uma tela desceu do teto e um vídeo curto sobre a vida de Haregewoin entre os órfãos da aids foi exibido. Os espectadores pousaram suas facas e garfos pesados de prata e secaram as lágrimas com guardanapos encorpados.

Depois do almoço, Haregewoin foi conduzida, na frente de todos, para um corredor encerado do lado de fora do salão de festas e espalhou em um balcão os xales e cachecóis típicos da Etiópia feitos por artesãos soropositivos.

– Ensine-me como devo usá-lo! – imploravam as americanas (editoras, repórteres, diretoras de filmes e fotógrafas) vestidas com terninhos e *blazers*. Haregewoin ficava na ponta dos pés e arrumava *shamas* sobre cabeças e ombros. Elas tiraram fotos ao seu lado. A premiação ocorreu um pouco antes do Natal; os artigos foram vendidos rapidamente.

Aonde quer que fosse, era tratada com delicadeza e deferência.

Uma mulher como ela! Uma viúva, uma pessoa que compartilhava a vida com portadores e órfãos da aids – foi outra confirmação de que havia pessoas no estrangeiro que sabiam o que acontecia e sentiam compaixão.

Suas acomodações eram luxuosas. O quarto do hotel de Manhattan tinha matizes cor de prata. As paredes eram revestidas com papel de parede texturizado cinza-prateado, e o tapete era cinza-chumbo; bancadas de mármore preto brilhavam no banheiro. Travesseiros macios com fronhas cinza adornavam a cama *king-size*; e, mesmo que Haregewoin apertasse sem parar os botões do controle remoto da TV a noite toda, ainda assim não teria visto todos os canais. E toda manhã, ao sair do hotel, um carro a aguardava na calçada e um porteiro com luvas brancas descia os degraus de cimento atapetados, ao seu lado, pronto a se adiantar caso ela se desequilibrasse.

De Nova York, ela voou para Seattle, Washington, D.C. e Atlanta. Visitou as famílias das crianças que tinham morado com ela antigamente. Dormiu em camas de hóspedes e sofás-camas; de noite, crianças com pés gelados invadiam sua cama e dormiam com ela como tinham feito muito tempo atrás na casinha de Adis-Abeba. Em Seattle, a bonita Frehiwot foi na ponta dos pés até a cama de Haregewoin, se inclinou e lhe estendeu trinta dólares:

– Olha, *Emama*, estou economizando para você, para ajudar você.

Em Atlanta, Haregewoin observou atentamente quando a minha Helen de oito anos entrou correndo na sala, pulou no sofá e se jogou em meus braços. Helen, interrompendo nossa conversa, contou rindo uma história engraçada que acontecera na escola, se recostou prazerosamente, jogou os sapatos no meio da sala e deu uma mordida em uma maçã. Quando saiu correndo de novo da sala, quase não tocou o chão: pulou do sofá para a cadeira, desta para a mesa do café e, em seguida, tocou o chão correndo. Haregewoin apontou o dedo para mim:

– Você a estragou. Ela não é mais etíope.

Helen estragada? Estava entre as primeiras da classe, era estudante talentosa, estrela do futebol, vencedora de corridas, pianista debutante, bonita, engraçada, estudava quatro idiomas ao mesmo tempo (acrescentando espanhol e hebraico ao amárico e inglês que sabia quando chegou). Eu a estraguei? Não respondi, porém fiquei magoada por muitos dias, até que uma amiga me explicou:

– Melissa, é verdade. Ela agora é uma menina americana.

(Felizmente, Haregewoin me elogiou, ao considerar minha filha, então com doze anos, *muito* educada e graciosa. *Exatamente* como uma criança etíope com boas maneiras!)

Haregewoin sentiu-se gratificada em ver, por todo o país, a felicidade e o amor que as crianças antes adotadas por ela haviam encontrado junto a seus pais americanos. Foi bem recebida em círculos de famílias que tinham adotado suas crianças ou os órfãos etíopes que não conhecia. Eles contaram histórias encantadoras da adaptação das crianças nos Estados Unidos. Embora alguns tivessem chegado com problemas de desenvolvimento ou danos psicológicos provocados pela perda precoce dos pais e pela infância interrompida, a maioria iniciou uma vida em família, foram amamentados e amados. Cresceram na companhia de avós e irmãos, tinham animais de estimação, realizavam muitas tarefas domésticas, muitos tinham alguma instrução e alguns tinham uma instrução excelente ("A escola americana é muito mais fácil que a etíope!", Helen se surpreendeu). Embora pareça existir uma distância enorme entre uma cabana redonda com teto de sapé no interior da Etiópia e um condomínio em Chicago ou uma casa de vários pisos em Seattle, tal distância não existiu. Crianças que um dia tinham conhecido a vida em família estavam ansiosas para desfrutá-la de novo. Abeltayit e Mekdelawit, as irmãzinhas que tinham sido levadas ao Abrigo Layla pelos irmãos mais velhos, foram adotadas por Bob e Chris Little de Port Townsend, Washington. Chris, uma mulher loura, de porte delicado, com cabelo cortado à Peter Pan, parou uma noite à porta do quarto das meninas e ouviu Mekdelawit, cujo nome agora era Marta, rezar:

– Obrigada, Deus, pela minha mãe. Ela é uma mãe boa, boa. Ela sabe ser uma boa mãe. Mesmo quando estou zangada, ela me ama. Mesmo quando estou triste, ela me ama. Mesmo quando faço coisas erradas, ela me ama. Minha mãe, ela muito *legal*. Minha mãe, ela não feia. Mas, ela feia, eu ainda amo ela. Mesmo se ela feia, eu amo ela. Mesmo se ela *muito, muito* feia, eu amo ela. E ela me ama, se ela feia. Mas, não, ela *legal*. Obrigada, obrigada, Deus, pela mãe boa e *legal*.

Algumas crianças tinham vindo do interior da Etiópia e chegaram com marcas tribais. Asrat Hehn, nove anos, tinha matado um leão com uma tocha flamejante, defendendo a casa de sua família. Ele usava, com orgulho, uma cicatriz ritual que cruzava o supercílio, uma honra concedida por sua aldeia de Wolayta que indicava que ele já era homem. Seis meses depois de ter chegado ao Abrigo Layla, era aluno da quinta série da escola Cedar Way em Puget Sound, Washington. O irmão de Asrat, Amanuel, costumava arrancar uma folha de árvore quando chovia e a moldava na forma de um copo pequeno.

Samuel, um menino de sete anos cujos pais haviam morrido de malária, sentia falta de dormir em sua cama, no alto, semelhante a uma prateleira, sob o teto da cabana redonda da família, e de ouvir os pingos da chuva batendo no metal ondulado. Certa noite, logo após ter sido adotado, também pela família Little, ele perguntou docilmente a sua mãe se ela queria que ele abatesse uma vaca para o jantar. Ela não quis.

Ababaw, sete anos, sentia falta do *doro wat* – ensopado de galinha – de sua terra natal. Sua mãe americana, Anna, trouxe do açougue cortes de galinha comprimidos em uma embalagem de plástico.

– Não, galinha de verdade, entende? – ele protestou.

– Isso *é* uma galinha de verdade – ela argumentou. Ele porém discordou vigorosamente com a cabeça.

– Está bem, o que é "galinha de verdade", então?

– A galinha da Etiópia, do tipo que você corta a cabeça. Barulhenta. Correndo por todo canto. Sem cabeça, mas correndo. *Aquela* galinha de verdade.

O menininho chamado Miseker fora uma das crianças de Haregewoin. Voou para Maryland com seus novos pais quando tinha sete anos.

– Chegamos na noite de Natal – contou sua mãe, Cathy Wingate. – Naquele primeiro dia, ele passou um tempo enorme indo de um quarto a outro da nova casa, se ambientando com tudo. Ele reparou no presépio arrumado em uma mesa. Achamos uma gracinha ele levantar o menino Jesus e beijá-lo. Mas o momento de ternura durou pouco. Então, seus olhos se iluminaram e, soltando um suspiro de excitação, ele pegou a ovelha e disse: "Hum!", e fez um gesto com o dedo como se fosse uma lâmina cortando o próprio pescoço.

O filho recém-adotado da família Little perguntou, um dia, no jantar:

– Por que vocês sempre falam em polícia quando pedem para passar o leite?

Na verdade, ele confundira *please* (por favor) com *police* (polícia).

Em maio de 2004, poucos dias depois da chegada de nosso filho de dez anos, Fisseha, da Etiópia, nossos filhos descobriram que ele conseguia mirar e acertar uma lança *através* de um *frisbee* de plástico em pleno vôo.

– Mãe! – gritaram as outras crianças. – Você tem que ver isso!

Fisseha tinha achado na rua um mastro de bandeirola para bicicleta, fino, branco e de metal, e estava furando o *frisbee* com ele. Se Lee, de quinze anos, jogasse o *frisbee* perto de uma árvore, Fisseha conseguia acertar o disco, com o mastro de bicicleta, e espetá-lo na árvore. Aquela noite, no jantar, nosso filho que não falava inglês não quis comer a gostosa lasanha de queijo que eu lhe ofereci.

– Tenho a impressão de que ele prefere caçar animais vivos com sua lança – observou nosso filho mais velho, Seth, de dezenove anos.

Mais tarde, Fisseha passou a esculpir e a arremessar suas próprias lanças. Ele também arrancava cascas das árvores, trançava-as e fazia uma corda com a qual fabricava estilingues e relhos. Tinha sido pastor de ovelhas nas planícies centrais da Etiópia durante toda a vida antes de desembarcar no orfanato americano em Adis. Um dia, entrou na cozinha e pegou uma faca enorme da gaveta para fazer uma excursão no mato com Jessé, de nove anos. Voltaram com dois caniços finos de pesca novinhos no ombro. "Linha, mãe?", pediu Fisseha em voz alta. Ele aceitou a linha da minha caixa de costura. Torceu dois alfinetes no formato de anzóis. Depois, atravessou a rua, conduzindo Jessé, e subiu a calçada íngreme em busca de um riacho adequado. Os dois carregavam seus caniços de pesca sobre os ombros. Fiquei olhando da janela da cozinha e pensei: *Adotamos Huckleberry Finn.*

Marta Little, que agradeceu a Deus a mãe *legal*, compôs uma música. Ela a cantava com uma voz doce e aguda, e a mãe, Chris, tomou nota da letra:

Minha única mãe morre, minha única mãe morre.
Meu único pai morre, meu único pai morre.
Eu triste, eu triste.
Agora mamãe não morre, agora mamãe não morre.
Agora papai não morre, agora papai não morre.
Eu feliz, tão feliz.
Eu roupas para usar, eu comida
Eu boa casa, obrigada, Senhor.
Meu papai faz cócegas,
Boa comida, minha mamãe.
Obrigada, Senhor.

Frew, oito anos, foi adotado no Alasca. O meninozinho radiante e descalço de Adis-Abeba agora aparecia nas fotos vestido com um longo agasalho de peles com capuz, luvas e botas de neve, com um sorriso escancarado, entre duas irmãs de cabelo vermelho.

– Eu o ouvi rezando em inglês uma noite dessas – disse sua mãe. – Ele dizia: "Obrigado, família mim."

Nossa filha Helen, que tinha cinco anos quando chegou, em fevereiro de 2002, logo fez muitos amigos nos Estados Unidos. Porém, sempre a ouvia perguntar às crianças, logo depois de conhecê-las ou antes de começarem a brincar: "Você tem mãe?" Quando estava com vergonha, falava baixinho para mim: "Ela tem mãe?" A maioria das crianças e adultos ficava surpresa com a pergunta: "Claro que tenho mãe!", as crianças respondiam. "Claro que ela tem mãe!", respondiam os adultos.

Somente nossos amigos africanos não ficavam surpresos com a pergunta. Agora Helen também tinha uma mãe de novo, e ficava ansiosa para contar a novidade. Mas ela continuava achando que não era tão comum assim ter mãe.

# 45

DEPOIS DE DUAS SEMANAS nos Estados Unidos, veio a saudade de casa. Haregewoin estava preocupada com as crianças que deixara para trás. Sentia profundamente a falta de Nardos e desejava tê-la trazido consigo. (Agora *havia* uma criança etíope bem-criada!) Ela encurtou a viagem internacional e voou de volta para Adis-Abeba, vestindo uma camiseta com os dizeres I LOVE NEW YORK sob a roupa.

Voltou para casa, para duas novas moradias confortáveis; e com dinheiro no banco.

Então alugou uma terceira casa, novinha, de três andares.

Estava localizada na rodovia Gojam, no sopé das montanhas. Os quartos eram elegantemente revestidos de madeira e equipados com armários embutidos; os banheiros, espaçosos e ladrilhados. Havia um jardim minúsculo com grama brilhante e vasos de flores, um caminho com pedrinhas brancas, um pátio externo e uma antena de televisão via satélite. A casa imponente sobressaía na vizinhança dominada por oficinas mecânicas e borracheiros empoeirados. Manadas de bodes e gado passavam com estrondo pelo acostamento da estrada que caminhões de transporte de longa distância percorriam devagar a noite inteira.

A casa ficava vazia, tranqüila e impecável o dia inteiro e a noite inteira, e ela gostou muito dela.

– Será uma casa de hóspedes! – disse às amigas.

*Como casa de hóspedes* – um tipo de pensão –, *o imóvel poderá gerar alguma renda para manter os dois abrigos,* pensou. Colocou em cada quarto um berço de vime novo. Esperava que as famílias de passagem por Adis para adotar suas crianças pudessem ficar na casa de hóspedes, e ela também ficaria ali junto delas. Detestava a dor e o medo das crianças que eram retiradas de seus braços pelas novas famílias. A casa de hóspedes faria com que as transições fossem mais fáceis; as crianças ficariam menos assustadas e os novos pais menos nervosos se Haregewoin ficasse por perto nos primeiros dias. Pais adotivos espanhóis aproveitaram essa oportunidade imediatamente.

Foi o começo de uma nova vida.

Os dias de Haregewoin eram ocupados por visitantes estrangeiros, burocratas locais, pais adotivos e possíveis doadores. Ela tinha menos tempo para choros e revoltas individuais; era mais freqüente agora *tirar* crianças de seu colo do que levá-las a ele. Ela sempre estava ao telefone, sempre saindo apressada de casa. Às vezes recebia na casa de hóspedes, com almoço e café, possíveis doadores e velhos amigos.

Havia agora oitenta crianças nas duas casas: cinqüenta soronegativas, de bebês a adolescentes, e trinta soropositivas, a maioria pequena, embora houvesse um menino de doze anos. Tinha uma dúzia de atendentes. Comprou uma perua usada de quinze lugares e contratou um motorista em horário integral. Contratou um contador para controlar as despesas que fazia com os donativos que recebia.

Nunca tinha sido tão rica. Nunca. Nem mesmo com Worku.

E nunca tinha se preocupado tanto com dinheiro.

Quando não tinha praticamente nada, ela e as crianças viveram das migalhas que caíam em suas mãos, às vezes grãos, às vezes um tipo de couve, às vezes *birr*. Dividia também com os vizinhos a comida ou o dinheiro que tivesse, especialmente com mulheres e mães soropositivas. Elas comiam ou passavam fome juntas.

A situação agora parecia ser diferente. Tinha acontecido esse tremendo golpe de sorte, dinheiro americano caíra do céu. Tinha recebido dinheiro como "presente". As pessoas a chamavam de "humanitária". Quem saberia dizer quando ela veria de novo tanto dinheiro assim?

Decidiu, então, instituir um orçamento rigoroso. Pagava às atendentes e às cozinheiras alguns *birr* por semana para que alimentassem e vestissem as crianças. Se não reservasse cuidadosamente cada *birr* para a comida, em poucos meses as hordas de crianças famintas iriam consumir seu saldo bancário até o último centavo.

Tinha grandes projetos para o dinheiro. Queria criar e abrir uma clínica gratuita no bairro para pessoas e órfãos soropositivos, da qual não seriam enxotados e insultados.

Queria esticar todo esse dinheiro por muitos anos e com ele poder ajudar um número maior de crianças.

Ela se via como a administradora de uma encruzilhada, na qual crianças faveladas se encontravam com estrangeiros ricos que tinham o poder de transformar suas vidas. Ela se via como um ponto de contato internacional, uma embaixadora das ruas etíopes perante os benfeitores europeus e norte-americanos.

Nesse ínterim, as crianças que já estavam com ela vestiam uniformes esfarrapados e comiam arroz ou massa em todas as refeições. As crianças mais velhas estavam ficando indóceis e chateadas na casa de Haregewoin. As mais jovens perdiam a esperança de se aproximarem o suficiente dela para que se sentissem protegidas; Haregewoin ou estava ocupada ou estava de saída, sempre apressada, ou estava fazendo cócegas e rindo com Nardos. Todos estavam cansados de comer arroz e massa, estavam cansados de fazer as tarefas domésticas, e seus uniformes maltrapilhos faziam parecer mendigos.

– Não quero ficar o tempo todo tomando conta de bebês – protestava Tamrat.

– Obedeça – respondia friamente Haregewoin.

As crianças tinham perdido o calor da atenção e da afeição exclusivas de Haregewoin; ela parecia concentrada em seus futuros projetos, em seu dinheiro, em seus visitantes; assim, eles também voltavam os olhos para além dos portões. Sonhavam com o dia da partida. Os mais velhos rezavam para serem transferidos para um orfanato de uma agência de adoção e para iniciarem a quase insuportável espera, cheia de suspense, enquanto aguardavam ser escolhidos por uma família distante dos Estados Unidos.

Somente Nardos tinha acesso ilimitado a Haregewoin; somente por Nardos ela largava qualquer outra coisa. Quando a criança se levantava e berrava "*Amaye*?", Haregewoin respondia "*Abet?*" (Sim?), e Nardos corria em sua direção.

Sempre que via Nardos, um sorriso se abria no rosto de Haregewoin, como a lua no céu noturno.

Com dezessete meses, a menina abaixava a cabeça, juntava as mãos para rezar e murmurava uma prece antes de comer. Ela pegava o telefone de Haregewoin e gritava uma mistura de palavras e sons incompreensíveis, sentindo-se importante com a mão nas cadeiras. Quando tinha apenas uns poucos dentes, mandava nas outras crianças e apontava-lhes o dedo. Pegava o xale de Haregewoin e se envolvia nele. Os pezinhos pequenos e gorduchos calçavam sandálias vermelhas de couro. Piscava os cílios dos olhos cor de canela. Os cachos de cabelo cresciam em tufos marrons.

Haregewoin fez uma festa na sala para comemorar o segundo aniversário de Nardos. Suas antigas amigas compareceram, trazendo presentes; e Nardos, em um vestido fofo verde-limão, dançou para elas enquanto Haregewoin cantava e batia palmas.

Uma tarde, o representante etíope de uma agência de adoção espanhola veio visitá-la. Após bebericar o café, abriu sua pasta.

Era um dia de semana ensolarado, e somente as crianças pequenas e os bebês estavam em casa. Meninas em idade pré-escolar estavam sentadas nos degraus de cimento lustroso da casa principal com as mãos pousadas no colo e cantavam com uma voz que lembrava o piar de pardais. Inesperadamente, o rosto de uma delas se contorceu e as lágrimas escorreram; ela fora ofendida. As crianças de orfanato, entretanto, não aprendem só a ofender, mas também a consolar umas às outras; dessa forma, sua amiga passou o braço em volta de sua cabeça e lhe deu um beijo na orelha, por onde as palavras que a feriram tinham entrado.

Nardos, a preferida, arregaçou a saia como uma camponesa e subiu os degraus batendo o pé até o lugar onde sua mãe estava sentada.

– *Amaye?*

– *Abet?*

Nardos queria contar algo, um balbucio de sílabas de bebê sobre a briga do lado de fora, nos degraus.

– Venha, meu amor – incentivou Haregewoin, abrindo os braços.

– A senhora já pensou em achar um lar de verdade para essa menina? – perguntou o representante da agência, com o máximo de tato possível. Ele não fez uma referência específica à diferença de idade, porém Haregewoin tinha sessenta anos ou quase, e Nardos tinha dois anos.

Haregewoin levantou a menina em seu colo, pegou mais uma vez a xícara de café e se escondeu atrás dela, deixando que a fumaça subisse entre ela e o homem.

*Eu sei que as pessoas pensam dessa forma,* refletiu, *mas não sei por que o fazem. Não gosto disso. Não precisamos mandar todas as crianças etíopes para fora do país. Nardos está feliz aqui comigo. Vejam suas roupas bonitas, vejam seu rosto brilhante, observem como ela é esperta. Alguém poderia ser uma mãe melhor para ela do que eu sou? Ele que mande seus próprios filhos para fora do país.*

Quando pousou a xícara, mandou Nardos de volta para o quintal para brincar. Seu rosto adquiriu uma expressão mais fria.

– Siga-me – disse ela, levantando-se e conduzindo o homem da agência até o quarto das crianças, onde havia meia dúzia de bebês deitados em berços e cestos de vime; alguns dormiam, outros agitavam no ar os pés e as mãos, numa tentativa de se comunicar.

Contudo, as palavras do homem que representava a agência de adoção espanhola a acompanhavam e a deixavam aflita.

Todas as vezes que se lembrava delas, sentia um aperto no estômago. Era uma sensação de nostalgia. Parecia ser saudades de Menah. Saudades de Atetegeb.

*Isso não pode estar acontecendo de novo.*

Naquela tarde, quando as velhas amigas de Haregewoin apareceram para a cerimônia do café, Nardos saracoteou em torno delas como sempre, sabendo que era adorada. Vestia uma blusa branca franzida, macacão laranja de veludo e tênis minúsculos vermelhos com biqueira de borracha. Ela ainda não tinha cabelos suficientes para prender em trancinhas – seu cabelo castanho parecia o tufo de um dente-de-leão; assim, Haregewoin enfeitara-lhe a cabeça com uma fita elástica de babados. As senhoras riram surpresas e encantadas (elas sempre riam surpresas e encantadas) quando Nardos pegou o telefone, ergueu a voz e encenou uma conversa, em tom impaciente, na fala própria dos bebês. Era uma mini-Haregewoin.

– Ela é tão esperta! – exclamaram todas. – É igualzinha a você! – acrescentaram, rindo.

*Elas estão me adulando,* Haregewoin começou a pensar. *Já sabem que o caminho mais curto para me agradar é elogiar Nardos. Ficam imaginando se vou conservá-la comigo para sempre, mesmo depois de ter liberado todas as outras crianças para ir ao encontro das novas famílias no exterior.*

Ressentia-se bastante com a possibilidade de suas velhas amigas a criticarem em segredo por estar protegendo Nardos.

Parecia que tinham se acomodado à idéia de que Haregewoin era uma mãe adotiva; alguém que ajudava e depois despachava algumas das crianças órfãs etíopes.

Parecia que julgavam inconcebível ou de mau gosto a idéia de que ela pudesse ficar com uma dessas crianças para si própria.

*Até bem pouco atrás*, pensou ela amargamente, *eram indiferentes a todas as crianças! Não queriam nenhum tipo de envolvimento com os órfãos da aids. Agora me ajudam, me dão dinheiro, são gentis; mas de uma hora para outra põem-se a dizer o que é melhor para as crianças.*

Arrependia-se de ter demonstrado quanto amava Nardos. Tinha a sensação de que as amigas – e mesmo os funcionários das agências de adoção –, movidas pelo ressentimento, queriam impedi-la de desfrutar aquela pequena felicidade. Desejava que eles não tivessem sabido. Desejava que ninguém pudesse identificar a *sua* filha entre a multidão de crianças empoeiradas no pátio. Assim, começou a manter Nardos escondida quando as visitas apareciam.

Agora, quando Nardos subia os degraus, batendo os pés e gritando "*Amaye!*", em vez da resposta amorosa "*Abet?*, Haregewoin friamente a deixava de lado e dizia:

– Agora não, Nardos.

Sua alegria retornava quando, à noite, estavam juntas sozinhas. Era ela que vestia Nardos, trocando sua roupa por uma camisolinha; fazia-lhe cócegas e a abraçava enquanto a vestia; era o momento especial das duas, na cama de Haregewoin. Lia para Nardos e lhe mostrava as letras do *fidel*, o alfabeto. Nardos adorava tocar o peito amplo de Haregewoin e colocar a cabeça perto dele e cheirá-lo; adorava os resquícios do perfume de Haregewoin que descobria ali, deixando em troca um beijo sussurrante. Quando Nardos ficava na cama de Haregewoin, aguardando sua presença, e ela continuava sentada, sob a luz do abajur no pequeno cômodo que usava como escritório, verificando pastas e contas, Nardos ia buscá-la.

– *Nay* (vem), *Maye* – pedia ela. – Vamos deitar e falar "Ah ah ah" (ruídos de dormir).

Assim, tarde da noite, quando a papelada do dia finalmente acabava e a casa dormia, Haregewoin guardava no bolso os óculos de leitura, esfregava os olhos e subia penosamente os degraus de cimento para o quarto. E se enfiava na cama ao lado de seu bebê.

# 46

NO MEIO DA NOITE, ELA E NARDOS foram acordadas por gritos de um menino. Ele parecia machucado.

– Ai, ai, ai, pare, me ajudem, alguém me ajude! – o garoto gritava.

– Ó meu Deus – gritou Haregewoin.

Ela pulou da cama e desceu a escada aos tropeções, atravessou o pátio e subiu os degraus que levavam à casa dos meninos. No cômodo principal, cobertores de lã listrados cobriam os beliches dispostos lado a lado.

Wasihun (*uosh*-i-run), treze anos, estava sentado na cama de baixo. Com o rosto vermelho e encharcado de lágrimas, gritava:

– Ele entrou na minha cama! Ele entrou na minha cama! Dormiu comigo como se fosse uma mulher!

Acusando Sirak (*sir*-ac), apontava o dedo trêmulo em sua direção. Sirak, vinte e quatro anos, tinha vindo do abrigo do antigo bairro e trabalhava para Haregewoin em troca de comida e um local para dormir. Ele estava de pé, entre as camas, e vestia uma camiseta e calças de malha cinza.

– Ele apertou meu rosto, eu não conseguia respirar! – o maxilar de Wasihun parecia inchado.

Haregewoin correu em sua direção e tentou abraçá-lo, porém Wasihun a empurrou e gritou:

– Ele me machucou!

Todos os meninos no quarto se sentaram em suas camas, observando a cena com olhos arregalados. Os menores começaram a chorar de medo. No quarto dos bebês, na casa principal, choramingos brotavam de cada berço. As luzes se acenderam no quarto das meninas maiores, entre o quarto das crianças e o de Haregewoin. Confusa e perturbada,

Haregewoin atravessou correndo a habitação, indo até o quarto dos bebês. Em seguida, apressada, fez o mesmo percurso de volta à casa dos meninos, trazendo em cada braço um bebê aos berros. Sirak estava imóvel. Tentava abrir a boca para protestar, as mãos estendidas ao longo do corpo para demonstrar inocência, mas não dizia nada.

Outros meninos dispararam para se sentar ao lado de Wasihun, que cobria o rosto com os braços e soluçava alto. Todos olhavam para Haregewoin.

Um grupo de meninas mais velhas – descalças, com os cabelos desgrenhados e de camisola – espiava para dentro pela porta. Uma atendente, Miniya, que dormia em uma cama no quarto das meninas mais velhas, estava parada no pátio atrás delas.

Pelo menos isso Haregewoin podia resolver:

– Todas vocês! De volta para a cama! Já! – berrou, e elas saíram correndo.

– Você também! – ordenou com rigor, dirigindo-se à colega Miniya, que assentiu com a cabeça e se retirou.

– Espere! – retorquiu asperamente Haregewoin. – Leve estas crianças. Passou os bebês descontentes para a mulher. O som da choradeira dos outros bebês no quarto chegava até elas.

– *Psiu, psiu, psiu,* calma, calma – tranqüilizou ela. – Meninos, de volta para as suas camas. Está tudo bem, tudo bem. Todos, agora, voltem a dormir. Estou aqui. Foi só um pesadelo. Todos, agora, voltem a dormir.

– E *ele*? – berrou Wasihun, levantando o rosto inchado e molhado antes escondido nos braços. – Não foi um pesadelo! Ele me machucou!

– Sirak vai dormir do lado de fora hoje. Vamos todos voltar a dormir. Conversaremos de manhã. Estaremos nos sentindo melhor de manhã. Todos deitados agora. Acabou.

Os meninos pequenos se deitaram. Sirak se virou e caminhou em direção à porta. Haregewoin apagou a luz e retornou, atravessando o pátio, para a casa principal. No quarto dos bebês, todos estavam acordados, confusos e molhados e fazendo barulho; os mais velhos de pé nos berços, balançando as barras. Miniya estava entre eles, tentando fazer com que se deitassem de novo.

– Eu faço isso, decidiu Haregewoin. – Traga-me somente algumas mamadeiras.

– O que aconteceu? – perguntou Miniya.

– Foi só um pesadelo – respondeu Haregewoin.

Foram necessárias cerca de duas horas para trocar, alimentar e acalmar os bebês para que voltassem a dormir. Ela cochilou sentada em uma cadeira de espaldar reto com um bebê esparramado em seu colo.

Então, amanheceu o dia.

De manhã, ela sentiu medo de atravessar o complexo e dar uma olhada de novo no quarto dos meninos, medo de que Wasihun estivesse ainda acordado, aguardando para encará-la de novo com o olhar ferido e olhos injetados.

Assim, da escada do dormitório dos meninos, chamou as crianças para se aprontarem para a escola. Wasihun não apareceu.

Quando as crianças mais velhas foram embora, ela convocou os adultos do complexo para uma reunião na área social do seu quarto. Todos tinham ouvido a agitação da noite anterior, todos estavam cientes da acusação. Sirak entrou no quarto e foi se postar contra a parede, atrás dos outros, como se ele também estivesse ali para ouvir os anúncios do dia.

– Você aí! – vociferou, dirigindo-se a Sirak.

Um ano antes, a mãe de Sirak, morrendo de aids, mandara chamar Haregewoin, a quem conhecia de vista da vizinhança. A morte iminente deixara a ex-comerciante paralisada. Ela movia somente os lábios; o resto do corpo e o rosto não se mexiam. Os olhos encaravam o teto da cabana. Haregewoin se inclinou, chegando mais perto para ouvi-la.

– Por favor, tome conta do meu filho – suplicaram os lábios acinzentados. – Ele ficará sozinho agora. Por favor. Leve-o com você. É um bom menino. Por favor. Leve-o com você.

Haregewoin pegou as mãos geladas da mulher entre as suas.

– Sim, sim, é claro, minha querida, vou levá-lo comigo.

Ela gostou de ter Sirak consigo. Ele era um jovem afável e humilde de cabelos castanhos grossos. No rosto, indícios de um bigode. Estudara só até o terceiro ano, mas era trabalhador e ansiava por agradar. Não fumava, não mascava *chat* (um alucinógeno leve), nem bebia. A qualquer hora da noite, ela o ouvia consertando, do lado de fora, o encanamento da lavanderia. Estava feliz ali. Gostava das crianças. No antigo complexo, dormia em uma cama armada do lado de fora. Ali tinha mais lugar, então ela o convidara a dormir em uma cama no quarto dos meninos. Os garotos pareciam gostar dele. Ela nunca teria colocado um homem no quarto das meninas, mas nunca lhe tinha passado pela cabeça que expusera os meninos ao perigo. Nunca tinha imaginado que isso poderia ocorrer, mal tinha ouvido falar desses casos, não conhecia o linguajar usado para isso.

– O que aconteceu ontem à noite? – perguntou-lhe.

– Nada, *Waizero* Haregewoin – ele gaguejou, torcendo as mãos. Isso era tudo o que tinha para contar.

– Não. Alguma coisa aconteceu sim. Conte-me o que foi.

– Não foi a primeira vez que Wasihun fez isso! Ele me contou, já tinha feito a mesma coisa; onde estava antes, fazia isso também – ele disse.

Ela ficou zangada. Levantou-se:

– Não estou lhe perguntando o que Wasihun fez. Estou perguntando o que você fez.

Ele torcia as mãos; os olhos aflitos percorriam a sala toda, tentando encontrar algum apoio entre seus companheiros de trabalho. Olhou para alguns; ninguém se atreveu a corresponder ao seu olhar de súplica.

– Sirak, você tem que me contar a verdade.

Imóvel diante dela, o rapaz entreabriu a boca e estampou no rosto uma expressão de desalento.

– Se você não me contar a verdade, vou ser obrigada a chamar a polícia.

A ameaça não surtiu efeito. Ela se sentou e pegou o telefone.

Nesse momento, ele pareceu desconjuntar-se. Caiu de joelhos, levantou os braços para o céu e balbuciou. Alguns o ouviram dizer:

– Fui eu! Fui eu!

Outros se lembrariam que, em lugar da confissão, ele negara tudo e dissera uma frase entrecortada por soluços: "Por que a senhora tem que me envergonhar dessa maneira?"

Em seguida, levantou-se com esforço, lágrimas explodindo dos olhos, e caiu novamente de joelhos. Prostrou-se diante de Haregewoin, levantou-se, balançou os braços e caiu, escondendo o rosto novamente.

Estupefatos, todos recuaram. Ele parecia estar em transe. Subitamente, Sirak se levantou, com o cabelo mais desgrenhado que o habitual; girou os pés, perdeu o equilíbrio, viu a porta e saiu correndo por ela. Pulando degraus, atravessou o pátio em disparada, abriu o portão e fugiu.

Haregewoin deixou escapar um grande suspiro de alívio. Alguns respiraram alto.

– Ele não vai voltar nunca mais – declarou Haregewoin. – Se voltar, ninguém o deixe entrar. Mas ele não vai voltar.

– A senhora vai chamar a polícia? – perguntou Miniya, a senhora de meia-idade que dormia no dormitório com as meninas mais velhas. Havia quatro anos trabalhava com Haregewoin e a tinha conhecido anos antes, em sua vida de casada. Miniya tinha cabelos longos, lisos e ásperos que usava repartidos ao meio, puxados para trás e presos em um coque. Sob a jaqueta esportiva masculina de lã que costumava usar, havia uma personalidade feminina bastante evidente. Andava com as mãos nos bolsos da jaqueta, usava óculos de leitura presos em um cordão e era – entre as funcionárias – a que menos se deixava intimidar por Haregewoin, a única que se sentia igual a ela.

– Por quê? – gritou Haregewoin. – Ele foi embora! Ele se foi, e isso é o que importa.

– Mas a polícia deve ser comunicada.

Aí, Haregewoin ficou zangada:

– Ele foi embora e pronto. Por que espalhar essas histórias? Pedirei a vocês que não falem a esse respeito fora deste quarto. Quem sabe se realmente aconteceu alguma coisa?

– Mesmo assim, Haregewoin – redargüiu Miniya –, acredito que você deve contar às autoridades. Deixe que eles investiguem e descubram a verdade.

– Vocês querem que eu perca minha licença? Que as casas sejam fechadas? Que as crianças sejam levadas embora? – Haregewoin encarou sua equipe. Eles balançaram a cabeça. Abaixaram os olhos. Miniya olhou-a diretamente nos olhos.

– Muito bem – falou rispidamente Haregewoin. – Então, o assunto está encerrado. Acabado. Final da história. Temos coisas mais importantes a fazer do que ficar pensando nesse homem. Não vamos mais tocar nesse assunto. Podem ir trabalhar.

Miniya colocou as mãos no bolso e saiu mergulhada em pensamentos. Ela percebeu que Haregewoin queria fingir que não havia acontecido nada. E talvez ela sentisse o mesmo se fosse a *sua* organização que corresse o risco de ser exposta publicamente e de ser criticada, se fosse o *seu* nome envolvido no escândalo que geraria. Não obstante, para ela era claro (da segurança de seu anonimato, da segurança de não ser a chefe) que Haregewoin precisava assumir a responsabilidade pelo que havia ocorrido e reportar o fato.

Haregewoin nunca tinha ouvido falar naquilo.

Em uma nação em que a homossexualidade é considerada crime e punida com prisão, os homossexuais levavam uma vida escondida. A maioria dos etíopes pensava como Haregewoin pensou: *Não existem homossexuais na Etiópia. Esse problema é do Ocidente. É uma doença dos brancos. Não existe aqui.*

Na verdade, a questão enfrentada por Haregewoin em sua instituição não era tanto a exposição da homossexualidade etíope como o crime de abuso sexual infantil.

Se Sirak tivesse estuprado alguma menina que morasse ali, ela teria ficado indignada, teria chamado a polícia e feito com que fosse preso. Porém, seria algo normal, um crime típico, um episódio infeliz.

Contudo, o crime de Sirak parecia ser um crime contra a natureza, um crime cuja monstruosidade era indizível. A reputação de sua casa seria arruinada para sempre se soubessem que um ato homossexual tinha ocorrido lá. Ela achou que Sirak seria executado pelo Estado se seu crime fosse revelado. Achou que seria envergonhada publicamente e que todas as crianças seriam levadas embora.

Naquela manhã, quando os funcionários deixaram o quarto de Haregewoin, ela começou a tremer. Queria chamar alguém em seu auxílio, mas não havia ninguém. Os tremores eram tão intensos que ela sentiu náuseas, como se estivesse sofrendo de um enjôo típico de viagem.

Ela percorreu o caminho até o quarto dos meninos e, como temia, encontrou a cama de Wasihun ocupada.

– Faltou à escola hoje, Wasihun? – perguntou alegremente.

Ele tinha se coberto até a cabeça. Estava deitado de lado, de frente para a parede, e não respondeu.

– Bem, está certo – ela o tranqüilizou. – Tirar um dia de folga hoje é de fato o melhor a fazer. Amanhã você estará recuperado.

Na ausência de resposta, ela se deu conta de que estava utilizando um tom de voz animado demais.

– Wasihun, meu querido... – arriscou de novo, mais suavemente, colocando a mão sobre o seu ombro. Ele se desvencilhou dela com raiva.

– Você está com fome?

Ele não respondeu.

– Vou falar com a cozinheira para trazer um pouco de arroz para você.

Ele não respondeu.

– Como... como você está se *sentindo*?

Num tom baixo, abafado pela coberta, ele respondeu:

– Mal.

– Sirak realmente o tocou?

– Eu lhe contei! – respondeu em voz abafada. – Contei o que ele fez!

– Você se lavou?

– Não.

– Vou lhe dar um pouco de sabão e uma toalha. Vá se lavar.

Ele obedeceu e se lavou, mas em seguida voltou direto para a cama e não quis se levantar. Quando os garotos voltaram da escola e se reuniram em torno da cama de Wasihun, ele não quis brincar ou conversar. Manteve as cobertas puxadas sobre a cabeça. Levantou-se apenas uma vez para ir ao banheiro, no final da tarde; Haregewoin então acenou para ele, de uma cadeira na varanda, mas ele a ignorou.

*O que ele quer de mim?*

– Ele quer ir a um médico. Quer que você o leve a um médico – disse Miniya.

– Daqui a alguns dias ele estará melhor – respondeu Haregewoin.

Passou a adotar um tom com Wasihun como se ele estivesse matando aula e ela fosse uma mãe tolerante.

– Ó, mais uma vez esta manhã, Wasihun? – ela disse alegremente no dia seguinte. – Aposto que consigo encontrar algumas tarefas aqui que farão com que alguém desejasse estar na escola.

– Se você fosse minha mãe, me levaria ao médico – retrucou baixinho, sob as cobertas.

Ela limpou o quarto, fingindo não tê-lo escutado.

Ele ficou deitado imóvel mais uma vez, com o rosto voltado para a parede.

A história ficou pior.

Dois outros jovens adolescentes abordaram Miniya.

– Ele fez o mesmo conosco – contou um.

– Sirak? – perguntou ela, entre os dentes.

– Sim – confirmou o de catorze anos. – Ele dormiu conosco, igual um homem com sua mulher.

– Ele disse para nunca contarmos senão ele bateria na gente – disse o de doze anos.

– Haregewoin, existem mais dois – confidenciou Miniya uma noite quando estavam na varanda.

*Ó Deus, ó Deus, ó Deus, qual será o fim disso?*

– Quando que eu podia imaginar? – disse Haregewoin. – Não havia como eu saber uma coisa dessas. Nunca tinha ouvido falar de uma coisa dessas.

– É claro que você não podia nem imaginar – condescendeu Miniya com bondade. – Eu também não sabia de nada.

Porém, Miniya insistiu:

– A questão é o que fazer *agora*.

– Agora? Mas não há nada a fazer agora. O homem foi embora. Ele nunca aparecerá por aqui de novo. Os meninos estão seguros.

Miniya não disse mais nada; apertou os lábios, bem fechados. Apertou-os de forma que dissesse a Haregewoin: *Você sabe que há algo mais. Você deve contar à polícia o que aconteceu. Você deve levar os três ao médico.*

Haregewoin viu os lábios retesados e mudos de Miniya, mas decidiu não entender o que significavam. Levantou-se e bateu palmas para os meninos que brincavam de queimada no caminho de cimento:

– Hora de dormir! Aprontem-se para as orações!

Ela sabia que Miniya a observava, aguardando um sinal de que tinha entendido o que devia fazer. Contudo, não deu sinal algum. *Perderemos tudo. Perderemos todas as crianças se essa notícia for revelada. Perderei minha licença e minha reputação. As crianças serão levadas embora. Sirak será preso. Por que gerar esse caos e tristeza?*

No outro dia, disse para si mesma: *Sou a chefe daqui justamente porque considero essas questões no longo prazo. Ela quer que eu corra como uma galinha sem cabeça, correndo daqui pra lá. Mas para quê? O homem foi embora. Os meninos estão seguros. Isso é o que importa. Não precisamos demolir por causa desse episódio isolado tudo o que construí.*

Miniya começou a boicotá-la. Isso era algo que Haregewoin não conseguia agüentar. Elas costumavam ficar com os braços cruzados, conversando e rindo o dia inteiro, enquanto observavam as crianças.

Então, uma tarde, sem nenhum motivo, Haregewoin explodiu.

– Você não acha que a polícia levará embora as crianças se eu contar o que aconteceu? Que, aliás, nem sei se é verdade...

Havia súplica em sua voz; tentou encontrar, mais uma vez, o tom certo, o tom capaz de não transformar Miniya em sua adversária.

– Então, não vá à polícia, vá ao médico – disse Miniya. – Os meninos me perguntam todos os dias: "Por que ela não nos leva ao médico?" Eles têm medo – abaixou a voz – de que ele os tenha infectado com o HIV.

– Isso é ridículo! repreendeu Haregewoin. – Não me fale mais disso. Estou cheia de toda essa história. É revoltante e horrível, e não é certo que as crianças pensem isso. Chega! Você me ouviu? Você tem de parar de estimulá-los. Além disso, por que eles a procuram e não a mim?

– Eles dizem "Haregewoin não nos ajuda".

– Você os está encorajando. Você os trata como bebês. Olhe, os dois outros meninos sobre quem me falou continuam indo à escola, não ficam deitados como Wasihun.

– Dereje (*dé*-re-ji) ficou em casa hoje. – Dereje era o menino de doze anos.

– Está imitando Wasihun – retrucou Haregewoin exasperada. – É porque mimamos Wasihun. Você deve dizer para eles: "Sejam fortes. Já acabou. O que passou, passou." Não quero mais ouvir falar sobre isso.

Subiu apressada a escada para o seu quarto e fechou a porta. Sentou-se na cama e tremeu novamente.

O menino mais velho, o de catorze anos, não deixava transparecer nada. Ia à escola, tinha boas notas, voltava e ajudava na casa. Ela gostava muito desse menino alegre.

– Zelalem – ela o chamou um dia. – Diga-me. Alguém já o machucou?

– Não, *Waizero* Haregewoin! – ele exclamou, abrindo os olhos para realçar inocência.

– Sirak o incomodou?

– Não, senhora.

– Ele fez coisas ruins com você?

– Não, *waizero*.

– Você acha... você acha que o que Wasihun contou é verdade?

– Wasihun é bobo.

– Há algo que eu possa fazer por você? Há algo que você precise de mim?

– Não, *waizero*, estou bem.

Porém, Wasihun e Dejere mantiveram o mesmo comportamento. Quando se levantavam da cama, mancavam dramaticamente. Eles continuaram a importunar Miniya: "Por que ela não nos leva à clínica?"

Um dia, quando Haregewoin passava apressada com os braços cheios de roupa para a lavanderia, sentiu que estava sendo observada; Wasihun estava parado, sem camisa, na escada da frente do dormitório dos meninos.

– Você não é minha mãe – ele murmurou baixinho.

Ela ouviu, mas continuou o caminho entre as casas até a lavanderia.

Depois de alguns dias, percebendo que sua atitude somente lhe traria dias longos e aborrecidos, Dereje saiu da cama e voltou à escola.

Três semanas após o acontecimento, com um ar lúgubre, Wasihun saiu da cama, jogou água no rosto, colocou o casaco da escola, penteou o cabelo e também retornou às aulas. Os dois meninos ficaram ressentidos com ela. Sempre que Haregewoin passava, eles olhavam um para o outro em vez de olhar para ela. Agora era a vez dela de escancarar os olhos quando se perguntava: *Eu? O que eu fiz de errado?*

# 47

AS ACUSAÇÕES CONTRA Haregewoin se multiplicaram. Ela não era mais popular.

À medida que respirava o ar refinado das esferas mais altas – recebendo visitantes de embaixadas estrangeiras e de ONGs globais, cujos utilitários com pneus de banda larga produziam um ruído surdo do lado de fora de seus portões –, algumas antigas conhecidas passaram subitamente a notar algo de autopromoção em seu jeito. As coisas boas que ela tinha tentado fazer eram agora percebidas como "Ela as fez para si mesma". Quando ela dava um passo em falso, essas e outras pessoas se materializavam para observar ou para apressar sua queda.

Primeiro, voltaram-se contra ela as mulheres da vizinhança – artesãs soropositivas, com quem Haregewoin havia dividido comida, cujo trabalho ela tinha se oferecido para vender em sua casa e quando viajou. Achavam que ela tinha voltado rica dos Estados Unidos. Como proprietária (elas acreditavam) de três casas (alugadas) e de uma perua (usada), ela devia estar montada em pilhas de dinheiro.

– Ela vendeu nossos cachecóis e xales e não nos entregou todo o dinheiro que recebeu por eles – diziam umas às outras. – Está se aproveitando de nós.

– A casa na rodovia Gojam? – falou uma que a tinha visto. – É a casa de uma mulher rica.

Muitas foram ao *kebele* dar queixa contra Haregewoin:

– Muitas pessoas nos Estados Unidos compraram nossos tecidos e encomendaram mais, mas ela não nos deu todo o dinheiro.

Algumas, fantasiando sua abundância e importância, se perguntavam se ela estaria vendendo as crianças abandonadas em sua porta. Porque era difícil imaginar que ela tivesse enriquecido com *cachecóis*.

Sem provas, as suspeitas e os sentimentos de traição circulavam infelizmente, sem conseguirem se concretizar. Algo deveria estar ocorrendo por trás da porta de aço polido com enfeites de metal, por trás das belas pedras trabalhadas dos muros da instituição. Quando Haregewoin saía de carro no bairro, em destaque no banco dianteiro da caminhonete dirigida por um empregado, não inspirava mais afeição entre as pobres de seu distrito. *Ela está escondendo algo*, pensavam.

Então, as circunstâncias confusas que envolveram uma mãe adolescente solteira – uma jovem das ruas que chamarei de Beza – e seu bebê produziram interesse oficial em Haregewoin e não terminaram bem. A história complicada assumiu tons de maldade nas mentes dos que tinham começado a desconfiar de Haregewoin Teferra.

Beza tinha dezessete anos e não tinha teto quando deu à luz Tarikwa (ta-*riq*-ua). Recebeu auxílio de uma organização local dedicada à reabilitação de jovens de rua, e essa organização – que chamaremos de Forward Ethiopia [Para Frente Etiópia] – assumiu a custódia do bebê. Como a Forward Ethiopia não possuía instalações para cuidar de órfãos, no dia 4 de fevereiro de 2005 transferiu Tarikwa, então com quatro semanas, para a casa de Haregewoin.

Quando, durante uma visita, o representante da agência de adoção espanhola pediu permissão para encontrar pais para o bebê Tarikwa, Haregewoin disse:

– Graças a Deus.

Duas semanas mais tarde, um casal beirando os quarenta chegou da Espanha para conhecer Tarikwa e hospedou-se junto com o bebê no Ghion Hotel. Como em todas as adoções legais, deveriam comparecer a uma repartição pertencente ao Ministério do Trabalho e Assuntos Sociais (Molsa, na sigla em inglês) para serem oficialmente aprovados como pais da criança.

A Forward Ethiopia descobriu o que estava ocorrendo e apressou-se em intervir. Ela acreditava na reunificação familiar e era contra a adoção por estrangeiros. A organização informou a Haregewoin e ao Molsa que (em tradução oficial) "a mãe do bebê era uma jovem de rua que, como não tinha condições financeiras de criá-la, disse que desejaria que sua filha fosse assistida por orfanatos locais e não queria que ela fosse mandada para o exterior".

Uma funcionária da Forward Ethiopia compareceu à audiência do Molsa e apresentou objeções à adoção. Falando em nome do *primeiro* local em que Tarikwa tinha sido abrigada, a Forward Ethiopia, ela se recusou a ratificar a adoção.

O casal espanhol deixou o prédio chocado, de mãos vazias, puxando o carrinho de bebê fechado atrás de si, enquanto descia as escadas. A funcionária da Forward Ethiopia partiu de táxi com Tarikwa.

Haregewoin saiu de cena.

Dois dias depois desse acontecimento, porém, a jovem mãe natural, Beza, bateu no portão de Haregewoin. Trazia a pequena Tarikwa envolta em um xale às suas costas.

– Por favor, *waizero*, por favor, a senhora tem de ficar com ela. Olhe para mim. Não tenho nada. A senhora sabe como eu vivo. Por que me devolveu minha filha?

– A Forward Ethiopia a devolveu para você? – Haregewoin perguntou surpresa. – Eu achei que a menina estivesse com eles.

– Eles a entregaram e me deram quatro *birr* (trinta e seis centavos) para comprar comida para ela.

A jovem era franzina, com os cabelos escondidos por um lenço apertado e sujo. A menina, porém, sorria e era bem bonita.

– Ela mama muito – disse Beza. – Por favor, *waizero*, entregue-a de novo para aquele casal.

– Bem, *eu* não posso – respondeu Haregewoin. – Não tenho mais sua custódia. Mas *você* pode dar a criança.

Haregewoin telefonou para o casal espanhol no Ghion Hotel e explicou:

– Ainda é possível um final feliz para vocês.

Beza ditou uma carta oficial para a organização de Haregewoin. Datada de 17 de fevereiro de 2005, tinha o seguinte conteúdo (em tradução oficial):

> Eu, a requerente [Beza] [...], recebi assistência de uma organização denominada [Forward Ethiopia] e declaro que vivia anteriormente nas ruas e que, enquanto vivia na organização, fui estuprada e dei à luz uma criança; por conseguinte, uma vez que não posso criar minha filha, a organização [Forward Ethiopia] solicitou a outra agência [Associação de Apoio a Órfãos em

Memória de Atetegeb Worku] para se incumbir de minha filha, e por minha livre vontade a criança foi entregue a você.

Contudo, uma vez que eles me devolveram a criança por motivo desconhecido e que estou privada de qualquer renda, continuando a ser assistida pela organização [Forward Ethiopia], soube que a senhora havia dado a criança em adoção para famílias estrangeiras. Dessa forma, uma vez que não desejo que minha filha perca essa oportunidade e, enfrentando meu destino, solicito à senhora que a retorne aos estrangeiros que a devolveram para mim.

Atenciosamente,

Assinado

[Beza]...

No dia seguinte, todos se reuniram novamente no escritório do Molsa; a jovem assustada colocou de novo seu bebê nos braços da espanhola. A espanhola se aproximou, elas se abraçaram e ficaram chorando uma no ombro da outra.

Mais uma vez, a funcionária da Forward Ethiopia apareceu para impedir a adoção.

– A mãe é menor de idade, ela só tem dezessete anos – disse a mulher. – É muito jovem para dar permissão para que o bebê seja levado por estrangeiros.

Mais uma vez, chocados e tristes, os futuros pais desceram arrasados os degraus do tribunal e se arrastaram de volta para o hotel. Trocaram suas passagens de avião, tomaram um táxi para o aeroporto e voltaram para sua casa na Espanha.

Atordoada por se ver novamente com a filha nas mãos, Beza voltou-se para Haregewoin abruptamente, na sala do Molsa, e lhe deu a menina para que a levasse para casa. O episódio estava se tornando um jogo de pedrinhas: embaixo de qual concha será encontrada a pedrinha? Naquele dia, Tarikwa tinha ido dos braços de Haregewoin para os de Beza, para os dos pais espanhóis, para os de Beza e, de novo, para os de Haregewoin, tudo sob o olhar de desaprovação da funcionária da Forward Ethiopia.

Haregewoin levou o bebê de volta para casa.

Dois dias depois, Beza, a mãe natural, apareceu de novo no portão de Haregewoin.

– Posso falar com ela a sós? – perguntou ao guarda.

Na antecâmara do quarto de Haregewoin, ela falou baixinho:

– Veja o que eu consegui – ela puxou do bolso uma carteira de identidade falsa que mostrava que ela tinha vinte anos.

– Agora, nós podemos dá-la para a mãe e o pai espanhóis – disse a jovem.

– Minha querida, os espanhóis, coitados, já foram embora – disse Haregewoin. – Tarikwa está bem aqui. Não se preocupe com ela. Visite-a sempre que quiser. Deixe que ela fique aqui.

Tarikwa se desenvolveu. Acordava, de manhã, entre os berços enfileirados; móbiles coloridos pendiam dentro de cortinados altos e transparentes contra mosquitos. Estava limpa e bem alimentada. Haregewoin não fez mais planos para que fosse adotada. Beza ia visitá-la de vez em quando, incentivada por Haregewoin.

Muitas semanas depois da partida do casal espanhol, Haregewoin recebeu um telefonema da Secretaria Municipal de Assuntos Sociais, que era responsável, em Adis-Abeba, pela assistência prestada a órfãos.

A Forward Ethiopia tinha se queixado à Secretaria sobre a pressa com que Haregewoin tentara enviar Tarikwa para fora do país.

– Devolva Tarikwa à organização [Forward Ethiopia] – ordenaram a Haregewoin.

– Vocês acham que isso é saudável para a criança? – gritou Haregewoin. – Vocês a põem uma hora aqui, outra hora ali. Isso faz com que a criança tenha problemas. Ela está bem aqui; por que não a deixam em paz?

– De qualquer maneira – continuou exasperada –, não entregarei o bebê para ninguém. A mãe o entregou para mim; agora, somente a mãe pode tirá-lo de mim.

Haregewoin documentou cada etapa, mesmo essa recusa em transferir o bebê de volta para a Forward Ethiopia. Ela protocolou uma nota junto à Secretaria Municipal de Assuntos Sociais, que dizia (em tradução oficial):

> A senhorita [Beza]... sob a assistência da [Forward Ethiopia] trouxe, segundo documentação, a criança até nossa organização, e, como ela nos soli-

citou que tomássemos conta da criança, aceitamos o bebê, que se encontra ainda sob os cuidados de nossa organização, sendo visitado pela mãe uma vez por semana.

Entregamos antes a criança, segundo documentação, e não existe motivo legal para devolvê-la à [Forward Ethiopia]. Portanto, declaramos por meio desta que a criança não será entregue. Contudo, se a mãe reivindicar que a criança seja restituída, declaramos, cordialmente, que entregaremos a criança perante esta secretaria.

Atenciosamente,
Assinado e selado.
Haregewoin Teferra,
Diretora.

Porém, o jogo de pedrinhas prosseguiu.

Em maio de 2005, Beza fez uma visita e declarou:

– Por favor, *Waizero* Haregewoin, se for possível, gostaria de levar minha filha agora.

– Para onde você irá levá-la?

– Encontrei agora um lugar para viver.

– Deus é bom – respondeu Haregewoin. Forneceu à mãe mamadeiras, lençóis, roupas de bebê, dinheiro e, finalmente, Tarikwa. Ela documentou também essa etapa, pedindo a Beza que assinasse que estava recebendo o bebê.

Em 15 de maio de 2005, Beza, agora com dezoito anos, assinou perante testemunhas, confirmando que o bebê lhe estava sendo entregue:

Eu, senhorita Beza..., confirmo com a minha assinatura que estou assumindo minha filha Tarikwa, menor de idade, que entreguei em 17/2/05 aos cuidados do abrigo Atetegeb Worku de acordo com o requerimento que apresentei hoje para receber de volta minha filha. Nome da recebedora:

Senhorita Beza...

Naquele dia, Haregewoin e quatro adultos presentes em seu pátio – incluindo seu contador, seu advogado, sua cunhada Negede Tehaye Alemayhu e Miniya – assinaram como testemunhas a transferência do bebê de volta para a mãe natural.

A Forward Ethiopia tinha o direito de se sentir vingada pela tenacidade em manter o bebê no país, e Haregewoin se sentiu orgulhosa de a mãe adolescente ter encontrado os meios para criar o bebê.

Esse deveria ser o final da história.

Suspeitas contra Haregewoin, porém, continuaram existindo no escritório da Forward Ethiopia e na Secretaria Municipal de Assuntos Sociais.

Muitos meses depois de o bebê Tarikwa ter saído da instituição de Haregewoin pela última vez, presa nas costas da mãe, a Secretaria lhe enviou uma carta exigindo saber onde o bebê se encontrava.

Haregewoin escreveu de volta, em uma resposta formal, que a mãe natural tinha ido buscar sua filha.

– Encontre-a – mandaram. – Prove-o.

E então ela não conseguiu encontrar Beza e Tarikwa.

A Secretaria tomou o fato como evidência de má-fé e acusou-a:

– Finalmente, você a mandou para a Espanha.

– Eu não fiz isso.

– Quanto você ganha com esse tipo de coisa? – desafiaram-na.

*Seria mesmo possível contrabandear um bebê para fora do país da maneira como eles a estavam acusando?*, perguntou-se. *Como os espanhóis conseguiriam passar pela segurança e emigração com uma criança etíope sem nenhum papel legal de adoção, sem passaporte?*

Tal hipótese não parecia verossímil.

Haregewoin fez a primeira de muitas viagens à Secretaria Municipal de Assuntos Sociais para prestar esclarecimentos sobre o caso. Ela mostrou o documento, assinado por Beza e por ela mesma e pelas quatro testemunhas que não tinham vínculo entre si, no qual declaravam que Beza tinha ido buscar Tarikwa no abrigo Atetegeb Worku.

– O documento é forjado – rebateu um homem, devolvendo-o com rispidez.

A Secretaria informou então a diversos funcionários de agências de adoção que, na medida em que Haregewoin Teferra estava sob investigação por "tráfico de crianças", ela não poderia endossar adoções até que uma documentação extensa tivesse sido concluída sobre cada criança; e, por conseguinte, nenhum dos casos referentes a suas crianças aguardando em orfanatos de agências de adoção, mesmo os casos de crianças que já tinham encontrado famílias apropriadas, seguiria adiante. Todas as adoções foram suspensas indefinidamente. As famílias à espera foram informadas de que a "situação de orfandade" das crianças de Haregewoin estava sob suspeita e que cada uma tinha de ser reavaliada.

Existe uma vida longa, longa – existe a vida, a vida após a morte e o período posterior à vida após a morte –, existe um ciclo dúbio e eterno de boatos que circulam sem cessar no mundo virtual da internet. A repetição de histórias envolvendo Haregewoin, em vez da verificação de fatos e da precisão, tornou-a culpada mais de cem vezes pela venda de bebês, por tráfico de crianças. "Vocês ouviram falar?", membros de listas de adoção escreviam em seus monitores de computador. "Detesto espalhar boatos, mas..." "Ó meu Deus, existe algo realmente errado com isso..." Muitas famílias que haviam concluído cada etapa da documentação complicada e extensa para adoção e aguardavam somente receber uma data no tribunal e uma data para a viagem foram informadas para aguardarem mais tempo, sem nenhuma indicação de quando o decreto poderia ser revogado. A ansiedade e o desapontamento pela espera indefinida e a incerteza se suas adoções seriam ou não finalizadas um dia, tudo ficou sob a névoa fétida do "tráfico de crianças".

A internet fez com que a acusação tivesse vida longa, vida eterna, mas a própria natureza do boato também a acelerou. A história de esconde-esconde do bebê Tarikwa – *O bebê, o bebê, quem está com o bebê?* – não era fácil de resumir, nem particularmente interessante. Mas o rumor de "tráfico de crianças" foi acompanhado de *frissons* de temor, indignação e mistério, e isso era algo muito mais excitante de compartilhar.

Evidentemente, é correto e ético – e absolutamente necessário – que um governo se conduza de maneira precisa e limpa ao tratar de questões de adoção. É um crime vender crianças. Não é ético separar crianças das famílias em que nasceram se estas as desejam. A Secretaria Municipal de Assuntos Sociais agia corretamente, de acordo com sua responsabilidade de pesquisar e confirmar a situação de orfandade de cada criança sob seu encargo.

Contudo, esse caso – que alguns funcionários de governo escolheram para tornar exemplar – não tinha consistência. Ele se arrastou, se arrastou e se arrastou sem solução. De vez em quando, algumas crianças recebiam permissão para partir, para se juntar às famílias adotivas estrangeiras que as aguardavam; porém, a maioria das crianças que tinham vivido um dia com Haregewoin foi retida.

As palavras *tráfico de crianças* seguiam o rastro do nome de Haregewoin na semi-imortalidade do espaço cibernético e em textos que ainda circulam nele.

Miniya já mal falava com ela. Decidira só falar o absolutamente necessário e abordar apenas assuntos específicos:

– É possível dar carne às crianças nesta semana ou somente arroz?

E, se Haregewoin tentasse usar essa abertura para iniciar a antiga rotina de amizade entre as duas, ela não respondia com um sorriso; afastava-se. *Ela tomou o partido dos meninos contra mim. Eu não teria conseguido impedir nada do que aconteceu. Ela está errada em me condenar.*

Agora era muito tarde para chamar a polícia a respeito de Sirak. Sirak tinha desaparecido, e os acontecimentos daquela noite tinham ocorrido nove meses atrás. Contudo, a hostilidade de Wasihun contra ela tinha endurecido. Se ela se adiantasse para afagar sua cabeça, ele se encolhia acintosamente e se esquivava.

*Tudo deu errado*, pensou ela uma noite. *Mas por quê?*

Miniya poderia ter lhe contado. Poderia ter lhe dito: "Porque você se colocou acima das crianças. O bonito antes em você era sua capacidade de amar cada criança. Agora você não sabe quem elas são. E uma criança foi machucada, Wasihun, aquela que você não levou ao médico. Você está se colocando, e a sua organização, acima das necessidades do menino. Você me pergunta: 'Mas devo perder tudo por causa deste caso? Devo sacrificar tudo que construí por causa de um único menino?'. Diante dessa pergunta, não estou mais interessada no que você construiu."

Então Miniya a deixou, alegando questões salariais. Haregewoin pediu ao contador que pagasse o valor a que Miniya acreditava ter direito, mas nada diminuiria a decepção daquela amiga de tanto tempo atrás.

Nesse ínterim, as acusações envolvendo o bebê Tarikwa aumentaram de volume. A Secretaria Municipal de Assuntos Sociais estava praticamente pondo sua porta abaixo, exigindo saber o que ela tinha feito com o bebê, para quem ela o havia vendido.

Haregewoin sentiu-se isolada do mundo. Suas próprias crianças – oitenta delas agora (cinqüenta na casa grande, trinta na pequena) – abraçavam e amavam as atendentes, mas já não a amavam. Algumas enxugaram as lágrimas depois que Miniya partiu. As atendentes reclamavam que Haregewoin lhes dava pouco dinheiro para comida e roupas para as crianças e que seus salários eram muito baixos. As crianças soropositivas tinham um aspecto horrível – cobertas de feridas, perdendo cabelos, algumas quase esqueléticas. Ela tinha tido tanta sorte com bebês soropositivos – muitos tinham se tornado soronegativos (tecnicamente, tinham feito soro-reversão) sob seus cuidados; mas não funcionava dessa forma com crianças mais velhas, ela aprendeu tardiamente. Ali não era o local para pensamentos mágicos.

Nas primeiras semanas após comprar a perua usada com doações americanas, sentira-se orgulhosa do veículo. Sentava-se reta no banco do passageiro, com uma postura correta, arranjando o xale sobre os ombros, desfrutando o vento fresco no rosto e através dos cabelos. Porém, ultimamente, quando saía pelo portão sentia-se observada pelas mulheres do bairro, que de pálpebras semicerradas pensavam: *Onde está nosso dinheiro?*

– Haregewoin não nos ajuda – disseram-me duas mulheres do bairro. Eram soropositivas e miseráveis. Uma era surpreendentemente bonita. – Ela deveria nos ajudar e não nos ajuda.

– Estou sempre com fome – disse uma de rosto fino. – E minha mãe está morrendo.

Eu pensei, mas não disse: *Ela não é a pessoa que "deveria" ajudá-las. Ela ainda é voluntária. Ninguém a ajuda para que ela as ajude. Ela arrecadou seu dinheiro de particulares, esse dinheiro não é do governo. Ela faz tudo o que pode para ajudá-las, mas seus recursos não são ilimitados. Ela não pode tirá-los da pobreza.*

Elas sabiam da casa bonita de três andares na rodovia Gojam; mas não sabiam que sua utilização visava gerar renda (embora, com as adoções congeladas pela Secretaria Municipal de Assuntos Sociais, a renda obtida com ela tivesse caído a zero). Elas desconfiavam de que ela vivesse lá parte do tempo, em segredo, uma vida de riqueza. *Ela que venda a casa!* Pensavam na agonia da fome diária, diante da fome dos filhos.

Perguntei mais uma vez a Haregewoin sobre a casa na rodovia Gojam.

– O aluguel é pago com a ajuda de algumas agências de adoção etíopes – ela explicou. – Nenhuma doação beneficente para as crianças me ajuda com aquele aluguel; são contas separadas. Também mostrei isso para as pessoas do governo. Eu os convidei; queria mostrar-lhes como tentava conseguir renda para os abrigos, e eles disseram que era um bom projeto.

Perguntei a Haregewoin sobre aquelas mulheres em particular que ficavam perto do portão, queixando-se dela e incitando outras a se juntarem a elas nas reclamações.

– Envio *teff* a elas várias vezes ao ano – contou. – Eu as convido para vir aqui sempre que temos festa. Abriguei seus filhos em diversas ocasiões. No mês passado, uma me trouxe sua conta da farmácia e eu lhe dei dinheiro para que a pagasse. – Em seguida, mostrou-me o recibo.

Ninguém ajuda as mulheres pobres. Ninguém. Não existe departamento estadual ou federal ou regional ao qual possam recorrer e dizer: "Estou com fome." Milhões de pessoas neste país não conseguem obter o suficiente para comer e para alimentar os filhos. Eu compreendi: Haregewoin era a única pessoa que *já* lhes tinha aberto as portas, que *já* lhes tinha dito: "Deixe-me ver se posso ajudá-la. Deixe que eu alimente seus filhos por você por enquanto. Deixe-me ver se consigo vender seus tecidos. Passe o Natal aqui conosco."

Mas elas ainda eram pobres, ainda estavam doentes e ainda estavam com fome. Portanto, a culpa deveria ser de Haregewoin.

Elas não ficam no final das ruas longas e cheias de curvas dos ricos – etíopes e estrangeiros – porque não faria sentido. Os guardas dos ricos as enxotariam. Elas ficam aqui e resmungam contra Haregewoin porque ela as ouve.

Essas mesmas senhoras gostam muito de mim porque eu as ajudo sempre que venho fazer visita.

– Você é minha mãe! – cada uma delas grita para mim, beijando minhas mãos, mesmo quando murmuro que elas não precisam beijar as mãos e ó, ó, não, *por favor*, não se ajoelhem nem beijem meus pés. "Mamãe!", elas me chamam (mesmo mulheres com a minha idade me chamam dessa maneira); é a palavra que, para elas, expressa mais respeito e gratidão, e também é uma palavra usada com a intenção de criar em mim um sentimento duradouro de obrigação.

Acabei porém percebendo que, se eu vivesse um ano todo em Adis-Abeba, também haveria mulheres zangadas, tristes, famintas e doentes do lado de fora de meu portão reclamando, entre os dentes: "Ela não nos ajuda. Ela deveria nos ajudar e não faz isso. Ela que venda suas malas, então; ela que venda suas roupas americanas e sua máquina fotográfica e seus óculos escuros se realmente quiser nos ajudar." Fico livre disso – diferentemente de Haregewoin – só porque pego o avião e vou embora.

## 48

WASIHUN TINHA um novo amigo.

Em junho de 2005, um voluntário norte-americano que viajava pela primeira vez à África foi deixar donativos na instituição de Haregewoin, onde o conheceu.

Tratava-se de um psicólogo, natural da costa noroeste do Pacífico. Estava na casa dos quarenta anos e era especializado em traumas sexuais na infância. Logo no primeiro contato, o voluntário percebeu que o menino tinha problemas. Fez questão de dedicar um pouco do seu tempo a Wasihun todos os dias daquela semana. Pediu autorização a Haregewoin para sair com ele e levá-lo para passear pela cidade e mesmo fora dali. Dizia estar interessado em adotá-lo.

Em suas visitas prolongadas a Wasihun, o psicólogo americano intuiu ou conseguiu arrancar do menino relatos sobre o abuso que teria sofrido. Mais tarde diria que, em princípio, Wasihun não tinha contado nada *a ele* sobre o assunto, mas que tinha, *de fato*, contado a seu parceiro, também voluntário.

Quando falam sobre abuso sexual, as crianças são, reconhecidamente, testemunhas pouco confiáveis. É fato indiscutível na literatura jurídica e psiquiátrica que uma criança jamais tocada por um adulto pode – se estimulada – inventar ou confirmar histórias envolvendo não só abuso sexual, mas feitiçaria, tortura, aborto forçado e/ou sacrifício animal; atendentes de creches, nos Estados Unidos, foram parar na prisão com base nesse tipo de testemunho. Outra criança que *tenha sofrido* abuso sexual pode, envergonhada, jurar que esse fato nunca ocorreu.

O psicólogo americano tinha experiência nesse campo e sabia que era necessário ganhar a confiança da criança que tinha sofrido abuso. Contudo, por estar longe de casa, havia marcos culturais dos quais ele talvez não tivesse se dado conta.

Ele poderia ter reagido com uma cautela maior diante do quadro de um menino etíope que, em vez de esconder ou negar um abuso homossexual – reação esperada em um país onde a homossexualidade é amplamente considerada "uma aberração" –, se mostra ansioso para falar sobre o assunto. Isso não significa que ele não tenha acontecido, mas que se deve tomar muito cuidado ao interpretar o fato ou entendê-lo, antes de divulgá-lo.

O psicólogo estava muito distante de seu ambiente. Em missão humanitária, havia topado com um menino que precisava de ajuda, como um de seus pacientes em seu país. Como não pudesse recorrer a nenhum dos recursos habituais para ajudar o garoto, viu-se forçado a inventar uma estratégia de resgate local.

No verão e no princípio do outono de 2005, o psicólogo americano acabou por acreditar que o suposto estupro de Wasihun por Sirak fazia parte de um padrão habitual de abuso na instituição de Haregewoin. Ela estaria permitindo que homens entrassem regularmente em sua casa para abusar sexualmente das crianças.

Wasihun alterou toda a história e contou que ela recebia dinheiro só de um homem, um parente, e que estava permitindo que *ele* estuprasse as crianças.

Wasihun contou ao psicólogo que esse parente anônimo tinha estuprado muitos meninos durante meses; em seguida, que esse parente tinha estuprado cinco meninos, cada um em duas noites consecutivas; e, em seguida, que tinha estuprado cinco meninos em uma única noite; depois, três, em duas noites; e, finalmente, Wasihun chegou a três em uma única noite, um ano atrás.

O americano concluiu que as crianças eram espancadas e passavam fome no lar de Haregewoin. Desconfiava que vivessem com medo dela.

– Sou capaz de reconhecer o trauma. Essas crianças são traumatizadas – disse.

Segundo ele, Haregewoin vivia como uma herdeira em férias, em uma "casa de meio milhão de dólares, com banheira de água quente, uma Jacuzzi e empregados", e que usava o orfanato como fachada.

– O ridículo é que somos todos uns idiotas em não reconhecer que ela vive na mansão, enquanto as crianças vivem na miséria.

Ficara tão alarmado, por conta de Wasihun, que começou a se preocupar com o bem-estar de todas as crianças de Haregewoin.

– As crianças sentem tanto medo dela que têm medo de comer – disse ele. – Mesmo com a comida à sua frente, elas olham para ela para ver se podem começar a comer. E enquanto estão comendo olham constantemente para ela, como se perguntassem: "Nós estamos comendo demais?"

– Tem uma menininha que ela treinou para implorar como um cachorro – ele continuou. – Ela chama a criança, que se aproxima, trotando, junta as mãos e implora. Somente então ela alimenta a criancinha.

– Ela não deixa as crianças ir à escola – contou.

– Ela não dá remédios para as crianças quando elas estão doentes.

A história se espalhou como uma cobra que troca de pele e ressurge, cada dia, com uma nova pele.

O psicólogo estava convencido de que Haregewoin planejava fugir do país a qualquer momento.

Chegou a acreditar que ela tinha planos de mandar assassinar uma criança:

– Ela marcou uma criança para ser morta por seu sobrinho.

A história era difícil de ser confirmada, passando do aterrorizante ao ridículo.

Antes da chegada das visitas, observou, ela dava roupas novas às crianças para que vestissem. O gesto tanto poderia significar uma demonstração de boas maneiras como um artifício para disfarçar os maus-tratos.

O americano contou:

– Eu e o meu amigo doamos duas cabras para o jantar de Ano Novo, em 11 de setembro. Quando visitamos a instituição, constatamos que somente uma delas tinha sido comida.

Quando perguntado sobre o que tinha acontecido com a outra, ele respondeu:

– Tenho certeza de que ela a vendeu, em benefício próprio. Exatamente como ela vendeu todos os brinquedos usados, livros e roupas que doamos para ela.

Diante do argumento: "Você foi à casa dela, viu setenta crianças, em festa, saboreando um cozido de cabra e é capaz de afirmar que o prato foi feito só com uma cabra?", ele respondeu: "Sim, meu amigo etíope me explicou."

(*Antes tráfico de bebês, agora isso!*, pensei, quando ouvi falar do fato. *Tráfico de cabras! Será que a cabra está prestes a ser entregue a pais espanhóis?*)

À medida que a história de Wasihun engordava e se modificava durante o tempo em que passou com o psicólogo americano, este fez tudo que podia para alertar as autoridades sobre os possíveis e disseminados maus-tratos sofridos pelas crianças que viviam com Haregewoin. Ele falou das surras, da fome e do abuso sexual a todos os que quisessem ouvir. Disse que publicaria a história verdadeira, a história real.

Na Secretaria Municipal de Assuntos Sociais, ele encontrou ouvintes interessados.

Levou Wasihun a um pediatra, e o menino fez exame de sangue. O resultado foi negativo para HIV. Nenhuma evidência restou do suposto estupro porque tinha transcorrido muito tempo desde então. Porém, apesar da recomendação do pediatra, ele não levou o garoto ao hospital para fazer o acompanhamento clássico.

O visitante americano era bem-intencionado e estava indignado. Tinha, aparentemente, topado com o coração das trevas da África e estava disposto a corrigi-lo.

– Sou um psicólogo clínico que trabalha com crianças que sofreram abuso, e *ela* me enfureceu – ele declarou.

Suas suspeitas emergiram *on-line*, onde começaram a seguir órbitas infinitas, transformando-se em satélites permanentes no espaço cibernético.

Sucedeu, porém, que o psicólogo da costa noroeste do Pacífico não foi o único visitante da instituição de Haregewoin no verão e no outono de 2005. Houve muitos visitantes; alguns preencheram relatórios, e um deles fez um vídeo com uma câmara portátil.

Esses visitantes (que costumavam aparecer de surpresa para reduzir a possibilidade de encontrar situações pré-arranjadas) estavam fazendo visitas de reconhecimento para diversas ONGs. Antes do início do patrocínio era necessário avaliar e documentar o tratamento e as condições das crianças nos abrigos Atetegeb Worku.

Um vídeo amador de 5 de setembro de 2005 – iniciativa espontânea de uma etíope-americana de meia-idade, em uma rara visita a Adis-Abeba – mostra uma administração transparente e adequada. Ela não encontrou Haregewoin em casa, mas a mãe de Henok, Tigist, a recebeu bem, convidou-a para entrar e pediu que ficasse à vontade. As crianças pequenas (as mais velhas estavam na escola) cercaram a visitante, ansiosas para fazer amizade e para aproximar os rostos das lentes da câmara e gritar *Alô*! As crianças têm aspecto limpo e parecem bem-alimentadas. As mais velhas, de uniforme escolar, voltam para almoçar, causando um alvoroço; algumas comem depressa, indo em seguida jogar futebol no pátio. As camas estão arrumadas em todos os quartos; há roupas limpas empilhadas nas prateleiras; e, colados nas paredes, podem ser vistos desenhos e pinturas feitos pelas crianças. No quarto dos bebês, um deles está no colo de uma atendente, tomando mamadeira, enquanto outro está com sua mamadeira apoiada no travesseiro. Depois do almoço, os pratos são retirados pelas atendentes e o refeitório serve de sala de estudos.

Também em setembro de 2005, dois estudantes de medicina americanos, cujo trabalho era patrocinado pela fundação World Wide Orphans (WWO – Órfãos do Mundo Inteiro) baseada em Nova York fizeram visitas de surpresa ao abrigo de Haregewoin, examinando a possibilidade de trabalhar com ela. Eles apresentaram um relatório longo e detalhado para a Dra. Jane Aronson, diretora da fundação. Datado de 23 de setembro de 2005, um trecho dele diz o seguinte:

> Haregewoin é uma mulher dinâmica e envolvente. Tem um inglês excelente e se expressa bem. Movimenta-se com energia e fala com entusiasmo sobre o que acredita. Diz, abertamente, que a condição de órfão é uma condição lamentável e que seus órfãos muitas vezes estão tristes e que ela não consegue dar às oitenta crianças a atenção que suas próprias famílias conseguiriam dar. Essa declaração nos pareceu honesta. E não soou como uma confissão de um possível fracasso.
>
> Depois de conversarmos com Haregewoin em seu escritório, visitamos a primeira casa, que abriga cinqüenta crianças, de recém-nascidos a adolescentes de catorze anos de idade, sem diagnóstico preciso em relação ao HIV. Não havia muitas crianças ali, uma vez que as acima de sete anos estavam na escola, restando somente uma dúzia de pré-escolares e seis ou oito bebês. A sala estava bem abastecida de livros e brinquedos. Cada quarto contava com oito a doze beliches. Cartazes e desenhos feitos pelas crianças pendiam dos beliches. As crianças que vimos estavam bem-vestidas. Naturalmente, mostravam-se tímidas à nossa volta, segurando brinquedinhos. Seus quartos eram limpos.

A seguir, visitamos o quarto dos bebês. Havia duas ou três babás para os seis ou oito bebês. Esse quarto não tinha janelas ou luz natural do sol, sendo um pouco escuro. Cheirava a urina ou a balde com fraldas, mas francamente o cheiro não era pior do que o que senti em outros orfanatos. Dois dos bebês que segurei não pareceram estar bem (um pouco moles, sem conseguirem acompanhar com os olhos o movimento); os outros pareciam bem.

Impressão final: ótimas instalações, todas as crianças em idade escolar estavam na escola, crianças menores bem cuidadas, exibindo a limpeza adequada e com bom suprimento de artigos para brincar. Alguns bebês não pareciam bem, mas provavelmente por estarem com a "doença atual". Acreditamos que seria melhor se houvesse mais ar, luz e circulação no quarto dos bebês, porém isso não parece ser muito importante.

O local do segundo orfanato era muito agradável. Havia um jardim, com árvores e pássaros. Ali moram trinta crianças, de quatro meses a catorze anos, todas soropositivas. Não freqüentam a escola, mas têm aulas em casa. Existe uma enfermeira de plantão. Ela conta com uma clínica/enfermaria MUITO AGRADÁVEL, com lavatório à parte, espaço amplo para ver e examinar as crianças e um armário muito bem abastecido de remédios de venda sem receita. NÃO constatei infecções comuns, como *tinea capitis/alopecia*/infecções cutâneas por fungos, que passei a achar normal encontrar entre órfãos soropositivos...

Quando chegamos, as crianças mais velhas (dezoito delas) estavam almoçando – o cardápio era macarrão. Todas elas deram risinhos quando entramos, e foi fácil conseguir que sorrissem para as fotos. O cômodo em que estavam tinha uma prateleira de livros e brinquedos e cartazes coloridos com as letras do alfabeto penduradas nas paredes. Mais uma vez, cumprimentei Haregewoin pela forma como as instalações eram agradáveis e bem abastecidas...

No início de outubro de 2005, um funcionário europeu, integrante de uma organização mundial de bem-estar infantil, fez duas visitas-surpresa às duas instituições de Haregewoin. Alertado pelas suspeitas que começavam a se acumular em torno do nome de Haregewoin, conversou com as crianças individualmente, estimulando-as a revelar por meio da arte o que sentiam. Seu relatório também foi positivo. Datado de 7 de outubro de 2005, ele conclui:

Os desenhos e os poemas das crianças, assim como as conversas individuais com oito crianças escolhidas aleatoriamente, não revelaram indícios de abuso ou punição corporal, perpetrados no orfanato ou por membros/funcionários/voluntários do orfanato... Para mim, a frase seguinte resume os sentimentos das crianças: "Ela (referindo-se à diretora do orfanato) está tomando conta de nós do jeito como consegue. Aqui não é perfeito, mas ela nos dá tudo que pode."

Porém, outros possíveis doadores foram alertados pelo psicólogo americano e pela Secretaria Municipal de Assuntos Sociais de que nem tudo ia bem na casa de Haregewoin Teferra, e vários possíveis doadores – inclusive uma organização italiana que havia prometido patrocinar três crianças soropositivas – se afastaram e recusaram qualquer contato posterior com Haregewoin. A organização italiana, na verdade, enviou uma última carta especificando que, se as crianças soropositivas que haviam selecionado se mudassem imediatamente para uma instituição diferente, eles renovariam seu compromisso de apoio por meio dessa instituição, quando ela entrasse em contato com eles.

Haregewoin leu a carta, suspirou e a enfiou em suas pastas.

– Não existem outras "instituições" para estas crianças – disse. – Quem os italianos pensam que as aceitará?

Nesse ínterim, Wasihun foi acompanhado – pelo amigo etíope do psicólogo americano – até o Ministério do Trabalho e Assuntos Sociais (Molsa) para registrar queixa contra Haregewoin Teferra. A Secretaria Municipal de Assuntos Sociais reunira agora evidências contra ela em dois casos – o suposto tráfico do bebê Tarikwa e o de abuso sexual de crianças sob sua guarda. Algumas adoções foram aprovadas, porém a maioria de suas crianças ficou retida. Mensagens de *e-mail* chegavam dos Estados Unidos perguntando, discretamente – ou não tão discretamente –, sobre as acusações de tráfico de crianças. Famílias que não conseguiam prosseguir com os processos de adoção lamentavam *on-line* a situação difícil em que se encontravam, e diretores de agência de adoção prometiam evitar receber as crianças de Haregewoin no futuro. E ainda havia as mulheres pobres do lado de fora de seu portão, que a acusavam de não ajudá-las.

Cercada por todos os lados por fontes desconhecidas, estupefata e solitária, Haregewoin rezava:

– Senhor, eu sei que devo ter feito algo errado, mas não consigo descobrir como reparar meu erro.

Finalmente, uma noite, deixando-se cair nos lençóis, nos quais seu precioso nenê dormia, ela se deitou e, encarando Nardos, murmurou:

– Vou ter que deixá-la partir.

# 49

O REPRESENTANTE ETÍOPE da agência de adoção espanhola retornou à instituição de Haregewoin com três mães adotivas. Elas estavam nervosas e atordoadas. Vestiam *jeans*, carregavam mochilas e calçavam sapatos confortáveis, de couro macio.

Para duas das mulheres, tinham sido prometidos bebês do sexo masculino.

A terceira... a terceira tinha ido buscar Nardos. Haregewoin telefonara para o etíope que dirigia o escritório local da agência de adoção espanhola e dissera:

– Agora você pode procurar uma família para Nardos.

Uma *família bonita*, ela tinha tentado dizer, mas começou a chorar e desligou rapidamente o telefone.

Uma das espanholas tirou da mochila uma armação complicada com tiras de algodão e fivelas e a pendurou em torno do pescoço, encaixando nela seu novo filho. Ele ficou pendurado, com os braços escancarados e o olhar um pouco espantado, enquanto ela lhe beijava o alto da cabeça. A outra mãe pegou o novo filho no colo, sentou nos degraus da casa principal e tirou a coberta para admirar-lhe os dedinhos dos pés e das mãos.

Uma mulher de cabelos pretos, perto dos quarenta anos, manteve-se afastada, esperando ser apresentada a Nardos. O cabelo emoldurava o rosto em um corte desalinhado; usava óculos elegantes, de armação estreita e de plástico. A blusa sem mangas tinha um decote em V; as sobrancelhas mais altas do que a armação dos óculos conferiam ao semblante um ar de expectativa.

*Mas não era isso que eu queria!*, pensou, em pânico, Haregewoin. *Eles só me contaram que ela não era casada. Ela está segurando um cigarro – isso quer dizer que não é religiosa! Queria uma família jovem e religiosa para Nardos. Seja como for, essa mulher não.*

Esgotada pelo escândalo de Sirak, temerosa de que as notícias sobre ele vazassem e atravessassem o portão, ela vivia sobressaltada, esperando a cada dia que as autoridades aparecessem para denunciá-la. *Apesar da aparência de uma mulher ortodoxa decente*, os jornais diriam, *ela permitiu que a maldade atingisse os órfãos.* Por que a inocente Nardos ficaria presa nessa armadilha junto a ela, uma velha estúpida?

Assim, ali estava agora aquela mulher, a nova mãe de Nardos.

A espanhola tinha trazido roupas novas para Nardos. No quarto de Haregewoin, a menina deixou que a mulher desabotoasse seu vestido e a ajudasse a se vestir. Nardos olhava constantemente acima dos ombros da mulher para Haregewoin, sentada desanimada em sua cama; a criança quis que ela ficasse por perto durante essa operação incomum.

*Mas estas não são roupas adequadas para uma menininha!*, pensou Haregewoin, aumentando sua aversão instantânea pela espanhola. *Calça de moleton marrom com a bainha justa? Uma jaqueta verde acolchoada? Tudo tão grosso e pesado? Essas roupas são de menino!*

Nardos, que não sabia que havia algo de errado com as roupas novas, se desvencilhou da mulher e saltitou em direção à varanda. Como sempre, ouviram-se vozes a elogiando; hoje, os elogios eram em amárico e espanhol.

Haregewoin a chamou para voltar para dentro, agachou-se no chão do quarto e ajudou-a a tirar as roupas novas. Ela retirou a roupa mais bonita de Nardos de dentro de uma caixa especial, guardada debaixo da cama: um vestido branco e xale com beirada rendada, típico da Etiópia, que estava envolvido em papel de seda. Ajoelhada, Haregewoin sacudiu, pegou e arrumou o vestido com perfeição na menina, até que ela parecesse uma noivinha, uma pérola.

Agora, foi *ela* que levou Nardos até a varanda, para que recebesse elogios ainda maiores do que os recebidos quando vestiu a roupa da espanhola. Segurando a mão da criança, ela desceu os degraus com a menininha de dois anos, indo para o meio do pátio. Nardos parecia voar como uma borboleta branca.

*Ainda está cedo, não é?*, Haregewoin perguntava insistentemente. Pediu que fizessem café, que servissem pipoca e levassem as cadeiras para fora para que todos sentassem; mesmo assim, o grupo espanhol declinava cada oferta. Ela sabia que eles queriam ir embora, mas fazia de conta que estavam recusando a hospitalidade por timidez ou por não saberem se comportar da forma tradicional.

Ela pediu às atendentes e até mesmo ao contador – um negociante grisalho – que fossem até o pátio para contemplar a encantadora Nardos. Viu as espanholas consultarem os relógios; viu os olhares preocupados que lançavam para o representante da agência etíope.

Ela se sentou nos degraus da casa, fingindo estar muito feliz, exibindo os maiores sorrisos e soltando as gargalhadas mais estridentes. Ajudou Nardos a cantar uma música; cantou alto junto com ela, batendo palmas enquanto Nardos cantava com sua voz de bebê. Olhou em torno, ansiosamente, para confirmar se todos gostavam da música da menina. *Estamos nos divertindo tanto! Vamos relaxar, aproveitando a visita e não sair correndo. São somente duas horas da tarde.* Quando achou que ninguém a estava observando, disfarçou as lágrimas que começavam a brotar-lhe dos olhos.

*São apenas três e quinze.*

*Ainda não são quatro e meia.*

Ela não conseguia manter as mãos longe de Nardos. A menina estava radiante; era uma presença angelical, com asas de gaze e renda, que havia momentaneamente tocado o chão daquelas dependências humildes e logo iria embora voando. Haregewoin seguia humildemente atrás de Nardos; abaixava-se para ajeitar a saia branca e o xale de algodão de Nardos; apertava seu rosto contra o pescoço morno e o rosto rosado. Nas voltinhas que deu atrás da menina no pátio, enquanto os minutos escoavam em direção ao fim da vida que compartilharam, ela envelheceu dez anos.

A espanhola segurou Nardos por um momento e retirou as roupas etíopes refinadas. Então a menina foi vestida vigorosamente como um menino espanhol de novo, pronta para partir.

O motorista etíope da agência espanhola saiu pelo portão e ligou o motor da perua, como se ele precisasse esquentar. As duas mulheres que adotaram os meninos se despediram gentilmente de todos e entraram no veículo.

– Venham! Venham, todos! Vamos nos despedir de Nardos! – Haregewoin gritou, em frenesi, tentando retardar a partida.

O contador saiu de novo para fora, dando largas passadas longas com seus sapatos de couro, e as atendentes correram em direção ao pátio. Nardos foi passada de mão em mão, sufocada pelos beijos de despedida, até começar a se sentir incomodada, e choramingando jogou-se nos braços de Haregewoin.

Haregewoin a envolveu de novo entre os braços, enfiou o rosto em Nardos, aspirando seu cheiro; o contador separou as duas, e Nardos começou a chorar; era talvez disso que Haregewoin precisava: precisava que Nardos *caísse em si* e *entendesse*. Que fosse sua parceira na tristeza.

Subitamente, Nardos estava de volta aos braços de Haregewoin mais uma vez, e o rosto de Haregewoin sucumbiu à dor.

Durante toda essa cena, a mãe espanhola manteve-se educadamente a distância. Ela não tentava privar Haregewoin de seus momentos de adeus; contudo, agora parecia já ter sido o suficiente. Estava na hora de ir embora.

O contador puxou, mais uma vez, Nardos dos braços de Haregewoin, que começou a chorar abertamente. E, quando Nardos viu as lágrimas da mãe, começou a choramingar, em solidariedade; o contador então a levou gentilmente no colo – porque alguém tinha que fazer isso – e atravessou o portão com ela. Haregewoin ficou parada no caminho, olhando, enquanto Nardos, aos prantos, era amarrada no assento do carro. Então a perua foi embora. Quando Haregewoin se voltou, viu a roupinha branca de Nardos, dobrada sobre os degraus da varanda, como se a criança dentro dela houvesse evaporado.

Haregewoin subiu correndo os poucos degraus que levavam até seu quarto, antes que alguém pudesse vê-la.

Sentou na cama com o olhar vazio.

*Sozinha.*

# 50

QUANDO, EM MEADOS DE DEZEMBRO de 2005, a polícia surgiu para prender Haregewoin Teferra, ela já não tinha forças para protestar.

– Por favor, podemos fazer isso discretamente, de um jeito que não perturbe as crianças? – pediu.

Eles deixaram que ela pegasse seu livro de anotações, celular e xale.

– Assuma o comando – instruiu a Tigist, mãe de Henok, e, andando com dignidade, saiu pelo portão com um oficial na sua frente e outro atrás. Entrou pela porta traseira do carro de polícia, aberta por eles, sob o olhar dos pedestres. Foi conduzida através das portas de aço de uma delegacia de polícia empoeirada. O prédio principal de tijolos era uma casa adaptada, e ela foi escoltada para um dos quartos, onde havia diversas mulheres sentadas em camas, recostadas contra paredes caiadas de branco. A bolsa e o celular de Haregewoin não foram retirados, e a porta ficou destrancada.

Ninguém lhe disse por que estava ali, mas ela conseguia adivinhar o motivo.

Mais tarde, foi confirmado que a prisão tinha sido efetuada com base na queixa apresentada por Wasihun em setembro.

Sentindo que já não contava com o favor divino, ela aceitou a prisão como algo devido. Na cela, rezou:

– Meu Deus, não sei o que fiz, mas sei que fiz algo e que o Senhor deseja me punir. Aceito humildemente minha punição.

Em dezembro de 2005, as celas e os presídios estavam repletos, chegando à superlotação, com protestadores políticos, líderes da oposição, jornalistas, participantes de passeatas e pedestres presos em massa. As prisões estavam cheias de estudantes, muitos com quinze ou dezesseis anos de idade. As famílias reclamavam que até mesmo adolescentes mais jovens haviam sido presos.

Tigist telefonou para as amigas de Haregewoin, e elas conseguiram falar com Suzie.

Suzie chegou do Cairo para tentar ajudar a mãe, enquanto antigos amigos correram para o *kebele* para protestar contra o absurdo da prisão de Haregewoin. Os bem-relacionados tentaram influenciar os altos funcionários públicos a que tinham acesso em busca de informação e ajuda.

Souberam que Haregewoin estava detida como testemunha – uma situação comum na lei etíope – até que Sirak pudesse ser localizado e preso.

Os atendentes do abrigo se apressaram a ajudá-la agora, chocados com o que havia lhe acontecido e temerosos do que a prisão poderia significar (em sua idade!) para sua saúde. Segundo constava, as questões pertinentes a seus salários tinham sido resolvidas. As atendentes e as meninas mais velhas sentaram em círculo na sala da frente da casa de Haregewoin, nos sofás e cadeiras revestidos com tecido imitando leopardo, torcendo as mãos e chorando. O contador e um advogado mais velho, que ajudava Haregewoin a lidar com os documentos, e um jovem empregado que administrava a casa das crianças soropositivas foram para as ruas em busca de Sirak. Eles o encontraram com facilidade em seu antigo bairro e denunciaram seu paradeiro para a polícia. Sirak foi preso. De volta ao prédio principal da instituição, o advogado, o contador e o empregado aguardavam na companhia de Suzie, de Tigist, da mãe de Henok, dos atendentes e das crianças mais velhas o momento da liberação de Haregewoin, preparados para festejar. Ela já não seria detida como uma espécie de refém, visto que agora Sirak tinha sido encontrado.

Mas ela não foi solta.

Passaram-se semanas de incerteza; quem na Etiópia *não* tinha uma pessoa amada na prisão nesse mês? Bem, para a maioria não era uma *avó*, mas muitas famílias corriam incessantemente da cela para a central da polícia e de volta à prisão, em busca de libertação e perdão.

Haregewoin, em sua cela, aguardava a condenação por não ter relatado o suposto estupro de Wasihun.

A mais influente de suas velhas amigas conseguiu finalmente um contato com alguém do alto escalão do Ministério da Justiça.

– Quem colocou essa mulher na prisão? – exclamou a amiga de Haregewoin. – Existe justiça na Etiópia?

Ela soube mais detalhes: Haregewoin estava sendo investigada por tráfico de crianças.

– Mãe, a senhora está bem? – perguntou chorando Suzie, quando lhe permitiram entrar nas dependências da polícia para visitar a mãe e lhe entregar uma vasilha de comida através da cerca de arame.

– Todos estão sendo muito gentis comigo – respondeu Haregewoin. – Eu não queria que lhe contassem, não queria que você se preocupasse. Os policiais aqui são ótimos, eles são homens bons. Eles nos deixam andar pela casa durante o dia – o cômodo não é nem mesmo trancado! Não existem barras nas janelas. E tem uma jovem no cômodo em que estou que tem uma voz muito bonita, e ela canta para nós à noite. Mas existem tantas jovens aqui! Veja, escrevi esses nomes. Você poderia telefonar para suas famílias e informá-las que elas estão aqui e que estão bem?

Haregewoin dormia profundamente à noite e à tarde, também; ela não dormia de verdade e tão profundamente fazia muitos anos; parecia que visitava um lago azul da cor do céu e um cenário verde primaveril da sua infância. As cores de seus sonhos eram vívidas, e milhares de rostos de pessoas amadas, do passado e do presente, se aproximavam. Ela estava descansando; estava sentada na cama e olhava através da janela as árvores no fim do prédio empoeirado; e pensava. Ela estava em repouso. Ouvia as jovens chorando de noite, mas não chorava. Havia revistas e alguns livros e papéis espalhados, mas ela não lia nem escrevia. Comia apenas um pouco da comida que lhe davam e bebia água. Recusava o chá e o café. Diminuía o passo, abaixava-se e parava. Ficava sentada imóvel; observava o sol atravessar as dependências empoeiradas; observava os troncos finos do pinheiro movendo-se obstinadamente ao vento. Como era pequena, recostava-se na parede com os pés descalços esticados para fora da cama sem tocar o chão de cimento. Se as mulheres em seu quarto quisessem falar, ela falava um pouco; às vezes, apenas suspirava, encolhia os ombros e sorria levemente em resposta. De noite, levantava a cabeça do colchão para ver o céu noturno através da janela e observar as constelações rodando em câmara lenta acima do complexo empoeirado. Haregewoin visualizava toda a sua vida a distância, atrás de uma cerca de arame farpado e torres de vigia.

O que via era que tinha recuado instintivamente por causa do ataque de Sirak a Wasihun; porém, tinha fugido apressada pela estrada errada.

Ela deveria ter corrido para reconfortá-lo; deveria ter telefonado para a polícia, telefonado para um médico. Talvez tivesse ocorrido um estupro (*penetração*, como sabia agora que era chamado); talvez não tivesse; porém, ela deveria ter tomado uma atitude para proteger a criança ofendida e assustada.

Em vez disso, seus instintos a levaram a se proteger, proteger sua organização, sua reputação e seu dinheiro.

Wasihun tinha razão de acusá-la: "Você não é minha mãe."

Agora, presa e afastada das *crianças* – crianças que estavam recorrendo a outros à procura de amor e proteção –, ela as via, mais uma vez, como as tinha visto bem no princípio, quando Selamawit e Meskerem lhe haviam sido entregues pelo programa de caridade católico MMM. As crianças significavam a própria vida. Elas não geravam receita; não eram o alicerce de uma vida vivida com presunção; não melhoravam sua reputação nem a diminuíam; não foram colocadas em sua porta para abordá-la sempre que saía de casa e se sentia importante ao atravessar o portão todos os dias; não tinham idéia de que eram *as beneficiárias* da caridade propiciada por sua *organização beneficente*, nem de que partilhavam uma *iniciativa popular* altamente considerada. Elas não tinham idéia de que seus pequenos nomes, traduzidos em números, constavam de planilhas de diversas organizações internacionais. Outrora, elas haviam precisado de uma mãe e ela fora a mãe delas, e isso bastara.

Vertendo lágrimas, ela sentia que não se importaria se nunca mais visse a casa elegante na rodovia Gojam; se pudesse, correria descalça pela rua de terra se a polícia a libertasse e voltaria em disparada para seus dois pequenos abrigos. As crianças que viviam lá significavam vida, a verdadeira essência da vida, exatamente o âmago e a doçura e o absurdo da vida. Sem as crianças das duas casas, ela não tinha vida. Não queria outra vida além da que vivia com elas, imersa em beijos ruidosos e molhados e janelas quebradas e pezinhos que a chutavam na cama à noite.

Por enquanto, aquela vida estava quase que certamente chegando ao fim.

Suzie soube que a Secretaria Municipal de Assuntos Sociais estava se preparando para fechar as instituições de Haregewoin. Havia planos de transferir todas as crianças em caráter permanente. Enquanto Haregewoin estava na prisão, os atendentes das duas casas foram instruídos a começar a preparar as crianças para a mudança; na Enat (agora chamada orfanato AHOPE), o diretor foi solicitado a arranjar lugar para trinta crianças soropositivas. ("Vocês sabem como é pequeno o número de orfanatos em todo o país que aceitam crianças soropostivas?", bradou um membro etíope do conselho do AHOPE. "E vocês vão fechar um deles? Qual é o *sentido* disso? Além do mais, Deus sabe que não temos lugar para elas aqui.") Outros orfanatos foram avisados de que as crianças saudáveis de Haregewoin seriam transferidas para eles.

Muitas pessoas, americanas e etíopes, sentiam-se confusas sobre quem Haregewoin era no momento: bondade de coração misturada com casualidade; ótimas intenções derrotadas pela exaustão, pela idade e, talvez, por uma ponta de orgulho.

Havia também o fato de que algumas organizações – a clínica pediátrica para aids da WWO, o Abrigo Layla da AAI, o AHOPE, o orfanato do Wide Horizons for Children (Horizontes Amplos para Crianças) – estavam subindo o padrão para o atendimento aos órfãos. Crianças órfãs podiam ser saudáveis e felizes, envolvendo-se com o mundo exterior através da escola, da arte e do esporte. Haregewoin fora uma heroína no resgate de órfãos. Em um país mergulhado na crise, ela levara as crianças para a segurança que havia detrás de seus portões. Como poucos, estendera as mãos para os casos sem esperança. Talvez ela estivesse paralisada nesse estágio da triagem: capaz de salvar vidas, porém um pouco confusa sobre como fazer com que um número enorme de crianças subisse na escada da excelência institucional. O que sempre foi verdade, contudo, continuou verdade: ela não tinha vida longe das crianças. Essa tinha sido sua vida, entre as crianças, vinte e quatro horas por dia, sete dias por semana.

– Eu a aceito, meu Deus, eu aceito sua sentença, sei que a mereço – exclamou, chorando em seu colchão na cela, retorcendo-se de tristeza. – Por favor, meu Deus, o Senhor não pode me deixar algumas? Sei que traí Sua confiança, mas por favor.

# QUARTA PARTE

# 51

TRAÇAR UM GRANDE arco em um mapa-múndi é uma tarefa possível de imaginar. Mais difícil é imaginar uma viagem que parta dos lugarejos rodeados de bosques da região central de Vermont, com seus antiquários, sorveterias, lojas de artigos para o campo e populações brancas envelhecidas, para as estradas de terra e as favelas apinhadas de barracos de telhado de zinco da populosa Adis-Abeba, que cresce desordenadamente para todos os lados.

Nas revistas de bordo da British Air, da KLM, da Ethiopian Air ou da Lufthansa, qualquer passageiro pode abrir o mapa-múndi e traçar essa rota, percorrendo três páginas e alguns grampos. Voa-se de Nova York para Londres, Frankfurt ou Amsterdam; em seguida se aterrissa para reabastecer no Cairo ou em Cartum. A partir daí, os nomes ficam cada vez mais exóticos; a espiral arroxeada das linhas das rotas azuis e vermelhas, traçada a compasso, se estreita até que existe somente uma única linha ligando um destino a um eixo emaranhado. Basta seguir a linha até encontrar uma cidade de nome tão misterioso e sedutor quanto Timbuktu ou Mombasa ou Dacar ou Kinshasa: Adis-Abeba.

É um projeto bastante ousado voar para os confins do mundo para pegar um novo membro da família, uma criança cujo quarto a aguarda sob o beiral inclinado da casa da fazenda: uma colcha colorida sobre sua cama; novas bonecas e animais de pelúcia arrumados formalmente sobre a cômoda; *jeans* e casacos novos pendurados no armário, embora possam não ser do tamanho correto.

No vôo noturno transatlântico, Rob Cohen, professor de inglês e de literaturas americana e inglesa da Faculdade de Middlebury, romancista, escritor residente, autor do romance aclamado pela crítica *Inspired Sleep* (Sono inspirado), quarenta e sete anos, magro e desengonçado, cabeleira farta, curvava o tronco para a frente em seu assento no avião. Observava – na janela oval gelada – o próprio reflexo: a barba encaracolada no rosto alongado ajuda a compor a expressão facial clássica da melancolia judia. A seu lado, dormia a mulher, Claudia Copper, diretora de Prática de Ensino e professora assistente visitante de literaturas inglesa e americana de Middlebury. Loura e pálida, Claudia também tinha quarenta e sete anos e era mãe de dois meninos (Nick Rogerson, dezenove anos, e Eli Cohen, catorze anos).

O jato sacolejava através de nuvens carregadas sobre o Atlântico Norte. Na cabine, as luzes de leitura foram desligadas. Abaixo, a vasta escuridão das águas agitadas era o reino das grandes embarcações, das correntes de superfície, dos submarinos, das ravinas profundas e dos peixes.

Rob não se importava de estar sendo conduzido com aquela força, àquela velocidade: todo o processo de adoção lhe parecia algo semelhante, forças aceleradas além de seu controle, uma guinada violenta para a direção contrária, uma subida repentina de tirar o fôlego.

Claudia fora a primeira a visitar a Etiópia. Em novembro de 2003, ela viajou com uma pequena missão médica na esperança de compartilhar seus conhecimentos em educação, treinamento de professores e alfabetização.

Em *seu* primeiro vôo além da costa da América do Norte e da Europa, ela se inclinara sobre seu diário e escrevera bastante. Estariam eles mergulhando em direção ao caos? Encontrariam hordas de crianças sujas, desesperadas e machucadas? Será que conseguiria se comunicar de maneira significativa com alguma delas?

Ao anoitecer, é maravilhoso sobrevoar a África em baixa altitude: os desertos prateados do Egito e do Sudão têm as cores de uma paisagem lunar. Como um ser humano consegue sobreviver aqui? Como os camelos de lábios compridos conseguem encontrar até mesmo uma escassa folha de cardo para mastigar? Então, basta outra guinada ou um retorno às páginas brilhantes do mapa para o passageiro ver que o continente parece estar coberto por um manto de folhagem que exclui o norte árido; a folhagem oscila, como uma saia relvada, abaixo do deserto do Saara e da região do Sahel. A oeste, parece presa por alfinetes ao Senegal, cai como uma cortina sobre a Nigéria e a República Centro-Africana no meio, encurta-se, acabando no deserto de Kalahari, e se une ao leste da Etiópia.

Então se desce do céu mais rápido do que se esperava, aterrissando no moderno aeroporto de aço e vidro de uma cidade projetada no alto da montanha, um tipo de mezanino entre o deserto e o céu.

Claudia foi maravilhosamente bem recebida pelas crianças magníficas que encontrou em Adis-Abeba: crianças inteligentes se acotovelavam ao seu redor em todos os lugares, ansiosas para cumprimentá-la com apertos de mão e interessadas em praticar inglês.

– Hellohowareyou? – gritavam crianças nas ruas, dirigindo-lhe um cumprimento assim que viam a luz do sol refletida em seu cabelo louro e comprido.

– I am fine. How are *you*? – ela respondia sorridente, encantando as crianças, que cobriam a boca, felizes, e corriam para contar aos amigos e familiares de seu encontro bem-sucedido com uma autêntica *avis rara*.

No Abrigo Layla da AAI, ela foi cercada por menininhas alegres, atraídas por seu cabelo louro sedoso. Elas a conduziram até uma cadeira de cozinha no pátio e começaram a trabalhar, penteando e repartindo seu cabelo em tranças fininhas. As que tinham família corriam para apanhar seu álbum de fotografias, mostrá-lo a ela e perguntar: "Você conhece minha mamãe?" ou "Você conhece meu Seattle?" Meninos e meninas mais velhos conversaram com ela em inglês em nível mais elevado. Pediam sua opinião sobre o presidente Bush, sobre a guerra do Iraque e também sobre os motivos de os americanos geralmente jogarem mal nas partidas da Copa do Mundo de futebol. Quando ela se levantou e atravessou o pátio, duas ou três crianças se penduraram em cada uma de suas mãos; outras correram a toda velocidade à sua frente, entrando no refeitório para reservar-lhe um assento.

Então, Claudia viajou de volta à sua casa de fazenda do século XIX revestida de madeira, no vale de Champlain, região central de Vermont. Havia esquis encostados na parede do pequeno cômodo reservado para guardar sapatos sujos de terra; livros e revistas empilhados por toda a parte. Nas noites longas de inverno, ela ou Rob acendiam a lareira e bebiam chá em canecas de argila. Músicas de Dylan, de The Band ou de Bob Marley ou os *blues* do grande Robert Johnson tocavam ao fundo. Árvores, como o espruce, a bétula e o bordo, faziam sombra na casa; do outro lado da estrada havia um prado e um celeiro; de vez em quando um alce passava pesadamente de noite, deixando pegadas profundas na neve.

O desejo de voltar a Adis-Abeba e trazer para casa, para Middlebury, uma criança passou a absorvê-la. Rob pensou no assunto junto com ela. Os dois preencheram os requerimentos da AAI, organizaram a documentação referente à imigração de órfãos adotados, fizeram exames de sangue, tomaram vacinas e tiraram impressões digitais, fizeram entrevistas. Finalmente foi encontrada para eles uma menina de dez anos chamada Meskerem (a Meskerem de Haregewoin), com um rosto triangular e inteligente e sobrancelhas espessas e bonitas.

Os colegas e os pais das crianças que eles conheciam, os amigos e os vizinhos ficaram surpreendidos e espantados: uma criança de *dez anos*? Da *África*? Alguns disseram que simplesmente não tinham se dado conta de que o casal estivesse tão desesperado para ter mais filhos. Rob e Claudia não conseguiram descrever exatamente o que tinha acontecido a eles. Eles amavam seus filhos mais do que tudo; mas eram *professores*, eram adultos que tinham as crianças em alta estima; e tinham descoberto um país cheio de órfãos. Os dois lados de uma equação se tornaram subitamente óbvios para eles, mesmo que a idéia da adoção parecesse um tanto tresloucada para seus amigos.

Naturalmente, como todos os possíveis pais adotivos – especialmente os possíveis pais adotivos de crianças mais velhas –, eles se perguntavam se estavam fazendo a coisa certa para sua família, e se seriam a família certa para aquela criança. Perguntavam-se se Vermont seria o local certo para criar uma etíope. Perguntavam-se como ela se sairia na escola, dado o seu passado, comparada aos filhos e filhas de professores e empresários. Estava em jogo tudo que consideravam precioso: a felicidade de Eli e Nick, a felicidade da família.

No fundo da mente de quase todos os que estão à espera de adotar uma criança mais velha, oculta-se, muda, a prece: *Por favor, não permita que eu traga para casa uma criança incapaz de criar vínculos.* Nesse ínterim, expressões de choque total e de assombro, de felicitações alegres e elogios em profusão chegavam até eles de todas as direções. Se o casal tivesse anunciado que Claudia estava grávida de quádruplos, as reações seriam praticamente as mesmas.

E, ainda assim, embora estranha, a decisão não lhes parecia errada; de forma que preencheram os papéis, encheram mochilas com provisões para o orfanato e, em agosto de 2004, apertaram os cintos e levantaram vôo, dando a volta ao mundo.

A situação não parecia ser *exatamente* – à medida que ganhavam altura – igual à da noite em que se dirigiram para o hospital quando Claudia estava em trabalho de parto para ter Eli; mas era bem parecida.

Dentro do avião, eles relaxaram; tinham esgotado o assunto. O tempo de discutir, de reconsiderar e de explicar ficara para trás. Claudia dormiu. Rob fechou os olhos, mas não conseguiu dormir de imediato. Preferiu saborear mais um pouco a sensação de estar sendo levantado e impelido através da água escura.

Em uma manhã de muito calor e de claridade deslumbrante – o azul do céu brilhava com a luz do sol; as ruas sujas fervilhavam de gente, de burros, de cabras e ovelhas; bandeiras tremulavam ao vento; centenas de barracas de latão e quiosques de madeira exibiam seus produtos –, eles se dirigiram de táxi até o Abrigo Layla e buzinaram do lado de fora. Um guarda abriu o portão de aço.

As crianças os viram no banco traseiro do táxi e saíram em disparada, correndo em todas as direções e gritando o nome de Meskerem.

Claudia não conhecera Meskerem quando visitara pela primeira vez o Abrigo Layla. Agora, trêmula, saiu do táxi, tentando corresponder às saudações das crianças que se lembravam dela. Rob ficou ao seu lado, agoniado com a emoção provocada pelo estímulo excessivo, pela agitação e pela excitação. Tudo estava prestes a começar. Começou.

Meskerem surgiu. Cruzou a soleira de um prédio distante e encaminhou-se em direção a eles. A impressão que causou em ambos foi idêntica e imediata: "Ela é tão bonita quanto nas fotos." Cabelos espessos e encaracolados, presos atrás em um rabo, alta e esguia, rosto de traços finos, sobrancelhas grossas e arqueadas, sorriso tímido. Enquanto se aproximava suavemente, alternava o olhar para eles e para o chão; durante todo o trajeto, conduziu-se com graciosidade, venceu toda a distância, caminhando em linha reta até o casal (que estava paralisado); ao chegar, colocou os braços (era quase tão alta quanto Claudia) em torno do pescoço de Claudia e lhe deu o maior abraço que esta jamais recebera em toda a sua vida: um abraço forte, sem restrições, cheio de gratidão e amor; um abraço que durou tanto que Rob (pairando sobre as duas) se inclinou para ser incluído. Eles ficaram assim, abraçados, por um longo tempo. O sol branco mudou um pouco de lugar no céu, trazendo novos ângulos de luz prateada, que se refletia em pára-choques de carros e mostradores de relógios e molduras metálicas de janelas em toda parte. Os três ainda estavam unidos no mesmo abraço quando outras crianças chegaram, as que estavam lá se afastaram. As recém-chegadas dançaram ao redor do trio e, em seguida, fugiram em disparada; eles se abraçaram por tanto tempo que, ao se soltarem, tinham atravessado os oceanos e continentes que os separavam, tinham-se tranqüilizado mutuamente, tinham-se descoberto.

Meskerem limitou-se a sussurrar durante as primeiras vinte e quatro horas que passou com eles; porém, quando o motorista de táxi a convidou, em amárico, para partir com o casal, ela abriu um sorriso luminoso e assentiu; deslizou para o banco traseiro, ao lado de Claudia, e segurou-lhe a mão. Durante o trajeto, retribuía, tímida e sorridente, o olhar que ela lhe dirigia. Junto com os Cooper-Cohens, ela se registrou no Ghion Hotel, pertencente a etíopes, com toda a naturalidade, como se hospedar-se no hotel fizesse parte de sua experiência diária; mas um ligeiro tranco nos joelhos, provocado por um solavanco do velho elevador, acabou por revelar ser aquela, na verdade, a primeira vez que andava de elevador.

Por meio de acenos com a cabeça e outros gestos, ela perguntou e entendeu qual era sua cama. Na hora de dormir, Rob, inseguro, deu-lhe de presente uma escova de dentes e um tubo de creme dental. *Será que ela sabe o que é isso? Como podemos começar a lhe explicar? Parece impossível nos aproximarmos sem um idioma em comum. Essa escova e esse creme dental não passam de coisas minúsculas, mas simbolizam a imensa divisão cultural que existe...* Ela, porém, aceitou os dois com um sorriso, escovou bastante os dentes e devolveu-os para Rob com um piscar de olhos que parecia dizer: "Eu sei o que é uma escova de dentes. Não é como se eu tivesse acabado de sair das *pradarias* africanas." Claudia tinha levado pijamas de casa, e Meskerem surgiu do banheiro absolutamente linda e encantadora, e os pais foram cativados mais uma vez.

Eles tinham lhe dado uma mochila cheia de seus novos pertences: roupas, maiô, material de desenho e uma câmera descartável. Antes de se deitar, ela retirou cada item e o examinou; espalhou todos eles sobre a colcha da cama; então (sem perceber que seus novos pais a observavam, admirados) ela os recolocou cuidadosamente de volta na mochila, os itens maiores primeiro, no fundo, os de tamanho médio no meio, construindo cuidadosamente uma pirâmide até o topo, sobre a qual colocou um par de brincos. Rob e Claudia se emocionaram com o orgulho que mostrava por possuir algo e começaram a reconhecer um novo elemento notável e maravilhoso que Meskerem traria para a família: ela era uma *menina*.

Ela dormiu entre os lençóis novos do hotel, aninhando o ursinho que eles haviam levado. O cabelo longo e encaracolado espalhado sobre o travesseiro parecia um xale.

No café-da-manhã do dia seguinte, Rob, bastante afetado pela diferença horária – embora ainda sem se dar conta de que estava realmente ficando doente –, se irritou ao ver casais como eles – muitos da Espanha, alguns da Austrália – correndo atrás dos filhos etíopes, todos sendo servidos por garçons e garçonetes etíopes. *Todos nós, pessoas brancas, animadas e alegres, tomando o café-da-manhã com nossos filhos africanos*, ele pensou. *Será que existe um aspecto imperialista nessa situação? Será que a adoção é, em algum nível, outra forma de consumismo? Qual é o propósito de pais brancos virem de um país rico para adotar as crianças de um país negro pobre? Será uma espécie de pilhagem do século XXI?*

Mas então, sentindo-se enjoado demais por causa de um vírus estomacal para pensar naquilo, ele pôs de lado a apreensão, deixando para cuidar dela em outro momento.

O Dr. Rick Hodes fora aluno de Middlebury e os conhecia ligeiramente, da visita de Claudia a Adis e de suas próprias visitas, quando retornava a Middlebury. Ele recebeu Rob e Claudia como velhos amigos.

Conduzindo uma delegação visitante de *ferange*, Hodes caminhava pela calçada com ar decidido. Usava botas de couro, uma jaqueta do exército e seu boné do Yankees. Inclinou-se para dentro de um estabelecimento meio escondido, despretensioso e enfumaçado. Tratava-se de um restaurante tradicional conhecido apenas dos habitantes locais. Mas ele garantiu aos visitantes estrangeiros que o ensopado apimentado de lentilha era o melhor da África Ocidental. Então conduziu os forasteiros através da sala de teto baixo até a *mesob* do canto, uma mesa de vime em forma de ampulheta cercada de banquetas baixas revestidas de pele. Ele escolheu os pratos, falando alto e claramente em amárico. Para ele, o *tsom* (cardápio de jejum), sem carne, uma vez que a carne no restaurante não era *kosher*. Suas sílabas altas soavam como uma faca batendo em peças de vidro; ele registrou com satisfação a surpresa dos etíopes próximos, aqueles que ainda não o conheciam.

Na casa de Hodes, Rob sentiu-se fraco e enjoado. Embora estivesse jogado no sofá, conseguia compreender vagamente que estava testemunhando algo grandioso: como uma família fora costurada a partir de fios tão diferentes, como havia ali uma proximidade e um afeto fantásticos.

Quando voltaram na sexta-feira à noite para o jantar do sabá, gostaram de ver o grande número de filhos de Hodes arrumados, usando solidéus, rezando em hebraico e cantando músicas em inglês quase aos berros.

Os que haviam sido criados na Igreja Ortodoxa Etíope permaneciam ortodoxos; os criados no Islã permaneciam muçulmanos; porém, os que tinham desembarcado na casa de Hodes sem religião assumiam o judaísmo do pai.

Dejene, de catorze anos, era um garoto *hip-hop* americanizado, acostumado a visitar Nova York, Connecticut e Califórnia. Sua pronúncia americana era perfeita; os fones de ouvido, as calças folgadas de *jeans*, a jaqueta de tamanho maior e as botas sem cadarço eram perfeitos. Mas o que deixava o pai adotivo feliz era ouvi-lo cantar o *kiddush* hebreu tradicional enquanto tomava o vinho do sabá.

Ali morava também um hóspede de longa data da família Hodes, um padre da Igreja Ortodoxa Etíope proveniente das montanhas Simien. Hodes encontrara o homem em uma cama de um hospital de indigentes, com um tumor do tamanho de um pequeno melão no cotovelo. O sacerdote de barbas grisalhas curtido pelo sol, o *Kes* (padre) Mulat, parecia ter sessenta anos, mas tinha somente quarenta e três.

– Você se importa se eu der uma olhada nisso? – Hodes perguntara ao padre em amárico. Ele entrou em contato com um ortopedista que fazia trabalho voluntário no Madre Teresa, e o cirurgião removeu o tumor, amputando-lhe o braço abaixo do cotovelo. Hodes então levou o padre de rosto comprido para sua casa para que se recuperasse e encomendou uma prótese para ele. Quando *Kes* estava forte o bastante para viajar, Hodes pagou sua passagem de ônibus e lhe deu dinheiro para viajar, levando-o até a estação e colocando-o no ônibus para casa. O retorno provocou grande surpresa e alegria; as pessoas acreditavam que seu padre tinha morrido em Adis. *Kes* Mulat voltou então para a casa de Hodes, morando ali e dormindo em uma cama na varanda enquanto prosseguia o tratamento médico.

O padre melancólico com 1,82 metro de altura, alquebrado pelo tempo, se reuniu à família e aos convidados em volta da mesa naquela noite de sexta-feira. E acenou, com um gesto de aprovação, quando as velas foram acesas e as preces em hebraico foram cantadas. Ele se esforçou para unir as mãos e acompanhar, baixinho, o hino de boas-vindas, "Shalom Aleichem", e a música popular americana "If I had a hammer" [Se eu tivesse um martelo], que Hodes tinha instituído como parte do culto da família.

A Ethiopian Airlines oferecia vôos diretos de Tel Aviv para o número crescente de turistas, mochileiros e empresários israelenses. Antes da Páscoa, a cada primavera, Hodes despachava dois de seus filhos para o aeroporto para receberem os vôos de Israel que chegavam. Do lado de fora da área de retirada de bagagens, os meninos erguiam um cartaz que dizia, em inglês e hebreu: "*Rotse Seder Pesakh Kosher? Daber Itanu.* Looking for a kosher Passover seder? Talk to us." [Procurando uma refeição kosher para a Páscoa? Fale conosco.]

Eles sempre voltavam para casa com convidados.

Hodes contou a Claudia e Rob que ele tinha recentemente convocado uma reunião de família. Os meninos na ocasião deixaram-se cair ruidosamente sobre os sofás e cadeiras na sala de estar e olharam para ele.

– Somos uma família de verdade? – ele iniciou.

– Somos, Hodes, somos uma família de verdade – respondeu Addisu Hodes, de quinze anos. Addisu usava o cabelo comprido, penteado em tranças apertadas e dispostas em seqüência ao longo da cabeça, e tinha uma preferência especial por camisas de cetim de jogador de futebol, uma vez que era um astro de futebol na escola secundária.

– Somos uma família feliz? – perguntou Hodes.

– Claro que sim, somos uma família feliz, sim – respondeu Mohammed.

– Temos algum problema familiar? – continuou Hodes.

– Bem, está certo, é... Existem alguns problemas – os meninos concordaram.

– OK – Hodes assentiu. – Qual é o nosso pior problema?

Os meninos confabularam por alguns momentos. Em seguida, Dejene retirou seus fones de ouvido e anunciou:

– Peidos.

– Como vai? – perguntou Claudia, preocupada, mais tarde naquela noite, enquanto Rob, trêmulo, se enfiava na cama.

– Bastante impressionado – respondeu Rob.

O comportamento de Meskerem, naqueles primeiros dias, foi tão elegante e irrepreensível que seus novos pais também se esmeraram nas boas maneiras, só para acompanhá-la. Claudia e Rob tornaram-se exemplos de arrumação e planejamento cuidadoso, além de articularem cada palavra e sílaba com o máximo de clareza para ajudar Meskerem a entendê-las. "Primeiro você" e "Não, primeiro você" e "Muito obrigado" e "Você aceita um pouco mais?" e "Deixe-me só dar uma arrumada no quarto antes de sairmos" e "Bem, então, boa noite!". Eles pareciam personagens amáveis de um filme inglês da safra da Segunda Guerra Mundial, tentando manter um ar bem-humorado.

No quinto dia, quando estavam prestes a acabar com todo aquele comportamento primoroso, Meskerem revelou-se um pouco mais. Ela apontou para o cabelo de Rob – cachos rebeldes e escuros – e em seguida para seus próprios cachos rebeldes e escuros, e um riso franco iluminou seu rosto. Gargalhadas animadas se seguiram.

– Eu pareço com você – repetia. A constatação lhe parecia engraçada; sua risada era contagiosa, aquilo *era* engraçado; eles *de fato* se pareciam – o cabelo cheio, os rostos compridos, as sobrancelhas escuras, os talhes altos e esguios. A gargalhada continuou – no restaurante do Ghion, quando os pratos do jantar foram retirados – exatamente como no primeiro abraço, um tempo delirantemente longo, e quando ele passou parecia que, mais uma vez, eles tinham chegado a um novo patamar.

Rob percebeu que podia provocar sua nova filha, notou que ela tinha senso de humor. Ele podia apertar o botão errado do elevador e ver se ela tinha reparado; podia puxar uma cadeira para ela no jantar e, em seguida, correr para se sentar nela; podia correr atrás dela, descendo os degraus do hotel até o táxi, e pegar o assento dianteiro, gritando "Bingo!". Ela surrupiava e escondia suas coisas no quarto do hotel; fingia tomar seu lugar na cama, ao lado do de Claudia; colocava sua jaqueta de manhã e fazia de conta que não tinha percebido.

Nada mais do que fizeram – o passeio turístico de um dia fora da capital, as visitas a museus e sítios históricos – teve tanto significado quanto as brincadeiras inconseqüentes, implicantes e sensíveis nos minutos de lazer. Claudia os observava admirada, enquanto Meskerem e Rob descobriam que eles *não só* se pareciam, mas que os dois tinham alma de comediante.

Uma semana mais tarde, eles embarcaram juntos. Quando o jato acelerou e arremeteu o bico para cima, Meskerem entrou em pânico. Em vez de chorar de medo, ela ficou imóvel e pareceu entrar em um estado parecido com transe. Ela falou e se movimentou pouco na viagem; recusou a comida. Rob e Claudia recostaram a cabeça, exaustos, contando as horas para aterrissar, pegar Eli no acampamento de verão e apresentá-lo à irmã.

Às vezes dormitando, outras, apenas sentados, às vezes sentindo-se isolados, outras, de mãos dadas, Claudia, Rob e Meskerem tinham começado a traçar seus próprios arcos coloridos no mapa-múndi. Eles descreveriam curvas e voltas, espirais e rabiscos, de um tipo que nenhum planejador de vôo de linha aérea ou geógrafo jamais imaginara.

# 52

NOS BASTIDORES, vestida com uma malha de balé rosa e turquesa, uma menina de seis anos está tremendo. Ela é a quinta da fila de oito alunas iniciantes de sapateado na Academia de Dança Carol Walker, no subúrbio de Atlanta. Esta é sua primeira apresentação. Com as mãos frias e úmidas, mal consegue engolir, e seu coque de bailarina está tão apertado atrás que parece puxá-la para os dedos do pés. Ela ouve os aplausos da platéia presente no Centro Cultural Artístico Gwinnett após o término do número anterior; então, aquelas meninas, com as faces coradas, passam ruidosamente por ela ao se encaminharem para os bastidores. Ela se preparara durante oito meses para aquele momento.

Ela sapateia pelo palco encerado com seu sapato de sapateado, encara a audiência, na sala escura, e escuta o farfalhar dos buquês envolvidos em papel-celofane. Em algum lugar do teatro estão seus pais, seu irmão mais novo, uma de suas avós de adoção e meia dúzia de amigos da família. No último momento, antes de a música iniciar, Mekdes Hollinger, de seis anos, que uma vez tinha se jogado diante do portão de aço de Haregewoin para, em seguida, se prostrar sucumbida pela dor em seu pátio de terra, levou a mão aos lábios e jogou um beijo para sua mãe. Malaika "Mikki" Hollinger, uma afro-americana de ascendência crioula de Nova Orleans, tinha prometido que conseguiria pegar o beijo lançado por Mekdes.

A música explode dos alto-falantes: a "Dança de *Digga Tunnah*", do filme *O Rei Leão*. Nela, cantores africanos alertam os animais para que cavem um túnel para se abrigarem antes que a hiena chegue. As dançarinas de sapateado fingem perscrutar o horizonte, procurar pelas hienas, cavar um buraco e, depois, pulam para dentro para se esconderem.

Como em todas as apresentações, algumas crianças ficam olhando em direção aos bastidores para seguir a orientação da professora e nunca encaram a audiência; algumas dançarinas se viram para a esquerda em vez de virar para a direita e se chocam com as que estão executando o passo corretamente; um dos adereços de lantejoula desprende-se do cabelo de uma das meninas, que tem medo de se abaixar para pegá-lo, embora queira fazê-lo, todas as vezes que passa por ele. A audiência ri e grita, se divertindo – com exceção do irmão de quatro anos de Mekdes, Yabsira. Ao primeiro aviso de que as hienas estão chegando, ele grita: "Eu não gosto desse show!" Quando as dançarinas imitam a aproximação das hienas, Yabsira afunda-se em sua cadeira e ali permanece até o final da dança.

A apresentação acaba cedo e as crianças deixam o palco, em debandada, sob os aplausos e assobios da multidão. Mekdes surge timidamente do vestiário, sendo recebida pela saraivada de *flashes* da máquina fotográfica do pai. Aceita buquês e beijos dados por um círculo de admiradores. Concorda em ir almoçar em um restaurante próximo e deixa o saguão do centro de artes de mãos dadas com o pai.

Em Snellville, Geórgia, cerca de quarenta quilômetros a leste do centro de Atlanta, máquinas aplainaram o terreno acidentado das fazendas e o substituíram por lotes. Algumas vacas ainda pastam ao longo da rodovia estadual, porém os acres de pasto estão desaparecendo. À noite, as luzes de novos *shopping centers* e complexos de salas de cinema reluzem no horizonte. Um punhado de estrelas velhas balançam lá no alto. No entanto, parecem apagadas e ultrapassadas como as lamparinas, o único tipo de iluminação que existia ali cem anos atrás.

A casa nova de tijolos dos Hollingers é decorada com porta-retratos de molduras douradas que exibem fotos de casamento e combinam harmoniosamente com peças de porcelana e de cristal. De tão limpos, parecem presentes de casamento recém-desembrulhados. Ryan, trinta e seis anos, cresceu na zona rural de Ohio e ainda se parece com um jogador de futebol caipira. A mãe era enfermeira. O pai trabalhava em uma fábrica. O padrasto era contador. Ryan Hollinger é branco, louro e tem um porte atlético. Os olhos são azuis e os cabelos, curtos e lustrosos. Em uma das orelhas, usa um pino de ouro como brinco. Trabalha na área de vendas de programas de computador e *design* gráfico.

Malaika Jones Hollinger, trinta e quatro anos, ainda desempenha o papel de oradora da escola secundária. Seu cabelo cai em mechas sobre a testa. Ela se expressa com vivacidade e se move com a postura precisa e ereta de uma bailarina. Filha de uma professora de jardim-de-infância e de um chefe de cozinha de Nova Orleans, Malaika trabalha em saúde pública.

*Ryan é o homem branco típico de Ohio, descendente de franceses, alemães e irlandeses,* ela escreveu em seu diário quando o conheceu em Houston, onde estava cursando a faculdade. *Sou uma mulher da cor de noz-pecã, descendente de africanos e franceses. Se for atrás da árvore genealógica de mamãe, você vai encontrar crioulos católicos da cor de café-com-leite que falavam francês.*

*Ryan gosta de terra porque a família teve muitas terras. Foi criado em uma casa grande de fazenda. Eu gosto de água porque a via em toda parte. O pântano da Louisiana era vizinho da minha casa, cheio de ciprestes, musgo espanhol e garças brancas.*

Mais tarde, Mikki perguntaria: "Quando você soube que eu era a pessoa que procurava?", e Ryan responderia: "Na hora."

Em 18 de março de 2000, sob um céu escuro e agitado por tornados, eles se casaram em Nova Orleans. Trezentos convidados compareceram ao casamento.

*Ryan é um cavalheiro, um romântico, um artista, um cozinheiro excelente. Fazemos, pelo menos uma vez por semana, um jantar gourmet à luz de velas. Entre nossos amigos, os jantares de Hollinger são famosos. Ele é o homem mais atencioso do mundo. Ele e mamãe conversam pelo telefone todas as noites. Ele conversa com a mamãe mais do que eu.*

*Raras vezes me lembro que nosso casamento é aquilo que se chama de "inter-racial". A sociedade tem nos respeitado. Nunca penso em Ryan como um branco.*

*Bem, não, isso não é verdade. Quando ele põe o CD do Metallica no aparelho de som, sou obrigada a lembrar.*

Futuro brilhante, dois carros, uma casa de três quartos. Essa amiga estava grávida, aquela outra, grávida; nos jantares, algumas esposas tomavam cálices de leite em vez de vinho francês.

– E aí, e vocês? – Mikki e Ryan se entreolhavam, sorriam e davam de ombros. Ela não conseguia engravidar. Exames médicos não revelaram nenhum motivo para o impedimento. No entanto, nada acontecia.

Eles decidiram procurar um bebê fora do país. Ou, quem sabe, um bebê e um outro mais velho? "Certo, dois, desde que um deles não use mais fraldas", eles concordaram.

No final do verão de 2003, eles se inscreveram na AAI e começaram a receber boletins mensais e, às vezes, vídeos de crianças que viviam em orfanatos na Tailândia e na Etiópia.

Em 24 de dezembro de 2003, receberam uma fita de vídeo da AAI. Os pais de Mikki estavam em sua casa, de visita, vindos de Nova Orleans; Mikki escondeu a fita na mesa de cabeceira e não disse nada. Às quatro e meia da madrugada, na manhã de Natal, Ryan a sacudiu para que acordasse e murmurou: "Vamos ver o vídeo!" Os dois passaram sem fazer barulho pelo quarto de hóspedes e chegaram à sala de estar, colocando a fita no aparelho de vídeo. As primeiras crianças que apareceram foram Mekdes e Yabsira Asnake: uma menina tristonha, de vestido azul rasgado, e um menino alegre, metido em um casaco rosa de menina.

Os dois rebobinaram a fita e estudaram o casal de crianças de novo. Era o terceiro vídeo que recebiam da AAI; tinham ficado encantados com as dúzias de imagens das crianças; porém, nenhuma os tinha tocado como estas. Voltaram a rebobinar e assistiram de novo à fita aumentando a imagem. Rebobinaram, assistiram, aumentaram. Rebobinaram, assistiram, aumentaram, até que a imagem das crianças ficasse cada vez maior e pontilhada, ampliando-se em direção a um futuro brilhante. Mikki e Ryan voltaram para a cama nas pontas dos pés e conversaram a noite toda. Então ela se levantou para ligar o computador e enviar um *e-mail* para a AAI: "Queremos adotar Mekdes e Yabsira Asnake."

Não disseram nada para os futuros avós, mas passaram o Natal radiantes, com a sensação de terem se tornado, da noite para o dia, pais em adiantado estado de gravidez.

Em 26 de dezembro, enquanto corria pelo quarteirão, Mikki telefonou pelo celular para a AAI. Pediram-lhe que aguardasse enquanto localizavam a pasta das crianças.

– Sinto muito – respondeu um funcionário. – Mekdes e Yabsira já foram indicados para uma família.

– O quê? – gritou Mikki. – Não é possível!

– Vocês viram mais alguém na fita de quem gostaram?

– Não vimos mais ninguém – respondeu Mikki, soluçando.

Ela percebeu de imediato como tinham sido ingênuos em se apaixonarem por crianças em uma fita de vídeo; no entanto, foi o que aconteceu.

Em 7 de janeiro de 2004, a AAI os procurou novamente:

– Vocês ainda estão interessados em Mekdes e Yabsira? A outra família decidiu adotar apenas uma criança, e não queremos separar os irmãos.

Em agosto de 2004, Mekdes viu o táxi que tanto aguardava se aproximar do orfanato em Adis-Abeba, saiu correndo e pulou no colo de Mikki. Yabsira foi caminhando até Ryan. Avaliou sua altura e levantou os braços para ser içado. Do alto dos ombros de seu novo pai, ele abriu um sorriso benevolente para as outras crianças, que estavam bem abaixo dele. Mais tarde, nos Estados Unidos, depois que aprendeu a falar inglês, Mekdes se lembraria:

– O primeiro dia? Mamãe se parecia com uma mãe etíope. Papai não parecia um pai etíope.

Os Hollingers deram uma boneca para Mekdes e, para Yabsira, o hamster *Hokey-Pokey*, um bicho de pelúcia a pilha de vinte centímetros de altura que em tom brincalhão falava, animadamente, com uma voz aguda digitalizada: "É só falar as palavras mágicas e rodopiar", enquanto balançava os braços e cambaleava, para a frente e para trás.

Nunca nada tão ridículo tinha entrado pelos portões do orfanato. De todos os cantos da casa surgiam crianças que corriam para ver, apontar e gritar para o hamster *Hokey-Pokey*. Este seria o único aspecto da adoção de que Mikki e Ryan se arrependeriam: depois de duas semanas convivendo em um pequeno apartamento em Adis com Mekdes e Yabsira e o *Hokey-Pokey* de brinquedo cantando *a capella*, os adultos pensaram que iam ficar loucos.

E não era fácil enganar Yabsira. Uma das primeiras palavras que aprendeu em inglês era dita quando o hamster *Hokey-Pokey* silenciava: "Pilhas."

De noite, o hamster fazia uma serenata para eles. Finalmente, um dia, antes de amanhecer, Ryan retirou as pilhas, tendo de se segurar para não jogá-las na rua.

– O *Hokey-Pokey* precisa ir *dormir* agora, Yabsira – disse ele entre os dentes. Yab talvez não entendesse inglês, mas conseguiu entender o que ele estava querendo dizer.

Em sua primeira noite como uma família, Mikki deu banho nas crianças, espalhou água-de-colônia pelo corpo delas e vestiu-as com pijamas macios e enormes. Elas saíram de suas camas e pularam na cama de casal dos pais, onde Ryan estava esparramado, exausto. Mikki desmoronou também. As crianças se moviam sem cessar, acariciando-lhes o rosto e os beijando, brincando com seus cabelos e batendo de leve em seus braços até serem vencidas pelo sono e adormecerem entre os dois.

No início daquela noite, Mikki presenteara Mekdes com uma malinha cheia de roupas novas. Nela havia conjuntos de moletom em cor pastel, macacões, blusas, pijamas, meias, roupas de baixo. Toda essa roupa não podia ser só para ela. Tudo para *ela*? Quando Mekdes compreendeu que era tudo dela, tirou rapidamente a roupa cinza do orfanato e ficou de pé diante de Mikki.

– Nua em pêlo – descreveu Mikki para Ryan mais tarde –, com um sorriso de orelha a orelha.

Tudo ficava enorme em Mekdes, mas ela adorou todas as roupas. Durante toda a semana, ela arrastou os pés em um par de tênis três números maior que o seu.

No dia da partida para os Estados Unidos, Mikki e Ryan acordaram primeiro Mekdes. Eram três horas da manhã.

– Ir Estados Unidos, mamãe? – perguntou ela excitada, enquanto vestia às pressas outra roupa nova. Então, entrou em pânico. – Yabsira, mamãe? Yabsira? Não Yabsira Estados Unidos, não Mekdes Estados Unidos. Yabsira Estados Unidos!

– É claro que Yabsira também vai – tranqüilizou Mikki.

Eles voaram por vinte horas, que pareceram um pesadelo – Ryan ficou enjoado e Yabsira, agitado: apertou tanto todos os botões do assento que a aeromoça quase arrancou o controle dos encaixes. Ele cantou, gritou e empurrou o assento da frente, empurrou a bandeja e correu para o banheiro onde havia mais botões para apertar. Felizmente, às três horas da manhã, antes da viagem, Ryan tivera a presença de espírito de enfiar o *Honkey-Ponkey* em uma meia no fundo de uma mala, que foi guardada no compartimento de carga.

Chegaram a Atlanta na tarde seguinte e, depois de quarenta e cinco minutos de estrada, chegaram à casa de Snellville. Mikki levou as crianças até o quarto de Yabsira.

– O quarto de Yabsira! – ela anunciou, dando um passo para trás para deixar as crianças absorverem as paredes pintadas de amarelo da cor do sol, ao longo da qual fora colocada uma faixa enfeitada com bolas de futebol americano. Os motivos das colchas das camas de solteiro, das placas dos interruptores e dos lustres também eram bolas de futebol americano, além de bolas de basquete e de futebol.

Mekdes tocou uma das camas e exclamou:

– Yabsira! – Depois tocou a outra e anunciou: – Mekdes!

– Não – disse Mikki, tocando a primeira e depois a outra cama: – Yabsira, Yabsira.

Alarmada, Mekdes tentou de novo:

– Yabsira, *Mekdes*?

– Venha – chamou Mikki e levou Mekdes para outro quarto, onde Ryan havia criado um jardim: paredes pintadas de verde-bandeira com uma cerca branca de estacas, de verdade, presa à parede e borboletas pintadas à mão, esvoaçando entre flores enormes.

– O quarto de Mekdes! – exclamou Mikki.

Mekdes deu um grito. Atravessando o quarto, jogou-se sobre a cama mais próxima, abraçada à colcha bordada com flores em alto-relevo. Ela levantou a cabeça e perguntou:

– Estados Unidos?

Mikki abriu a boca para explicar, mas depois disse simplesmente:

– Sim.

– *Estados Unidos* – suspirou Mekdes feliz, e pousou a cabeça.

Não é muito difícil para as crianças se adaptarem a eletricidade, encanamento, abastecimento de água potável, medicina moderna, carros, mercearias, ruas pavimentadas, áreas de recreação, escola, sapatos, bicicletas, aulas de dança e pais amorosos. O difícil – até mesmo impossível – é sobreviverem à morte de seus pais sem terem substitutos que as amem.

Para Mekdes, a transição para sua nova vida foi suave, apesar de recuos normais de confusão e tristeza. Os amigos etíope-americanos Tarik e Saba levaram a família para jantar em um restaurante etíope local assim que as crianças chegaram. Atlanta tem uma comunidade etíope de trinta mil pessoas com uma subcultura animada de igrejas, mercados, restaurantes, times de futebol americano, organizações estudantis e profissionais e festivais. No restaurante, cercados por pratos, pessoas, arte, música e cheiros da Etiópia, Yabsira enfiou as duas mãos na comida conhecida. Mekdes, espantada com a cena, retraiu-se e não conseguiu comer.

Em casa naquela noite, ela teve um ataque; ela se lastimou, gemeu e bateu o pé.

– Não é um acesso de raiva – observou Ryan para Mikki.

– É tristeza – disse Mikki.

– Mekkie, Mekkie, procure se acalmar! Mekkie, você pode contar para a mamãe qual é o problema?

Sem fôlego, afogada em lágrimas, ela negou com a cabeça, incapaz de responder.

– Mekdes, é por causa da Etiópia? – perguntou Mikki.

Mekdes se encolheu como se tivesse levado um soco. Depois, fitando com os olhos cheios de lágrimas os olhos de Mikki, concordou, inclinando a cabeça profundamente.

Naquela noite, Mekdes lamentou-se pelo país e pela família que perdera, fazendo seus pais ficarem tristes. Porém, Tarik e Saba tornaram-se uma presença constante na vida da menina. Um dia, eles a levaram, junto com o irmão, a uma festa em homenagem a um novo bebê na comunidade.

– Estas *não* são as comidas certas para comer em uma festa para um novo bebê – criticou ela, espantada. – Eles não estão tocando a música certa. Não estão usando as roupas certas.

Finalmente, impaciente, ela falou em amárico para Tarik, quando se dirigiam para casa:

– Mamãe quer que eu faça coisas etíopes com você e titia Saba; então, se vocês vierem nos buscar, vocês precisam nos levar para fazer coisas que sejam etíopes *de verdade*.

Nesse ínterim, Yabsira não conseguia mais falar em amárico.

– Eu tento falar Etiópia – disse ele – quando abro a boca, e Estados Unidos vem pra fora.

Dois meses depois de ter aterrissado em Atlanta, Mekdes ganhou uma festa de aniversário. A partir dessa data, sempre que alguém perguntava: "Mekdes, você está gostando dos Estados Unidos?", ela respondia orgulhosamente: "Mekdes gosta Estados Unidos. Estados Unidos fez Mekdes *seis.*"

No jantar, uma noite, Ryan disse:

– Esta manhã, Mekdes me parou quando estava saindo para o trabalho. Ela disse: "Papai, você faz tanto por nós... Eu tenho algo para você. Aqui, pegue isso. É para você." E me deu um dólar.

Stella Jones, mãe de Mikki, exclamou:

– Ela fez o mesmo comigo. Alguns dias atrás, ela veio ao meu quarto e disse: "Aqui, vovó. Tenho algo para você." Ela me deu cinqüenta centavos.

Yabsira não era assim tão fácil: vivia tendo acessos de raiva. Várias vezes ao dia, quando ficava contrariado com a maneira como as coisas iam – obrigado a se vestir quando não queria se vestir, obrigado a escovar os dentes quando não queria escová-los –, jogava-se no chão com raiva, tirava os sapatos e meias e os atirava longe. Enquanto Yabsira gritava, Mekdes corria de um lado para o outro em pânico. Em amárico, ela implorava a ele que se comportasse; em inglês, pedia a Mikki e Ryan: "Não gritem Yabsira."

– Sei que as pessoas se perguntam: "Como pode esse órfão, vindo de um país assolado pela pobreza, ser *mimado*?" – Ryan dizia para Mikki. – Esse garoto é *mimado.*

Quando Yabsira queria magoar Mekdes, ele entrava no seu quarto e chutava a parede bonita, fazendo com que ela chorasse. Mas ela não queria que ele fosse castigado.

– Ela está sobrecarregada – Mikki comentou com Ryan uma noite. – Hoje, falei para eles limparem seus quartos. Ela pôs mãos à obra. Yabsira ficou vadiando. Eu gritei: "Yabbie, vai trabalhar!"; em seguida, ouvi-o gritar: "Mekdes!" E Mekdes correu e limpou o quarto para ele.

Finalmente, cerca de dois meses depois da chegada das crianças, Mikki e Ryan observaram que um tipo diferente de relacionamento se estabelecera. Certo dia, Yabsira entrou no quarto de Mekdes para pegar algo dela; ela mandou que ele saísse, ele se recusou.

– Não, Yabsira – ela gritou. – Isso é meu, e você saia do meu quarto! – seguido pelo barulho da porta do quarto batida com força.

– Eu *acho* – comentou Ryan – que ela finalmente deixou de bancar a mãe dele.

Mesmo assim, Mekdes se levantava de noite por causa de Yabsira. Ele exigia que ela ficasse de guarda, protegendo-o das hienas enquanto ia ao banheiro. Hienas não vivem em Adis-Abeba, mas circulam na zona rural da Etiópia e estão presentes na música e no folclore, assustando as crianças. Todas as noites, Mekdes ficava do lado de fora do banheiro, no corredor escuro, bocejando e esfregando os olhos, garantindo a segurança de seu irmão contra as hienas de Snellville.

Mikki encontrou-a lá uma noite e se ofereceu para ficar de guarda em seu lugar. Quando Mekdes disse "sim" e voltou para a cama, Mikki ficou surpreso por Mekdes já confiar que os novos pais eram capazes de garantir a segurança de Yabsira.

O garotinho começava a se comportar e a acreditar no que todos lhe haviam contado: não havia hienas nos Estados Unidos. Então, a apresentação de dança de Mekdes trouxe más notícias. A canção alertava: "Cavem um túnel antes que as hienas cheguem." Antes que as dançarinas de sapateado pudessem executar uma mudança no sapateado, Yabsira tinha se escondido.

Mekdes mantinha viva a memória de seus primeiros pais e transmitia para seu irmão a história da família.

– Quem foi nossa mãe? – ela pergunta.

– Mulu! – ela grita, se ele hesita.

– Qual era o nome do nosso pai?

– Asnake – responde Yabsira.

– Certo – confirma Mekdes.

Quando ainda estava no apartamento em Adis-Abeba, Mekdes desenhou seis figuras em forma de bastão e as identificou: Mekdes, Yabsira, Mamãe, Papai, Mulu e Asnake. Ela pediu aos pais que as pregasse na parede do quarto.

– Mamãe, vovó tirou você da barriga ou da Etiópia? – ela perguntou, um dia.

Outro dia, ela começou uma história e parou:

– Quando eu estava com minha ma..., quer dizer, Mulu.

– Meu amor, você pode falar "mamãe" – tranqüilizou Mikki.

– *Você* gosta de Mulu, mamãe?

– Eu amo Mulu! – Mikki respondeu, e Mekdes a abraçou.

Mekdes logo contou para sua mãe sobre o dia em que sua tia a tinha levado para a casa de Haregewoin.

– Yabsira chora um pouco. Eu grito.

– Por que você chorou, meu amor? – perguntou Mikki.

– Eu não conheço *essa* Etiópia. Eu quero *minha* Etiópia com *Goshay* (vovô) e Fasika. Eu não quero Etiópia nova.

– Você estava triste – disse Mikki.

– Sem esperança, mamãe. Eu *não* tenho *esperança.*

– Ah, querida...

– Porque ninguém me contou, mamãe.

– Contou o quê?

– Que você estava aqui, nos Estados Unidos. Não vou me sentir tão triste se eu sei que você está aqui.

– Sim, eu estava aqui me aprontando, aprontando os quartos de vocês. Eu estava aqui, eu e o seu papai, esperando e nos aprontando.

– Eu choro porque não sei você chegando.

É claro que, para a maioria dos dez milhões, quinze milhões, vinte milhões de órfãos da África, ninguém está aprontando um quarto. Ninguém irá chegar.

# 53

No interior de uma casa de fazenda castigada pelo tempo, construída em meados de 1880 e localizada na zona rural de Michigan, um menininho está pulando de meias em um sofá já bem gasto. Sua boca, sem dentes, exibe um sorriso enorme (os dentes da frente, da arcada superior, apodreceram e tiveram de ser arrancados). Tem o tamanho de um menino de três anos. E, de fato, ele parece ter esta idade e se comporta como se o tivesse. Todos, com exceção da família, acreditam que ele tenha perto de três anos. Talvez tenha cinco, ou até mais. Mas a questão da idade é a última coisa a ocupar-lhe a mente.

Do lado de fora da janela de proteção suja, os campos praticamente sem cor do quase inverno: esmaecidos, o verde-brilhante dos gramados do verão e o dourado que o verão conferia ao feno, ao milho e à soja transformaram-se em palha sem brilho. Ao lamaçal formado pela neve da véspera juntaram-se o cascalho, sal da estrada e a água enlameada. A mistura se acumula nas valas existentes ao lado da estrada. Esse é típico dia de inverno mais sujo da região norte. O gelo brilhante dos laguinhos e riachos amolece e fica opaco; calhas e telhados gotejam sem parar. Os galhos das árvores sem folhas fazem um barulho surdo, batendo ao vento úmido.

No interior da velha casa de fazenda descascada, porém, o menino que não pára de pular tem um bom motivo para ficar agitado: mamãe disse que está quase na hora do desenho da tarde, *Bob Esponja*, que ele vai assistir com a irmã de cinco anos, Violet (adotada da China, quando bebê, embora o menino desconheça esse fato). Mamãe está preparando um lanche com suco, queijo *cheddar* e biscoitos *cream-cracker*; ele e Violet se sentarão juntos à mesa e em cadeiras de criança feitas de madeira e assistirão ao desenho. Sua mãe lhe lembra que os biscoitos são *ovais*, que o copo de suco é *amarelo*, que o guardanapo de papel é *quadrado*. Seus dois irmãos maiores, Dawson, de doze anos, e Tim, de quinze (ambos são filhos biológicos de seus pais, mas o menino também desconhece esse fato), prometeram que o levariam mais tarde até a entrada da garagem da casa de um amigo, para jogar basquete. Um deles talvez o levante pelos braços e o balance enquanto atravessam a pradaria, já que a bota de neve do menininho costuma ficar presa na lama gelada. Seus irmãos deixarão que ele bata a bola de basquete na entrada da garagem e o levantarão tão alto que ele terá a sensação de voar debaixo do céu raiado de cinza. A cesta enorme de metal preto surgirá à sua frente, e ele, usando de toda a força, levantará e lançará a bola grande para cima e para dentro da rede, fazendo com que os meninos mais velhos vibrem e comemorem, com o cumprimento típico de erguer o braço e bater a palma da mão na do companheiro.

Ababu, que outrora quase morrera de fome por causa de intolerância à lactose, adora o gesto de comemoração quase tanto quanto gosta de agarrar a bola gigantesca e voar nas mãos de Tom em direção à rede.

E o melhor de tudo, o mais fantástico, o milagre de todos os dias acontecerá, levando o menino a gritar e a pular freneticamente e a abrir tanto o sorriso desajeitado e desdentado que os olhos ficarão parecendo duas fendas estreitas: papai virá para casa do trabalho! Papai volta para casa do trabalho todos os dias (Dave Armistead, que tem uma barba castanho-clara e um único brinco de prata em forma de argola, camisa convencional e calças cáqui, é professor de história e de estudos sociais na escola secundária de Williamston). Assim que ouve a caminhonete na entrada da garagem, o rangido na varanda dos fundos provocado pelo atrito entre o chão e a crosta de gelo e sal agarrada nas botas de couro usada para trilhas, Ababu dispara para a cozinha, mesmo que *Bob Esponja* esteja passando na televisão, e dança quadrilha, fox-trote, sapateado, com as mãos na virilha, dança e pula de alegria porque o papai – *é, o papai!* – voltou para casa de novo.

Desde o momento em que penetra no ambiente um pouco frio dos cômodos de madeira até a hora de dormir, quando finalmente os braços presos ao seu pescoço se soltam, Dave é o alvo de um míssil humano estridente: Ababu, que fica todo esse tempo em cima dele, enfiando o rosto em seu pescoço, beijando-o, afagando sua barba. Se não em cima dele, ao seu lado, com a mãozinha sobre a manga, o ombro ou a calça de Dave, ou ainda correndo devagar ao seu lado, com os braços para cima, pedindo: "Colo? Colo?"

Ababu adora a nova mãe e os novos irmãos; sente-se à vontade com a atendente e a professora da pré-escola; gosta do *Bob Esponja*, do queijo, dos biscoitos *cream-cracker* e do quarto que divide com Violet (mantas grossas de lã cobrem os dois colchões, cheios de bichos de pelúcia velhos, cujas cabeças pendem para o lado, quase se soltando do pescoço, enquanto bonecas Barbie sem sapatos, mas trajando vestidos de baile, estão dispostas em círculo, na ponta dos pés, próximas do armário). Dave Armistead, porém, é o amor de sua vida. Tambores e trompetes deveriam ser tocados, a "Marcha Nupcial" de Mendelssohn ou a "Ode à Alegria" de Beethoven também, quando Dave chega em casa. Não existe no mundo menino mais feliz que Ababu Armistead quando papai volta do trabalho.

Agora Dave também o ama e não se arrepende; nos primeiros meses, porém, Dave confessava com melancolia para sua mulher: "Isso nem parece uma adoção. Parece que trouxe alguém para ficar de tocaia na minha vida."

Em 1º de janeiro de 2003, o soronegativo Ababu foi transferido da instituição de Haregewoin para o abrigo administrado pela organização Americans for African Adoptions (AFAA), com sede em Indianápolis, Indiana. "Eu o coloquei no chão para ver se ele se interessava pelo novo ambiente", anotou a diretora da AFAA, Cheryl Carter-Schotts, em sua ficha. "Coloquei em suas mãos um brinquedo que aparentemente o deixou encantado, pois o virava de pernas para o ar incessantemente. Quis constatar a força que ele tinha, então tentei retirar o brinquedo de suas mãos, mas ele o segurou com bastante força. Estou certa de que ele conseguirá superar essa situação."

Algumas semanas mais tarde, ela escreveu na ficha da criança: "Ababu está se desenvolvendo muito bem. Ele corre, brinca no pátio, passeia nos triciclos, consegue sair do berço e é um menininho encantador."

Susan Bennett-Armistead (uma mulher de compleição robusta e de cabelos curtos prematuramente grisalhos) é supervisora dos laboratórios do programa de Desenvolvimento Infantil da Universidade do Estado de Michigan e está quase concluindo o doutorado em alfabetização infantil; fala com franqueza, é culta, e muitos de seus trabalhos foram publicados. Dave Armistead, além de ensinar na escola secundária, já completou metade do curso de doutorado em educação. Ambos têm quarenta e dois anos e cresceram no mesmo bairro; foram namorados quando estudavam juntos na escola secundária e casaram-se em 1985. Há alguns anos, embora o orçamento estivesse apertado, eles desejaram um terceiro filho, mas Susan não engravidou. Em 1999, o casal se candidatou para adotar um bebê do sexo feminino da China. Sua antiga casa de fazenda não tinha vestíbulos e cozinhas arejados, banheiros com clarabóias e varandas envidraçadas, como as minimansões mais próximas da cidade em que muitos de seus alunos moravam; porém, guardados em caixas de plásticos havia todos os tipos de quebra-cabeças e brinquedos educativos; e todos os livros da literatura clássica infantil enchiam antigas estantes. A casa era aconchegante para crianças – Tim e Dawson eram inteligentes e queridos –, e a adoção pelo casal foi aprovada por uma assistente social.

Para levantar os recursos de que precisavam, Dave Armistead fez bico como entregador de *pizza*. Certa noite, veio um grande pedido da escola em que lecionava. Vinte ou trinta de seus alunos tinham se reunido no ginásio. Eles aplaudiram quando o sr. Armistead entrou com as *pizzas* e lhe deram uma gorjeta de setecentos dólares – que tinham arrecadado para ajudá-lo com a adoção.

Violet era uma menina requintada, uma presença delicada na família de maioria masculina. Depois dos atrasos típicos da orfandade, Violet alcançou o nível de sua faixa etária, não só em termos de desenvolvimento mas também na esfera cognitiva, e em seguida superou-o, sob a supervisão apaixonada da especialista em desenvolvimento infantil que, por coincidência, era sua mãe.

O casal Bennett-Armistead sentiu então que desejava mais um filho. De novo, levantaram recursos; desta vez apresentaram o requerimento na sede da organização Americans for African Adoptions, em Indianápolis, que tomava conta de um abrigo em Adis-Abeba. Depois esperaram.

Esperaram quase um ano para receber uma indicação. Eles haviam pedido uma criança com menos de dois anos de idade, o que na época não lhes parecera um pedido difícil.

– Doze milhões de órfãos? – Dave falou alto, uma noite, na cozinha. – E eles não conseguem encontrar uma criança para nós com menos de dois anos? – (O tom alto de Dave, um homem afável e de fala mansa, é o de um homem afável que tenta elevar o tom da voz.)

Em junho de 2004, eles foram informados por um *e-mail* enviado por Cheryl Carter-Schotts que um menino de dois anos e meio poderia ser adotado. Ela lhes contou, honestamente, que Ababu fora oferecido a outro casal, mas que este havia desistido depois de ter estudado seu perfil e o laudo médico: o casal ficara preocupado com as conseqüências, a longo prazo, da desnutrição.

– De onde eles pensavam que ele vinha? De *Connecticut*? – perguntou Dave.

No entanto, a desnutrição *traz* conseqüências devastadoras a longo prazo. A criança pode sofrer um dano irreversível provocado pela desnutrição na primeira infância, com o crescimento físico e o desenvolvimento cognitivo comprometidos. Em um relatório recente, o Banco Mundial informou que a desnutrição está retardando o desenvolvimento de mais de cem milhões de crianças pobres em todo o mundo. Susan Bennet-Armistead conhecia melhor que a maioria dos candidatos a pais o tipo de problema que aquilo poderia representar.

Porém, ela odiara a parte da adoção em que se pedia a um possível pai ou mãe que escolhesse os tipos de problemas médicos que aceitaria em uma criança e os que não aceitaria. A cada "não" que ela assinalava no questionário, pensava carinhosamente em seus próprios alunos. Quando assinalou "não" para síndrome de Down, lembrou-se de um rostinho particularmente querido de um de seus alunos. Além disso, esse tipo de lista não tinha nenhuma sutileza. Ela sabia que "lábio leporino, fenda palatina" eram relativamente fáceis de tratar nos Estados Unidos; porém, sabia também que muitas culturas afastam crianças nascidas com essas características, colocando-as em risco de ter um atraso de desenvolvimento e de sofrer dano psicológico, que exigiriam soluções mais complexas que a cirurgia plástica.

– Não vamos enlouquecer pensando demais nisso – disse Dave. – Existem também muitas incógnitas quando uma criança nasce.

E Susan concordou, acrescentando:

– É melhor partirmos do princípio de que o desenvolvimento cognitivo pode ter tido algum comprometimento.

O casal respondeu afirmativamente à indicação de Ababu pela AFAA, sem nem mesmo terem visto uma fotografia dele.

Ababu estava completamente apavorado e quieto quando foi retirado do avião por uma acompanhante da AFAA e entrou no aeroporto Washington-Dulles no dia 14 de março de 2005. A família Bennett-Armistead viajara nove horas de carro, cantando alegremente enquanto percorria os quase mil quilômetros até Washington, D.C., para pegá-lo, ansiosa para começar a usufruir o prazer provocado pelo aumento da família.

– Ele parece uma corujinha – disse Dave –, com esses olhos enormes e redondos.

Para as crianças, ele parecia um ET, com uma cabeça imensa e um corpo fino e estreito. Além do mais, andava como um ET, no aeroporto acarpetado, inclinando-se e balançando bastante sobre as pernas mirradas.

No longo caminho de volta para casa, todos observaram o pequeno e silencioso Ababu, amarrado na cadeirinha do carro, olhando para fora da janela e chorando em silêncio. Ele não fazia barulho, porém as lágrimas escorriam de seus olhos tristes. Se alguém lhe oferecia um brinquedo ou um lanche, ele levava um susto, virava os lábios para baixo, e o choro abundante e silencioso aumentava. A família viajou ao seu lado por todas as cidades e paisagens estranhas, sabendo que ele deveria estar se sentindo completamente só no mundo. A alegre viagem de carro virou tristeza.

Nas longas auto-estradas através da Pensilvânia e Ohio, a pergunta "O que fizemos?" martelava a cabeça de cada um.

Essa pergunta podia ser subdivida em: "O que fizemos a ele?" e "O que fizemos à nossa família?"

– Ele age como se tivesse um ano e meio de idade – Dave comentou com Susan alguns dias depois. – Tudo bem, ele tem dois anos e meio, mas age como se tivesse um ano e meio. Não é tão ruim, é? Não é incontornável. Vamos superar essa diferença com facilidade.

Refletindo, ela evitou fazer comentários.

Para a chegada de Ababu, Dave arranjara uma licença-paternidade de seis semanas; ele voltaria a trabalhar durante as últimas seis semanas do semestre e depois ficaria em casa com os filhos no restante do verão. A partir daquela primeira manhã de segunda-feira, sua vida mudou radicalmente, de professor popular de história a papai caseiro. Ele imaginara que, durante esse período de lazer (como poderia ser difícil tomar conta de um menino pequeno em comparação às horas que passava nas salas de aula com trinta adolescentes?), ele poria em dia seu próprio trabalho acadêmico, desenvolveria novos planos de aulas, *leria*. No entanto, o menino careca e frenético o consumia.

No final de sua primeira semana nos Estados Unidos – em meio à paisagem extraterrestre de campos, ruas calçadas, lojas enormes com iluminação feérica e pessoas estranhamente brancas que falavam uma língua estranha –, Ababu só identificava Dave. Ele era seu vínculo com comida, água, calor, roupas secas, com o exterior e com o interior. Nos braços de Dave, Ababu bebia o copo de leite (não tinha mais alergia a lactose), era carregado de um cômodo para o outro e era colocado sobre uma toalha para trocar a fralda, era lavado em água morna e deixado algum tempo brincando na banheira com os brinquedos. Seu mergulho existencial, através do espaço e do tempo, através do oceano Atlântico, através de fusos horários e continentes e da diversidade das raças humanas, terminava na solidez que encontrava em Dave Armistead, e Ababu não o largaria.

Entre os primeiros sons que emitira estava um nome para Dave: *Abada*, uma palavra que cunhara, juntando *abat* do amárico e *daddy* (papai) do inglês. (Ele nunca tivera antes um *abat*, mal conhecera homens adultos na Etiópia.)

Ele iniciava as manhãs levantando os braços para Dave e somente o largava doze horas depois, triste e resmungando baixinho, quando Dave tentava se desvencilhar na hora em que ia dormir. Então Ababu queria que Dave permanecesse por perto até ele adormecer.

– Ele é mais um bebê do que uma criança – Dave falou para Susan à noite. – Quando tento deitá-lo, suas reações são *exageradas*.

– Estou completamente exausto – queixou-se Dave na sua segunda semana em casa. – Não sei se posso fazer isso. Ele pesa uns quinze quilos. Fica em cima de mim o *dia inteiro*.

– Ele é *forte* e resistente, não é *frágil* – disse Dave outra noite. – Hoje à tarde ele teve um acesso de raiva na sala de jantar, e eu tentei levantá-lo, mas ele se agarrou na cadeira pesada de madeira e levou-a junto com ele para fora da sala.

Era assustadora a desconfiança cada vez maior de que o menino carente e pequeno que aparentemente não conseguia controlar suas necessidades fisiológicas não tinha dois anos, mas cinco ou cinco e meio, a mesma idade da precoce Violet, que se comportava como uma dama.

– Ababu já escolhe as palavras quando quer dizer algo – observou Susan um dia. Ele agora falava coisas como "Vem cá" e "Cima" e "Olha só".

– Isso é bom, não? – Dave perguntou.

– É bom, mas... não é uma habilidade de uma criança de dois anos. É a habilidade de uma criança mais velha quando aprende um segundo idioma. Ele não confunde "Ababuvocêquerumcopodeleite?" com uma porção de sílabas sem sentido ou uma única palavra. Ele se vira rapidamente e responde: "Quero leite." Ele apreende o conceito das palavras, que as coisas têm nomes, que uma seqüência de sons saídos da boca de alguém tem um significado específico.

– O que isso significa? – quis saber Dave.

– Significa que este não é seu primeiro idioma. Significa que ele dominou antes um outro idioma o suficiente para entender os fundamentos da fala. Significa que ele não é um menino de dois anos tentando aprender um idioma pela primeira vez.

Uma noite, durante aquele primeiro mês, a família foi a um concerto de uma banda infantil em Ann Arbor.

– Olhe para Ababu – Susan sussurrou para Dave. Ababu estava sentado entre os dois.

– Ele está apreciando a música! – concluiu Dave. Estava se balançando no ritmo da música e batendo palmas.

– Veja como ele bate palmas.

– Como?

Ababu batia palmas fora do compasso.

– Ele está sincopando – explicou Susan.

A síncope é a acentuação de contratempos, ou seja, os tempos fracos do compasso, os tempos que quase não se escutam em um compasso musical.

– Ótimo – disse Dave.

– Uma criança de dois anos não consegue fazer isso. Ela tem que ter cinco anos para conseguir.

Eles o observaram juntos.

– Estou achando – continuou Susan – que um menino de dois anos e meio *não* é assim.

Embora a primavera em Michigan geralmente assinale o *fim* da "febre da cabana" (condição em que as pessoas afetadas desenvolvem irritabilidade e inquietação provocada por um período longo de confinamento), Dave estava apenas no começo. Ele se sentia um prisioneiro em sua própria casa, prisioneiro do menino exigente, pronto a ter um acesso e que vivia agarrado nele.

Tentou seguir o conselho de Susan de "pagar para ver"; mas nas horas intermináveis de todos os dias, andando em círculos pequenos e intermináveis dentro da casa apertada com Ababu nos braços ou montado em suas costas, uma única dúvida o perseguia. "Qual o nível de seu comprometimento cognitivo? Será que ele sofre também de uma doença mental? Será que tem autismo? Será que adotamos uma criança com um distúrbio semelhante ao do quadro de autismo?"

Um dia, Dave o deixou por algumas horas na antiga creche de Violet, mas Ababu urrou indignado; ficou furioso, em pânico e magoado; não deixou que o segurassem ou o reconfortassem; encheu a fralda de diarréia, mas não deixou ninguém se aproximar para trocá-la. Durante a maior parte das três horas, gritou até ficar rouco e rolou no chão, empesteando a salinha colorida, repleta de cartazes com cantigas animadas de jardim-de-infância, até Dave voltar. Então Ababu atravessou correndo a sala e se jogou nos braços de Dave, que pôde sentir as batidas do coração do menino através da jaqueta. Foram necessárias algumas horas para ele se acalmar, para recuperar o fôlego. Foi um revés no relacionamento entre os dois. Depois disso, Ababu não conseguia ficar sentado na mesa da sala de jantar se Dave fosse até a cozinha esquentar uma travessa de macarrão no microondas; tinha de acompanhá-lo. Durante dias, ele dirigiu a Dave um olhar de reprovação.

– Qual será o grau de retardo que ele *apresenta*? – Dave perguntou a Susan, ele mesmo com olhar de reprovação.

– É difícil julgar, uma vez que não sabemos quantos anos ele tem. A certidão de nascimento que nos deram diz 13 de maio de 2002, mas essa data simplesmente não é possível. Além disso, preciso que ele fale uma língua para fazer testes cognitivos, e ele não domina uma língua. Será que chegou a falar amárico?

– Sabe de uma coisa? Ele fica o dia todo pondo as mãos dentro das fraldas, das fraldas sujas de *cocô* – contou Dave certa noite. – O cheiro é insuportável, e ele espalha no corpo inteiro, nas mãos e nas roupas. Hoje tive que lhe dar três banhos.

Em outra noite, ele comentou:

– Existe algo *realmente* errado com ele.

– Ainda não sabemos – disse Susan.

Dave, porém, estava entrando em depressão. Que erro involuntário em alguma papelada, que reviravolta do mundo teria feito esse órfão de Adis-Abeba aterrissar na cozinha de Dave Armistead? *Eu adoro ensinar*, ele pensava, enquanto andava cambaleante em volta da casa ou no quintal, com Ababu sufocando-o. *Adoro história. Adoro dar aulas de história no ensino secundário. Eu troquei aquilo por isto?*

À noite, Dave tombava de bruços na cama. A família entrara em uma espécie de confinamento. Os amigos e parentes eram mantidos afastados – Ababu era imprevisível demais e estava sobrecarregado demais para correr o risco de receber e acumular mais estímulos. No começo da noite, Susan entabulava uma conversa alegre, como se tudo estivesse normal, porém nada parecia normal.

Os outros membros da família de Dave pareciam se contentar em permanecer afastados. A adoção de um africano não lhes parecia um projeto racional. Alguns parentes se queixavam de que não conseguiam nem mesmo pronunciar *Ababu*.

Certa noite, no telefone, Susan ouviu Dave, exasperado, perguntar à mãe: "Você consegue pronunciar *banana*? É parecido. Qual é o problema?"

Uma metáfora popular, na literatura da adoção, compara um núcleo familiar a um móbile. Prender um elemento adicional a um trabalho de arte delicado suspenso requer um ajuste de todas as partes. Mesmo o acréscimo de um bebê recém-nascido (por nascimento ou adoção) desequilibra uma família. Acrescentar uma criança mais velha vinda de um país distante e que talvez apresente comprometimento e trauma tem um efeito dramático sobre os fios e cordas da metáfora. Pode levar muito tempo para que o móbile familiar reencontre sua leveza e equilíbrio.

Enquanto tudo parece ainda emaranhado e estranho, a adoção soa como um erro, como se a família não fosse se recuperar. Susan e Dave se perguntavam secretamente: "O que estávamos *pensando*?", porém nenhum deles ia tão longe a ponto de admitir em voz alta para o outro: "Foi um erro." Susan se proibiu de fazer uma avaliação profissional negativa de Ababu; nesse momento, ela precisava ser mãe e esposa, não uma especialista em desenvolvimento infantil. E Dave ficou aliviado pela recusa de Susan em pronunciar com todas as letras a perspectiva sombria de uma jornada difícil pelo resto de suas vidas.

*A perspectiva médica está interessada em determinar a idade cronológica da criança; evidentemente, podemos fazer uma conjectura fundamentada analisando a arcada dentária e os ossos; contudo, estou mais interessada em observar a criança que está na minha frente*, ela pensou. *Não estou preparada para fazer um prognóstico. Um comprometimento cognitivo pode resultar em uma incapacidade de longo prazo; ainda não estou pronta para fazer essa afirmação a respeito de Ababu.*

Para Dave, ela disse: – Não estou ainda convencida de que tenho de me preocupar. Posso oferecer a ajuda que ele precisa sem ter de rotulá-lo.

Susan assumiu Ababu nas últimas seis semanas do semestre de Dave. Este, porém, sabia o que o aguardava quando chegasse em casa todos os dias, e o que o aguardava no longo verão pela frente, e o que o aguardava nos *anos* à frente, e não tinha certeza de que teria forças para agüentar a situação.

Susan destacou o progresso que *ela* já estava vendo, as mudanças em Ababu. Por exemplo, no começo Tim e Dawson tinham medo de brincar com Ababu, ele parecia muito instável e frágil, e seu andar cambaleante os assustava. Mas então os vizinhos deram uma antiga cama elástica para a família, e Ababu – inicialmente temeroso de subir no brinquedo – logo percebeu como era divertido, e todos os dias ficava horas pulando. Suas pernas ficaram mais fortes, seu andar ficou normal, e ele começou a fazer bagunça com os irmãos. Logo não havia quase nada de que gostasse mais (a não ser sentar no colo de Dave) do que rolar no chão, nas camas ou na cama elástica, brincando de lutar com Tim e Dawson.

Ele aprendeu a esperar sua vez, em vez de tomar os brinquedos de Violet. Aprendeu a ficar sentado e permanecer sentado durante a refeição, em vez de agarrar a comida e sair correndo com ela. Seu vocabulário aumentou.

Um dia, disse para Dave:

– Eu zangado – e franziu a testa e o olhou com uma expressão de mau humor para ilustrar o que estava querendo dizer.

Dave ficou surpreso e emocionado: Ababu tinha acabado de expressar seus sentimentos com palavras em vez de ter um acesso de raiva, gritando e se debatendo. Então se deu conta de que não tinha visto um acesso de birra fazia mais de uma semana. Subitamente sentiu que havia uma pessoa de verdade ali dentro; havia uma pequena mente que começava a despertar.

Todos os dias, pouco a pouco, Ababu amadurecia. Aprendia a conviver em família. Captava seus ritmos e o que era engraçado, permitido e proibido. Sabia a hora certa do café-da-manhã e da higiene diária; de jantar e de dormir. No carro, você entra na cadeirinha e espere que alguém prenda o cinto. Na mercearia, você fica sentado no carrinho e mantém as mãos para dentro. No estacionamento, você segura a mão da mamãe ou do papai. Ninguém gosta de ver seus ataques de raiva, e não é assim que você vai conseguir o que quer, então é melhor não tê-los. Você não pode entrar no quarto de Tim e Dawson e apertar os botões de seus aparelhos eletrônicos a menos que seja convidado. Violet não gosta que você arranque as cabeças de suas bonecas Barbie. Papai prefere que você não examine como estão suas fraldas com as mãos.

A mãe de Susan, Janice Bennett, hesitara em fazer uma visita. Dera à família algumas semanas para que os laços fossem criados, sem que houvesse interferência externa; mas também tinha receio de que não sentisse afeto pelo pequeno estranho, de que não descobrisse em si própria o mesmo amor que sentia por Tim, Dawson e Violet e pelos outros netos. Ela tentara com tato, porém em vão, advertir a filha *extremamente* bem-educada e, *obviamente*, uma especialista nessas questões:

– Você vai trazer uma criança africana para este mundo branco como o lírio? Você acha que as pessoas vão aceitá-la?

Agora, Susan convidara a mãe para conhecer seu mais novo neto. Ansiosa, Janice Bennett avançou vagarosamente pelo vestíbulo, segurando no alto um brinquedo novo que trouxera, meio como uma oferenda de paz e meio para repelir o que estivesse vindo em sua direção. Abriu timidamente a porta do quarto de Ababu e Violet. Ababu deu um pulo e correu em sua direção com os braços abertos e o enorme sorriso desdentado. Correu todo o caminho até chegar aos seus braços. Ela ficou encantada.

Alguns dias mais tarde, Janice Bennett foi de carro com Susan levar Ababu para uma consulta médica. Ababu chamou:

– Vaaa! – de seu assento no carro. Ele estava chamando a avó. Quando ela se virou, seus olhos se encontraram.

– Sabe, nós conseguimos nos relacionar – ela contou ao genro naquela noite, maravilhada. – Nós realmente conseguimos nos relacionar...

Agora, quando Janice os visita, é *ela* que entra na casa com os braços abertos e um sorriso enorme, chamando:

– Onde está o meu menino?

– Se, quando chegou, Ababu agia como um bebê de um ano e meio, eu diria que agora ele age mais como uma criança de três anos, você concorda? – perguntou Dave, certa noite. – Em apenas seis meses. Não é impressionante esse progresso?

Susan tinha de concordar que era.

– Ele está mudando e amadurecendo tão rápido... É como se você conseguisse *ver* essa mudança acontecendo – disse Dave.

– Agora ele já conta com cerca de cem palavras para se expressar – disse Susan. – Talvez entenda umas mil.

Às vezes, eles observavam que Ababu ficava imóvel e parecia olhar para longe, a meia distância, como se estivesse se lembrando.

Talvez estivesse tentando unir as duas metades incompatíveis de sua vida, tentando descobrir como saíra de *lá* (órfão, molhado e faminto) para *cá* (usando pijamas de flanela e meias felpudas, sendo colocado na cama e esperando por uma história na hora de dormir).

Ele agora é uma criança bonita, com cabelo macio encaracolado e cílios espessos, olhos brilhantes e alegres e um sorriso gigantesco. Vestindo o macacão de *jeans* azul, botas amarelas, agasalho vermelho e boné azul com cobertura felpuda para orelha, não existe menino mais engraçadinho em todo o Michigan.

– Talvez ele *não* tenha "necessidades especiais" – disse Dave certa noite. – Vamos dizer que ele tenha "necessidades únicas".

Ababu *é* único. Não são muitas crianças que percorrem o caminho de órfão faminto africano à beira da morte a filho bem alimentado e amado de pais professores que perguntam, em voz alta:

– Você quer seu suco de maçã no copo *rosa* ou no copo *verde*, Ababu?

Como poderia haver um prognóstico quando tão poucos percorreram antes essa estrada?

Recentemente, Dave contou a Susan:

– Eu realmente não me preocupo mais. Se for verdade que um lar estruturado nos garante vinte pontos de QI, e o Ababu tiver pelo menos oitenta, estamos bem. Acho realmente que todos os seus cilindros estão tinindo.

Independentemente dos desafios físicos e cognitivos que Ababu venha a enfrentar, uma coisa é clara: o que ele tem em abundância é a capacidade de amar. Amor foi a única coisa que sua primeira mãe e a bisavó podiam lhe dar; ele aprendeu mais sobre o amor com Haregewoin; e ele ama Dave, Susan, Tim, Dawson e Violet do fundo do coração.

– Vocês vão trocar seu nome? – muitas pessoas lhes perguntam.

– Não – responde Susan. – Ele não era um bebê, como Violet, quando chegou. Ele sabia qual era o seu nome. Sua mãe de nascença lhe deu esse nome, e nós o respeitaremos. Ele só trouxe o nome consigo. Além do mais, o nome é ele; é quem ele é: ele é Ababu.

# 54

EM PHOENIX, Arizona, mesmo depois de escurecer, o calor do meio do verão continua a torrar a grama amarela que sobrou nos pátios, as passagens recobertas por cascalho e as pontas perigosas dos arbustos de iúcas. Janelas com vidros duplos e portas fechadas de garagem bloqueiam o calor do deserto. No que foi deixado do lado de fora – uma mangueira enrolada, uma bicicleta, uma bola de futebol – não dá para encostar de tão quente. Alguém deve ter encomendado esse calor por quilômetro cúbico, e a encomenda foi entregue; agora ele está aqui e pode ser sentido como uma terceira presença, distinta do céu e da terra. Por trás das persianas e cortinas, das salas com ar-condicionado, as pessoas olham de suas janelas e o vêem em sua monstruosidade invisível. Nove da noite, 42 °C. Fora da cidade, no deserto de Sonoran, 55 °C.

Na parte de trás de uma casa com telhado vermelho, em uma ruazinha sem saída, há uma piscina pequena e redonda. Fachos de luz se erguem através da água, vindos de lâmpadas submersas. A mãe está sentada em uma cadeira dobrável, na beirada do quintal de cimento molhado, segurando uma toalha seca no colo. O pai de meia-idade, cujo tronco se assemelha a um barril, está de pé com a água morna pela cintura. Da borda da piscina, um menininho de sunga com motivos tropicais se projeta no ar, como se tivesse sido catapultado, cai feito uma bala de canhão desordenada e afunda como uma pedra.

Da cadeira de praia, a mãe endireita as costas e, inclinando-se levemente, observa atentamente a cena.

O pai – treinador de luta romana na escola secundária – mergulha as duas mãos abaixo da superfície cheia de bolhas, como se fosse o rei Midas fazendo escavações em uma pilha de ouro, e levanta o menino escorregadio.

– Consegui! Consegui! Você viu, papai? Mamãe, você viu?

– Vi, sim! – confirma a mãe. Ela usa uma camiseta curta branca, sem mangas, bermudas e sandálias douradas. O cabelo parece uma cascata de caracóis louros longos. O rosto e os braços são rosados, cobertos de sardas provocadas pela exposição ao sol durante o ano todo. Ela está pensando: *É claro que vi você! Não consigo tirar os olhos de você. Não tenho olhado para mais nada além de você desde a sua chegada.*

– De novo? – grita o menino; e, antes que a mãe possa lembrar que está na hora de dormir e o pai possa dizer "Chega", ele dá uma cambalhota, desaparece em uma explosão de bolhas e é pescado do fundo mais uma vez. O pai e o filho soltam uma gargalhada, encharcados. Então se abraçam, o cabelo puxado para trás, brilhante como o pêlo de uma foca. A mãe relaxa.

Os dois americanos brancos, Karen e Bill Cheney, se conheceram depois do fracasso dos primeiros casamentos, divórcios e longos períodos de solidão. Ela é enfermeira, e ele coordena o treinamento do atendimento do banco de sangue, além de exercer a função de treinador de luta romana. Eles se conheceram em um hospital de Phoenix. Ela era exuberante, bonita e muito alegre; ele tinha bom coração e era calmo. Casaram-se em 1994, quando ela tinha trinta anos e ele, trinta e três. O filho de Bill, de seu primeiro casamento, cresceu e se tornou um jovem agradável; atualmente está servindo na Academia Naval. Karen e Bill viveram juntos, em sossego, até que esse menino etíope maravilhoso entrou feito um furacão em suas vidas.

O homem subiu os degraus da piscina com o menino de três anos no ombro e o entregou para a mãe; ela o envolveu como um bebê na toalha felpuda e o levou para tomar um banho rápido no andar de cima. Ela vai dar uma boa lavada em seu cabelo, espalhar óleo para bebês em seu peito forte, braços redondos e atrás de suas pequenas orelhas pontudas; fechará os botões de seu pijama de manga curta e sentará ao seu lado até que ele adormeça.

O nome do menino é William Mintesinot Eskender Cheney. Minty foi o primeiro menino que vi ser arrancado da rua por Haregewoin.

Em 2003, Karen foi chamada à unidade da terapia intensiva pediátrica, onde deparou com o pior caso de sua vida: Samuail, um menino de quatorze meses que tinha sido enfiado na água fervendo pela mãe perturbada e furiosa. Era o castigo, ela explicou mais tarde, por ter se empanturrado de comida e depois ter vomitado no tapete novo. Ele era o mais novo dos sete filhos.

*As pernas parecem uma galinha cozida*, observou Karen. Além das queimaduras de terceiro grau nos pés e pernas, havia marcas de mordidas humanas, diversas equimoses, marcas de dedo e de palmadas. *Pior do que as marcas de abuso físico é ele ter desistido por completo. Decidiu não viver mais. Não responde a nada.*

A criancinha só reagia quando a mãe o visitava, antes de ser presa: ele tremia de medo dela.

Karen ficava depois do horário de trabalho sentada com Samuail; dava-lhe de comer com a colher e apresentou-o a Bill. A criança começou timidamente a se abrir para ela, embora entrasse em pânico cada vez que deixavam sua mãe entrar no quarto do hospital. Finalmente a mulher foi presa. Karen foi testemunha no julgamento da ação penal. Uma noite, chegou em casa triste e disse:

– Ela recebeu uma pena de nove meses, com tempo livre para continuar a dar aulas de piano.

Bill e Karen Cheney pediram para serem analisados como pais adotivos para o bebê quando ele fosse liberado do hospital. Queriam adotá-lo, depois de expirados os direitos de paternidade, e a assistente social do menino estimulou-os a dar entrada no pedido.

Em nome da "unidade familiar", o juiz devolveu Samuail para sua família. Foi concedida a guarda para a tia materna.

O casal Cheney temeu pelo menino, além de ficarem arrasados.

Quando chegaram em casa, vindos do tribunal depois de terem perdido Samuail, Bill disse:

– Chega. Nunca mais me peça que faça isso de novo.

*Eu achei que Deus estava me guiando para adotar esse menino*, Karen pensou. *Não consigo mais confiar em Deus.*

Com o tempo, ela pensou: *Eu entendi errado, eu me enganei.*

Depois de passar mais tempo, ela tentou aprender com a história de Moisés, que disse a Deus: *O Senhor não me quer.*

E Deus respondeu: *Quero sim.*

– Eu acho que talvez exista outra criança em algum lugar para nós – disse ela, cautelosamente, a Bill.

Ele respondeu:

– Nem pensar.

Mesmo assim, ela procurou se informar a respeito de uma adoção internacional. Achou a organização Americans for African Adoptions (AFAA), sediada em Indianápolis, que providenciava adoções da Etiópia. Mais uma vez, tocou no assunto com Bill.

– Não vou conseguir passar por esse processo de novo – disse ele.

– Talvez desta vez seja diferente – insistiu ela. – A criança seria nossa. Ninguém poderia retirá-la de nós. Por favor, pelo menos pense no assunto.

Ele balançou a cabeça.

Com seus botões, remoeu a questão da idade: *Ser pai de novo aos quarenta e quatro anos? Isso não vai dar certo.*

Na igreja, começou a reparar nas crianças adotadas. Perguntou a parceiros da congregação a idade que eles tinham ao adotar seus filhos. Alguns responderam:

– Em torno de quarenta anos.

– É o seguinte – Bill disse a Karen certa manhã. – Acho que estou mudando de idéia.

Eles deram entrada na AFAA com um pedido para adotar um menininho. Como Samuail.

Alguns meses depois, Cheryl Carter-Schotts, a diretora da AFAA, telefonou para o casal e informou:

– Temos um menininho, mas ele é mais velho do que o que vocês estão procurando. Ele tem três ou quatro anos.

Era órfão, os pais haviam morrido de aids, o laudo do seu exame médico era bom, e ele conseguia fazer rabiscos com lápis de cor.

Eles aceitaram.

Mal tiveram tempo de festejar, de estudar as fotos, de contar para os amigos e para a família ("Um menino negro?", alguns perguntaram, preocupados) e de começar a preparar o quarto da criança, quando receberam uma estranha notícia: o pai de Mintesinot, Eskender, ainda estava vivo. Morava nas ruas e estava morrendo de aids.

Subitamente, os Cheney passaram a duvidar de que o menino seria deles. Ele não era órfão. *Será que me enganei de novo?*

Eles levaram uma noite para se decidir. Compreenderam que a decisão que tomassem poderia fazer com que o filho fosse devolvido para o pai, em vez de ser dado a eles. Eles sabiam que, se assumissem o tratamento para toda a vida de um homem que vivia com HIV/aids, os recursos que possuíam, necessários para concluir uma adoção, se esgotariam. Acharam, porém, que essa era a atitude correta.

O casal Cheney enviou um *e-mail* para a AFAA: "Gostaríamos de pagar o tratamento médico e os medicamentos mensais contra o HIV para o pai de Mintesinot."

Novo telefonema de Cheryl Carter-Schotts: tarde demais. Eskender estava morto.

Em março de 2005, acompanhado por um funcionário da AFAA, Mintesinot embarcou no avião para a longa viagem de Adis-Abeba para o Cairo, do Cairo para Frankfurt e, finalmente, para Los Angeles. Tinham-lhe entregado fotografias de seus novos pais, e ele reconheceu os Cheney assim que os viu no aeroporto de L.A.: Mamãe, Papai. Na casa nova em Phoenix, havia muito a examinar: a mangueira no pátio da frente e como, girando a torneira, a água saía. Era algo magnífico. Tão magnífico, mas de um jeito diferente, quanto o secador preso à tomada da parede do banheiro de cima. Bastava virar o botão, que o ar quente saía do bocal e aquecia o rosto. Ele riu muito disso (*Com esse calor?*, ele deve ter se perguntado. *Eles precisam de um aparelho para fazer ar quente aqui?*). Bastava apertar um botão da TV gigante, e o desenho da Pocahontas começava a passar. Se o pai o levantasse bem alto, ele conseguia apertar um botão para fazer a porta grande da garagem subir num estrondo.

Ele juntou suas roupas novas nos braços e as beijou. O mesmo com os sapatos novos; cada sapato ganhou um beijo. Depois de vestir uma roupa nova – uma camiseta listrada brilhante e um macacão curto de *jeans* –, ele correu até o espelho comprido do quarto dos pais e beijou sua imagem. Lá embaixo, tinha um armário cheio de brinquedos – um carrinho cheio de blocos de madeira, ABCs magnéticos, quebra-cabeças do Mickey –, e ele podia abrir a porta desse armário sempre que quisesse, exceto na hora de dormir. E era nessa hora que ele mais queria abrir a porta.

Ele achou que papel higiênico era uma idéia engraçada.

Ele adorava relógios de punho.

– Do Minty!

– Não, Minty, esse é o relógio da mamãe!

– Do Minty!

– Leve de volta para o quarto da mamãe.

– Não! – ele gritava. – Do Minty! – mas subia, batendo o pé, para devolver o relógio.

E voltava com outro ainda mais sofisticado.

– Do Minty?

Seus pais lhe compraram uma mala com rodinhas, em miniatura, para sua primeira viagem à Disney. Ele atravessou o aeroporto com ela na cabeça no estilo africano.

Um mês e meio depois da chegada de Mintesinot, Karen disse para Bill, uma noite:

– Eu me preparei demais para a pior transição possível. Li muito sobre distúrbios afetivos, distúrbios de estresse pós-traumático, tristeza infantil. E esqueci de pensar num garoto normal. O que devo fazer agora?

– Ele conseguiu se safar, por enquanto... – Bill acrescentou. Bill passava as tardes no ginásio da escola secundária com todo tipo de menino adolescente.

Mesmo assim, Karen procurou na biblioteca livros sobre como educar uma criança americana normal de classe média. Aprendeu a contar até três depois de dar uma ordem e se preparar para estabelecer uma conseqüência leve, como a proibição de sair, se a criança deixasse de cumprir a ordem até o final da contagem.

– Eu quase nunca passo do dois – queixou-se ela para Bill, na hora de dormir.

– Espere só. Dê-lhe tempo. Ainda não vimos o pior.

Três meses depois da chegada, o comportamento de Minty estava melhorando em vez de piorar.

– E então? – ela perguntou uma noite.

– É isso – respondeu Bill. – É assim que ele é.

– Ele é um menininho maravilhoso! – ela exclamou.

– Ele é impressionante.

– Ele é canhoto! – ela se surpreendeu.

– Ele é extremamente atlético. Consegue chutar e arremessar a bola...

– Ele vai ser lutador de luta romana! – disse ela.

– Do primeiro time. Você reparou nos ombros?

À noite, numa salinha, Minty gemia com os abdominais e aprendia golpes de luta romana com o pai.

– Bill? Minty derrubou duas menininhas na igreja esta manhã – contou Karen, uma tarde de domingo.

– Eu sei! – disse Bill. – Você reparou na técnica?

– Bill!

– Ok. Vou conversar com ele sobre isso. Mas você reparou na técnica?

Um dia, eles levaram Minty de carro a um zoológico de animais domésticos; ao ver as cabras, ele ficou entusiasmado.

– Vejam! – gritou. – Lembram da Etiópia? Nós vamos Etiópia?

– Sim, iremos um dia, quando você for um pouco mais velho – eles prometeram.

– Ir e voltar logo para casa?

– Sim, iremos e voltaremos logo para casa.

Em outro dia, ele contou a Karen:

– Minha mãe me carregava nas costas.

– Como você ia ao banheiro? – ela perguntou. – Você fazia na rua?

– Não, mamãe – disse ele, em tom de desaprovação.

– Fazia onde, então?

Como se fosse óbvio, ele replicou:

– Nas calças.

Uma tarde, Karen estava descansando no sofá quando Minty saltou sobre ela para perguntar:

– Mamãe, deitar ao seu lado?

– Claro!

– Ele subiu em cima dela e pousou a cabeça sobre seu peito.

– Era assim que você se deitava com *Abi* e *Enat*? – perguntou Karen.

Com um sorriso ansioso, ele fez que sim.

– Em cima de sua mãe ou em cima de seu pai?

Ainda sorrindo, ele respondeu:

– *Enat.*

– Você estava perto quando *Enat* morreu? – Karen perguntou ao menino de três anos.

Ele ficou triste e fez que sim com a cabeça.

– O que *Enat* disse?
– *Enat* ai, dói, chorou – disse Minty.

Numa tarde de inverno, o casal Cheney fez uma fogueira no quintal dos fundos, e Minty ficou entusiasmado.

– Vocês acendiam fogueira na Etiópia, Minty? – eles perguntaram.

– Sim – respondeu ele, com um olhar distante e imóvel. – Meu pai fazia fogueiras.

– Ele fazia fogueiras para manter você e sua mamãe etíope aquecidos?

Minty respondeu afirmativamente de novo, com o mesmo sorriso distante.

Mais tarde, naquela noite, Bill pegou a mão de Minty e desceu com ele até a rua escura junto ao canal, para procurar uma bola perdida de beisebol. Minty correu na frente, e Bill o chamou para lhe dar a mão.

– Precisamos ficar de mãos dadas para que ninguém nos leve, papai? – quis saber Minty, voltando correndo.

– Senti um frio no peito – Bill contou para Karen, mais tarde. – Imaginei se ele estaria pensando em seu último dia com Eskender.

Ele tranqüilizou o menino:

– Ninguém vai nos levar, Minty, mas ainda assim continuo achando uma boa idéia ficarmos de mãos dadas.

Antes da chegada de seu filho, o casal Cheney recebera uma fotografia de Eskender e Mintesinot de pé, juntos, próximo do pequeno cercado na calçada feito de latas e trapos. Karen emoldurou a fotografia e a colocou na estante ao lado da cama de Minty, aguardando a chegada do menino.

Fazia dois meses que Mintesinot vivia nos Estados Unidos com seus novos pais – ele passava aos pulos pela fotografia, todas as noites e todas as manhãs – sem vê-la. Subitamente, uma noite, abriu a boca escancarada em surpresa e alegria.

– *Abi*! Meu pai! – ele gritou alto. Apanhou a fotografia, examinou a figura do homem atentamente e, em seguida, a beijou.

# 55

EM SEU QUARTO, numa manhã agradável de segunda-feira de fevereiro de 2006, Haregewoin sentou-se na cama junto com seus documentos importantes espalhados a sua volta; os pés, estendidos e afastados no chão de cimento, estavam calçados em sandálias. O telefone da casa estava em uma cadeira de cozinha ao seu lado; o celular tocou, produzindo um som estridente vindo do bolso de seu vestido caseiro.

– Alô? *Abet*? – ela ouviu atentamente; em seguida começou a rir, fazendo com que seus olhos se apertassem, inclinando-se para a frente e para trás, não conseguindo conter o riso.

Sentadas no chão, a seus pés, três meninas em idade pré-escolar, novas demais para atravessarem correndo os portões a cada manhã junto com todas as outras crianças que iam para a escola vestindo casaco marrom com decote em V. O trio estava sentado calmamente no chão ensolarado, observando-a. Elas a olhavam como crianças olham um programa matinal educativo na televisão, por exemplo o *Mister Roger's Neighborhood* ou Vila Sésamo. Olhavam-na com adoração. Observavam o celular deslizar para fora do bolso e ser aberto; observavam quando era fechado e devolvido ao bolso; observavam quando ela fazia uma anotação com um lápis no bloco de notas. Com as pernas cruzadas, observavam e rapidamente se aproximavam mais. Sentiam-se felizes por ter uma mãe de novo, ou – como Haregewoin sugeriu que lhe chamassem – uma avó, *Emama*. O cabelo curto e espesso agora está grisalho, e ela não o pinta mais. De vez em quando, olha para as crianças por cima da folha de papel em suas mãos, por cima de seus óculos de leitura; um simples olhar seu provoca risinhos nelas e faz com que se aproximem ainda mais dela.

Os documentos que estava lendo eram cartas de apoio, de liberação, de exoneração, de permissão para continuar seu trabalho.

O primeiro vislumbre de esperança chegara em uma carta do Ministério da Justiça postada em 2 de janeiro de 2006.

Ela dizia (na tradução oficial):

> Cabe lembrar que, com base em informações recebidas sobre sua organização, o comitê que foi formado por nossa organização está encarregado de investigar os problemas operacionais, organizacionais, de assistência à infância e outros correlatos, supostamente associados à sua organização. De acordo com a conclusão dos relatórios preliminares da investigação, entendemos que sua organização apresenta certos problemas, porém não foi constatado que eles sejam suficientemente graves para provocar seu fechamento.
>
> Dessa forma, gostaríamos de informar pela presente que sua organização poderá continuar funcionando em caráter provisório, e que será sua responsabilidade evitar que ocorram transtornos desnecessários aos órfãos sob sua guarda, até que seja concluída a investigação em andamento e proferida uma decisão para sanar o caso.

Em outras palavras, ainda não estamos fechando suas portas, estamos aguardando resultados de investigações posteriores.

Outras notícias promissoras surgiam gota a gota: ela soube que Wasihun (que tinha sido removido dali), ao ser chamado ao tribunal para testemunhar sobre o estupro, declarara:

– Na verdade, não aconteceu nada. Alguém me disse para eu falar que tinha acontecido.

Isso podia ou não ser verdade, como agora ela entendia: até mesmo Wasihun podia não se lembrar mais da verdade literal sobre o que lhe acontecera em uma noite dezesseis meses atrás.

Dereje e Zezalem tinham sido adotados em outros países, e todos os relatórios tinham sido favoráveis: aparentemente, os dois não apresentavam problemas pós-traumáticos. Seus novos pais foram alertados de que eles poderiam ter sofrido um assédio sexual; porém, dez meses depois da adoção, ninguém detectou evidências desse fato.

Haregewoin soube que a Secretaria Municipal de Assuntos Sociais afirmara que estava cuidando de crianças que, na verdade, eram as crianças de Haregewoin, que nunca recebera nenhuma ajuda do município para cuidar delas.

Por causa disso e de outras suspeitas de possíveis deslizes cometidos pela Secretaria de Assuntos Sociais, o Ministério de Justiça interveio no processo movido contra Haregewoin. Em 13 de março de 2006, foi proferida a decisão final sobre sua organização. Ela dizia (na tradução oficial):

> Ao Ministério do Trabalho e de Assuntos Sociais
>
> Do Ministério da Justiça, República Federativa Democrática da Etiópia
>
> Assunto: Referente à Atetegeb Worku Metasebia Welage Aleba Histanet Merj Mahber [Associação de Apoio aos Órfãos em Memória de Atetegeb Worku].
>
> Foi concedido pelo Ministério da Justiça à organização supracitada alvará de funcionamento, e esta opera atualmente em Adis-Abeba e em algumas regiões do país. As operações conduzidas na Cidade de Adis-Abeba são monitoradas pela Secretaria Municipal de Assuntos Sociais e Civis da Cidade de Adis-Abeba.
>
> Contudo, a partir de junho de 2005, ela é transferida para o Ministério da Justiça.
>
> Ademais, foi outorgado poder ao Ministério da Justiça para efetuar o registro e monitorar as ONGs em operação nas cidades de Adis-Abeba e Dire Dawa, em áreas restritas ou não, segundo o Artigo 23/8 do Decreto Número 471/98.
>
> Por conseguinte, o mesmo assumiu a responsabilidade e controla atualmente a questão. Dessa forma, declaramos pela presente que seu ministério pode monitorar os processos relativos à organização, em colaboração com o Ministério da Justiça.
>
> Atenciosamente,
> Assinado e selado,
> Ministro da Justiça.
>
> C/c: Ministro Encarregado de Assuntos Legais e Administrativos
> Ministro Encarregado dos Assuntos Litigiosos

A Atetegeb Worku operava agora diretamente sob a égide do Ministério da Justiça. Com a permissão do Ministério, Haregewoin prosseguiu seu trabalho e foi autorizada a assinar adoções de crianças. Os casos referentes a crianças para as quais já tinham sido encontrados pais adotivos compatíveis, que se arrastavam em agências de adoção, começaram a avançar nos tribunais.

A mais inesperada das boas notícias veio de Ashiber, ex-genro de Haregewoin. Suzie havia entrado em contato com ele, e Ashiber finalmente concordou com os pedidos, feitos muito tempo atrás por ela, para que deixasse o filho, agora com sete anos, se encontrar com Haregewoin.

– Se ela morrer sem vê-lo, um dia, quando estiver crescido, ele me criticará – concordou ele, cedendo.

Ele criara o menino para que acreditasse que uma tia, sua irmã, fosse sua mãe. Ninguém disse nada em contrário na ocasião; no dia em que Suzie pôde apanhar o menino – bem-vestido, com um conjunto de calças, camisa e boné cáqui – e o levou à instituição de Haregewoin, ele não sabia que a grande fotografia emoldurada de uma mãe com o filho era a de sua falecida mãe e dele, quando bebê. No entanto, *contaram-lhe* que Haregewoin era sua avó.

Ele era um menino tímido, gentil, reservado e quieto. Haregewoin trouxe-o para perto de si gentilmente e beijou-o amorosamente em cada face, várias vezes; depois o levantou até a cama ao seu lado para observá-lo de perto.

– Igualzinho à mãe – declarou ela. – É a sua imagem. A imagem da mãe.

Levara uma vida de filho único mimado e protegido, criado por empregadas. Ficou assustado com as brincadeiras violentas no pátio ladrilhado e com a algazarra do futebol e do jogo de bola. Quando Haregewoin atraiu-o para fora, ele se sentou ao seu lado no degrau da varanda. Se ela entrava correndo para atender a um telefonema, ao se virar de novo, lá estava ele dentro da casa.

– Ele é um menino *muito*, muito inteligente – dizia ela. – Igualzinho à mãe.

Ela, eu e seu neto, além de meu filho de dezoito anos, Lee, e seu filho mais velho de criação, Hailegabriel, fomos comer *pizza* em uma tarde de domingo. Sentamos em um pátio, sob um toldo de lona. Embora seu neto permanecesse em silêncio, falando apenas por meio de sussurros, era voluntarioso: queria uma coca; queria uma *pizza*; e queria montar no cavalo de gesso lascado que se encontrava ao lado do prédio. Por uma moeda, ele se inclinava para a frente e para trás, fazendo um barulho parecido com o de um motor em funcionamento. O menino era um pouco crescido e grande para aquele tipo de brinquedo, mas ele nunca vira um antes. Ficou parado observando-o por um longo tempo, as mãos enfiadas nos bolsos da calça cáqui; até que Haregewoin chamou-o do pátio e perguntou se ele gostaria de montá-lo. Ele fez que sim com a cabeça. Ela lhe jogou uma moeda, e ele correu para apanhá-la. Com dedos nervosos, o menino enfiou a moeda e subiu. Sentado no cavalo, foi jogado para a frente e para trás violentamente. Ele não sorriu nem gritou. Puxou o boné para baixo para que ele não caísse e mal conseguiu segurar de novo. Manteve-se firme no brinquedo, com determinação. No entanto, quando Haregewoin o inquiriu, "Gostou?", ele levantou subitamente os olhos castanhos tristes, que se acenderam, e gritou: "Gostei!"

– Ele é um menino muito bom – disse ela.

– Igualzinho à mãe? – perguntei, e ela riu.

Se ela pudesse ter lhe comprado um chapéu, um cinto e botas de caubói, ela o teria feito; se pudesse ter lhe comprado um garanhão branco de verdade e um pasto verdejante em que pudesse galopar, ela teria feito tudo isso e muito mais.

Agora, todos os sábados, o motorista de Ashiber deixa o menino na casa de Haregewoin, para que ele possa visitar a avó.

Havia muito a agradecer.

Um momento decisivo para os pobres do mundo ocorreu com a introdução, pelo Programa das Nações Unidas para o Combate à Aids (Unaids) e pela Organização Mundial da Saúde (OMS), comandada pelo Dr. Lee Jong-wook, da "Iniciativa 3 em 5": a meta era ampliar o acesso ao tratamento com drogas antiaids que estava salvando vidas para *três* milhões de pessoas em países pobres ou de renda média até *2005*.

A existência desse alvo (impossível de ser considerado antes da disponibilidade dos ARVs genéricos) estimulou todos os governos e gerou uma enorme esperança. Nas mais altas esferas da saúde mundial, certas conversas – sobre se a relação custo-benefício compensava buscar tratamento para os doentes ou se, em vez disso, era melhor abandonar os doentes e centrar esforços na prevenção – foram questionadas. A noção de *acesso universal* ofuscou todas as outras discussões.

Funcionários de saúde pública de todos os países relataram que, ao ser oferecida agora oportunidade de *tratamento*, em vez de apenas notícias ruins, o interesse dos pacientes em se submeter a testes, aconselhamento e prevenção aumentava, enquanto o estigma social contra eles diminuía. Novas estratégias foram desenvolvidas para que o tratamento sofisticado com ARV fosse oferecido em "cenários com escassez de recursos", incluindo o treinamento de outros profissionais não ligados à saúde para que realizassem certos procedimentos.

O retorno dessas experiências foi enorme: constatou-se, afinal, que na África as pessoas *conseguiam* ver as horas; e que conseguiam diferenciar as pílulas azuis das rosas.

O número de pessoas no estágio final da aids que tinham acesso à terapia combinada de ARV aumentou de 400 mil, em dezembro de 2003, para 1,3 milhão em dezembro de 2005. A OMS estimou que a ampliação do acesso ao tratamento salvara entre 250 mil e 350 mil vidas durante o ano de 2005.

O Fundo Mundial de Combate à Aids, à Tuberculose e à Malária é, individualmente, a maior esperança para os pobres do mundo. Instituído em 2001 pelo Secretário-Geral da ONU, Kofi Annan, ele canaliza contribuições dos governos, das empresas e dos cidadãos ricos do mundo para organizações que combatem a aids, a tuberculose e a malária. Em 2002, o Fundo Mundial endossou o uso de medicamentos genéricos. Contudo, o Fundo Mundial enfrenta um déficit de recursos de aproximadamente 1,1 bilhão de dólares para 2006 e de 2,6 bilhões para 2007.

No final de 2005, ficou claro que o plano "3 em 5" da Organização Mundial da Saúde não conseguiria atingir a meta de três milhões de pessoas recebendo tratamento em países com escassez de recursos até o final do ano. O Dr. Jim Yong Kim, chefe do departamento de HIV/aids da OMS, afirmou: "Só nos resta pedir desculpas. Creio que só nos resta admitir que não fizemos o bastante e que começamos muito tarde." No entanto, ele declarou que a iniciativa não deveria ser encarada como um fracasso: "Antes do 3 em 5, a ênfase não era salvar vidas... Muitos líderes do mundo afirmavam que deveríamos apenas esquecer essa geração de pessoas infectadas, que estávamos realmente pensando na próxima geração... Assim, algo extraordinário aconteceu."

"Se o 3 em 5 falhar", declarou Stephen Lewis, "o que certamente ocorrerá sem os dólares, então não haverá desculpas nem racionalizações atrás das quais possamos nos esconder, nem calúnias obscuras que justifiquem a indiferença. Haverá somente os enterros em massa dos traídos."

Em 2005, a GlaxoSmithKline (antiga Burroughs Wellcome) viu expirar a patente do zidovudine (AZT). Os fabricantes de medicamentos genéricos da China, Índia e África recorreram à agência de controle norte-americana Food and Drug Administration, solicitando autorização para a fabricação das versões genéricas. Outros quatro fabricantes americanos de medicamentos genéricos também fizeram o pedido. O custo pelo fornecimento anual do Retrovir da GSK é de 3.893,64 dólares; entre 1987 e 2005, o Retrovir gerou quatro bilhões de dólares em vendas. O custo pelo fornecimento anual das versões genéricas é de cento e cinco dólares.

ARVs gratuitos começaram a ser administrados pelo governo etíope, com o apoio do Plano Emergencial da Presidência dos Estados Unidos para o Combate à Aids (PEPFAR, em inglês); do Fundo Mundial de Combate à Aids, Tuberculose e Malária; do Unicef; do Banco Mundial; da Fundação Gates; da Fundação William J. Clinton; da Fundação Rockfeller e de algumas organizações não-governamentais. ARVs genéricos são importados da companhia indiana Cipla, e fabricantes de genéricos do Brasil e da África do Sul também estão dispostos a disponibilizar os medicamentos. Diversos laboratórios farmacêuticos etíopes foram identificados para produzir anti-retrovirais genéricos, porém a maioria deles aguarda mais investimentos para poder aumentar a escala e começar a produzir.

Em 2005, o ex-presidente dos Estados Unidos Bill Clinton intermediou uma negociação que possibilitava o fornecimento da Haart (terapia anti-retroviral de alta potência) por quatro produtores de genéricos, entre eles a Cipla, para milhões de pessoas dos países em desenvolvimento ao custo de aproximadamente cento e quarenta dólares por paciente ao ano. No ano passado, a Cipla foi aprovada pela OMS para comercializar seus ARVs sempre que os governos locais autorizassem sua venda. Atualmente, cerca de sessenta países fornecem a seus cidadãos medicamentos genéricos dessa companhia. Além disso, o Dr. Hamied, da Cipla, prontificou-se a compartilhar gratuitamente a tecnologia para a fabricação de ARV "com companhias estatais em todos os países do Terceiro Mundo".

O maior obstáculo encontra-se, mais uma vez, no campo das grandes multinacionais farmacêuticas. Após anos de tratamento, os pacientes muitas vezes desenvolvem resistência aos ARVs de "primeira linha", aqueles agora disponíveis como genéricos. E as empresas farmacêuticas lutaram bastante para preservar as patentes exclusivas dos ARVs de "segunda linha". A maioria destes está fora do alcance dos países pobres.

De acordo com o Unicef, até fevereiro de 2006 mais de cinco milhões de crianças tinham morrido na epidemia de HIV/aids e 2,3 milhões de crianças viviam com o HIV/aids.

Oitenta e cinco por cento dessas crianças viveram e morreram na África subsaariana.

Até recentemente, a Etiópia não contava com medicamentos pediátricos contra a aids, as combinações especiais do coquetel triplo, eficazes em crianças.

No ano passado, a diretora médica da Clínica Barlow, Dra. Sofia Mengistu Abayneh, iniciou o tratamento de crianças soropositivas sob o patrocínio da Fundação Órfãos do Mundo Inteiro (WWO, em inglês). A Dra. Jane Aronson, fundadora da WWO, abriu a Clínica Barlow em 2003, especificamente para tratar de crianças soropositivas, a maioria delas órfãs. Foi um passo enorme – de um consultório médico pequeno em Manhattan às ruas de Adis-Abeba –, movido pelo compromisso de toda uma vida com a criança. Não se pode iniciar o regime salvador com uma criança em janeiro e, depois, pedir desculpas em maio, ou dois anos depois, porque não há mais recursos. Quando uma criança inicia o tratamento com os ARVs, é melhor planejar seu financiamento para um período muito, muito longo. Até o ano passado, a WWO confiava que conseguiria fornecer medicamentos e serviços de apoio para aproximadamente cinqüenta crianças, pelo tempo necessário, até que o governo etíope ou o mundo exterior arcassem com o compromisso.

Aronson pensava: *Nos próximos anos, o custo do tratamento seguramente vai cair ainda mais; um dia, a cura da aids será descoberta. Nesse ínterim, vamos salvar algumas vidas.* Com a ajuda do governo etíope e do Unicef, foram importados ARVs genéricos de uso pediátrico. As quarenta crianças que a Dra. Sofia começou a tratar em setembro de 2003 estão entre as primeiras no país a receber a terapia tríplice pediátrica, de aproximadamente duzentos e cinqüenta mil crianças infectadas pelo HIV.

O Ministério da Saúde e o PEPFAR esperam tratar 5.250 crianças com a Haart até março de 2007. De acordo com o Dr. Tadesse Wuhib, do CCD-Etiópia, "apesar desses esforços, a distância entre as intervenções pediátricas e as de adultos continua muito grande".

No AHOPE, Eyob, o menininho que sapateava, e Ester, que balançava as cadeiras na hora da ginástica, morreram antes que a WWO ou o governo etíope tivesse chegado até eles. Amelezud, a menina encantadora que adorava livros de histórias, morreu bem no momento em que a Clínica Barlow abria suas portas. A feliz Kidist também se foi; e o pai e a filha – Theodros e Betti –, faz mais de um ano que não vejo.

O antigo amigo e aliado de Haregewoin, Zewedu Getachew, também morreu no ano passado de aids não tratada.

No outono passado, Haregewoin levou um menino chamado Yohannes até a Clínica Barlow, temendo ser muito tarde para ele. Magro e marcado pela varíola, fraco e perdendo os cabelos, ele tinha cinco anos e parecia um velho repugnante; a pele que cobria a cabeça estava tão repuxada e fina que o rosto parecia ter adquirido o sorriso da morte. Sob a camisa, ele era esquelético. A Dra. Sofia iniciou o tratamento com o ARV e, subitamente, quase que da noite para o dia, ele ficou de novo um menino gordinho. No Natal etíope, no dia 7 de janeiro de 2006, Yohannes vestiu os mantos tradicionais brancos; ele parecia forte, com o rosto rosado e bonito. Haregewoin mostrou a seus convidados no feriado uma foto que tirara de Yohannes três meses antes, quando ele estava à beira da morte; eles não conseguiam acreditar que fosse a mesma criança; não podiam acreditar que essa reviravolta fosse medicamente possível.

O Dr. Rick Hodes, que visitava a instituição naquele dia, sabia que era possível. Ele nunca vira antes acontecer na Etiópia, mas o milagre havia finalmente chegado.

Há pouco tempo, Yohannes observou para Haregewoin: "*Emama,* eu realmente não gosto quando você sai e não consigo falar com você. Ontem, eu precisei telefonar para você. Você não poderia me dar um celular para que eu possa lhe telefonar, caso precise que você pare em algum lugar e me traga algo?"

No AHOPE, dezenas de crianças tomam seus remédios agora. Surafel, um menino de doze anos, tinha sofrido muito com cólica estomacal, diarréia e uma erupção cutânea que cobria seu corpo e lhe provocava coceira. Finalmente, recusou-se a ir para a escola e não queria se levantar de manhã.

– Para quê? – ele perguntava tristemente.

Ele sabia.

Em setembro último, Surafel foi uma das primeiras crianças do país a quem foi oferecido a Haart pediátrica da WWO, e agora ele se sentia melhor. Tem um belo aspecto, é um ótimo atleta e está feliz. "Meus filmes favoritos são os de ação", ele me contou, "e é por isso que quero ser motociclista quando crescer."

Eyob, de onze anos (um outro Eyob), relutou em entrar para conversar comigo no AHOPE. Detestava perder o jogo de bola no pátio. A Dra. Sofia me contara que ele tinha chegado ao AHOPE com diversas lesões no couro cabeludo e uma conjuntivite grave, e que estava assustadoramente magro. Como todas as crianças ali, ele não só sofria terrivelmente da doença, mas também sofria sozinho. Os pais haviam falecido muito tempo atrás. Desde setembro, quando fora iniciado o tratamento, os olhos de Eyob tinham clareado, o couro cabeludo tinha clareado e ele ganhara peso. "Sou o vigésimo primeiro na minha classe de sessenta e cinco crianças", ele me contou. "Mas vou chegar entre os dez primeiros."

A adoção é algo novo e tornou-se possível recentemente para as crianças etíopes soropositivas. Alguns casais norte-americanos conseguiram derrubar os entraves burocráticos no ano passado e trouxeram para casa crianças que eles já sustentavam havia algum tempo, quando a adoção estava fora de questão. Havia famílias norte-americanas, candidatas à adoção, que estavam atualmente em busca dos papéis para adotar meia dúzia de crianças do AHOPE.

Durante vários meses da primavera de 2006, nosso filho de dezoito anos, Lee Samuel, trabalhou como voluntário junto a essas crianças.

Como a maioria delas se sentira doente demais e deprimida para brincar durante a maior parte de suas infâncias, a WWO enviara Lee a Adis-Abeba para *brincar* com elas.

Ele chegou quando as crianças mais doentes do AHOPE e da instituição de Haregewoin para crianças soropositivas tinham atingido o quinto mês de tratamento com ARV, por intermédio da Clínica Barlow. Em princípio, ele ficou confuso sobre quais crianças eram doentes e quais eram saudáveis, uma vez que todos os garotos o cercaram alegremente, incluindo-o nas brincadeiras e correndo junto com ele na terra.

– Preocupei-me com a coisa errada – disse-me ele, uma semana depois de ter chegado.

– Eu estava com medo de me afeiçoar a crianças que estariam realmente doentes e que iriam morrer. Esqueci-me de pensar: "E se os garotos forem melhores atletas do que eu?"

Lee tentou fazer com que os meninos mais velhos de Haregewoin, como Hailegabriel, Zemedikun e Daniel, se interessassem pelo beisebol americano; ele lhes mostrou filmes de beisebol, como *Sandlot*, em seu *laptop* e pegou um taco de plástico e bolas da marca Wiffle. "O objetivo era fazer com que os garotos aprendessem um esporte em que eu conseguiria vencê-los com facilidade", ele escreveu em um *e-mail* para a família. "Minha auto-estima arrasada não agüenta mais os fiascos nos jogos de futebol. Infelizmente, eles não gostaram muito dos filmes de beisebol. Quando lhes perguntei se agora gostariam de aprender beisebol, tudo o que queriam saber era 'Por que eles não jogar *futebol*?' e 'Lee, por que os jogadores de beisebol têm que descansar depois de correr tão pouco?'"

Ele organizou uma liga de futebol de orfanatos para a WWO. Na dúvida se os meninos e meninas do AHOPE teriam forças para competir com as crianças saudáveis da instituição de Haregewoin e de outros orfanatos, tocou no assunto com eles, perguntando se ele não deveria repartir os jogadores do AHOPE entre os outros times. "Não!", protestaram. "Representaremos nossa casa!"

Eles desenharam uniformes parecidos com os do Arsenal, um time inglês.

– Sério, eles vão ganhar alguns jogos – disse Lee. – Eles têm o goleiro mais incrível que eu já vi.

As crianças continuam a chegar à instituição de Haregewoin.

Vinda da zona rural, a criança flácida e pálida de aproximadamente três anos foi entregue. Sara tem um rosto adorável e cachos claros, mas é cega e surda e apresenta atraso de desenvolvimento. Ninguém sabe o que fazer com ela. As atendentes a colocam na cadeirinha de plástico infantil. Ela gira a cabeça para a frente e para trás, chora e debate-se a esmo; às vezes, fica quieta; às vezes, dá um sorriso ao acaso. Uma atendente alimenta-a como a um bebê. Haregewoin telefonou para todos os orfanatos e agências de adoção na cidade para descobrir se haveria alguém interessado em ficar com a criança, se haveria alguém que sabia lidar com crianças como ela, se algum pai ou mãe poderia ser encontrado em algum lugar, em algum país estrangeiro, para uma criança como ela. Mas ninguém a queria. Quando o dia está bonito, ela leva a criança até o pátio e coloca-a sobre um cobertor no sol para que possa movimentar os braços e as pernas. Tanto os sorrisos quando o choro não parecem estar relacionados com nada que acontece ao seu redor. Ela não reconhece ninguém. Mesmo assim, Haregewoin e as atendentes a chamam pelo nome; levam-na para fora quando as crianças mais velhas voltam da escola e brincam no pátio, para o caso de algum sentimento remoto de alegria poder alcançá-la.

*Zemedikun, menino de dez anos, pais falecidos. Foi trazido pelo* kebele.

*Betelehem, menina, três anos, mãe e pai falecidos.*

*Duas irmãs, falam* guragge.

*Tsegaye, menino, quatro anos, de Harar.*

*Abele, menino de seis anos e meio. Órfão. Indicado pelo* kebele.

No outono de 2005, enquanto as acusações se multiplicavam contra Haregewoin, uma mulher necessitada da vizinhança bateu no portão, em uma noite de ventos fortes e tempestade.

– Ajude-me, por favor! – ela gritou para o guarda. – Emergência!

Ele a deixou entrar. Ela subiu correndo os degraus de cimento até a varanda da casa de Haregewoin, que apareceu na porta do quarto.

– Eu acolhi uma jovem grávida que vivia na rua – disse a pobre mulher.

A mulher tinha a pele escura e estava debilitada, com os cabelos desgrenhados, roupas esfarrapadas e sandálias de dedo cobertas de lama. Tremia ao sentir as rajadas frias do vento.

– A jovem trabalhava como empregada em uma casa grande, mas foi despedida quando eles viram que estava esperando um bebê. Eu não tenho nada, madame, por favor, entenda. Tenho cinco filhos pequenos, meu marido morreu, o chão de nossa casa é de terra, e meus filhos estão sempre com fome. Mas eu a aceitei, por causa dela e da criança em sua barriga. Ela deu à luz um menino, duas semanas atrás. Agora que está se sentindo mais forte, ela só fala em matá-lo. Ela é soropositiva e acredita que ele também tem a doença. Acredita que ambos terão uma morte horrível e que ela morrerá antes dele. Há pouco, ela se levantou na tempestade e me acordou para contar-me que vai deixar o bebê na sarjeta, para que seja levado pela tempestade. Ela me pediu que a ajudasse a enfiar o menino na água, para que ele fosse carregado mais rápido. Em vez disso, eu tirei o menino dela. Ela não queria largá-lo, mas eu lhe disse que conhecia um cano de esgoto mais fundo.

– Onde está o bebê?

– Ele está aqui – respondeu a pobre mulher. Ela abriu os trapos imundos que lhe cobriam o peito, e um menino encantador surgiu, com a boca parecendo um *O* e os olhos escuros com ar preocupado.

– Ó meu Deus – disse Haregewoin.

– Mas você não pode deixá-lo aqui – argumentou Haregewoin. – Não me permitiriam. A Secretaria Municipal de Assuntos Sociais me proibiu... Não temos a documentação correta... Existe uma investigação em andamento...

A mulher levantou a voz, quase histérica.

– Ela matará o menino *esta noite*. Você entende? O menino morrerá *esta noite*.

Haregewoin começou a abrir os braços para recebê-lo.

– Deus a abençoe – agradeceu a mulher desvalida. Ela virou as costas, pronta para desaparecer de novo na noite, antes que a jovem descobrisse que ela escapulira com o bebê em vez de afogá-lo.

– Espere, qual é o nome dele? – gritou Haregewoin.

– Nome? – respondeu, com a voz aguda, perto das grades. – Ele não tem nome. Ela está pensando em *matá-lo*. Ela não lhe deu nenhum nome.

Seguindo a sugestão de um amigo, Haregewoin lhe deu o nome de Leuel, "Príncipe".

Ele ainda vive com ela, um bebê bonito de porte nobre. Ele é soronegativo. Quando Haregewoin o deixa cair na cama e canta para ele, ele sacode os ombros, como se dançasse, e ela ri, deliciada e cheia de ternura, até quase chorar.

Recentemente, alguém deixou uma menininha de faces rosadas de cerca de dois anos de idade do lado de fora do portão e fugiu. A menina ficou sentada ali, em um tijolo ao lado do portão, de maneira meiga e natural, parecendo confiante de que quem a havia lhe deixado voltaria para buscá-la. Contudo, ninguém voltou. Ela estava aquecida e limpa, e havia sido confortavelmente vestida com várias camadas de roupas esfarrapadas, todas bem apertadas. Haregewoin olhou à direita e à esquerda da travessa durante um longo tempo, buscando uma pista; então pediu ao guarda que ficasse do lado de fora do portão, caso alguém voltasse para buscar a criança.

– *Semesh man no?* [Qual o seu nome?] – ela perguntou à linda criança, que cheirava a sabonete e óleo perfumado.

A garota sorriu, misteriosamente, e respondeu:

– Mimi.

Mas *mimi* não era um nome; era um diminutivo. Queria dizer "gracinha".

Porém, esse era o único nome de que a menina se lembrava, e assim ela se tornou Mimi.

Mimi manteve-se arredia, tomada de uma grande tristeza, durante uma semana. Ficava sentada no chão e gritava se alguém se aproximasse dela. Estava sofrendo. Em seguida, afeiçoou-se bastante a Haregewoin, tornando-se a última de uma série de menininhas a dormir em sua cama. Ela gostava de sentar no chão de Haregewoin de manhã, junto com as outras pré-escolares, e admirar a figura materna. Como todas as crianças do mundo que mamaram no peito, ela gostava de enfiar a mãozinha gelada, de forma possessiva, pela parte da frente do vestido da mãe, pondo os dedos sobre uma extensão macia de pele e segurando firme.

Recentemente, Haregewoin estava recebendo alguns convidados da Noruega, homens e mulheres, em uma espécie de ante-sala do seu quarto. Eles estavam considerando se enviariam parte dos recursos da organização de sua igreja para ela. O ritual do café estava sendo preparado, e galhos compridos de ervas estavam sendo jogados no chão pela mãe de Henok. Mimi entrou, subiu no colo de Haregewoin e, sem avisar, enfiou a mão fria e imunda bem lá no fundo de seu sutiã.

Pouco tempo atrás, em uma noite quente, depois de um dia longo e quente, Haregewoin viu que tinha horas de trabalho com documentos para estudar. Ela tinha sido orientada a conservar rigorosamente os registros exigidos pelas fundações beneficentes estrangeiras. Um contador a ajudava, mas ela gostava de verificar, ela mesma, os recebimentos do dia; além de gostar de rever as cartas gentis que às vezes acompanhavam pequenos donativos, palavras de incentivo e amizade, vindos do exterior. Ela chamava de "escritório e biblioteca" um cômodo pequeno que ficava separado do refeitório/sala de estudos. Havia livros infantis doados, em inglês, em algumas prateleiras, enquanto na prateleira mais baixa eram guardados papel e lápis de cor para trabalhos manuais. Ela havia colocado ali uma escrivaninha antiga de madeira e um abajur, que esquentavam até mesmo agora os documentos que esperavam por ela. À noite, ela era a única pessoa acordada na instituição mergulhada no silêncio; ela entrava em contato com o mundo exterior desse escritório, sentindo o fluxo de interesse, de recursos e de ajuda do mundo. Às vezes, recebia um pedaço de bilhete de uma de suas antigas crianças, que vivia agora no exterior, dentro de uma carta com fotos dos pais da criança. Duzentas e cinqüenta crianças tinham passado por sua casa para novas famílias em outros países. Havia cinqüenta e três crianças da vizinhança cujas mensalidades escolares eram pagas por ela. (Nenhuma família que vivia na Etiópia adotara ainda uma criança dela.)

Mimi, porém, estava tendo dificuldade para dormir nessa noite. Haregewoin sentou ao seu lado. A criança sonolenta chupava o polegar, pondo a outra mão gordinha dentro da parte anterior do vestido de Haregewoin. Haregewoin descansou a cabeça na mão e o cotovelo no joelho, lutando para ficar acordada. Finalmente, a mãozinha que a afagava ficou imóvel. Mimi adormeceu. Suavemente, Haregewoin se desvencilhou e levantou; então saiu do quarto em silêncio e devagar na ponta dos pés e desceu os degraus de cimento da varanda. No meio do pátio, ela gelou ao ouvir o gemido de decepção e protesto de Mimi – o desaparecimetno de Haregewoin a havia acordado.

Será que ela voltaria a dormir? Haregewoin aguardou, com a cabeça baixa.

Com o silêncio, ela deu outro passo em direção ao escritório.

Não, o gemido cresceu até tornar-se um grito mais alto de tristeza e abandono e de início de medo. Na frente de Haregewoin, a luz do abajur tremulava através da janela empoeirada; a pilha de papéis aguardava sua atenção. Ela virou-se humildemente e se arrastou de volta ao quarto. Sentou-se de novo na cama ao lado da criança, murmurando algumas palavras para reconfortá-la, e inclinou-se sobre ela. Mimi, sonolenta, esticou uma das mãos e a pousou no braço de Haregewoin, voltando a dormir com a sensação boa e confortável de segurar a mãe com a mão.

# 56

ANTES DE PARTIREM da Etiópia com Mekdes e Yabsira, em agosto de 2004, Mikki e Ryan Hollinger decidiram procurar o avô cujo nome constava na documentação de adoção. Esse assunto fora debatido exaustivamente antes que saíssem de Snellville.

– Talvez, emocionalmente, seja um desastre – argumentara Mikki. – Eu já posso ver: os garotos chorarão para ficar com o avô, nós seremos cercados por parentes enlutados, os habitantes da aldeia se reunirão, e eu desejarei morrer.

– Esta pode ser nossa única chance – respondera Ryan. – E não poderemos mudar de idéia sobre isso mais tarde. Estamos falando do *avô* de nossos filhos.

Debaixo de uma tempestade, em um dia cinza e frio, eu e os quatro membros da família nos dirigimos para fora da cidade no táxi de Selamneh Techane. Paramos inicialmente na instituição de Haj Mohammed Jemal Abdulsebur, que levara tia Fasika e tia Zewdenesh à casa de Haregewoin no ano anterior (o homem gentil a quem eu dera uma única bexiga).

Haj, um senhor idoso alto, magro e empolgado, nos cumprimentou efusivamente, insistindo que entrássemos em sua casa para tomar um refresco antes de dar início à busca. Entramos na casa, protegida por um muro alto feito de estacas de madeira estreitas e pontudas, parecendo muralhas de um forte medieval. No pátio, fileiras de cabanas faziam lembrar um hotel barato da zona rural dos Estados Unidos; ele as havia erguido para abrigar o grande número de órfãos da aldeia. No intervalo entre os aguaceiros, equilibramo-nos em cadeiras de cozinha dispostas irregularmente em cima do mato comprido e verdejante. Haj tinha duas esposas idosas que, tímidas, nos serviram garrafas de Coca-Cola e Fanta.

Haj então apropriou-se do assento ao lado do motorista, e o restante das pessoas apertou-se no banco de trás. Com os vidros das janelas embaçados, o táxi passava de uma paisagem enlameada e assolada pela pobreza para outra. Naquela manhã, Mikki acordara com uma dor de garganta que foi piorando com o decorrer do dia.

Meia hora depois de deixarmos a instituição de Haj, fizemos uma curva e descemos por uma estrada comprida, estreita e suja com uma fileira de barracos de barro e latão, de um lado, e de árvores desgalhadas do outro. Nesse local adverso, Selamneh, seguindo as orientações de Haj, desligou o táxi, pulou para fora e desceu a estrada. Haj saiu do carro e desapareceu também. Nem eu nem a família Hollinger sabíamos muito bem o que fazer. Então ficamos sentados, apertados, no banco traseiro. Mikki, sentindo-se mal e temendo estar com a garganta infectada por estreptococos, inclinou a cabeça, apoiando-se no banco; o hamster *Hokey-Pokey* abria e fechava a mão direita. Mekdes ficou olhando através da janela. Uma garoa fina começou a cair novamente.

Selamneh reapareceu, pediu as fotos das crianças para passar entre a vizinhança, buscando alguém que pudesse tê-las conhecido, e foi embora lentamente de novo. Mekdes continuava a observar o céu cinzento e as ruas molhadas, com ar sonhador. Um menino de aproximadamente seis anos, que passava junto com a mãe, olhou o táxi de relance e chamou:

– *Selam*, Mekdes!

– *Selam*, Birhanu – ela devolveu a saudação com um aceno amigável. A criança e a mãe seguiram em frente.

– O que foi isso? – perguntou Ryan, espantado. – Alguém pode me dizer o que acabou de acontecer? Mekdes, você o conhece? Você o conhece? (Mekdes ainda não falava inglês.)

– Espere, espere! – Ryan se desvencilhou rapidamente de Yabsira, que estava com os sapatos enlameados, da febril Mikki, de mim e do hamster *Hokey-Pokey*. Agarrando Mekdes, pulou para fora do carro estacionado.

– Espere! – gritou para as pessoas que se afastavam pela longa estrada. (Elas também não sabiam falar inglês.) – Olá? Olá? Vocês a conhecem?

Elas se voltaram. Correram de volta. De repente, mulheres e crianças brotaram de todos os barracos de latão, alinhados ao longo da estrada, e cercaram o táxi. Elas chamavam:

– Mekdes! Neném!

Sem aguardar permissão, as mulheres retiraram Mekdes dos braços de Ryan e se inclinaram na direção das janelas do táxi, procurando o "Neném".

Yabsira saiu pela janela aberta, sendo arrebatado também pela multidão.

As crianças foram passadas dos braços de uma pessoa para outra, atravessando um mar cada vez maior de homens, mulheres e crianças agitados. Uma jovem atraente, separada da multidão, adiantou-se, pegou Yabsira, pendurou-o às costas e o envolveu em seu xale.

– Quem é ela? O que está acontecendo? – perguntou Mikki, com uma voz fraca vinda do banco traseiro.

Selamneh reapareceu e assumiu o controle da situação. Entrou naquele mundo de sons vibrantes agudos e excitados. Uma mulher de rosto fino e com um lenço na cabeça tinha muito para contar. Selamneh ouviu e depois traduziu para Ryan e Mikki.

– Ela era a melhor amiga da mãe deles. Tem fotografias das crianças em casa, se vocês quiserem aceitá-las.

Então, ele trouxe a jovem – a que carregava Yabsira às costas – através da multidão até o táxi.

– Esta é a tia Fasika – disse.

Ela tinha uns vinte anos, a irmã mais jovem do pai falecido das crianças, Asnake.

A amiga retornou com fotos de uma festa de aniversário infantil a que Mekdes e Yabsira tinham comparecido em sua casa dois anos antes. Eu retirei meu bloco de anotações e, passando entre as pessoas, pedi a todos os que conheciam a família que escrevessem seus nomes e endereços para que, um dia no futuro, quando Mekdes e Yabsira voltassem dos Estados Unidos, pudessem visitar a antiga vizinhança.

Fasika reuniu-se aos quatro Hollingers, ao hamster de pilha e a mim, no banco traseiro enlameado e escorregadio do táxi pequeno e velho. Haj voltou a sentar no banco da frente e partimos, buscando o avô. Nesse ínterim, jovens da vizinhança tinham desaparecido, chamando por Addisu, o avô das crianças.

Orientado por Fasika, Selamneh pegou uma rua movimentada ao longo de um mercado encharcado a céu aberto. Passamos lentamente por ele enquanto Fasika olhava através da janela, procurando o pai.

Debaixo da chuva constante, Selamneh começou a acelerar, saindo da área do mercado. De repente, alguns jovens surgiram e pularam para cima do carro. Corriam ao lado dele, forçando-o a diminuir a velocidade, batendo no teto e no capô e gritando. Esse comportamento assustou os americanos, que se comprimiram no banco traseiro.

– Eles encontraram o avô – disse Selamneh.

– Olhem.

Com dificuldade, ele conduziu o carro até o acostamento da estrada. Através da chuva, Addisu se aproximou, caminhando com dificuldade. Era um homem frágil com um bigode caído; usava um xale triangular bege de lã sobre um ombro. Perscrutou os rostos dos adultos à medida que saíam do carro e, em seguida, chorando, tocou com os dedos longos o rosto de Mekdes e depois o de Yabsira. Tomou as duas crianças nos braços de uma só vez, sorrindo e chorando. O bigode e o cabelo eram crespos e pretos como carvão. *Era* de fato um avô. Movia-se cuidadosa e humildemente, pairando no limite de uma sedução indefinida; em seu país, era considerado velho. Porém, o homem talvez tivesse cinqüenta anos.

Depois de abraçar e retomar o contato com os netos, Addisu perguntou aos Hollingers, por intermédio de Selamneh, se eles não gostariam de visitar o túmulo dos pais das crianças. Em seguida entrou, acrescentando o seu volume e o cheiro de lã defumada e molhada ao banco de trás, onde agora as pessoas se empilhavam como lenha, uma em cima da outra, e Yabsira balançando no topo. O carro engatou uma primeira e subiu, penosamente, uma estrada comprida e inclinada até uma igreja e um cemitério. Selamneh estacionou, e saímos do carro.

A distância, chegavam a pé de vários lugares dezenas de pessoas da antiga vizinhança e do mercado a céu aberto. O reaparecimento de Mekdes e Yabsira com os pais americanos se tornara um acontecimento importante da aldeia.

Addisu cruzou o cemitério na frente, carregando Mekdes; Fasika vinha em seguida, levando mais uma vez Yabsira às costas. Ryan escoltava Mikki, que se sentia pior a cada minuto. Eu fiquei ao lado de adolescentes, ansiosos para praticar "Olácomovaiqualéoseunome?". O padre ortodoxo etíope surgiu vindo da catedral e se reuniu à procissão, quando esta dobrou primeiro para cima e depois para baixo, numa encosta com mato e lama cheia de túmulos recentes.

Chegamos aos túmulos que estavam identificados como sendo os de Mulu Azeze e Asnake Addisu. Pedras tinham sido dispostas em cima do monte de terra, na forma de um mosaico grosseiro. Os nomes do pai e da mãe das crianças foram escritos à mão com tinta preta, em amárico, em quadrados finos de lata. Cada pedaço de lata tinha sido pregado em uma estaca de madeira e enterrada na terra.

O padre esperou até que o último andarilho chegasse e, depois, se dirigiu à multidão de trinta ou quarenta pessoas em amárico. Parecia que, espontaneamente, estava ocorrendo um segundo funeral. Ele falou afetuosamente de suas recordações do jovem casal falecido, abençoou o grupo e depois abençoou as crianças e seus novos pais americanos.

Quando terminou, seguiu-se um silêncio indeciso. Mikki cutucou Ryan, depois deu uma cotovelada.

– *Diga* alguma coisa.

– *Eu* não sei o que dizer – ele respondeu, baixinho.

– Ryan – sussurrei do outro lado. – Você tem que falar.

– Não sei falar em público – ele sussurrou de volta.

– Vá até Selamneh – eu disse. – Fale só alguma coisa para ele e deixe que ele traduza.

Sentindo vergonha, com os olhos de todos sobre ele, Ryan arrastou-se até Selamneh.

Ouviu-se a multidão murmurar, em amárico, tentando descobrir quem Ryan era exatamente.

Selamneh inclinou a cabeça para conseguir ouvir as palavras murmuradas por Ryan em inglês e depois, em voz alta, as repetiu, traduzindo para o grupo de pessoas enlutadas.

– Eis o que Ryan Hollinger diz: "Estamos tristes pela terrível perda de sua família."

Mais palavras murmuradas; em seguida, Selamneh, em amárico:

– Sua tragédia transformou-se em um presente incrível para nossa família.

As pessoas na multidão ficaram imóveis.

Então, sussurrando:

– Estamos profundamente honrados em poder adotar estas crianças.

Algumas pessoas começaram a chorar.

– Nós as amaremos e cuidaremos delas para sempre... Estaremos sempre em contato com vocês.

Homens e mulheres choravam abertamente. Ryan terminou e deu um passo para trás com os braços cruzados e a cabeça inclinada, enquanto Selamneh traduziu o último trecho:

– Criaremos as crianças para que conheçam a Etiópia e amem sua família original. Agora, todos nós fazemos parte de uma mesma família.

Existe um som que as mulheres etíopes emitem quando estão comovidas: ele se parece com o de *tzz-tzz*, feito com a língua estalando no céu da boca. À medida que Ryan falava e Selamneh traduzia, o barulho feito pelo *tzz-tzz* começou a subir e descer a encosta desolada do cemitério até que esta crepitasse como uma campina cheia de cigarras no verão.

# NOTAS

**4 na economia estagnada da Etiópia** Com um Produto Interno Bruto (PIB) de cerca de oito bilhões de dólares, uma renda *per capita* de cento e dezesseis dólares e com cinqüenta por cento de sua população abaixo da linha da pobreza em 2004, a Etiópia é um dos países mais pobres do mundo. Departamento de Estado dos Estados Unidos, Gabinete de Assuntos Africanos, "Background Note: Ethiopia", http://www.state.gov/r/pa/ei/bgn/2859.htm (acessado em 16 de abril de 2006); e Agência Central de Inteligência, "The World Factbook Ethiopia", http://www.cia.gov/cia/publications/factbook/geos/et.html (acessado em 15 de abril de 2006).

**8 a tuberculose era outra das infecções oportunistas típicas** O vírus da imunodeficiência humana (HIV) causa a aids. Uma pessoa cujo exame de sangue dê positivo para o HIV foi infectada –, porém não tem necessariamente aids. Se não recebem tratamento, praticamente todas as pessoas infectadas desenvolvem aids e morrem. A síndrome de imunodeficiência auto-adquirida (aids) é a denominação médica para a série de sintomas, infecções oportunistas e indicações de laboratório que revelam que a infecção por HIV do paciente está em grau avançado e que seu sistema imunológico parou de funcionar. As infecções oportunistas variam de região para região do mundo; a tuberculose é uma infecção oportunista comum para a aids (IOA) na África.

Para mais informações sobre o HIV, a definição de caso da aids e IOAs, ver Tony Barnett e Alan Whiteside, *Aids in the Twenty-First Century: Disease and Globalization* (Houndmills, Basingstoke, Hampshire: Palgrave Macmillan, 2003), 28-46; Theresa McGovern e Raymond A. Smith, "Aids, Case Definition of", em Raymond A. Smith (org.), *Encyclopedia of Aids: A Social, Political, Cultural and Scientific Record of the HIV Epidemic*, ed. rev. (Nova York: Penguin Books, 2001), 32-6; Harry W. Kestler, com Ronald Medley e Tim Horn, "HIV, Description of", em *Encyclopedia of Aids*, 327-9; Tim Horn, "Aids, Pathogenesis of", em *Encyclopedia of Aids*, 37-40; Antonio Mastroianni, "Tuberculosis", em *Encyclopedia of Aids*, 673; Avert, "The Different Stages of HIV Infection", http://avert.org/hivstages.htm (acessado em 4 de abril de 2006); Avert, "HIV-Related Opportunistic Infections: Prevention and Treatment", http://www.avert.org/aidscare.htm (acessado em 4 de abril de 2006); e Avert, "Aids, HIV & Tuberculosis (TB)", http://www.avert.org/tuberc.htm (acessado em 4 de abril de 2006).

**10 Erguendo-se como uma fortaleza na montanha** As fontes sobre a história etíope e africana neste capítulo e nos subseqüentes incluem Harold G. Marcus, *A History of Ethiopia*, edição atualizada (Berkeley e Los Angeles: University of California Press, 2002); Richard Pankhurst, *The Ethiopians: A History* (Oxford: Blackwell, 2003); Bahru Zewde, *History of Modern Ethiopia: 1885-1991*, 4ª ed. (Atenas: Ohio University Press; Oxford: James Curry Publishers; Adis-Abeba: Adis-Abeba University Press, 2001); Martin Meredith, *The Fate of Africa: A History of 50 Years of Independence* (Nova York: Public Affairs, 2005), 4-5, 206-17; e BBC, "Timeline: Ethiopia", http://news.bbc.co.uk/1hi/world/africa/1072219.stm (acessado em 2 de outubro de 2005).

**11 A literatura sagrada, tanto em Israel quanto na Etiópia** Ver 1 Reis 10,1-13.

**11 "A rainha de Sabá ouviu"** *Tanakh: The Holy Scriptures* (Filadélfia/Jerusalém: The Jewish Publication Society, 1985), 1 Reis 10, p. 537.

**11 "Essa rainha do Sul"** *A Modern Translation of the* Kebra Nagast (*The Glory of Kings): The True Ark of the Covenant*, trad. e org. Miguel F. Brooks (Lawrenceville, NJ: Red Sea Press, 1998), 19. A tradução de 1932 para o inglês de E. A. Wallis Budge do *Kebra Nagast* está disponível *on-line* em http://www.sacred-texts.com/chr/kn/ (acessado em 17 de abril de 2000).

**12 Quase dois terços das crianças em idade escolar** Programa de Desenvolvimento das Nações Unidas, Relatório de Desenvolvimento Humano 2005: "Cooperação Internacional numa Encruzilhada: Ajuda, Comércio e Segurança num Mundo Desigual", Tabela 1, Índice de Desenvolvimento Humano, http://hdr.undp.org/reports/global/2005/pdf/HDR05_complete.pdf (acessado em 14 de abril de 2006).

**12 A taxa de desemprego aqui** Berhanu Denu, Abraham Tekeste e Hannah van der Deijl, "Characteristics and Determinants of Youth Employment, Underemployment and Inadequate Employment in Ethiopia", relatório estratégico sobre emprego 2005/07 (Organização Internacional do Trabalho, 2005), iv, http://www.ilo.org/public/english/employment/strat/download/esp2005-7.pdf (acessado em 11 de abril de 2006). Um levantamento de 1999 realizado pelo Departamento Central de Estatística sobre a força de trabalho etíope registrou uma taxa de desemprego urbano de 38,1% e uma taxa de desemprego nacional de 8,1%. Esses números – que não cobrem determinadas áreas dos Estados Regionais da Somália e Afar – são unanimemente desconsiderados como enganosos e otimistas. A pobreza gritante da nação e o impulso biológico de sobrevivência forçam a maior parte das pessoas a buscar algum tipo de trabalho, mesmo que não haja nenhum emprego decente disponível, e na verdade muitos desses etíopes considerados "empregados" estão subempregados. Em 1997, o grau de pobreza dos etíopes economicamente ativos era superior a trinta e cinco por cento. Central Statistical Authority, *Statistical Report on the 1999 Labor Force Survy* (Federal Democratic Republic of Ethiopia, 1999); Denu, Tekeste e Van der Deijl, "Characteristics and Determinants of Youth Employment", 5, 13, 22-5; Pieter Serneels, "The Nature of Unemployment in Urban Ethiopia", ensaio em andamento 201 (The Centre for the Study of African Economies, 2004), 1, http://www.bepress.com/cgi/viewcontent.cgi?article=1201&context=csae (acessado em 14 de abril de 2006); Graeme J. Buckley, "Decent Work in a Least Developed Country: A Critical Assessment of the Ethiopia PRSP", ensaio em andamento 42 (Organização Internacional do Trabalho, 2004), 11, http://www.ilo.org/public/english/bureau/integration/download/publicat/4_3_234_wp-42.pdf (acessado em 14 de abril de 2005); e Comissão Econômica das Nações Unidas para a África, *Economic Report on Africa 2005: Meeting the Challenges of Unemployment and Poverty in Africa*, fig. 2.4, http://www.uneca.org/era2005/full.pdf (acessado em 11 de abril de 2006).

Apesar do crescimento de 11,6% no PIB em 2004 (a Etiópia é um dos únicos seis países que atingiram o crescimento de 7% em 2004 necessário para alcançar a Meta de Desenvolvimento do Milênio I: diminuir a pobreza pela metade até 2015), o mercado de trabalho etíope não é capaz de atender ao ritmo acelerado de expansão de sua força de trabalho. Embora a taxa de desemprego da Etiópia seja mais alta entre os indivíduos com pouca educação, uma pesquisa recente mostrou um rápido aumento das taxas de desemprego entre diplomados do ensino médio e superior. Comissão Econômica das Nações Unidas para a África, *Economic Report on Africa 2005*, 4; Denu, Tekeste e Van der Deijl, "Characteristics and Determinants of Youth Employment", 15, 27; e Yodit Abera, "Unemployed Graduates", *Ethiopian Reporter*, 10 de dezembro de 2005, http://www.ethiopianreporter.com/modules.php?name=News&file=article&sid=1512 (acessado em 14 de abril de 2006). Para mais informações sobre as Metas de Desenvolvimento do Milênio, Nações Unidas, "UN Development Goals", http://www.um.org/millenniumgoals/index.html (acessado em 14 de abril de 2001). Para mais informações sobre as Metas de Desenvolvimento do Milênio na Etiópia, ver Earth Institute do Centro para o Desenvolvimento Nacional da Saúde da Etiópia da Universidade de Colúmbia, "Millennium Development Goals in Ethiopia", http://cnhde.ei.columbia.edu/ethmdg/newindex2.html (acessado em 14 de abril de 2001); e Jeffrey D. Sachs, *The End of Poverty: Economic Possibilities for Our Time* (Nova York: Penguin Press, 2005), 210-25.

13 **vivem com menos de um dólar por dia** Programa de Desenvolvimento das Nações Unidas, *Human Development Report 2005,* Tabela 3, Human and Income Poverty: Developing Countries, 229.

13 **"Em um país sem governabilidade"** Abdullahi Mohamed, "Ethiopian Private Sector Blames Meles", *Geeska Afrika,* 1º de abril de 2005, http://www.geeskaafrika.com/ethiopia_1apr05.htm (acessado em 16 de abril de 2006).

13 **"Após cerca de catorze anos"** Ibid.

14 **a guerra de 1998** Divisão de Pesquisa Federal da Biblioteca do Congresso norte-americano, "Country Profile: Ethiopia, April 2005" (Washington: GPO for the Library of Congress, 2005), 19, http:///1cweb2.loc.gov/frd/cs/profiles/Ethiopia.pdf (acessado em 30 de março de 2006).

14 **Mesmo na África subsaariana, os gastos com a saúde** Ibid., 8; e Organização Mundial da Saúde, *World Healt Report 2005: Make Every Mother and Child Count* (Genebra: World Health Organization, 2005), 201, http://www.who.int/whr/2005-en.pdf (acessado em 30 de março de 2006).

20 **os mais atingidos eram homens e mulheres** Ao provocar a morte maciça de adultos que, em outras circunstâncias, teriam as taxas de mortalidade mais baixas, a aids modificou e continuará a modificar a estrutura demográfica e familiar das sociedades africanas, efetivamente "decepando a geração intermediária" de forma inédita. Barnett e Whiteside, *Aids in the Twenty-First Century,* 159-81, 196-221.

20 **"um continente de órfãos"** David Fox, "Aids making Africa a Continent of Orphans", Reuters NewMedia, 27 de junho de 1997, 12:50, http:ww4.aegis.org/news/re/1997/Re970614.html (acessado em 17 de abril de 2006).

20 **haviam matado mais de vinte e um milhões de pessoas** No final do ano, a aids tinha matado 17,5 milhões de adultos e 4,3 milhões de crianças, e 5,3 milhões de pessoas tinham sido infectadas pelo HIV recentemente. Unaids e Organização Mundial da Saúde, "Aids Epidemic Update, December 2000", 3, http://www.aegis.com/files/unaids/ WAD December2000_epidemic_report.pdf (acessado em 16 de março de 2006).

Vinte milhões dessas crianças terão perdido um ou ambos os pais para o HIV/aids. Unaids, Unicef e Usaid, *Children on the Brink, 2004: A Joint Report on New Orphan Estimates and a Framework for Action* (Washington: Usaid, 2004), Tabela 2, http://www.unicef.org/publications/files/cob_layout6-013.pdf (acessado em 17 de abril de 2006). Ver também Unicef, *Africa's Orphaned Generations* (Nova York: Unicef, 2003), http://www.unicef.org/media/files/orphans.pdf (acessado em 17 de abril de 2006).

20 **Na Etiópia, onze por cento de todas** Unaids, *Report on the Global HIV/Aids Epidemic, June 2000* (Genebra: Unaids, 2000), 6, http://data.unaids.org/Global-Reports/Durban/Durban_Epi_report_en.pdf (acessado em 16 de abril de 2000); e Unaids, Unicef e Usaid, *Children on the Brink, 2004,* Tabela 2, Tabela 3. Ver também Unicef, *Africa's Orphaned Generations,* 11.

20 **uma doença que matou poucas pessoas no Ocidente** Unaids, "New Unaids report warns aids epidemic still in early phase and not leveling off in worst-affected countries", press release, 2 de julho de 2002.

20 **Até 2010, entre vinte e cinco e cinqüenta milhões** 20 milhões dessas crianças terão perdido um ou ambos os pais para o HIV/aids. Unaids, Unicef e Usaid, *Children on the Brink, 2004,* Tabela 2. Ver também Unicef, *Africa's Orphaned Generations.*

**20 Em uma dúzia de países, até um quarto** Unicef, *Africa's Orphaned Generations,* 11.

**23 uma geração formada de pais, professores** A aids dizimou a população de professores da África. Avert, "The Impact of HIV & Aids on Africa", http://www.avert.org/aidsimpact.htm (acessado em 4 de abril de 2006); BBC, "Aids Ravages Teachers", 8 de maio de 2002, http://news.bbc.co.uk/2/hi/africa/1974111.stm (acessado em 17 de abril de 2006); e Diana Jean Schemo, "Education Suffers in Africa as Aids Ravages Teachers", *New York Times,* 8 de maio de 2002, http://query.nytimes.com/gst/fullpage.html?sec=health&res=9A03E0D91530F93BA35756C0A9649C8B63 (acessado em 17 de abril de 2006).

A aids dizimou os trabalhadores do setor de saúde. Segundo a Avert, "as taxas de infecção e morte dos trabalhadores do setor de saúde do Malawi e da Zâmbia têm aumentado de cinco a seis vezes", http://www.avert.org/aidsimpact.htm.

A Usaid informa:

- Os sistemas de saúde africanos podem perder um quinto de seus funcionários para o HIV/aids.
- As taxas de mortalidade entre enfermeiras do sexo feminino na Zâmbia pulou de dois por cento em 1981-85 para vinte e seis por cento em 1989-91 por causa do HIV.
- Vinte e cinco por cento das enfermeiras são HIV-positivas em alguns países do sul da África.
- A mortalidade das enfermeiras triplicou de 1995 a 1999 em Moçambique.
- A predominância do HIV entre as enfermeiras em Lusaka foi de trinta e quatro por cento em 1991 e quarenta e quatro por cento em 1992.
- A mortalidade de enfermeiras do sexo feminino na África subsaariana aumentou treze vezes entre 1981 e 1991.
- A mortalidade dos funcionários do sistema de saúde do Malawi sextuplicou entre 1985 e 1997.

Fonte: Usaid, "The Impact of HIV/Aids on Health Systems and the Health Workforce in Sub-Saharian Africa", junho de 2003, 5-8.

Veja também http://www.iht.com/articles/2005/07/07/news/edntaba.php e http://bmj.bmjjournals.com/cgi/content/full/329/7466/584.

Em uma entrevista para o *NewsHour,* Peter Piot disse que "As pessoas que têm de cumprir com suas obrigações – [as] enfermeiras, os médicos, os professores – também estão morrendo de aids; em muitos países elas também não têm acesso a tratamento. E o que se vê é um fenômeno que eu vi no Malawi, um pequeno país da África Central, em que, no principal hospital que deveria ser referência para o tratamento do HIV, somente uma em cada três vagas de enfermeira está preenchida, porque as enfermeiras emigraram para a África do Sul, para a Grã-Bretanha ou para os Estados Unidos, porque as condições salariais são péssimas... e um terço morreu de aids", http://www.pbs.org/newshour/bb/health/july-dec04/aids_12-01.html (acessado em 23 de abril de 2006).

**25 no Zimbábue, uma criança morre de aids** "Zimbabwe: Aids Kills One Child Every 20 minutes, Says UN Children's Agency", U.S. Centers for Disease Control and Prevention, Noticiário Internacional, 13 de abril de 2006, http://www.thebody.com/cdc/news_updates_archive/2006/apr13_06/children_aids.html.

**25 vinte bilhões de dólares por ano até 2007** http://www.data.org/whyafrica/issueaids.php.

**26 uma pandemia que derrubava governos** Mark Shoofs, "A New Kind of Crisis: The Security Council Declares Aids in Africa a Threat to World Stability", *Village Voice,* 12-18 de janeiro de 2000; Karen DeYoung, "U.N. Pledges Support in Fight Against Aids", *Washington Post,* 28 de junho de 2001; e Elizabeth Bumiller, "Bush Chooses U.S. Executive for Aids Job", *New York Times,* 3 de julho de 2003, http://query.nytimes.com/gst/fullpage.html?sec=health&res=9B05E3D7103AF930A35754C0A9659C8B63 (acessado em 16 de abril de 2003).

**35 Mais de oitocentas espécies de pássaros** African Bird Club, "Ethiopia", http://www.africanbirdclub.org/countries/Ethiopia/species.html (acessado em 17 de abril de 2006).

**36 Quarenta e cinco grupos tribais diferentes** Para mais informações sobre os grupos tribais etíopes, ver Donald N. Levine, *Greater Ethiopia: The Evolution of a Multiethnic Society*, 2ª ed. (Chicago: University of Chicago Press, 2000).

**36 "Gondwana está mais uma vez exposta"** Graham Hancock e Richard Pankhurst, com fotografias de Duncan Willets, *Under Ethiopian Skies* (Nairóbi: Camerapix Publishers, 1997), 8.

**38 "Seu exército era impressionante, não só"** Zewde, *History of Modern Ethiopia*, 77.

**38 "Notícias de sua marcha o antecederam"** Ibid.

**39 "A origem do desastre italiano reside"** Ibid., 79.

**39 "A batalha em Adowa foi, na época, a maior derrota"** Greg Blake, "Ethiopia's Decisive Victory at Adowa", *Military History Magazine*, outubro de 1997, 63. Ver também Alistair Boddy-Evans, "Battle of Adowa Timeline: Significant Events of the Battle", http://africanhistory.about.com/library/timelines/bl-Timeline-BattleOfAdowa.htm (acessado em 17 de abril de 2006); e History World, Ltd., "History of Ethiopia: 19th to 20th Century", http://www.historyworld.net/wrldhis/PlainTextHistories.asp?groupid=2114&HistoryID=ab92 (acessado em 17 de abril de 2006).

**39 a primeira língua escrita na África** Os antigos axumitas – cujo reino abarcava terras ao sul do Império Romano e cuja influência atingiu o ápice nos séculos IV e V d.C. – criaram a "única linguagem escrita nativa" da África, "Ge'ez, da qual evoluiu a forma escrita dos idiomas falados na Etiópia moderna; faziam comércio com o Egito, com o Mediterrâneo Oriental e com a Arábia, e financiavam suas operações com moedas cunhadas em ouro, prata e cobre – a primeira e única cunhagem conhecida na África subsaariana até o século X, quando moedas da Arábia foram usadas na costa da África Oriental". John Reader, *Africa: A Biography of the Continent* (Nova York: Vintage Books, 1999), 208.

**42 imperador Hailé Selassié, "o Leão de Judá"** As fontes sobre Hailé Selassié para este capítulo e para os seguintes são, entre outras, Aberra Jembere, *Agony in the Grand Palace: 1974-1982,* trad. Dr. Hailu Arraya (Adis-Abeba: Shama Books, 2002); BBC, "Timeline: Ethiopia", http://news.bbc.co.uk/2/hi/africa/1072219.stm (acessado em 17 de abril de 2006); Ryszard Kapuscinski, *The Emperor*, trad. William R. Brand e Katarzyna Mroczkowska-Brand (Nova York: Vintage International, 1989); Ryazard Kapuscinski, *The Shadow of the Sun*, trad. Klara Glowczewska (Nova York: Vintage, 2002); Samuel Kasule, *The History Atlas of Africa* (Nova York: Macmillan, 1998); Marcus, *History of Ethiopia*; Harold G. Marcus, *Haile Selassie I: The Formative Years 1892-1936* (Lawrenceville, NJ: The Red Sea Press, 1995); Colin McEvedy, *The Penguin Atlas of African History* (Londres: Penguin Books, 1995); Martin Meredith, *The Fate of Africa: A History of 50 Years of Independence* (Nova York: Public Affairs, 2005); Nega Mezlekia, *Notes from the Hyena's Belly* (Nova York: Picador, 2002); Alan Moorehead, *The Blue Nile* (Nova York: Harper & Row, 1962); Pankhurst, *The Ethiopians*; Richard Pankhurst e Denis Gerard, *Ethiopia Photographed: Historic Photographs of the Country and Its People Taken Between 1867 and 1935* (Londres e Nova York: Kegan Paul International, 1996).

**43 "Corrida pela África"** No final do século XIX, as potências européias – entre elas Grã-Bretanha, França, Alemanha, Bélgica e Portugal – utilizaram os avanços tecnológicos na medicina (o uso do quinino contra a malária), no transporte (incluindo os navios a vapor) e nos armamentos (mosquetes e canhões) para invadir e reivindicar terras africanas. Com pouco conhecimento dos territórios além do litoral, os estadistas reuniram-se em capitais européias, negociaram e pechincharam entre si, e impuseram fronteiras coloniais desenhando linhas retas nos mapas. Para mais informações, consulte Davidson, *Africa in His-*

*tory*; Howard W. French, *A Continent for the Taking: The Tragedy and Hope of Africa* (Nova York: Alfred A. Knopf, 2004); Philip Gourevitch, *We Wish to Inform You That Tomorrow We Will Be Killed with Our Families: Stories from Rwanda* (Nova York: Picador, 1998); Adam Hochschild, *King Leopold's Ghost* (Nova York: Mariner Books, 1999); John G. Jackson, *Introduction to African Civilizations* (Secaucus, NJ: The Citadel Press, 1974); Kasule, *The History Atlas*; David Lamb, *The Africans* (Nova York: Vintage, 1984); McEvedy, *Penguin Atlas*; Meredith, *Fate of Africa*; e Reader, *Africa.*

**43 "a luta desigual entre um governo que comandava"** Hailé Selassié, "Discurso na Liga das Nações" (Liga das Nações, Genebra, 20 de junho de 1936), publicado *on-line* pela Harvard Rhetorical Society, http://hcs.harvard.edu/rhetoric/selassie.htm (acessado em 16 de abril de 2006). Uma gravação desse discurso pode ser baixada do HistoryChannel.com, http://www.historychannel.com/broadband/home/ (acessado em 16 de abril de 2006).

**43 "de todos os povos que, possuindo uma população pouco numerosa, são ameaçados"** Ibid.

**45 "no chão, na sujeira e na poeira"** Kapuscinski, *Shadow*, 133.

**46 "O governo poderia, evidentemente"** Ibid., 134.

**46 *The Unknown Famine*** *The Unknown Famine*, dirigido por Ian Stuttard para o *This Week* da Thames Television, estreou na TV em 18 de setembro de 1973. Até o Natal, calcula-se que o documentário de meia hora tinha levantado cerca de 1,5 milhão de libras em ajuda. Paul Harrison e Robert Palmer, *News out of Africa: Biafra to Band Aid* (Londres: Hilary Shipman, 1986), 44-62; e Jonathan Dimbleby, "Ethiopia Proves There Can Be Life After Death", *Observer*, 28 de julho de 2002, http://observer.guardian.co.uk/worldview/story/0,11581,764433,00.html (acessado em 17 de abril de 2006).

**46 Um de seus líderes** Entre as fontes sobre Mengistu Hailé Mariam e o Dergue referentes a este capítulo e aos seguintes estão James Fenton, "Ethiopia: Victors and Victims", *New York Review of Books*, 7 de novembro de 1985, http://www.newyorkreviewofbooks.com/; Marcus, *History of Ethiopia*; Paulos Milkias, "Mengistu Haile Mariam: The Profile of a Dictator", *Ethiopian Review*, fevereiro de 1994, http://ethiopianreview.homestead.com/Article_PaulosMilkias_Feb1994.html (acessado em 17 de abril de 2006); Bernard Weinraub, "Ethiopia, an Unknown, Violent Country", *New York Times*, 30 de maio de 1976; e Paul B. Henze, *Layers of Time: A History of Ethiopia* (Nova York: Palgrave, 2000).

**48 Entre a metade da década de 70 e a de 80** As fontes sobre a descoberta e a disseminação do vírus da aids empregadas neste capítulo e nos seguintes foram, entre outras, Aids Education Global Information System, "So Little Time: An Aids History", http://www.aegis.com/topics/timeline/default.asp; Avert, "History of Aids: Pictures and Posters", http://www.avert.org/historyi.htm (acessados em 17 de abril de 2006); CNN, "Aids: 20 Years of an Epidemic", http://edition.cnn.com/SPECIALS/2001/aids/interactive/timeline/frameset.exclude.html (acessado em 5 de julho de 2005); Catherine Campbell, *Letting Them Die; Why HIV/Aids Prevention Programmes Fail* (Oxford: The International African Institute, 2003); Jon Cohen, *Shots in the Dark: The Wayward Search for an Aids Vaccine* (Nova York: W.W. Norton, 2001); John Crewdson, *Science Fictions: A Scientific Mystery, a Massive Cover-up, and the Dark Legacy of Robert Gallo* (Boston: Little, Brown and Company, 2002); Laurie Garrett, *The Coming Plague* (Nova York: Penguin Books, 1994); Jonathan Mann, Daniel Tarantola e Thomas Netter (orgs.), *Aids in the World 1992* (Cambridge: Harvard University Press, 1996); e Randy Shilts, *And the Band Played On* (Nova York: St. Martin's, 2000).

**48 E era um lentivírus** As referências sobre a patogênese do HIV e da aids são, entre outras, Avert, "Different Stages of HIV Infection"; McGovern e Smith, "Aids, Case Definition of", 32-6; Kestler com Medley e Horn, "HIV, Description of", 327-9; Horn, "Aids, Pathogenesis of", 37-40; e Darrell E. Ward, "The Medical Science of HIV/Aids", em *The*

*Amfar Aids Handbook: The Complete Guide to Understanding HIV and Aids* (Nova York: W. W. Norton, 1999), 279-836.

**49 "Doença do emagrecimento": foi como inicialmente** Susan Hunter, *Black Death: Aids in Africa* (Houndmills, Basingstoke, Hampshire: Palgrave Macmillan, 2003), 227n3.

**49 Suas primeiras manifestações foram** Thomas C. Quinn, Jonathan Mann, James W. Curran e Peter Piot, "Aids in Africa: An Epidemiologic Paradigm", *Science* 234 (1986): 955-63.

**49 "A característica dominante desse período"** Jonathan Mann, "Aids: A Worldwide Pandemic", em *Current Topics in Aids,* vol. 2, Michael S. Gottlieb (org.), Donald J. Jeffries, Donna Mildvan, Anthony J. Pinching, Thomas C. Quinn (John Wiley and Sons, 1989), citado em Avert, "History of Aids, 1981-1986", http://www.avert.org/his81_86.htm (acessado em 30 de março de 2006).

**49 Em 1990, na Etiópia, sessenta e uma mil crianças** Unaids, Unicef e Usaid, *Children on the Brink 2002: A Joint Report on Orphan Estimates and Program Strategies* (Washington: Usaid, 2002), 16, Tabela: 1990 – Africa: Orphan Estimates, by Year, Country, Type, and Cause, http://www.unicef.org/publications/files/pub_children_on_the_brink_en.pdf (acessado em 17 de abril de 2006).

**56 esses centros de saúde eram decrépitos** Ministério da Saúde da Etiópia, *Health and Health Related Indicators, 1994 E.C./2001/2002 G.C.* (Adis-Abeba: Ministério da Saúde, 2002). Disponível para *download* em http://www.etharc.org/ (acessado em 17 de abril de 2006); Fran von Massow, "Access to Health and Education Services in Ethiopia: Supply, Demand and Government Policy", documento não concluído (Oxfam, 2001), http://www.oxfam.org.uk/what_we_do/resources/wp_healthedu_ethiopia.htm (acessado em 17 de abril de 2006); e Biblioteca do Congresso americano, "Country Profile: Ethiopia", 8.

**57 "Um milhão de pessoas morreram na Etiópia"** Kapuscinski, *Shadow,* 134.

**57 nunca houve fome** Amartya Sen, "Global Doubts" (Commencement Day Address, 8 de junho de 2000), http://www.commencement.harvard.edu/2000/sen.html (acessado em 16 de abril de 2006). "Uma economia de mercado funcional não afasta a necessidade de democracia e de direitos civis e políticos. Estes últimos dão ao povo não só mais liberdade para viver como bem entenda (sem receber ordens a torto e a direito), como também maior poder de voz para exigir que seus interesses sejam levados em conta. O fato de que nunca houve fome em um país democrático com imprensa livre e eleições periódicas é só uma ilustração elementar dessa ligação."

**58 As nuvens desapareceram lentamente do céu** *Unheard Voices: Drought, Famine and God in Ethiopian Oral Poetry,* comp. Fekade Azeze (Adis-Abeba: Adis-Abeba University Press, 1998).

**59 o número de órfãos da aids chegou a duzentos e noventa e quatro mil** Unaids, Unicef e Usaid, *Children on the Brink, 2002,* 19, Tabela: 1995 – Africa: Orphan Estimates, by Year, Country, Type, and Cause.

**59 "A expressão 'países em desenvolvimento'"** Mark Heywood, "Drug Access, Patents and Global Health: 'Chaffed and Waxed Sufficient'", *Third World Quarterly* 23, n. 2 (2002): 218.

**60 Quando, em 2005, a ONU avaliou** Programa das Nações Unidas para o Desenvolvimento, *Human Development Report 2005,* 222, Tabela 1: Human Development Index; 302, Tabela 25: Gender-Related Development Index; 229, Tabela 3: Human and Income Poverty: Developing Countries.

**74 "Em alguns casos, as zoonoses"** Samuel D. Uretsky, "Zoonosis", *Encyclopedia of Medicine,* Jacqueiline L. Long (org.) (Thomsom Gale, 2002). Disponível *on-line* em http://www.healthatoz.com/healthatoz/Atoz/ency/zoonosis.jsp (acessado em 17 de abril de 2006).

**75 "Todos os primatas que abrigam estes SIVs"** Preston Marx, Phillip G. Alcabes e Ernest Drucker, "Serial Human Passage of Simian Immunodeficiency Virus by Unsterile Injections and the Emergence of the Epidemic Human Immunodeficiency Virus in Africa",

*Philosophical Transactions of the Royal Society of London Series B – Biological Sciences* 356 (2001): 911.

**75 "Tenta-se explicar por que"** Ernest Drucker, entrevistado por Norman Swan, *The Health Report,* Australian Broadcasting Company Radio National, 27 de novembro de 2000. Transcrição disponível *on-line* em http://www.abc.net.au/rn/talks/8.30/helthrpt/stories/s217997.htm (acessado em 17 de abril de 2000).

**76 "De acordo com essa hipótese... a epidemia emergiu"** William Carlsen, "Quest for the Origin of Aids", *San Francisco Chronicle,* 14 de janeiro de 2001, A1, A14A15, http://www.sfgate.com/cgi-bin/article.cgi?file=/chronicle/archive/2001/01/14/MN140641.DTL.

**76 "Senhoras e senhores, cidadãos"** Edward Hooper, "The Story of a Man-Made Disease", *Supression of Dissent,* 22 de abril de 2003; Brian Martin, Universidade de Wollongong, Austrália, 1º de abril de 2006, http://www.uow.edu.au/arts/sts/bmartin/dissent/documents/Aids/Hooper03/Hooper03story.html; e *London Review of Books* 25, n. 7 (3 de abril de 2003), http://www.lrb.co.uk/v25/n07/hoop01_.html (acessado em 1º de abril de 2006).

**79 A produção aumentou cem vezes mais** Ernest Drucker, "Over One Million Die Every Year World Wide by Injections", *eHealthy News You Can Use,* 26 de dezembro de 2001, Dr. Joseph Mercola, *The Best Natural Health Information and Newsletter,* 9 de abril de 2006, http://www.mercola.com/2001/dec/26/injection_deaths.htm.

**79 "entusiasmo para lidar com doenças"** Unicef, "The 1950's: Era of the Mass Disease Campaign", *Fifty Years for Children: The State of the World's Children, 1996,* 11 de dezembro de 1995, *United Nations International Children's Emergency Fund 16th Annual Report of the State of the World's Children, 50th Anniversary Edition,* 12 de abril de 2006, http://www.unicef.org/sowc96/1950s.htm.

**79 À medida que a década de 40 deu lugar à de 50** Ibid.

**80 Nos anos 90, injeções eram administradas** Ibid.

**80 "O processo já foi testemunhado"** Carlsen, "Quest for the Origin".

**81 "Se tomarmos um vírus de baixa patogenicidade"** Drucker, entrevistado por Swan.

**81 "Com base nas descobertas que revelam a linhagem símia"** Preston A. Marx, Cristian Apetrei e Ernest Drucker, "Aids as a zoonosis? Confusion over the origin of the virus and the origin of the epidemics", *Journal of Medical Primatology* 33, n. 5-6 (outubro de 2004): 220-6. Resumo.

**82 "Chama a atenção que os primeiros casos"** Drucker, entrevistado por Swan.

**83 "Admitimos a hipótese... de que o aumento maciço"** Businesswire News, "Univec Heralds Work of Scientists Pointing to Unsterile Injections as Source of Worldwide Aids and Hepatitis Cases", *Aegis Today's News,* 13 de setembro de 2000, http://www.aegis.com/news/bw/2000/BW000903.html (acessado em 20 de abril de 2006).

**83 "A norma ... era simplesmente"** Drucker, entrevistado por Swan.

**84 A OMS estima que injeções inseguras** Ernest Drucker, Philip G. Alcabes e Preston A. Marx, "The injection century: Massive unesterile injections and the emergence of human pathogens", *Lancet* (Londres, Inglaterra): 358, n. 9297 (8 de dezembro de 2001): 1989-92.

**84 Ainda em 1998, a OMS recomendou** Drucker em Mercola, 2001.

**85 "Esses especialistas conceituados confirmam"** Businesswire News, "Univec Heralds Work of Scientists".

**85 "Desde o final da década de 80, a hipótese dominante"** Conversas com o autor, Atlanta, 2005.

**86 "Conhecemos a origem"** Preston Marx em entrevista radiofônica a Brian Lemberg, "Tulane University Health Sciences Center, the Tulane Center for Gene Therapy and the Tulane National Primate Research Center – Dr. Darwin Prockop, Dr. Preston Marx, Dr. Paul Whelton", *Biotech Today.* Transmissão original em 10 de março de 2003, World Talk Radio, Science and Technology. Acesso à versão arquivada em http://www.worldtalkradio.com/archive.asp?aid=1288.

95 **MMM, a instituição de caridade da igreja católica** Irmãs Missionárias Médicas de Maria (MMM) foi fundada na Nigéria em 1937 pela dublinense Madre Mary Martin; as irmãs chegaram à Etiópia em 1960. Atualmente, a MMM cuida de desamparados em dezenove países, entre eles pessoas que vivem com HIV/aids, e oferece uma gama de serviços, inclusive serviço médico e treinamento de profissionais de saúde. Para mais informações, consulte o *website* da Igreja Católica Etíope: http://www.ecs.org.

98 **"Meninas órfãs estão na mais absoluta marginalidade"** Sharon Lafraniere, "Aids, Pregnancy and Poverty Trap Ever More African Girls", *New York Times,* 3 de junho de 2005, http://query.nytimes.com/gst/fullpage.html?res=9D04EFD81738F930A35755C0A9639C8B63&sex=health (acessado em 17 de abril de 2006).

98 **Uma pesquisa realizada por epidemiologistas franceses** Michel Garenne, Romain Micol e Arnaud Fontanet, carta ao editor em resposta a "Unsafe Healthcare Drives Spread of African HIV", *International Journal of STD & Aids* 15, n. 1 (janeiro de 2004): 65-7.

110 **"A aids é um castigo de Deus"** Greg Behrman, *The Invisible People: How the United States Has Slept Through the Global Aids Pandemic, the Greatest Humanitarian Catastrophe of Our Time* (Nova York: Free Press, 2004), 27.

110 **"Coitados dos homossexuais"** Ibid.

110 **"O que observo é que os dólares de nossos impostos"** Ibid.

110 **"Até então, a doença era tratada como uma epidemia exclusiva de homossexuais"** Daniel McGinn, "MSNBC: Aids at 20: Anatomy of a Plague; an oral History", *Newsweek,* http://www.msnbc.com/

111 **"forte indício de transmissão heterossexual"** Peter Piot, Thomas Quinn, Helena Taelman et al., "Acquired Immunodeficiency Syndrome in a Heterosexual Population in Zaire", *Lancet* 2 (1984): 65-9, citado em Avert, "History of Aids, 1981-1986".

111 **"Pacientes africanos com SK"** Robert Downing, Roger Eglin e Anne C. Bayley, "African Kaposi's Sarcoma and Aids", *Lancet* 1 (1984): 478-80. Ver também Lawrence K. Altman, "New Form of Cancer Seen in African Aids Patients", *New York Times,* 9 de dezembro de 2005, http://query.nytimes.com/gst/fullpage.html?sec=health&res=9D02E6DD173BF93AA35751C1A963948260 (acessado em 18 de abril de 2006).

111 **Em novembro de 1983, a Organização Mundial da Saúde** Organização Mundial da Saúde, "Acquired Immune Deficiency Syndrome Emergencies" (Relatório da Reunião da Organização Mundial da Saúde, Genebra, 22-25 de novembro de 1983), citado em Avert, "History of Aids, 1981-1986".

112 **No final daquele ano, haviam sido relatados vinte mil casos** Avert, "History of Aids, 1981-1986".

112 **o presidente Ronald Reagan não tratou oficialmente** Segundo Greg Behrman, a primeira declaração pública de Reagan sobre a aids foi em um discurso na festa "Encontro no Potomac" promovido por Elizabeth Taylor no verão de 1985 (consulte *Invisible People,* 27); e ele fez discursos sobre a aids e a realização obrigatória de testes no início de 1987. Segundo a Aegis, a primeira vez que o presidente mencionou a palavra *aids* em público foi em resposta a perguntas de repórteres em 1985. Ele mencionou a aids numa mensagem ao Congresso em fevereiro de 1986. Só em abril de 1987 fez seu primeiro "grande discurso" sobre a aids (para o Colegiado de Médicos da Filadélfia).

113 **"Muitas vezes comentava-se acidamente"** Paul Monette, *Borrowed Time: An Aids Memoir* (Nova York: Harcourt Brace, 1988), 110.

113 **"a síndrome caquética não pode ser diferençada"** Thomas Kamradt, Dieter Niese e Frederick Vogel, "Slim Disease (aids)", *Lancet* 2 (1985): 1425, citado por Avert, "History of Aids, 1981-1986".

**113 não era impossível que dez milhões** Nancy Kireger e Rose Appleman, *The Politics of Aids* (Frontline Pamphlets, the Institute for Social and Economic Studies, 1986), citado em Avert, "History of Aids, 1981-1986".

**114 "'Irmão', Castro comentou com Museveni"** Arthur Allen, "Sex Change: Uganda *vs.* Condoms", *New Republic*, 27 de maio de 2002, 14.

**114 "no mínimo trinta milhões de africanos"** Alex Duval Smith, "Focus Aids: A Continent Left to Die", *Independent*, 5 de setembro de 1999.

**114 "Ela explodiu no final"** Conversa com o autor, Toronto, agosto de 2005.

**117 Pacientes etíopes foram diagnosticados** Lisa Garbus, "HIV/Aids in Ethiopia" (Centro de Pesquisa de Diretriz para a Aids, Universidade da Califórnia, abril de 2003).

**119 De cada onze pessoas no mundo** Clare Bishop-Sambrook, "The Challenge of the HIV/Aids Epidemic in Rural Ethiopia: Averting the Crisis in Low Aids-Impacted Communities" (Departamento de Agricultura Sustentável da Organização das Nações Unidas para Agricultura e Alimentação, Roma, março de 2004), 2, http://www.fao.org/sd/dim_pe3/pe3_040402_en.htm (acessado em 17 de abril de 2006).

**125 Em 2000, não havia medicamentos contra a aids** David Shinn, "The Silence is Broken, the Stigma Is Not", *Africa Notes* (Center for Strategic and International Studies, Washington, D.C., julho de 2001), 5, http://www.csis.org/media/csis/pubs/anotes_0107.pdf (acessado em 15 de abril de 2006).

**167 O Unicef observou que a "estratégia de sobrevivência"** Unicef, "Africa's Orphan Crisis: Worst Is Yet to Come", Joanesburgo/Genebra, comunicado à imprensa, 26 de novembro de 2003, http://www.unicef.org/media/media_16287.html (acessado em 1º de outubro de 2005).

**187 eram dois dos vinte e seis milhões** Unaids e OMS, "Aids Epidemic Update, 2004", 3, http://www.clintonfoundation.org/pdf/epiupdate04_en.pdf (acessado em 19 de abril de 2006).

**187 Talvez quatro por cento dentre eles tivessem acesso** IRIN, "The Treatment Era: ART in Africa", *PlusNews*, dezembro de 2004, http://www.plusnews.org/webspecials/ARV/ARV-PlusNews.pdf (acessado em 19 de abril de 2006).

**187 Era a zidovudina, comumente conhecida como AZT** Para maiores informações sobre o AZT e medicamentos e tratamentos contra a aids, ver George Manos, Leonardo Negron e Tim Horn, "Antiviral Drugs", em *Encyclopedia of Aids*, 51-3; Darrell E. Ward, "Treatment of HIV Disease", em *Amfar Aids Handbook*, 68-103; Ian V. D. Weller e I. G. Williams, "ABC of Aids: Antiretroviral Drugs", *British Medical Journal* 332 (2001): 1410-2, http://bmj.bmjjournals.com/cgi/reprint/322/7299/1410 (acessado em 20 de abril de 2006); Ministério da Saúde dos Estados Unidos, "Aidsinfo Drug Database", http://www.aidsinfo.nih.gov/DrugsNew/Default.aspx?MenuItem=Drugs (acessado em 19 de abril de 2006); Body Health Resources Corporation, "FDA-Approved Antiretrovirals", http://www.thebodypro.com/antiretroviral_link.html (acessado em 19 de abril de 2006); e Avert, "Introduction to HIV/Aids Treatment", http://www.avert.org/introtrt.htm (acessado em 19 de abril de 2006).

**189 "A maior parte das pesquisas que demonstraram"** P. Chirac, T. von Schoen-Angerer, T. Kaspter e N. Ford, "Aids: Patent Rights *versus* Patient's Rights", *Lancet* 356, n. 9228 (5 de agosto de 2000): 502.

**190 o índice americano de mortalidade pela aids** John Henkel, "Attacking Aids with 'Cocktail' Therapy: Drug Combo Sends Death Plummeting", *FDA Consumer Magazine*, julho-agosto de 1999, http://www.fda.gov/fdac/features/1999/499_aids.html (acessado em 19 de abril de 2006).

**190 "Muitos dos que estavam debilitados"** Ibid.

**191 "freqüentemente descobertos por laboratórios públicos"** Chirac, Von Schoen-Angerer, Kaspter e Ford, "Aids", 502.

**191 dos cinqüenta medicamentos mais vendidos aprovados** Alice Dembner, "Public Handouts Enrich Drug Makers, Scientists", *Boston Globe,* 5 de abril de 1998, http://www.bostonglobe.com/ (acessado em 19 de abril de 2000), relatado em Angell, *Truth About Drug Companies,* 65.

**191 Em 1998, a revista especializada *Health Affairs*** Darren E. Zinner, "Medical R & D at the Turn of the Millenium", *Health Affairs,* set.-out. 2001, 202, citado por Angell, *Truth About Drug Companies,* 64.

**191 Em 2000, a revista *Forbes* calculou** Parafraseado por Barton Gellman, "A Turning Point That Left Millions Behind: Drug Discounts Benefit Few While Protecting Pharmaceutical Companies' Profits", Death Watch: Aids, Drugs and Africa, *Washington Post,* 28 de dezembro de 2000.

**191 "Não há dúvidas... de que a pesquisa médica patrocinada por recursos públicos"** Angell, *Truth About Drug Companies,* 65.

**192 "Em 2001, as empresas farmacêuticas deram aos médicos"** Ibid., 115-6.

**192 o laboratório Pharmacia gastou quarenta e quatro por cento de sua receita em marketing** Alexander Irwin, Joyce Millen e Dorothy Fallows, *Global Aids: Myths and Facts* (Cambridge, MA: South End, 2003), 118.

Segundo um artigo recente do *New York Times,* "alguns médicos estão se rebelando" contra "as práticas comerciais excessivamente vigilantes dos cerca de noventa mil representantes da indústria farmacêutica do país". A objeção mais específica de muitos clínicos é o acesso a dossiês computadorizados discriminando quem receitou o quê, sujeitando os médicos à pressão dos fabricantes de medicamentos para prescrever mais produtos de sua marca. Ver Stephanie Saul, "Doctors Object to Gathering of Drug Data", *New York Times,* 4 de maio de 2006, http://www.nytimes.com/2006/05/04/business/04prescribe.html (acessado em 6 de maio de 2006). O estado de New Hampshire foi o primeiro a aprovar uma lei que proíbe empresas coletoras de dados, farmacêuticas e outras de vender a informação. Ver Katie Zezima, "National Briefing: New Hampshire: Bill on Drug Data is Approved", *New York Times,* 5 de maio de 2006, http://www.nytimes.com/2006/05/05/us/05brfs.html (acessado em 6 de maio de 2006).

**192 "A GlaxoSmithKline e sua parceira de mercado"** Angell, *Truth About Drug Companies,* 118.

**193 "Salários e pacotes de remuneração de executivos"** Irwin, Millen e Fallows, *Global Aids,* 118.

**193 O principal executivo da Bristol-Meyers Squibb recebeu** AFL-CIO, "Executive Paywatch: Health Care", http://www.aflcio.org/corporatewatch/paywatch/db_console_r.cfm?f=0&ind=Health+Care (acessado em 20 de abril de 2006).

**193 Assim, o número de mortes por aids... nos Estados Unidos e na Europa Ocidental** Segundo o CDC e o Centro de Monitoramento Epidemiológico da Aids, respectivamente, 17.849 pessoas morreram de aids nos Estados Unidos e 3.454 na Europa Ocidental em 2003 – comparados à estimativa da Unaids de 2 milhões a 2,5 milhões na África subsaariana. Centros de Controle de Doenças, "HIV/Aids Surveillance Report: Cases of HIV Infection and Aids in the United States, 2004", 16, Tabela 7: Estimated Numbers of Deaths of Person with Aids, by Year of Death and Selected Characteristics, 2000-2004, http://www.cdc.gov/hiv/stats/2004SurveillanceReport.pdf (acessado em 16 de abril de 2006); EuroHIV, "HIV/Aids Surveillance in Europe, Year-End Report 2004", 42, Tabela 24: Deaths Among Aids Cases by Country and Year of Death; 193, Tabela 2: Aids Deaths, http://www.eurohiv.org/reports/report_71/pdf/report_eurohiv_71.pdf (acessado em 20 de abril de 2006); e Unaids, *2004 Report on the Global Aids Epidemic* (Genebra: Unaids, 2004).

**194 Rudolf Nureyev morreu** Avert, "The History of Aids, 1993-1997", http://www.avert.org/his93_97.htm (acessado em 19 de abril de 2000).

**194 "Agora, no sétimo ano"** Monette, *Borrowed Time*, 2.

**195 "quando entenderam que tinham escapado"** Barton Gellman, "World Shunned Signs of Coming Plague", Death Watch: Aids, Drugs and Africa, *Washington Post*, 5 de julho de 2000.

**195 "No início de 1980... o Congresso promulgou"** Angell, *Truth About Drug Companies*, 7.

**195 "O significado dessas leis é que as empresas farmacêuticas"** Ibid., 8.

**196 "A exclusividade é a espinha dorsal"** Ibid., 9.

**196 "advogados do ramo manipularam"** Ibid., 9-10.

**196 "Os efeitos das patentes sobre os preços"** Irwin, Millen e Fallows, *Global Aids*, 119.

**197 6,4 milhões de pessoas haviam morrido** Avert, "History of Aids, 1993-1997".

**197 "*Grosso modo*... os medicamentos estão no Norte"** Gellman, "Turning Point".

**198 O conjunto de leis da OMC é conhecido como TRIPS** Para mais informações sobre o TRIPS e os direitos de propriedade intelectual, ver Avert, "TRIPS, Aids and Generic Drugs", http://www.avert.org/generic.htm (acessado em 19 de abril de 2000); Avert, "Providing Drug Treatment for Millions", http://www.avert.org/drugtreatment.htm.

**198 Todos os 147 membros** Hoje são 148.

**198 "Países ocidentais, liderados pelos Estados Unidos"** Daryl Lindsey, "The Aids-Drug Warrior", *Salon*, 1º de junho de 2001, http://archive.salon.com/news/feature/2001/06/18/love/index.html (acessado em 20 de abril de 2006).

**198 "Mesmo tendo as patentes, não é lucrativo"** Amy Kapczynski, "Strict International Patent Laws Hurt Developing Countries", 16 de dezembro de 2002, http://yaleglobal.yale.edu/display.article?id=562 (acessado em 12 de abril de 2006).

**199 "Com defensores poderosos no meio acadêmico"** Irwin, Millen e Fallows, *Global Aids*, 68.

**199 "Apesar de ter sido comprovado, durante anos, que o número de mortes pela aids equivalia a um genocídio"** Johanna McGeary, "Paying for Aids Cocktails: Who Should Pick Up the Tab for the Third World?", *Time*, 12 de fevereiro de 2001, http://www.time.com/time/2001/aidsinafrica/drugs.html (acessado em 20 de abril de 2006).

**200 "Uma estratégia que enfatiza a prevenção"** Irwin, Millen e Fallows, *Global Aids*, 61.

**200 "Talvez o que nos resta seja assistir"** Ibid.

**200 "Eles já estão mortos."** Gellman, "World Shunned".

**201 "Natsios, que durante uma década"** John Donnelly, "Prevention Urged in Aids Fight: Natsios Says Fund Should Spend Less on HIV Treatment", *Boston Globe*, 7 de junho de 2001. Consulte também Brenda Wilson, "Treating Aids in Africa Undermined by Lack of Funds", *All Things Considered*, National Public Radio, 28 de novembro de 2003, http://www.npr.org/templates/story/story.php?storyId=1524909.

**201 organizações como o Fundo Mundial** Fundo Mundial de Combate à Aids, Tuberculose e Malária, "A Partnership to Prevent and Treat Aids, Tuberculosis and Malaria", http://www.theglobalfund.org/en/files/publications/qaen.pdf (acessado em 20 de abril de 2006).

**201 "Evidências obtidas da Tailândia, de Uganda e do Brasil"** Irwin, Millen e Fallows, *Global Aids*, 43.

**202 nações da África subsaariana mais duramente atingidas** Comitê de Relações Exteriores do Senado dos Estados Unidos, *Halting the Spread of HIV/Aids: Future Efforts in the U.S. Bilateral and Multilateral Response: Hearing Before the Committee on Foreign Relations*, Plenário 107, 2ª sessão, 13-14 de fevereiro de 2002, http://frwebgate.access.gpo.gov/cgi-bin/getdoc.cgi?dbname=107_senate_hearings&docid=f:77846.pdf.

**202 Médicos Sem Fronteiras... lançou programas para o tratamento da aids** Toby Kasper, David Coetzee, Françoise Louis, Andrew Boulle e Katherine Hilderbrand, "Demystifying Antiretroviral Therapy in Resource-Poor Settings", *Essential Drugs Monitor* 32 (2003): 20-1, http://mednet2.who.int/edmonitor/32/edm32_en.pdf (acessado em 20 de abril de

2006); e OMS, "Scaling Up HIV/Aids Care". Para mais informações sobre a Médicos Sem Fronteiras e sua Campanha pelo Acesso ao Tratamento (iniciada em 1999 para promover o acesso mais amplo a medicamentos essenciais), consulte http://www.accessmed-msf.org/ (acessado em 20 de abril de 2006).

**202 os pobres dos países pobres** Donald G. McNeil Jr., "Africans Outdo U.S. Patents in Following Aids Therapy", *New York Times*, 3 de setembro de 2003.

**202 se a Coca-Cola** De fato, a Coca-Cola Africa Foundation comprometeu-se a gastar trinta milhões de dólares até o final da década no combate ao HIV/aids na África, e está ciente da capacidade de alcance inigualável da empresa. "O emprego de nossas competências-chave – a logística para entregar preservativos usando nossos caminhões e as técnicas de marketing para divulgar informação sobre o HIV/aids – apresenta-se como fonte de grande potencial, e é necessário tirar delas o máximo proveito." A fundação investiu em clínicas, centros infantis, orfanatos e projetos nos locais de trabalho. Coca-Cola Africa Foundation, "Our 2004-2005 HIV/Aids Initiatives in Africa, Manzini, Swaziland", http://www2.cocacola.com/citizenship/TCCAF_HIVAIDS_report.pdf (acessado em 25 de abril de 2006).

**202 a África do Sul era o país mais atingido** Unaids, *Report on the Global HIV/Aids Epidemic, June 2000*, 124, Tabela de Estimativas e Dados sobre Aids por País ao Final de 1999; e Programa de Desenvolvimento das Nações Unidas para a África do Sul, "HIV/Aids and Human Development: South Africa, 1998", http://www.undp.org.za/docs/pubs/hdr.overview.htm (acessado em 20 de abril de 2006).

**203 Os autores incluíam, entre outros, a Alcon, a Bayer** L. J. Davis, "A Deadly Dearth of Drugs", *Mother Jones*, janeiro-fevereiro de 2000, http://www.motherjones.com/commentary/power_plays/2000/01/Aids_drugs.html (acessado em 20 de abril de 2006); Alex Duval Smith, "Focus Aids: A Continent Left to Die", *Independent*, 5 de setembro de 1999; "A War Over Drugs and Patents", *Economist*, 8 de março de 2001, http://www.economist.com/displaystory.cfm?story_id=529284 (acessado em 20 de abril de 2001); Chris McGreal, "South Africa's Sick Wait for Judgement Day", *Guardian*, 5 de março de 2001, http://www.guardian.co.uk/Archive/Article/0,4273,4146083,00.html (acessado em 20 de abril de 2001); e Avert, "TRIPS, Aids, and Generic Drugs".

**203 "A indústria farmacêutica e o governo Clinton"** Russell Sabin, "New Crusade to Lower Aids Drug Costs: Africa's Need at Odds with Firms' Profit Motive", *San Francisco Chronicle*, 24 de maio de 1999, http://sfgate.com/cgi-bin/article.cgi?file=/chronicle/archive/1999/05/24/MN104738.DTL (acessado em 30 de março de 2006).

**203 "As patentes são a espinha dorsal"** Ibid.

**203 "A única beneficiária da corrosão"** Ibid.

**204 "Foi extremamente dramático"** Edwin Cameron, em entrevista concedida a Carrie Grace, 22 de agosto de 2005, http://news.bbc.co.uk/2/hi/africa/4166848.stm (acessado em 20 de abril de 2006).

**205 "O que incomoda as empresas farmacêuticas"** Subcomitê sobre Justiça Criminal, Política de Medicamentos e Recursos Humanos, Comitê da Câmara dos Deputados sobre Reforma do Governo, *What Is the United States Role in Combating the Global HIV/Aids Epidemic?: Hearing Before the Subcommittee on Criminal Justice, Drug Policy, and Human Resources, House Committee on Government Reform*, 106º Plenário, 1ª sessão, 19 de julho de 1999, http://frwebgate.access.gpo.gov/cgi-bin/getdoc.cgi?dbname=106_house_hearings&docid=f:65308.pdf (acessado em 22 de abril de 2006).

**205 "assegurar que interesses de saúde pública sejam soberanos"** Evelyn Hong, "Globalisation and the Impact on Health, a Third World View – the Agreement on Trade Related Aspects of Intellectual Property (TRIPS)" (Seção "U.S. Threatens South Africa"), *The Agreement on Trade Related Aspects of Intellectual Property (TRIPS) – Globalisation and the*

*Impact on Health – a Third World View – Issue Papers*, agosto de 2006 (atualizado pela última vez em março de 2005). People's Health Movement, 14 de abril de 2006, http://www.phmovement.org/pubs/issuepapers/hong15.html; e Organização Mundial de Saúde, *Resolution on Intellectual Property Rights, Innovation and Public Health* (56ª Assembléia Mundial de Saúde, 28 de maio de 2003), http://www.who.int/gb/ebwha/pdf_files/WHA56/ea56r27.pdf (acessado em 22 de abril de 2006).

**205 "Todas as agências relevantes do governo norte-americano"** Departamento de Estado dos Estados Unidos, "Report on U.S. Government Efforts to Negotiate the Repeal, Termination or Withdrawal of Article 15(c) of the South African Medicines and Related Substances Act of 1965", 5 de fevereiro de 1999.

**206 os laços importantes que existiam entre Gore e a indústria farmacêutica** John B. Judis, "K Street Gore", *American Prospect*, julho-agosto de 1999, http://www.prospect.org/print/V10/45/judis-j.html (acessado em 21 de abril de 2006), citado por Janine Jackson, "Media Blow the First Issue of the Campaign", *Extra: The Magazine of Fair, the Media Watch Group*, setembro-outubro de 1999, http://www.fair.org/extra/9909/gore-aids.html (acessado em 21 de abril de 2006).

**206 "Eu acredito na Primeira Emenda"** Jackson, "Media Blow".

**206 "apóio os esforços da África do Sul"** Al Gore a James E. Clyburn, 25 de junho de 1999, http://www.cptech.org/ip/health/sa/vp-feb-25-99.html (acessado em 5 de março de 2006).

**206 "Aparentemente, a declaração [do vice-presidente]"** Subcomitê sobre Justiça Criminal, Política de Medicamentos e Recursos Humanos, *What Is the United States Role?*

**206 "foram as atividades do ACT UP"** Irwin, Millen e Fallows, *Global Aids*, 124.

**207 "Madre Teresa já tinha morrido"** Kapczynski, "Strict International Patent Laws".

**207 Hamied anunciou que a Cipla produziria** Soutik Biswas, "Indian Drugs Boss Hails Aids Deal", 29 de outubro de 2003, http://news.bbc.co.uk/2/hi/south_asia/3220619.stm (acessado em 21 de abril de 2001).

**207 "Somos uma empresa comercial"** Lindsey, "Aids-Drug Warrior".

**208 "Não existe patente"** Ibid.

**208 "Agora está inquestionavelmente ao alcance"** Mark Rosenberg, Task Force for Child Survival, debate com o autor, setembro de 2001.

**209 Do ponto de vista das relações públicas, eles colheram vantagens** A Accelerating Access Initiative começou como uma iniciativa conjunta entre as Nações Unidas (a Secretaria da Unaids, o Unicef, o UNFPA, a OMS e o Banco Mundial) e as cinco empresas (Boehringer Ingelheim, Bristol-Myers Squibb, GlaxoSmithKline, Merck & Co. e Hoffmann-La Roche). Para mais informações sobre o programa Accelerating Access, consulte WHO/Unaids, "Accelerating Access' Initiative Moving Forward; 72 Countries Worldwide Express Interest", comunicado à imprensa, 11 de dezembro de 2001, http://www.whoint/inf-pr-2001/en/pr2001-54.html (acessado em 21 de abril de 2001); ACT UP Paris, "'Access' Serves Pharmaceutical Companies While Corrupting Health Organizations", comunicado à imprensa, 15 de maio de 2002, http://www.actupparis.prg/pdf/nord_sud/02_05_15_Accele_Acc_ENG.pdf.

**209 Mas "é difícil aferir o impacto real"** McGeary, "Paying for Aids Cocktails".

**209 "vêm acompanhados de restrições"** ACT UP Paris, "'Access' Serves Pharmaceutical Companies".

**209 "De acordo com as estimativas mais otimistas"** Ibid.

**209 "Bem diferente das reduções de preço comerciais"** Ibid.

**276 Em 2005, a Etiópia tinha 1.563.000 de órfãos da aids** Indrias Getachew, "Ethiopia: Steady Increase in Street Children Orphaned by Aids", Unicef, http://www.unicef.org/infobycountry/ethiopia_30783.html).

**303 Pesquisas de opinião nos Estados Unidos** Pew Research Center, "Bush's Base Backs Him to the Hilt", 26 de abril de 2001, http://people-press.org/reports/display.php3?Report ID=14 (acessado em 24 de abril de 2006).

**303 "O caráter da assistência ao desenvolvimento é freqüentemente duvidoso"** Pekka Hirvoenen, "Stingy Samaritans: Why Recent Increases in Development Aid Fail to Help the Poor", *Global Policy Forum*, agosto de 2005, http://www.globalpolicy.org/socecon/develop/oda/2005/08stingysamaritans.htm (acessado em 24 de abril de 2006).

**304 Embora os Estados Unidos tenham dado mais em volume de dólares** Anup Sha, "The U.S. and Foreign AID Assistance", http://www.globalissues.org/TradeRelated/Debt/USAid.asp (acessado em 24 de abril de 2006). Estatísticas por país da Organização para a Cooperação e Desenvolvimento Econômico, "Aid Statistics, Donor Aid Charts", http://www.oecd.org/countrylist/0,2578,en_2649_34447_1783495_1_1_1_1,00.html (acessado em 24 de abril de 2003).

**304 "Estamos em uma corrida desesperada"** Lewis, *Race Against Time*, 145.

**306 "Somos imbatíveis quando se trata de estudos"** Stephen Lewis, "Statement by Stephen Lewis, Special Envoy for HIV/Aids in Africa, on World Aids Day, December 1, 2005", http://www.pih.org/inthenews/WorldAIDSDay2005-StephenLewis.pdf (acessado em 24 de abril de 2006).

**307 Em maio de 2005, a reeleição de Meles Zenawi foi imediatamente questionada** Para mais informações sobre os meses que se seguiram à reeleição de Meles Zenawi, ver Befekir Kebebe, "Historical Timeline: Politics; Ethiopia's Election and Its Aftermath", http://www.ethiopianmillenium.com/timeline_politics.html (acessado em 21 de abril de 2006).

**308 Em fevereiro de 2006, oitenta réus** Anistia Internacional, "Ethiopia: Prisoners of Conscience Prepare to Face 'Trial'", comunicado à imprensa, 22 de fevereiro de 2006, http://www.amnestyusa.org/countries/ethiopia/document.do?id=ENGAFR250052006 (acessado em 21 de abril de 2006).

**308 "Essas pessoas são prisioneiras de consciência"** Ibid.

**310 "Em vez disso, as urnas foram jogadas no lixo"** Entrevista concedida por um amigo, Adis-Abeba, novembro de 2005. Omiti o nome do entrevistado por comum acordo.

Em 9 de março de 2006, o Comitê de Proteção dos Jornalistas (CPJ) relatou: "A delegação do CPJ obteve hoje um raro acesso à prisão Kality, na periferia da capital, Adis-Abeba, onde dezenas de líderes oposicionistas e pelo menos catorze jornalistas foram detidos depois dos motins pós-eleitorais em novembro [...]. Catorze jornalistas etíopes estão sendo julgados sob acusações de traição e 'genocídio'. Estão presos desde novembro, quando as autoridades etíopes iniciaram uma intervenção maciça e permanente na imprensa privada. A polícia impediu a maioria dos jornais privados de publicar; fez dezenas de jornalistas se esconderem e se exilarem; fez batidas em redações de jornais, confiscando computadores, documentos e outros equipamentos; expulsou dois jornalistas estrangeiros; e emitiu uma lista de editores, jornalistas e dissidentes 'procurados'." Comitê de Proteção dos Jornalistas, "Ethiopia: Court drops charges against five voice of America journalists", 22 de março de 2006, http://www.cpj.org/news/2006/africa/ethiopia22mar06na.html (25 de abril de 2006).

Em 22 de março, a Suprema Corte Federal da Etiópia retirou as acusações de traição e genocídio contra dezoito pessoas, inclusive cinco jornalistas baseados em Washington que trabalhavam para a Voz da América. Os cinco, Negussie Mengesha, Addisu Abebe, Tizita Belachew, Adanech Fessehaye e Solomon Kifle, nunca ficaram sob custódia policial na Etiópia.

Também em março de 2006, 395 prisioneiros foram libertados sem instauração de processo, meses depois de convocações e detenções ilegais em campos de prisioneiros às vezes remotos e superlotados. A libertação desses prisioneiros políticos aumenta para 11.600 o número de libertados desde as duas explosões de violência no ano passado. O número exato de prisioneiros políticos é desconhecido, mas suspeita-se que milhares de opositores do governo ainda estejam detidos sem acusações, http://www.ethiopianmillenium.com/news.html# (acessado em 25 de abril de 2006).

Ver também Anistia Internacional, "Ethiopia: Prisoners of Conscience"; Anistia Internacional, "Ethiopia: Fear of torture/possible prisoners of conscience", comunicado à imprensa, 31 de março de 2006, http://web.amnesty.org/library/Index/ENGAFR250082006?open&of=ENG-ETH (acessado em 25 de abril de 2006); Anistia Internacional, "Ethiopia: Further information on possible prisoners of conscience/fear of torture or ill-treatment/health concern: New names", 19 de janeiro de 2006 (acessado em 25 de abril de 2006); e Anistia Internacional, "Ethiopia: Disappearance/excessive use of force/impunity/detention without charge or trial", 30 de janeiro de 2006.

369 **"Vocês sabem como é pequeno o número de orfanatos"** Entrevista com o membro do conselho do AHOPE, Adis-Abeba, 15 de dezembro de 2005. Omiti o nome do entrevistado por comum acordo.

422 **A OMS estimou que a ampliação do acesso** "Progress on Global Access to HIV Anti-retroviral Therapy: A Report on '3 by 5' and Beyond", *Who Publications*, março de 2006, Organização Mundial da Saúde e Programa das Nações Unidas sobre HIV/Aids (Unaids), 30 de março de 2006, http://www.who.int/hiv/fullreport_en_highres.pdf. Para informações adicionais sobre o "3 em 5", ver Avert, "Aids Treatment Target and Results".

422 **Contudo, o Fundo Global enfrenta um déficit de recursos** Fundo Global de Combate à Aids, Tuberculose e Malária, "Global Fund Closes Funding Gap: Round Five Grants Approved by Global Fund Board; Round Six Planned for 2006", comunicado à imprensa, 16 de dezembro de 2005, http://www.theglobalfund.org/en/media_center/press/pr_051216.asp (acessado em 22 de abril de 2006). Até o momento, o Fundo Global não tem dinheiro para financiar uma nova rodada de subvenções (Rodada 6). Para maiores informações sobre o fundo, ver Avert, "The Global Fund to Fight Aids, Tuberculosis and Malaria", http://www.avert.org/global-fund.htm (acessado em 21 de abril de 2006); Avert, "Funding the Fight Against Aids", http://www.avert.org/aidsmoney.htm (acessado em 21 de abril de 2006); e Bernard Rivers, "Stalled Growth: The Global Fund in Year Four", *Global Fund Observer Newsletter*, 7 de novembro de 2005, http://www.Aidspan.org/gfo/archives/newsletter/GFO-Issue-52.pdf (acessado em 22 de abril de 2006).

422 **"Só nos resta pedir desculpas"** Madeleine Morris, "Apology Over Missed Aids Target", 25 de novembro de 2005, http://news.bbc.co.uk/2/hi/health/4476978.stm (acessado em 17 de abril de 2006). Ver também International Treatment Preparedness Coalition [Coalizão Internacional de Prontidão para o Tratamento], "Missing the Target: A Report on HIV/Aids Treatment Access from the Frontlines", 25 de novembro de 2005, http://www.aidstreatmentaccess.org/itpcfinal.pdf (acessado em 22 de abril de 2006); e OMS, "Progress on Global Access".

423 **"Se o 3 em 5 falhar [...] o que certamente ocorrerá"** Stephen Lewis, enviado especial das Nações Unidas para HIV/aids na África, comunicado à imprensa, 3 de março de 2004, http://www.aegis.com/news/unAids/2004/UN040301.html (acessado em 21 de abril de 2006).

423 **entre 1987 e 2005, o Retrovir gerou** Sabine Vollmer, "Cheaper AZT on the Way", *Raleigh News and Observer*, 20 de setembro de 2005, http://www.natap.org/2005/HIV/092005_02.htm (acessado em 21 de abril de 2006).

423 **Diversos laboratórios farmacêuticos etíopes foram identificados** Gilbert Kombe (sócio sênior para HIV/aids, Abt Associates, Inc.), *e-mail* enviado ao assistente de pesquisas, 24 de fevereiro de 2006; e Yordanos Tadesse (executivo principal, Bethlehem Pharmaceuticals, PLC, Adis-Abeba), *e-mail* enviado ao assistente de pesquisa, 13 de março de 2006.

424 **"com companhias estatais em todos os países do Terceiro Mundo"** Biswas Soutik, "Indian Drugs Boss Hails Aids Deal", 17 de abril de 2006, http://news.bbc.co.uk/2/hi/south_asia/3220619.stm (acessado em 22 de abril de 2006).

424 **De acordo com o Unicef, até fevereiro de 2006** Unicef, " Unicef/Baylor Agreement Signals Brighter Outlook for Pediatric Aids Treatment in Africa", comunicado à imprensa, 27 de fevereiro de 2006, http://www.unicef.org/uniteforchildren/press_31343.htm (acessado em 22 de abril de 2006).

424 **Oitenta e cinco por cento dessas crianças viveram** Unaids e Unicef, "A Call to Action: Children; the Missing Face of Aids", 4 de outubro de 2005, http://www.unicef.org/publications/files/Aids_Launch_final_14Oct.pdf (acessado em 22 de abril de 2006).

425 **As quarenta crianças que a Dra. Sofia começou a tratar** Em abril de 2006, a WWO tinha 120 crianças matriculadas em seu programa gratuito de aids pediátrica da clínica Barlow, com esperança de incluir mais oitenta até o fim do ano. Com o apoio e o incentivo do governo, a WWO começou a estender seus serviços a orfanatos em toda a capital e em outras cidades. Também em abril de 2006, a Dra. Jane Aronson (fundadora e diretora-executiva da World Wide Orphans) lançou um projeto de teatro com a ajuda de voluntários do meio teatral e cinematográfico norte-americano; crianças soropositivas do orfanato AHOPE foram orientadas na criação de uma produção teatral – que incluía cenários, figurinos e maquiagem. A montagem de um show a cargo dessas crianças deveria abrir os olhos de muitas pessoas que desconhecem o potencial de criatividade, divertimento e alegria na população de órfãos da África, mesmo no interior da população que é soropositiva. A WWO planeja criar um centro comunitário de primeira linha para adultos e crianças que vivem com aids, o qual incluirá uma clínica, salas de aula, um teatro e um complexo futebolístico.

425 **"apesar desses esforços, a distância entre as intervenções pediátricas"** Tadesse Wuhib, "Discurso de abertura da Conferência Nacional de Pediatria" (Conferência Nacional sobre a Expansão do Acesso ao Cuidado e Tratamento do HIV/aids: Desafios e Perspectivas, Adis-Abeba, 25 de janeiro de 2006), http://www.columbia-icap.org/ethiopia/pdf/intro_2.pdf (acessado em 16 de abril de 2006).

# BIBLIOGRAFIA SELECIONADA

## *Livros*


Angell, Marcia. *The Truth About Drug Companies: How They Deceive Us and What to Do About It.* Nova York: Random House, 2004.

Arno, Peter e Feiden, Karyn L. *Against the Odds: The Story of AIDS Drugs Development, Politics and Profits.* Nova York: HarperCollins, 1992.

Azeze, Fekade, (comp.). *Unheard Voices: Drought, Famine and God in Ethiopian Oral Poetry.* Adis Abeba: Addis Ababa University Press, 1998.

Barnett, Tony e Whiteside, Alan. *AIDS in the Twenty-First Century: Disease and Globalization.* Houndmills, Basingstoke, Hampshire: Palgrave Macmillan, 2003.

Bayer, Ronald e Oppenheimer, Gerald M. *AIDS Doctors: Voices from the Epidemic: An Oral History.* Oxford: Oxford University Press, 2000.

Behrman, Greg. *The Invisible People: How the U.S. Has Slept Through the Global AIDS Pandemic, the Greatest Humanitarian Catastrophe of Our Time.* Nova York: Free Press, 2004.

Bernstein, William J. *The Birth of Plenty: How the Prosperity of the Modern World Was Created.* Nova York: McGraw-Hill, 2004.

Brooks, Miguel F., (trad. e org.). *A Modern Translation of the* Kebra Nagast *(The Glory of Kings).* Lawrenceville, NJ: Red Sea Press, 1998.

Bryson, Bill. *African Diary.* Nova York: Broadway Books, 2002.

Campbell, Catherine. *Letting Them Die: Why HIV/AIDS Prevention Programmes Fail.* Oxford: International African Institute, 2003.

Cohen, Jon. *Shots in the Dark: The Wayward Search for an AIDS Vaccine.* Nova York: W. W. Norton, 2001.

Crewdson, John. *Science Fictions: A Scientific Mystery, a Massive Cover-up, and the Dark Legacy of Robert Gallo.* Boston: Little, Brown, 2002.

Davidson, Basil. *Africa in History.* Nova York: Collier Books, 1974.

Diamond, Jared. *Guns, Germs, and Steel,* Nova York: W. W. Norton, 1997.

Easterly, William. *The Elusive Quest for Growth: Economists' Adventures and Misadventures in the Tropics.* Boston: MIT Press, 2002.

——. *The White Man's Burden: Why the West's Efforts to Aid the Rest Have Done So Much Ill and So Little Good.* Nova York: Penguin, 2006.

Eaton, Jenny e Etue, Kate, (orgs.). *The aWAKE Project: Uniting Against the African AIDS Crisis.* Nashville: W. Publishing Group, 2002.

Farmer, Paul. *Pathologies of Power: Health, Human Rights, and the New War on the Poor.* Berkeley e Los Angeles: University of California Press, 2003.

Foster, Geoff; Levine, Carole e Williamson, John (orgs.). *The Global Impact of HIV/AIDS on Orphans and Vulnerable Children.* Nova York: Cambridge University Press, 2005.

French, Howard W. *A Continent for the Taking: The Tragedy and Hope of Africa.* Nova York: Alfred A. Knopf, 2004.

Garrett, Laurie. *The Coming Plague.* Nova York: Penguin Books, 1994.

Goozner, Merrill. *The $800 Million Pill: The Truth Behind the Cost of New Drugs.* Berkeley e Los Angeles: University of California Press, 2004.

Gordon, Frances Linzee. *Lonely Planet Ethiopia and Eritrea.* 2ª ed. Victoria, Austrália: Lonely Planet, 2003.

Gottleib, Michael S.; Jeffries, Donald J.; Mildvan, Donna, Pinching, Anthony J. e Quinn, Thomas C. *Current Topics in AIDS.* Vol. 2. Somerset, NJ: John Wiley and Sons, 1989.

Goudsmit, Jaap. *Viral Sex: The Nature of AIDS.* Oxford: Oxford University Press, 1998.

Gourevitch, Philip. *We Wish to Inform You That Tomorrow We Will Be Killed with Our Families: Stories from Rwanda.* Nova York: Picador, 1998.

Guest, Emma. *Children of AIDS.* Pietermaritzburg: University of Natal Press, 2003.

Guest, Robert. *The Shackled Continent: Power, Corruption, and African Lives.* Washington, DC: Smithsonian Books, 2004.

Hancock, Graham. *Lords of Poverty.* Nairóbi: Camerapix, 2004.

——; Pankhurst, Richard e Willetts, Duncan. *Under Ethiopian Skies.* Nairóbi: Camerapix, 1997.

Harden, Blaine. *Africa: Dispatches from a Fragile Continent.* Nova York: HarperCollins, 1993.

Harrison, Paul e Palmer, Robert. *News out of Africa: Biafra to Band Aid.* Londres: Hilary Shipman, 1986.

Henze, Paul B. *Layers of Time: A History of Ethiopia.* Nova York: Palgrave, 2000.

Hertz, Noreena. *The Debt Threat: How Debt Is Destroying the Developing World and Threatening Us All.* Nova York: HarperCollins, 2004.

Hilts, Philip J. *Protecting America's Health: The FDA, Business, and One Hundred Years of Regulation.* Nova York: Alfred A. Knopf, 2003.

Hochschild, Adam. *King Leopold's Ghost.* Nova York: Mariner Books, 1999.

Hooper, Edward. *The River: A Journey to the Source of HIV and AIDS.* Boston: Little, Brown, 2000.

Howe, Marie e Klein, Michael. *In the Company of my Solitude: American Writing from the AIDS Pandemic.* Nova York: Persea Books, 1995.

Hunter, Susan. *Black Death: AIDS in Africa.* Houndmills, Basingstoke, Hampshire: Palgrave Macmillan, 2003.

Irwin, Alexander; Millen, Joyce e Fallows, Dorothy. *Global AIDS: Myths and Facts.* Cambridge, MA: South End, 2003.

Jackson, John G. *Introduction to African Civilizations.* Secaucus, NJ: Citadel, 1974.

Jembere, Aberra. *Agony in the Grand Palace: 1974-1982.* Trad. dr. Hailu Araaya. Adis Abeba: Shama Books, 2002.

Kaplan, Robert D. *Surrender or Starve: Travels in Ethiopia, Sudan Somalia, and Eritrea.* Nova York: Vintage, 2003.

Kapuscinski, Ryszard. *The Emperor.* Trad. William R. Brand e Katarzyna Mroczkowska-Brand. Nova York: Vintage International, 1989.

——. *The Shadow of the Sun*. Trad. Klara Glowczewska. Nova York: Vintage, 2002.
Kasule, Samuel. *The History Atlas of Africa*. Nova York: Macmillan, 1998.
Kidder, Tracy. *Mountains Beyond Mountains*. Nova York: Random House, 2003.
Lamb, David. *The Africans*. Nova York: Vintage, 1984.
Levine, Donald N. *Greater Ethiopia: The Evolution of a Multiethnic Society*. 2ª ed. Chicago: University of Chicago Press, 2000.
Lewis, Stephen. *Race Against Time*. CBC Massey Lectures Series. Toronto: House of Anansi Press, 2005.
Long, Jacqueiline, (org.). *Encyclopedia of Medicine*. Thomson Gale, 2002. Pode ser consultada *online* em Health A to Z: Your Family Health Site, http://www.healthatoz.com/healthatoz/Atoz/ency/zoonosis.jsp (acessado em 17 de abril de 2006).
Mann, Jonathan e Tarantola, Daniel (orgs.). *AIDS in the World II*. Oxford: Oxford University Press, 1996.
Mann, Jonathan. Tarantola, Daniel e Netter, Thomas (orgs.). *AIDS in the World 1992*. Cambridge: Harvard University Press, 1992.
Marcus, Harond G. *A History of Ethiopia*. Ed. atualizada. Berkeley e Los Angeles: University of California Press, 2002.
McEvedy, Colin. *The Penguin Atlas of African History*. Londres: Penguin Books, 1995.
Meredith, Martin. *The Fate of Africa: A History of 50 Years of Independence*. Nova York: Public Affairs, 2005.
Mezlekia, Nega. *Notes from the Hyena's Belly*. Nova York: Picador, 2002.
Monette, Paul. *Borrowed Time: An AIDS Memoir*. Nova York: Harcourt Brace, 1988.
Moorehead, Alan. *The Blue Nile*. Nova York: Harper & Row, 1962.
Naim, Asher. *Saving the Lost Tribe: The Rescue and Redemption of the Ethiopian Jews*. Nova York: Ballantine Books, 2003.
Nattrass, Nicoli. *The Moral Economy of AIDS in South Africa*. Cambridge: Cambridge University Press, 2004.
Pankhurst, Richard. *The Ethiopians*. Oxford: Blackwell, 2003.
——, e Gerard, Denis. *Ethiopia Photographed: Historic Photographs of the Country and Its People Taken Between 1867 and 1935*. Londres e Nova York: Kegan Paul International, 1996.
Reader, John. *Africa: A Biography of the Continent*. Nova York: Vintage, 1999.
Sachs, Jeffrey D. *The End of Poverty*. Prefácio de Bono. Nova York: Penguin, 2005.
Schwab, Peter. *Africa: A Continent Self-Destructs*. Nova York: Palgrave, 2001.
Sen, Amartya. *Development as Freedom*. Nova York: Anchor, 2000.
Shelemay, Kay Kaufman. *A Song of Longing: An Ethiopian Journey*. Chicago: University of Illinois Press, 1994.
Shilts, Randy. *And the Band Played On*. Nova York: St. Martin's, 2000.
Smith, Dan, com Braein, Ane. *The Penguin State of the World Atlas*. 7ª ed. Londres: Penguin Books, 2003.
Smith, Raymond A., (org.). *Encyclopedia of AIDS: A Social, Political, Cultural, and Scientific Record of the HIV Epidemic*. Ed. ver., com prefácios de James W. Curran e Peter Piot. Nova York: Penguin Books, 2001.
Treichler, Paula A. *How to Have Theory in an Epidemic: Cultural Chronicles of AIDS*. Durham, NC: Duke University Press, 1999.
Ward, Darrell E. *The Amfar AIDS Handbook: The Complete Guide to Understanding HIV and AIDS*. Nova York: W. W. Norton, 1999.
Wooten, Jim. *We Are All the Same*. Nova York: Penguin, 2004.

Wrong, Michela. "*I Didn't Do It for You": How the World Betrayed a Small African Nation.* Nova York: HarperCollins, 2005.

Zewde, Bahru. *A History of Modern Ethiopia: 1855-1991.* 4ª ed. Atenas, OH: Ohio University Press; Oxford: James Curry Publishers; Adis Abeba: Addis Ababa University Press, 2001.

# FONTES SELECIONADAS PARA ENGAJAR-SE E DEFENDER A CAUSA

## *Organizações com programas especiais na linha de frente da crise de órfãos na Etiópia*

**The Addis Abeba Muslim Women's Council [Conselho de Mulheres Muçulmanas de Adis-Abeba]**
Bedria Mohammed
Orientação educacional e vocacional para órfãos da aids e jovens pobres em geral.

**AHOPE**
Sidisse Buli, gerente de projetos em Adis-Abeba
Kathryn Pope Olsen, diretora-executiva em Vashon, Washington
Um lar para órfãos soropositivos em Adis-Abeba; programas individuais de apoio a crianças; a adoção através de agências licenciadas tem sido uma opção cada vez mais utilizada.

**Blue Nile Children's Organization [Organização das Crianças do Nilo Azul]**
Selamawit Kifle, fundadora e diretora
Lar para órfãos da aids em Bahir Dar, na Etiópia, com foco tanto em cuidado de grupo como em apoio a famílias adotivas.
*Website*: www.bluenile.org

**Barlow Clinic, World Wide Orphan Foundation (WWO) [Clínica Barlow, Fundação para Órfãos do Mundo inteiro]**
Dra. Sofia Mengistu Abayneh, diretora médica na Etiópia
Dra. Jane Aronson, fundadora e diretora da WWO
Uma ampla gama de serviços de apoio aos órfãos etíopes, incluindo as crianças de Haregewoin e da AHOPE. Intervenções médicas, psicológicas e nutricionais para órfãos soropositivos e soronegativos, bem como atividades educacionais, culturais e esportivas. Está levantando fundos para um centro comunitário para famílias e crianças atingidas pelo HIV/aids. Voluntários qualificados trabalham como "Atendentes de Órfãos" na Etiópia, Vietnã, Bulgária e Azerbaijão.
*Website*: www.orphandoctor.com

**American Jewish Joint Distribution Committee (JDC) [Comitê Judaico-Americano de Distribuição Conjunta]**
Sob a direção do médico Rick Hodes, que mora nda Etiópia, a JDC oferece assistência médica de emergência a dezenas de milhares de judeus etíopes. Também oferece programas de alimentação, cuida de crianças e dá orientações de saúde.
*Website*: www.jdc.org

**Medical Missionaries of Mary (MMM) [Irmãs Missionárias Médicas de Maria]**
Atendem aos pobres e doentes e fornecem treinamento médico sob os auspícios da Igreja Católica etíope.
*Website*: www.-medical-missionaries.com

**Missionaries of Charity Sisters, Ethiopian Catholic Church [Irmãs Missionárias da Caridade, Igreja Católica etíope]**
Fundada em 1950 em Calcutá por Madre Teresa, essa congregação religiosa internacional chegou à Etiópia em 1973 e hoje dirige quinze lares em todo o país. Cada região oferece um lar para os indigentes doentes e moribundos; um lar para crianças abandonadas, com retardo mental e deficientes físicas; centros de combate à desnutrição; unidades dedicadas a mães e filhos; jardins-de-infância; casas de caridade; e, em Adis-Abeba, um lar para mulheres e crianças com aids.
*Website*: www.ecs.org.et/Congreg/Missionaries%20of%20Caharity%20Sisters.htm#Miss%20CharSist

**Rotarians for Fighting AIDS and the Orphan Rescue Project [Rotarianos pela Luta Contra a Aids e Projeto para o Resgate de Órfãos]**
O Rotary International promove programas construtivos e generosos em toda a África, inclusive na Etiópia.
*Website*: www.rffa.org

**Stephen Lewis Foundation**
A fundação sem fins lucrativos do Enviado Especial para HIV/aids na África, com base em Toronto, promove programas em catorze nações africanas, inclusive na Etiópia; dedica-se especialmente às mães e avós que sofrem o impacto da pandemia da aids.
*Website*: www.stephenlewisfoundation.com

## *Organismos de educação, lobby, pesquisa, ativismo e médicos*

**ACT UP/Nova York – AIDS Coalition to Unleash Power**
332 Bleecker Street
Suite G5
Nova York, NY 10014
*Website*: www.actupny.org

**AVERT**
4 Brighton Road, Horsham, West Sussex, RH13 5BA, Inglaterra
Website: www.avert.org

**CARE International**
Uma das principais organizações humanitárias de combate à pobreza no mundo, com ênfase especial no trabalho junto às mulheres pobres; atua na Etiópia desde 1984. Os projetos etíopes da CARE concentram-se em desenvolvimento, alimentação emergencial e educação, além dos relativos ao HIV/aids.
*Website*: www.care.org

**Foundation Bill & Melinda Gates**
Subvenciona inovações médicas e tratamentos de ponta em toda a África.
*Website*: www.gatesfoundation.org

**Earth Institute at Columbia University**
Diretor: Professor Jeffrey D. Sachs
Estuda a redução da pobreza mediante o uso da ciência e da tecnologia, com colaboração entre inovadores dos centros de aprendizado e aldeões dos países pobres.
*Website*: www.earthinstitute.columbia.edu

**Pediatric Aids Foundation Elizabeth H. Glaser [Fundação de Aids Pediátrica Elisabeth H. Glaser]**
Financia pesquisa sobre a aids pediátrica e oferece assistência a crianças e famílias soropositivas.
*Website*: www.pedaids.org

**Global Aids Alliance [Aliança Global da Aids]**
CP 820
Bethesda, Maryland 20827
*Website*: www.globalaidsalliance.org

**The Global Fund to Fight Aids, Tuberculosis and Malaria [Fundo Global de Combate à Aids, à Tuberculose e à Malária]**
Uma organização abrangente que canaliza recursos para estratégias de sobrevivência na linha de frente das doenças.
*Website*: http://www.theglobalfund.org

**Health Global Access Project Coalition (Health GAP) [Coalizão pelo Acesso Global à Saúde]**
511 E. Fifth Street, #4
New York City, NY 10009
*Website*: www.healthgap.org

**Make Poverty History [Pelo fim da pobreza]**
Campanha mundial com base no Reino Unido pelo comércio justo, acesso universal a medicamentos essenciais e auxílio responsável à promoção do verdadeiro desenvolvimento dos países pobres.
*Website*: www.makepovertyhistory.org

**Médicos Sem Fronteiras/Médecins Sans Frontières**
Campanha pelo Acesso a Medicamentos Essenciais
*Websites*: www.doctorswithoutborders.org, www.msf.org

**One Campaign**
*Lobby* e educação em favor dos pobres do mundo, especialmente dos atingidos pelo HIV/aids.
*Website*: www.one.org

**Physicians for Human Rights [Médicos em Defesa dos Direitos Humanos]**
Mobiliza profissionais de saúde, estudantes e a opinião pública contra a pandemia do HIV/aids, a morte pela fome e o genocídio.
*Website*: www.phrusa.org

**Student Global AIDS Campaign [Campanha Estudantil Contra a Aids no Mundo]**
Movimento de jovens e estudantes norte-americanos presente em colégios, faculdades e universidades, e ligado à educação, assessoria jurídica, atuação na mídia e ação direta.
*Website*: www.fightglobalaids.org

**The Task Force for Child Survival [Força-Tarefa pela Sobrevivência das Crianças]**
Dr. Mark Rosenberg, diretor-executivo:
Instituto com sede em Atlanta que coleta e distribui informações voltadas à inovação, colaboração e financiamento de programas ligados à saúde infantil, incluindo campanhas contra pólio, malária, "mal do garimpeiro" (oncocercose), tuberculose, HIV/aids, injustiças e violência; trabalha junto à OMS, ao Banco Mundial, à Fundação Rockefeller e à Unicef.
*Website*: www.taskforce.org

**Treatment Action Campaign (TAC) [Campanha de Ação e Tratamento]**
CP 74
Nonkqubela, 7793, África do Sul
*Website*: www.tac.org.za

**The United Nations International Children's Emergency Fund (Unicef) [Fundo das Nações Unidas para a Infância]**
A agência da ONU dedicada à sobrevivência e à proteção das crianças.
*Website*: www.unicef.org

**The William J. Clinton Foundation Anti-AIDS Initiative [Iniciativa Contra a Aids da Fundação William J. Clinton]**
Fecha parcerias com governos africanos com o objetivo de obter acesso universal aos ARVs.
*Website*: www.clintonfoundation.org/cf-pgm-hs-ai-home.htm

# AGRADECIMENTOS

Agradeço à *waizero* Haregewoin Teferra, que abriu para mim a porta de sua casa como a abriu para centenas de crianças que procuravam abrigo, e que – apesar dos momentos difíceis – nunca me deixou na rua. Agradeço aos muitos etíopes que, com toda a paciência, me ensinaram, me acolheram e me mostraram o que havia de mais importante; e aos americanos que partilharam comigo suas histórias e as de seus filhos etíopes. Agradeço especialmente a Selamneh Techane, um guia divertido, tradutor capaz e incansável advogado dos pobres.

Minhas reportagens sobre a Etiópia foram publicadas de início no *New York Times Magazine*, tendo sido encomendadas e editadas por Katherine Bouton; e na revista *Good Housekeeping*, com as editoras Nancy Bilyeau e Evelyn Renold e a editora-chefe Ellen Levine. O envolvimento de todas essas pessoas despertou o interesse de centenas de leitoras e leitores, que se tornaram mães e pais adotivos, doadores, defensores, madrinhas e padrinhos de crianças.

Meus agradecimentos a John Baskin, Susan Merritt Jordan e Andrea Sarvady, que leram os primeiros rascunhos do livro – extremamente generosos com seu tempo e assustadoramente francos em suas críticas.

O professor Fekade Azeze, da Universidade de Adis-Abeba, foi para mim um leitor maravilhoso e me autorizou a buscar citações em seu arquivo exclusivo da literatura oral dos sobreviventes da fome endêmica. Os pesquisadores Aubry D'Arminio e Hillina Seife, nos EUA, e Helen Asemamaw, em Adis, ajudaram-me a descobrir e interpretar informações que abrangem desde a História Antiga até a moderna epidemiologia. Azeb Arega esteve sempre à disposição para responder a minhas consultas culturais e, além disso, foi meu assistente e tradutor; e Matico Josephson foi meu consultor de arquitetura.

Agradeço ao Dr. Mark Rosenberg, Stephen Lewis, Dra. Jane Aronson e Dra. Sophia Mengistu por salvarem tantas vidas todos os dias e por terem tido a bondade de me ajudar a entender o que está acontecendo.

Agradeço, mais uma vez, à David Black Literary Agency – Susan Raihoffer, Leigh Ann Eliseo, Dave Larabell, Jason Sachar, Joy Tutela, Gary Morris, Jessica Candlin e ao entusiástico David Black em pessoa; e a Lucy Stille, da Paradigm.

Karen Rinaldi, chefe da Bloomsbury americana; Alexandra Pringle, editora-chefe da Bloomsbury britânica; e, no escritório de Nova York, Panio Gianopoulos, Maya Baran, Amanda Katz, Annik LaFarge, Colin Dickermann, Greg Villepique, Alona Fryman, Peter Miller e Jason Bennett – todos me receberam de braços abertos em sua maravilhosa editora. Sinto-me honrada por fazer parte do seu panteão de autores.

Meu marido Don Samuel, e Molly, Seth e Lee Samuel, leram e comentaram com agudo discernimento os primeiros esboços deste livro. Os mais novos – Lily, Fisseha, Jesse e Helen – tendiam mais a empurrar toda a papelada para um lado a fim de conseguir chegar ao computador da família, mas sob todos os outros aspectos participaram da evolução do livro. Eles são, cada um deles, os amores de minha vida.

# ÍNDICE REMISSIVO


Ababaw (criança adotada), 322
Ababu (criança órfã), 152-6, 247
abandonada pela mãe, 152-3
adotada, morando em Michigan, 395-408
aguardando adoção, 287
deixada com Haregewoin, 155-6
doença de, 212, 239, 248-50
HIV, teste de, 251-2
recuperação de, 254
Abayneh, Dra. Sofia Mengistu, 424-5, 426
Abbot Laboratories, 189, 193
Abdulsebur, Haj Mohammed Jemal, 160, 161, 162, 163, 433-4
Abel (criança órfã), 263, 264
Abissínia:
civilização da, 39-40
hoje, *ver* Etiópia
Profeta Maomé na, 92
rainha de Sabá na, 10-1, 37, 42
Abrigo Layla, Adis-Abeba, 270-5, 276, 280, 286, 287, 375
Abrigo WanHa, Adis-Abeba, 270
"Acabemos com a pobreza", 302
ACT UP (Aids Coalition to Unleash Power), 204, 206, 209
Addisu (avô de Mekdes), 158-60, 435-7
Addisu, Asnake (pai de Mekdes), 165, 435, 437
Adis-Abeba:
igrejas e mesquitas em, 92
prisões políticas em, 307-10, 365-6
vida familiar em, 29
adoção:
bebês soronegativos, 261, 275-6, 277, 292
de crianças mais velhas, 265, 269, 286;
de crianças soropositivas, 426
internacional, 24-5, 261-7, 275-6
*ver também* casos específicos
adotada, morando em Vermont, 376-9, 382-3
Adowa, Batalha de, 39, 43
África do Sul:
aids na, 60, 111, 119
*apartheid* na, 204
Campanha de Ação e Tratamento (TAC, em inglês) na, 164-5, 204, 210
fabricantes de medicamentos genéricos na, 423
guerra de libertação na, 59
Lei de Medicamentos na, 203-7
retrocesso do desenvolvimento na, 59
tratamento da aids em, 202
África:
ARVs disponibilizados na, 421-4
comércio de escravos na, 76, 82
como marco zero da aids, 78, 114
como um continente de órfãos, 20-1, 276
desigualdade de gênero na, 98, 182
drogas anti-aids não disponíveis na, 198-9, 219, 221
educação na, 12, 200
e fontes de HIV/aids, 73-86
fabricantes de medicamentos genéricos na, 423
fim do colonialismo na, 59
infra-estrutura médica na, 200-1
mortes por aids na, 25, 187, 193-4, 424
movimento de populações na, 76
na Guerra Fria, 47
período colonial na, 43, 47-8, 303
saúde pública na, 201-2
síndrome caquética por infecção pelo HIV na, 49, 87, 113, 119

teste de HIV na, 126-8
*ver também* países específicos
agências de adoção
Adoption Advocates International [AAI], 270-6, 376
Americans for African Adoptions [AFAA], 287, 397, 398, 412
Ahmed (pai de Meskerem), 180-3
Ahmed, Meskerem (criança órfã), 121, 122-5, 126-8, 131-3, 180-3, 223, 287
Ahmed, Yonas (criança órfã), 132-3, 134, 157, 224
AHOPE for Children, 216-9, 369, 425-7
aids:
ajuda internacional para, 303-4, 423, 425
ARC (complexo relacionado à aids), 113
atenção cada vez maior dada à, 296, 302, 421-5
como mecanismo de colapso social, 60
disseminação da, 82-6; *ver também* países específicos
e síndrome caquética por infecção pelo HIV, 113, 119
em crianças, 219-22, 424
fontes da, 73-86
*full-blown* [estágio final], 117, 118
infecções oportunistas da, 8, 49, 108-9
lendas sobre a, 118-9
nome cunhado para, 110
órfãos da, 20-1, 22-3, 24-5, 49, 59, 276; *ver também* casos específicos
procedimentos médicos como fontes possíveis da, 76-86
relatórios estatísticos sobre, 306
surgimento tardio da, 117-8
teoria da convulsão social da, 76
teoria da passagem seriada da, 80-6
teoria da zoonose da, 74, 76, 81-2, 86
teoria do caçador da, 75
teoria do genocídio sobre a, 74
teorias iatrogênicas, 76-8
testes patenteados de, 112
transmissão da, 112, 114, 117-8, 148
tratamento com drogas da, 20, 25, 29-30, 187-211, 421, 423-5; *ver também* empresas farmacêuticas
vergonha relacionada à, 9, 118-9
Alcon, 203
Alemayhu, Negede Tehaye, 224, 232, 346
Alvorada da Esperança, 164-5
Amelezud (criança órfã), 218, 220, 425
American Jewish Joint Distribution Committee (JDC), 240
American Jewish Joint Distribution Committee [*Comitê Judaico-Americano de Distribuição Conjunta*]) (JDC), 240
*aminmina* ("doença do emagrecimento" ou síndrome caquética por infecção pelo HIV), 49, 87, 108, 113, 119
Angola, 47, 59
Anistia Internacional, 308
Annan, Kofi, 422
Arca da Aliança, 37, 40
Armistead, Ababu, 395-408; *ver também* Ababu
Armistead, Dave, 396, 397-408; *ver também* Bennett-Armistead, Susan, 397-408
Aronson, Dra. Jane, 357, 424
ARV (terapia anti-retroviral), 187-93, 421-5
acesso universal às, 202, 204, 421-2, 424
custos das, 188, 190, 192-3, 199, 204
desenvolvimento das, 187-8, 189-90
eficácia das, 20, 190, 202, 204, 219
genéricas, 421, 423-5
proteção de patente das, 188-9, 190-1, 204-7, 424
resistência às, 424
Ashiber:
e Atetegeb, 52-3, 54-5, 56, 61-4, 88
e seu filho, 63, 68, 69-70, 90, 420-1
Asnake, Mekdes, 158-63, 165-6
adotado pela família Hollinger, 387-94
Asnake, Yabsira, 158-60, 165
adotado pela família Hollinger, 387-94
Associação de Apoio aos Órfãos
abuso sexual infantil na, 331-40
adoções internacionais da, 261-7; *ver também* casos específicos
ameaças de fechamento da, 369
casa de hóspedes da, 325-6, 350-1
contador contratado por, 326, 431
doações financeiras para a, 310, 326-7
documentação em vídeo da, 356-7
em Memória de Atetegeb Worku, 157
homologação oficial da, 419-20
instalações inadequadas da, 224-5, 258
medidas de austeridade na, 179, 327

mortes de crianças na, 213-4, 216
número de crianças na, 326
número excessivo de crianças na, 179-80, 183, 184, 214-5, 224-5, 234, 258-9, 265, 287, 289-90, 349-50
queixas de crianças na, 224, 327
Axum:
Reino de, 11, 37
Profeta Maomé em, 92
Ayalew, Lidetu, 13
Azeze, Fekade, 58
Azeze, Mulu (mãe de Mekdes), 159, 166, 437
AZT (zidovudina), 187-93, 197, 423

Banco Mundial, 399, 423
Barshefsky, Charlene, 205, 206
Bayh, Birch, 195
Bennett-Armistead, Susan, 397-408
Beta Israel, Etiópia, 240
Betti (mãe morta), 142-5, 425
Beza (mãe de Tarikwa), 342-8
Blair, Tony, 302, 307
Boehringer-Ingelheim, 203
bouba, tratamento de, 78-9, 82
Brasil:
fabricantes de medicamentos genéricos no, 208-9, 423
saúde pública no, 201
Brundtland, Gro Harlem, 197
Buchanan, Patrick, 110
Burroughs Wellcome, 188, 423
Bush, George H. W., 189

Camarões, tratamento da aids em, 202
Camboja, tratamento da aids no, 202
Cameron, Edwin, 204
Canadá, aids no, 111
Canal de Suez, abertura do, 43
Carlsen, William, 76, 78
Carter-Schotts, Cheryl, 287, 397, 399, 412
CCD-Etiópia, 425
Centro de Controle de Doenças (CCD), Estados Unidos, 109, 110, 305
Cheney, Bill e Karen, 409-16
Cheney, William Mintesinot Eskender, 409-16; *ver também* Mintesinot (criança órfã)
chimpanzés pantrogloditas, 73
China:
aids na, 112
fabricantes de medicamentos genéricos na, 423
Cidade de Nova York: HIV/aids na, 108-13
Cipla, 207, 423-4
Clínica Barlow, Adis-Abeba, 424, 425, 427
Clinton, Bill, 23, 189, 205, 206, 423
Clyburn, James, 206
Coalizão pela Unidade e Democracia (CUD), 307
Cohen, Meskerem, 376-9, 382-3
Cohen, Rob, 373-83
Comissão da Infância, Etiópia, 24, 276
Comitê de Coordenação das Forças Armadas, Polícia e Exército Territorial (Dergue), 46-8, 58
Concertos do Live 8, 302
Congo Belga, 77, 82
Congo, República Democrática do, *ver* Zaire
Conselho Etíope de Direitos Humanos (CEDH), 307
Cooper, Claudia, 373-83
coquetel triplo, 190, 193-4, 208, 219, 424, 425
Cuba, HIV em, 114
CUD (Coalizão pela Unidade e Democracia), 307

Dagmawi (criança órfã), 275, 282
David, King, 11, 37
Dereje (criança órfã), 339, 340, 418
Diamini, Gugu, 118-9
Dimbleby, Jonathan, 46
Dinkenesh (Lucy), 36
"doença do emagrecimento", 49, 87, 113, 119
doença dos Legionários, 110
Dole, Robert, 195
drogas anticâncer, pesquisa com financiamento público de, 191-2
Drucker, Ernest, 75, 80-1, 82-5

"efeito Lázaro", 190
Eli Lilly and Company, 193, 203
empresas farmacêuticas, 187-211
amostras grátis distribuídas pelas, 192
apartheid médico mundial atribuído às, 200
baseadas em pesquisa (inovadoras), 188

coquetel triplo, 190, 193-4, 208, 219, 424, 425
direitos à comercialização concedidos pelas, 191
direitos de monopólio das, 196
e países ricos *vs.* pobres, 198-9
estratégias de marketing das, 192
financiamento público de pesquisa, 191-2, 195
genéricos, 188, 196, 197, 203, 208-10, 421-4
importação paralela, 203
Iniciativa de Acesso Acelerado das, 209-10
"licenciamento compulsório", 203
lucratividade das, 191-2, 195, 200
medicamentos ARVs desenvolvidos pelas, 188-93
medicamentos de sucesso das, 196
opinião pública contra, 205-6, 210-1
preço dos medicamentos, 188-9, 190-3, 196-7, 199-200, 201, 205, 207-8
prevenção *vs.* tratamento, 199, 200, 210-1
processos contra, 188-9
proteção de patentes das, 188-9, 190-1, 195, 196-202, 204-7, 210-1, 424
remuneração dos executivos das, 193
transferência de tecnologia às, 195
Enat (da Mãe), Abrigo para crianças HIV-positivas, 216-9, 221-2, 369
Epidemia de HIV na Europa, 109, 110-1
Eritréia:
disputas de fronteira com a, 13, 14, 227, 228-9, 306
e Tratado de Uccialli, 38
Escola Rollins de Saúde Pública, Atlanta, 26
Eskender (pai de Mintesinot), 15-8, 187, 210-1, 413
Estados Unidos:
adaptação das crianças adotadas aos, 320-4, 382-3, 388-94, 395-7, 400-8, 413-6
ajuda financeira dos, 303-4
direitos de patente nos, 112
durante a Guerra Fria, 47
o HIV/aids nos, 108-12, 114-5, 190, 193-4, 219
proteção à propriedade intelectual nos, 203
tratamentos por meio de medicamentos nos, 190, 191
visita de Haregewoin aos, 312, 320-4
Ester (criança órfã), 217-21, 425
Ethiopian Airlines, 243-4, 312, 381
Etiópia:
adoções internacionais da, 24-5, 261-5, 275-6
aids na, 19-20, 24-5, 26, 49, 117, 118-9, 138, 158, 219, 262, 276, 425
ajuda internacional à, 302-6
analfabetismo na, 164, 182
Antiga, *ver* Abissínia
civilização da, 36, 39-40, 306
comitê do Dergue na, 46-7, 58
Constituição da, 42
determinação social na, 60
drogas anti-aids não disponíveis na, 144, 187, 219, 221, 254-5, 264, 424
educação na, 12, 13-4, 44-5, 98
eleições na, 306-8, 309-10
Eritréia *vs.*, 13, 14, 229, 306
famílias chefiadas por crianças na, 167
fome na, 45-6, 48, 57-8, 150, 164, 167, 262
gastos militares na, 14, 47-8
golpes políticos na, 42, 46-7, 57, 58, 59
Gondwana na, 36
Guardião da Arca na, 37, 40
homossexualidade na, 336
independência da, 39
invasão italiana da, 43
Leão de Judá como símbolo da, 306
línguas na, 256
médicos na, 239-50
mendigos adultos na, 12, 14
meninas e mulheres na, 98, 182-3
modernização da, 37-40, 44-5
mutilação genital feminina na, 182
na Guerra Fria, 47
orfanatos na, 216-9, 270, 276-7
órfãos na, 19-20, 49, 98, 147-8, 158, 164, 167, 208, 276, 376
outras doenças na, 254, 262
pobreza na, 13, 14, 60, 254, 262, 306
problemas econômicos da, 12-4, 17-8
questões de saúde pública na, 14, 55, 306-7
revoluções na, 14

Terror Vermelho na, 47
Tratado de Uccialli, 38
Eyob (criança órfã), 217, 425-6

Falwell, rev. Jerry, 110
farmacêutica Roche, 190, 210
Farmer, Paul, 202
Food and Drug Administration (FDA), 423
Força-Tarefa para a Sobrevivência Infantil, 208
Forward Ethiopia [Para Frente Etiópia] (pseudônimo), 342-7
Frente de Libertação do Povo de Tigray (FLPT), 58
Frente Democrática Revolucionária do Povo Etíope (FDRPE), 13, 14, 58, 164, 307
Fundação Gates, 423
Fundação Rockefeller, 423
Fundação William J. Clinton, 423
Fundo Mundial, 201, 305, 422, 423

Gallo, Robert, 112, 189
Ge'ez, antigo idioma de, 37
Geldof, Sir Bob, 302
Gelila (mulher doente), 245-7
Genet, 96, 97, 103, 104, 122-3, 131, 133, 134-5
Getachew, Zewedu, 4, 27, 28, 119
e Alvorada da Esperança, 164-5
e órfãos, 150, 164, 213
morte de, 425
sobre a teoria do genocídio sobre a aids, 74
Gizaw (atendente), 218, 220, 221
Glaxo Wellcome, 188, 189-90
GlaxoSmithKline, 192, 203, 423
*Global Aids: Myths and Facts* (Irwin et al.), 190, 199, 200, 227
Gondwana, 36
*Good Housekeeping*, 310, 311-2, 319
Goodwin, Ronald, 110
Gorbachev, Mikhail, 47
Gore, Al, 205-6
Grupo Bayer, 192, 203
Guardião da Arca, 37, 40
Guatemala, tratamento da aids na, 202
Guerra Fria, 47, 59
Guerra, Julio, 248-50
Gunderson, rev. Dr. Gary, 26

Haart (terapia anti-retroviral de alta potência), 190, 193, 196, 201, 210, 423, 425, 426
Hailegabriel (criança órfã), 256, 420, 427
Haiti:
aids no, 109, 110, 111
Partners in Health [Parceiros na Saúde] no, 202
Halefom, Haddush, 24-5, 276
Hamied Yusuf K., 207, 424
Health GAP Coalition (GAP – Global Access Project) [Coalizão pelo Acesso Global à Saúde], 204
Heckler, Margaret, 111
Henok (à procura de mãe), 232-8, 259-60, 265, 270-1, 287
Hepatite B e C, 83
Heywood, Mark, 59
HIV:
como doença sexualmente transmissível, 109-10
como mecanismo de colapso social, 60
como síndrome caquética, 49
e aids, 20; *ver também* aids
e práticas sexuais seguras, 85
exames de sangue para, 126-8, 247
fatores de risco para o, 110
fontes do, 73-86
identificação do, 112
movimentos de origem popular relacionados ao, 164-5
soro-reversão do, 350
surgimento inicial do, 48-9, 83
transmissão do, 219
tratamento para o, 424-5
tratamentos com drogas para o, 187-93, 219; *ver também* empresas farmacêuticas
HIV-1, e SIVcpz, 73, 77, 84
HIV-2, e SIVsm, 73, 75, 77
Hodes, Rick, 240-50, 379-82
e a administração de Haregewoin, 310-1
e Ababu, 247-50, 252, 254
e Gelila, 244-8
e Missionárias da Caridade, 252-4
e Yohannes, 425
Hollinger, Malaika "Mikki" Jones, 384, 386-7, 433-8
Hollinger, Mekdes, 384-5, 434-8

adotada, morando em Atlanta, 387-94
como criança órfã, 158-63, 165-6
Hollinger, Ryan, 385-94, 433-8
Hollinger, Yabsira, 385, 434-8
adotado, morando em Atlanta, 387-94
como criança órfã, 158-60, 165
Honduras, tratamento da aids em, 202
Hooper, Edward, 76-8
Hope, Bob, 113
Horwitz, Jerome P., 188
Horwitz, Roger, 194
HTLV-III, 112

Índia:
aids na, 119
doenças tratadas na, 82
fabricantes de medicamentos genéricos na, 423
medicamentos contra a aids na, 207, 208-9
infecção pelo citomegalovírus (CMV), 109
inibidores da transcriptase reversa de não-nucleosídeos, 190
inibidores de protease, 190, 191, 210
"Iniciativa 3 em 5", 421-4
Iniciativa de Acesso Acelerado, 209-10
Instituto Nacional do Câncer, 109, 112, 189
Instituto Pasteur, Paris, 112
Institutos Nacionais de Saúde (NIH), 189, 191, 195-6
Irmãs Franciscanas do Coração de Jesus, Malta, 264
Itália:
e Tratado de Uccialli, 37-38
invasão da Etiópia pela, 43

Jaffe, Harold, 110
Jamaica, rastafarianismo na, 43
Japão, aids no, 111
Jidda, Rahel, 134, 135
Johanson, Donald C., 36
Judis, John, 206

Kapuscinski, Ryszard, 45, 57
Kebede, Worku
como diretor de escola, 34
e Haregewoin, 33-4, 35
família de, 34, 40-1
morte de, 50-1, 55, 88, 258
Kedamawit, 168-75, 177
Kidist (paciente de Hodes), 251-2, 254-5, 425
Kim, Jim Yong, 422
Klein, Naomi, 115
Klein, Richard, 190
Koprowsky, Dra. Hilary, 77

Laboratório Bristol-Myers Squibb, 189, 193, 203
Laboratórios Merck, 190, 203
lago Tana, Etiópia, 36
lago Vitória, 36, 111
Landsberg, Michele, 115
LAV (vírus associado a linfoadenopatia), 112
Lee Jong-wook,421
Lei Bayh-Dole, 195
Levy, Jay, 112
Lewis, Stephen, 23, 114-7, 126, 304, 306, 423
Liga das Nações, 43
Liga Nacional de Futebol Americano, 192
Little, Bob e Chris, 321, 323
Little, Marta (Mekdelawit), 283, 321, 323-4
Love, James, 205, 206

Mahler, Halfdan, 113
Maioria Moral, 110
Makeda, rainha de Sabá, 11, 37, 42
malária, 21, 80
Malawi, tratamento da aids no, 202
Mandela, Nelson, 165, 203
Mann, Jonathan, 23, 49
Maomé, Profeta, 92
Mariam, Mengistu Hailé, 14, 46-7, 55, 57, 306
Marx, Preston, 75, 80, 81, 83, 85, 86
Medicamentos, *ver* empresas farmacêuticas
Médicos sem Fronteiras (MSF), 202, 204, 210, 305
Médicos sem Fronteiras, 202, 204, 210, 305
Mehah (bebê órfão), 140, 158, 263
adoção de, 266-7, 287, 329
proximidade de Haregewoin com, 258, 265-9
Mekdelawit, 283, 321, 323-4
Menelik II, rei, 36, 37, 38, 43

Menelik, rei, 11, 37, 42
Meseret, 169-75
Meskerem (criança órfã), 121-4, 128
Mimi (criança órfã), 430, 431-2
Miniya (atendente), 332-6, 337-9, 346, 349-50
Mintesinot, 29, 186-7
  adotado pela família Cheney, 409-16
  colocado com Haregewoin, 8
  e seu pai, 14-8, 187, 210-1, 413
Miseker (adotado, morando em Maryland), 322
Missionárias do Lar de Caridade para Indigentes Enfermos e Moribundos, 27-8, 139, 216, 252-4, 255
Mitterrand, François, 113
MJ (Ministério da Justiça), 419
Mobutu, Joseph, 47
Moçambique:
  guerra de libertação em, 59
  regime repressivo em, 47
Moisés, 37
Molsa (Ministério do Trabalho e Assuntos Sociais), 35-53, 342, 344, 359
Monette, Paul, 113, 194
Montagnier, Luc, 112
Monte Sinai, 37
Mulat, Kes (padre), 380-1
Murrell, Carrie (Selamawit), 290
Museveni, Yoweri, 114, 116-7

Nabucodonosor, rei, 37
Nações Unidas (ONU):
  auxílio oferecido pela, 302-4
  Fundo Mundial, 422
  Índice de Desenvolvimento Humano, 60
  Índice de Desenvolvimento Relacionado a Gênero, 60
  Índice de Pobreza Humana, 60
  Metas de Desenvolvimento do Milênio, 303
  programas médicos da, 78
  sobre a aids como ameaça à segurança mundial, 26, 296
Namíbia, guerra de libertação na, 59
Nardos (abandonada), 292-5, 312
  adoção de, 361-4
  afeição de Haregewoin por, 293-5, 327-8, 329-30
  HIV negativo, 294
  possibilidade de adoção para, 328-30
Natnael (criança órfã), 147
Natsios, Andrew, 200
Nega, Berhanu, 307
nevirapina (Viramune), 189
Nigéria, aids na, 20, 138
Nilo, cabeceiras do, 36, 40

ONGs (organizações não-governamentais), 210, 221, 305, 423
Organização da Unidade Africana (OUA), 44
Organização Mundial da Saúde (OMS), 205, 305
  a respeito da propagação da aids, 111, 113
  campanhas de injeções em massa da, 78, 82-3, 84
  e tratamento da aids, 197, 422
Organização Mundial do Comércio (OMC), 29-30, 198, 206, 211
Ortodoxos etíopes:
  feriado do Timket, 10
  o trabalho de Haregewoin com os, 57
  preces matinais dos, 19
Oxfam, 204

países em desenvolvimento, movimento retrógrado dos, 59
Pankhurst, Richard, 36
Partido Democrático Etíope (PDE), 13
Partido Revolucionário do Povo da Etiópia (PRPE), 47
Partners in Health [Parceiros na Saúde] (PIH), 202
Pasteur, Louis, 80
Penicilina:
  administração através de seringas hipodérmicas, 79-80, 82, 83
  invenção da, 78-9
PEPFAR (Plano Emergencial da Presidência dos Estados Unidos para o Combate à Aids), 423, 425
Pérsia, antiga, 11
*Pirkei Avoth* (textos judaicos), 27
pneumonia pneumocística de Carini (PCP, em inglês), 109, 110
Povo de Amhara, 7, 11
povo Karo, 36

povo Tigray, 7, 307
Prêmio Heróis da Saúde, 312
Programa Mundial de Alimentação, ONU, 52, 56, 57
Projeto dos Consumidores sobre Tecnologia, 204

Quênia:
HIV no, 98
tratamento da aids no, 202

Rahel (criança órfã), 132, 287
Rastafarianismo, 43
Reagan, Ronald, 110, 112, 189, 195
Ripley, Merrily, 270-5, 276
Ripley, Ted, 271
Robel, 275, 282, 283
Rodésia, regime repressivo na, 47
Rogerson, Nick, 374, 376
Rosenberg, Dr. Mark, 208
Rothenberg, Dr. Richard, 85-6
Ruanda, candidíase esofagiana em, 49
Ruhima (criança órfã), 183-4

Sabá, rainha de, 10-1, 37, 42
Sabin, Albert, 77
Salk, Jonas, 77, 208
Salomão, rei, 10-1, 37, 42
Samuel, Don, 21, 22
Samuel, Fisseha, 277, 283, 323
Samuel, Helen
adoção pela autora, 273-4, 277, 284-5, 288, 320-2, 324
como criança órfã, 132, 287
Samuel, Jesse, 21
Samuel, Lee, 21, 323, 420, 426-7
Samuel, Lily, 21
Samuel, Molly, 21
Samuel, Seth, 21, 323
Sara (ajudante adolescente), 4-5, 17, 18, 30-1, 168-9, 232
Sarcoma de Kaposi, 49, 108, 109, 110, 111
Schoenfeld, Joel, 85
Segunda Guerra Mundial, a penicilina na, 79
Selamawit, 121-5, 181, 287
adotada (Carrie Murrell), 290
Selassié, Hailé, 14, 42-7, 55, 57, 244
Sen, Amartya, 57
Senegal, aids no, 25, 209
Shawel, Hailu, 307
sífilis, tratamento da, 78, 80
Sirak, 349
SIV do chimpanzé (SIVcpz), 73, 75, 77, 81-2
SIV do macaco mangabei (SIVsm), 73, 75, 77
SIVcpz, 73, 75-6, 77, 80-2, 84
SIVsm, 73, 75-6, 77, 80-3
SmithKline Beecham, 203
Somália, na Guerra Fria, 47
Suécia, HIV na, 109
Surafel (criança órfã, paciente de aids), 426

Tailândia, saúde pública na, 201, 202
talassemia, 207-8
Talmude, citação do, 246, 247
Tamrat (criança órfã), 223, 327
Tanzânia, "doença do emagrecimento" na, 49
Tarikwa (filha de Beza), 342-8, 349
Taytu, imperatriz, 38
Techane, Selamneh, 6, 8, 29, 273
e busca pela vizinhança, 434-8
e encaminhamento de crianças, 15-6, 17-8, 165
visitas com Haregewoin, 30-1
Teferra, Haregewoin:
ajuda financeira a, 137, 148-9, 179, 185, 224, 310-2, 325, 326-7
amigos de, 3-4, 6, 89, 93, 97, 120, 124, 147, 148-9, 179, 213, 329-30, 366-7
boatos espalhados a respeito de, 27, 138, 341-2, 348-9, 353-6, 359-60
casas alugadas por, 310-1, 325-6
como HIV-negativa, 27
como voluntária despreparada, 177-8, 224, 350, 369
detenção e prisão de, 365-9
e a morte de Atetegeb, 88-9, 90-3, 94-6, 258
e a morte de Worku, 50-2, 55, 88, 258
e Ashiber, 54-5, 68-9, 87
e Atetegeb, 54-5, 63-4, 65-72, 87-8, 136
e brigas das crianças, 167-8
e crianças que sofreram abusos, 171-5, 180, 335-6, 353-6, 359
e pais adotivos, 24, 320-2, 361-4

e proteção de crianças, 177, 180-4
e Worku, 33-4, 35
empregos ocupados por, 33-4, 56
filhas de, 33-4, 40-1, 51-2
influência benéfica de, 25-7
investigações a respeito de, 347, 418-9
kebele coloca crianças sob os cuidados de, 6-8, 17, 19-20, 141, 157, 268
licença para o abrigo concedida a, 178, 417-8, 419
MMM coloca crianças sob os cuidados de, 95-6, 104-5, 131-2, 179, 180, 368
mudança para o Egito, 56-7
neto de, 63-4, 65, 68, 69-70, 90, 420-1
número crescente de crianças vivendo com, 158, 223, 258-9
organização de, ver Associação de Apoio aos Órfãos em Memória de Atetegeb Worku
polícia coloca crianças sob os cuidados de, 138-40, 157, 268
preocupações financeiras, 179, 286, 326-7, 430-1
reputação de, 28, 141, 146, 296, 310, 311-2
vida e história de, 31-4, 35
visita a Nova York de, 311-20
tênias, zoonose das, 74-5
teoria da convulsão social da aids, 76
teoria da passagem seriada da aids, 80-6
teoria do caçador sobre a aids, 75
teoria do genocídio sobre a aids, 74
teorias iatrogênicas da aids, 76-8
Teresa, Madre, Missionárias da Caridade, 27-8, 139, 216, 252-3, 255
Tesfaye e Teshome (abandonado pela mãe com Haregewoin), 288-90
texto sagrado *Kebra Nagast*, 11, 37
Theodros (pai de Betti), 141-5, 425
Tigist (mãe de Henok), 259-60, 312, 356, 365, 366
Tisissat (cataratas do Nilo Azul), 36
Tratado de Uccialli, 38
Tribo Mursi, 36
TRIPS (Acordo sobre Aspectos dos Direitos de Propriedade Intelectual Relacionados ao Comércio), 198, 203, 205, 206, 207-8
Tsedie (atendente), 218
tuberculose, 21, 78

Ucrânia, tratamento da aids na, 202
Uganda:
aids em, 25, 49, 59, 111
"doença do emagrecimento" em, 49, 113
exército de, 113-4, 116
Sarcoma de Kaposi em, 49
saúde pública em, 201, 202
tratamento da aids em, 202
Unaids, 25, 305
e o número de vítimas da aids, 20, 114
"Iniciativa 3 em 5" da, 421-4
União Soviética, 47, 58, 59
Unicef:
no combate à doença, 78-9, 80, 116, 423, 424
sobre lares chefiados por crianças, 167
Univec, 85
Usaid, 200-1

vacina contra pólio, 78, 208
vacina oral contra a pólio, 78
vírus do macaco, 73, 75, 77, 80-3

Warr, David, 203
Wasihun (criança órfã), 331-40, 349, 353-4, 356, 359-60, 366, 418
White, Ryan, 112
Wingate, Cathy, 322
Wistar Institute, 77
Woldmariam, Teferra, 32-3, 51
Worku, Atetegeb:
doença e morte de, 66-72, 88, 90, 258
e a morte do pai, 51, 52
e Ashiber, 52-3, 54-5, 56, 61-4, 88
emprego no Programa Mundial de Alimentação, 52, 56, 57
e seu filho, 63-4, 136
nascimento de, 33
primeiros anos de, 34
Worku, Suzanna:
ajuda financeira de, 137, 179, 185
e a morte do pai, 52
e sua irmã, 52, 55, 88
e sua mãe, 120, 366, 367
nascimento de, 33
no Egito, 57, 90
primeiros anos de, 33-4, 40-1
World Wide Orphans (WWO) [Órfãos do Mundo Inteiro], 305, 357, 369, 424-5
Wuhib, Tadesse, 425

Yemisrach (criança órfã), 157, 275, 282
Yeshi (manifestante preso), 308-9
Yohannes (criança órfã, paciente de aids), 425-6

Zaire:
  aids no, 49, 59, 82, 111
  como ditadura (Congo), 47
  "doença do emagrecimento" no, 49
  Guerra Fria no, 47
  meningite no, 49
  Sarcoma de Kaposi no, 111
Zâmbia:
  aids em, 98
  Sarcoma de Kaposi em, 49, 111
Zawuda, Mekdes (criança órfã), 275, 281-2
Zemedikun (criança órfã), 427, 428
Zenawi, Meles, 13, 14, 58, 306-7, 309-10
Zerabruk (criança órfã), 280-1
*Zero Grazing* (Galinhagem Zero), 114
Zewde, Bahru, 5, 38-9
Zewdenesh (tia de Mekdes), 159, 161, 163, 433
zidovudina (AZT), 188-93, 197, 423
Zimbábue:
  aids no, 25, 59
  guerra de libertação no, 59
  regime repressor no, 47
zoonose, 74, 76, 81-2, 86

# ENTREVISTA COM MELISSA FAY GREENE

**P: Fale um pouco sobre o título deste livro e o que ele significa.**

R: Hoje em dia, por toda a África, crianças que antes eram amadas estão se tornando órfãs. Avôs e avós enterram seus filhos e, na velhice e na pobreza, são obrigados a tentar criar os netos.

"Eu não existo sem você" é um verso de uma canção que foi ouvida por uma dessas avós: Haregewoin Teferra, a heroína do livro. Depois de perder a própria filha, uma jovem, Haregewoin escreveu a máquina esse verso, colou-o sobre uma foto de sua filha e emoldurou tudo.

Para mim, isso não fala somente da perda de Haregewoin, mas também do sofrimento de doze milhões de crianças africanas que perderam os pais. Fala também da vontade de Haregewoin de tentar criar tantas dessas crianças quanto for possível. Aos amigos que recuam e protestam diante disso, ela pergunta: "Como pode uma criança viver sem mãe?"

**P: As reportagens de jornal sobre os órfãos da aids são assoberbantes. Como se elevar acima da crise e reagir a ela?**

R: A própria crise de HIV/aids é assoberbante. É impossível se elevar acima dela; ela é vasta, profunda e terrível. Não pode ser controlada nem sequer pelos líderes das organizações globais de saúde, pelos presidentes das nações, pelos mais ricos filantropos. Vinte e cinco milhões de pessoas estão infectadas com o HIV/aids, a maioria delas na África subsaariana. São necessários bilhões de dólares para salvá-las. Acaso faremos isso?

Já que não somos chefes de governos nem donos de grandes empresas multinacionais – já que não somos bilionários, enfim –, podemos começar com o simples sentimento: "Esta luta também é minha." E acabamos por perceber que não somos totalmente impotentes. Podemos *doar*, podemos *fazer pressão política*, podemos *agir*.

Podemos doar através do Fundo Global, da Unaids, dos Médicos Sem Fronteiras, da Cruz Vermelha Internacional, do Rotary Clube, da World Wide Orphans, da Fundação William J. Clinton, da Fundação Bill & Melinda Gates ou de uma organização religiosa que mantenha trabalhadores na linha de frente.

Pressionamos os deputados e senadores dos Estados Unidos para que *financiem* o Fundo Global, para que derrubem os obstáculos que seguram a ajuda prometida pelo PEPFAR, programa anti-aids do Presidente Bush (como, por exemplo, a recusa em financiar camisinhas que podem salvar vidas). Nós, americanos, pensamos que somos grandes doadores; mas, proporcionalmente, nosso país é o que menos doa, é a mais avarenta das democracias ocidentais que partilham sua riqueza com a África.

Acabei de comprar doze quilos de sapatos para um orfanato etíope. Parei o carrinho de supermercado no corredor dos sapatos da loja Target e joguei dentro dele sapatos de todos os tipos e tamanhos. Fui de carro da Target até o FedEx, enfiei os sapatos numa caixa e enviei-os a uma amiga que concordou em acondicioná-los em suas mochilas quando for de avião para Adis-Abeba (o serviço de remessa postal direta para a Etiópia é caríssimo). Foi divertido! Até os caixas do supermercado gostaram de empilhar os sapatos quando eu lhes disse para onde ia mandá-los. Não sei se minha amiga vai achar tão divertido arrastá-los pelo aeroporto de Seattle, mas tenho certeza de que vai gostar de distribuí-los.

Muitos programas confiáveis oferecem patrocínio para determinadas crianças ou jovens. Descubra uma organização pequena que trabalhe num único lugar e faça amizade com o pessoal. E sempre há oportunidades para trabalhar como voluntário no exterior: profissionais de saúde, professores e assistentes sociais são desesperadamente necessários.

**P: Você lança um olhar esperançoso sobre essa questão difícil. O que lhe dá esperança em meio a tanto sofrimento?**

R: A resistência das crianças. Os estudiosos da adoção sabem que uma criança que já conheceu o amor, que começou a vida numa família, tem grande vontade de amar de novo e de novamente viver em família. As crianças adotadas na África ou trazidas para países estrangeiros não carregam marcas profundas do trauma que sofreram; mostram-se amorosas e alegres. É claro que ficam tristes, é claro que guardam com carinho memórias e lembranças dos pais falecidos, mas também criam novos laços e prosperam. Minha filha Helen, que chegou aos EUA com cinco anos e meio, tendo perdido o pai para a aids aos dois anos e a mãe aos cinco, agora tem dez anos. Por onde começo? Ela é excelente aluna, atleta e musicista; toca flauta e estuda hebraico e espanhol; é popular, animada e graciosa; é bonita e adora fazer palhaçadas. Os órfãos africanos da aids não são uma "geração perdida" – pelo menos, ainda não. Não podemos perder a esperança em relação a eles.

**P: Este assunto se tornou uma causa da sua família. Um de seus filhos trabalha num orfanato e os outros a acompanham em suas viagens à Etiópia. Como podemos criar nossos filhos para que eles tenham consciência desse assunto, e o que eles podem fazer para ajudar?**

R: A geração de nossos filhos está crescendo num mundo menor do que aquele em que nós crescemos. Seus colegas formam a população mais diversificada que jamais freqüentou as escolas norte-americanas. Na internet, eles passeiam pelos portais de países estrangeiros. Quando fazem uma pesquisa sobre o Peru ou a Guiné Equatorial, não vão buscar tomos empoeirados na estante de referência da biblioteca; com três cliques de um *mouse*, contemplam fotos publicadas pelo Ministério do Turismo daquele país, ou senão obtêm informações em primeira mão com um treinador de futebol ou um colega de classe. Não sei se a África parece tão distante para nossos filhos quanto parecia para nós quando éramos crianças.

Quando minha filha Lily estava no quinto ano do ensino fundamental e era presidente da classe, ela organizou na escola uma campanha de envio de suprimentos para um orfanato etíope. Os suprimentos chegavam de caminhão, aos montes, acompanhados de cartas e desenhos.

Meu filho Lee, de dezoito anos, passou a primavera passada trabalhando como voluntário em quatro orfanatos etíopes: dois para crianças

HIV-positivas, dois para crianças HIV-negativas. Fundou uma liga de futebol inter-orfanatos, para a extraordinária alegria das crianças.

Minha sobrinha Annie Greene, de dezoito anos, que mora em Dayton, Ohio, lançou na escola uma campanha de redação de cartas em prol das vítimas do genocídio em Darfur. Os alunos do ginásio e do colegial mandaram seiscentas e cinqüenta cartas para os representantes de Ohio no Senado Federal, exigindo ação e prestação de contas.

As crianças e adolescentes estão ansiosos para fazer contato. Basta que nós mesmos façamos esse contato, abrindo o caminho para eles. A mensagem que comunicamos a nossos filhos é algo que eles provavelmente já percebem por instinto: que as crianças africanas são crianças iguais a eles.

**P: As crianças africanas não tinham acesso a medicamentos antiaids até o ano passado. De que modo isso afetou a luta para manter essas crianças vivas?**

R: Os lugares mais horripilantes que já vi na vida são os orfanatos africanos para crianças soropositivas. São chamados "orfanatos" porque abrigam órfãos; mas, na realidade, são asilos para doentes terminais. Mesmo as pessoas mais amorosas e dedicadas nada podem fazer pelas crianças infectadas exceto tentar proporcionar-lhes uma morte tranqüila.

Isso não acontece aqui. Nos EUA, os bebês e crianças não morrem de aids. As mães não os infectam, porque elas mesmas recebem tratamento. Essa é a questão mais crucial.

Só um em cada cinco – *talvez* – dos doentes de aids na África tem acesso ao tratamento que pode lhe salvar a vida. E só uma em dez – na melhor das hipóteses – das crianças africanas soropositivas tem acesso a esse tratamento.

Na imensa maioria dos orfanatos africanos, quer sejam pequenas cabanas, quer locais grandes e bonitos, todas as crianças soropositivas vão morrer. A maioria vai morrer antes dos dois anos. As mais resistentes vão durar até os oito anos, os onze anos, e depois vão morrer.

Eu tive a sorte de ajudar uma pequena fundação – a World Wide Orphans, de Nova York – a decidir fundar uma clínica pediátrica gratuita para doentes de aids em Adis-Abeba. Faço parte do conselho da WWO.

Setembro último, começamos a oferecer tratamento a cinqüenta órfãos. No final de 2006, já teremos duzentas crianças recebendo tratamento.

E como elas se sentem?

Há uma equipe de futebol de meninas soropositivas que, até agora, não foi derrotada.

Há um menino chamado Surafel que, há um ano, se recusava a levantar da cama e ir para a escola porque sabia que ia morrer. *"Para quê?"*, perguntava. Poucas semanas depois de a clínica da WWO começar a ministrar-lhe medicamentos anti-retrovirais, ele já estava animado e de pé. "Vou ser um dos melhores da classe", me disse. "Agora sou o vigésimo, mas vou ser o número um."

**P: O livro faz um relato muito franco e equilibrado sobre a heróica jornada de uma pessoa (Haregewoin), e não toma o atalho rotineiro de apresentá-la como mártir ou vilã. Como você lidou com as acusações lançadas contra ela e com o fato de ela ter sido presa?**

R: O manuscrito final deveria ser entregue no final de dezembro de 2005. No dia 15 de dezembro, Haregewoin me telefonou da prisão. Eu então telefonei para a chefe do departamento editorial da Bloomsbury.

"Como vão as coisas?", perguntou ela, cheia de entusiasmo.

"Bom, o livro vai muito bem", respondi. "Mas as coisas estão meio estranhas na Etiópia."

A primeira coisa a fazer era garantir que as crianças de Haregewoin fossem bem cuidadas na ausência dela. O pessoal da clínica pediátrica da WWO entrou em cena e voltou a fornecer babás, alimentos e remédios.

O passo seguinte era entrar em desespero: "*Quem* é ela?", eu me lamentava, pensando em Haregewoin. "Quase terminei de escrever um livro sobre ela e nem sei quem ela realmente é!" E reclamava: "Mas *esse* livro eu já escrevi!" Referia-me ao meu primeiro, *Praying for Sheetrock*, em que o herói acaba preso.

Mas ela saiu da prisão.

Tentei me acalmar.

Fui de avião até Adis para vê-la, e ela me contou toda a história.

Tive de perdoá-la por ser humana, por cometer erros, e *tive* de reconhecer que, de início, eu achava que estava escrevendo sobre uma santa.

Pedi à editora uma prorrogação no prazo e obtive-a. Comecei o livro de novo. Agora, nesta versão, observo logo de saída que minha heroína não é uma santa. Dá a impressão de que eu sempre soube disso, mas não é verdade. Foi algo que tive de aprender. E valeu a pena aprender essa lição: não é preciso ser santo para resgatar outras pessoas do sofrimento e da morte. Mesmo que seja uma pessoa comum, apenas decente, nada extraordinária, você ainda pode mudar a vida dos outros.

Orgrafic
Gráfica e Editora
Fone: (11) 6522-6368